Den amerikanska flickan

MONIKA FAGERHOLM

ROMAN

Albert Bonniers Förlag

www.albertbonniersforlag.se

ISBN 91-0-011012-4
© Monika Fagerholm 2005
Omslagsfoto: Tuija Lindström
Typografi: Maria Appelberg
Bonnierpocket 2006
Nørhaven Paperback A/S
Printed in Denmark
Viborg 2006

Ingen kände min ros i världen utom jag
Tennessee Williams

Här börjar musiken. Det är så enkelt. Det är i slutet av 1960-talet, på Coney Island, utanför New York. Här finns simstränder och picknick-platser, ett litet tivoli, några restauranger, roliga spelautomater, så.

Det är många människor här. Hon skiljer sig inte från mängden. Hon är ung, femton–sexton, klädd i en ljus tunn klänning, håret är ljust och lite stripigt, hon har inte tvättat det på några dagar. Hon kommer från San Francisco och, tidigare, från någon annanstans. Hon har alla sina saker i en väska över armen. En axelremsväska, den är blå, det står "Pan Am" på den.

Hon går omkring sådär lite slött, talar med någon här och där, svarar på tilltal, ser lite ut som en hippieflicka, men det är inte vad hon är. Hon är ingenting, egentligen. Hon reser runt. Lever ur hand i mun. Träffar folk.

Do you need a place to crash?

Det finns alltid någon som frågar så.

Och det går att leva så, ännu på den tiden.

Hon har några dollar i sin hand, dem har hon nyss fått av någon. Hon har bett om dem, hon är hungrig, hon vill ha mat. Egentligen är hon bara hungrig, ingenting annat. Men hon är lycklig annars, det är en så vacker dag här ute, utanför staden. Himlen är hög, världen är stor.

Hon ser några ungar som står och apar sig vid automaten som man kan spela in sin egen skiva i. De finns lite överallt ännu på den här tiden, och just på ställen som de här; "Spela in din egen sång och ge den som present till någon. Din fru, din man, en vän. Eller håll den för dig själv."

Som en liten rolig minnespryl.

Hon går in i automaten på skoj. På måfå börjar hon mata in slantar i den.

7

Man kan välja musik som bakgrund, men hon avstår. Hon trycker inspelning och sedan sjunger hon.

Titta mamma, de har förstört min sång.

Det låter inget vidare. Det gör det inte. Men det betyder ingenting.

Titta, mamma, vad de har gjort åt min sång.

Orden rimmar inte så bra med verkligheten. Det är en sådan vacker dag där ute.

Och när hon har sjungit färdigt väntar hon på skivan och får ut den.

Och sedan kommer hon plötsligt ihåg att hon har stämt träff med någon här.

Hon får bråttom till det avtalade stället, det är en park.

Hon ska träffa en släkting. En avlägsen en. Inte släktingen i sig, men avståndet till den plats där släktingen bor. Det är en plats på andra sidan jordens klot.

Det var flickan, Eddie de Wire. Den amerikanska flickan som några år senare hittades drunknad i Bule träsket, Trakten, en plats på andra sidan jordens klot.

Det hände sig vid Bule träsket 1969–2008

Det hände sig i Trakten, vid Bule träsket. Eddies död. Hon låg på träskets botten. Håret spretade kring huvudet i tjocka, långa slingor, som bläckfiskarmar, ögonen och munnen var stort uppspärrade. Han såg henne från Loreklippan där han stod och stirrade rakt ner i vattnet, han såg skriket som kom ur hennes öppna mun, det som inte hördes. Han såg in i hennes ögon, de var tomma. Fiskar simmade ut och in genom dem och i kroppens andra håligheter. Men först senare, när det hade gått en tid.

Han slutade aldrig föreställa sig det.

Att som i Bermudatriangeln hade hon sugits ner i träsket.

Nu låg hon där och var onåbar, på tiotals meters avstånd, synlig bara för honom, i det grumliga och mörka vattnet.

Hon, Edwina de Wire, Eddie. Den amerikanska flickan. Som hon kallades i Trakten.

Och han var Bengt. Tretton år gammal i augusti 1969 då allting hände. Hon var nitton, Eddie. Edwina de Wire. Det var konstigt. När han senare såg hennes namn i tidningar var det som om det inte alls var hon.

"Jag är en främmande fågel, Bengt. Är du det med?"

"Ingen kände min ros i världen utom jag."

Hon hade pratat så, med underliga ord. Hon hade varit en främling där, i Trakten.

Den amerikanska flickan. Och han, han hade älskat henne.

Det var en morgon efter natten, en natt då han inte hade sovit något alls. Tidigt i gryningen hade han sprungit genom skogen över åkern över ängen förbi kusinhuset, förbi de två förfallna ruckelladorna och den röda stugan där hans systrar Rita och Solveig bodde. Han hade hoppat över tre djupa diken och kommit till uthusbyggnaden som låg på rågränsen till Lindströms ägor.

Han hade gått in i uthuset. Fötterna var det första han såg. De hängde i luften. Bara fötter, fotsulorna smutsiga och grå. Och livlösa. Det var Björns fötter, Björns kropp. Kusin Björns. Och han var också bara nitton år det där samma året, då han dog för egen hand.

De hade varit tre: Eddie, Bencku, Björn. Nu var det bara han, Bencku, han var ensam kvar.

Och så: han hade stått och skrikit rakt ut i den vilda prunkande sensommarnaturen, så tyst, så grön. Han hade skrikit mot solen som nyss hade försvunnit bakom ett blått molntäcke. Ett dovt, stilla sommarregn som tveksamt började. Dropp-dropp-dropp, i en annars total och spöklig stiltje. Men Bencku skrek. Skrek och skrek, fast han plötsligt inte hade någon röst.

Han blev stum, för långa tider. Ordentligt stum: inte hade han tidigare pratat så mycket, men nu skulle han inte säga något alls. En medicinsk stumhet, enligt diagnosen framkallad av ett chocktillstånd. Till följd av allt som hade inträffat den natten.

Under samma tid rörde sig också ett annat barn i Trakten. Hon fanns omkring vid alla möjliga och omöjliga tidpunkter på dygnet, på alla ställen, överallt. Det var Doris, träskungen. Doris Flinkenberg som på den tiden inte hade något riktigt hem trots att hon var kanske bara åtta eller nio år.

Det var Doris som sa att hon hade hört skriket vid uthuset på gränsen till Lindströms ägor.

"Det lät som ett stucket lamm eller så som bara en som Bencku låter", sa hon till kusinmamman i kusinköket i kusinhuset där hon småningom, efter Björns död, skulle bli en dotter själv, i egen rätt.

10

"Ibland tänker jag… att det är så på allvar… Jag vet inte om jag kan."
Och sedan dog hennes röst ut igen. Dränktes i vågor, skum, vatten, vind
som hade stänkt och sköljt sköljt över dem.

"Man får inte tjuvlyssna", sa kusinmamman till Doris Flinkenberg som
ännu inte vid den här tidpunkten bodde i kusinhuset i egen rätt. Hon
var träskungen från bortre träsken bara, den som förekom.

Det var Doris som hade sökt sig till ladan där Eddie och Björn hade
varit. Det var Doris som hade kurat i mörkret och hade hört en del
utan att bli upptäckt.

"Men jag VET att de inte märkte mig!" insisterade Doris Flinkenberg.

"Men man FÅR inte tjuvlyssna", sa kusinmamman bestämt och drog
in Doris i sitt kök.

"Kom nu så tänker vi på andra saker", sa hon sedan i ett betydligt
vänligare tonfall. "Kom nu så är vi här bakom lyckta dörrar och gör
någonting roligt tillsammans. Bara vi två. Ska vi lösa ett korsord? Eller
sätta på radion och lyssna på musik?"

Och Doris hade omedelbart kommit på andra tankar.

"Ja", hade hon sagt andäktigt. "Ja. Till alltsammans. Först gör vi allt
det där en gång, sedan gör vi allt det där en gång till. Och en gång till."

Och Doris var så glad att kusinmammans hjärta nästan ville brista.
Doris hade det så svårt.

"Kom nu Doris. Dags att gå hem. Jag ska följa dig."

"Vill inte!" Lilla Doris hade börjat gråta.

"Det hjälps inte!" hade kusinmamman sagt och tagit Doris Flinken-
berg i famnen halvt med våld. "VI MÅSTE." Hon hade halvt burit,
och släpat en hysterisk Doris Flinkenberg upp mot landsvägen som
man måste gå ganska många kilometer bortifrån ära och redlighet för
att komma till det träskruckel där Doris och träskmamman och träsk-
pappan höll hus.

"Hjärtat brister", brukade kusinmamman klaga när Doris inte själv var där. "Det är för hemskt."

Samtalen med Eddie. Under tystnad gick de hem. Längs stigen ner till strand-boden. Den sista biten tog hon hans hand i sin. Hennes hand var varm, nästan het och våt av svett. Bencku sneglade på henne. Hon var blek.

Slutet kom sedan mycket fort. Det var morgonen då allting hände – eller, då allting redan hade hänt. Just här började uppspjälkningen av reson och sammanhang för Bengt och när den väl hade kommit igång pågick den i många veckor.

Det var en tidig morgon. Bencku hade inte sovit alls. Han gick på stora vägen, den som ledde upp till landsvägen eller ner till Andra Ud-den beroende på vart man var på väg. Bencku var på väg mot Andra Udden, men han kunde lika väl ha varit på väg åt andra hållet, mot kommuncentrum och busshållplatsen.

Mitt i den tidiga morgonen hördes plötsligt ljudet av en bilmotor, det var en Jaguar, en sådan där veteranmodell, mycket fin, och den var vit. Den kom körande hårt och allt gick på ett ögonblick, han blev så förvånad på något sätt, att han steg ner i diket.

Hon satt i baksätet, ansiktet tryckt mot rutan. Han såg henne, hon såg honom, det gick snabbt men ändå. Ett ögonblick. Och vips var det förbi. Vips hade bilen kört sin väg och han hade stått där ensam. En-sam i Trakten, ensam i diket. Handen i vädret – var det en vinkning han hade tänkt sig av det?

Men det här var han säker på, det mindes han på riktigt. Hon hade inte sett klok ut. Hon hade inte varit sig själv, inte alls. Han kunde inte förklara på vilket sätt. Men den där minen hon hade, den hade hon aldrig haft förut. Vettskrämd.

Och det var sista gången han såg henne.

Sedan såg han henne aldrig, aldrig mer.

Men gå. Gå. Gå. Gå. Bencku hade gått över bortersta ängen mot uthuset på andra sidan. Hur lång tid som verkligen hade förflutit mellan det ena och det andra, vägkanten, uthuset, var oklart.

Sakta först, men sedan sprang han. Fortare och fortare. Över åkrarna tills han kom dit han skulle.

Han gick in i uthuset. Såg genast vad som fanns där inne. Det var Björn.

Och Bencku blev stum ordentligt.

Nu var han ensam kvar.

"Ingen kände min ros i världen utom jag."
"Är jag din ros nu?"

Trakten hatar sig. Han slutade gå till Andra Udden. Men allt oftare befann han sig i skogens utkanter då han irrade omkring, långt borta från allt annat.

Det var så han hittade till huset i den dyigare delen. Det var så han upptäckte det, där det stod i all sin omöjlighet: en alpvilla på den låglänta fuktiga marken vid ett träggigt träsk. Namnlösa träsket.

Hela huset var en trappa. Hundra trappor som ledde upp till huvudingången.

En trappa ut i ingenting.

På husets andra sida, det som vette mot träsket, fanns ett panoramafönster som täckte nästan hela väggen i källarvåningen. Han såg in och urskilde ett stort och fyrkantigt hål i marken mitt i källarutrymmet.

En simbassäng?

Framtidsängeln i dyn. Det här var verkligheten.

Många dagar senare gick han i alla fall en sista gång till strandboden på Andra Udden. Nyckeln satt i låset. Därinne var det tomt, men på ett nytt sätt. Och han var ju inte överraskad. Det var vad han hade väntat sig. Tomt på det vanliga sättet: som om ingen någonsin hade satt sin fot där.

Stol, bord, säng. Samma möbler. Samma ljusblåa överkast, renare och struket som det aldrig var när hon var där. Några blommor i en vas på det lilla bordet. Stora tropiska blommor, vidriga. Vasen var av tjock kristall, och duken som var utbredd under den var nystruken.

Eddie hade hatat den där vasen, använt den som askkopp ute på terrassen.

På väggen ovanför sängen hängde gitarren på en spik i brunt läderband. Det var nytt, både spiken i väggen och bandet som gitarren hängde i. *Det var så som friherrinnan hade velat ha det.*

Han lyfte på överkastet och tittade under sängen. Ingenting där, men det var ju ingen överraskning. Han gick ut och stängde dörren efter sig. Vred om nyckeln i låset. Sedan lämnade han strandboden och gick upp till huset.

"Jag kom för att hämta mina kartor." Det var däruppe hos friherrinnan i Glashuset som Bencku började prata igen. "Så du har mål i mun i alla fall", sa friherrinnan och lät inte alls så förvånad, där hon stod på verandan som hon kallade för sin vinterträdgård och beskar sina växter. Dem hade hon planterat i krukor hela verandan full. Verandan var en utskjutning i glasfasaden, med eget tak, också det av glas. Det var här hon drev upp sina underliga växter: frivola blommor i olika färger som hon belyste med olika slags ljus och värmde med extra element. "Bra att du kom. Jag har väntat på dig."

Hon la ifrån sig beskärningskniven på ett fönsterbräde, drog sakta av sig de gula gummihandskarna, kom fram till honom och sträckte ut sin hand. Då först, för att han måste, vågade han se på henne.

De stod där i friherrinnans vinterträdgård och skakade hand, han och hon.

Men samtidigt, det var som om hon hade velat säga något till honom nu, friherrinnan, något vänligt och tröstande. Något som inte gick ihop med hennes uppenbarelse, inte alls. Den sträva, kantiga rakt-på-sak-stilen som matchade hennes kläder så perfekt. Linnelångbyxor och mörkblå tröja, ett silverskimrande hår som lyste mot hennes bruna ansikte. Patinerad. Kanske sextio år gammal, femtiofem.

"Vänta här." Hon släppte hans hand och försvann in i huset för en stund; lämnade honom bland växterna i Vinterträdgården som doftade så skarpt. Men dörren stod ju på glänt så det var inte så kvävande som det hade kunnat vara.

"Vackra." Friherrinnan hade kommit tillbaka med hans kartor under armen.

"Jag tog dem från strandboden. Det är väl därför du är här."

"Intressanta", fortsatte friherrinnan. "Nästan som konstverk. Du har artistisk begåvning, det råder ingen tvekan om det. Men en talang utvecklas inte av sig själv. Det fordras arbete. Disciplinerat. Man får inte vara... lat." Det var som om inte hon heller hade öppnat sin mun på en lång tid, och som om hon inte var så noga med vad hon släppte ur sig, hennes tankar var någon helt annanstans.

"Får jag bjuda på en kopp te?"

"Nej tack." Han skakade på huvudet, tog kartrullen och gick sin väg.

Samma kväll sökte hon upp honom igen, i kusinhuset. Hon kom till hans rum där han låg på sängen på sin sida av skrivbordet framför fönstret och konstaterade det som han hade konstaterat redan många gånger: det här var rummet som han inte längre kunde vara i. Då hade friherrinnan plötsligt stått mitt i rummet och talat till honom. Sett rakt på honom, som om allt annat omkring henne var henne alldeles egalt.

"Jag tänkte att om du behöver någonstans att hålla till... jag menar med ditt... måleri... En ateljé. Så finns ju alltid." Hon skyndade sig att lägga till: "Inte boden. Men huset. Där finns många ljusa rum som är fantastiska att teckna i."

Följande dag hade Bencku i alla fall gått tillbaka. Han hade blivit anvisad ett av de stora ljusa rummen på andra våningen.

"Här har du säkert ett bra perspektiv." Friherrinnan la sin hand på hans axel på samma sträva och kavata sätt som när hon pratade.

"Här kan du säkert få inspiration."

Han ruskade sig loss. Vad ville hon honom? Överhuvudtaget? Fanns det inte igen det där i hennes röst som fick en att tänka att hon egentligen hela tiden var på vippen att säga någonting annat? Att det egentligen var därför som han var här, att det var något som hon verkligen borde ha fått sagt?

"Kom så ska jag visa dig var nyckeln till köksingången är. Du får komma och gå hur du vill. Bry dig inte om mig."

Och han hade följt henne ut ur rummet, nerför innertrappan i ljust vackert trä som var öppen och ledde nästan direkt ner i Vinterträdgården. Ja, härinne var allt så högt och ljust, så rent, precis som han mindes det från bostadsutställningen, och innan. Men Eddie hade inte haft tillträde hit. Hon hade bara fått vara här när friherrinnan själv var hemma.

"Du behöver inte känna dig tvungen att hålla mig sällskap", sa hon sedan. "Jag är van vid att vara för mig själv. Eddie... hon var en parentes. Jag menar, i ensamheten. Jag har levat för mig själv nästan hela mitt liv."

Men så var det som om hon hade ryckt upp sig igen och kommit på andra tankar. "Äsch. Vad är det jag står här och berättar för dig? Sagan om mitt liv?"

"Livet måste gå vidare", sa friherrinnan sedan, lågt och allvarligt. "Det är väl det jag menar antar jag."

Men inte kunde han vara i det där rummet, det hade han förstått nästan omedelbart. Han hade stirrat på det vita pappret framför honom på det stora arbetsbordet som hon hade lyft in till honom från någon annanstans i huset. Hon hade gett honom pappret också, finare papper hade han aldrig haft. Han gick omkring i rummet. Det fanns fotografier där, uppradade på en byrå, som var vit, och på något sätt fick han för sig att det inte var en händelse att de var där, de där bilderna, att det var just det här rummet han hade fått för att "teckna och bli inspirerad i". Det var sådana där familjefotografier som föreställde allvarliga farbröder och strama tanter i långa mörka klänningar. Pojkar i sjömanskostym, flickor i ljusa klänningar, med tjocka långa hår med rosetter i. Bencku tänkte: är det det här hon vill berätta för mig? Är det det här hon vill att jag ska bli intresserad av? Hennes släkt och familj med alla egenheter, hennes släkt som ju också varit Eddies släkt?

När det ju inte var så. Inte frågan om något av det där. Han var inte intresserad. Inte ett vitten intresserad. Men ändå. Han kunde inte hålla ögonen från bilderna i alla fall. Han visste ju vad han sökte.

Henne någonstans där. Och han hittade ju vad han sökte.

Ett porträtt. Som föreställde en alldeles vanlig flicka på ett lite dåligt fotografi. Ett skolfotografi, eller något liknande.

Hon såg rakt in i kameran, hon såg rakt på honom, med sina ängsliga, ängsliga ögon. Det fanns ingen direkt ledsenhet i dem, bara – ingenting.

Han tog bilden och lämnade Glashuset för gott. Friherrinnan var i sin vinterträdgård när han gick. Han lyfte handen till en vinkning. Hon fäktade med saxen. Det var inget högtidligt med det. Kanske förstod hon inte att han inte skulle komma tillbaka, men när det sedan förr eller senare gick upp för henne lät hon det vara, hon sökte inte upp honom på nytt.

Så gick han direkt till Rita och Solveig i stugan.

Och efter det, så fyllde han i på kartan.

Flickan i träsket. Eddies död.

Några dagar senare flyttade han in i ladan på kusingården där han vinterbonade ett rum åt sig. Tätade väggarna med tidningar och bergull, köpte en rysskamin på avbetalning av kusinpappan ur hans lager. En säng, en fåtölj, en fanerskiva som bord. En bokhylla för böcker, kartor, dokument. Tog in Björns skivspelare och några skivor.

Tre på bryggan. Det var höst igen, råttornas tid, alla sommargäster hade rest. Rita, Solveig och Bengt längst ute på Andra Uddens längsta brygga, satt med ryggarna vända mot land, dinglade med benen i vattnet och pratade om något som man inte hörde vad det var.

Och där kom Doris Flinkenberg, över klipporna på Andra Udden. Doris, med kassettbandspelaren, den som hon hade fått av kusinmamman när hon kom till kusinhuset som ny kusin, *bröllopsgåva* sa hon själv, och när andra än kusinmamman hörde det lät det ganska fånigt. Doris hördes långa vägar nu, musiken som vindade i maskinen då hon rörde sig. När hon fick syn på Rita, Solveig och Bencku styrde hon genast stegen mot dem och ropade, i början av bryggan, ett stort och rungande: "HEJ!"

Ingen reaktion. Inte så mycket som en rörelse. Doris var som luft för dem. Men tro inte att Doris lät detta hejda sig. Hon ställde ner bandspelaren (hon var ytterst rädd om den, en av de få presenter hon någonsin hade fått av någon, och dessutom, ännu viktigare, det var den synliga bekräftelsen på hennes nya status; hon var kusinbarn nu, hon också) och gick längre ut, tills hon var fem–sex meter bakom de andra som fortfarande alltså inte låtsades märka henne. Hon sträckte ut sin hand och pekfingret och ropade:

"Pang! Pang! Nu sköt jag er!" Då hände något lustigt. Alla vände sig blixtsnabbt om, nästan på en gång. Och deras miner, de var obetalbara. Det fanns rädsla i dem, och överrumpling.

Doris Flinkenberg fick roligt.

"Så ni ser uuut!" ropade hon förtjust. "Skrämda från vettet! Det var ju bara ett finger, dorisfingret här!"

Rita var den som hämtade sig först. Hon reste sig sakta och började gå emot Doris med den där stela grimasen hon hade när hon var riktigt arg. Doris ryggade tillbaka.

Men i detsamma var kusinmamman där: hon hade dykt upp på strandklipporna bakom dem.

"Doris!" ropade hon. "Kommer du! Nu ska vi baka bröd!"

Det var så kusinmamman var den första tiden efter Björns död. Kunde inte lämna Doris Flinkenberg, den nya kusinungen, ur sikte.

Och Doris som ett kort ögonblick hade varit på riktigt rädd för Rita och de andra slappnade av.

"Jag kommer!!!" ropade hon till kusinmamman. Och sedan vände hon sig mot de tre andra igen, lika sturskt som strax innan.

"Bara de skyldiga vänder sig om!" sa hon.

Och:

"Jag vet någonting som ni dör av att få veta. Jag vet någonting som ni hellre skulle dö än önska att jag visste. Jag såg något."

Rum för mig i härbärget. När Björn hade dött och Bencku flyttade ut till ladan på gården hade det blivit plats för ett barn till i kusinhuset. Och det var Doris Flinkenberg, den illafarna skräpungen, som flyttade in i det rum som en gång hade varit Benckus och Björns på andra våningen.

"Min flicka nu", sa kusinmamman ömt till Doris. "Fast förstås till låns."

"Inte till låns", protesterade Doris Flinkenberg, munnen full av bulldeg. "Till egen."

Fast det kunde vara ansträngande att lyssna på när Doris Flinkenberg och kusinmamman talade sin underliga jargong med varandra så kunde det inte förnekas att det var tack vare Doris Flinkenberg som kusinmamman återfick livslusten efter Björns död. Om inte Bengt hade varit så galen först, hade hon antagligen blivit galen själv. Men det förslog ju inte, hon var ju mamma också, trots allt, kusinmamman, sa hon till sig själv, allt fick inte rämna. Och att ordna ett tryggt hem åt skräpungen

Doris Flinkenberg blev hennes livs mål och mening för ett tag. Och hon lyckades med det.

"Den enes död, den andres bröd", sa Doris Flinkenberg. "Så blev det rum för mig i härbärget." Hon var den enda som kunde säga det så att det inte lät cyniskt.

Berättelser i kusinhusets kök. Berättelsen om Eddie, Björn och Bengt tynade bort i Trakten. Man slutade prata om den, livet fortsatte.

Det var som det var. Björn hade blivit arg på Eddie, han hade ett häftigt temperament, det visste alla, under den där snälla ytan. Och det hade blivit handgemäng vid träsket och hon hade hamnat i vattnet och allt hade gått så snabbt, *det är så strömt i träsket,* han hade inte kunnat rädda henne.

Under en lång tid fanns det bara en enda plats där den levde vidare och det var, konstigt nog, köket i kusinhuset. Det var kusinmamman och framför allt, Doris Flinkenberg, som höll den levande. Där, mitt i bulldoft, bland korsord och ordböcker och tidningarna "Brott ur livet", berättades den om och om igen ur vissa bestämda synvinklar. Analyserades och kommenterades av både Doris Flinkenberg och kusinmamman på deras egna, specifika vis.

"Det är aldrig bra att fästa sig vid EN så som han fäste sig vid henne", sa kusinmamman till Doris Flinkenberg.

"Snygg flicka", la Doris Flinkenberg till, slängigt, med en röst som definitivt inte var hennes egen. Doris var bra på att härma, både faktiska personer och bekanta tonfall. Nu fortsatte hon, som om hon var farbror eller tant, sådär riktigt överklok: "Men säkert bortskämd med karlarnas uppmärksamhet redan i såpass unga år. Fast", med en sista retorisk släng: "vad vet ju JAG om det?"

Den frågan besvarade ingen. Men kusinmamman slog ihop händerna.

"Hon var ju inte härifrån. Jag vet ju inte varifrån, men inte härifrån."

"Inte från Trakten", slog Doris med bestämdhet fast, munnen full av bulle. "Värdesatte kanske inte det som vi värdesätter här. Trodde att hon var märkvärdig. Något speciellt. Som man bäddar får man ligga. Inte sant?"

Men det svarade kusinmamman inte på. Ibland hade Doris Flinkenberg en förmåga att i alla fall driva sina konstiga, lekfulla funderingar alldeles för långt.

"Det var nästan plågsamt att se", sa kusinmamman, men mera tonlöst och allvarligt nu. Hon hade hejdat sig mitt i den glada korsordslösningen, tappat blyertspennan på ett fotografi mitt bland rutorna av den tonåriga schlagersångerskan Agneta Fältskog som var klädd i jerseyoverall med ett hjärtformat hål i vilket naveln syntes mitt i på magen, och var alldeles stilla, såg ut genom fönstret.

"Varför plågsamt?" skyndade sig Doris Flinkenberg att fråga.

Kusinmamman svarade inte. En dov tystnad bredde ut sig över köket. Ibland var det fortfarande så att kusinmammans sorg överrumplade henne och allt det gamla flöt upp, hon drev iväg –

Doris sträckte sig efter ett nummer av "Brott ur livet" och bläddrade på måfå fram till en artikel som hon började läsa högt ur för att få kusinmamman på andra tankar. Bort från det här, *i sorgens landskap färdas man på egen hand,* som hon en gång hade sagt, så högtidligt att det lät som om hon var i kyrkan. Det var skrämmande inte främst för allt det hemska som hade hänt – hemskheter hade ju Doris Flinkenberg, gudinog, redan varit med om till lust och leda i sitt eget liv (på sin kropp hade hon till exempel halstermärken som bevis på det) – men för att det tog kusinmamman ifrån henne, till platsen dit varken hon eller någon annan kunde följa med.

"Han dödade sin älskade med femton hammarslag i huvudet", läste Doris Flinkenberg högt med bästa söndagsskoleröst och sedan sa hon, oskyldigt och förvånat som det barn hon ju faktiskt också var: "allt möjligt kan svartsjukan ställa till med, eller hur?" Och skrattade, sneglade försiktigt lekfullt på kusinmamman, en liten *spjuverfisk* som ville säga: kom nu med.

Och kusinmamman kom med. Men inte riktigt genast. Hon måste ännu sitta tyst en stund och vara i sin egen värld.

För ibland hjälpte det inte. Ibland hjälpte ingenting, mot sorgen och det oundvikliga. Ibland måste man bara vänta, vänta tills kusinmamman skulle bli sig själv igen.

"De-ko-lle-ta-ge", sa hon sedan plötsligt och pekade på sångerskans navel. "Men det är väl på halsen man har sådant."

Doris Flinkenberg sken upp.

"Äsch. Inte är det ju något dekolletage. Det är ju bara en schlagersångerskas navelöppning."

Vid huset i den dyigare delen av skogen, han befann sig där allt oftare. Det var dit han hade börjat gå istället. Hittade sig där allt oftare. Fyrtio trappsteg kal betong på framsidan, det platta taket, de små gluggarna till fönster. Bara i källarvåningen stora fönster som vette mot den omkringliggande djungeln. Och det var en djungel: ormbunkar och slyväxter växte höga, kvalmiga där under årets varma månader. Ormbunkar vars stjälkar kunde bli meterhöga.

Ja då. En alpvilla. Det var sant.

Men allt oftare fanns han där i alla fall, i buskarna, i utkanten av skogsdungen.

Och såg.

Det var en flicka där, överst på trappavsatsen. Hon var kanske i Doris ålder, i alla fall alldeles tillräckligt knäpp för att man utan ord skulle förstå att det var hon som bodde där. Hon brukade stå där och ringa på sin egen dörr. Ringa och ringa på. Av, förstod man, om man stod där och glodde långa stunder (vilket han gjorde, det blev så), ingen begriplig orsak överhuvudtaget. Den där klockan spelade något slags melodi, och det var den hon tryckte igång, om och om igen. Hon hade nog nyckel, det förstod man – men det var liksom inte det som var huvudsaken. Ibland öppnade hon själv dörren mitt i sången (och då tystnade

46

spelverket), bara för att stänga den genast och ringa på igen, omedelbart därefter. När hon hade hållit på med det där en god stund visade sig hennes föräldrar, en ganska snygg kvinna som hade en underlig skärande röst när hon skrek (och hon skrek åt flickan: det slutade det alltid med) och en man som alltid hade på sig solglasögon. De var arga på flickan, de grälade på henne, som man grälade på ett bortskämt barn.

Och sedan försvann de in i huset och flickan var ensam. Hon såg sig om, och sedan, efter en stund, började hon ringa på igen.

Hon vände sig om och såg på honom. Han såg tillbaka.

Han rådde inte på det. Det här var verkligheten.

Lite senare, på hösten, kom Inget Herrman och Kenny de Wire till Glashuset.

De var Eddie de Wires systrar, de kom från Amerika efter att väl ha blivit ditkallade efter Eddies död. Den ena av dem, Kenny de Wire, stannade hos friherrinnan efter det. Den andra blev också kvar i landet. Bara blev –

Bencku träffade inte någondera, inte då.

Bara en gång när han stod längst ute på en av de längsta bryggorna såg han en av dem.

Hon var på väg nerför backen från Glashuset, mot strandboden.

En sekund, men bara en kort, ryckte han till, förstenades.

Hon var så lik. Det var nästan hon.

Den amerikanska flickan.

Hon vinkade till honom. Det var, skulle han senare få veta, den äldsta systern. Hon med det konstiga namnet. Hon som hette Inget Herrman.

Lyssna på huset, det är en organism. På natten var han i alla fall tillbaka igen. Han hörde ett skott. Han gick närmare.

Torrsim, något senare. Bencku vid huset i den dyigare delen. Han hade gått fram och stod och såg in genom fönstret i nedre våningen, genom det väldiga panoramafönstret som vette mot träsket till.

Han såg flickan.

Hon sprang av och an i bassängen utan vatten i. Händerna fäktade som simrörelser i luften.

Fram och tillbaka, fram och tillbaka, ögonen slutna.

Huset i den dyigare delen av skogen
(Sandras historia 1)

Lorelei Lindberg ville ha ett hus. Inte vilket hus som helst, utan ett alldeles bestämt, som hon hade sett på en alpkulle på en österrikisk skidsportort under en av de många smekmånadsresor hon och Ålänningen företog sig under de dryga tolv år som deras äktenskap varade: ett äktenskap som slutade inte i vuxet samförstånd – det fanns inget vuxet i Loreleis och Ålänningens passion, den var het och regressiv och i längden omöjlig att leva i – utan på det klassiska viset, med att den ena övergav den andra, men som ändå, i alla fall efter en viss tid, skulle stanna i ljust minne bevarat.

Lorelei Lindberg var kvinnan i Ålänningens liv. Det var ett faktum som skulle kvarstå. Det skulle nämligen komma andra kvinnor; det skulle komma Yvonne och Marianne, det skulle komma Bombnedslaget Pinky Pink, det skulle komma Anneka Munveg, den kända journalisten, det skulle komma Inget Herrman. Och, givetvis, hon som senare blev Ålänningens andra hustru: Kenny, född de Wire. Men ingenting skulle kunna ändra på den saken att Lorelei Lindberg var och förblev kvinnan i Ålänningens liv.

"Det är en åländsk egenskap", som Ålänningen brukade säga. "Min envishet."

"Det huset vill jag ha", ropade Lorelei Lindberg genast då hon fick syn på villan som låg så vackert i en snöig slätt med träd med likaledes snötäckta grenar som bildade en perfekt relief i det vida, klara mellaneuropeiska landskapet. Som på en bricka la huset ut sig för en, eller som ett pussel, "Alpvilla i snö, 1500 bitar".

I bakgrunden skymtade höga berg och gråa och blåa alper vars vita spetsiga toppar skar ut sig mot den himmel som omgav dem i solskenet.

Lorelei Lindberg, Ålänningen och deras lilla flicka, och ja, hon var harmynt, befann sig på en promenadväg cirka femtio meter ifrån själva huset i sluttningen på andra sidan av ett fält, klädda som sig bör för jetset after ski à la det sena sextiotalet; till och med, om man råkade vara den lilla flickan, ännu mer avancerat än så. Hon hade ett par riktiga månstövlar på sina fötter, åtminstone fem år innan dylika stövlar för ett kort tag blev moderna och togs i massproduktion så att de kunde köpas till ett rimligt pris också i vanliga butiker.

"Kan ordnas", svarade Ålänningen lugnt, la sin arm kring Lorelei Lindbergs midja och tryckte till, milt men bestämt och full av ett humör och en för honom typisk entusiasm som ibland gränsade till vansinne men som han i alla fall precis just i det här ögonblicket kunde hindra från att skena fritt.

Och det var en uttänkt gest, ett av Ålänningens många små paradnummer med Lorelei Lindberg som han älskade besinningslöst... "som en tjur en hontjur"... "vad heter en sådan sort?"... "inte är det väl bara en kossa, en alldeles vanlig Lindberg-kossa?"... och sådant kunde det hända att de ibland höll på och sa till varandra i evighet och det var ganska så fruktansvärt för en utomstående att lyssna på... Och Lorelei Lindberg, hon kunde sin Ålännings rörelser, ordvändningar och gester. Hon kände hans kärleksyttringar så väl, och brukade givetvis inte vara sen att återgälda dem. Hon älskade ju honom också, därom rådde sannerligen inga tvivel.

Kan ordnas. Nu till exempel, precis just i det här ögonblicket mitt i Mellaneuropa, visste Lorelei Lindberg att det betydde att hon skulle få. Och det spelade en roll för Lorelei Lindberg, det att vad hon sade att hon ville ha, det fick hon. Och det var inte enbart själviskhet och verkligen inte någon stor beräkning bakom allt – det var bara sådan arten av denna kärlekshistoria var och skulle fortsätta att vara ända tills den upphörde. Man gav och tog, tog och gav. Och riktiga, konkreta saker.

Kan ordnas. Med dessa ord ville Ålänningen också än en gång tala om för Lorelei Lindberg vad han var. En Ålänning, en riktig en, av det rätta virket. En som kunde göra det omöjliga. Verklighet av drömmar. Alla drömmar, särskilt hennes. En för vilken det alltså inte rådde någon motsättning mellan de stora orden och den stora känslan. En som talade OCH gjorde.

"Det bor en Ålänning i vår kärlek." Det var en annan sak han brukade säga om och om igen. Och, för att verkligen ge pondus åt sina ord, lägga till ett nästan trotsigt, "jag skojar inte".

Lorelei Lindberg hade en ganska vag uppfattning om vad en Ålänning var. Hon hade egentligen bara träffat två stycken i sitt liv, de var bröder, men ganska olika. Hon hade aldrig ens varit på Åland. Till och med hennes och Ålänningens bröllop hade ägt rum på fastlandet och utan någon nära släktings närvaro. *Jag har aldrig satt min fot på Åland.* Det var så hon brukade tala, i början liksom glatt och lite barnsligt triumferande för att reta Ålänningen, småningom, framför allt senare, då äktenskapet sjöng på sista versen, med stigande och öppen agitation. "Så vad är det för speciellt med Åland då?"

Det skulle vara på den tiden då inte heller Ålänningen längre hade lust att utförligt lägga ut texten om något alls. Han skulle vara i gillestugan, tiga och putsa sitt gevär. Sticka långa, påskgula piprensare in i vapnets mynning, jucka in och ut. Men det skulle alltså vara i framtiden, då det mellan Ålänningen och Lorelei Lindberg inte längre skulle finnas utrymme för ord.

"Min egen Orangutang", ropade Lorelei Lindberg glatt och tacksamt, de många åren tidigare, bland alperna i Österrike. Hon var inte lika verbal som Ålänningen men hennes förmåga att hitta på exempelvis dumma smeknamn för sin man var det verkligen inget fel på.

Den lilla flickan, hon i månstövlarna, hade inte själv så många kärleksnamn, nästan inga alls. Det var ett faktum som hon ibland brukade uppehålla sig vid i sina så kallade grubblerier som hon var uppfylld av trots att hon inte var mer än nio år vid den tidpunkten.

Ålänningen, i snön, skrattade. Och Lorelei Lindberg skrattade. Och nej, det var inte lätt att återge alla dessa scener och samtal laddade av till synes meningslösheter under vilka avgörande krafter var i rörelse.

För trots allt VILLE Lorelei en massa saker, trots allt VAR Ålänningen en man med en stark tendens att göra verklighet av sina ord. Och det var inte betydelselöst. Det var, och skulle visa sig vara så, ödesavgörande.

Och allt detta var det som om hon skulle ha anat sig till redan nu, den fula, lilla harmynta.

Flickan i snön. Den virila tvåsamheten Ålänningen–Lorelei Lindberg hade alltså till dags dato genererat ett enda barn (och det skulle inte heller bli flera). Den enda ungen i många fler än en bemärkelse: bemärkelser som flickan själv med en ibland febrig intensitet skulle ägna sig åt att benämna och dissekera i beståndsdelar i den sega, ihärdiga ensamhet som präglade hennes tidiga uppväxt innan hon mötte Doris Flinkenberg.

En liten sur och harmynt flicka, en gråmusmissbildning. Vetskapen om att en viss grad av timiditet och osäkerhet ofta är alldeles normal hos barn till föräldrar ur det internationella jetsetlivet kunde inte trösta denna flicka. Speciellt inte – fast det var något hon verkligen höll för sig själv före Doris Flinkenberg – vetskapen om att hon var på något sätt *normal*.

Av många orsaker. Mest av allt för att hon inte ville. Ville inte bli tröstad. Fann ett högst perverst men intensivt nöje i det här: att vara otröstlig. En Sandra Stammare, ett futtigt JAG. Fast då, låt gå för det, ett JAG med ganska stora bokstäver. En parentes. Eller ännu hellre (såsom hon älskade att benämna sig själv när hon kom igång), ett postskriptum. PS PS PS PS stod det skrivet om henne; fast i och för sig, också det med mycket stora bokstäver.

PS PS PS PS. Hon hette Sandra.

Denna soliga dag på den österrikiska skidsportort där Lorelei Lindberg upptäckte huset som skulle bli hennes och hela den lilla familjeenhetens öde stod Sandra sin vana trogen lite avsides i dessa enorma stövlar som hon dessutom hade tjatat sig till själv då hon hade råkat se dem i fönstret till en dyr designerbutik som sålde exklusivt föregångarmode. De hade sett för tokiga ut, hon bara måste ha dem och hon hade ryckt i sin mammas rockärm och blivit stående på stället... När mamman bara fortsatte gatan fram hade hon fått ett av sina stora och beryktade gråtanfall. Då hade Lorelei Lindberg vänt sig om och följt med in i butiken och köpt stövlarna åt henne. Om dem kunde man säga att de verkligen inte var någon fotvänlig modell, framför allt närmast kokade fötterna när man hade dem på för att de var tillverkade i ett underligt konstmaterial också på insidan (denna värme var förresten också till förfång för flickan som hade en viss förkärlek för att tänka på sig som *förfrusen*). Men där stod hon nu alltså, flickan, och studerade byggnaden fundersamt.

Osannolik, det kunde hon genast konstatera. Senare, då det skulle bli aktuellt att tidsbestämma den känslan skulle hon svära på att hon tänkte just så vid exakt den tidpunkten då hon för första gången såg den eländiga alpvillan på andra sidan av ett snötäckt fält.

Det var något slags sportstuga. Ganska fyrkantig, med ett brunt, rakt tak. Detta bruna var ett brett kopparband som till synes utan orsak omramade hela byggnaden, alltså strax under det mer eller mindre olidligt platta taket. På ytterväggarna krälade olika slags gröna slingerväxter så att det inte gick att se vilken väggens färg egentligen var, därunder. Å andra sidan, man kunde bra gissa sig till också det: grå, rappad, äcklig, vittrande.

Men ändå: egentligen spelade det ingen roll vad som fanns på framsidan. För det man såg, och det enda man egentligen såg, så att det etsade sig in i en, det var en trappa. En med breda, långa trappsteg som ledde upp till det som såg ut att vara husets huvudingång i andra våningen. Fast den syntes inte heller så bra från den plats där den lilla flickan stod och tänkte sina dystra tankar.

Från den plats där den lilla flickan stod såg det framför allt ut som en trappa som ledde ut i ingenting.

Flickan började räkna trappstegen. Det hade hon verkligen tid att göra för när Ålänningen och Lorelei Lindberg lekte med varandra hade de inte bråttom någonstans. Nu till exempel var de Göran, apornas konung, och Gertrud, schimpansdrottningen, i snön på fältet framför huset.

Förtitvå. Det var vad hon kom till. Men samtidigt, medan hon stod där på sidan om och räknade, vällde hemska föraningar om olycka och död fram i henne. Sådana föraningar var i och för sig inte något obekant för henne. Tvärtom. Det var känslor av ett slag som hon i vanliga fall närmast hade brukat dväljas i, nästan som en hobby. I den lilla kappsäck som Sandra bar med sig överallt (den var på hotellrummet just nu) hade hon en speciell klippbok för det ändamålet; i den klistrade hon in bilder och notiser som handlade om ond bråd död och grymma olyckshändelser.

Inte sällan historier ur jetsetlivet: berättelser om män och kvinnor som trots sin framgång och alla sina rikedomar hade gått dystra öden till mötes. Berättelser om män och kvinnor i vilkas skor, hur högklackade och glittrande de än kunde te sig liksom på avstånd sett, man inte för några miljoner pengar i världen hade velat vara. Ödesdigra sammanträffanden med dödlig utgång. Historier med blodig upplösning.

Lupe Velez drunknade i toaletten i sitt eget hem.

Patricia i Blodskogen.

Jayne Mansfields döda hund (ett suddigt fotografi av en liten vit terrier som låg död bland blod och glassplitter från krossade vindrutor och whiskyflaskor efter en bilolycka).

Det skulle med tiden bli många fler berättelser och, i kombination med Doris Flinkenbergs historier och "Brott ur livet", mer än lite intressant.

"Jag intresserade mig också för filmstjärnor i din ålder", hade Lorelei Lindberg sagt på sitt sedvanliga flyktiga sätt en gång då hon hade råkat kasta en snabb blick i sin dotter Sandras häften. Det var något som Lorelei Lindberg var en mästare på i förhållande till sin dotter: flyktiga ögonkast, överhuvudtaget flyktighet – en bedömning som härstammade från bedömningsobjektets egen skarpsynta men surmulna uppmärksamhet. Flyktighet plus några för sammanhanget i och för sig välvalda ord; ord vars främsta syfte ändå var att tjäna som en åsnebrygga till det intressantaste samtalsämnet i hela världen, det vill säga till henne själv.

"Där jag föddes och växte upp fanns inte många tillfällen att ägna sig åt sådana små intressen" hade hon alltså fortsatt. "Där jag föddes och växte upp var det hårda bud. Fattigdom och armod och vinter elvahundra månader i året. Vargarna ylade…"

Men nu, den här eftermiddagen på den österrikiska skidsportorten framför ett osannolikt hus som var en dröm som skulle förverkligas (det fanns ingen orsak att tvivla på det, det visste Sandra mer än väl av erfarenhet) blev Sandra plötsligt orolig och rädd på ett alldeles nytt sätt.

"Det här är inget jag läser eller ser i tidningar", förstod hon plötsligt. "Det här är ingen berättelse. Det här är på riktigt. Det här händer mamma, pappa, mig. Det händer oss."

Och hon såg på sina föräldrar. De var minst sagt oberörda. De hade fortsatt sitt snökrig i den plumsdjupa snön på fältet som bredde ut sig framför huset. Skrattande och stojande jagade de varandra och fick fatt varandra, jagade varandra och fick fatt varandra, om och om igen och med jämna mellanrum, alltså i stort sett hela tiden, dråsade de ihop i en hög, tumlade om varandra i den mjuka snön på marken. Sedan upp på benen igen, vidare. Det fanns något slags omedveten systematik i det. *För hela tiden närmade de sig huset.*

Den lilla flickan betraktade det hela som på film, och ytterst medvetet. Det var inte heller första gången, och verkligen alltså inget nytt perspektiv, detta den utomstående betraktarens. Men plötsligt, och det hade aldrig hänt förut, var allt det trygga och självgoda i ett sedvanligt på-sidan-om-perspektiv som bortblåst. Plötsligt var det faktiskt just själva det perspektivet som var källan till det obehag och den oro som växte inom henne dessa sista vettlöst soliga minuter innan landskapet med ett slag mörknade och snöovädret var över dem, källan till ångesten och rädslan som i strid med allt förnuft bara stegrades i henne.

Det var en tanke hon inte hade ord på än, hon var så liten. Nu var den framför allt en känsla och den slog ner i henne med en kraft som var bedövande. Om hon var en utomstående betraktare, vem hade då sagt att hon var den enda? Vem hade sagt att ingen annan såg? Inga andra? Och OM någon annan eller några andra såg, vem hade då sagt att dennas eller dessas blickar automatiskt skulle vara välvilliga? Ens ointresserade? Vem hade sagt att det inte fanns någon annan där bakom, någon med en avsikt?

Till exempel det onda ögat, om det var det som såg?

Det onda ögat var ett begrepp som den lilla harmynta flickan hade laborerat med i sina tankar i långa stunder av stigmatiserad, harmynt ensamhet. Men, och det förstod hon precis just i det här ögonblicket, om än så ordlöst, mest som ett abstrakt begrepp. Som jultomten som man inte trodde på längre men som ändå var en föreställning som man gärna höll vid liv. Eller som en lek bara. En lek i fantasin.

Nu förstod hon att det kunde vara på riktigt. Att det onda ögat kanske fanns, och alldeles oberoende av hennes egna tankar åt det ena eller andra hållet. Och just nu precis i det här ögonblicket då hon visste att hennes och hela hennes familjs framtid avgjordes så var det mer än alarmerande.

Det var, rent ut sagt, som om någon skulle ha slängt en äcklig våt handduk i den lilla flickans bleka, kluvna ansikte.

Och hon greps av en kärlek som rann över alla bräddar, en ömhet som överskred hennes förstånd. För ändå, det var ju så självklart, hur fåniga

56

hennes föräldrar än var: att hon ju älskade dem. De där dumma skratten, det dumma snökriget, *det var ju dumt, men kunde det inte få vara det?* Två som älskade varandra, och tre. Kunde det inte få vara det, i evighet?

Och hon började be till Gud där hon stod för att få det onda ögat att försvinna. Eller, åtminstone för att beveka det. Hon visste inte vilketdera. Det var också möjligt att hon bara bad om skydd.

Min gud min gud min gud håll dem från det svåra som ska dem vederfaras. Skydda dem från. Ont.

Men hennes föräldrar i fjärran var redan nästan framme vid det olycksbådande huset, fortfarande stojande och apiga, fortfarande fullständigt ignoranta ifråga om det stora spel med goda och onda krafter som utspelade sig omkring dem. Och den lilla flickan greps av något som liknade panik där hon stod i sina hemska heta stövlar, så mitt inne i sin egen maktlöshet. Då inte ens Gud verkade höra, det hände ju ingenting. Och för att göra något själv sprang hon ut i snön, en som sagt inte alldeles lätt uppgift i de enorma stövlarna, slängde sig på rygg på marken med en för henne osedvanlig energi. Fäktade med armarna för brinnande livet, upp och ner, upp och ner, för att åstadkomma en ängel att skrämma det onda ögat med. Eller då, beveka.

En ängels blick är fruktansvärd.

En ängel är så vacker, mild, universum sjunger när man ser på den.

Eller, rätt och slätt: för att möta hårt mot hårt, öga mot öga. Flickan tryckte sig mot marken ännu hårdare och grinade sitt allra mest skräckinjagande harmynta grin upp mot den mörka himlen ovanför henne. Det blev ett ilsket och djärvt stirr i många sekunder, utan blink, och det i sin tur framkallade mest en massa tårar som i ovädret bara frös i ögonvrån så att hennes synfält bara minskade ännu mer och ögonen klibbade ihop.

Mitt i alltsammans blev hon alldeles kraftlös, all energi rann ur henne på en gång. Ungefär samtidigt försvann solen och himlen murades igen av svarta, violetta moln. Snön började falla; en snö som förvandlades till tät yra i vinden som blåste upp till stormstyrka, också det på bara några ögonblick. Sandra låg kvar i snön, nu förstenad. Oförmögen att röra sig. Kroppen ville inte. Det onda ögat hade naglat fast henne där på stället. Det svindlade, och nu förstod hon att hon skulle dö. Hon kunde inte göra något åt det, hon skulle bli begravd i snö.

"Hjälp!"
Nej. Det fick inte vara så. Hon ville inte dö! Ville inte! Och hon blev rädd igen och började ropa på hjälp för allt vad hennes lilla liv var värt. Inte visste hon vem hon ropade till, hon bara låg där och skrek, skrek, medan snöyran tätnade omkring henne.
"Hjälp!" När hon väl hade börjat skrika kunde hon inte sluta, bara inte kunde. Och det var plötsligt det nästan hemskaste av allt.

Då var Lorelei Lindberg där, bredvid henne. Förskräckt och agiterad dök hon upp i stormen, hon hade tappat skinnmössan, i hennes tjocka lingula hår hängde tunga snöklumpar och ögonsminket hade runnit över kinderna i långa gröna strimmor. Lorelei Lindberg hade en förmåga att glömma allt när hon lekte, att verkligen förlora sig i leken.
"Lilla unge." Lorelei Lindbergs ansikte skrynklades av bedrövelse och medlidande. "Vad har hänt?"
Men lilla Sandra kunde inte svara. Fick inte ett ord ur sig, kunde fortfarande inte röra sig. Hur skulle hon förklara det? Hur i all världen skulle hon få någon annan att förstå? Det gick ju inte. Så alltså, hon låg där bara, ansiktet vänt mot himlen som inte längre syntes, som en stucken gris och skrek.

"Men herregud! Sluta nu!"
Om det var något som irriterade Lorelei Lindberg så var det hennes dotters gråtanfall, de ganska ofta förekommande. Hon hade verkligen undvikit att sätta sig in i dem så pass mycket att hon skulle ha förstått

att skilja det ena slagets gråt från det andra slagets gråt, och en sak var säker, hon gitte inte höra på dem någon längre stund.

Och nu rann tålamodet av henne ännu en gång. Med en beslutsam och energisk ilska tog hon tag i sin dotter och rev upp henne ur snön. Det var inga milda handtag; hon var tvungen att använda all sin kraft eftersom Sandra själv ju var så tung och viljelös, alldeles bortdomnad i alla leder, som en trasdocka. Och som vanligt, som hon brukade när hennes mamma handskades en smula hårdhänt med henne, kopplade Sandra bort sig själv i huvudet, var närvarande och ändå inte det. Men den här gången gjorde hon det inte för att hålla sig undan, eller för att hon på något sätt skulle ha tyckt synd om sig själv. Tvärtom. Hon hade kommit ur snön. Att bli brutalt uppriven hade kanske varit det enda sättet. Förtrollningen var bruten. Hon var nöjd och ganska lättad.

Men plötsligt hejdade sig Lorelei Lindberg i sin ilska. Hon släppte taget om sin dotter – ja, hon hade återfått rörelseförmågan, hon kunde stå på egna ben – och blev stirrande på spåren som hade blivit kvar på marken.

"Men vilken underbar ängel! Har du gjort den alldeles själv?" Stoltheten i Lorelei Lindbergs röst var inte att ta miste på, ilskan var som bortblåst, och hennes entusiasm lika äkta och ärlig som den stora frustrationen nyss. Lorelei Lindberg såg från sin dotter till ängeln i snön, från ängeln till dottern och tillbaka, och hon glittrade av upphetsning. Som om det var något oerhört. Och så vände hon sig om och ropade ut i snöovädret som redan hade hunnit förvandla hela det vackra landskapet till en dimmig och grå gröt där man knappt såg mer än några meter framför sig.

"Humpte! Kom och titta vad Sandra har gjort! Alldeles själv!"

Och strax därpå, ur snöyran, ur vinandet av en vind som utplånade alla andra ljud, uppenbarade han sig. Han var den uppspelta gorillan, lätt framåtlutad, pannan rynkad i veck, och händerna dinglade slött framför honom, nästan släpade i marken där han tog sig fram med fart. Och med siktet rakt på Lorelei!

"Här kommer snögorillan och tar dig!" vrålade Ålänningen. "Ugh! Detta är ett överfall! Apan är tillbaka!"

"Sluuta! Tjiuuuh!" tjöt Lorelei Lindberg men det var för sent. Innan någon visste ordet av hade Ålänningen kastat sig över henne igen och båda tappat balansen och fallit omkull på marken där de rullade fram och tillbaka, fram och tillbaka, brottandes, fnittrande, över ängeln i snön som naturligtvis förstördes under dem.

Knappt hade Sandra haft sitt ögonblick av triumf, så var det över. Knappt hade ängeln blivit gjord (och till vilken effekt? Det var något man verkligen kunde fråga sig) så var den utplånad från jordens yta.

Då blev Sandra ifrån sig, igen. Men den här gången på det vanliga sättet, på det sätt hon hade varit ifrån sig i sina föräldrars sällskap så många gånger förut.

"Ni har söndrat den!" skrek hon och brast i gråt. Tårarna sprutade ur hennes ögon, hon gick ner på huk i snön och bara vrålade. Månstövlarna tålde förstås inte ett sådant balansskifte i kroppen, så hon dråsade ner på rygg och hamnade i en underlig ställning halvt sittande på marken; det var verkligen obekvämt och gjorde sitt till för att gråten inte skulle höra upp.

Äntligen lystrade hennes föräldrar. Äntligen hörde de upp med sina lekar. Lorelei Lindberg sprang fram till Sandra och försökte lägga sina armar om henne men Sandra bara slog vilt omkring sig och blev ännu mer hysterisk.

"Herregud lilla vän", försökte Lorelei Lindberg. "Slappna av. Det var bara en lek."

Men Sandra slappnade inte av, nu hjälpte ingenting, allra minst vad någon försökte säga. Allt var förstört redan ju, Sandra var otröstlig. Och Ålänningen och Lorelei Lindberg stod maktlösa bredvid henne; och nu fick de finna sig i att verkligen stå där, modfällda och handfallna i den grymma stormen, som två fån.

Men förstås, inte alltför länge. Om det som sagt var något som Lorelei Lindberg inte var begåvad med så var det en ängels tålamod och detta gällde framför allt hennes enda dotters skrik och skrän vilka som sagt också var ganska ofta förekommande.

"Herregud unge!" ropade hon till sist. "Ta dig nu samman! Jag har ju sagt att det bara var en lek! NU tänker inte jag i alla fall stå här och gapa åt dig en sekund till!"

Och Lorelei Lindberg vände om och började med stor målmedvetenhet plumsa tillbaka genom snön mot promenadvägen som ledde till byn därifrån de kommit; byn med alla hotell, restauranger och nattklubben Den Skenande Kängurun som var en samlingspunkt för det internationella jetsetlivet. Och med alla människorna. När Lorelei Lindberg väl hade börjat gå gick hon rakt fram utan så mycket som en blick bakom sig. Och snabbt, mycket snabbt, var hon uppslukad av stormen och dimman – lika uppslukad som huset, skogen, alperna, hela det storartade pusselspelet nyss.

Allt som var så öppet blir en sluten värld igen.

Nu fanns bara snö, och där i mitten far och dotter. Sandra som nu verkligen försökte lugna ner sig och småningom lyckades med det, och Ålänningen, som så ofta med fötterna liksom i varsitt dike på en och samma gång. Dotterns å ena sidan, hustruns å den andra. Vad i hela fridens namn skulle han ta sig till nu?

Nej. Det gick inte att grubbla sig fram till det. Och det var tur det, för ett sådant grubbel skulle inte ha fört honom någon vart. Han skulle bara ha blivit stående där i snön, stel och fastfrusen likt sin ängeldotter nyss.

Nä, som tur var var Ålänningen i motsats till sin dotter en som INTE var begåvad med ett komplicerat inre liv. Ett ögonblicks fundering räckte, sedan hade han vänt sig till henne igen:

"Hördu nu lilla fröken Surpuppa! Så allvarligt var det väl nu inte! Se på pappa!"

Och han hade slängt sig på rygg i snön och börjat vifta med armarna upp och ner, upp och ner, några raska drag och vips hade han fått till stånd en ny ängel bredvid den gamla, Sandras ängel, den som inte längre fanns.

"SIMSALABIM! Vem har nu varit framme? Om inte direktör Houdini!"

Han hoppade upp och skakade av sig snön, gjorde en dum teaterbugning samtidigt som han ännu en gång, försiktigt, liksom i mjugg, sneglade åt det håll där Lorelei Lindberg inte längre syntes, där hon hade gått in i en mur av bara snö. Han låtsades så oberörd av det, men som så ofta när Ålänningen skulle låtsas något blev det som skulle döljas bara ännu mera uppenbart. Han la sin arm om sin dotter och drog i henne lite, lite grann bara, igen liksom omärkligt men budskapet var tydligt. Nu ville han iväg.

"Du förstår ju ingenting!" fräste Sandra och slet sig ur sin pappas grepp. Hon var lugn igen, men ordentligt arg. Nu fick det vara nog! Med alltsammans! Allt!

Och hon satte av i språng. Sprang ut i snön, sprang och sprang, även om i och för sig nog mot vägen till för om man inte skyndade sig nu så skulle det vara svårt att hitta tillbaka till byn överhuvudtaget (i alperna kunde snön mura igen vägar på en sekund, det hade hon läst i hotellbroschyren för bara någon dag sedan).

Hon sprang alltså INTE efter mamma. Hon sprang bort. Överhuvudtaget. Ut i vitt. Bort från mamma, bort från pappa, bort från det onda ögat, bort från huset, ödeshuset.

Lilla Bombay. Siden rasgulla. En exklusiv blandning. Inte äkta, men faller så mjukt så mjukt.

Lilla Bombay, vintern, en sådan halvmörk dag, och i skymningen, ingen i affären.

Det var aldrig någon i affären.

Inga kunder alltså. Nästan. Bara Lorelei Lindberg, vi kallar henne så, och den lilla flickan.

En liten silkeshund, som viftade på svansen.

Eller bara låg, under ett bord, flämtande vid sin vattenskål.

Och tygerna föll ner över bordets kanter.

Tygerna som mamma klippte i, ibland.

Duppioni. Italienskt. Det är det bästa, det av allra högsta kvalitet.

Sedan följer, i nämnd ordning, det indiska och det kinesiska.

Lilla Bombay, alla tygerna.

Och, när man såg ut, en våt snö som föll mot den mörka asfalten, så våt att den smalt innan den nådde asfalten.

Det var inga kunder i affären. Eller: någon gång kom någon in och köpte en dragkedja eller fodertyg.

En skulle ha thaisiden, men texturen på den som fanns dög plötsligt inte.

Det skulle vara two ply, inte four.

"Dessa mänskor, vad tror de om sig?" tänkte Lorelei Lindberg, fast hon sa det inte högt.

Hon sa ingenting högt. Varför skulle hon? Hon var inte den som tände en cigarrett och frossade i dubbeltydigheter.

Hon rökte inte ens.

Hon ordnade trådrullar och gjorde beräkningar i sitt häfte.

Ibland såg hon upp och ställde frågor.

Sandra, lilla Sandra, vad tror du att Älänningen gör precis just nu?

Och de gissade.

Det var före det ihärdiga telefonerandets tid.

Han ringde sällan. Nästan aldrig. Men strax innan stängning kom han till butiken.

Det var hennes vänner som ringde, väninnorna.

"Och nu har vi tjattrat bort en timme igen."

Organza.

De spelade musik. Hennes musik.

Bananskivan.

Hon la pussel ibland. Alpvilla i snö, 1500 bitar.

Det blev aldrig färdigt.

"I'm waiting for the man" var en sång.

"Heroin."

En annan.

Och:

"Take a walk on the wild side."

Inte förstod man vad det betydde, man lyssnade inte på orden.

Det var som när Bob Dylan sjöng:

"To dance beneath the diamond sky with one hand waving free."

Det var inte orden. Inte betydde det ju något.

Bara rappakalja.

Men man förstod precis.

Ålänningen kom vid stängning.

Och hämtade henne hem.

En annan låt som spelades mycket på den tiden:

"Vår kärlek är en kontinental affär, han kom i en vit Jaguar.

Jag väntade på honom i min röda regnkappa för det regnade den dagen."

Var det så den gick?

De stod i regnet utanför Lilla Bombay och väntade.

Mamman, silkeshunden

Och det regnade.

Och ja, det regnade.

Shantung.

Lilla Bombay, den lena silkeshunden.

Och alla tygerna.

Men någon lång stund höll ju inte flickans sturska, självständiga mål-
sättning att springa iväg på egen hand, för knappt hade hon fått upp
något slags fart i de eländiga stövlarna innan hon förstod att hon på
intet vis var ensam, hon hade någon efter sig och någon snabbt bredvid

sig; någon som inte skulle ge sig, vilket bekräftades av en bekant och lekfull klatsch på ryggen. Det var Ålänningen, förstås, vem annan?

"Nu accelererar vi de här motorverken!" hojtade han. "Nu springer vi ifatt mamma!"

Som om allt fortfarande var en lek. Och Sandra insåg igen att det var urbota hopplöst alltsammans. Men samtidigt, hon måste ge sig. Inte kunde hon heller stå emot honom. Han var ju så lustig, så glad, hennes alldeles egen pappa Ålänningen, den charmiga och med humör. Hon kunde inte göra något åt det heller, att ohjälpligen smittade också det humöret av sig.

Det var omöjligt att vara arg på honom en längre tid. För i Sandra fanns också en liten hund, den lena silkeshunden, den som viftade på svansen, viftade och viftade, för att den också ville vara med och leka.

Och de sprang vidare tillsammans och i snöyran hördes strax någon hoa som en fyrbåk på ett dimmigt hav:

"Lorelei! Gissa vad! Sandra och jag kom just på en strålande idé! Nu springer vi alla tillbaka till hotellet allt vad vi orkar och sedan stannar vi inne på rummet och dricker rom och toddar hela dagen!"

En stunds paus, och sedan kunde uppfattas ett glädjestrålande "mina fantastiska små jättekultingar!" som svar.

Och precis just i den sekunden skingrades snön och hon stod mitt på vägen framför dem, Lorelei Lindberg, armarna utbredda som för att ta emot dem båda i sin famn.

"Och vilken förtjusande idé förresten!" fortsatte hon, sänkte händerna och log så ömt och innerligt. Mer behövdes inte för att också den lilla lena silkeshunden skulle lystra; springa skrattande mot mamma, så lekfull och så ivrig, bufflande nosen före rakt in mot mammas mage, och viftande på svansen.

Lilla Bombay.
   De lärde tvistar om DET är sidentaft eller habotai.

De må tvista. Vi föredrar habotai. Det är så tunt och skirt.

Som en hinna.

"Waiting for the man."

Så poröst, som om det inte var tyg.

Som om det nästan inte fanns.

"Lilla Sandra, vad ska du bli när du blir stor?" frågar Lorelei Lindberg Sandra Wärn, sin lilla dotter, i Lilla Bombay, bland alla tygerna.

"Jag ska bli en sidenmask.

En kokong så mjuk så mjuk."

"Ha ha", sa Lorelei Lindberg. "Det tror jag inte."

"Eller en silkeshund."

Och till Älänningen, så mjukt och lätt:

"Hon säger att hon ska bli en silkeshund när hon blir stor. Är det inte något speciellt med henne? Är hon inte underbar?"

Och till Sandra:

"Jag tror, lilla vän, att du ska bli kläddesigner när du blir stor. Det skulle väl vara roligt?"

Sidenchiffong och sidengeorgette. Två tunna, tunna material som inte får förväxlas med varandra.

Vi föredrar georgette. För att en riktigt fin georgette är en konst att finna.

"Men vi har den här, på den här kartan ska du se."

"Känn."

Och det var i Lilla Bombay, bland alla tygerna.

Sagt och gjort. Hela resten av dagen hölls familjen inne på sitt hotell. Först i baren och sedan på restaurangen och efter en sväng på jetsetnattklubben Den Skenande Kängurun på sitt eget hotellrum igen, med room service. Det gungade, gungade. Av den kvällen och natten och det som följde sedan, några dagar, skulle Sandra Wärn inte ha många minnen. Mest luckor, fyllehallucinationer, hon skulle bli mycket sjuk av alkoholen som hon drack i smyg och inte tålde.

Men ur dessa luckor skulle framträda följande i alla fall. Bilden av

Jayne Mansfields döda hund bland skärvorna efter en bilolycka som haft dödlig utgång för alla inblandade; filmstjärnan och hunden, och också en krossad liten whiskybutelj skulle ligga kvar på asfalten. Det var den bilden hon kastade upp på till sist, när det liksom blev för mycket av alltsammans. Då var det redan natt och äntligen gick det upp för hennes föräldrar att något var på tok. Och det blev ett snabbt slut på festligheterna.

På hotellrummet: Ålänningen och Lorelei "diskuterade". När de hade "diskuterat" började de gräla. Ålänningen och Lorelei Lindberg älskade att gräla men hade en tyst överenskommelse om att detta sakförhållande inte skulle avslöjas. Om man inte grälade på allvar kunde man ju inte försonas på allvar efteråt. Och det roligaste med att gräla var att försonas. Och då fick ingen störa dem.

Det var just när grälet hade nått sin kulmen som illamåendet som inte kunde hejdas vällde upp inuti den lilla flickan. Och sedan följde fylle- och baksmällehallucinationer i tillstånd mellan sömn och vaka, dunderhuvudvärk och magsköljning på ett sjukhus där svartklädda nunnesystrar med bedrövade uppsyner vakade över den lilla harmynta.

Men ändå, detta var ovedersägligt i alla fall. En morgon, inte följande men kanske nästa, stormen hade bedarrat och det var sol och klart igen och klockan var nog ganska mycket fast Lorelei Lindberg ännu låg och sov. Ålänningen ruskade liv i Sandra där hon låg på soffan i det stora rummet som nästan var en svit ("det är NÄSTAN en svit", det var bland annat sådana saker som hennes föräldrar brukade gräla om). Ålänningen visade hyschtecken och uppmanade henne ordlöst att klä på sig fort och komma med. Och iväg med flickan ut igen, och innan hon visste ordet av var hon och Ålänningen tillbaka på den eländiga promenadvägen igen, den här gången i riktig taxibil.

"Det här ska bli vårt hem", sa Ålänningen och pekade över fältet på detsamma huset vars trollkraft inte hade skingrats.

"Här?" frågade Sandra knäsvagt och tyckte sig för ett ögonblick, trots sin låga ålder, förstå alla dem som super skallarna av sig för att de inte står ut med att stå öga mot öga med verkligheten. Och hon försökte lägga in all tvekan och allt motstånd hon kunde uppbåda i detta lilla "här?" Men det var uppenbarligen inte mycket. Huvudet fortsatte bulta i solskenet, hennes ängel hade blivit begravd för gott, hennes ängel, andras ängel, allas änglar, och nu sken igen en fullständigt neutral sol från en klar och hög himmel som i allra högsta grad var likgiltig för dem.

"Inte här ju", sa Ålänningen otåligt. "I hemlandet förstås. Kom så går vi och ringer på. Jag måste fotografera."

De hade plumsat genom snön, Ålänningen först, dottern efter. Sandra hade ändå sackat av, kanske med flit. Det var ju för förryckt alltsammans och det tvinnade i huvudet och magen annars också. Hon såg hur Ålänningen sprang upp för den långa trappan och ringde på. Och vad var det? Något slags alpmarsch spelade plötsligt upp för fullt i den idylliska naturen. Det var dörrklockan, alltså.

"Vilken mojäng!" ropade Ålänningen hänfört från trappavsatsen där han stod till sin dotter som i alla fall inte entusiasmerades ett dugg. Han väntade och väntade, sången tonade ut, ingen öppnade.

Så Ålänningen fick klara sig med kameran på egen hand så gott det gick, så det blev så att han bara fick utsidan av huset fångad på sin film.

Och strax var han i färd med kameran: klick, klick, klick och klick.

Flickan, hon slöt ögonen av yrsel, och plötsligt såg hon framför sig: en alpvilla vid ett dräggigt träsk. Ett hus med söndervittrande fasad och en lång trappa. Och en kvinna som föll nerför trapporna och rullade nerför alla trappstegen i grå betong, handlöst. Blev sedan liggande på marken som en död.

Förd till sjukhus, sydd i nacken med ett stygn som hette Fjärilslik.

Och inne i huset, i källarvåningen, en simbassäng utan vatten i. Och det var någon som sprang i den, av och an mellan de båda kortändarna. Sprang och sprang, armarna fäktande simrörelse före sig i tomma luften.

Torrsim. Att hon var den ungen, det såg hon också själv. Och i bakgrunden SKOTT. Pang.

Fast pang. Kanske var det bara i huvudet det [...]
hade gått ner på marken i alpsolen nu, hon kund[...]
sin dagen-efter-svaghet och begrep att hon sku[...]

Fast då var Ålänningen där och ruskade hen[...]
allt blev bra igen.

"Är jag inte en Ålänning värd namnet?" sa Ålänningen på strålande
humör i taxin på vägen tillbaka till hotellet. "En sjudjävlars en med
kaptener i släktled på släktled bakåt i tiden?"

"Mmm", sa Sandra, för det var så hon brukade svara när han höll på
sådär.

"Jag menar huset", förtydligade Ålänningen i solskenet. "Blir det inte
fenomenalt?"

"Ja", svarade Sandra sakta. Och visste då, i samma stund hon hörde
sin röst, att allt var oåterkalleligt.

"Det här beseglar vårt förbund", sa Ålänningen också. "Nu delar vi
en hemlighet. Kom ihåg. Jag litar på dig. Inte ett ord till någon."

Och då förstod hon också en annan sak. Hon kunde inte längre dra
sig ur. Hon var med nu, vare sig hon ville eller inte. Och det var ingen
hallucination. Det var rena rama verkligheten vilket, trots det omtöck-
nadens tillstånd som i situationen rådde, stod mer än någonsin full-
ständigt klart.

Lilla Bombay

*Pashmina uppfanns för över 400 år sedan när Noor Jahar, fru till kejsaren
Jehangir, bad sina vävare framställa ett ylletyg "som var så lätt som ett moln
men lika varmt som en öm omfamning".*

Och hon fick det.

Många är finesserna och hemligheterna med pashmina.

Siden är, ska vi säga det direkt, andra klass.

ar om siden i pashmina alltså.
tig pashminaull kommer från fårmagar.
ller var det bakdelar.

"Såhär såg det ut. Ett rum med tygrullar, två bord och hyllorna.
   I bakre rummet ett bord och en stol och skivspelaren.
   En vattenkokare. Vi drack alltid te. En viss sorts te."

"Men hon kunde bli arg också. Varför kommer ingen?"
   "Och du frågar som om affärerna gick bra."
   "Affärerna går uselt."
   Och alla nålarna föll ut ur hennes mun, hon var så arg.
   Och klirr klirr föll nålarna över golvet.
   Lilla Bombay —
   Lilla Bombay, Köpmansbranten 42, i en förort i de västra delarna utan-
för staden vid havet, öppet mellan klockan åtta och aderton på kvällen.
   En tygaffär, "för siden. Kan något vara mera idiotiskt?"
   Pusslet i bakrummet, på det lilla bordet.
   Alpvilla i snö.
   Och alla tygerna.
   "... Och Älänningen. Vad håller han på med igen? Han är ju så sällan
hemma..."

Och en dag öppnades dörren och en bekant steg in i butiken:
   "När man talar om trollen."
   Det var inte Älänningen, utan Svarta Fåret.

"Long time no see. Men kom ihåg det här. Att det inte alltid är så underbart
att se hur ens drömmar ser ut i verkligheten."
   Svarta Fåret, den evige arkitektstuderanden, Älänningens bror.
   Alltid på språng, alltid fullt sysselsatt.
   Som Älänningen. Men dock, så annorlunda.

Och så var det, en tid senare. Närmare bestämt den tid som det tar för en elefantunge att bli färdigbakad i sin mammas mage.

"Ett tärningskast från lyckan", ropade Ålänningen och hasade in ett väldigt fyrkantigt paket i sovrummet i lägenheten de bodde i i hemlandet. Paketet var nästan lika högt som Sandra, hade silverpapper om sig och ett brett rött sidenband som var knutet i en frivol, tropisk blomma mitt på toppen. Sandra visste. Hon hade sett alltsammans redan innan, fast hon sedan när det begav sig i realtid låg och tryckte i mammas säng under mammas täcke. Knep ihop sina ögon, höll händerna för öronen och lallade för sig själv för att utestänga det som inte kunde utestängas.

Och så regnade det glitterkonfetti över sängen, paketet, rummet, henne.

Några dagar före Lorelei Lindbergs födelsedag, det var just när man trodde att han hade glömt alltsammans, i alla fall just när man själv hade glömt så att man på allvar hade börjat koncentrera sig på andra saker i sitt liv, hade Ålänningen kommit in till Sandra i hennes rum med en plastkasse i handen. Lorelei Lindberg var i Lilla Bombay, tygaffären, och Sandra låg hemma i sängen och i slutsvetten av den första barnsjukdomen (var det vattkoppor eller röda hund: hon mindes inte). Han stängde dörren bakom sig ordentligt och grävde sedan i plastkassen och fick upp ett ganska stort föremål som han vecklade ut framför henne ur sitt bruna omslagspapper.

"Titta Sandra! Vad har vi här? Ringer några klockor?"

Sandra förstod ingenting. Eller jo. När hon såg föremålet, det var en klocka – en ytterdörrs ringklocka av ganska speciell art – då förstod hon plötsligt alldeles för mycket. Ålänningen menade: "Kommer du ihåg?" Naturligtvis gjorde hon det sedan, hon hade genast känt igen klockan också så att hon visste precis vad den liknade. Ringklockan vid en ytterdörr till ett visst hus som de hade sett i alperna, för länge sedan.

Och nu; en ålänning glömmer som sagt aldrig en god idé när han väl har fått den. Och han var ju en karl för sin beteckning, för sjutton, en

71

Ålänning av ett sällsynt segt virke dessutom.

Klockan såg ut som ett gökur och fungerade tydligtvis på samma sätt. Man drog upp den i två metallsnören i vars ändar två klumpar som skulle föreställa kottar-från-skogen hängde, tunga, av metall de också. När man ringde på (tryckte på en knapp) öppnades en terrassdörr i miniatyr på den alpvilla i miniatyr som klockan var snidad till, och några mosiga alpgubbar och alpgummor med skummande ölsejdlar i händerna trädde fram samtidigt som en alpmarschvisa spelade upp. Illamåendet vällde återigen upp i Sandra, ett illamående som liksom härmade illamåendet i baksmällan som hon hade haft i alperna, och där var den igen, den sällsamma smaken av total hopplöshet och rutten rom i munnen.

Nach Erwald und die Sonne. Die Sonne. Die Sonne. Die Sonne. Lät klockan. Hur i all världens dagar hade hon kunnat glömma den?

"Du anar inte hur svårt det var att få tag på den här klockan", sa Ålänningen belåtet. "Det var nästan svårare än att bygga hela huset!"

Sandra lyssnade, på allt, närmast mållös av förtvivlan.

"Men jag lyckades!"

Och hon nickade. En gång eller två gånger, men annars var hon stum, bara stum, fast Ålänningen som vanligt inte märkte något alls av hennes förställning. Han var som sagt en sådan som inte ägnade sin tid åt att analysera uttrycksfulla tystnader, okontrollerade ordsvador och alla tänkbara undermeningar i dem, med mera och med mera. Allt vars betydelser liksom låg på något sätt bakom.

"Det är alltså färdigt nu", förtydligade han som om det ännu skulle ha rått minsta oklarhet om saken. Och la till, uppfylld av sin egen driftighet:

"Det är alltså vad som har sysselsatt mig i alla dessa dagar. Rom byggdes som bekant inte på en dag. Och det tar två år för en elefantunge att bli färdigbakad i sin mammas mage."

Efter en sådan slutkläm som inte alls var rolig i sitt sammanhang, bara dum och fånig, meddelade Ålänningen att det var i övermorgon, då Lorelei Lindberg hade födelsedag, som det skulle "smälla till".

"Och nu ska vi två konspirera närmare om den saken. Det här var ju bådas vår idé från början. Och vi vill ju att det ska bli en *hejdundrande överraskning* för henne, inte sant? Överraskningarnas överraskning. Till henne från oss båda!"

Och Ålänningen tog på sig solglasögonen som han på den tiden nästan aldrig tog av sig för i hemlighet inbillade han sig att han såg ut som en viss populär fransk filmskådespelare när han hade dem på sig, och det gjorde han ju också, förstås. Kanske hade han också för sig att det skulle påminna Lorelei Lindberg om jetsetlivet där de tidigare förekom så mycket oftare än nu då det med livet och barnet och vardagen och de dåliga affärerna för tillfället hade blivit ganska mycket mindre av den varan. Och så var det ju inte precis billigt att köpa tomt och bygga hus.

Tog på sig de mörka glasögonen så att man inte kunde se hans min. Och ibland – just i sådana stunder som den nu – blev Sandra alldeles säker på att det höll streck det som Svarta Fåret i en viss vit Jaguar hade sagt; att det var inget fel på Ålänningen i sig, "frånsett den detaljen att han inte är vid sina sinnens fulla bruk. Fråga mig bara, jag är ju hans bror".

Eller, *hade inte alla pojkar hemma* som man sa i Trakten som de snart skulle flytta till. Bakom de mörka glasögonen var fullt med tomt.

Lilla Bombay

Låt inte dupera er. Den finaste pashmina är inte en sidenblandning.
  Pashmina med silke i är billigt.
  Inte alldeles värdelöst, men inte det finaste och mest exklusiva, det som vi nu är ute efter.
  (Lilla Bombay, och alla tygerna)
  Lorelei Lindberg talade med en väninna i telefon:

"Jag har ett barn som gråter så mycket."

"När min dotter gråter. Som min dotter gör så ofta. Då tappar jag tron på livet. Nästan.

Då förlorar jag mitt grepp, mitt mod, mitt…allt."

Knäppte av *"Heroin"* och på radion.

Ur radion skvalade i stället:

"Vår kärlek är en kontinental affär. Han kom i en vit jaguar."

Det var ingen som undgick den dängan på den tiden.

"Hur det är… jag vet inte", sa Lorelei Lindberg i telefonen. *"Det är lite jag vet inte knepigt. En konstig stämning."*

Polyester har tillkommit som en raffinerad kopia av det äkta.

Avancerad polyester är till förväxling lik äkta siden.

Men säg mig då, vad är det för idé med det?

Och silkeshunden kom ut från under bordet, knäppte av radion och på *"Heroin"*, igen.

Det gick i dörren – Svarta Fåret kom in:

"Sniff. Sniff. Mmm. Det luktar MUS."

Födelsedagen som gick av stapeln några dagar senare började med att Sandra kom in i sovrummet där Lorelei Lindberg låg ensam i den stora dubbelsängen (den äktenskapliga sängen, som den också hette) och väntade på uppvaktning medan hon låtsades sova. Hon var väl medveten om vilken dag det var och nogsamt förberedd på alla upptåg som den här dagen låg framför henne. Lorelei Lindberg älskade födelsedagar, framför allt sin egen. Sandra hade födelsedagsbrickan i sina händer och sjöng födelsedagssången ensam med sin späda lilla röst: *I skogen skulle det bli fest, man gnor och flänger värre, för Bamsen fyller femtio år, han är en omtyckt herre,* som var den enda sång som hon kunde nästan alla orden till. Lorelei Lindberg slog upp ögonen och spelade förvånad, men studsade piggt upp i sittande ställning, sträckte på sig som en katt och skrattade som ett födelsedagsbarn ska göra. Men samtidigt, fast hon ju gjorde allt för att det inte skulle märkas, tittade hon förstulet omkring sig. Men var var HAN, med alla hennes paket? Alla de riktiga paketen, de riktiga presenterna? För på brickan som Sandra höll i händerna fanns vid sidan av koppen med skållhett lapsangsouchongte och några smörgåskex med apelsinmarmelad bara Sandras eget presentpaket som var litet och i så speciellt format att man genast såg vad som fanns i det. En elefant, en liten en, av elfenben. En sådan elefant som Lorelei Lindberg hade sagt att hon aldrig kunde få för många av; och hon hade säkert tio redan.

Men ingen Ålänning var någonstans, vilket – fast det visste ju inte Lorelei Lindberg – Ålänningen och Sandra på förhand hade kommit överens om. Det var meningen att Sandra skulle säga till sin mamma att Ålänningen tyvärr hade varit tvungen att resa sin väg långa vägar i en brådskande affärsangelägenhet redan tidigt på morgonen och därför inte skulle vara hemma under hela födelsedagen så tyvärr skulle mamman och dottern den här födelsedagen få hålla till godo med bara varandra.

Detta var alltså vad Sandra skulle förklara för Lorelei Lindberg när hon hade sjungit den eländiga bamsevisan till slut medan Ålänningen själv skulle stå bakom dörren och invänta ett lämpligt ögonblick att avbryta det hela – och det skulle vara just det ögonblick då Lorelei Lindberg verkligen hade börjat tro på vad Sandra sa och liksom kastat hoppet så att det hördes på henne med. Denna resignation skulle för Ålänningen sedan vara tecknet att PADAM smälla upp dörren och stå där i öppningen i egen hög person med sin Veuve Clicquot-champagne, sina cigarrcigarretter som röktes enbart födelsedagen till ära och framför allt med presenten, den väldiga presenten och sitt rop: "Ett tärningskast från lyckan! Varsågod!"

Men redan mitt i födelsedagsvisan hade Sandra alltså blivit så modfälld och gråtfärdig över det som väntade att hon hade kommit av sig tvärt mitt i sången och inte sett någon annan råd än att hoppa rakt ner i mammas säng och krypa upp tätt intill mammas kropp och knipa ihop ögonen och utstöta små bara för henne själv kännspaka gnyenden av maktlöshet.

"Men herregud unge, vad är det nu då?" Då hade Lorelei Lindberg i sin tur ruskat häftigt på sig och tekoppen på brickan som Sandra med nöd och näppe hade hunnit ställa ifrån sig på nattduksbordet före störtdykningen hade vällt och det hade strittat brännhett te över dem båda. Fast mest av allt över Sandras vänstra arm och det hade svidit till ordentligt – om det inte hade varit Lorelei Lindbergs födelsedag skulle Sandra nog ha fått ett gråtanfall, fast det lyckades hon i alla fall dagen till ära för stunden avvärja.

Men så, sugande på det ställe på huden som hade bränts, hade Sandra hållits kvar i sängen och alltså sett till att komma så långt som möjligt under täcket med huvudet före dessutom (som en struts som tror att den undkommer faror genom att sticka huvudet i sanden). Utan att se, utan att höra, utan att göra någonting. Bara hennes tunga, den egna och lilla och tveksamma tungan hade spelat över den ömma nyss brända armhuden. Där skulle säkert äckliga vattenblåsor pluppa upp så småningom, blåsor som hon skulle roa sig med att gröpa hål i eller peta i i största allmänhet så att såret kanske skulle infekteras och hon skulle bli tvungen att uppsöka hälsosysterns mottagning i franska skolan för att visa upp sig. Hon kunde, om hon riktigt ansträngde sig, redan höra hälsosysterns röst:

"Om du rör det en gång till har du en ärrbildning att dras med hela resten av ditt liv. Vill du verkligen det? Vill du verkligen ha sådana ärr, du som nyss har blivit opererad i din läpp? Du som nyss har blivit hel i munnen. Normal. Normal som alla andra barn?"

Normal. Hälsosystern i franska skolan hade normal på hjärnan. Men å andra sidan hade hon gått på så om Sandras nyvunna normalitet att effekten blivit den nästan motsatta. Så att man hade kunnat tro att hälsosystern ändå, till syvende och sist, inte alls var så övertygad om Sandras normalitet som hon ville låta påskina. Kanske ville hon mest övertyga sig själv genom att hålla på sådär? Det gillade Sandra, som en lek.

Och senare i livet, under den bästa tiden, den som tillbringades i simbassängen utan vatten i med Doris Flinkenberg, skulle Doris bli en alldeles förträfflig hälsosyster i en lek. Utan vidare skulle hon förstå sig på hälsosysterns i franska skolan essens och hemlighet; leken skulle heta Hälsosysterns hemlighet.

"Jag var den första som genomskådade henne", skulle Doris Flinken-berg säga i simbassängen utan vatten i som skulle bli deras tillhåll i huset i den dyigare delen, med en röst som var dov och ack så lik. "SandraIdiotHarmynt. En infernalisk lögnare. Gjorde sig till för allt vad hon var värd. Men jag såg igenom henne, jag."

Fast detta var i alla fall en viktig upplysning (och den var sann). Att nu, den här morgonen i världshistoriens början, ett öde blev beseglat; *den harmynta inte harmynt längre*. Sandra hade gått andra året i franska skolan då diagnosen slogs fast och en operation blev utförd snabbt där-efter. "Vi remissar snabbt i det där ärendet", hade hälsosystern sagt stolt, som om detta initiativ bara var hennes eget och Sandra, lilla Sandra, hade verkligen inte gjort väldigt mycket för att ta henne ur den villfa-relsen. Rättare sagt, Sandra hade inte gjort någonting alls eftersom själva villfarelsen varit liksom hela idén med allt.

"Man skulle kanske ha tyckt att dina föräldrar skulle ha ingripit lite tidigare", sa hälsosystern som kontaktade munspecialisten som genast skrev in datum och klockslag för en operation i sin kalender. "Har din mamma eller din pappa verkligen inte sagt något alls?"

"Nej", ljög Sandra, lugnt och saktmodigt.

Hälsosystern bara skakade på huvudet, sådana föräldrar det nuförti-den fanns. I likhet med många andra hade hon också en massa fördo-mar mot det ytliga sus-och-dus-liv som dessa jetsetmänniskor i hennes ögon levde, och att Sandras föräldrar Ålänningen och Lorelei Lindberg

77

i Sandras egen beskrivning också hörde till dem hade inte precis förbättrat saken.

"Mamma och pappa tycker att det är bra som det är", eldade Sandra på. "De tycker att jag ser lustig ut. De tycker om att skratta åt mig. Fast de menar väl. De har bara ett sådant fenomenalt sinne för humor. Det är inte illa menat."

Och det hade ju gjort hälsosystern ännu mera ifrån sig av ilska och indignation.

"Det var inte snällt gjort", sa hon och rösten nästan darrade av förtrytelse. Men så hade hon fortsatt mera bestämt än argt, rentav lite triumferande: "Då är det ju bra att jag har tagit saken i mina egna händer. Och, inte för att jag har någon åsikt i saken, *jag tvår mina händer,* men jag måste säga att jag personligen anser att man inte ska skratta åt ett barn."

Det var förstås lögn alltsammans från början till slut, men hade man kommit så långt i sina osanningar kunde man rimligtvis inte dra sig ur längre i det skedet, det förstod ju den lilla harmynta instinktivt, även om det var till förfång för en själv. Det senare gällande operationen alltså, den som var en oundviklig följd. "Vill man vara fin får man lida pin", försökte hon trösta sig själv på operationsbordet där hon kort därpå låg fastspänd bland knivar och andra instrument som fanns till hands enbart för att karva i henne. Men hon hade inte lyckats hålla sig och i sista stund hade hon skrikit till, "jag vill inte", men då hade det redan varit för sent; den fruktansvärda etermasken trycktes över hennes ansikte och hon domnade bort och såg i en hemsk etermardröm arga gula tjocka gubbar dansa kabaré och vaknade av häftig uppkastning åtta timmar efteråt.

I själva verket hade Ålänningen och Lorelei Lindberg tagit Sandra till en hel rad läkare och munexperter. Till och med i Lilla Bombay hade Sandra ibland tvingats visa munnen närmare för någon kund eller någon annan barnvänlig själ som hade goda råd att ge; någon som kände en plastikkirurg eller hade en släkting som lidit av samma åkomma.

"Det är bara att skära bort och sy ihop", sa mannen i den vita Jaguaren lakoniskt och det tog ett tag för Sandra att identifiera honom som Svarta Fåret, Ålänningens bror, för när han kom till Lilla Bombay var allt det där, klädseln, bilen, så nytt.

"Skära och sy ihop!" Det var ju det värsta. Aldrig i livet! Och förslaget, uttryckt så burdust, hade bara resulterat i att Sandra hade blivit ännu mera orubblig. Med sina beryktade gråtattacker som vapen hade hon småningom helt enkelt vägrat följa med till läkarmottagningarna. Bara vägrat. Och ve den som inte respekterade hennes beslut. Då... UÄÄÄH! Och det var alltså vid den tidpunkten som hälsosystern i franska skolan hade fått upp ögonen för hennes harmynthet.

Och, denna vägran, varifrån kom den?

Var det för att hon redan som liten var fast besluten att odla klyvnaden som en inställning till livet, som ett, i gynnsamma situationer i alla fall, kraftfullt ANNAT perspektiv? Tyvärr inte.

Hon var livrädd, det var sanningen. Rädd för operationsknivarna, rädd för eterbedövning, för blotta tanken. En vanlig futtig rädsla. Hon nästan skämdes över detta faktum då hon begrundade det själv.

Men med hälsosystern i franska skolan hade det från början handlat om en annan sak. I början hade Sandra gått till henne mest för att ha något att göra på rasterna och håltimmarna. För att döda tid. Hon var uttråkad, hade nästan inga vänner. I och för sig, att inte ha vänner var inte väldigt plågsamt i just franska skolan för där fanns det många elever som var som hon; inbundna, självcentrerade och livrädda för allt. Somliga av dessa barn kunde inte ens franska eller överhuvudtaget, verkade det som ibland, några andra språk. De hade farit omkring så mycket i världen att de inte hade lärt sig ett enda språk ordentligt alls.

Men Sandra gick till hälsosystern för hon märkte att hon tyckte om att ha någon att prata med om sina åkommor, inbillade och riktiga, och bli allvarligt bemött för dem.

Hälsosystern kunde ju inte annat. Det var hennes yrke och hennes arbetsgivare var inte vilka som helst. Franska skolan var en privatskola med ett exklusivt elevunderlag vilket inte nödvändigtvis betydde detsamma som begåvade elever, utan föräldrar som var diplomater, anställda inom den internationella företagsvärlden, dylikt. Så den vardagliga hälsosystern var ett piggt, robust och lagom primitivt inslag i den miljön. Så länge hon levde upp till den rollen till punkt och pricka: en sådan där liten genuin människa bland de större, finare.

Men även enkla människor har hemligheter, trots att de kan vara ganska små. Och det var det som Sandra hade gjort: hon hade kommit hälsosysterns hemlighet på spåren. Den var helt enkelt den att hälsosystern i hemlighet föraktade lärarna och framför allt föräldrarna till eleverna i franska skolan, de som alltid, också i sin frånvaro, i kraft av alla sina pengar och sitt inflytande skulle bestämma över allt. Men hon tyckte om barn. Normala barn: trots att det i franska skolan i och för sig rådde viss brist på sådana barn som led av normala barnåkommor som exempelvis plattfot, blödande tandkött till följd av för ensidig kost eller rentav undernäring. Och i franska skolan fäste hon sig framför allt vid sådana som hade något litet lyte i alla fall, och helst, eftersom hon var så praktiskt lagd, ett synligt sådant.

Det var det som Sandra hade sett och blivit rörd av.

"Ett tärningskast från lyckan!"

PADAM! Tillbaka till lägenheten, Lorelei Lindbergs födelsedag, verkligheten. Dörren till sovrummet hade slagits upp på vid gavel och där var Ålänningen äntligen med champagnen, cigarrcigarretterna och det väldiga paketet som nästan måste skuffas in. Och med sitt glada tjut. "Ett tärningskast från lyckan!" Lorelei Lindberg sken upp och blev som ett barn igen, så blev hon alltid då hon fick presenter. Hon hoppade raskt ur sängen i babydollnattlinnet och gav sig på paketet. Slet av silverpappret, slängde band och rosett utan att ägna dem en blick och fick på nolltid fram... en tärning. Precis just det. En ljusgul väldig jätteväldig en, av plast.

Denna tärning hade Ålänningen några dagar innan tiggt till sig av en bekant i det jaktlag han tidigare, före Lorelei Lindberg, var en aktiv medlem i, en som händelsevis råkade vara direktör för en hel glassfabrik. Sandra, den olycksaliga medbrottslingen visste allt om detta också, hon hade ju dessutom varit med vid överlåtelsen på glassfabrikens kontor. Den väldiga tärningen med lock var en reklammodell från föregående säsong och hade ursprungligen använts vid ett misslyckat lanseringsförsök av vaniljglass portionsförpackad i små, små tärningar i olika färgers plast. Reklamtärningen hade redan länge stått kvar på direktörens kontor som en närmast olycksalig påminnelse om den otäcka *fadäsen* i marknadsföringen. En sann affärsman tycker inte om att misslyckas; det hade inte behövts mycket övertalning från Ålänningens sida för att han skulle få den till skänks. Sandra å sin sida, hon fick glass, och så mycket som hon orkade äta dessutom. Av denna *blodsglass* hade hon sedan ätit, ätit, ätit. Och, fast det var så lagom dags nu, när hon låg under täcket på mammas sida i den äktenskapliga sängen, lovade hon sig själv att hon aldrig aldrig skulle äta glass igen.

"Är det en diamant?" frågade Lorelei Lindberg full av glad förväntan medan hon energiskt bände i plastlocket. När hon fick upp det gav hon till ett så högt och uppspelt tjut att Sandra ändå måste titta fram ur gömman och då regnade det glitterkonfetti också över henne.

Silverkonfetti över hela rummet, överallt. Det var det som Ålänningen hade fyllt hela den stora tärningen med. Och en stund var Lorelei Lindberg upptagen bara av konfettin. Ålänningen med, förstås. De slängde den omkring sig och hoade och blev till apor på nytt, var orangutang-Gertrud i gult spetsnattlinne och schimpans-Göran i kaptenskostym och mörka solglasögon. Ålänningen öppnade champagneflaskan, ploff flög korken genom rummet. Veuve Clicquot, och lilla Sandra kröp ur sängen över golvet efter korken som en väldresserad hund för hon samlade på de små metallplattorna överst på dessa korkar på vilka alltid samma sura tant fanns avbildad. Sandra hade ganska många redan, fast det var förstås precis just så som det skulle vara i det riktiga jetsetlivet.

Den lilla lena silkeshunden jagade igen. Konfetti blandades med klibbig champagne som flödade och flödade och så var, åter igen, ett av Lorelei Lindbergs och Ålänningens passionskaos ett faktum.

Men småningom kom ju Lorelei Lindberg till besinning och upptäckte sin present på nytt. Lyfte upp tärningen i luften med båda händerna, vände den upp och ned och skakade ut resten av konfettin över golvet. Nu visste hon vad hon sökte: plopp föll den ur bland det sista glitterdammet, den lilla lilla asken. Mycket riktigt en tändsticksask som härstammade från nattklubben "Den Skenande Kängurun" som de hade besökt många gånger på den österrikiska skidsportorten där Lorelei Lindberg och Ålänningen och Sandra (den lilla silkeshunden) hade tillbringat sin smekmånad, sin sjunde, åttonde, nionde... och det bara råkade vara ett av de allra finaste exemplaren i Sandras tändsticksasksamling (ja, hon samlade på tändsticksaskar också). När Ålänningen strax innan vid planeringen av födelsedagsöverraskningen hade bett sin dotter ta fram sin samling och välja ut en riktigt fin ask var det han själv som genast hade fått ögonen på den.

"Ha ha!" ropade Lorelei Lindberg och sköt ut asken. "En diamant" upprepade hon segervisst; hon brukade tycka om att gissa sig till vilka presenter hon skulle få och för det mesta brukade hon ha ganska rätt.

Men nu var det ingen ädelsten som hon hade vecklat ut ur den mjuka vita bomullen som Sandra hade lagt i asken som en bädd, utan en nyckel. En alldeles vanlig nyckel, en abloy.

"Vad är det här? Vart går den här?" frågade hon lite tveksamt, lite ställd, men ändå inte överdrivet. Det fanns ju så många roliga askar och lådor och kassaskåp som hade lås som en sådan liten fenomenal hurvanlig-som-helst-nyckel kunde passa i.

"På med kläderna nu!" Ålänningen rev täcket ur sängen där Sandra låg kvar. "Båda två! Nu bär det av!"

"Jag brände mig på armen!" pep Sandra sakta, men förstås var det ingen som nu hade tid att fästa sig vid hennes klagolåt.

Ut i bilen med dem alla, Ålänningen bakom ratten, de for iväg.

Det var så de kom till Trakten. Det var så de kom till huset i den dyigare delen av skogen.

För huset. Det blev ju en anomali. Det uppfördes i den dyigare delen av skogen, i Trakten bortom skogen på en tomt som låg vid ett grunt, gyttjigt träsk, och bara i sina vildaste fantasier, vilka Ålänningen ibland kunde vara bra på när det skenade iväg för honom i affärslivet, kunde man kalla den för en strandtomt – fast det var ju som en sådan som den hade blivit såld.

På utsidan var huset fyrkantigt, en rektangel i gråvitt tegel och cement. Det hade ett platt tak som kantades av en bred kopparfärgad bård, i fasaden fanns några kapellgluggformade gluggar som skulle föreställa fönster plått plått plått plått fyra i rad efter varandra strax under bården. Men det var trappan som var det mest iögonenfallande. Den upptog nästan hela framsidan. Ett fyrtiotal trappsteg, sju–åtta meter i bredd, i ren och grå cement. Smulig, outhärdlig.

Ålänningen hade stannat bilen på kullen ovanför huset som låg i dälden vid det sumpiga träsket strax innan han lät den rulla ner på vägen som ledde fram till trappan. Och från det perspektivet, uppe på kullen, såg det ut som om hela huset var en enda trappa. En trappa ut i luften, ingenting.

"En trappa upp till himlen", sa Ålänningen till Lorelei Lindberg i bilen medan de ännu var på kullen. "Här ska vi bo", la han till, och alldeles som om det inte räckte redan: "Allt är ditt, Lorelei Lindberg. Bara ditt." Först sedan lättade han på bromsen och lät bilen rulla nerför backen.

Lorelei Lindberg var tyst, alldeles tyst. Hon steg ur bilen, hon stod vid husets fot, hon såg uppåt. Hon såg på den långa, höga, gråa trappan. Sedan såg hon omkring sig. Hon såg på Ålänningen, på Sandra. Det fanns ju ingen annan där i skogen, men ändå var det som om Lorelei

Lindberg hade sett omkring sig som en som är omgiven av en tusenhövdad publik ser omkring sig. Som en, för att låna ett uttryck av Doris Flinkenberg som kommer in i historien ganska snart, *på den stora glitterscenen*. Men för en gångs skull inte för att få utlopp för ett stort exhibitionistiskt behov, utan för, ja vad? För att hålla masken? I så fall, inför vem?

Inför sig själv. För att dölja sin egen förvirring inför sig själv. Hur överrumplad hon själv var. *Min dröm, såg den ut såhär?* Då var det ju lättare om man var inne i en roll som en som spelar teater på en scen är, i strålkastarljuset, inför en miljon konturlösa ansikten i mörkret.

Lorelei Lindberg sa: "Fascinerande." Hennes röst var slät och tonlös första gången hon sa det. Sedan sa hon "fascinerande" en gång till, några sekunder efter. Andra gången hade hon redan fått en gnutta färg i sin röst, även om vilken färg, vilket humör, var något man inte och kanske inte hon själv heller kunde bedöma klart.

Och Sandra såg omkring sig. Hon såg på huset, skogsdungen och träsket. Det Namnlösa träsket; så litet och futtigt att det saknade ett namn också på Benckus kartor, skulle det visa sig. Fast det ännu var vinter kunde hon hur levande som helst föreställa sig de många olika slags insekter som skulle komma att förekomma kring huset. Spindlar, olika slags *kryp* – blotta ordet gav kårar längs ryggraden. Myggor, vanliga samt den speciella art av bulimyggor som verkade finnas bara vid Namnlösa träsket och ingen annanstans i hela världen. Små, så små, att de knappt syntes men ändå förmögna att lämna decimetervida blemmor i huden om de kom åt att bita en. Tack och lov var Sandras pigment av det ljusa, blodfattiga slaget, ett sådant pigment som myggor inte tycker om. Regnbågsflugor i maxistorlek. Baggar. En massa baggar. Hårdskaliga baggar, knäppande baggar, vingförsedda baggar...

Ålänningen hade tagit av sig sina mörka solglasögon. Nu hade han sträckt ut sin hand mot Sandra som var så inne i sina egna funderingar att hon inte hann undan den i tid. *Dåbertratt, förstod han ingenting?*

Inte, tydligtvis. Ålänningens hand hade landat på hennes axel och bör-jat klappa den. Platt platt platt. Det var såhär han skulle ha det; *demon-strativt konspiratoriskt*. Nu skulle han visa Lorelei Lindberg att om det här hade de verkligen varit två stycken. Hela resten av familjen. Han och deras dotter, Sandra Wärn.

Men Lorelei Lindberg såg inte på dem, inte då. Hon såg uppåt, fort-farande. Och hon började gå uppför trappan steg för steg. Efter en fem–sex steg vände hon sig om första gången och sa, i det hon kastade en blick bakom sig på sin man och på sin dotter, med en röst som inte riktigt var hennes, dröjande, beslöjad:

"Och det här har ni hållit hemligt för mig?" Tog några steg till och när hon vände sig om för andra gången riktade hon sig inte längre bara till dem, de närvarande familjemedlemmarna, utan till hela sin stora imaginära publik *på den stora glitterscenen.*

"Det här var alltså överraskningen", sa hon. "Fascinerande." Ens dröm: Hade den sett ut såhär? Var det verkligen det här hon hade menat?

En trappa ut i ingenting.

Men så igen, medveten om alla de tusen par ögon som såg på henne i hennes fantasi, men riktat till bara en enda i hela världen, sa hon, med en röst som man aldrig hade hört henne använda förut. Den var tunn och barnslig, men så ärlig och så skör. Hon sa:

"Tack."

Och det lilla, lilla ordet, som inte alls var ironiskt menat, markerade samtidigt, på ett kusligt vis, slutet på hennes och Ålänningens äkten-skap.

Först sedan vände hon sig till alla andra:

"Jag har aldrig fått ett hus av någon. Vad ska man säga? Man måste säga: Tack."

Och tog de sista trappstegen sidledes, vacklade till och tappade näs-tan balansen så att hon måste ta stöd mot ytterväggen och då råkade hon trycka på dörrklockan som började ringa – eller spela – sin sorglösa alpvisa i marschtakt. *Nach Erwald und die Sonne. Schnapps, Karappff. Bier. Bier. Bier.* Melodin söndrade för några ögonblick den kompakta tystnaden i skogen.

Lorelei Lindberg bara stirrade på klockan, förskräckt, som om hon hade sett ett spöke. Ålänningen började skratta. Lorelei Lindberg kastade en snabb blick på honom igen och ett ögonblick var det som om det hade gått att urskilja någonting så osannolikt som rädsla i hennes annars så skälmska ögon.

Rädsla för sitt liv.

Ögonblicket var i alla fall över snabbt för sedan brast Lorelei Lindberg ut i ett porlande skratt som vällde ut i den stumma värld som omgav henne. Och då, i den stunden, var Sandra till hundra procent övertygad om att hennes mor spelade teater allt vad hon bara hann. *Att hon var på glitterscenen igen.* Men nu gjorde förställningen ingenting. Huvudsaken var att allt var någorlunda normalt igen.

Ålänningen och Lorelei Lindberg skrattade. Det var också normalt. Men roligt var det inte. Det var bara sorgligt. Så förtvivlat ledsamt outgrundligt sorgligt allt det här.

Musiken slutade spela. Det blev tyst igen.

Lorelei Lindberg, högst uppe på trappavsatsen, stack nyckeln i låset, öppnade dörren och gick in i huset.

"Allt är ditt", viskade Ålänningen igen vid trappans fot, hans röst var tjock, han var rörd över Lorelei Lindberg, rörd över sig själv, rörd över hans och hennes kärlek. Nu släppte han taget om sin dotter och började likt en hypnotiserad följa sin hustru upp för den långa, långa trappan.

"En trappa upp till himlen", viskade han. "Allt är ditt."

Denna långa, långa förmiddag och flickan var fortfarande kvar i trappan, fortfarande nedanför huset, fortfarande på väg upp. Nu kunde man höra Lorelei Lindberg och Ålänningen inifrån huset, de lät som vanligt igen. "Intressant", sa Lorelei Lindberg, det var vad man hörde, "intressant." Ytterdörren stod på glänt, den hemska klockan hade slutat spela, metallkedjorna med kottarna-i-skogen i ändarna slängde ännu fram och tillbaka, slog i tegelväggen, dång dång dång. Annars var det tyst, alltså. Ödsligt. Inte en vindpust genom träden. Det slags tystnad som inte fanns på något annat ställe än vid huset i den dyigare delen av skogen, vid Namnlösa träsket: Sandra skulle vänja sig vid den, hon skulle till och med lära sig att älska den, men nu var det första gången hon upplevde den och då var den mest underlig, som om det låg ett stilla hot i den. Var det tystnaden i lugnet före stormen? Eller, tystnaden i stormens öga?

Öga. Då kände hon det i sin rygg igen. Kanske hade hon känt det redan en längre stund, men först nu när hon var ensam kvar utanför huset blev hon medveten om det. Hon vände sig om, fick tvinga sig att göra det för egentligen ville hon ju inte alls, egentligen ville hon ju att allt bara skulle vara som vanligt.

Det var då hon såg honom.

Han stod i skogsbrynet på höger sida, i en glänta, mellan skogens första högre granar, vid en sten. En pojke kanske femton år, kanske lite äldre – lång, smal, hade på sig en brun jacka och blåa farmarbyxor. Men ögonen. De var små och stickiga och de såg, kanske hade de gjort det redan ett bra tag, rakt på henne.

Och hon såg tillbaka: hon tvingade sig att se. Men han vek inte heller undan, inte en tum. Och när hon hade stirrat på honom ett tag blev hon plötsligt rädd på riktigt, vände sig om och rusade hals över huvud uppför hela trappan in i huset.

Men väl inne hade hon inte stannat med de vuxna i övre våningen, utan med bultande hjärta, fortfarande skärrad, fortsatt rakt ner i källarvåningen. Som ledd av en ingivelse, som underligt nog var lugnande. Raka vägen nerför trappan i andra ändan av den smala korridor som började vid ingången, och ja, det var mörkt därinne, de små gluggfönstren i rummen som kantade korridoren med den beige heltäckningsmattan på golvet var ännu mindre än vad de hade verkat när man tittat på dem utifrån. Trappan var en spiraltrappa, modern, en med glest mellan gångbräderna och långa mellanrum mellan stängerna i räcket.

Det var ljusare i nedre våningen. Det berodde på det stora panoramafönstret, det var glas nästan från golv till tak och upptog i stort sett hela den vägg som vette mot träsket till, på baksidan av huset. För tillfället var ju rutan så fläckig av byggslagg att man inte såg någonting igenom den. Senare mot våren och sommaren skulle höga ormbunkar och övrigt sly spränga fram ur marken och bilda en hög och ogenomtränglig djungel på utsidan. Men vid vissa tidpunkter på året, höstar, vintrar, vårar, skulle det vara förhållandevis ljust och mycket öppet därnere.

Det mesta av inredningen på bottenvåningen var ganska halvfärdigt, bara bastuavdelningen med omklädningsrum och brasrum som i huset i den dyigare delen hette "gillestugan" var klara att tas i bruk. Men allt det där, det fanns på sidan om, och det var inte dit som flickan drogs utan till hålet i marken som i framtiden skulle kakelbeläggas för att bli simbassäng. Fortfarande bara ett rått, svart hål i marken, illaluktande och ganska vått. Vid kanten av detta hål stod flickan och såg ner i jordens mörker. Och det trollband henne plötsligt, hålet, tystnaden, själva huset, allt.

Rösterna i övre våningen, mamma, pappa, försvann igen. Och Sandra förstod med ens, alldeles lugnt och utan dramatik, att det var här hon skulle stanna. Att huset i den dyigare delen av skogen var hennes, *men inte som en ägodel.*

Men som ett öde.

Så, om hon trivdes eller inte trivdes var en bisak, överhuvudtaget vad hon tyckte. För det här handlade om nödvändighet, det oundvikliga.

Här kommer natten. Så kall, så dånande, så underbar.

Och som en blixt genom huvudet såg hon för sitt inre öga följande ur det som skulle komma: hon såg två flickor i en simbassäng utan vatten, lekande på en grönkaklad botten bland chiffongsiden, sidensatin och sidengeorgette. Och bland alla andra saker, som de skulle ha så många av i sina kappsäckar. Två kappsäcksflickor bland alla sina saker, innehållen spridda överallt på bassängbottnen, blandade om varandra och med tygerna. Sandras klippböcker, Jayne Mansfields döda hund, Lupe Velez huvud i wc-skålen, och så vidare, och Doris med alla sina gamla lösnummer av "Brott ur livet". *Det samvetslösa förlossningsbiträdet Ingegerd och de nio kuvösbebisarna i hennes hand. Han dödade sin älskade med femton hammarslag i huvudet.* Ung kärlek, ond bråd död. Och Eddiesakerna, berättelsen om den amerikanska flickan, Eddie de Wire.

Dödens förtrollning vid unga år. Och pang. Såg Sandra också hur Doris sköt sönder ringklockan vid ingången till huset i den dyigare delen den där sista sommaren då allt tog slut. Det sista året den sista sommaren den sista månaden den sista sista sista sista innan det ögonblick då sommaren fick nog av en och ville göra sig av med en för gott.

"Än brinner var våg som i blod och guld / Men snart kräver natten igen sin skuld", som var orden i en sång som vindade in i Doris Flinkenbergs kassettbandspelare.

Och också, en bit från huset, i buskarna, en misslynt en. Pojken, alltid pojken. Samma pojke som nyss, på behörigt avstånd, stirrande på huset som om han var övertygad om att det skulle vittra sönder eller sjunka ner i marken som ett Venedig av bara hans ögons kraft när han såg på det.

"Försvinn. Ner i marken. Sjunk."

Men ensam, det skulle hon vara och fortsätta vara ett tag till, ända fram till den dag då Doris Flinkenberg tog sig in i huset och in till Sandra Stigmata Prinsessan av de Tusen Rummen (fönstergluggsförsedda, närmast syrelösa).

Hon, prinsessan, som i alla fall skulle upphöra att finnas till just i den sekund då Doris Flinkenberg började ställa sina dumma frågor som hon skulle svara på för egen del först innan man hann öppna munnen själv.

"Vilka är dina hobbysar? Mina är korsordslösning, musiklyssning och 'Brott ur livet'."

"Jag vet inte", skulle Sandra svara, men försiktigt, också för att hon var rädd att säga något fel. "Fast jag har ju ingenting emot att skjuta med gevär."

Huset på insidan.

Sandras rum. Köket. Sovrummet. Salongen. Den lilla korridoren.

Garderoben.

Bassängen utan vatten i.

Framför allt det att huset var ett hatarbete.

Svarta Fåret i Lilla Bombay.

Han låg och snarkade på soffan i bakrummet när de kom in.

Han satte sig upp.

En skinande vit Jaguar.

En röd regnkappa.

Lilla Bombay.

Först var han ett hot.

Å andra sidan. Lorelei Lindberg var glad när han dök upp.

Efter första överraskningen.

Å andra sidan var hon glad också när han gick.

Så det var ambivalent.

Han låg och sov i affären då de kom dit en morgon.

Han hade öppnat dörren med egen nyckel, varför inte, det var ju han som var hyresvärden.

"Vad tycker du om huset?"
   "Jag tänkte att jag skulle visa dig hur dina drömmar ser ut."
   "'Fullt med tomt' på insidan."
   "Jag vet VAR man talar så."

"Ett tändstickshus för tändsticksmänniskor. Har du tänkt på det? Att det gäller att passa in i det formatet?"
   Frågade Svarta Fåret i Lilla Bombay, han talade bara till henne – det var som om silkeshunden inte fanns.
   Kurade, över sin vattenskål, under bordet, och hörde på.
   I Lilla Bombay, med alla tygerna.

Lorelei Lindberg. Det föll knappnålar ur hennes mun. Klirr klirr.
   Nålar med glashuvuden i olika färger.
   Och hon plockade upp dem, hunden.
   Men Lorelei ropade inte åt henne att hjälpa till för hennes ögon var så dåliga.
   Inte den gången.
   "Det är aldrig lätt att falla i den levande gudens händer…"
   "Vaddå GUD?"

"Du vet", förklarade Svarta Fåret många gånger för Lorelei Lindberg, "leken där katten leker med musen tills den tröttnar. Och blir en lätt munsbit att tugga i sig."
   "Det är inte på lek. Det är på allvar. Det bara ser ut som om."
   "Just precis. Det var det jag skulle komma till. Vi var två bröder. Vi hade två katter. Den enas katt och den andras katt… Men bara en mus kom upp ur hålet. Och musen, det var du."

Doris Flinkenberg. I början sprang hon undan henne. Den underliga, lite runda flickan, som brukade följa efter henne ibland från busshållplatsen där hon steg av vid landsvägen när hon kom från skolan inne i staden vid havet. Sandra visste nog vem det var, en Doris Flinkenberg, som bodde en bit längre fram mot uddarna.

Hon ville inte leka med henne.

Så hon sprang undan. Och hon sprang hårt. Hon hade flickornas rekord i 60 meter i skolan, en talang för att springa som överraskade henne själv. Så hon kom nog ifrån den andra flickan, det var inte frågan om det.

Men den andra flickan, Doris Flinkenberg, hon sprang efter. Det var ganska komiskt men också lite förödmjukande, för båda två.

Och uppför trapporna till huset i den dyigare delen, nyckeln i låset, upp med dörren, in i säkerheten. Stänga dörren fort efter sig och stå innanför dörren och pusta ut.

Tyst. Överallt. Tyst som det bara kunde vara i huset i den dyigare delen.

Tills dörrklockan började spela.

Nach Erwald und die Sonne. Och spela. Den dumma melodin, om och om igen.

KAN HON INTE GÅ DÄRIFRÅN?

Tills Lorelei Lindberg, om hon var hemma, kom ut i den smala, mörka korridoren.

"Varför öppnar du inte?"

Sandra skakade på huvudet.

"Jasså du vill inte?" sa Lorelei Lindberg bara då och gick sin väg.

Vidare in i huset. Och Sandra följde henne.

Långt senare. En lördagsmorgon i huset i den dyigare delen vaknade Sandra i och för sig sent som hon brukade då det inte var skoldag och hon kunde sova så länge hon ville men med den bestämda känslan av att något speciellt skulle hända just den dagen. Vällustigt sträckte hon på sig i den äktenskapliga sängen som var hennes nu. Det var några månader sedan äktenskapet mellan Lorelei Lindberg och Ålänningen hade upphört och sängen som blivit inflyttad i Sandras rum något tag innan det definitiva slutet stod fortfarande kvar där den en gång efter passionens sista dyningar i vredesmod hade blivit placerad. Den upptog nu nästan allt utrymme i rummet men arrangemanget såg ändå ut att bli permanent eftersom sängen onekligen var väldigt bekväm. Men nu, lördagsmorgon alltså, början på en till synes vanlig dag: Ålänningen på sitt arbete i affärslivet, Sandra i morgonrock; en kimono i sidenbrokad som luktade svagt av Lilla Bombay ännu månader efter att butiken hade blivit utrymd. Fast hela dagen om hon ville. Lördag, veckans bästa dag. Den plus en hel söndag innan det var dags att återvända till franska skolan som Sandra fortfarande gick kvar i. Och nu visste hon så fort hon vaknade att nu, den här lördagen, skulle det inträffa något nytt och intressant.

Full av förväntan gick hon ur sängen, kastade en blick ut genom fönstret. Nej då, det var då inte vädret som skulle överraska henne. En vanlig novemberdag, grå och låg, ovanligt tröstlös dessutom speciellt just här i den dyigare delen där högvattnet i Namnlösa träsket såhär års på ett visst avstånd fick huset att se ut som om det flöt omkring bland vass och övrig rutten växtlighet. Men det var inte farligt alls, snart skulle marken täckas av snö, barmhärtig snö. Sandra stack fötterna i morgon-tofflorna med vita muffar på översidan och sju centimeters klack (hon hade fått dem av sin mor en gång för att de var för små för henne och för obekväma) och svepte in sig i morgonrocken och då hände det som fortfarande hände ibland vid beröringen av tygerna; att det for igenom henne, Lilla Bombay.

Lorelei Lindberg. *Mamma.* Som hon ibland fann sig sakna så att det var som knivhugg i magen. En längtan som då den inte kunde stävjas måste få en historia kring sig för att någorlunda bemästras. Och hon hade komponerat en i fantasin, en som hon i ensamhet när det humö-ret föll på kunde dväljas i. Hon var Knivkastarens unge i den berättel-sen. En cirkusflicka vars mor gick bort i en dödlig sjukdom (en version som hon senare ändrade till: föll ner från högspänningsmasten en regnig tivolikväll i en landsortshåla där ingen gick på cirkus längre för att alla bara ville vara inomhus och se på teve; bara ett fåtal personer såg hennes krasch i asfalten, historien var sann, det var akrobaten Rosita Montis öde) och hon själv var alltså den lilla dottern som i mycket unga år blev sin far Knivkastarens assistent. Den lynnige och oberäknelige och annars också galne fadern, men efter moderns bortgång närmast av sorg vansinnige, lät hon kasta knivar på sig varje kväll i det ytterst dåligt besökta cirkustältet som de reste med från ort till ort till ort.

Så var det i vissa stunder för Sandra att vara utan mamma, att sakna Lorelei Lindberg. Men ibland, när hon var på annat humör, kändes saknaden inte mycket, tidvis rentav inte alls.

Men slut på fantiserandet. Sandra gick nu ut i den smala korridoren som ledde till köket och det första hon såg var att dörren till källartrappan stod öppen. Inte på glänt, men på vid gavel. Hon stannade upp och spetsade sina öron. Hördes det inte underliga ljud från källarvåningen?

Hjärtat började bulta, adrenalinet for upp i tinningarna. Hon var rädd, men ändå, det var lite konstigt samtidigt för känslan av förväntan gick ändå inte ur henne. Källardörren brukade inte stå öppen. Den skulle inte göra det. Det var strängt förbud mot det. Allt sedan Sandra och Ålänningen hade blivit på tumanhand i huset i den dyigare delen av skogen hade Ålänningen varit ytterst noga med att dörren till källaren skulle hållas stängd, helst låst på nätterna. Under inga omständigheter skulle den få stå som den gjorde nu.

"Jag har inte råd att förlora er båda", hade Ålänningen snyftat vid bassängen utan vatten i där Sandra ibland brukade leka på den färdigt kakelbelagda bottnen, också före Doris Flinkenberg. Sandra hade inte svarat något på det, bara knipit ihop ögonen och försökt låta bli att höra, men bara önskat så hett att allting skulle bli som förr igen.

Orsaken till att dörren till källartrappan skulle hållas stängd var Sandra själv dessutom. Hon hade sagt att hon gick i sömnen. Det var inte riktigt sant utan något som hon hade hittat på en gång för länge sedan då en sådan lögn verkligen behövdes. Det hade varit under den sista turbulenta tiden medan Lorelei Lindberg fortfarande var kvar i huset och en massa stök och bök och gräl som urartade, gräl utan försoning efter, gräl som småningom grälades utan tanke på försoning och Lorelei Lindberg som föll nerför den långa trappan och blev liggande på marken nedanför som en död, men steg upp igen som en katt som hade nio liv; sängen som flyttades in i Sandras rum och de vuxna som själva låg och sov, när de överhuvudtaget gjorde det, på olika ställen i huset, omöjliga ställen, den ena till exempel i Garderoben, den andra på Gillestugans soffa. Då hade det gällt, om man var Sandra på sidan om, att vara uppmärksam. Att kunna röra sig på olika ställen liksom legitimt, men inte som en snok. Och Sandra hade tagit det där att hon gick i sömnen som en nödlögn. Och efter allt, när det blev lugnt igen, efter Lorelei Lindberg, hade lögnen hängt kvar i alla fall och börjat leva ett eget liv och innan man visste ordet av hade det varit svårare att trassla sig ur den än att låta den hållas kvar, som den var. Och dessutom hade det nog inte varit någon bra idé att börja förklara så mycket om det ena eller det andra för Ålänningen. Efter Lorelei Lindberg var Ålänningen inte i form för några förklaringar eller bedyranden, varken sina egna eller andras. Han var skör som porslin som kunde falla i golvet och gå i tusen omistliga bitar av minsta rörelse. Tusen små korniga bitar: på grund av fukten var allt liksom vått och poröst inuti huset, bitar, inte ens ordentliga skärvor. Lappa nu ihop det sen. Å nej. Det hade inte heller hon råd med. Inte i det läge de befann sig efter Lorelei Lindberg och Ålänningen. Bara de två, ingen annan än de två.

Ålänningen gråtande vid bassängkanten, det hade varit pinsamt och skräckinjagande. Sandra hade suttit på bottnen av bassängen bland sina saker, tygerna, klippböckerna, utklädningskläderna och önskat sig tusen kilometer någon annanstans.

Och så, när han försvann in i gillestugan för att fortsätta gå i bitar där, hade hon verkligen inte velat följa efter för att krama eller trösta eller dylikt. Där hade han till en början hållits i många dagar och nätter, med sina groggar eller sitt rena brännvin, talat högt för sig själv ibland, underliga meningar som var otäcka inte bara för de enskilda ordens innebörder (han pratade en massa skit) utan redan för att det inte fanns den minsta idé med dem. Ord och meningar härifrån och därifrån. "Jag sjunger i regnet", gnolade Ålänningen. "Vår kärlek är en kontinental affär, han kom i en vit Jaguar." Dylikt. Den sistnämnda sången skulle verkligen inte bli en bättre låt av att spelas om och om igen också av Doris Flinkenberg i hennes vindande radiokassettbandspelare av märket Poppy, tillverkad i DDR. "Jättebra låt det här" skulle Doris säga men Sandra skulle bara himla sig. Det skulle vara en punkt, en av de få i alla fall till en början, på vilken Doris och Sandra inte skulle vara överens.

Ålänningen i gillestugan, Sandra i bassängen utan vatten i, händerna för öronen, skulle göra sig så liten som möjligt, verkligt obetydlig. Det sista hon ville var att gå in i gillestugan och trösta och krama eller motsvarande som man ofta brukade göra i teve när familjekatastrofer inträffade. Krama och krama, som om något överhuvudtaget skulle bli bra av det.

Under en lång tid hade Sandras enda önskan varit att Ålänningen skulle bli normal igen. Och börja göra normala saker som, till exempel, putsa sitt gevär.

"Hördu. Ska vi inte åka iväg och skjuta något?"

En dag i oktober, när löven hade fallit och det var klart och kalt i världen utanför det stora panoramafönstret igen, hade det skett. Normaliteten hade varit tillbaka, plötsligt hade Ålänningen varit där fullt påklädd och nyrakad vid bassängkanten igen och sett ner på henne. Han hade haft geväret också och pekat mot henne med det men inte hade hon varit rädd alls, det var ju på lek. Det hade hon genast förstått instinktivt, en efterlängtad atmosfär som hon kände igen speciellt som det inte hade förekommit något i huset på långa tider. Och hur hon hade längtat efter det under den mellanliggande tiden. Längtat efter apkonster, trick, hoanden, vad som helst.

Och ja då. Visst! Sandra hade hoppat upp i luften som en studsboll och lämnat allt det hon hade haft för sig, alla sina ensliga dumma sysselsättningar på bassängbottnen. O, hur hon var led på dem.

"Jo", hade hon svarat med en för henne osedvanlig bestämdhet. "Det är verkligen på tiden att också jag lär mig hur man skjuter med gevär."

Sedan hade hon och Ålänningen följts åt till skjutbanan och här hade hon lärt sig hantera, i alla fall behjälpligt, pistoler och gevär. Och till sin egen överraskning också, hade hon märkt att hon tyckte om att skjuta, även om hon inte lärde sig så snabbt. Till skillnad från exempelvis Doris Flinkenberg som på en kort tid något senare skulle utvecklas till en mästerskytt. Men Sandra förvånades också över hur mycket hon tyckte om själva skjutbanan, att vara där. Det var egentligen det som var huvudsaken, det som fascinerade henne allra mest. Den speciella stämning av koncentration, tystnad och sammanbitenhet som rådde där. En egen värld.

Ålänningens värld. Hennes pappas egen värld.

Som Lilla Bombay, tygerna och telefonsamtalen och den särskilda musiken (bananskivan togs överhuvudtaget aldrig till huset i den dyigare delen av skogen), allt det som hade varit Lorelei Lindbergs värld. Och det var konstigt men det var så; att dessa två världar i den stora passionen hade varit oförenliga.

Det var i sig en ganska allmän insikt, den att passionen ofta är svår att förena med ett vanligt vardagsliv. Men en annan sak som var viktigare och svårare att förstå och acceptera, en ohjälplighet var att det var först när respektive kontrahenter i den stora passionen hade skilts åt som man kunde se dem som de var i sina respektive världar. Att det var först då som man kunde lära känna dem.

När Lorelei Lindberg var kvar hade Ålänningen inte skjutit på skjutbanan eller jagat i skogen eller seglat på de sju haven som han så älskade. Men inte heller hade han ägnat sig helhjärtat åt det playboyliv i det internationella jetsetlivet som var en av hans målsättningar, vilket han då passionen ännu var ung hade förklarat för Lorelei Lindberg att han ämnade göra. Han hade mest sprungit omkring och gjort sämre och bättre affärer, men med en koncentrationsnivå som låg betydligt under den han skulle ha efter Lorelei Lindberg. Och Lorelei Lindberg med tygerna, hade hon ens gillat dem?

Vad gällde playboylivet så var det egentligen först efter Lorelei Lindberg som Ålänningen i någon mån skulle göra verklighet av sina ambitioner på det området. I alla fall senare på somrarna med Kvinnorna i huset på Första Udden och under jaktsäsongen på hösten i huset i den dyigare delen av skogen. Det skulle vara många kvinnor omkring honom då, till exempel Bombnedslaget Pinky Pink, stripteasedansösen som gjorde filosofi av stripteasedanseri – och det var faktiskt just Bombnedslaget Pinky Pink som Ålänningen och Sandra bara liksom hade råkat träffa just den där första dagen då de var på skjutbanan tillsammans, far och dotter, pang pang pang.

Inte på själva skjutbanan, men efteråt. Det var på restaurangen där de åt blodig biff, far och dotter mittemot varandra vid ett fönsterbord för fyra personer. Stället var halvtomt för det var ännu bara tidig kväll. Då, PANG. Hade hon dykt upp, som en explosion, Bombnedslaget. Och alldeles som om det liksom var en händelse. Som om det inte mer eller mindre hade stått skrivet på hennes näsa (och på Ålänningens också, för den delen) att det här var ett slumpmässigt sammanträffande av den slumpmässiga art som var överenskommet om på förhand.

"Förlåt mig?" Så oförglömlig redan då, i sin ljusröda mycket korta spandexkjol, sin ljusröda angorajumper med djup urringning under vilken de båda stora runda brösten verkligen sprängde ut sig, silverglittrande knälånga stretchstövlar som på något sätt fick den vita huden upp till kjolfållen att lysa extra frivolt men nog så läckert för den var täckt av bara en tunn hinna nylonstrumpa som märktes först på riktigt nära håll. Hennes stora blonda hår, det var faktiskt jätteväldigt och tuperat värre än Jayne Mansfields till och med, men det var TUFFT. Lagom fräckt och ja, inte var det precis ärbart, eller civiliserat, men det var just precis det som var det härliga och förunderligt ljuvliga med det. "Förlåt mig", sa hon alltså. "Men är det ledigt här?"

Bombnedslaget Pinky Pink med sin strävmjuka tonårsflickröst, lite släpig som om det hade glömts ett tuggummi kvar i den, ett liksom evigt tuggummi som påminde en om en annan tid (och det var meningen), en yngre, gladare och oskuldsfullare. Alldeles som om det var en händelse som sagt. Ålänningen hade låtsats förvånad men artigt bjudit henne att sitta ner. Detta uppenbara skådespeleri uppfört för Sandra hade inte spelat någon roll för flickan. Hon hade njutit av det likafullt. Och alla hade njutit. Pinky hade slagit sig ner vid bordet och Ålänningen hade varit på förträffligt humör igen. *En man måste göra vad han måste göra* hade Ålänningen hållit på och sagt om och om igen mellan verserna i den så kallade konversationen som handlade om väder och vind och de senaste förvecklingarna i en barnförbjuden serie som hette Peyton Place, inget mer än så, men kvällen hade varit hellyckad i alla fall, den första lyckade kvällen på tid och evighet och också Sandra hade blivit uppsluppen och på något vis Pinky evigt tacksam. Så hade Ålänningen fyllnat till så att det var Bombnedslaget Pinky Pink som hade fått vara chaufför i bilen hela vägen från staden vid havet till huset i den dyigare delen.

Bombnedslaget Pinky Pink i den stora trappan i huset i den dyigare delen av skogen. Hur hon hade sprungit uppför de många trappstegen som ett lyckligt barn, upp och ner, upp och ner, tagit stripteasedanssteg och dylikt så att man himlade med ögonen och visst hade det ju varit löjligt och dumt men på något sätt som ett, strunt i allt annat, plötsligt stort härligt och frivolt skratt mitt i den dystra hemska världen.

Också på Ålänningen hade alltsammans haft effekt, han var nöjd och hade hastigt dragit bombnedslaget med sig in i huset.

Men en harmynts kluvna grimas är verkligen förskräcklig.

Fast Sandra hade ju hunnit göra bort sig igen, vid morgonteet. Hon hade sagt en sak, liksom i förbifarten och nästan lyckats få Bombnedslaget att gråta. Det hade samlats tårar i Pinkys ögon och Pinky hade skrapat matbordsytan nervöst med sina tre centimeter långa rosa naglar.

"Jag är ingen hora", sa Bombnedslaget till henne. "Jag är striptease-dansös till yrket."

Och Sandra, hon ångrade ju sig sedan.

Men nu, denna novemberlördagsmorgon några veckor efter dagen på skjutbanan, Sandra stod i sin blodröda kimono med vita fjärilar och i högklackade morgontofflor på den beige heltäckningsmattan i övre korridoren i huset i den dyigare delen av skogen och lyssnade. Jo. Sedan smög hon sig sakta sakta mot källartrappans dova mynning. Steg försiktigt ut i spiraltrappan, så ljudlöst hon bara kunde, tryckte sig mot den rappade vita väggen som en skräckslagen kvinna på omslaget till en gammal deckare och hasade sig neråt. Adrenalinet fortsatte skjuta upp i huvudet, som på skjutbanan i ögonblicket innan man fyrade av sitt skott. Det var något därnere. Eller någon.

För Sandra hade ju redan förstått vad det var hon hörde. Ljuden från någon som låg och sov, helt enkelt. Någons tunga och djupa andetag, men i en sådan ljudstyrka att det lät som om det kunde ha varit en jätte eller dylikt. En jätte som snarkade, drog långa timmerstockar efter sig.

Sandra hade aldrig hört något liknande förut. Att det inte var någon ur familjen stod fullständigt klart. Bara Ålänningens bror, Svarta Fåret, kunde snarka tillnärmelsevis på samma sätt. Svarta Fåret, det var han som trots att han aldrig slutfört sina arkitektstudier hade ritat huset i den dyigare delen av skogen (fast det hörde allra minst hit i den här situationen nu), kunde snarka så att det formligen vibrerade i alla väggar. En gång när Lorelei Lindberg och hon kom till Lilla Bombay, en lördagsmorgon också det, låg han där på soffan i butikens bakre rum och snarkade.

Men det hade, det stod också mycket klart just nu, varit mera vuxna ljud. Sandra hade nämligen genast förstått att de ljud som kom från bassängen inte var några vuxna ljud utan att de kom från ett barn. Ett barn av något slag, eventuellt ett jätte jättebarn. En mammutunge for det igenom Sandras huvud och o hur Doris Flinkenberg skulle skratta när Sandra beskrev det för henne efteråt.

Och mycket riktigt. Det underligaste underliga. Därnere på bassäng-bottnen låg det en människa och sov. En liten människa, fast inte så liten till sin storlek, men ett barn. Bland alla papper, tidningar och tyger hade barnet brett ut sin sovsäck i vilken hon nu var inkrupen och sov, och hon sov djupt. Snarkade med öppen mun och det hördes ju verkligen, som sagt. Fast ljudnivån förstärktes också av att ljudet studsade mot de kala väggarna och ekade vidare ut i tomheten i hela bassängavdelningen.

Vem barnet var. Det var inte svårt att identifiera. Ingen annan än den underliga, efterhängsna ungen Doris Flinkenberg.

Tidigare hade Sandra sprungit undan henne, men nu, nu var det en annan sak, det förstod Sandra genast. Att nu var tiden inne, det rätta klockslaget var slaget för det första mötet, ett av de viktigaste mötena av alla i Sandras hela liv. För nu var det den självklaraste saken i världen att Doris Flinkenberg skulle finnas där.

Och ett skratt bubblade fram i Sandra med en häftighet som nästan överraskade henne själv. Det var en uppsluppenhet utan like, ett glatt humör av ett slag som hon aldrig hade känt av förut, i alla fall inte på en evighet. Så, i stället för att ringa till pappa på jobbet eller till polisen för att klaga eller kalla på annan hjälp eller bara klättra ner i bassängen och väcka inkräktaren – för det var ju uppenbart att Doris hade tagit sig in i huset utan lov – stod Sandra Wärn kvar vid sidan av bassängen, så tyst, så tyst, och betraktade Doris Flinkenberg med hängivenhet och nyfikenhet samtidigt som hon försökte tänka ut hur hon skulle gå till väga för att väcka Doris Flinkenberg på ett så oförglömligt sätt som möjligt. Och det var plötsligt viktigt. Inte direkt det att göra intryck men att liksom visa vem man var, som en spelöppning, och det med kraft. Framför allt för att det skulle framgå alla möjligheter som fanns i en. Inte bara vem man var men också vem man kunde vara.

Sandra tog några steg framåt så att hon stod rakt framför den sovande Doris i bassängen, den fortfarande vilt snarkande Doris. Så sträckte hon ut sitt pekfinger som en pistol och sa med hög och myndig röst:

"Pang! Du är död! Dags att vakna nu!" Hon skrek inte alltså, talade bara något högre än vanligt. Men ändå, knappt hade hon sagt det förrän Doris Flinkenberg hade satt sig upp i sovsäcken med ett ryck och yrvaket och skärrat stirrat omkring sig med blicken hos ett vettskrämt djur. Det var en blick som Sandra aldrig skulle glömma. Många gånger i framtiden skulle Sandra tänka på hur Doris sov, det var så talande för allt med Doris Flinkenberg.

Som en katt med alla sinnen på spänn också långt inne i den allra djupaste sömnen. Vilket ju passade ihop med det hon också var och som hon småningom framför allt i början av deras bekantskap (vilket ord för det allt omvälvande!) skulle berätta om utförligt och i detalj; ett barn som tidigt i livet – innan hon blev upptagen i kusinhuset – hade fått lära sig att världen i vissa bemärkelser är en rent ut sagt för jävlig plats, att vuxna inte är att lita på och att de inte drar sig för att göra en illa fast man bara är ett litet barn som inte kan försvara sig, att vill man överleva och leva vidare på ett någorlunda drägligt sätt så måste man vara på sin vakt själv och skydda sig så gott man kan. Det finns ingen absolut trygghet någonstans.

Doris Flinkenberg, det illafarna barnet. Och hon skulle dra ner en flik av byxlinningen för att visa sina bevis på det: äckliga rödbruna rastermärken på sidan. "Det var här som hon halstrade mig. Hon, träskmamman. Eller. Hon försökte."

Men så, i bassängen, fick Doris syn på Sandra och hämtade sig genast. Skrattade ett yrvaket skratt som all rädsla var som bortblåst ur, snarare tvärtom: ett stort och fräckt yrvaket skratt, inga ursäkter här inte eller några förklaringar.

"Tycker du att jag ser död ut? Då har du fel på din pistol."

Och det skulle ha funnits och borde ha funnits en massa lustiga svar att ge på det. Men Sandra kom plötsligt inte på ett enda ett; plötsligt igen hade hon övermannats av både glädjen över att Doris Flinkenberg faktiskt var där men också sin egen blyghet som brukade spela henne spratt också i andra sammanhang så hon var mån om att inte dra ut på showen men samtidigt få sagt det som hon nu kände att var nödvändigt att få sagt för att Doris inte skulle försvinna någonstans.

"Stig upp nu", sa hon i stället alltså. "Du är väl hungrig. Ska vi äta frukost först?"

Och då hade man sett på Doris Flinkenberg hur hela hon hade slappnat av och ett stort och fräckt och för situationen lämpligt leende hade brett ut sig över hela hennes runda ansikte.

"Jag är ytterst hungrig", sa hon sedan på den allra renaste och välartikulerade svenska, som om hon läste högt en vers på skolavslutningen, "Förskräckligt *doriskt* hungrig. Jag skulle kunna äta upp ett hus."

"Kom då", sa Sandra nonchalant och började gå tillbaka uppför trappan. Och då fick Doris rentav bråttom att kravla sig ur sovsäcken till synes lika nonchalant men med en svårdold iver under allt. Men det gjorde ingenting. För det var såhär det skulle vara, det förstod de båda två.

Och uppe i köket inleddes den rekordsnabba, det tog inte mer än kanske tjugo minuter ungefär, process genom vilken Doris och Sandra blev närmare bekanta och bästa vänner, oskiljaktiga. Den ena OCH den andra, allt.

Och så skulle det vara under de följande åren fram till att Doris Flinkenberg en mörk novemberdag ganska lik den här novemberdagen när de första gången träffades, gick upp på Loreklippan, hade pistolen (den riktiga) med sig, höjde den mot sin tinning och tryckte av.

Till morgonmål den här första morgonen i huset i den dyigare delen av skogen drack de inte Lapsang souchong, teet med röksmak som Sandra alltid annars hade brukat dricka – hon hade också varit mycket bestämd

103

med det. Om det inte hade funnits rätt sorts te i hemmet, om pappa – eller mamma, medan hon ännu bodde kvar – till exempel hade glömt att köpa hade Sandra surmulet vägrat att äta frukost överhuvudtaget.

"Vad är detta?" ropade Doris Flinkenberg med fasa, då hon tog sin första klunk ur muggen som Sandra räckte henne. "Parfym? Jag sa KAFFE!" Doris spottade resolut ut en munfull te i vasken. "Vi dricker alltid kaffe i kusinhuset! Bencku vinner åt oss kilovis. På lotterier alltså, han har en sådan *dråplig* tur." La Doris till, som om hon hade läst högt ur korsordsordboken. "Fast i spel", fortsatte hon sedan sorglöst och märkte inte att Sandra ryckte till. Innan Sandra träffade Doris Flinkenberg visste hon inte mycket om Trakten och människorna där, utom ett par saker, och en av dem var, förstås, att pojken i skogen och Bencku var samma sak. "Du vet förstås vem Bencku är? Du har förstås sett honom? Dåren i skogen? Vi härstammar från samma hus om det inte blivit klart nu redan. Kusinhuset. Han är adoptivson där och jag, jag är fosterdotter. O'boy, Sandra, du skulle bara veta: mina riktiga rötter, de är verkligen ingenting att skryta med." Och när Doris sa det rullade hon med ögonen på det sätt som Sandra småningom också skulle lära sig att var Doris-specifikt, och naturligtvis hade det funnits i Doris prat som forsade ur henne en massa saker som man hade velat stanna upp vid och fråga mer om (till exempel nu då, dåren i skogen, han som hette Bengt) men samtidigt i just precis den stunden, de första minuterna medan de bekantade sig med varandra, var det överflödigt. "Men nu måste du berätta allt om dig själv", fortsatte också Doris resolut. "Vilka är dina hobbysar? Mina är", och här gjorde Doris en paus innan hon fortsatte själv, sträckte sig efter ännu en surbrödssmörgås med balkankorv som Sandra hade ställt på bordet på ett fat mellan dem och sparkade i köksbordsbenet som för att ge rytm och pregnans åt sina ord, "Musiklyssning. Korsordslösning. 'Brott ur livet'."

Så hade Doris alltså pratat på och i början hade det varit ganska svårt att få en syl i vädret. Men, kom Sandra på medan hon lyssnade på Doris, det gjorde ingenting. Hon hade ingenting emot det. Och mer än så – hon förstod igen på det där underliga förutbestämda sättet att det här var det hon hade gått och väntat på så länge. Doris prat, Doris varande, Doris – allt med Doris. Att det var det som hon på något sätt hade gått omkring och väntat på under en stor del av sitt liv.

"Hallåååå! Jag frågade en fråga! Är någon hemma?"

"Hm", hade Sandra försiktigt svarat. "Jag vet inte men kanske tyger. Vissa sorter. Inte alla. Och så tycker jag ganska bra om att skjuta med pistol. Fast jag är ju inte speciellt bra på det."

Och hon hade sagt det där och sedan hade hon inte ens vågat se på Doris utan några sekunder varit upptagen av att höra sina egna galna meningar eka av galenskap i luften mellan dem. Och hon bara måste byta samtalsämne, fort.

"Men nu är det min tur att ställa några frågor. Hur kom du in i huset? Och vad gör du här i det stora hela överhuvudtaget?"

Den första frågan lämnade Doris Flinkenberg därhän, men den andra uppehöll hon sig däremot vid med stor utförlighet. Föregående kväll hade hon plötsligt fått för sig att hon inte stod ut ett ögonblick till i kusinhuset, att det var dags att rymma hemifrån. Den avsikten hade alltså slagit ner i henne som en blixt, berättade hon: att bara gå sin väg och aldrig återkomma. Så Doris hade packat sin kappsäck och lämnat kusinhuset med sovsäcken under armen. Så hade hon gått längs med vägen och på olika stigar långa vägar bort. Men medan hon hade gått där i sin tunna ytterjacka i motvind i kylan hade argsintheten sakta runnit av henne och ganska fort hade hon också börjat fundera över andra saker; som att, till exempel, hade hon verkligen fått med allt det hon behövde för resten av sitt liv, till exempel radiokassettbandspelaren hade hon ju glömt, och alla c-kassetterna. Så efter en inte så lång stund där på vägen hade hon kommit till sans igen och vänt tillbaka. Men det hade varit så dags att ångra sig då för hon hade hunnit ganska långt från kusinhuset, alldeles för långt faktiskt, för att orka hela vägen tillbaka.

Det var så hon hade kommit till huset i den dyigare delen av skogen.

Det hade varit närmast då. Inte hade man ju vetat säkert om hon talade sanning eller inte, högst antagligt inte, det var ju ganska fantastiskt alltihop, inte minst med tanke på att huset i den dyigare delen låg som det låg, inte nära någonting alls. På sidan om allt annat, allt i hela Trakten, hela världen ungefär. Och det fanns bara en enda riktig väg plus ett par andra skogsstigar som ledde dit.

Men idiot den som fäste sig vid sådana detaljer nu. Det fanns, för Sandra, som sagt så mycket annat som var viktigare. Detta var mötet med en tvillingsjäl och det var en känsla som Sandra aldrig någonsin efter det här i hela livet skulle vara med om lika starkt, det skulle kunna härmas nog men aldrig återskapas. Bara med Doris Flinkenberg skulle finnas den där märkliga samspeltheten till hundra procent. Som bara de två såg och var medvetna om. Redan från början, ännu medan de var små som nu, och inte kunde föra ett enda vettigt samtal ens.

Och denna samspelthet, den hade ingenting att göra med några yttre attribut. Där fanns det ju hur många olikheter som helst. Sandra till exempel, var vid den här tidpunkten liten och späd och stripigt ljushårig och tandställningsförsedd om nätterna. Doris igen var ganska rund och landsvägsfärgad, inte bara i håret, utan liksom lite överallt. Och hon hade ett överbett som hette duga. Och dessa JÄTTEstora fötter, storlek fyrtio eller fyrtiotvå.

Och alltid samma klumpiga läderkängor på.

"Och tokig är jag ju som skulle rymma från den familj som jag har förmånen att vara medlem av nu", sa Doris Flinkenberg som efter många kringelkrokar äntligen hade nått fram till sensmoralen i berättelsen. "Jag menar kusinhuset. Och kusinmamman. Som jag älskar över jorden, över allt.

Min kära, kära fostermor. O'boy, Sandra, du skulle bara veta vilket patrask jag härstammar från liksom biologiskt räknat. Träskmamman och träskpappan. Jag är nog, Sandra", viskade Doris meningsfyllt, "en regelrätt bastard."

Och Doris hade skrattat till liksom befriat men sedan hade hon igen blivit tveksam och i tankarna kommit tillbaka till kusinmamman.

"Fast nog måste hon ju vara ganska orolig nu, kusinmamman. Inte var det ju meningen att somna bort därnere i er simbassäng. Det var bara meningen att vila ut."

Och prrrt. Var det en telefonsignal som skar igenom luften?

Och det var kusinmamman förstås, som undrade var Doris var.

"Men nu får vi skynda oss om vi ska hinna leka lite innan hon kommer hit", sa Doris när hon hade lagt på luren. "Jag menar. Jag har nog tänkt leka sedan också. Men det är ju inte riktigt samma sak. Ska vi gå ner till källaren igen?"

Och Doris hade lika gärna kunnat fråga "vill du gifta dig med mig?" För Sandra skulle likafullt ha svarat ja.

"Ja", sa Sandra alltså. "Ja."

Och under Doris ledning hade flickorna återvänt till källaren och klättrat ner i simbassängen utan vatten. Doris hade fått syn på Sandras lilla kappsäck.

"Så du är också en flicka med kappsäck. Öppnar du din så öppnar jag min så får vi se."

Och det var Doris med kappsäck och Sandra med kappsäck: två kappsäcksflickor som tömde ut innehållen i sina väskor på simbassängsbottnens gröna kakel så att allt blandades ihop. Så att det uppstod intressanta nya sammanhang och nya, oväntade kombinationer. Det ena med det andra, idéer, hugskott, smått och stort.

I Sandras kappsäck fanns till exempel sidenlappskartor som härstammade från Lilla Bombay, klippböckerna, där som Jayne Mansfields döda hund, Lupe Velez och Patricia i blodskogen och alla de där levde sitt eget liv mellan slitna blåa häftespärmar. Där fanns också några tändsticksaskar från hotell och nattklubbar i jetsetlivet, en plasttärning med en massa silverkonfetti inuti. I Doris kappsäck som ju inte alls var lika dyrbar som Sandras och mycket mindre, fanns det c-kassetter med en massa "slitstarka kärleksbugg för kärlekskranka" (Doris olidliga favoritmusik), ett par nummer av "Brott ur livet" (en tidning), några böcker, "Kitty löser åter ett mysterium", "Kvinnans roll i kärlekslivet" och "Korsordsordboken" samt ett brev från engelska kungahuset adresserat B. Flinkenberg, Saabvägen. I det brevet stod det på engelska, refererade Doris vitt och brett, att prins Andrew som hon hade försökt inleda en brevväxling med, ogärna korresponderade med någon som inte hörde till familjen, eller var, som det också på något sätt stod, "därmed jämförbar". Och så vidare.

Den ena kappsäcken och den andra kappsäcken och allt som fanns däri; av detta uppstod lekar och berättelser, berättelser och lekar, lekar som var berättelser, som skulle sysselsätta Doris och Sandra i många, många år. Och föras upp, småningom, i en annan verklighet.

Och vidare, nästan upp i vuxenhet.

Men nu, tills vidare, en ganska lång tid också, var allting bara roligt än. En glädje och en rolighet som spred sig också till de andra, de som inte direkt var med.

Kusinmamman, till exempel, när hon dök upp i huset i den dyigare delen lite senare samma dag, så kunde hon inte låta bli att smittas av den glada stämningen därnere i bassängen utan vatten. Hon blev så glad att hon också ville stanna kvar, så glad att hon såg sig omkring och såg hur dammigt allt var. Och när Ålänningen och Bombnedslaget Pinky Pink dök upp lite senare var det full storstädning på gång i huset i den dyigare delen av skogen.

Också Ålänningen blev ju glad av det, och anställde på momangen kusinmamman som permanent städerska i huset i den dyigare delen av skogen. Detta var, i parentes sagt, början på "Fyra moppar och en sopskyffel", städfirman som skulle göra kusinmamman till en riktig företagare så småningom.

Men Pinky, hon rusade direkt ner till källarvåningen och bassängen utan vatten och gav till ett barnsligt tjut.

"Jag vill också vara med och leka!" ropade hon och klättrade ner till flickorna i bassängen. Och hon blev så ivrig att hennes bröst nästan ploppade ut över kanten på hennes snäva glittertopp och hon snubblade i det långa sidenet som Doris, Haremsdamen, hade svept in sig i.

"God dag", sa Doris Flinkenberg och sträckte ut sin hand mot Pinky.

"Det här är Bombnedslaget Pinky Pink", sa Sandra artigt och ville nu vara noga med att inte såra Pinky igen och därför presentera henne på ett värdigt sätt. "Stripteasedansös till yrket."

Men då såg Pinky igen på Sandra med stor förnärmelse.

"Pappas flickvän heter det. Och inget annat."

"Men striptease", hakade Doris världsvant på. "Så intressant. Det måste vara ett verkligt krävande yrke. Berätta mer."

Och det blev upptakten till ett grupparbete som Doris Flinkenberg skulle utföra i skolan utan grupp; "Yrke – stripteasedansös". Det var ett arbete som sedermera skulle rendera Doris Flinkenberg ett evigt portförbud från samma klass som Sandra Wärn som ganska snart skulle flytta från franska skolan till den alldeles vanliga mellanstadieskolan uppe i kommuncentrum.

Och det var såhär det var, i alla fall nästan ungefär, när Sandra och Doris träffades, blev vänner och lekkamrater. Bästa lekkamrater dessutom, i en alldeles egen liten värld.

De skulle ha många lekar, långa lekar. Och ingen utomstående skulle förstå ett skvatt av dem.

Men några av lekarna skulle sticka av, i alla fall. Det skulle finnas två stora lekar, två huvudsakliga. Den ena skulle vara Sandras lek, den som skulle grunda sig på hennes livsberättelse. Den andra skulle vara Doris lek, och den skulle grunda sig inte precis på Doris liv, men på något ganska näraliggande. Något som hade hänt i Trakten en gång. En fruktansvärd historia.

Lekarna skulle inte lekas samtidigt, men i tur och ordning. Den första leken skulle vara Lorelei Lindberg- och Heintz-Gurtleken, den andra leken skulle heta Mysteriet med den amerikanska flickan.

Och allt skulle ha verklighetsbakgrund. Allt skulle vara sant.

Den första leken, Lorelei- och Heintz-Gurtleken, den började såhär:

"Och var är din mamma då?" frågade Doris Flinkenberg Sandra en annan dag, en av de allra första dagarna de var tillsammans i huset i den dyigare delen av skogen. De var i köket då, och åt mellanmål – Doris Flinkenberg skulle hela tiden äta mellanmål – i utklädningskläder som härstammade från en annan lek, en gammal lek, som började bli lite tröttsam redan.

"Vad var det som hände?"

"Det var någon som kom och hämtade henne", sa Sandra svävande.

"En ängel?" frågade Doris Flinkenberg förväntansfullt.

"Hm", sa Sandra mångbottnat.

"En Dödens Ängel?" la Doris hjälpsamt till. "Liz Maalamaa?"

"Sch!" hördes från källartrappan där kusinmamman var i full färd med att bonvaxa trappstegen skinande hala igen, så skinande och hala som de någon gång hade varit medan Lorelei Lindberg bodde där.

"Det är förbjudet att tjuvlyssna!" ropade Doris Flinkenberg mot trappan. "Hon skulle så hemskt gärna vilja höra", fnitterviskade Doris så att bara Sandra skulle höra.

"NU stänger jag dörren för detta angår bara fyra stycken öron sammanlagt", ropade i sin tur Sandra högt och tydligt så att det ekade i huset. Sagt och gjort. Och till och med låste dörren från dess insida för att garantera ro och avskildhet.

Och så började leken. Och den började som alla de bästa lekarna började, med en ganska lång historia.

"Han kom och hämtade henne", började Sandra lågt, på det som hon inte hade berättat för någon tidigare och som hon inte skulle berätta för någon annan, någonsin. Det som var så privat att Doris Flinkenberg som den enda i hela vida världen skulle få ta del av det. "Härifrån. I en helikopter. Den landade på taket."

"Vem då? Hennes älskare?" Doris var genast med på noterna.

"Tyst nu", sa Sandra otåligt. "Avbryt inte. Annars får du inte höra någonting. Men jo, hennes älskare. Så kan man också se på saken. Och han var hemlig, förstås. För det är ju vad älskare brukar vara. Men de hade känt varandra i många år. De träffades på en nattklubb i alperna i jetsetlivet, den som hette Den Skenande Kängurun. Här är muggen i alla fall, den är därifrån. Jag har druckit Jägertee ur den, du vet, te med rom i…

"Har du varit full?" Doris Flinkenberg fingrade på muggen på vilken kängurun fanns och var nu så tagen att ögonvitorna bara rullade igen.

"Tyst nu, har jag sagt." Sandra höll upp sin hand. "Ja, alltså. Jag såg det med egna ögon. Att de träffades, alltså. Jag var med. Det var innan vi flyttade hit till huset i den dyigare delen… Vi var ganska mycket i jetsetlivet då. Nå, i alla fall. Det var härifrån han hämtade henne. Taket på det här huset är så platt, det går utmärkt väl att landa på.

Det var en dag mitt i värmeböljan, förra året. Du vet hur det kan vara en sådan dag… alldeles vindstilla. Och tyst. Så tyst. Det enda som hördes var insekterna som kröp omkring på marken och surrade. Alla de där underliga krypen som finns i träggen här omkring. Bulimyggorna och ormbunkspunkarna, de där som knäpper när de rör sig. Knäpp. Knäpp. Knäpp…"

… Och Doris hade nickat införstått medan Sandra försvann allt längre in i sin berättelse…

"och klackar. Hennes klackar. Klåpper. Klåpper. Klåpper. Den där dagen. Så orolig. Så full av rastlöshet. Klackar som rörde sig från övre våningen till nedre våningen till sovrummet; från köket till sovrummet till Garderoben och tillbaka, och så ner igen. Bassängavdelningen, gick kring bassängen. Runt och runt. Du vet, Doris, hur det är när man väntar på någon. Och det var det hon gjorde. Väntade. Fast det förstod

111

man först när det var för sent... nere vid bassängen. Och så klirr...
Hon hade tagit av sig ringen som hon hade fått av Ålänningen, den var
försedd med en rubin av matskedsstorlek. Och den föll ur hennes hand
och rullade ner i bassängen. Och det var då hon ropade på hjälp. Hon
ropade på mig, för det var ingen annan än vi två som var i huset precis
just då. 'Sandra! Jag har tappat ringen i bassängen och jag har inte
kontaktlinserna på! Snälla Sandra kan du inte komma och hjälpa mig
att leta!'..."

Sandra hade nog hört hur Lorelei Lindberg hade ropat på henne,
men hon hade inte låtsats höra. Inte gett sig till känna överhuvudtaget,
i stället hade hon slunkit ut ur huset, sprungit nerför trappan och till
skogsdungen bredvid huset där hon brukade hålla till, *det som var det
onda ögats plats, där pojken brukade vara ibland* – fast just det, om poj-
ken sa hon inte ett ord till Doris Flinkenberg, det var för komplicerat.
Där fanns en sten som det var bra att lurpassa bakom. Och kanske var
det redan då hon för första gången hade hört de främmande ljuden
någonstans i bakgrunden även om de inte ännu hade trängt upp i hen-
nes medvetande. Helikoptern. Ett surr bak i huvudet...

Och nej. Det var ju inte det att hon inte hade velat hjälpa Lorelei
Lindberg att söka ringen – eller något slags illvilja som hon i och för sig
kunde känna ibland, hon var ju inget snällt barn, inte egentligen... det
var bara det att hon inte hade orkat vara kvar i huset. Lorelei Lindbergs
oro var så stor, den smittade av sig på allt, det fanns inget ställe där man
kunde vara ifred för den. Och särskilt när Ålänningen inte var hemma
intensifierades den och blev nästan elektrisk – och Lilla Bombay fanns
inte mer. Det fanns bara det här: Lorelei Lindberg såg ut genom fönst-
ret på det igenvuxna träsket och suckade. Inte en människa – kastade
en blick på sin lilla dotter – inte en vettig människa någonstans. Och
suckade igen. Någon gång då Lorelei Lindberg såg på henne sådär hade
Sandra nästan börjat gråta – men det var tidigare. Nu grät hon inte
längre; hon var äldre nu och det var slut på alla tårar.

Och den här dagen, just precis den här: Lorelei Lindberg i nackkrage

112

och rakad hjässa. På det kala stället på hennes huvud lyste några stygn av ett slag som på sjukspråk hette Fjäril. Hon hade fallit i den långa trappan, det var några dagar sedan. Ålänningen hade slagit henne så att hon tappade balansen, och hon hade fallit, fallit, och rullat ner för de många, många trapporna medan hela tiden den där hemska dörring-klockan spelade i bakgrunden: "Nach Erwald und die Sonne, die Sonne, die Sonne…"

Men efteråt, då hade Ålänningen varit så ledsen att han bara grät och grät – och Sandra hade aldrig sett sin pappa gråta förut; det var ganska obehagligt. Men sedan hade han farit bort och kommit hem igen och haft med sig en ring med en rubin av matskedsstorlek.

… när ljudet som Sandra hade hört en lång stund i bakre delen av huvudet blev starkare, småningom alldeles öronbedövande och en väl-dig skugga sänkte sig över den ljusa sommardagen kastade sig Sandra ner bakom stenen bredvid huset. Hon trodde inte sina ögon; det var en helikopter och den flög så lågt att den nästan tog i trädtopparna med sina hemska baggeben och skapade ett lufttryck som pressade gräs och ormbunkar och all övrig slät slyväxtlighet som det förstås fanns en myckenhet av kring huset, ner, ner mot marken. Sandra själv, stum av skräck inför det obegripliga, men ögonen lika vidöppna inför detsamma, bara stirrade på hur den silversvarta helikoptern sänkte sig ner mot huset och landade på dess vida, platta tak.

Samtidigt, på ett annat ställe, men inte långt ifrån (fast nog alldeles tillräckligt), på en motorväg: Ålänningen hade kört hundrasextio kilo-meter i timmen minst, för att hinna hem. En ond aning hade gripit honom: om det värsta hände, då! Då var det bråttom! Nu! Han fick inte komma för sent, bara inte fick! Och han hade tryckt gaspedalen i botten.

Men då redan, vid huset i den dyigare delen av skogen: Lorelei Lind-berg hade kommit ut på taket. Hon var klädd helt i vitt, i vit klänning, vit sjalett kring huvudet. Där stod hon och ropade åt mannen med öronlappsförsedd pilotmössa och pilotsolglasögon, läderjacka, stövlar

113

och ljusbeige påsbyxor som för att överrösta helikopterflappret – hon hade sett sig omkring och upptäckt sin dotter Sandra – som nu hade stigit fram bakom stenen där hon hade varit gömd. Rädslan hade runnit ur henne med ett slag. Nu stod hon där bredvid stenen, ifall Lorelei Lindberg skulle ha råkat glömma, som en påminnelse.

"Das Mädchen", ropade Lorelei Lindberg till mannen, som var Heintz-Gurt, hennes hemlige älskare som alltså hade kommit för att enlevera henne. "Flickan", översatte Sandra Wärn för Doris Flinkenberg, "på tyska." Han var otålig att komma iväg, han försökte fösa Lorelei mot helikopteröppningen – det uppstod nästan ett handgemäng däruppe på taket till huset i den dyigare delen.

"Das Mädchen nicht! Nicht das Mädchen!" ropade han tillbaka och såg på henne också. "Inte flickan", översatte Sandra för Doris Flinkenberg, "flickan inte alls, på tyska." De såg båda på den lilla flickan ett ögonblick, Lorelei Lindberg och Heintz-Gurt. De vuxna på taket. Flickan i skogen. Ett ögonblick.

Och så var ögonblicket över. Lorelei klättrade upp i helikoptern och innan hon försvann helt och hållet in i den vände hon – förstås, det klassiska – sig om en sista gång och såg på stenen vid skogsbrynet och då, i den mikroskopiskt korta stunden, var det bara de två i hela vida världen.

Ifall hon skulle råka glömma...

Hon såg så hjälplös ut.

Och först då, när allt var för sent och förbi hade Sandra lyft sin hand – den var blytung – för att vinka till Lorelei Lindberg en allra sista gång.

Och helikoptern hade lyft och varit försvunnen. Några sekunder bara och den stora tystnaden och förstelningen och hettan hade lagt sig dallrande och stum över huset i den dyigare delen igen.

En bil körde in på gården, det smällde i en dörr. Ålänningen, vit i ansiktet, kom rusande mot sin dotter som satt allra längst nere på trappan-upp-i-ingenting, på det sista gråa och söndervittrande trappsteget.

114

Och Ålänningen hade genast förstått att han hade kommit för sent. Allt hade redan hänt, det var oåterkalleligt. Far och dotter, på nedersta trappsteget, ensamma i den besynnerliga tystnad som alltid hade omgett huset i den dyigare delen. De hade stigit upp och med armarna om varandra på ett konstigt sätt börjat gå uppför trappan tillbaka in i huset.

"Jag gick ner i bassängen på kvällen", avslutade Sandra sin berättelse för Doris Flinkenberg bakom den stängda dörren till köket i huset i den dyigare delen av skogen, just lagom för att höra ett ljudligt stök och bök på andra sidan dörren.

Det var kusinmamman förstås, som knackade på, och ropade så vänligt men bestämt: "Flickor, flickor! Nu får ni verkligen släppa in mig flickor! Jag vill ha mig en kaffetår jag med!"

Men ringen. "Jag letade och letade", Sandra hade sänkt sin röst, de var i rummet nu, i hennes rum, hade klättrat upp i sängen som fortfarande kallades för den äktenskapliga fast det bara var en glåmig flicka som ensam sov i den och den var så stor att den upptog nästan hela rummet. "Sedan. På bottnen av bassängen. Och – jag hittade den. Fast den var verkligen inte lätt att lägga märke till. Alltså. Matskedsstorlek. Det var nog en ganska liten matsked i så fall som hade varit modell för den. Och jag...

... jag tog den och gömde den och berättade aldrig om den för Ålänningen."

"Jag vill se den", väste Doris Flinkenberg.

"Sch", hade Sandra hyssjat. "Det är Topphemligt sa jag ju. Vi får vänta tills vi är ensamma igen."

Och i bassängen, senare: Sandra tog fram plasttärningen ur kappsäcken, den lilla med silverkonfetti i, och där, allra underst, var den. Ringen. Med rubinen. Nå. Inte var den ju riktigt som en matsked, inte fullt så stor.

Doris klämde svettigt den lilla plasttärningen i sin hand.

"Ett tärningskast från lyckan", sa Sandra lågt och menande och sträckte sig efter Doris hand, och Sandra trädde ringen på Doris finger.

"Jag vill hemskt gärna gifta mig med dig, Heintz-Gurt", sa Doris Flinkenberg och såg Sandra Wärn innerligt i ögonen.

"Det är hemskt bra det", sa Sandra Wärn på tyska, "för det tycker jag också att är en ganska bra idé."

"Och sedan", suckade Doris lyckligt med ringen på sitt finger, "levde de lyckliga i alla sina dar. I alperna. I Österrike."

"Men", la hon till så ödesdigert. "Vad hände med den lilla flickan? Hon som blev så ensam kvar?"

"Ja", sa Sandra dovt och innerligt. "Det var nog så. Att hon blev ensam kvar."

"Ska vi", sa sedan Doris i en annan ton och riktigt ivrigt, "ta bröllopskyssen sen?"

"Blir det några barn gjorda här då?" Plötsligt, mitt i den intensivaste av lekar, hade Bombnedslaget Pinky Pink stått där på bassängkanten i sina ljusröda kläder, minikjolen av stretchgalon och den ljusröda blusen av polyesterfiber som var djupt urringad och så spänd att det blev utrymmesbrist på insidan och innanmätet trängdes upp mot urringningen.

Och genast fick hon, Pinky med radarblicken, syn på ringen. "Vilken steen!" ropade hon. "Det är vad jag kallar en diamant."

Och hon var redan på väg ner i bassängen, för som sagt, som hon hade sagt i andra sammanhang, "jag har instinkt för stenar, särskilt sådana som är glänsande och glittrande", och hjälp, vad skulle flickorna göra nu då? Pinky skulle inte få studera ringen. Nej. Det fick inte ske. "Ähum", avbröt henne Doris då, ställde sig upp och stod i vägen, fast med den ovedersägliga yrkesauktoriteten hos en som är ute i ett verkligt seriöst ärende. "Skulle jag få be om en sak? En intervju?"

Och sedan förklarade Doris så allvarligt och oemotståndligt som bara Doris kunde när hon la manken till, att det skulle rendera henne heder om Bombnedslaget skulle vilja stå till tjänst med "ett värdefullt vittnes-börd i första hand" för materialinsamlingen till hennes grupparbete "Yrke – stripteasedansös" i skolan; en ganska enslig grupp för Doris Flinkenberg hade alltid varit så säregen att ingen riktigt ville vara "grupp" med henne.

"Det skulle vara en stor ära", slutade Doris Flinkenberg och Pinky hade glömt all världens diamanter för en stund på glitterscenen och omedelbart sagt ja.

Men ringen, den höll Doris på sitt finger. Fast bara vid högtidliga tillfällen i bassängen utan vatten, och förstås, bara när Sandra Wärn var där.

Lorelei Lindberg och Heintz-Gurt. Det var en berättelse som sedan seg-lade iväg. Heintz-Gurt blev en person, och Doris Flinkenberg, hon skulle vara en sådan perfekt Lorelei Lindberg.

Det var inte klokt.

Men ännu en sak. Lorelei Lindberg. Det var Doris namn för henne. Doris uppfinning. Lorelei, det var nämligen det vackraste namn som Doris visste.

Lindberg. Det var sånt man hette, där i Trakten.

La vie emmerdante / Det förbannade livet. Sandras sista uppsats i franska skolan, fritt återgiven.

Den berömda filmskådespelerskan Lupe Velez var trött på livet. Hon ville dö. Mannen vars barn hon bar i magen hade lämnat henne. Det var inte Tarzan, som varit hennes största kärlek. Det var till råga på allt en annan kärlek, en som varit sekundär.

Med Tarzan hade den berömda filmskådespelerskan rumlat om i Paris, London, Mexiko och i sitt hem i Hollywood, och till slut hade deras stora passion tagit musten ur dem båda. Båda hade dragit sig undan, miljoner mil från varandra, som två sårade djur. Och har man en gång bränt en bro är det inte sådär bara att bygga den igen.

117

Den här mannen nu, som hade lämnat henne, han var sekundär.

Den berömda filmskådespelerskan Lupe Velez samlade ihop alla tabletter hon hade i sitt hem. Det var ganska många, de förslog för en riktigt dödlig dos. Sedan ringde hon sina vänner och bjöd in dem på avskedsmiddag. Fast det sa hon inte direkt till dem. Hon beställde in sin älsklingsrätt på catering. Chili con carne. Stark.

Man åt och drack champagne och förtalade männen, kärleken och livet. Man mindes sämre dagar, för att komma i stämning.

Gästerna gick hem och filmskådespelerskan blev ensam. Hon tog ett sista bad, tvättade sig ren. Efter badet tog hon på sig sitt allra finaste nattlinne av siden, det som Tarzan hade gett henne en gång. Sängen var bäddad med finaste lakan, siden också de. Hon gjorde aftontoalett, glömde inte att borsta sitt hår med femtio hårda tag.

Och tog fram tabletterna. Hällde ut dem över nattduksbordet, satte sig på sängkanten, började stoppa i sig dem och svälja ner dem med champagne. När hon tagit alla la hon sig till rätta på sängen, justerade sin kropp i lämplig ställning, lagom, inte överdrivet, elegant. Och sedan slöt hon ögonen och väntade på att sömnen och döden skulle komma.

Hon vaknade och visste genast att det inte var i himmelriket. Det svallade i magen, hon släpade sig ut i badrummet. Chilin. Hon hann knappt få upp toalettlocket innan det kom ur henne. Men på samma gång halkade hon och tappade balansen och slog huvudet i toalettskålens kalla kakel. Hon förlorade medvetandet, alla fördämningar brast. Och huvudet hamnade i toalettskålen. Det var så den berömda filmskådespelerskan Lupe Velez skulle bli ihågkommen. Som den som drunknade i toalettskålen i sitt eget hem.

Passionen, den är ett enda jäkelskap.

La passion. *C'est vraiment un emmerdement.*

Sandra lämnade in uppsatsen, packade ihop sina saker och slutade i franska skolan. Sedan for hon raka vägen till den vanliga mellanstadieskolan uppe i kommuncentrum, i Trakten, och blev antagen som elev på samma årskurs som Doris Flinkenberg. Inte på samma klass, som sagt, men i klassrummet nästintill, på parallellklassen.

Lorelei Lindberg ovanför det lilla tvättstället i bakre rummet i Lilla Bombay, hade greppat lysröret ovanför spegeln med båda händerna och FSSSST några ögonblick for strömmen igenom henne i en enda väldig stöt. Ett ögonblick, bara Sandra såg det, blinkade Lorelei Lindberg gul, fräsande, elektrisk. Världen stod stilla FSST och det ögonblicket blev i minnet till en evighet.

Nej, du har fel, hade hon sagt åt Svarta Fåret.
Men jag är rädd.
För honom.
Det är något underligt med huset.
Och pojken, det är en pojke som stryker omkring.
Och ändå vet jag att det är abnormt. Den där pojken, han är bara ett barn.
Det går rykten – om att han har gjort något hemskt. Inte vet man ju.

Svarta Fåret:
"Att det inte är sånt man väljer själv. Musen väljer inte själv att vara mus."
"Jag förstod nog vad du menade", sa hon hätskt.
Och sidengeorgette.
Och chiffong med polyester i.
Herregud det smälter upp.
Det här var inte äkta heller.

Men sedan var hon glad igen. Silkesgeorgette. Organza. Och shantung.
Shamosiden – det är för underbart.
Och chiff–

Sedan
Plötsligt

Var
Allt
Slut

Affären hade gått i konkurs.
Ålänningen och Sandra tömde den.
Lastade tyger i bilen och körde dem till huset i den dyigare delen av skogen.
Lilla Bombay, alla tygerna.
"Vi sticker för det blir inga barn gjorda här", mumlade hon och hon var inte silkeshunden längre. För sig själv. Nej. Inte fick det sägas så.
Det var inte så.

"Låt oss kalla henne Lorelei Lindberg", hade Doris sagt i lekens början. "Alla heter Lindberg i grannkommunen och eftersom hon inte var härifrån så kan man anta att hon var därifrån."
Doris sätt att resonera. Men det hade hjälpt.
Hon kunde gömma i sitt hjärta andra historier – inga historier.
I berättelsernas trädgård fanns det håligheter – en källa mörk som en jordens hålighet att stirra i.

Tillhörde sådant hårt i själen som inte kunde vävas något av.
Rayon pulp viskos och ingenting.

Lilla Bombay, alla tygerna –
Och pusslet, 1500 bitar, "Alpvilla i snö", halvfärdigt, det låg kvar på bordet.

"Det är så tomt. Jag skjuter flugor med luftgevär." Ålänningen sköt lösa skott med sitt gevär i gillestugan. Drack whisky. Kanske var det hans försök att samla mod för att ladda geväret med ammunition och bara göra slut på allt. På sig själv alltsammans på den lilla flickan i bassängen.

You wanna implode your mind with the Exploding plastic inevitable?
    Lilla Bombay, alla tygerna.
    Nej då. Allt det där var över nu.

Torrsim.
    Flickan sprang i bassängen. Av och an mellan kortändarna.
    Älänningen hade stigit upp och gått ut i bassängavdelningen på ostadiga
ben, med geväret.
    Flickan som sprang och sprang som om hon inte ens hade sett honom,
ögonen slutna, av och an, av och an.
    Torrsim. Han hade höjt geväret och riktat det mot henne.
    Då hade hon stannat tvärt. Sett upp på honom med stora skyddslösa
ögon.
    Han hade sjunkit ihop, geväret hade runnit ur hans hand, han hade
börjat gråta.
    Tillhörde sådant hårt i själen som inte gick att väva historier av.

Doris var den som tog Sandra ut i Trakten. Sandra lärde känna Trakten på ett nytt sätt. Tills hon mötte Doris Flinkenberg hade Sandra mest strövat kring huset i den dyigare delen av skogen, utan mål och syfte. Kanske följt i pojkens fotspår, i dagsljus förstås, och när han säkert inte var i närheten. Kommit till olika ställen, till exempel Bule träsket. Också kusingården hade hon sett förut, och en del andra platser, men de hade inte betytt någonting. Hennes huvud hade varit fullt av underliga funderingar som inte hade något med den konkreta verkligheten omkring henne i den dyigare delen av skogen att göra, så fullt att hon inte riktigt orkat se något utanför sig, eller haft plats för något annat i sitt medvetande.

Mest hade hon på sina planlösa vandringar varit upptagen av att tänka på om någon förföljde henne eller inte, om hon var iakttagen. Fanns det onda ögat, allt det där – pojken i skogen, och så vidare.

"Aj Bencku", sa Doris när Sandra förde honom på tal, "han är knäpp. Knäpp som en... KNÄPP", hade hon fortsatt. "Hurså?" hade Sandra pipit men Doris hade bara ryckt på axlarna, "Du får nog se sen. Själv." Vilket inte precis hade stillat Sandras oro. Se, vad då? Fast det hade inte varit möjligt att fortsätta ställa frågor då för Doris Flinkenberg hade sin vana trogen bubblat av en massa andra samtalsämnen som enligt i alla fall Doris egen åsikt var så mycket intressantare.

"Bakom träsken." Doris pekade åt ett speciellt snårigt håll i skogen. "Det är därifrån jag kommer. Från början. O'boy, Sandra. Du skulle bara veta vilka galningar jag härstammar från på både mödernet och fädernet."

Och Doris hade igen dragit ner byxan en bit och blottat ett hemskt mörkbrunt men mycket synligt rutmönstrat ärr på sitt vänstra lår. "Vet

122

du vad det här är?" frågade hon och Sandra bara skakade på huvudet. "Ett verk av dårar. De finns där borta. Bortom träsken. Eller, fanns."

"Inte ska vi väl gå dit då?" hade Sandra frågat oroligt.

"Är du tokig?" Doris spände ögonen i henne. "Där sätter jag aldrig min fot igen. Aldrig någonsin! Nu viker vi av på stigen här som går åt andra hållet, till där som civilisationen är."

Och med dessa ord kom de till kusinhuset som Doris Flinkenberg förevisade för Sandra som ett museum över ett lyckligt hem. Här var köket, så skinande och rent, med hushållsassistenten som knådade bulldegen så behändigt, och där var transistorradion ur vilken det kom väderleksrapporten, och Poppyradiokassettbandspelaren – som inte kunde användas som radio för att antennen hade gått av för länge sedan – med Doris egen musik; "Tusen slitstarka kärleksbugg för kärlekskranka", "Vår kärlek är en kontinental affär" och alla andra av Doris låtar på c-120-kassetter, minst lika outhärdliga.

Och där var kusinmamman med sina korsord och sin disk och sin matlagning och alla sina "Brott ur livet". Och bredvid köket i kusinhusets nedre våning kusinpappans kammare fast dit fick man inte gå in, där höll han sig för sig själv och man gjorde bäst i att röra sig försiktigt förbi den stängda dörren. Doris smög förbi på tå, med fingret över läpparna.

"Där umgås han med sina demoner och fantasmer", väste Doris till Sandra i trappan upp till andra våningen när de kunde prata fritt igen. "Och man får inte störa. Fast han är inte farlig. Inte på det viset. Inte numera när han inte är i sin krafts dagar. Beskedlig som ett får."

"Vad är en fantasm?" frågade Sandra när de kom upp till Doris rum, den fina och ljusa och rymliga vindskammaren där dagsljuset strålade in mellan äppelmönstrade rena vita gardiner, och man hade en så fin utsikt över hela kusingården nedanför.

"Ett fantasispöke", svarade Doris Flinkenberg och satte sig på sin säng, på det ljusa gula överkastet. "Vålnader som kommer fram från forna tiders dagar. Det var en kvinna som han älskade men hon är död nu. Anna Magnani eller Brösten från arbetarklassen. Så hette hon ju inte, men så säger Bengt."

Och när Sandra såg ut som ett ännu större frågetecken ryckte Doris otåligt på axlarna.

"Äsch", sa hon. "Det där är inte viktigt. Vi kanske kommer till det sen."

I Doris rum på andra våningen i kusinhuset, där var det ganska trivsamt, verkligen. En så pittoresk fin liten vindskammare, perfekt för två små flickor att leka sina lekar i. Men det skulle ändå aldrig bli så, aldrig en plats där Sandra Wärn och Doris Flinkenberg höll till. För det fanns redan något annat som de var förbundna med. Deras var redan huset i den dyigare delen av skogen, framför allt källarvåningen och bassängen utan vatten i.

Det här rummet, Doris rum i kusinhuset – det var, ja, för normalt. Inget rum för Ensamheten&Rädslan eller för Syster Natt och Syster Dag.

"Kom…"

Och sedan gick de ut igen, och över klipporna på Andra Udden. De såg de fina husen som en gång hade varit en del av bostadsutställningen i fritidsboende i framtiden; där sommargästerna och havsungarna bodde nu och det fanns "Privat område"-skyltar nästan överallt. Fast det struntade man ju i, nu på hösten när allt låg öde och det *inte var säsong*, som sommargästerna brukade uttrycka sig själva. De såg Glashuset, det allra vackraste av husen på Andra Udden; och det var en sådan där fantastisk sprakande hösteftermiddag då trädens olika färger lyste i solskenet och reflekterades i vattnet som reflekterade i glasrutorna så att ett spel av färger uppstod och det såg faktiskt lite ut som om huset rörde på sig, som om det brann.

Och allra sist gick de upp till huset på Första Udden som låg på en kulle bredvid, men lite för sig, omgivet av vassig strand i tre olika riktningar. Det var en grön gammal villa i tre våningar, eller nästan fyra, för den fjärde var ett torn med tornrum.

Och omgiven av en trädgård, numera ganska igenvuxen, som omärkligt övergick i den riktiga skogen som fortsatte en god bit i riktning västerut tills man kom till skogens slut, till den dyiga sumpmark där en viss alpvilla hade blivit rest.

Huset på Första Udden hade stått tomt i många år nu redan; och de tog sig in där – det var hur enkelt som helst, det var bara att gå in – och de gick upp i tornet och såg sig omkring på allt, allt som fanns omkring.

Och sedan ner till våningen undertill där det fanns ett stort vardagsrum med ännu vissa gamla möbler i, inte väldigt välbibehållna men ändå inte alldeles förstörda. Och där, i salongen, ställde sig Doris mitt på golvet, slöt ögonen och öppnade dem igen och såg sedan rakt på sin väninna så meningsfullt som bara Doris kunde, och sa:

"Ett lyckohus. Vilken tur att jag var här." Och gjorde en uttrycksfull paus innan hon fortsatte. "Det var nämligen här som bastarden hittades. Och bastarden, det var jag."

Och Doris kröp ner i den plyschöverdragna soffan och viftade till Sandra att hon skulle sätta sig bredvid.

"Kom och slå dig ner här så ska jag berätta för dig min lyckligaste historia. Det finns många goda saker med den historien… men det avgjort bästa av allt är att den är sann. Allt det här har hänt i verkligheten!"

Huset på Första Udden var ett av de få av alla hus i Trakten som hade undgått förstörelse under ockupationstiden efter kriget. Då området återlämnades var det alldeles helt och till råga på allt nästan nymålat; inne i huset fanns de ursprungliga möblerna kvar och till och med en del av sakerna. Någon viktig person måste ha bott där, tänkte man, någon som hade haft makt att förhindra att den vandalisering som annars hade utförts mer eller mindre systematiskt för att sopa igen spåren av all militär och övrig verksamhet på området, inte nådde Första Udden. Och någon som hade tyckt om huset, någon som hade trivts där: också trädgården verkade ha blivit omskött.

Detta väckte ont blod i Trakten, särskilt bland alla dem som hade fått sina före detta hem nerbrända, söndrade, besudlade. Och att den rättmätiga ägaren till huset på Första Udden inte lät höra av sig gjorde allting bara ännu värre.

Att lämna huset vind för våg. Efter allt. Det var nästan värre det än att göra som kusinpappan hade gjort, bara dyka upp med sin klan en vacker dag den första tiden efter att området blivit fritt med det där evinnerliga men nog fullt lagliga dokumentet på baron von Buxhoevdens förbaskade otur i pokerspel.

Huset stod tomt. Det skulle fortsätta att stå tomt. Under många år var det ett ställe där folk kom och gick och höll till under kortare och längre perioder. Snart taget var och varannan människa i Trakten hade bott i huset på Första Udden eller kände någon som hade bott där – så blev det till sist. Men ändå, huset skulle visa sig omöjligt att ta i besittning. Det fanns alltid de ursprungliga ägarna som spjärnade emot någonstans i bakgrunden fast de själva aldrig visade sig i huset på Första Udden. Kvinnorna som skulle bo i huset ett tag fram i tiden var de första som skulle ha ett lagligt hyreskontrakt att uppvisa. Och en tid efteråt skulle då äntligen familjen Backmansson, ättlingar till de ursprungliga ägarna, flytta in.

Också kusinklanen hade hållit till i huset på Första Udden då de kom till Trakten. Allra först alltså, medan kusinpappans bror och hans fru ännu levde; de plus tvillingarna Rita och Solveig och den äldsta, sonen Bengt. De hade bott på Första Udden medan det som senare blev kusinhuset byggdes nedanför.

Det gick rykten om att kusinpappan egentligen aldrig hade haft en tanke på att lämna huset på Första Udden. Att han gick omkring och harmade sig över att Första Udden låg precis utanför det stora område som han hade spelat åt sig. Han hade till och med ibland försökt säga att Första Udden egentligen också var hans, men enligt en muntlig överenskommelse. Att han inte hade papper på den saken försökte han avfärda som en betydelselös teknisk detalj. Det gick inte hem förstås. Men klanen hade stannat i huset i alla fall, kontrakt eller inte. Förmodligen skulle de också ha fortsatt med det eftersom man verkligen inte hade lust att mocka till kråkel med kusinpappan då han var i sin krafts dagar. Han hade den där brodern också, alltså, han som dog, som såg ut som en sur tjur, sa just ingenting. Men det där smeknamnet, Dansören, gav i kombination med utseendet och allt man hade hört om honom kalla kårar längs ryggraden.

Men så, ändå, en vacker dag hade länsman Loman stått på gården till huset på Första Udden med en vräkningsorder i sin hand; detta mer eller mindre på uppdrag av husets egentliga ägare som höll sig lika osynliga som alltid.

Men paradoxalt nog var det just precis detta vräkningsförsök – plus förstås, kort därpå, bilolyckan, vid vilken Dansören och hans hustru Anna Magnani eller Brösten från arbetarklassen, som den enfödde sonen Bengt småningom skulle kalla henne, omkom – som gjorde att kusinfamiljen blev accepterad i Trakten till sist. Det var ju höjden, tänkte man om ägarna som bara höll sig borta: att skicka ut länsman som lakej. Upp dit dessutom. Där man helst inte satte sin fot – och det spelade ingen roll om man var polis eller inte.

Men så, samtidigt, avgjordes liksom i förbifarten också ett annat öde.

"Den enes död, den andres bröd", som Doris Flinkenberg brukade säga också på det här stället i historien inne i kusinköket i kusinhuset där hon hade kusinmamman att berätta den om och om igen.

Det var nämligen så att länsman Loman, som hade fått i uppdrag att framföra varningen om förestående vräkning till kusinpappan, hade en dotter. "Låt oss kalla henne Astrid." Det var så som Doris Flinkenberg alltid berättade det för Sandra. Låt oss kalla henne Astrid. Denna Astrid hade en pojke, hans namn var Björn. Och Astrid, hon älskade barn. Och här, precis på det här stället måste Doris ganska ofta hålla en paus för att hon blev så upphetsad; hennes ögon tindrade och hon blev alldeles mjuk på rösten.

Denna dotter råkade vara med den där gången då länsman Loman begav sig till huset på Första Udden för att tala allvar med kusinpappan. Kanske som något slags skydd: kusinpappan var ju som sagt känd som ett jehu med häftigt humör, och det här var ju som sagt medan han ännu var i sin krafts dagar innan alla olyckor drabbade honom och han blev spak och frånvarande och låste in sig i sin kammare. Astrid med pojken Björn hade stått lite avsides då länsman Loman framförde sitt ärende. Och hon, Astrid, henne var det nog inte något speciellt med. Hon gjorde nog inte något intryck över huvud taget. Alltså som kvinna, liksom. Hon var lite sådan, Astrid, en grå mus. Ingen man la märke till. I jämförelse med Anna Magnani... dansörens fru... inifrån huset hade som på beställning hörts rumbatoner och dunsar som av dans, och det hade i och för sig varit ganska medryckande och rytmiska toner, men samtidigt något verkligen hotfullt över det.

Ingenting hade ju blivit beslutet då, vare sig gällande huset eller någonting annat. Kusinpappan hade haft hagelgeväret förstås, men kanske hade närvaron av en kvinna, inte i sig, men som i kvinnor-och-barn

(Astrid och Björn) stävjat kusinpappans väldiga humör.

Och kanske hade några frön blivit planterade i alla fall.

Några veckor efter och allt hade på ödets fruktansvärda försorg varit totalförändrat.

Dansören och hans fru omkom i en bilolycka på väg till en dansplats i de inre delarna av landet.

Och klanen, det vill säga det som fanns kvar av den, kusinpappan och de tre nu föräldralösa barnen, lämnade huset på Första Udden med besked.

"Inte behövde man ju vräka dem till sist", brukade kusinmamman säga på det här stället. "De gick ju nog frivilligt, efter allt. Och", med ett lätt fnissande, "gift blev jag." Så hade kusinmamman berättat det för Doris Flinkenberg i kusinhusets kök så många gånger med samma lätta skratt emellan, som Doris Flinkenberg också var mycket bra på att härma. "Och fick alla barnen på en gång. Jag som älskar barn. Och ibland, kära Doris, går det så lyckligt till att man får mer än vad man begär."

"Den enes död, den andres bröd", brukade Doris Flinkenberg säga om igen på just det här stället, för hon förberedde sig redan för hur berättelsen skulle fortsätta.

"Nå, nå, nå", brukade kusinmamman säga då, lite förskräckt nog, även om hon redan hade börjat vänja sig vid Doris Flinkenbergs något speciella sätt att uttrycka sig. "Nå, nå, Doris. Kanske nu ändå inte så."

Men nu närmade vi oss alltså den absoluta höjdpunkten i historien: lilla Doris Flinkenberg hade under den här tiden haft en alldeles egen mamma som bland annat hade bränt Doris Flinkenberg med det heta fiskhalstret för att hon inte skulle "trilskas" hela tiden. Och en egen pappa, som allt som oftast var arg på denna mamma, vi kan kalla henne träskmamman, och därför hade tuttat eld på stugrucklet som den lilla familjen bodde i borta vid Bortre träskens stränder. Två hela gånger dessutom, och ingen gång av misstag; men först efter den andra eldsvådan kom polisen. Båda gångerna var på natten och mamman och barnet, som var Doris Flinkenberg, hade legat och sovit inne i stugan – fast båda gångerna hade Doris Flinkenberg vaknat och i sista stund lyckats rädda sig och träskmamman ur lågorna.

Hos polisen hade träskpappan inte gjort någon hemlighet av att han haft för avsikt att ta livet av sin hustru och att den avsikten stod fast, fortsättningsvis. I det avseendet skiljde han inte heller på modern och på dottern. "Sådan honing sådan valp", sade han på traktspråk vilket förstås hade renderat honom bara ännu mera fängelse.

Samtidigt, före och under och efter att allt detta var på gång, var träskmamman på sin dotter Doris Flinkenberg. Brände henne och slog henne och hade sig, på olika raffinerade sätt dessutom, som Doris, som annars inte hade något emot att använda en massa underliga ord, inte hade minsta lust att närmare gå in på. Ibland var Doris Flinkenberg halvt medvetslös av behandlingen, ibland tuppade hon av mitt under. Och när träskmamman gav sig på dottern var hon dessutom noga med att inte lämna märken efter sig på ställen som inte kunde gömmas under kläderna och hon hade också det rent infernaliska sättet att vara förtvivlad efteråt. Då hände det inte sällan att hon tog lilla Doris Flinkenberg i sin famn och vaggade henne och grät och försökte få Doris att förstå att hon inte fick knysta om det som hade skett för någon. "Annars kommer de och tar dig från mig." Då hade det varit meningen att Doris skulle trösta henne. Att Doris skulle tycka synd om henne och lova henne, "kära mamma, jag berättar aldrig om det här för någon". Det konstiga var sedan det att Doris Flinkenberg faktiskt hade lovat henne det. Och hon hade inte heller knystat om saken för en enda människa. Fast å andra sidan, vem skulle hon ha haft att vända sig till? För vem skulle hon ha berättat och vad? Vem hade lyssnat, liksom? Redan efter den första branden stod det ju mer än klart att man gärna slog dövörat till när det gällde, liksom överhuvudtaget.

Doris hade lovat. Lovat och lovat och lovat. "Kära mamma. Allt blir bra. Jag berättar ingenting för någon." Ända till den gången då träskmamman hade tagit till det heta halstret, eller, eventuellt, något innan; kanske hade redan något innan en tanke börjat mogna fram i Doris Flinkenberg, stilla, stilla, men bestämt. Det var helt enkelt en tanke med det lakoniska budskapet att hon skulle döden dö här med träskmamman, eller, om inte döden dö direkt, så gå under annars bara. Hon kunde ju inte tänka klart mera (också den här tanken tog det flera dagar långa som år att formulera), hon kunde ju inte vara ifred och utan rädsla någonstans. Och dessutom, allt såg bara ut att förvärras. Redan efter första gången träskpappan hade försökt sätta eld på huset och dess invånare var det som om träskmamman bara blivit ivrigare i sitt nit att slå "trilsket" ur henne.

Det var som om träskmamman hade känt på sig att någonting höll på att hända med Doris Flinkenberg, att Doris var på väg att driva bort från henne, så de sista gångerna, framför allt den sista gången det var strykdags tog träskmamman i alldeles särskilt och med kraft ordentligt. Det var också så att Doris Flinkenberg hade börjat vara borta ganska mycket, alldeles på riktigt. Det var de här tiderna hon hade börjat hänga kring kusinhuset och uddarna i söder, ibland kom hon inte hem till nätterna heller, det var sommar ju, man frös inte, man kunde sova utomhus. Allt det här förstod ju träskmamman inte ett dyft av men det behövdes inte heller: hon såg "trilsk" och hot och det räckte.

Då, efter den gången halvt ihjälslagen, hade Doris Flinkenberg efter att träskmamman äntligen hade somnat in för natten, hasat sig från sitt hem vid Bortre träsken för att aldrig mera återvända.

Den natten hade Doris irrat genom skogen tills hon kom till traktens södra delar, där kusingården och Första och Andra Udden fanns. Hon tog sig in i huset på Första Udden och lade sig i ett hörn av stora rummet i väntan på att bli upphittad. Där låg hon sedan och bad till Gud att den som hittade henne skulle vara kusinmamman och ingen annan. Hon visste ju att det var möjligt eftersom kusinmamman bru-

131

kade röra sig i trädgården tidigt på morgnarna sedan hon av husets egentliga ägare hade utverkat åt sig ett specialtillstånd att få plocka krusbär och svarta vinbär i trädgården.

Doris bad till Gud och Doris böner hördes.

Det var kusinmamman som dök upp i morgongryningen i huset, kusinmamman som kom och såg och ringde efter ambulans.

Doris blev intagen på sjukhus och medan hon låg på avdelningen för olycksfall hade kusinmamman fattat sitt beslut. Doris skulle räddas; Doris skulle få ett riktigt hem. Det blev kusinmammans mål och mening för ett tag framöver, och samtidigt också det som fick henne på fötter igen efter att hennes Björn var död och allt det andra som hade hänt vid Bule träsket bara något innan; det som annars hade slagit allt i bitar och gjort henne vanmäktig av sorg. Att hon inte blev tokig berodde på att Bencku hade varit ännu tokigare.

Bencku. Sandra hade lystrat. Pojken. Igen.

"Vänta lite", sa Doris. "Jag berättar färdigt det här nu. Honom kommer vi till senare."

Och nu var Doris framme vid kulminationspunkten i sin berättelse, den berättelse som var den vackraste av alla. Och den började på sjukhuset där Doris Flinkenberg hade legat och fattat ett beslut att aldrig någonsin bli frisk igen. Inte friskare än hon för tillfället var i alla fall, enligt diagnosen "någorlunda återställd". Det värkte inte längre någonstans och brännskadorna läktes så gott det gick under de desinficerande bandagen. Och, o, hur skönt det hade varit att bara vara ifred och få bli ompysslad. Slippa den där rädslan, inte behöva vara på sin vakt. Och det bästa av allt; ha kusinmamman bredvid sig vid sängen, vakande över sig, både under och efter besökstiderna.

Och så en gång, det var en eftermiddag då de bara hade varit de två i sjukrummet, hade kusinmamman stigit upp och lutat sig över Doris i sängen, tagit Doris lilla hand i sin och frågat i en viskning, som ett frieri:

"Vill du bli min flicka Doris Flinkenberg?"

Då hade tårarna samlat sig i Doris ögon och hon hade varit så rörd att hon först inte fick ett ord ur sig. Det var ovanligt, för Doris var som sagt annars ganska slagfärdig av sig, i stort sett hela tiden, överallt. Vilket också varit en av träskmammans hundratusen förevändningar att banka på sin dotter med halsterjärnet, kökssleven eller bara knytnävarna: "Nu, Doris, ska jag hacka ur dig din stora trilskekäft."

Men plötsligt hade Doris också förstått att nu gällde det att skynda sig. Det här var ögonblicket i hennes liv och det skulle kanske aldrig återkomma. Och hon hade famlat efter orden nästan i panik och äntligen fått ur sig, "ja". Och dragit efter andan och upprepat, "Ja. Ja. Ja. Ja."

"Då lilla vän", hade kusinmamman i sin tur svarat när hon hade fått mål i mun igen för egen del, för hon nästan snyftade hon också, men lågt nu, så att ingen annan skulle höra dem, "lovar jag att göra allt som står i min makt för att så ska bli. Allt, Doris Flinkenberg, jag lovar. Du ska veta en sak, Doris Flinkenberg. En lejonhona skyr inga medel när hon kämpar för sina ungar. Och jag är ett lejon, Doris Flinkenberg, när det gäller mina barn."

Doris hade nickat högtidligt till svar, varpå kusinmamman hade sänkt rösten till en viskning som var ännu lägre:

"Men då måste du först lova mig två saker, Doris Flinkenberg. För det första. Allt det här och det som följer måste hållas bara mellan två par ögon. Dina ögon, mina ögon. För det andra, Doris Flinkenberg. Du måste lita på mig. Du måste göra som jag säger. P.r.e.c.i.s. Kan jag lita på dig? Lovar du?"

Och dessa två frågor var vid sidan av det oerhörda *vill du bli min flicka, Doris Flinkenberg* de två största och viktigaste frågorna som ställts till Doris Flinkenberg någonsin i hela hennes liv.

Doris hade inte varit sen att svara här heller. Och hon hade svarat ja. Ja. Ja. Ja. Ja.

Kort därpå hade träskpappan dömts till fängelse och tukthus och träsk-mamman hade också dömts till fängelse och tukthus för checkbedrägerier, inbrott och övrigt lösaktigt leverne. Dock inte för att ha slagit sitt eget barn; sådant var ju svårt att bevisa och det hade också betytt att Doris skulle ha varit tvungen att vittna mot sin mor. I stället var det kusin-pappan som vittnade. Styrkt av brännvin, vittnade och vittnade och vittnade och vittnade. Det var kusinpappans sista stora framträdande innan han slutgiltigt låste in sig på sin kammare bredvid köket i kusin-huset och blev där. Somliga sa också att det som kusinpappan vittnat inte var riktigt sant alltsammans – men det spelade en mindre roll för nu hade rättvisan segrat och Doris fått ett hem och det var huvudsaken.

"Jag bor HÄR nu", hade Doris sagt, om och om igen de där första da-garna i kusinhuset som var hennes nya hem som hon hade fått komma till då hon blev utskriven från sjukhuset. Först liksom obstinat och gan-ska argt, som om det hade varit viktigt att övertyga omgivningen att det inte lönade sig att försöka någonting med henne, framför allt inte att föra henne därifrån.

Småningom, då hon kände sig tryggare, för att övertyga sig själv. Var det verkligen sant allt det här? Eller drömde hon? Att ha ett riktigt hem; var det såhär fantastiskt? Och att ha en mamma, en nästan egen? En kusinmamma som hade lovat att ta hand om henne hela livet ut och aldrig aldrig lämna henne?

"Jag bor här nu", sa Doris, men mera till sig själv än någon annan, som i en utandning. "Det här är MITT hem nu."

Och Doris Flinkenberg hade suttit med kusinmamman i kusinköket och löst korsord och spelat musik som vindade i Doris nya radiokassett-bandspelare som kusinmamman hade gett henne som "hemkomst-present" (fast Doris sa "bröllopspresent" ett ganska långt tag efter) när hon kom till kusinhuset, "Vår kärlek är en kontinental affär" och dy-likt, och ibland såg hon upp och ut genom fönstret där huset på Första Udden skymtade bland träd och annan växtlighet.

"Ett lyckohus", hade Doris suckat. "Om inte huset hade funnits hade du aldrig hittat mig", sa hon till kusinmamman. "Hade jag aldrig blivit som din dotter här. I det här huset. Vilken tur att jag var där."

"Vi är två skeppsbrutna", viskade kusinmamman i sin tur till Doris Flinkenberg och tog henne i sin famn. Kusinmamman hade förlorat sin älsklingspojke Björn, men hon hade fått Doris Flinkenberg i stället, även om till låns. Och kusinmamman hade kramat Doris, låneungen, hårt.

"Var blev vi alltså?" sa Doris Flinkenberg. "Med Heintz-Gurt?"

"... när kriget var slut återvände Heintz-Gurt till Österrike där han gifte sig med en alldeles vanlig österrikisk flicka som han fick barn med, men i längden blev hon och familjelivet väl tråkigt för honom. Han var ju pilot och i Brasilien träffade han en flygvärdinna som hette Lupe Velez och med henne flyttade han till hennes hemland och bodde där med henne tills hon tröttnade på honom och han fick lov att återvända hem till sin hustru med svansen mellan benen. Då var hon redan så arg på honom att hon hade beslutat sig för att inte säga ett ord åt honom mera i sitt liv. I denna plågsamma tystnad försökte han leva. Och det var ju inte så lätt, så kort därpå fann han sig i jetsetlivet, irrande omkring på skidsportorterna, sökande efter äventyr och mera roligheter. Det var så han träffade Lorelei Lindberg på en nattklubb som heter Den Skenande Kängurun på den där fashionabla skidsportorten..."

Och Doris och Sandra gick tillbaka från huset på Första Udden, genom skogen till huset i den dyigare delen. Ner till källaren och bassängen utan vatten i, den plats i världen som var deras, deras högkvarter.

Kvinnorna och hororna

(Sandras och Doris historia 1)

1. Kvinnorna

"Här firar de i sus och dus", sa Doris Flinkenberg till Sandra Wärn där
de höll till för sig själva i skuggan i trädgården utanför Kvinnornas hus
på Första Udden. "Låtsas inte om att det har funnits en gårdag i Trak-
ten. En gårdag full av blod och mord."

"Dansar över lik", smackade Doris Flinkenberg mot Sandra Wärn
uppe i skäriäpelträdets dunkla grenverk eller i den risiga rosenbersån
som en gång säkert hade varit fin och prunkande. På sidan om festerna
och de övriga tilldragelserna i trädgården, inte för långt borta men ändå
på lagom avstånd för att ha den rätta överblicken över allt som var på
gång.

Och det var alltid något på gång i trädgården vid huset på Första Udden
den här tiden. För det var de där åren då Kvinnorna var där och festerna
böljade omkring dem, spred ut sig över hela Trakten, nästan överallt.
Det var *den glada tiden*.

Sommarkvinnornas och vinterkvinnornas – horornas i huset i den
dyigare delen. Ett par somrar, höstar. Sedan var det slut. Huset på Förs-
ta Udden utrymdes på kvinnor, och en alldeles vanlig familj, de hette
Backmansson, flyttade in. De var husets egentliga ägare, rättare sagt
ättlingar till, i rakt nedstigande led.

"Mmm", svarade Sandra lite otåligt för Doris hade hållit på sådär gan-
ska länge, gått som katten kring het gröt. Fast fortfarande ändå nog

leende mot sin väninna på det där speciella viset som de hade övat in tillsammans i huset i den dyigare delen av skogen; ett leende som signalerade samförstånd och djävulskap och många dubbla budskap. *Vår tvålfagra infernalitet,* hade Doris Flinkenberg sagt; det var den som med dessa grimaser skulle demonstreras.

Men också, inte oviktigt för Sandras del, ett leende som var intakt. Två raka tandrader på varandra skymtade fram mellan två normala läppar. Det hade gått ett par år sedan den läppoperation som hade befriat Sandra från en synlig harmynthet hade ägt rum och nu, sedan ett antal månader tillbaka, var också en framgångsrik tandregleringsprocess till ända – en som hade varat sedan tidig barndom och som hade inneburit tandutdragningar och två olika slags tandställningar, en för nattbruk och en för dagbruk. Det var mycket pengar som hade lagts ner för att åstadkomma den sunda och normala barnamun som nu var resultatet.

"Men berätta nu då", tjatade Sandra så småningom alltmer ihärdigt på Doris Flinkenberg uppe i skäriäpelträdet eller i den skuggiga bersån. Men Doris höll bara upp fingret framför sin mun, "schhh, inte än", fast det verkligen inte var någon som hörde henne mitt i festens glammande. Också hennes ansikte sprack upp i samma leende, men när Doris log blottades ett överbett som hette duga. Det var ingen som hade brytt sig om att rätta till tänderna i hennes mun och nu var det för sent eftersom tandväxten avstannar i den tidiga puberteten; Sandra och Doris var nu båda fyllda tretton år.

Men ändå, fast man inte hörde vad flickorna sa till varandra där de befann sig i sin privata skugga på sidan om alltsammans i trädgården, upptäckte man inte, bara av att se på dem och deras minspel, något liksom dovt och oroande, något i alla fall lite skräckinjagande mitt i allt det ljusa, somriga och roliga? Något åtminstone en aning olycksbådande, som kastade något längre skuggor i den ljusa dagen än vad som var normalt.

Kanske det. Säg det till flickorna bara. Det skulle nämligen ha gjort dem stolta och intresserade att höra det.

Sandra Natt&Doris Dag, Doris Natt&Sandra Dag. Två flickor i likadana svarta tröjor på vilka det stod "Ensamheten&Rädslan" i grön målfärgstext på magarna. Långärmade trikåblusar mitt i sommaren, men, och det var det viktigaste, klädesplagg som det fanns exakt två likadana av i hela vida världen. Sandra hade sytt dem för deras lekar, till en början mest på skoj, men småningom började också ett djupare budskap och innehåll i dem ta form. Tills vidare mest oartikulerat, som en ton.

Nu var det Doris tur att leda leken, hennes tur att börja. Det betydde att man måste följa henne och ha tålamod. Mycket tålamod, det började bli uppenbart.

"Berätta nu!"

Doris Natt&Sandra Dag, Sandra Natt&Doris Dag: det var deras alteregoidentiteter för leken dit också de leenden hörde som de hade tränat in framför spegeln på bottnen av simbassängen i huset i den dyigare delen.

"Vi är två synska syskon", sa Doris Flinkenberg. "På grund av tragiska omständigheter har vi blivit det. Fenomenet *poltergeist*. Vet du vad det är?"

Sandra skakade på huvudet men såg förväntansfullt på Doris, i alla väder korsordslösaren med ordboken till hands, som fortsatte. "Det är när det oskuldsfulla barnet har blivit alldeles tillräckligt illagjort och har utvecklat övernaturliga förmågor för att härda ut. Förmågor att se bakom det som finns", förtydligade Doris Flinkenberg. "Se det som ingen annan ser."

"Du och jag, Sandra", slog Doris fast. "Man har farit alldeles tillräckligt illa med oss. Jag med mina ärr och du med din tragiska familjebakgrund. Heintz-Gurt, Lorelei Lindberg, allt det där. Du och jag, Sandra, vi vet vad det att lida är."

"Och det är lidandet som har utvecklat en dold kraft i oss som gör att vi kan se det som ingen annan ser. Se det som andra kanske borde se men inte vågar. Det bortglömda eller det som har blivit undanskuffat.

Inte sällan", Doris Flinkenberg gjorde en högtidlig paus innan hon fort-
satte, "det fruktansvärda. Hemska brott. Våldsamhet och lidelser. Detta
är i alla fall vår utgångspunkt."

"Och", la hon till. "Det vi undersöker är på riktigt. Det har hänt i
verkligheten."

"Nu förstår jag ingenting", sa Sandra otåligt. "Kom till saken."

"Sch." Doris höll upp fingret framför munnen. "Alldeles strax. Men
precis just nu hinner vi inte, för nu ska vi på fest."

Ett vardagsrum i gräset. Och det bar av upp till huset på Första Udden
där det nästan alltid var någonting på gång inne i huset eller ute i den
övervuxna trädgården. Där hade kvinnorna med Benckus och Magnus
von B.:s benägna hjälp lyft ut hela salongsmöblemanget, det som fanns
kvar av det i alla fall. Ett långbord, snirkelryggade vita stolar, till och
med den slitna soffan med plyschöverdrag. "Vårt vardagsrum i gräset",
sa kvinnorna och spände upp vita tältdukar över alltsammans som skydd
mot dålig väderlek.

Också på andra sätt var Bencku och Magnus von B. dem behjälpliga
i trädgården. De klippte gräset, de grillade spitufisk och skäriäpelkart
på stengrillen och när kvinnorna for till kommuncentrum i sin ljusröda
buss "Eldrids sinnesresår" för att handla, var de med och hjälpte till
med att bära inköpskassarna. "Bencku blev kär i dem allesammans på
en gång", konstaterade Doris Flinkenberg i kusinköket. "Kanske blir
Bencku sen också gift", sa hon vidare, men till kusinmamman och när
Sandra inte var med – Sandra och hon hade ju viktigare saker att tala
om när de var tillsammans och dessutom blev Sandra alltid så konstig
när Bengt kom på tal.

Men upp i trädgården alltså, upp till mitt i festen där flickorna intog
sina platser i *skäriäpelträdet*, som hade sitt namn av att kusinpappan
medan han ännu var vid god vigör hade haft Bencku och Rita och
Solveig att plocka äppel ur det, nog alldeles vanliga halvhårda, vind-

pinade skrutt som de sedan sålde som *skäriäpel* till sommargästerna. Som sådana hade de haft strykande åtgång eftersom det fanns ganska många sommargäster som var galna i allt som det var något med *skäri* i.

Och kvinnorna tyckte ju att det var roligt med två sura flickor i trädet eller mitt i rosenbusken. "Våra maskotar", sa Anneka Munveg som var nyhetsreporter och den som alltid var den första att göra "scoopen" i sin omgivning på sitt krassa, humorfria vis. "Våra husdjur", fyllde någon annan i, någon av de mindre färgstarka kvinnorna, någon av dem man inte skulle minnas efteråt. "Vad var det de hette nu igen, de där ekorrarna i Kalle Anka? Var det inte Piff och Puff?" Men då tog det eld i Laura Bjällbo-Hallberg. "De små imperialistiska gnagarna", väste hon. "Aldrig i livet! När det nu säkert finns en fullt gedigen sovjetisk motsvarighet." För för Laura B-H gick livet de här åren ut på att hitta den fullt gedigna sovjetiska motsvarigheten till allt.

Men då ingen hade kommit på vilken den sovjetiska motsvarigheten till de två ekorrarna kunde vara så blev flickorna helt enkelt "den sovjetiska motsvarigheten till Piff och Puff". Och när den ramsan blev för lång att ha i munnen slets den småningom i användningen ner till bara den *sovjetiska motsvarigheten*, kort och gott.

Och kvinnorna lät sig som sagt också roas av Doris och Sandras dovt allvarsamma förhållningssätt till allt; det som hörde till – vilket de ju inte visste – leken Syster Natt&Syster Dag. De nollställda minerna, de förvrängda leendena och de väldiga trikåblusarna med ärmar mitt i varma sommaren. "Surpuppor", utbrast kvinnorna förtjust. "Men kanske behövs ni också på något sätt", konstaterade hon som var den läckraste av läckra, hon med Tefatsögonen, som Doris och Sandra var förälskade i på sitt hemligt oskuldsfulla vis. "Kanske behövs ni på något sätt", sa Inget Herrman alltså. *"Om inte annat så som det mörker som ger glädjen djup."*

Kvinnorna på Första Udden hade anlänt till Trakten en lördagsmorgon i april. De kom i en ljusröd buss på vilken det stod "Eldrids sinnesresår" i gula luddiga bokstäver längs med sidorna. Bussen körde över kusingården, nästan rakt över dessutom, men det var ju ingens fel det för det bara råkade vara så som servitutsvägen som ledde fram till stigen som ledde upp till Första Udden var dragen. Bussen stannade, dörren sprängdes upp och Kvinnorna vällde ur den; långt ifrån alla de kvinnor som skulle förekomma i huset på Första Udden under den tid som följde, men ganska många. Ett fullt tillräckligt antal i alla fall för att man inne i kusinhuset skulle bli närmast mållös av förvåning. Doris och kusinmamman som höll på med melodikrysset och helgens första bullbak i köket, kusinpappan inne i kammaren bakom väggen, som annars så här års brukade ligga till sängs och dricka brännvin sex veckor i rad – han var kanske inne på fjärde veckan den lördagsmorgon kvinnorna dök upp i Trakten – men nu kunde man faktiskt höra ljudet av en stol som drogs fram till fönstret på väggens andra sida.

Och det var ju en överraskning i sig med alla dessa kvinnor, men också följande: vem var det som mitt i allt dök upp som ur tomma intet där vid bussen? Och började göra sig till och betedde sig som om det var den naturligaste sak i världen att det plötsligt kom en massa kvinnor i en ljusröd buss som man parkerade vid servitutsvägens slut på kusingården där stigen upp till Första Udden började? Om inte – man trodde inte sina ögon inne i kusinhuset, men det var sant – Bengt.

Knappt hade bussen hunnit stanna förrän Bengt var ute ur sin lada, i och för sig släpande benen efter sig som alltid, men det berodde inte så mycket på att han inte skulle ha haft bråttom som på att han vid den här tidpunkten i sitt liv hade för sig att detta bensläp i gångsättet gjorde honom intressant. Uppklädd till tänderna på sitt eget slöa sätt, i rena farmarbyxor, ren blå tröja och en hemsk röd duk knuten kring sitt huvud. Fast det ska medges, frånsett den tunna skäggstubben på hakan, såg han rätt så skaplig ut.

Men Bengt med tungan hängande ur munnen alltså, bildligt talat förstås, och denna bild i enlighet med Doris Flinkenberg som inte precis just i det ögonblicket, men nog senare, skulle bli bra på att med ord tolka på olika sätt. Hon var ju trots allt begåvad med ordens rikedom. Men nu, just nu, analyserade Doris inget alls, hon var för häpen.

"Bencku fick vittring", sa hon bara, ganska lamt.

"Nå nå nå nå", sa kusinmamman, men lika frånvarande.

Och Bengt, inte såg han ju på dem, inte såg han överhuvudtaget åt kusinhuset. Kvinnorna lastade sitt pick och pack ur bussen: väskorna, kappsäckarna, sitt det ena och det andra, hundra saker, medan Bengt stod där och åmade sig, fyllde sina händer, lät lasta på sig. Och sakta började de sedan röra sig upp mot huset på Första Udden, huset som hade stått tomt i så många år att man nästan hade hunnit vänja sig vid att det alltid skulle vara så. Som ett egendomligt stilla vaggande tåg rörde de sig framåt, likt en safariexpedition till djungelns sumpna innandömen. Och förstås, den besynnerliga scenen hade ljud. Röster, skratt och dylikt. Men inne i kusinhuset var det i alla fall som om allt hade utspelat sig i stumhet, vilket kanske helt enkelt berodde på att Doris Flinkenberg för en gångs skull höll tyst.

Kvinnorna på Första Udden: de var en åtta–nio stycken i början, i åldern mellan cirka tjugo och femtiofem. Också några barn var med, men de sprang mest omkring och förde oljud och gled ihop i en konturlös massa redan medan kvinnorna var där. Ofta var antalet kvinnor ännu större; det speciellt mitt i sommaren när festerna på allvar kom igång. Men av alla som var med fanns det ändå några som stod ut mer än andra, som ett slags kärntrupp, och de flesta av dem var med redan den där lördagen i april då kvinnorna tog huset på Första Udden i besittning – dessutom hade de ett hyreskontrakt att visa upp, det första i sitt slag man överhuvudtaget någonsin hade sett för huset på Första Udden. Dessa kvinnor skulle man minnas vilka de var något längre efteråt, även om de också skulle suddas ut i konturerna i minnet förvånansvärt hastigt.

Det var alltså Laura Bjällbo-Hallberg, hon med den sovjetiska motsvarigheten till allt, det var Anneka Munveg, en ganska känd nyhets-

142

reporter som skrev på en serie reportage som hette "Arbetarkvinnans vardag", det var Saskia Stiernhielm som var bildkonstnär och som bodde i något som hette "Det Blå Vaerelse" – det blåa rummet – i Köpenhamn på vintrarna. Ville man nå henne då skulle man adressera brevet till "Det Blå Vaerelse, Köpenhamn" och sedan alltså skulle brevet också komma fram. Och så var det sådana man mest mindes namnen på för att de var så roliga, som Dolly Drömmare och Gaffsi och Annukka Metsämäki, men som det inte annars var något speciellt med. Ingenting iögonenfallande i alla fall, sådär bestående och minnesvärt som ett barn kräver av något för att verkligen lägga det på minnet – som hon, den läckraste av läckra, hon med Tefatsögonen, hon som hette Inget Herrman.

Som både Sandra och Doris var smått förtjusta i: "Jag tänker på henne hela tiden. Hon är läcker läcker tycker jag", sa Doris till Sandra och "djinks" sa Sandra, det betydde att hon tänkte och tyckte samma sak. Och Doris rullade med ögonen som en stripteasedansös inte får göra och mumlade: "Alldeles utsökt. Jag skulle kunna dö för henne."

Men *Eldrids sinnesresår*, på bussen, vad betydde detta? Man skulle göra bort sig genom att fråga, dessutom. Den frågan och en massa andra frågor, lika idiotiska. En klubb? Eller: Eldrid, vem är hon? Och så vidare. På dessa dumheter skulle man ju förstås aldrig få något riktigt svar, och småningom skulle det ju också gå upp för en hur onödigt det var med sådana frågor – sådana svar. För poängen var, som Inget Herrman uttryckte sig, *att det inte är en betydelse som kan fastställas, det är.*

Resor, till exempel: Resor ut i det fria, resor i geografin, till städer, andra länder, ut i geografin alltså, den som fanns, den kända och den okända. Men också andra resor, de påhittade resorna, resorna i fantasin. Och resorna i sinnesvärlden – alla sanslösa utflykter man kunde göra i känsla, tanke, kropp och huvud, hit och dit.

Resor till sådana platser och sådana världar som blev till bara för att man färdades i dem.

Universum är en ny blomma.

Eller, som Annukka Metsämäki försiktigt läste upp så blygt att det knappt hördes en kväll i trädgården: "Nu ska jag läsa en dikt som jag har skrivit alldeles själv på egen hand", började hon så lågt att hon nästan viskade, "Högre!", ropade någon och så höjde hon rösten för den stund det tog att läsa *Jag är en vit neger, för mig finns inga regler* varefter hon blev så tyst så tyst igen för någon ropade "det där är ju ett PLAGIAT" och sedan var det meningsutbytet ett faktum. Saskia Stiernhielm formligen väste till Laura Bjällbo-Hallberg som en orm: "Du ska sen alltid vara där och veta och bestämma allt."

"Vad vill ni att det ska betyda, flickor?" frågade Inget Herrman flickorna. "Här. Tag. Och skriv. På bussen." Och hon räckte dem en pyts med grön målfärg och det blev man glad av förstås, men ändå, när man väl fick penseln i sin hand så var man ju verkligen alldeles tom av nervositet av rädsla för att göra bort sig ännu mer så inte blev något skrivet på den där bussen överhuvudtaget.

Men småningom, sakta, ändå, med penseln i hand, började man förstå vad det var frågan om. En känsla. En kraft. Möjligheter, öppenhet. *Att det gick an.* Och då gick det hur bra som helst att stjäla penseln och pytsen och använda sig av dem för sina egna syftemål: ta dem till huset i den dyigare delen och svabba Ensamheten&Rädslan på sina nysydda trikåblusar för allt vad man var värd.

Men alltså, det var framför allt festerna som kvinnorna i huset på Första Udden skulle bli beryktade för i Trakten. Den ena festen avlöste den andra utan paus ibland; en fest övergick i en annan nästan omärkligt – och småningom började festerna också förflytta sig till andra ställen. Det som hade börjat på Första Udden strålade ut över hela Trakten, ända ut till Andra Udden till och med. Inte till alla hus, förstås, men till vissa – ganska många faktiskt; egentligen var det under hela den tiden som kvinnorna bodde i huset på Första Udden bara Glashuset där Kenny och havsungarna höll till som så att säga gick oberört igenom allt.

Friherrinnan kom ut bara ett par gånger den sommaren; det gick rykten om att hon var allvarligt sjuk – men i Glashuset fanns inte Första Udden, inte kvinnorna, inte något annat heller. På allvar. Möjligtvis kanske något då, men i så fall bara som en relief mot vilken det egna, det vita, skulle lysa klart och rent.

"Mammas nya vinröda Nissan Cherry", sa till exempel Anna Sjölund från Andra Udden. "En sådan skulle jag verkligen vilja ha."

Här fanns man själv. De som var som en. Förvillande lika. Nästan man själv. Här var man upptagen av varandra och av sig själv och av varandra. Den speciella stämning som uppstod när man var tillsammans; skinn mot skinn.

Men också för dem som inte alls var med, inte någonstans alltså, innebar tiden då kvinnorna bodde i huset på Första Udden alldeles nya möjligheter. Kusinmamman till exempel fick nu en chans att utvidga sitt extraknäckande, med städningen alltså. Plötsligt hade hon helt ny kundkrets, vid sidan av Ålänningen och huset i den dyigare delen och några av de mer välbeställda familjerna i Trakten. Ganska många av sommargästerna på Andra Udden tog nu kontakt också när det efter festerna behövde röjas upp hos dem, och ryktet gick, och småningom var också Kenny där och ville anlita henne; för att det de gånger som friherrinnan kom ut under sommaren skulle se ut som ingenting alls hade försiggått i Glashuset före det. Och dessutom, alla dessa människor, de hade ju också vinterbostäder på andra ställen. Inne i staden vid havet, framför allt.

Det betydde att verksamheten nu med ett slag blev en verklig verksamhet. Småningom kunde kusinmamman grunda sitt alldeles eget företag och ha anställda och så. Anställda som till exempel Bengt. Och Solveig. Och Rita (motvilligt, men i alla fall). Och Doris ibland, medan hon levde; fast mera för specifika objekt på grund av hennes låga ålder (huset i den dyigare delen, på hösten, efter jaktfesterna; därom mera senare). "Fyra moppar och en sopskyffel" var det namn som firman döptes till. "Skyffeln, det är Bengt", anförtrodde Doris sin bästa väninna Sandra Wärn. "Men säg det inte till någon – det är en yrkeshemlighet."

Men festerna, ännu en liten, liten snutt. Att slutligen, då de hade hållit på och hållit på att sprida sig överallt kring de båda uddarna så hittade de på något sätt också till den allra smalaste och mörkaste stigen i skogen; den som ledde till huset i den dyigare delen av skogen. Där som Ålänningen stod, högst uppe på trappan, vita skjortan fladdrande, slarvigt instucken i byxorna och knapparna uppknäppta ända till naveln ungefär; polisongförsedd i enlighet med det mode som då rådde och med en guldmedaljong skinande på det mörkhåriga bröstet, i solen så svettglänsande. Som kaptenen på ett skepp –

"Alla ombord!" ropade han ju inte men han kunde ha gjort det. Och liknelsen, nej, den var inte annars heller så tokig; för se nu på kvinnorna som kommer gående i maskeradkläder på stigen till huset, hur de suger sig mot honom och huset som skeppsråttor som nyfikna närmar sig en skuta med en, låt oss säga intressant sydning mot babord ner i dyn – och verkligen, det var Anneka Munveg och Inget Herrman som gick i täten.

Hördes då inte från längst bak i ledet av utklädda människor på stigen, alltså från ännu längre bakom än där Doris och Sandra släpade sig fram:

"Sjunker. Sjunker." Och Sandra vände sig reflexmässigt om. Det var pojken som sa det förstås. Deras ögon möttes. Han såg rakt på, men också, på ett underligt sätt igenom, henne.

"Det var alltså här hon dog", sa Doris Flinkenberg vid Bule träsket. "Föll ner i vattnet, sögs in i en virvel som var fruktansvärd, kom aldrig upp igen. Ligger på bottnen, flyter kanske upp någongång. Det är hemskt djupt här, draggningarna gav inte resultat. Men man vet att hon ligger här, att vattnet här blev hennes grav. Det fanns vittnen."

Det var alltså där, vid Bule träsket, som Doris Flinkenberg äntligen började sin berättelse. Midsommarafton, ännu en ganska tidig sådan. Plötsligt, mitt i festen som sakta började komma igång i trädgården på Första Udden, hade Doris gjort det som Sandra hade väntat på redan i några veckor. Gett klartecken: Leken börjar nu.

"Kom." Så hade hon viskat i Sandras öra och dragit iväg med henne långt ut i skogen, och småningom hade de vikt av på den slingrande stigen upp till Bule träsket.

Och här var de nu, vid träsket: hängande lövträdsgrenar i krans runt ett mörkt, tyst vatten. Mittemot det högsta berget, det var Loreklippan, som en öppning i trädverket, en liten sandstrand som varit allmän simstrand en gång, berättade Doris Flinkenberg. Det var ett kort tag, strax efter att de nya husen i bostadsutställningen på Andra Udden hade blivit uppköpta och strandremsan där man tidigare simmat vid havet hade blivit otillgänglig. Fast sedan, efter det som hände vid träsket bara något år senare hade ingen velat bada vid träsket och den allmänna simstranden hade än en gång blivit förflyttad, nu till en riktig sötvattensjö i kommunens västra delar.

Det var ett underligt ställe, det var det verkligen, också mitt i varma sommaren. Halvmörkt och myggigt vid nästan alla tidpunkter på dygnet och vindstilla, till och med när det blåste friskt på andra ställen. Det krävdes nästan storm för att vattnet på Bule träskets yta ens skulle krusas. Och det var djupt. Doris Flinkenberg såg ner i vattnet. "Säkert hundra meter djupt."

"Det är omöjligt", sa Sandra Wärn till sin väninna.

"Han såg henne här", fortsatte Doris Flinkenberg. "Det var så han ritade det på sina kartor i alla fall."

"Det är omöjligt", upprepade Sandra Wärn. "Vem?"

"Vet du inte?" frågade Doris Flinkenberg och man hade svårt att höra på hennes röst om frågan hörde till leken eller om det faktiskt på allvar överraskade henne.

"Nå han. Dåren i skogen förstås. Bengt i egen hög person."

"Och hon hette Eddie", fortsatte Doris Flinkenberg medan solen gick i moln och myggorna skockades omkring dem; två bleka flickor som, som tur var, båda råkade vara begåvade med sällsynt myggovänligt pigment så att de kunde sitta mer eller mindre ostörda nästan mitt i svärmen i den lilla skreva strax under Loreklippans högsta punkt som Doris hade valt ut åt dem; två högst allvarsamma flickor också, som sagt, med sina hemmagjorda Ensamheten&Rädslan-tröjor på. "Hon kom från ingenstans. Man visste inte mycket om henne. Hon var inte från Trakten i alla fall, för hon talade med konstig brytning som inte var bekant för någon från förut. Man sa om henne att hon var *den amerikanska flickan*."

"En vår bara fanns hon där, i sjöboden nedanför Glashuset på Andra Udden, hos friherrinnan. Det var där hon bodde. Inte som en dotter i huset, eller något hembiträde, men som en gäst av något slag, man visste inte så noga. En avlägsen släkting, något sådant. Friherrinnan sa "inhysingen" ibland, särskilt på slutet. De kom inte riktigt överens, Eddie och friherrinnan. Det gick rykten om Eddie och det ena och det andra i anslutning till henne, alltså redan medan hon levde. Eddie var en sådan som ställde till med problem, man kunde inte lita på henne. Det hörde jag med egna öron. Friherrinnan sa det till kusinmamman i kusinhuset där jag var ganska ofta på den tiden redan. 'Den flickan är en sådan besvikelse för mig', sa hon, många gånger. Och alltså till sist i ganska upprört tillstånd. Hon kom till kusinhuset för att varna kusinmamman för Eddie de Wire. Det var så jag uppfattade det i alla fall."

"Hon bodde i strandboden, alltså. I Glashuset fick hon vara bara när friherrinnan var hemma. Allt det där berättade friherrinnan också för kusinmamman, så det var ingen hemlighet. Inte direkt. Men det var ändå inte något som alla visste. Det är väl så det är", konstaterade Doris Flinkenberg allvetande och levnadsklokt vid Bule träsket, "att för somliga människor är det viktigt att hålla skenet uppe. Det var på något sätt hemskt viktigt att ingen skulle veta något om de problem hon hade med den amerikanska flickan. De var ju, sa hon alltid, ändå släkt."

"Fast sedan, efter Eddie, kom Kenny, Eddies syster. De passade bättre ihop. Jag tror att friherrinnan blev nöjdare då. I alla fall slutade hon klaga överallt. Fast hon kom aldrig till kusinhuset mera. Men det hade ju en naturlig orsak."

"För om du undrar vad friherrinnan gjorde i kusinhuset då strax före Eddie och Björn dog så, ja – det var ju så att Björn var kusinpojke i kusinhuset. Alltså innan jag kom. De var tillsammans, Eddie och Björn, de skulle förlova sig, det var hemskt allvarligt. Så friherrinnan skulle göra kusinmamman en tjänst, sa hon."

"Men en fascinerande personlighet, Eddie", sa Doris Flinkenberg. "Hon talade så konstigt, inte bara den där brytningen som ändå föll av henne ganska fort. Men hon sa en massa konstiga saker. Och det gjorde ett verkligt intryck på honom.
På Bengt alltså, inte Björn. Ett tag var det de två. Bengt och Eddie. Sedan kom Björn och de blev tre."

"Men alltså, fascinerande", sa Doris Flinkenberg. "Man kunde verkligen bli förälskad i henne. Och det var det han blev. Upp över sina öron. Så förälskad att han inte visste ut eller in. Du vet hur det kan vara, eller hur? Vi vet. Ung kärlek. Ond bråd död."
Och ja, Doris behövde inte säga något mera om det. Om det var något Sandra och Doris visste ganska mycket om så var det om det. När innehållen i två kappsäckar förenas med varandra... Det var förlossningsbiträdet Ingegerd och de sju kuvösbebisarna hon hade livet av i bitterhet över att ha blivit försmådd i kärlek, det var Lupe Velez som föll med huvudet före och drunknade i toalettstolen, det var hon som mördade sin älskade med femton hammarslag i huvudet, det var....

"Och sedan", Doris Flinkenberg ryckte på sina axlar plötsligt ganska nonchalant, "gick det som det gick. Död och olycka blev följden. Björn hängde sig i uthuset vid Lindströms ägor, och hon, den amerikanska flickan, drunknade. Sjönk till träskets botten, som en sten."

"Det är i alla fall så man tror att det gick till och det har tills vidare inte funnits några skäl att tro någonting annat."

"Och det var så här som det gick till: De grälade vid Bule träsket, och Björn som var känd för sitt häftiga temperament fast han annars var hur snäll som helst, hade knuffat henne i vattnet i vredesmod. Och av misstag. Och sedan hade allting gått så snabbt, så snabbt. Det finns ett hål på Bule träskets botten. Hon sögs ner i djupet. Han kunde inte leva med det så han gick direkt till uthuset och hängde sig."

"Bara aderton år gammal tog han sitt liv", la Doris till sist till.

"Älskade henne mer än sig själv. Sådant är aldrig hälsosamt."

"Men", föll Sandra nu in med så stadig röst som möjligt. Hon ansträngde sig att hålla sig lugn och saklig för hon hade allt sjå i världen att hålla tillbaka bilderna som dök upp i hennes huvud igen; fakta som blandade sig med fiktionen på ett otäckt sätt. Pojken, som dök upp igen. Någonstans allra längst i bakgrunden en röst, Lorelei Lindbergs röst, från Lilla Bombay: *Man säger att pojken har mördat någon, inte skulle jag ju gå så långt att jag skulle tro något sådant, men det är nog definitivt något obehagligt omkring honom. Hur han stryker omkring huset.*

Så ur detta träsk av det ena och det andra, gammalt, nytt, sant och lögn, tvingade hon fram en egen röst, och sa så klart och nyktert som hon kunde:

"Men vad är det som är så oklart med det då? På vilket sätt är mysteriet liksom OLÖST? Han skuffade henne i vattnet och hon drunknade. Allt var av misstag: han älskade henne så att han inte kunde leva med det och sedan gick han bort och hängde sig. Det är väl inget konstigt med det? Jag menar, det är väl inget som är mysterium med det?"

Hon nästan ropade det sista och hörde hur hennes röst gol ihåligt i tomheten vid träsket.

"Nä, självklart", sa Doris Flinkenberg otåligt. "Så är det ju inte det i sig. Men det finns en faktor X."

Faktor X. Och där var han ju. Fast inte ensam. På stranden mittemot. De hade kommit upp där med sina ölkassar och sina cigarretter, sitt pladder och sin fadda tonårsupphetsning, den som nu spreds över träsket också och med ett slag söndrade all spänning och magi. De var ett litet gäng i den lilla strandöppningen, kanske tjugo–tjugofem meter ifrån men eftersom det annars var så tyst kunde man nästan höra vad de sa till varandra över vattnet; Doris och Sandra hade hastigt slunkit lägre ner i skrevan för att inte upptäckas.

Fast det var ju inte några viktiga saker de hade att säga, det var mest bara ett enda skrän. Det var Rita och Solveig och bröderna Järpe och Torpe Torpeson som ofta hängde ihop på fyramanhand vid den här tiden, och sedan var det några andra i kölvattnet. Rita Råtta var på dåligt humör som vanligt, och det hördes. Den stinglighet som Rita nästan konstant hade i sig lyckades hon sprida omkring sig på miltals omkrets. Solveig höll sig lugnare, så var det alltid. Nu höll dessutom hon och Järpe Torpeson armarna om varandra som om de var gifta: Järpe smetade med tungan i hennes öra, slick slick, och Solveig gav ifrån sig små små tjut som skulle föreställa indignerade men som inte uttryckte någonting annat än något slags uttråkad förtjusning. "Nå mä nä va hä Järpe att ha aldri kan hålla fingrarna i styr." Och så var det Torpe, på sidan om, som hade satt sig i sanden och halsade sin ölflaska. Och Magnus von B., Magnus från Andra Udden, tidigare härförare i barnarmén Lilliputarna på Andra Udden, men numera ler och långhalm med Bengt, och så ja då, så var det han då.

Faktor X.

Bengt stod en smula avsides från de andra. Han hade gått ända fram till vattenranden, han rökte en cigarrett och spanade omkring sig. Blicken rörde sig flackande som alltid, men plötsligt såg den rakt över vattnet, rakt mot andra sidan, upp mot klippan där Sandra och Doris gömde sig, stannade, fokuserade och såg.

Rita Råtta kom upp bredvid honom. Rita och Bencku talade med varandra, men så lågt att man inte kunde höra vad de sa. Dessutom höll

Järpe och Torpe och Solveig och så vidare låda i bakgrunden. Midsommarafton. Så utomordentligt roligt. Torpe krossade den tomma urdruckna ölflaskan mot en sten. Krasch. Drack ur en flaska till. Krasch. Krossade den också. Och en till och en till och en till.

Men faktor X. Han såg över vattnet. Rakt på flickorna.

Fast då var Doris och Sandra inte längre där. De hade satt av genom skogen, Sandra först, Doris efter. Sandra sprang allt vad hon orkade, hjärtat bultade, tinningarna sprakade där hon skenade över stenar och rötter långa vägar ut i de delarna av skogen där hon aldrig tidigare hade varit. Det var den djupaste skogen, den där det inte gick några stigar överhuvudtaget, den del som låg närmast träskmarken där träskmänniskorna som Doris Flinkenberg härstammade ifrån hade bott fram till för bara en kort tid sedan – numera hade området putsats upp och skulle bli friluftsområde för kommuninvånarna.

"Vänta!" Doris flåsade bakom henne. "Vad har du för fel? Stanna! Jag hinner inte med!"

Och småningom faktiskt, med Doris tryggt bakom sig och med det växande avståndet till träsket och Loreklippan lugnade Sandra sig. Hon saktade farten och där, plötsligt, öppnade sig skogen i en glänta. En mjuk och grön mossa bredde inbjudande ut sig framför henne och hon slängde sig på marken, rullade runt på rygg och låg sedan och flåsade av utmattning. Doris hade blivit en bra bit efter men när hon hann upp Sandra kastade hon sig resolut efter och hamnade i den manövern så nära Sandra att hon nästan föll rakt ovanpå. Då, i stället för att dra sig undan, la Doris sina armar om Sandra och de rullade runt på det mjuka underlaget tillsammans, alldeles omslingrade som två brottare i en match eller som ja då – två som kramas. En högst vanlig kram. Och det var vad det var.

Doris, plötsligt så uppsluppen och full i skratt, fnissande och mjuk, och var det en lek drogs Sandra genast med i den. Också för att hon ville bort från rädslan och paniken som hon hade känt vid träsket nyss, och det här var någonting annat, någonting väsensskilt. "Hej, vad hände?" skrattviskade Doris lågt medan hon fortsatte omfamna Sandra, allt hårdare dessutom, och Sandra, onekligen, hon omfamnade tillbaka. "Vad hände?" viskade Doris Flinkenberg på nytt och på nytt men nu inte längre som en fråga som skulle besvaras utan som ett mantra, ett kärleksfullt och mjukt sådant, en spinnande kattunge var hon plötsligt, så liten och så len.

Hon hade gömt sitt ansikte i Sandras halsgrop, nafsat med tänderna i Ensamheten&Rädslan-tröjan, nosat i Sandras hår och stuckit tungan långa vägar in i Sandras öra och spelat med den där så att det ilade och kittlade i maggropen. Vad var det de höll på med alltså? Vad VAR det som hände? Och vad viskade Doris egentligen? Viskade hon *hände* eller *händer*, nu?

Var det det som hände vid träsket nyss hon menade, det som hade fått Sandra att sätta av, eller det andra, det som hände precis just i det här ögonblicket?

Men, slut på grubbleriet. För mitt i tanken som knappt hann bli tänkt ordentligt hade Doris läppar landat på Sandras läppar och all tveksamhet var skingrad med ett slag. För vad det var gick inte att ta miste på.

Det var en kyss. En våt och verklig en, tänder som slogs emot tänder och en ganska livlig tunga som kilade sig in efter, och dessutom ganska bestämt. Sprängde sig från ett relativt rojsigt gap in i ett högst välreglerat, som en hälsning från den ena sortens till den andra. Men vem hälsade på vem? För vad var det som ringlade sig kring Doristungan, om inte en annan tunga, en alldeles egen dessutom? Glad verkade den dessutom, minst lika hängiven.

Så, ett kort ögonblick, men bara det, var det allvar mitt i leken.

Allvaret bredde ut sig mellan flickorna, så stolt och ja, så – allvarligt.

Sandra kände en riktig känsla och den var både sann och intressant och viktig, men avgjort inte lustig, inte alls.

För vad betydde det här nu? Var det steget ut i vuxenheten? Den stund när allt förändrades med ett slag och blev till något annat? Den stund då berättelsen om Doris och Sandra tog en annan väg. Men i så fall, vilken väg då?

Var det vägen mot det bestämda och det avgränsade, det med ett namn också. Det som inte var så öppet för alla möjligheter som den kringliga väg de tog sig fram på nu?

Om det var så, i så fall, ville man faktiskt ta det steget? Redan nu?

Plötsligt kände hon bestämt, att nej, inte, hon ville inte ens tänka på det nu.

Hon ville inte bli vuxen. Inte än. Inte nu.

Men Doris, vad hände med henne då, i så fall? Blev hon då ensam med känslan och l.u.s.t.e.n. och så vidare? I så fall var det ju inte heller roligt alls. Doris skulle ju vara *med*, var man än var, vad man än tog sig för. Det var ju liksom hela idén med det, hela idén med allt.

Men ljuva lättnad, kanske tänkte Doris Flinkenberg på samma sätt. För knappt hade allvaret i kyssen börjat så var det över. Under den hundradedels sekund som allvaret fanns kvar låg Doris Flinkenberg på Sandra Wärn och såg henne i ögonen och Sandra såg tillbaka. Outgrundligt.

Snäpp. Och så var det med det.

Och under de följande hundradedelarna blev allt som vanligt igen. Doris öppnade sin mun och sa, plötsligt med en röst som omisskännligt liknade den röst den skulle likna.

"Jag är faktor X. Jag heter Bengt."

Och då var Sandra tillbaka i verkligheten. Hon ruskade sig loss och satte sig upp i mossan som en yrvaken.

"Hej", sa Doris. "Det var ju inget farligt. Vad är det med dig? Det var på lek."

Och Doris, hon låg kvar på marken. Hon såg upp i himlen och nu pratade hon igen.

"När man Sandra är ensam som jag var. Du vet. Då för länge sedan.

Med träskmamman och träskpappan. Då ser man. En massa. Jag såg, Sandra. Allt möjligt. Både det ena och det andra."

"Och vad jag såg? Mycket som jag inte förstår vad det var, förstås. Jag var så liten. Jag hade det för jävligt. Ingenstans att vara. Inget hem, på riktigt. Jag brukade gå till kusingården, till Andra Udden och till huset på Första Udden. De där utfärderna höll på att kosta mig livet sedan när träskmamman skulle straffa mig för dem fast det har jag ju redan berättat. Men, alltså. Jag var ganska liten, men jag minns nog vad jag såg. Alldeles säkert. Jag såg faktor X och den amerikanska flickan. I strandboden. De var tillsammans där och gjorde saker med varandra fast hon var säkert fem år äldre."

"Som vad?" frågade Sandra nonchalant för att dölja klumpen i sin hals.

"Tja", sa Doris allvarligt. "Ungefär i stort sett det som vi höll på med här i mossan nyss. Och ännu mer."

"Och vad med det då?" kom det ur Sandra, hastigt och mekaniskt.

"Förstår du inte?" Doris for upp ur gräset full av otålig energi. "Det är det som nästan ingen vet. Att det inte bara var med Björn hon var. Hon var med honom också. Han var tretton år. Lika gammal som vi är nu. Och hon var nitton. Hon levde två liv. Björn visste ingenting om det. I alla fall inte i början."

Och Doris egna funderingar fick fart på henne själv.

"Kom. Nu har vi vår chans! Jag ska visa dig en sak!" Doris flög upp ur mossan. "Nu ska vi dit." Raskt och beslutsamt började hon gå igen, med Sandra efter sig. Sandra hade ju inget annat val fast hon redan anade vad Doris hade i sina tankar, vart Doris var på väg. Hon ville ju inte dit, inte för allt i världen. Men här ville hon inte heller bli lämnad, i mossan, skogen, vilsenheten som ju dessutom bara var full av onda ögon som såg på henne när hon inte var med Doris Flinkenberg.

Ändå blev hon nog lite förvånad när det gick upp för henne hur nära kusingården de var. De var inte alls så vilse som hon hade föreställt sig, de var i själva verket inte vilse alls, bara några hundra meter från kusingården där de nu kom upp vid bakre knuten av Benckus lada. Det slog Sandra igen hur mycket Doris faktiskt visste om hur man skulle röra sig obemärkt i Trakten, att hon verkligen kände till en massa ställen som ingen annan kände till. Trots att det berodde på Doris hemska förflutna borta i träskmarkerna kunde Sandra inte undgå att känna ett sting av avundsjuka; plötsligt såg hon själv så tydligt skillnaden mellan dem. Hon själv var den lilla, bortskämda, den som man knappt behövde andas på så hade hon ramlat omkull och slagit sig och börjat gråta. *Falla omkull, döden dö:* en sådan lek hade de förresten också lekt på bottnen av bassängen i huset i den dyigare delen, hon och Doris Flinkenberg. Sandra hade fallit, fallit, om och om igen, men då hade de förstås alltid haft kuddar under. Och alla tyger, de plötsligt nästan så frivola sidentygerna som en gång hade funnits i Lilla Bombay.

Hon den lilla harmynta, medan Doris hade varit ute i världen, rört sig i den, gjort den till sin.

Härifrån ladans knut såg man också hela kusingården utan att själv vara i någons blickfång. Man såg upp till Första Udden också, inte direkt in i trädgården men nog så att man kunde urskilja liv och rörelse, musik och röster. Midsommaraftonsfesten som de hade lämnat några timmar tidigare verkade nu ha kommit igång ordentligt. Det var en sådan fest som småningom alla i Trakten skulle söka sig till. Också Rita och Solveig och Torpe och Järpe och de där, i alla fall skulle de passera huset på Första Udden på sin jakt efter det ultimata roliga som inte skulle finnas någon annanstans, men ändå skulle de gå vidare. Och Magnus von B. och Bencku. Det var oundvikligt. De skulle dyka upp och sedan skulle de inte ha bråttom någonstans.

Och såg man från ladan upp till trädgården såg man från trädgården ner till ladan – och Hjälp! Sandra vågade inte ens tänka den tanken till slut.

"Kom nu." Och nu stod Doris Flinkenberg redan i ladöppningen och väste. "Fort!" Men Sandra spjärnade emot och stod som en förstenad och bara skakade på huvudet. Ville inte. Nej. *Inte in dit.* A.l.d.r.i.g.

Doris hejdade sig, närmast genuint förvånad.

"Du menar inte att du är rädd? För Bengt?"

Doris harklade sig som om det var något oerhört.

Sandra svarade inte, hon bara fortsatte att skaka på sitt huvud.

"Men dumskalle!" Nu blev Doris otålig på allvar. "Det här är ju vår enda chans. Bencku är nu eventuellt en mördare men så farlig är han inte alls!" Och med dessa ord vars ambivalens Doris inte själv utsatte för någon vidare begrundan, för det var bråttom nu, tog Doris Flinkenberg ett resolut tag i sin väninna och drog henne med sig in i ladans mörker.

In i dunklet, fukten, ensligheten.

Det var första gången Sandra var därinne och det var inte riktigt som hon hade föreställt sig, det stod genast klart. Men samtidigt, inte visste hon heller riktigt vad hon hade föreställt sig eller väntat sig. Om någon hade frågat så var det inte alls säkert att hon skulle ha kunnat förklara det.

Det var ganska vanligt, nämligen. Högt i tak som i en vanlig lada, ställvis glest mellan takbräderna som var i ganska dåligt skick. Knirkanden och knarkanden och överallt låg en mjuk och söt lukt, en som till och med vilken jetsetunge som helst kunde identifiera som ladlukt, högst normal. Sågspån, skrot och ved i staplar. En huggkubbe med en yxa i sig i ett hörn. Men inte heller den yxan kunde man i sin vildaste fantasi få till en mördaryxa; det skrek vedhuggning omkring den. Inget konstigare än så. En gammal cykel, några hetekaskelett och sedan alla de där rostiga mojängerna som man inte kunde namnen på.

Hans rum låg i andra ändan, i ett hörn. Det var bara en avbalkning med fanerskivor resta som innerväggar, framför ingången hängde ett tygskynke som inte ens var fördraget. Det var ju tomt. Ingen där. Och tack och lov för det.

Och det var till rummet de var på väg naturligtvis, med Doris i ledningen och det var ju hur enkelt som helst att se att det inte precis var första gången som hon var här på egen hand och snokade olovligt. Sandra följde efter, tveksamt ännu, men det att det var så vanligt därinne fick henne ändå att karpa upp sig avsevärt, och faktiskt kände hon också en gnutta ren och skär nyfikenhet välla fram.

Inne i rummet fanns sedan bara en brits under ett litet fönster med en oändligt smutsig ruta, man såg knappt ut igenom den. En rysskamin och ett stort ritbord som var en träskiva på träbocksfötter, en gammal bokhylla med några böcker i. Och överallt annanstans kläder, böcker, tidningar, tomflaskor, askkoppar och så vidare.

Kartan. Det var då, mitt i det vanligaste vanliga, som Sandra fick syn på kartan. Den var uppstiftad på väggen mittemot sängen, i den lilla hörn-vrå som uppstod där bokhyllan tog slut. Och Sandra, hon såg genast vad den föreställde.

"Är den inte fin?" Doris Flinkenberg hade dråsat ner på sängbritsen med ett brak, och nej, det var nog tydligt, Doris var inte rädd för nå-gonting härinne. Medan Sandra drog sig tillbaka igen.

"Han har flera. De är Trakten. Han hittar på allt på dem och ändå är det sant. Ganska fiffigt."

"Men", fortsatte Doris. "Nu har vi inte tid med det där. Det är inte därför vi är här. Titta här."

Och Doris hade stuckit in handen bakom böckerna på hyllan och fiskade nu upp en nyckel, en stor och gammal en, och sedan, med lika vana rörelser, drog hon hastigt undan den orangefärgade mattan på golvet, och där fanns det en golvlucka med lås som Doris stack nyckeln i och vred upp och drog upp luckan som om hon hade gjort det hur många gånger som helst förut.

Hon la sig ner på mage vid öppningen och rotade i hålet och fick upp ett ganska stort bylte som hon med ett kort men nog så triumfe-rande ögonkast på Sandra la ner på golvet och viftade till väninnan att hon skulle komma närmare. Sandra kom ju nog, fast hon verkligen inte ville, fast hon igen anade det värsta.

Doris Flinkenberg fäste sig inte vid Sandras tveksamhet, hon var redan i full färd med att linda upp bylket som var en ljusblå hålig filt och fick fram en väska, en axelremsväska i läder, ljusblå som filten, och det stod Pan Am på den. Namnet på ett flygbolag, under den välbekanta logotypen.

Sandra bara stirrade. Hon var rädd igen, förstås, närmast livrädd, men samtidigt ändå fascinerad. Omåttligt fascinerad någonstans, så att det nästan brann i kroppen. Men också fascinationen gjorde henne rädd; det var ju så sjukt alltsammans för hon visste ju vad det var. Doris behövde inte säga något mera. Doris behövde inte säga någonting. Men inte kunde hon ju hejda sig:

"Hon hette Eddie", började Doris Flinkenberg igen, som vid träsket för ett tag sedan. "Hon kom från ingenstans. Allt hon ägde hade hon i en väska."

Och utan att se upp hade Doris börjat tömma väskan på dess innehåll. Sak efter sak tog hon ut och la fram på golvet mellan dem.

Några böcker, ett häfte med noter för gitarrspel. En 45-varvare i brunt papper utan text någonstans. En vit ylletröja, ganska tjock. En scarf, vit-röd-blå, en liten börs, två vita tjocka plastarmband (vilket nästan var det värsta, det var så påtagligt konkret), en väckarklocka. Ett litet etui ur vilket Doris fiskade fram ett fotografi: "Det här är hon. Titta." Och hon räckte fotografiet till Sandra som tog emot det liksom mekaniskt, som en somnambul, fortfarande för upprörd och för förstenad av obehag för att riktigt kunna se på det, men också med en kittlande nyfikenhet och fascination. Och en väckarklocka. En stor en som skulle dras upp med en väldig fjädernyckel på baksidan, och Doris gjorde det. Och för ett ögonblick uppfyllde väckarklockans ljudliga tickande hela ladan och senast då fick Sandra lust att skrika till; "Men tyst nu, han kan ju komma när som helst."

Hon stävjade sig i alla fall, Doris höll upp klockan mot sitt öra.

"Hör hur den låter. Som en bomb. En tidsinställd bomb. Memento mori."

159

"Att va?"

"Jag brukar ställa den på ringning åt Bencku ibland. Så att han ska minnas att han också är bara en vanlig dödlig. Det är nämligen latin och det betyder kom ihåg att också du ska dö. Hör, hör hur klockan tickar under jorden. Memento mori."

"Sluuta", väste Sandra. "Vad är det här? Vad gör de här?"

"Han har tagit hand om dem. Han tyckte väl att de var hans."

Sandra fingrade på flickans saker. Häftet med ackord till enkla sånger att sjunga och spela till gitarr, och de där böckerna, vars innebörder Inget Herrman senare skulle förklara noggrannare för dem. Frukost på Tiffany's, en bok om shoppingmarketens teori och "Lär dig själv gammal-grekiska", en volym som inte precis såg så använd ut. Den där lilla skivan i sitt bruna kartongpapper, man undrade vad som fanns på den? Ingen etikett i alla fall, fast senare såg man på omslaget. "This is your own music. This song was recorded by.... " Denna skiva spelades in av... och på de tomma punkterna skulle man fylla i namnet på den som sjöng och datumet. Och vilken sång.

Men inte hade ju Sandra ro att undersöka något i detalj, inte nu, det skulle bli tid att meditera över det sen. Nu satt hon bara där och stirrade, och gitarrsånghäftet slog upp sig som på beställning på en riktigt ödesdiger sida.

"Hang down your head Tom Dooley. Poor boy you're bound to die."

"Faktor X", Doris sänkte rösten till en viskning, "blev kär i henne. Så kär i henne att han inte visste ut eller in." Och så upprepade hon samma sak som hon redan hade sagt vid träsket, men nu, här i ladan, med alla sakerna, lät det ännu mera ödesdigert. "Vi vet hur det kan vara. Ung kärlek, ond bråd död." Och Sandra nickade igen, drömskt, medan det gick kalla kårar längs ryggraden, kårar som ändå igen hade en gnutta av den där fasansfulla vällusten i sig. Det samvetslösa förlossningsbiträdet Ingegerd... Margarethe som älskade en enda... förgiftade sin syster med ormgift... och alla de där andra som på grund av kärleksolycka och

förtvivlan skar upp pulsådrorna i badkar och bassänger, stack sina hu-
vuden i gasugnar i unkna kök med dålig ventilering, startade bilar i
garagen… och lämnade eller lämnade inte efter sig olika mer och mind-
re dramatiska besked. "Farväl du onda liv." Adieu à la vie emmerdante.

Kyss fittan satans liv nu bedrog du mig igen och det var sista gången
har jag sagt.

"Sagt och sagt", hade Doris i ett annat sammanhang invänt på tal
om dylika avskedsbrev vid död för egen hand. "Alldeles som om det
blir bättre av att säga det ena och det andra i det skedet, när allt redan är
oåterkalleligt. Jag skulle säkert inte skriva något dumt avskedsbrev om
det var jag."

Igenkännbart, ja, men ändå så annorlunda. För det här var ingen
historia, det var på riktigt och man kände av verkligheten i det hela just
här i Benckus lada, bland den amerikanska flickans saker.

Det var en levande människa som hade haft dem, en levande män-
niska som hade använt scarfen, läst böckerna, försökt tyda gitarrnoterna,
och så vidare. Den amerikanska flickan. Eddie de Wire.

Och det var ju en alldeles annan sak. Plötsligt blev man så upphetsad
av det att man nästan kunde höra sitt eget hjärta slå i tystnaden, i kapp
med den eländiga väckarklockan som tickade på så öronbedövande tick-
ticktacktack. Memento mori. Man skulle verkligen inte ha kunnat tro
att det pågick en glad fest någonstans på andra ställen, i stort sett på alla
andra ställen eftersom det ju var midsommarafton, och precis just vid
den här tidpunkten.

Ensamheten&Rädslan. Syster Natt och Syster Dag.

"Jag är en främmande fågel", hörde sig Sandra säga. "Kanske är du
det med."

Det kom ur henne nästan automatiskt, det skulle hon ha kunnat
svära på i efter hand. Doris ryckte till och såg häpet på väninnan.

"Men Sandra. Säg det på nytt. Det liknar."

Och Sandra upprepade den egendomliga ramsan, Doris ögon gläns-
te; hon tog den amerikanska flickans skarf och knöt den kring Sandras

161

hals och en kort sekund kände Sandra det så starkt så att hon var den amerikanska flickan Eddie de Wire.

Hon tog fotografiet i sin hand och såg på det. Flickan, den suddiga flickan. Men ändå, på något sätt, bekanta.

Det var hon. Nu var det hon.

Och pojken… det isade i ådrorna.

"Men vad är det med dig. Du ser ut som om du har sålt smöret och tappat pengarna…"

"Men…" började Sandra. "Han."

"Aha." Ett förklaringens skimmer sprack ut i Doris ansikte. "Du tror förstås att det är han. Att det var han som mördade. Alltså Bengt."

Och det såg ut som om Doris skulle brista ut i ett skratt över det befängda i den tanken. Men hon såg Sandras uppriktiga nöd, där hon hjälplöst fingrade på fotografiet, ångrade sig och blev allvarlig igen.

"Ja, det finns ju dom som tror det. Det är ju det man har trott om man inte har trott så som man har sagt att det gick till på riktigt, att Björn blev arg på henne och knuffade henne i vattnet. Att den där pojken… så underlig. Och han var ju alltid tillsammans med dem. Vad gjorde han den där natten? Men Sandra. Det är inte han. Jag VET det."

"Kom här och titta nu." Och Doris gick fram till kartan på Benckus vägg.

"Här. Kom och se."

Och Sandra såg.

"Här ligger hon. Ser du. På träskets botten. Det är nog hon."

Sandra kippade efter andan. Ja, hon såg. Och såg.

"Om han dränkte henne, skulle han då i så fall ha henne på väggen. På sin egen karta?"

"Jag menar", fortsatte Doris. "Så att alla ser."

"Bencku är nog tokig", slog hon sedan fast. "Men det finns gränser också för hans tokighet."

"Då tror jag nog mera på Björn", sa Doris, tvillingdetektiven. "När Björn blev arg så blev han arg. Han vred en gång kusinpappans cykelstång ur led och hängde upp cykeln i ett träd på kusingården. Kusinpappans! Inte ens kusinpappan vågade ge sig på honom när han var arg. Det hände inte många gånger, men när det hände, så."

"Men", pep Sandra när hon äntligen fick mål i mun igen. "Borde man inte ge de här till polisen. Alla de här sakerna? Är det nu inte ett viktigt bevismaterial?"

"Men Sandra, du förstår inte", sa Doris lugnt. "Polisen. Har haft allt det här. Det är ju därifrån det kommer. Bencku fick det av kusinmamman. Jag vet, för jag var där då. När hon gav det till honom. För du vet ju att kusinmamman är dotter till kommissarie Loman, från grannkommunen, han som var polischef också i Trakten innan polisdistrikten skildes åt."

"Nu måste jag säga det, Syster Natt", sa Doris högtidligt med en sådan dovhet i sin röst att Sandra för en kort sekund fick för sig att nu hade Doris tänkt bekänna något hemskt för henne, som att "ring till polisen nu, det var jag". Sandra stirrade på henne och Doris såg tillbaka.

"Vem som gjorde det då?" stammade Sandra, ganska hjälplöst.

Då slappnade Doris av, för hon hade ju väntat sig precis just den frågan.

Och Sandra stod där ett ögonblick ganska handfallen och väntade, som ett fån, med fotografiet av den amerikanska flickan i sin hand.

Men Doris Flinkenberg ändrade tonfall och fortsatte i mera vardagliga ordalag.

"Nä. Men jag tror att vi har lösningen under våra ögon. Här." Doris pekade på fotografiet av den amerikanska flickan. "Jag tror att det är henne vi måste vända oss till. Att det är hon som är nyckeln till vår gåta. Bara hon. Den amerikanska flickan. Eddie de Wire."

"Vi måste få veta vem hon var. För det var någonting med henne som inte stämde. Det var som om hon hela tiden drog en vid näsan.

Björn förstod det kanske nog, men på något sätt, han ville inte. Han ville inte förstå. Han ville bli dragen vid näsan. Det är väl som det är i kärlek", la Doris till, det sista med all den samlade livsvisdom hon var i besittning av.

"Jag tror att vi måste gå till grunden just här", fortsatte Doris. "Ta reda på vem hon var. Göra oss en bild av henne. Lära känna henne. *Gå i hennes mockasiner*, som indianerna säger. Man känner inte en människa innan man har gått i hennes mockasiner några dagar."

Doris tog upp scarfen och tryckte den mot Sandras ansikte:

"Lukta. Hennes lukt." Sandra luktade. Hon kände ingenting. Lite sumpigt kanske, men det kunde lika väl bero på att scarfen hade legat så länge i förvar under golvet.

Doris rörde vid Sandra. Hon smekte hennes kind, och ett ögonblicks närhet – men av en alldeles annan art nu än den i mossan något tidigare.

"Nu är du hon och jag är han", sa Doris Flinkenberg.

"Vem han?"

"Nå, förstås. Faktor X. Säg det en gång till."

"Va?"

"Fågeln."

Sandra hörde orden forma sig i sin mun.

"Jag är en främmande fågel", sa hon, som Eddie de Wire. "Är du det med?"

Knappt hade hon sagt det så hade väckarklockan börjat ringa.

"Memento mori", sa Doris ödesdigert.

"Kom ihåg att också du ska dö", hördes då från dunklet någonstans bakom dem och två av kvinnorna från huset på Första Udden steg fram ur mörkret.

"När katten är borta dansar råttorna på bordet", sa Anneka Munveg, som var en av dem. "Och VAD är det som är på gång här då?"

Men flickorna stod som förstenade. Det fanns stunder i livet då det blev tyst på även ett munväder som Doris Flinkenberg. Det här var en av dem. Kom ihåg att också du ska dö. För den som stod allra längst bakom, hon med den dova rösten och den ordagranna översättningen, det var ingen annan än Tefatsögonen; Inget Herrman alltså, och hon såg rakt på dem.

Med något outgrundligt i sina ögon. Det var inte, när hon såg sakerna omkring flickorna, heller något mera skratt i dem.

"Två värnlösa flickor i lejonets kula", fortsatte Anneka Munveg i alla fall som om inget, hon hade inte märkt något av den underliga stämningen. I stället såg hon nu omkring sig med alla sinnen på spänn som en riktig journalist ska göra när den kommer till nya ställen, alltid med tanken på nya scoop i bakhuvudet, nya erfarenheter – och helst den första att förmedla dem. Naturligtvis fick hon syn på Benckus karta på väggen mittemot sängen och gav ett förtjust rop ifrån sig.

"Men titta här", ropade hon entusiastiskt. "Herregud så intressant. Det är ju nästan som en karta över mumindalen!"

Så fortsatte Anneka Munveg sin egen show av dabbighet. Dabb dabb dabb dabb gick hon på vid kartan inte alltför länge men nog en alldeles tillräckligt lång tid för att hon inte skulle bli medveten om vad som under tiden hann ske på sidan om. Att jorden slutade snurra för ett ögonblick. Allt stannade. För de två–tre andra personerna vill säga. För Sandra skulle det förbli lite oklart om Doris Flinkenberg egentligen hade varit så överraskad som hon påstod. "Jag borde ju ha förstått", skulle hon säga, "men jag hade glömt."

Det var alltså detta: känslan av bekantskap och igenkännande. Den som Sandra en kort stund hade känt av då hon för första gången såg på fotografiet av Eddie de Wire. Nu, precis just i dessa ögonblick uppdagades källan med ett slag.

Också Inget Herrman, som annars inte låg långt efter Doris Flinkenberg när det gällde med vilken lätthet orden flög ur henne, blev tyst. *Liksom metafysiskt tyst.*

Dessa sekunder under vilka hon i sin tur också förstod, tog in.

Fotografiet som föreställde den amerikanska flickan hade fallit ur Sandras hand i den första överraskningen. Singlat till golvet där det nu låg mellan dem till allas påseende. Ett ögonblick, innan, gud ske lov – för just då började Anneka Munveg ana scoop å färde också bakom sin rygg – Doris fot hastigt täckte över det.

Men de såg, alla tre. Eddie på bilden. Den amerikanska flickan. Inget Herrman. Det var hon.

Eddie återuppstånden. En likhet så stor att den bara inte kunde vara tillfällig.

Så tyst att man skulle ha kunnat höra en knappnål falla; klirr klirr som när knappnålar föll ur Lorelei Lindbergs mun i Lilla Bombay en gång för länge sedan när hon började prata utan att komma ihåg nålarna som hon hade i sin mun.

"Sandraa! Hjälp mig! Jag ser inte!"

"Vad var det du skulle visa mig?" Anneka Munveg hade vänt sig om och brutit av det hela. Alla sinnen på spänn nu, då hon ju märkte att hennes entusiasm över kartan på väggen hade klingat ut i tomma intet.

"Bålen är slut", sa Inget Herrman till Doris och Sandra som om inget. "Var är Bencku? Han sa att han hade flera kanistrar kvar?"

"I skogen och super skallen av sig", sa Doris Flinkenberg nonchalant. "Men jag vet."

"Doris, Doris", åmade sig de båda kvinnorna igen. "Finns det något som du inte vet?"

Syster Natt, Syster Dag. "Det är hennes syster", hade Doris sagt till Sandra medan de plockade blommor lite senare, blommor som de skulle lägga under huvudkudden och sova på för att sedan drömma om vem de skulle gifta sig med när de blev stora. "Jag är rädd att jag glömde att säga det. Jag tänkte inte riktigt. Jag hade inte riktigt lagt ihop två och två. Memento mori", upprepade Doris Flinkenberg och skrattade. "Men det var nog ganska hisnande att komma ihåg det, också för mig."

"Så", fortsatte Doris. "Och nu plockar jag min sista blomma. Sedan får jag inte säga ett ord mera den här kvällen. Annars blir det inga intressanta drömmar den här natten!"

Och Doris hade plockat sin sista blomma, en nattviol fast den var fridlyst. Och Sandra hade plockat sin sista, en liljekonvalj, och under tystnad hade de gått tillbaka till huset i den dyigare delen av skogen, ner till källarvåningen, där de hade brett ut sina sovsäckar på gummimadrasser på bottnen, krupit ner i dem och lagt blommorna under varsin kudde.

Men Sandra drömde inte om någon man hon skulle gifta sig med när hon blev stor. Hon låg länge vaken och summerade den märkliga kvällen då så mycket hade hänt. Och nu flöt det fram också en annan sak.

Kartan. På Benckus vägg. Hon hade sett vad som fanns på den. Huset i den dyigare delen av skogen. Den väldiga trappan, miljonerna trappsteg, och vart? Upp till himlen? Ut i ingenting?

Och mitt i allt en simbassäng. En figur på bottnen där. En flicka? En kvinna? Vem var det? Lorelei Lindberg? Eller hon?

Det bekräftade också för henne det som hon hela tiden hade vetat om pojken, även om det aldrig hade blivit sagt. Han hade i alla fall varit där i närheten. Han hade sett.

Och det gick kalla kårar i henne. Javisst, hon var nog rädd. Men samtidigt föddes i henne en stark vilja, en vanlig vilja, att lära känna pojken och tala med honom. I ladan hade hon ju också förstått att det kanske inte var något SÅ konstigt med honom, egentligen. Han var ju en alldeles vanlig människa också.

Inte bara faktor X. Det var betryggande.

Och kort därpå gick flickorna med Inget Herrman över klipporna på Andra Udden, och Inget Herrman berättade för dem om sig själv, om Eddie och Kenny, de tre systrarna som växte upp på en gård som hette Ponderosa en gång för länge sedan och en gång för länge sedan också spred sig ut i världen, "somliga som rö för vinden", konstaterade Inget Herrman, "andra mindre det".

Chantal de Wire, förklarade hon, det var hon själv det, i ett annat liv. Chantal som begav sig till San Francisco och blev Nothing där, Nothing Wired, närmare bestämt. Nothing är ingenting på engelska förklarade hon, och så blev det namnet, Inget, till. Plus efternamnet: ett resultat av ett misslyckat snabbt äktenskap med någon Sven. Sven Herrman, Inget Herrmans första man. Men ingen som Inget Herrman ville öda några vidare ord på överhuvudtaget.

"Jag är ju inte, flickor", förklarade Inget Herrman för Sandra och Doris, "precis känd för min goda karlasmak."

Och de gick vidare och kom till sjöboden, flickorna och Inget Herrman, slog sig ner på terrassen framför havet, bara havet där framför dem, och inget annars. Det glittrade förstås och brusade, av hav, det var så vackert, *en sådan vacker, vacker dag.* Inget Herrman med flickorna på varsin sida om sig, fötterna dinglande över vattenytan, alla tre. Inget Herrman berättade om hur de alla tre systrarna hade hamnat här, i just den här delen av världen. Eddie som hade rest iväg för att hälsa på friherrinnan, deras mammas syster, eller hur det var; och hur inte så väldigt länge därefter Inget och Kenny på olika håll i världen de också, hade fått det hemska beskedet om vad som hade hänt. "Trakten?" "Friherrinnan?" De hade inte fattat någonting.

Inget Herrman berättade om Eddie också. Om Eddies saker i väskan; hon förklarade dem för flickorna så gott hon kunde. Böckerna "Frukost på Tiffany's", en halvbra roman, "Lär dig själv gammalgrekiska", vilket Inget Herrman log åt, ett sådant där ett-brett-leende-förlänger-livet-leende, och boken om shoppingmarketens teori och praktik; det fick Inget Herrman att kippa efter andan, "hon försökte så mycket, Eddie."

"Eddie, lilla Eddie, som var så liten och förvirrad", sa Inget Herrman. "Men ändå ville hon stora saker. Bygga världar, bygga hus. En shoppingmarket. *Konsumtionens framtid är konsumtion",* citerade Inget

Herrman ur den boken. "Ja, jag har ju läst den själv. Det var min födelsedagsgåva åt henne. En gång, när vi var mycket mindre och jag trodde att det fanns en chans att det skulle bli något av henne, än."

Inget Herrman berättade om Eddie, allt möjligt sådant där, och det var ju intressant alltsammans, det gav ju vissa ramar för ens eget projekt för handen, "vi måste gå i den amerikanska flickans mockasiner", som Doris hade sagt i ladan, men så mycket mera gav det inte. Kött på benen kanske nog, men ändå, Sandra kände och Doris kände, så tydligt att de inte ens behövde tala närmare om det efteråt, att det inte var med dessa upplysningar som mysteriet skulle lösas. Alltså till exempel med vetskapen om vilka böcker någon läste och sådär.

Men ändå, det var så vackert att sitta med Inget Herrman på strandbodens terrass, där som den amerikanska flickan en gång hade varit själv; suttit precis just på samma plats, med samma vidunderliga hav framför sig, *precis just där*. Och det var något att ta i, det, märkligt nog, betydde mer.

Och när Inget Herrman sedan talade om liksom större saker i anslutning till Eddie, mera övergripande, det var då som man verkligen kände att man var på rätt spår.

"Vi kände inte varandra så bra", sa Inget Herrman. "Så kan det bli i livet. Också med ens egen syster. Vi skildes ju åt ganska tidigt alla tre. Som rö för vinden spreds vi…"

"Det var egentligen först efter Eddies död som vi återförenades. Jag och Kenny i alla fall. Vi fick ju höra vad som hade hänt. På andra sidan jordklotet. Vi var ju båda i Amerika på den tiden, Kenny och jag. Men på skilda håll, sedan långa tider. Men vi reste hit tillsammans. Och så – bara blev vi här. Kenny hos friherrinnan och jag… jag kom liksom inte iväg någonstans härifrån. Inte hade jag några planer. Då. Jag bara blev här –"

"Men", fortsatte Inget Herrman, "Eddie. Det var synd om Eddie. Hon var så ensam. Så väldigt, väldigt ensam. Vi är alla ensamma", fastslog Inget Herrman. "Men Eddie, hon var ensam så att det bara doftade om henne. Och det var ju tilldragande men också ledsamt. All ensamhet", fastslog Inget Herrman igen, "vilar på en hemlighet."

Och knappt hade hon sagt det så hade Doris Flinkenberg fyllt i.

"Jag vet hur det är att vara ensam." Och, med en blick på Sandra, "Vi. Vi vet."

Det var ett så innerligt ögonblick, det skulle man minnas också år efter att man slutat lösa mysteriet med den amerikanska flickan, det mysteriet och alla andra mysterier, när man inte ville veta av några mysterier överhuvudtaget. Minnas sedan, senare, när man var ensam på riktigt, hur det hade varit att prata om ensamheten, övergivenheten med Inget Herrman, en sådan vidunderlig, vacker sommarmorgon på strandbodens terrass.

"Så skimrande var aldrig havet som när du gick vid min sida", som det vindade på i Doris Flinkenbergs kassettbandspelare.

Och Inget Herrman, som talade om kärleken; hon var den enda som inte höjde på ögonbrynen åt att det kanske var Bengt och Eddie som älskat varandra mest, trots åldersskillnaden, trots allt det underliga i det.

"En ung pojke. En halvvuxen flicka. Som inte hade någonting gemensamt. Vad hade de gemensamt?" resonerade Inget Herrman.

"Gemensamt", fnös hon sedan själv. "Som om kärleken. Skulle handla om det. Att ha gemensamt."

"Jag ska berätta för er om kärleken", sa Inget Herrman. "Man blir inte förälskad i någon för att den är sympatisk eller osympatisk eller ens för den människans tusen goda egenskaper. Man blir förälskad i någon som väcker något i en själv till liv."

Och allra sist hade hon sagt, vilket nästan var det bästa:

"På hösten, flickor, ska jag bjuda er in till staden vid havet. Då ska vi göra studiebesök på konstutställningar och se goda filmer på goda biografer och verkligen tala mera om det här."

"Nu har vi ganska många misstänkta", sa Doris Flinkenberg när de hade skilts från Inget Herrman den morgonen och lomade, fast ganska ener-

giskt, mot huset i den dyigare delen av skogen och bassängbottnen i
källarvåningen där de hade sitt högkvarter som alltid.

"Inte hon väl? Inget Herrman?"

Och Doris Flinkenberg vände sig mot Sandra och såg på henne som
på en utomjording.

"Inte hon ju, dåbertratt. Är du inte riktigt klok?"

De hade ju lagt tillbaka den amerikanska flickans saker i väskan under
golvet i Benckus lada på midsommaraftonen, väskan tillbaka i hålet under
golvet inlindad i filten, så att det inte skulle se ut som om någon hade
varit där och snokat.

Men det var en av sakerna som inte blev riktigt tillbakalagd, som
liksom fastnade på dem: den där skivan. Den hade de inte nämnt för
Inget Herrman heller, kanske för att det "att gå i den amerikanska flick-
ans mockasiner", ändå var något de skulle göra bara själva. De hade
tagit den med sig, alltså, och när de blev ensamma i huset i den dyigare
delen följande gång så lyssnade de på den, Eddies skorrande och tunna
röst skallrade genom huset i alla rum där det fanns högtalare.

En magisk effekt. För det var hennes röst. Det här var en skiva som
Eddie själv hade spelat in en gång för länge sedan, på ett nöjesfält i
Amerika. Hon hade lagt in en slant i automaten och gått in i ett bås och
sjungit sin egen sång i en mikrofon, och en stund senare hade skivan
ploppat ut ur ett hål, som fotografier ur en fotoautomat.

En röst säger mer än tusen upplysningar. För här var det nu.

Den amerikanska flickans sång, ett svagt, falskt och avlägset pip.

Titta mamma, vad de har gjort åt min sång sjöng hon. *Det ser ut som
om de skulle ha förstört den nu.*

På engelska förstås, det lät inte bra, men det var hon.

"Titta mamma, de har förstört min sång", gnolade Sandra efteråt.

"Men Sandra", utbrast Doris Flinkenberg. "Det är ju fantastiskt. Så
likt."

Och Sandra sjöng och när hon sjöng så kände hon det så klart och tydligt, hon spelade inte den amerikanska flickan, hon var henne.

Och hon sjöng på av hjärtans lust i Doris sällskap.

Men hon skulle också, senare, fortsätta nynna när hon var ensam och i helt andra sammanhang.

Till exempel när hon var ensam i huset i den dyigare delen av skogen, såg ut genom fönstret. Såg ut i skogen, ut på pojken som kanske var där. Vara Eddie framför honom där, inte ju på riktigt, men som en lek.

Och hon var ju rädd för honom ännu, det var hon. Men inte på samma sätt som förr. Alltsammans var ändå annorlunda nu, han hade blivit verkligare. Han hade fått konturer för henne, blivit *nästan* en person för henne.

Faktor X som älskade den amerikanska flickan. Pojken i skogen. Bengt.

Kvinnor i undantagstillstånd. Avhandling pro gradu. Respondent: Inget Herrman. Opponent: Inget Herrman. Handledare: Inget Herrman.

Det var uppe i trädgården vid huset på Första Udden, när kvinnorna var där; Inget Herrman låg under tältskynket i skuggan på den plyschöverdragna soffan och talade om sin avhandling pro gradu. Talade och talade. Och det var intressant. Flickorna, *den sovjetiska motsvarigheten,* uppe i skäriäpelträdet, och alla de andra kvinnorna omkring. "Förslag till en motståndets estetik", förklarade Inget Herrman, tog en klunk vin till, och inte fattade ju flickorna i trädet någonting av det, "liksom i sak", som Inget Herrman också sa, men nog massor av stämning och den var fin.

Det var fint däruppe i trädgården, så fint att om man någon gång skrattade åt allt man såg och hörde, både medan allt pågick och kanske någon gång efteråt, skrattade man inte för att det skulle ha varit lustigt på ett dumt sätt. Liksom fånigt och betydelselöst.

För det fanns något som var viktigt där – hur viktigt skulle man egentligen förstå först senare igen, när det var försvunnet, borta. Inte bara när kvinnorna själva hade lämnat trädgården och huset på Första Udden, utan borta överhuvudtaget. "Allt som var så öppet blir en sluten värld igen", som Lill Lindfors sjöng på en av skivorna som alltid spelade däruppe.

Och att allt skulle vara över, försvunnet, borta, så fort. Det var något man, medan allt pågick, inte hade förutsett.

Man skulle sakna det. Och verkligen.

Bengt och Magnus von B. som grillade spitufisk och skäriäpelkart på stengrillen, Inget Herrman med sitt välfyllda glas bredvid sig. Hon var så lycklig, Inget Herrman då, alltid lycklig när hon hade ett välfyllt glas vin bredvid sig.

Inget Herrman som ritade upp "Kvinnans väg och andra vägar" i bordduken med tusch. En figur som kanske nog lite liknade figurerna på Benckus kartor men mest i uppsåtet, liksom. Inte i hur de såg ut, i själva estetiken. De var ju inte på något sätt snygga alls, utan ganska råddiga och spretiga.

Kvinnans väg och andra vägar: det var ett rakt streck som sköt upp ur marken som stammen på ett träd, tjockt och bestämt, det var, förklarade Inget Herrman, "en kvinnas väg, av tradition och hävd". Men från dessa streck löpte, redan ganska från början, från roten liksom, ut också andra streck, hitåt och ditåt, tunnare, lika tjocka, ställvis också tjockare, än det där raka strecket som gick bara rakt och vidare och vidare.

Det blev som å ena sidan en ganska trasslig buske av den figuren, men å andra sidan, man kunde också se det, om man ville, som strålar från en sol. Som glitterstreck, enskilda, separata, alla sprakande i egen rätt.

Det var vackert.

Och Inget Herrman triumferande:

"Och vad säger vi om det här? Om det också är så här?"

Och tog en djup klunk ur sitt glas igen, och la fundersamt till.

"Det här tror jag också jag ska lägga till i mappen för min material-insamling."

Det var sin avhandling pro gradu hon talade om.

Och det var Laura B-H, som skrev på en roman uppe i tornet den sommaren, en kvinnoroman som senare skulle rendera henne ära och berömmelse. Fast det visste hon inte då, hon bara satt och skrev.

"Om en riktig kvinnas liv på riktigt. Det är viktigt, tycker jag."

Laura B-H som la sig på rygg på marken i trädgården en dag, för att läsa en dikt som hon hade skrivit en gång och som inte nånsin blivit färdig. "Det var i Ljubljana", började den, och hade tusen ekoeffekter som hon inte riktigt lyckades hålla reda på ens själv. "Det var i Ljubljana", och den beskrev en av hennes egna, personliga upplevelser. Hur hon hade varit ute och rest, som "ensam kvinna i världen", och plötsligt bara tröttnat på hur man inte fick vara ifred någonstans, hur det alltid var någon karl där som påminde om vad man var, smackade i ens öra och tog i. I Ljubljana hade hon fått nog. Hon hade lagt sig raklång på marken vid trapporna till stationshuset och ropat till alla. "Kom då. Ta på mig. Gå på mig."

Fast på sitt eget modersmål. Ingen hade ju förstått det. Och det hade ju varit, förklarade Laura B-H, hennes egen tur det.

För polisen hade ju kommit sen och hon hade tagits fast för att ha uppträtt störande.

Hon läste den där dikten och den var ju gräslig som dikt, ansåg många av kvinnorna också däruppe, men själva upplevelsen, erfarenheten var sann. Den fanns.

Och man såg ju inte något av det då, det var något man skulle tänka på mest sedan. Att alla de här människorna i trädgården, alla som hade kommit dit, som tillbringade den här tiden bland kvinnorna i trädgården, de hade alla något bakom sig som gjorde att de var just här i precis just den här stunden av världshistorien, och inte någon annanstans.

I trädgården i mitten, för flickorna, för Magnus och Bencku, för kvinnorna själva, men för andra, ändå: på sidan om.

I trädgården i mitten, fast ändå på sidan om.

Trädgården i mitten, fast bara för ett tag.

Knappt ett år senare skulle kvinnorna lämna huset på Första Udden, och den där bussen "Eldrids sinnesresår", skulle inte starta. Medan kvinnorna höll till i trädgården skulle den ljusröda bussen "Eldrids sinnesresår", stå där nedanför kullen och sakta rosta bort.

"Nu måste vi gå till grunden med det här", fortsatte Doris i huset i den dyigare delen. "Ta allt från början. Ingen misstänkt utesluten."

Titta, mamma de har förstört min sång. När Doris och Sandra inte var i trädgården med kvinnorna var de upptagna av sitt hemliga mysterium. De lyssnade på skivan, Eddie-skivan, när de var ensamma, om och om igen. Sandra nynnade och pratade som Eddie hade pratat; det var hon ganska bra på nu.

Ingen kände min ros i världen utom jag.

Hjärtat är en hjärtlös jägare.

Och det allra bästa:

"Jag är en främmande fågel. Är du det med?"

Och hon hade Eddie-kläder på (det var en specialdesignad utstyrsel som flickorna hade kommit på, alldeles på egen hand, och efter denna idé hade Sandra Wärn sytt den åt sig själv på symaskin).

Och Doris himlade med ögonen.

"Men Sandra. Det är så jättebra. Det är så precis."

Och la till:

"Får jag vara faktor X nu?"

Sandra nickade.

Och Doris var faktor X och kom fram och sedan gjorde de allt det där som de föreställde sig att Eddie och faktor X hade gjort. Med inlevelse, förstås. Men det hade inte någonting att göra med omfamningen i mossan, den som hade skett på midsommaraftonen, en gång för ganska länge sedan.

Det gled bort nu. Tills vidare.

"Eddie", sa Doris. "Hon stal. Pengar. Saker. Av friherrinnan. Det gjorde ju friherrinnan alldeles ifrån sina sinnen av förtvivlan. 'Hon är en sådan besvikelse för mig', sa hon till kusinmamman. Det kunde kanske gott ha varit ett motiv för mord."

"Mmm", sa Sandra, mitt i Eddie-leken.

"Sandra. Hör du på?"

"Jo."

"Men ändå. Jag tror inte riktigt på det. De var ju... släkt. Och dessutom. Vad skulle hon bjuda hit den där flickan ända från Amerika bara för att ha livet av henne här?"

"Det är inte riktigt trovärdigt, det här", sa Doris och knuffade till Sandra som gnolade på sin Eddie-sång igen.

"Och kusinmamman", sa Sandra.

"Vad med henne?" sa Doris ganska hätskt.

"Hon kunde inte tåla Eddie de Wire. Jag säger ju inte att hon gjorde det men vi skulle ju se på allt, ingen utesluten. Kanske var hon svartsjuk. Jag menar, Bencku och Björn, de var ju hennes ögonstenar. Hennes barn. Och där kom den amerikanska flickan från ingenstans och tog dem ifrån henne. Dem båda, på en gång."

Detta hade för ett ögonblick gjort Doris Flinkenberg fundersam.

"Jo", hade hon sagt försiktigt. "Du har nog rätt. Men jag tror inte det..." Doris funderade ett tag för att komma på ett riktigt argument. "En gång sa hon medan Eddie ännu levde och var med Björn därute på kusingården: 'Den flickan, Doris, är en enda teaterföreställning.' Men sedan, när allt hade hänt, då ångrade hon sig alldeles förskräckligt. 'Jag har så svårt att vara, Doris', sa hon, 'för allt som jag har sagt. Det är för hemskt. Nog är det här en tragedi, nog skär det en i hjärtat. Unga människor, att de ska måsta lida så förskräckligt.' Sandra", frågade Doris, "tror du att en som har mördat säger så?"

Då blev ju Sandra tveksam själv.

"Nå. Inte. Säkert inte."

"Och dessutom", kom Doris på. "Bara för att man inte tycker om en människa så betyder det ju inte att man vill ha livet av henne. Eller hur? Inte ens träskmamman ville döda mig direkt. Jag skulle liksom bara –"

"Förlåt, Doris. Det var inte meningen. Inte tror jag ju heller att det var kusinmamman."

177

"Vad tror du då?"
"Jag vet inte."

"Saker i rörelse", fortsatte Doris Flinkenberg. "Det var så hon sa till honom, Eddie, den amerikanska flickan. Det gjorde intryck på honom. Han förälskade sig huvudstupa i henne. Ett tag var det bara de två. Ingen vet riktigt hur allvarligt det var. Det var en av hemligheterna med dem. Jag såg."

"Och nu är vi där igen", sa Sandra och spände sig i kroppen.

"Ja", sa Doris i ett nyktert tonfall. "Vid faktor X. Vid Bengt."

"Så du tror säkert inte att det var han?" frågade Sandra lågt som om hon ville försäkra sig igen.

"Bencku", skrattade Doris igen. "Nej då. Inte Bengt. Då skulle jag nog föredra den version som alla tror på. Att det var som det såg ut. Björn blev arg på henne vid Bule träsket och knuffade henne i vattnet och sedan gick han iväg och hängde sig. Det var liksom enklast så."

"Jo", sa Sandra. "Men Doris. Varför allt det här. Jag förstår egentligen inte något av det här. Varför ska vi lösa ett mysterium om det inte är något mysterium egentligen?"

Och Sandra var lugn igen och började åma sig i Eddie-kläderna, sneglade ut genom fönstret också, kanske en gång för mycket, för Doris var av en uppmärksam sort.

Och Doris steg upp och klättrade upp ur bassängen.

Hon gick ut i gillestugan där skivspelaren fanns.

Och kom tillbaka, med Eddie-skivan i sin hand.

En sista gång. Hon stod på bassängkanten med skivan i sin hand.

"En liten fågel har viskat i mitt öra", sa hon saligt. "Att den amerikanska flickan kanske är – "

Och sedan. Hon bröt skivan itu.

"vid liv."

178

Sandra såg den söndriga skivan, SKIVAN!!, med Eddies röst, den högst unika – och blev ifrån sig.

"Vad gjorde du?" Och hon blev så arg att Doris nästan förstummades. "Du har förstört den!"

"Ja än sen! Vi har väl annat att göra än att ligga här i bassängen och åma oss för främmande."

"Jävla Skit-Doris!" skrek Sandra och sprang iväg från bassängen och upp på sitt rum och stängde dörren om sig. Slängde sig på mage i den äktenskapliga sängen och låg där och grät och skrek, grät och skrek, tills hon småningom inte själv förstod varför hon var så ledsen.

Den där skivan. Eddie. Den amerikanska flickan. Det var ju så dumt alltsammans. Så jävlars dumt.

Vid liv? Död eller vid liv. Vad spelade det för roll? Hon var trött på det här nu, på hela den här leken.

Doris. Var var Doris nu?

Hade Doris gått sin väg?

Men Doris hade inte gått sin väg. Hon hade inte lämnat huset. Hon hade väntat snällt bakom Sandras låsta dörr. Stått där och knackat på emellanåt, förstulet.

"Sandra. Släpp in mig nu. Förlåt."

Och då, småningom, med Doris där bakom dörren, och gråten som gick ur henne, och ilskan, lugnade Sandra sig. Det var ju bara en dum skiva. I en lek.

Och hon smög sig fram till dörren och öppnade den.

Och där, bakom dörren, stod Doris i playboyflickeutstyrsel, tvättäkta enligt flickornas uppfattning om det hela. En kort kjol och kaninöron på huvudet. Det såg för roligt ut.

"Nu, Syster Natt, lämnar vi det här för ett tag. Nu går vi på fest. Det är maskerad i trädgården på Första Udden. Det här är mina utklädningskläder", sa Doris, som om det var en nyhet: Doris ville alltid om det var maskerad ha samma utklädningskläder på. "Och det där är dina utklädningskläder. Du får ha Eddie-kläderna på. Är det jämnt då?"

179

Kvinnor i undantagstillstånd (och festen kulminerade).

Och upp i trädgården bar det av, som alltid.

"Vad är en avhandling pro gradu?" frågade Doris Flinkenberg av Inget Herrman, nu när hon var djärvare.

"Det får du veta sen", sa Inget Herrman. "När du blir äldre." För nu var det lite längre lidet på sommaren och Inget Herrman talade inte så mycket om sin avhandling pro gradu längre. "Tro mig", sa Inget Herrman. "Det kommer en tid då du önskar att du inte visste. Att du inte hade vetat alls."

"Då du inser att du mådde bättre när du inte visste", sa Inget Herrman och såg på klockan.

Den var några minuter före tolv på dagen.

"Det skulle vara gott med ett glas vin", sa Inget Herrman prövande.

"Inte före klockan tolv på dagen", sa Sandra världsvant.

"Det är något som Sandra har lärt sig i jetsetlivet", förklarade Doris för Inget Herrman. "På den tiden hon var där. Med Ålänningen och Lorelei Lindberg. Det var hett och passionerat –"

Då hade Sandra knuffat till Doris, tyst nu, det räcker nu.

Men plötsligt var alla orden överflödiga, klockan slog tolv och solen stod i zenit, mitt på dan.

"Ähum." Och där stod han plötsligt mitt i trädgården, ingen annan än Ålänningen i egen hög person. "Det är fest i huset i den dyigare delen av skogen", sa han, nästan blygt. "Och ni är allesammans så välkomna dit."

Och sedan hade de vandrat genom skogen till huset i den dyigare delen, kvinnorna, flickorna, Magnus von B. och Bengt.

Och de hade kommit till huset, där Ålänningen hade stått överst på trappavsatsen som en kapten.

Och det var då som Bengt bakom Sandra hade sagt: "sjunker, sjunker", fast mycket, mycket lågt, så att ungefär bara Sandra hörde. Och hon vände sig om och såg på honom. Och han, han såg på Sandra med.

Och festen kulminerade.

I ett skede satt Ålänningen och Anneka Munveg i trappan och pratade och pratade. Anneka Munveg berättade om sitt intressanta yrke som reporter, och om allt i världen som det fanns att informera alla om. Ålänningen nickade, och var med på noterna, för Anneka Munveg hon var så läcker också, med sitt stora ljusa hårburr och de svarta, strikta kläderna. Och Anneka Munveg berättade för Ålänningen om "Arbetarkvinnans vardag", allt det där. Och Ålänningen nickade, igen, samtidigt som hans fingrar tveksamt fingrade i nackhåret på Anneka Munveg, dessa fingrar, de var bevisligen där. Det såg Sandra, och hon tog inte bort dem, hon liksom inte låtsades bry sig om dem överhuvudtaget.

Men då var plötsligt Inget Herrman där och bjöd upp Ålänningen till dans.

Och det allra sista minnet av den kvällen var hur Inget Herrman och Ålänningen dansade något de kallade "cowboydansen" på bottnen av bassängen utan vatten i.

"Sa jag inte att hon skulle vampa honom", viskade Doris Flinkenberg någonstans bakom.

OCH SEDAN VAR ALLT ÖVER.
  SMÄCK.
  SOMMAREN BLEV HÖST OCH DET BLEV JAKTSÄSONG IGEN.

2. ... och hororna

"Köttet är svagt", hade varit en av Ålänningens och Lorelei Lindbergs gemensamma dängor på den tiden Lorelei Lindberg ännu var där. En av deras många gemensamma, som, då det hade gått en tid efter att passionen var förbi, visserligen fanns kvar i huvudet på en. Men liksom lösryckt, som en ramsa vars specifika innebörd man inte längre kunde greppa.

Så när Ålänningen började gnola den igen mot hösten förstod man alltså, om man var Sandra, att den betydde något, men inte riktigt vad. Man kände igen den och ändå inte. Den var gammal och samtidigt så ny.

Ombyte förnöjer. Kanske var det så enkelt. *Nu är Pelle mätt på biff men en glass skulle smaka ganska bra.* Det sättet att se, den livsåskådningen.

Detta var alltså en lätt omskrivning av det faktum att när hösten kom och jaktsäsongen började blev Ålänningen rastlös och började gnola dessa gamla sånger – och putsa sitt gevär.

Och så en dag var Pinky där.

"Hej prinsessan, sover du?" I röd lurexjacka och rosa hjärtformad handväska stod hon plötsligt på bassängkanten i källarvåningen och sa det där, så glittrande i silverskor med tio centimeter höga klackar.

Och Ålänningen på fenomenalt humör, var strax där bakom henne:
"Och var har jag nu cocktailshakern?"

Det var tecknet på att det var höst nu och jaktsäsongen hade börjat. En annan tid. Minnet av sommaren och kvinnorna i huset på Första Udden; det bleknade.

Den tidiga lördagskväll som Bombnedslaget dök upp igen i huset i den dyigare delen av skogen låg Sandra mycket riktigt på bottnen av simbassängen utan vatten i. Men hon sov inte, fast det kanske såg så ut. Hon låg med ögonen slutna, på rygg, hon tänkte. Genom hennes huvud for en massa bilder, nya intryck. Det var en man vars huvud var en glasboll fylld med vatten i vilket det simmade en guldgul akvariefisk, med flikiga och långa fenor. Det var en slum i utkanterna av Rio de Janeiro, byggd i miniatyrmodell som en leksaksby i en grå bergssluttning. Små, små ruckel i rader, människor i armod, människor i riktig skit. Det var verkligare än verkligt.

Sedan sjömanskrogen. Där hon och Inget Herrman och Doris Flinkenberg hade tillbringat resten av dagen efter konstutställningen. "En mönstring av vad som är på gång inom konsten i hela världen precis just nu", som Inget Herrman hade stått och sagt till dem på konstmuseets trappor.

"Ganska trist egentligen", hade Inget Herrman sagt i snålblåsten. "Kom. Nu är jag både hungrig och törstig. Jag ska visa er en riktig sjömanskrog."

"Var det såhär det var i jetsetlivet?" hade Doris viskat till sin bästa väninna Sandra Wärn.

"Prinsessan Törnrosa, sover du?" fortsatte Pinky. "I så fall, så är det dags att vakna nu!"

Det var före de riktiga jaktfesterna. Men liksom en förberedelse för dem.

Kvinnorna i huset på Första Udden fanns nog kvar. En del av dem övervintrade i huset, men de var de mer sinistra och mindre iögonenfallande. De som odlade groddar som förstås vissnade bort redan i oktober månad bara några veckor efter att de hade blivit planterade, färgade papper och tyger med växtfärger som de hade kokat alldeles själva och

kallade sedan detta för "min konst" hit och "min konst" dit och talade
om den och analyserade den på olika sakkännande vis.

Talade också om att skaffa sig höns och getter men var i alla fall så
hopplöst opraktiska och långsamma med allt att man inte ens orkade
… redan snacket tröttade ut dem… Till och med Bencku låtsades ibland
att han inte var hemma när någon av dem kom ner från berget och
knackade på ladans dörr eller på den lilla smutsiga fönsterfyrkanten
som var hans.

"Bencku har kanske för mycket napp", konstaterade Doris lakoniskt
i kusinköket och kusinmamman skulle just förmana henne "nå, nå, nå"
då Doris redan självmant hade fått upp köksfönstret, stuckit ut sitt
huvud i öppningen och hjälpsamt ropat.

"Han är nog där. Knacka ordentligt bara. Ibland hör han lite dåligt."

Men de andra kvinnorna, de egentliga, de var någon annanstans. De
mera oförglömliga i alla fall. Till exempel Laura B-H som hade skrivit
färdigt sin stora kvinnoroman och farit ut på turné med den, Saskia
Stiernhielm som var tillbaka i "Det blå vaerelse", man skrev till henne
och fick breven returnerade (om man var Bengt, alltså; men det bara
råkade ju Doris också veta).

Och Inget Herrman då, som måste hålla sig inne i staden på grund
av det omfattande materialinsamlingsarbetet för sin avhandling pro
gradu. Det arbetet framskred verkligen i alla fall, det hade fått en ny
rubrik.

"Materialet lever än", sa Inget Herrman på sjömanskrogen. Och se-
dan började hon berätta närmare om den nya rubriken, som ju var en
arbetsrubrik, och det var ju intressant men… flickorna lyssnade inte på
det i alla fall.

"Var det såhär det var i jetsetlivet?" viskade Doris alltså till Sandra
Wärn så lågt att bara Sandra skulle höra, men Inget Herrman snappade
upp det och ville veta mera. Då hade Doris inte kunnat hålla tyst utan
börjat berätta för Inget Herrman om Ålänningen och Lorelei Lindberg

och Heintz-Gurt och hela den historien... Och hon skulle säkert ha berättat allt om inte Sandra hade börjat puffa på henne under bordet, knip nu käft.

Inget Herrman hade sett roat på Sandra, men inte sagt något mer om det.

"Men Ålänningen då", sa Inget Herrman. "Pappa. Hur mår pappa?"

Det var pinsamt tydligt det att Inget Herrman fortfarande på något sätt hade Ålänningen på hjärnan fast sommaren var över för länge sedan och hon var fördjupad i arbetet med materialinsamlingen för sin avhandling pro gradu. Också Doris var uppmärksam, och när Inget Herrman gick på toaletten viskade hon oroligt. "Inte har hon väl tänkt vampa honom? Igen?" Och när Sandra inte hade svarat någonting, för vad visste hon om det, hade Doris sagt. "Men Pinky... Bombnedslaget Pinky Pink?"

"Hur mår pappa?" frågade Inget Herrman alltså under flickornas studiebesök i staden vid havet ganska många gånger redan innan hon själv började dyka upp i huset i den dyigare delen av skogen igen.

Det var något senare på hösten och sena lördagsnätter och hon anlände i taxi ibland mitt i jaktfesten efter att hon hade suttit på sjömanskrogen och druckit lite vin för att ta mod till sig.

"Bra", hade Sandra svarat.

"Är han inte ganska ensam i huset?"

"Nåja, kanske", hade Sandra svarat sanningsenligt just då, för det var precis just den dag som Inget Herrman ställde frågan som Bombnedslaget Pinky Pink dök upp för första gången. På kvällen, efter Sandras och Doris besök i staden vid havet.

Sommaren, kvinnorna i huset på Första Udden. Den festen hade kulminerat.

Allt det där var så långt borta nu.

Anneka Munveg, den berömda nyhetsreportern. Henne kunde man se på teve i nyhetsutsändningar och olika aktualitetsprogram. En gång lite senare på hösten när Bombnedslaget redan var ganska hemmastadd i huset i den dyigare delen på veckosluten, både före, under och ibland också lite efter festen (fast under veckorna var det vardag och ingen Pinky någonstans) och de hade legat på bottnen av simbassängen och tittat på teve alla tre, Sandra och Doris och Bombnedslaget Pinky Pink – de hade släpat teveapparaten från gillestugan till bassängkanten och det var ganska roligt att ligga där och gona sig bland de mjuka soffkuddarna från sittgruppen i gillestugan och bland tygerna från Lilla Bombay, bland tidningar och musikkassetter – hade det plötsligt varit Anneka Munveg som läste nyheterna i nyhetsstudion och då hade Doris och Sandra med en mun ropat: "Henne känner vi!" och dessutom hade det osat av stolthet om dem.

"Jaha", hade Bombnedslaget sagt och försökt verka oberörd. "Är hon… trevlig då?" Det sista hade kommit nästan osäkert, i alla fall med en mycket spröd och pipig röst som var alldeles olik Bombnedslagets normala, hesa, raspiga och djupa.

"Hon är", Doris Flinkenberg hade dragit efter andan och sett sig omkring så att man skulle förstå att nu skulle hon säga någonting oerhört, "fantastisk. Obeskrivligt. Ljuvlig." Men i samma stund hade hon lagt märke till Pinkys alltmer osäkra och ledsna min, och det värsta hade nästan varit det, att det på något sätt hade verkat som om Pinky hade väntat sig att få höra just de där sakerna, och att också det gjorde henne ännu ledsnare; då hade Doris Flinkenberg hejdat sig, låtit axlarna falla slött neråt och lagt till ganska nonchalant: "Äsch. Hon är okej. Väl." Och sedan hade hon vänt sig till Pinky liksom på nytt och studerat henne med beundran. "Får jag känna på ditt hår, Pinky? Vilken sorts hårspray använder du? Kan du inte göra en likadan frisyr åt mig?"

Då hade Pinky både lyst upp och piggnat till igen.

"Nä. Det går inte. Det är en frisyr som är unik precis exakt bara för mig."

"En unik stripteasedansösfrisyr", hade Doris Flinkenberg förtydligat högt och tydligt på omisskännligt *doriskt* vis, varpå hon hade stigit upp och gått fram till teven på bassängkanten och ställt sig under rutan i vilken Anneka Munvegs uppförstorade seriösa ansikte pratade på. Sedan hade Doris tagit några danssteg av det slag som Bombnedslaget brukade ta vid de tillfällen då hon för flickorna seriöst hade demonstrerat det hon kallade för Stripteasedansösens yrkeshemligheter, *vad varje stripteasedansös bör veta,* och så vidare. Och flickorna, särskilt inte Doris Flinkenberg, hade ju aldrig i dessa situationer gjort något alls för att dölja sin stora vetgirighet i ämnet.

"Snälla snälla Pinky", tjatade Doris medan hon åmade sig som en stripteasedansös under tv-rutan. "Kan du inte snälla göra en i alla fall *nästan* likadan åt mig?"

Sagt och gjort. Inte hade ju Pinky kunnat motstå en sådan Doris-vädjan. Och kort därpå var televisionen avknäppt helt och hållet och flickorna, till vilka Pinky också räknades dessa långa lördagseftermiddagar, var fullt upptagna med att klä ut Doris Flinkenberg till den ultimata "ähum, glädjeflickan" och det var denna lekfulla verksamhet och dess synliga resultat i källarvåningen i huset i den dyigare delen som sedan renderade Doris Flinkenberg portförbud i huset alla lördagar med början från sen eftermiddag hela jaktsäsongen ut. För precis just när Doris, på *den stora glitterscenen,* som alltså för ändamålet var bassängkanten, utförde sin "ähum, glädjeflickas" stripteasedansshow med egen "speciellt vågad" koreografi råkade kusinmamman i splitterny "Fyra moppar och en sopskyffel"-städoverall komma in i huset via ytterdörren i källarvåningen som var i användning mest bara på höstarna i samband med jaktlagets sammankomster eftersom det var en bekväm in- och utgång för städpersonal och catering. "Men kusinmamman!!" ropade Doris utom sig. "Det var ju bara på lek." Men ingenting hjälpte. Doris Flinkenbergs öde var beseglat. "Nu lagar du dig hem härifrån jämänåböj!"

Det var så som det gick till att Doris och Sandra tog över städningen i huset efter jaktfesterna. Doris fick inte vara med själv, men hon var så nyfiken. Så varje söndagsmorgon när det hade varit jaktfest kom Doris till huset i den dyigare delen av skogen och Sandra och Doris klädde sig i "Fyra moppar och en sopskyffel"-overaller, såna där nya och special-designade för den nya firmans bruk

"Det luktar verkligen bordell i det här huset", viskade Doris Flinkenberg förtjust.

Köttet är svagt. Det var alltså nu som de beryktade jaktfesterna gick av stapeln i huset i den dyigare delen av skogen: lördagskvällar, lördags-nätter, ibland ända fram till tidig söndagsmorgon. Då invaderades hu-set i den dyigare delen av jägarna i jaktlaget. Inte av alla förstås, men av ganska många, framför allt av dem som efter en lång och vild dag ute i skog och mark var på humör för en lång natt med lika vilda nöjen.

Med stripteasedansöserna, eller "ähum, glädjeflickorna" eller hur det skulle kallas. "Cateringen", sa Ålänningen själv, men mångbottnat.

"Ähum, glädjeflicka." Detta ähum härstammade förresten från Tobias Forsström, en av lärarna i skolan uppe i kommuncentrum. Det var han som i samband med en viss uppsats som Doris Flinkenberg hade skrivit redan för hundra år sedan, den som hette "Yrke – stripteasedansös" och hade väckt rabalder och omöjliggjort all framtida klasskamratskap mel-lan Doris Flinkenberg och Sandra Wärn, hade tagit Doris Flinkenberg åt sidan och vänligt förklarat för Doris att man inte skulle säga strip-teasedansös *utan benämna fenomenet vid dess rätta namn.*

"Jag borde nu inte kanske säga det här men det heter ähum – glädje-flicka." Och en stunds tystnad hade följt under vilken Tobias Fors-ström hade tagit in vad som blivit sagt, vad som av misstag runnit ur hans egen mun. "Ähum, prostituerad menar jag..."

Från en träskmänniska till en annan. Tobias Forsström hade tagit som sin speciella uppgift i skolan att undervisa Doris Flinkenberg lite speciellt. Han härstammade nämligen också från träsken, ursprungligen. Vi träskmänniskor, vi måste hålla ihop. Det var så han sa.

Doris hade ju inte lyssnat så mycket på Tobias Forsströms förklaringar. Hon var mest glad över en annan sak: att nu hade hon TVÅ ord för samma fenomen, om inte tre. Prostituerad. Glädjeflicka ... tihi tihi... hon hade knappt kunnat vänta på att få springa till Sandra och berätta det.

Men hororna, när de var i huset i den dyigare delen av skogen: i allmänhet var de alla lättigenkännliga men samtidigt svåra att hålla isär från varandra. I högklackade skor och korta kjolar, så att man liksom inte fäste sig vid särdragen eller deras olika personligheter. En var svarthårig, en annan rödhårig, en tredje var blond och så vidare, och det var inga mellanting i nyanserna, utan klara, starka färger som gällde.

En fjärde såg inte ut som någon "ähum..." alls utan som en sipp variant av skolans sippaste flicka som hette Birgitta Blumenthal och gick i veckad kjol och spetsblusar. Men skillnaden mellan den senare och den föregående var att den föregående hade på sig ganska vidlyftiga underkläder under blusen och kjolen. Underkläder i rött och svart –

Och så överhuvudtaget, på dem alla, toppar över brösten. Toppar i paljettlamé och guldlamé och silverlamé. Och strumporna och strumpbyxorna med hål på besynnerliga ställen eller nät, strumpor som var som nät. Ställvis inga strumpor alls. Inga trosor. Inga *undersbyxor*, som man sa i Trakten.

De flöt ihop. Alla utom Pinky. För Pinky, hon var enskild, specifik. Pinky i ljusrött från topp till tå: Pinky i polyestersatinjackan med den vita bården, den som var å-t-s-m-i-t-a-n-d-e.

Doris och Sandra och Bombnedslaget Pinky Pink. På dagarna, de gånger flickorna inte var inne i staden vid havet och besökte biografer, konstutställningar eller sjömanskrogen med Inget Herrman, låg de ofta på bassängbottnen och gjorde ingenting särskilt. Pratade, såg på teve, bläddrade i tidningar. Modetidningar; gamla nummer av Elle och Vogue, *franska* Elle och *italienska* Vogue. De hade tagit dem från Garderoben.

Det var Pinky som hade hittat dem en gång då Sandra hade tagit henne dit.

Tidningarna hade hela tiden funnits där, men på en hylla högre upp ovanför tygerna och allt det andra, och Sandra som var ganska kort till växten hade aldrig nått så högt upp. Men Pinky, i sina halvmeterhöga silverglitterklackskor, var begeistrad. "Det är precis såsom det ska vara", ropade hon förtjust. *"Franska Elle* och *italienska Vogue."*

Inte, alltså, amerikanska eller engelska eller något sådant.

"Det är inte många som känner till den saken", sa Pinky viktigt. "Men den här människan, hon... var det din mamma alltså?" hade Pinky frågat Sandra.

"Är", hade Doris fyllt i, tvärsäkert. "Det ÄR hennes mamma."

"Jag menar", hade Pinky sagt, för en gångs skull lite otålig med Doris Flinkenberg, *"var* på det sättet att hon inte är här nu."

Det var på grund av att Pinky var sådan ibland, att hon sa sådana saker och liknande, som de om tidningarna och en del andra, som det ibland hände att Sandra i tankarna liksom misstog sig en smula på person och började tala till Pinky lite på det sätt som hon någon gång för länge sedan hade talat med Lorelei Lindberg i Lilla Bombay. Det var förstås, när Doris Flinkenberg inte var med; Lorelei Lindberg i Lilla Bombay hade aldrig hört till deras lekar.

Dessutom passade det inte in. Den Lorelei Lindberg som fanns i de lekar de redan lekte var annorlunda, och det var inte dumt det heller, inte alls, men som en lek. Och namnet, Lorelei Lindberg, som ju hade uppstått i Doris mun för länge sedan, det passade där. Och kanske nog också här, när det gällde Lilla Bombay, men på ett annat sätt. Det där namnet, det var som tydligast då, behövdes som ett skydd. För Sandra själv; ett skydd mot sådant som ännu skulle skyddas, för det fanns ju kvar än, i henne, någonstans. Det sköra och det svåra, allt det där. Namnet Lorelei Lindberg, som en besvärjelse, en formel för allt det där *som tillhörde sådant hårt i själen som inte kunde vävas historier av.*

Och en gång bland tygerna i Garderoben där Sandra hade varit på tumanhand med Bombnedslaget, hade det hänt att Sandra hade börjat fråga Pinky en massa saker som Pinky inte hade kunnat svara på, överhuvudtaget pratat på ett sätt hon inte hade pratat med Pinky eller ens med Doris Flinkenberg på allvar tidigare.

"Vilket slags duppioni föredrar du? Med vilken väv? Tycker du bättre om taft eller aderton millimeters habotai? Jag måste säga att min stora svaghet är riktigt tunt sidenhabotai."

Sandra hade förstås genast insett sitt misstag, men det hade ändå varit för sent. Man riktigt såg hur Bombnedslaget hade blivit obekväm där hon stod slött lutad mot en hylla medan Sandra bökade i tyghögarna; Pinky i silverglitterskor med kilometerhöga klackar, i polyesterjackan och i minikjolen av galon plötsligt demonstrativt tuggande på det där tuggummit som liksom alltid fanns i hennes mun, faktiskt eller inte.

Och det där som plötsligt hade kommit ur Sandras mun, det var ett språk hon inte förstod, det lät bara löjligt och tillgjort... habotaiduppioni vad var nu det för trams? Och när Pinky inte förstod blev hon irriterad och missnöjd i största allmänhet, började rulla med ögonen på det viset som en stripteasedansös inte fick rulla med ögonen annat än på fritiden och helst inte ens då eftersom dåliga vanor omärkligt kan fästa sig i en så att de kommer fram i andra situationer också.

"Vill nu en karl se på en som vindar med ögonen? Det är ju inget *tis* med det", hade Pinky själv en gång påpekat för de båda flickorna. "Tiis. Det betyder alltså att retas på engelska. Och det är vad en stripteasedansös ska göra. Retas."

"Retas med vaddå?" hade förstås frågvisa Doris Flinkenberg frågat den gången fast hon säkert visste. Men Doris hade ju inte varit ute efter en upplysning utan efter att få se och höra när Bombnedslaget Pinky Pink förklarade.

"Nå, om ni inte förstår annars så –" Pinky hade ställt sig upp på bassängkanten och vickat på sin stjärt i den lilla ljusröda kjolen och putat med den ena och den andra kroppsdelen såsom hörde hennes yrke till. "Sinnen. Vissa bestämda. Förstår du nu?" Pinky sköt fram bröstkorgen.

De hade skrattat alla tre. Det var ju så lustigt, men samtidigt just i sådana ögonblick slog det Sandra också hur konstigt, men på ett bra sätt, som en överraskning, det var med det samförstånd som plötsligt fanns så starkt mellan dem tre, Bombnedslaget, Doris, henne själv, dessa tidiga lördagseftermiddagar då jaktlaget ännu inte var tillbaka. Det var ibland som det inte var två flickor och en vuxen utan tre som var bästa vänner och nästan jämnåriga. Och faktiskt så var det ju inte så väldigt många år som skilde dem åt. Den gräns som fanns mellan dem, den uppstod senare, då det blev kväll, Doris portförbud trädde i kraft och det drog ihop sig till fest igen.

Och just då, i Garderoben, den gång Sandra och Pinky var där bara de två och Pinky började himla med ögonen åt något underligt som Sandra hade sagt och Sandra blev så ledsen, så väldigt outgrundligt ledsen så att hon inte kunde dölja det, hade det plötsligt hörts en massa ljud från gården. En titt ut genom Garderobsfönstret och där hade då jaktlaget varit samlat på trappan efter dagens övningar i skogen och en skjuten älg på marken (den väntade på att bli inlyft i Birger Lindströms paketbil).

Pinky, inne i Garderoben, hade kommit på andra tankar. Hon hade slutat himla sig över Sandra också för att hon nu såg hur ledsen det hade gjort Sandra. "Hej", hade hon sagt och strukit Sandra över kinden, "det var inte meningen, förlåt. Jag säger och gör så dumt ibland. Det är bara att jag inte just vet någonting om sånt. Och när jag inte vet så blir jag osäker och arg på mig själv men vill inte visa det." Och så, med en blick ut genom fönstret och tillbaka på Sandra, som om hon hade upptäckt Sandra för första gången i ny skepnad, utbrast hon:

"Och tänk vad du kan. Om alla de där tygerna, menar jag. Det håller nog på att bli en riktig Kvinna av dig."

Och Sandra, hon hade igen rodnat och blivit lite mållös, men på ett nytt sätt – mållös av förlägenhet men också av en bisarr stolthet som hon både önskade och inte önskade att Doris Flinkenberg hade varit där och bevittnat precis just då. Kvinna. Som en uppgift. Ett ögonblick hade Sandra känt sig som utkorad; lätt svävande på moln liksom inför den uppgift hon hade framför sig.

Å andra sidan, hon kunde lika väl föreställa sig vad Doris skulle säga då:

"Sandra. Kvinna. Hm. En intressant tanke… Men gud så underhållande." Och hur Doris sedan skulle börja skratta och hur hon också skulle börja skratta. För de ville ju egentligen inte bli till något, någondera; bara vara tillsammans, som de var.

"Men kom nu!" Pinky hade väckt Sandra mitt i hennes drömmar i Garderoben. "Vi hinner titta på *Lyckliga dagar* innan de är färdiga med älgstyckningen eller vad det nu är som de håller på med."

Och Pinky hade tagit av sig sina högklackade silverglitterskor och sedan hade de sprungit ner till bassängen igen och knäppt på teven och de hade just och jämnt hunnit se den lördagens avsnitt av *Lyckliga dagar* till slut innan jaktlaget skulle bada bastu och "cateringflickorna" började droppa in. Det ställdes i ordning för middag i salongen i övre våningen och småningom samlades alla vid det dukade långbordet på vilket det stod levande ljus i silverkandelabrar. Ålänningen tog sin plats i ena ändan, och Sandra, som ju var dotter i huset, i den andra.

Men ännu en detalj, därinne i Garderoben. Det var något som Pinky hade sagt strax innan hon tog av sig skorna och Sandra tog av sig skorna och de sprang barfota i kapp ner till källarvåningen. "Jag skulle då aldrig ha lämnat det här", sa hon plötsligt.

Och hon hade talat om Lorelei Lindberg förstås, Pinky, hennes röst var låg och allvarlig. En hastig blick ut genom fönstret mot gården där Ålänningen i röd toppluva var som det heter "i glatt samspråk" med de övriga medlemmarna i jaktlaget mitt i den höga, långa trappan nedanför vilken den skjutna älgen låg, klar för vidaretransport i Birger Lindströms paketbil, men ännu osande av allt liv som så alldeles nyss hade gått ur den.

"Somliga människor får aldrig nog", sa Bombnedslaget Pinky Pink. "Somliga människor ska bara ha och ha. Mer och mer." Och Pinky hade än en gång sett sig omkring bland tygerna och de andra sakerna i Garderoben, resterna från det som en gång hade varit Lilla Bombay. "Som om det här inte var fint och vackert nog för henne. Som om det här bara inte dög."

Kvällen hade förvandlats till natt, och ännu mera natt. Middagen var äten, festen kom igång ordentligt. Det var förstås en alldeles annan sorts fest än till exempel Kvinnornas fester i huset på Första Udden, men fest likafullt och som sådan fascinerande i sig. Sandra tyckte om fester, som sagt, framför allt det att vara en aning på sidan om och studera festen med stor uppmärksamhet. Och nu gällde det dessutom alltså att vara alldeles särskilt noggrann eftersom Sandra hade i specialuppdrag att rapportera för Doris Flinkenberg; denna rapport skulle avläggas följande morgon under städningen, då hon och Doris Flinkenberg iklädde sig sina splitternya "Fyra moppar och en sopskyffel"-städoveraller och for som torpeder genom huset med dammsugare, trasor och trassel och olika slags fräschdoftande desinficeringsmedel. Doris brukade ha tusen frågor och hon väntade sig ett svar på dem. Doris var ytterst mån om att kunna göra sig en utförlig och detaljerad bild av allt som hade försiggått.

I jämförelse med festerna på Första Udden var jaktfesterna egentligen ännu mera fascinerande. Det var till exempel det att allt förändrades och blev någonting annat för en stund. Till exempel den närhet man hade känt med Bombnedslaget Pinky Pink tidigare på dagen var borta som genom ett trollslag. Pinky växte ifrån en och blev en annan och var det någon som Sandra var lite generad över att se på under festens vidare förvecklingar så var det just på henne, Bombnedslaget

194

Pinky Pink. Men också Pinky undvek att se på Sandra; hon låtsades nästan som om hon inte kände Sandra. Och det var en lättnad på något sätt, det var det faktiskt.

Men under festen, det som hände: förstås det som man ju visste att skulle hända. Det att jaktkarlarnas skämt blev grövre och råare och allt det där och att spriten flödade; och det var riktig sprit, klart brännvin och whiskygroggar alltså, inget hemgjort kanistervin här inte, minsann. Och ähum... äsch, nu säger vi hororna rätt och slätt, för det var ju för att hora som de var där, rätt och slätt, inte för att höja på glädjefaktorn eller något motsvarande... och hororna alltså, de gjorde vad de var där för att göra allt vad de hann, mer och mer, ju senare det blev, så att alla såg. Klockan tickade alltså, det blev senare och senare, men Sandra lyckades ibland finnas kvar som en småningom så osynlig närvaro hon bara kunde göra sig till, en ganska lång tid... småningom var allt ett enda uppvarvat kaos och festen kulminerade.

Skränande karlar – också i det avseendet hade Ålänningen en förmåga att vara värst – och prostituerade som dansade på borden ibland helt utan kläder på sig men i sina glittrande skor med höga silverklackar... och sedan fortsatte allt just i den stilen mot själva kulminationspunkten varefter det alltid hastigt desintegrerade. Och därefter kunde man på olika håll i huset bli vittne till de mest bisarra scener. Vuxna män som plötsligt grät som barn, tjöt och bölade över alla sina tillkortakommanden i livet. Aldrig, på ett sådant ställe, mer än en man, men oftast flera än en hora. Och kvinnor som grät över sina tillkortakommanden, fast på andra ställen, ensamma eller i grupp. Horor som talade om sina drömmar, talade och talade och talade, men liksom ut i tomma luften, för ingen, framför allt inte karlarna, hörde ju på dem. De var ju horor bara och att de skulle vara det, det och inget annat, var på något sätt plötsligt viktigt det också, för karlarna – som ett sista försvar mot ett hot, något något, som man inte visste vad det var.

Men samtidigt, för hororna, fick det där att hora och ha just den funktionen och ingen annan sådan i det sammanhanget, en alldeles annan innebörd. Det blev ett sätt att dölja och skydda allt det där andra som också fanns inom en… inom själva horan alltså. Ett sätt att skydda det sköra och såriga; de där ställena i en som var mjukhårda och genomskinliga. De som finns i varje människa, och som, enligt en av Doris hemska schlagersånger, är, citat, "det finaste hon har". Plötsligt horandet som skydd alltså. Men noll kommunikation med andra, vare sig männen eller de andra kvinnorna, därpå.

Den verkligt stora ensamheten, alltså, och den var hemsk att se men också intressant.

Att ingen lyssnade på den andra alltså, att ingen lyssnade på någon, men plötsligt var alla i alla fall i ett sådant behov av att ge utlopp för sina egna personliga olyckor. Det resulterade förstås i en ganska intensiv och het stämning överallt i huset (utom i Sandras rum förstås; dit in var det strängt förbjudet att gå, på den punkten var Ålänningen benhård; och Sandra hade också blivit uppmanad att låsa dörren till rummet där hon slutligen, trots alla vidlyftigheter som var på gång omkring henne, låg och sov ganska sött i den äktenskapliga sängen).

Naturligtvis skulle det ju ha funnits tusen kvinnor från till exempel trädgården på Första Udden som om man berättat för dem om hur det gick till på jaktfesterna i huset i den dyigare delen av skogen skulle ha fått tillfälle att verkligen oja sig över de "stackars karlarna" som inte kunde ha roligt på riktigt. Men det fanns också andra. Till exempel Inget Herrman som under Sandras och Doris studiebesök inne i staden vid havet frågade ut Sandra om det ena och det andra på sjömanskrogen efter konstutställningen eller den fina filmen som de hade sett.

Inget Herrman lyssnade på festbeskrivningen och log igenkännande. Sedan sa hon både lärt och intresserat att detta egentligen var det slagets fester som närmare svarade emot den ursprungliga definitionen på fest, sådan den uppstod på de gamla grekernas tid. Där det inte hade varit så mycket frågan om att förlusta sig på småborgerligt vis, "att ha roligt" (vilket Inget Herrman uttalade med förakt samtidigt som hon tog en stor klunk ur ölglaset), utan om att gå ur hela sitt vardagsliv och allt rollspel där. Upplösa det för ett slag, som under en karneval.

"Det gör man inte som avkoppling och sådana saker" fortsatte Inget Herrman på sjömanskrogen där hon älskade att sitta och prata och dricka och prata och dricka; mer än, misstänkte man, att gå på en fin film eller på konstutställning, mer än allt. "Utan för att rena sig", sa Inget Herrman. "De där karlarna, de har förstått det. Detta är en av de ursprungliga innebörderna av de gamla grekernas *backanal.*"

"Det är inte roligheten som är huvudsaken, alltså", sa Inget Herrman. "Det är reningsbadet."

Och flickorna, Doris och Sandra, Sandra och Doris, de hade gjort stora ögon, men de hade förstått. De hade verkligen förstått.

Fast under själva jaktfesterna var det ju inte meningen att Sandra skulle vara med så länge.

"Ähum ähum", började någon säga för det mesta redan vid middagsbordet, "är det inte läggdags för den lilla flickan?" Det var till exempel någon av ähum, glädjeflickorna, eller till exempel Tobias Forsström de gånger han var med. Tobias Forsström var på något sätt synligt besvärad över att sitta vid samma jaktbord som en av eleverna i den skola där han själv arbetade, men ändå, han gick inte hem själv, det fick ingalunda honom att bryta upp, tacka för sig och gå sin väg.

Men däremot var han alltså mån om att få Sandra i säng, ibland redan före efterrätten till och med.

Då, när någon sa det, hände det att Ålänningen ryckte till och liksom upptäckte sin dotter över de levande ljusen på bordets andra sida och sa något i stil med:

"Men ska du inte gå i säng, min sköna?"

Intressant nog hade han inte när han sa det rösten full av ont samvete. Ändå hade han alltså något tidigare inte kunnat annat än hålla med kusinmamman när hon hade sagt till Ålänningen på tal om Doris Flinkenbergs portförbud och att det måste hållas, att jaktfesterna verkligen inte var en miljö där barn passade in. Han hade dessutom bedyrat att han verkligen skulle se till att Doris portförbud hölls.

Men när det gällde hans egen Sandra så kopplade han inte ihop det med henne. Ålänningen var den första att liksom glömma bort sin dotter vid jaktmiddagsbordet, och det berodde inte direkt på nonchalans eller på dåligt föräldraskap utan på något annat som Sandra hade en ryggmärgsförståelse för själv, fast hon inte tänkte på det längre. Bara hon och ingen annan. Det var nämligen en reminiscens från tiden i jetsetlivet, då det hade varit de tre, Lorelei Lindberg, Ålänningen och hon själv. I jetsetlivet, vad det nu sen hade inneburit (smekmånadsresor, nattklubbsliv, intressanta människor, berömda filmskådespelare, konstnärer och skönhetsdrottningar som i alla fall hade flutit ihop för en till en enda gröt i minnet) hade de delat på allt och varit tillsammans för det mesta. Det hade inte funnits så många gränser. Och den lilla flickan hade alltid varit *med* – och hon skulle alltid vara med (också enligt sin egen åsikt, som sagt, annars hade hon brustit ut i gråt).

Men allt det här var som sagt något i ryggmärgen. Och svårt, närmast omöjligt, att göra begripligt för någon annan, i ord.

"Visst, pappa." Sandra hade inte velat göra Ålänningen ledsen. Hon hade rest sig utan protest, sagt godnatt och lämnat festen åt sitt öde. Nästan åt sitt öde, vill säga, bara tittat fram då och då efteråt, på valda ställen, diskret, om det hade behövts.

Men Pinky, på natten, mot morgonen, att bli kvinna, var det det här? Hur de vita benen skulle lysa mot eldfärgad chiffong och chockrosa organza, Pinkys vita vita ben. Det var mot morgonnatten efter just en sådan fest då Sandra hade gått och lagt sig genast efter middagen. Hon hade vaknat tidigt, klockan var bara fyra eller fem, men plötsligt med en väldig närmast dorisk hunger i sin kropp. Hon hade helt enkelt bara varit tvungen att stiga upp och gå och förse sig med en nattsmörgås i köket.

Hon svepte in sig i sin morgonrock, stack fötterna i morgontofflorna och låste försiktigt upp dörren, öppnade den och smög ut i korridoren.

Det var alldeles tyst i huset, alla dörrarna i den trånga korridoren i övre våningen var stängda; den till Ålänningens sovrum, den till salongen, den till gästrummet och den till biblioteket. Vad som försiggick bakom dessa dörrar kunde man bara ana sig till. Men egentligen var det ju inte väldigt intressant, i sig – som Doris hade sagt en gång när Sandra hade rapporterat; "Har man sett ett sånt där samlag har man sett dem alla, kan du inte berätta något mera intressant?"

Och hon hade ju rätt, Doris – men nu, ändå, var det något som fick Sandra att se sig om och det var då hon upptäckte att dörren till Garderoben vid motsatta ändan av korridoren, bredvid ingången, stod på glänt. Och, hördes det inte ljud därifrån?

Dämpade halvkvävda rop och högre stånkanden. Små, små skrik. Och o ja, nog visste ju Sandra någonstans att hon inte borde ha varit så nyfiken, men hon hade ändå inte kunnat hålla sig. Hon bara måste vända om och gå tillbaka och kika in genom dörrspringan, försiktigt.

Och där, någonstans bland alla tyger, bland duppioni, habotai, crêpe de chine och sidengeorgette, bland satinbrokad och jacquard – där låg hon med huvudet före, huvudet liksom begravet i de vackra tygerna, det oförglömliga huvudet som tillhörde ingen annan än Pinky Pink, Bombnedslaget, det såg man inte men man behövde inte se, man visste. För det räckte så bra med följande: baken i vädret, den ljusröda korta kjolen upphasad kring magen, som ett korvskal på en grillad korv, de vita låren lysande – och han som höll på bakom henne, byxorna nerfällda, på knä men inte omkullvält på mage som hon, det var Tobias Forsström. Han höll hårt i Pinkys nacke, pressade ner hennes huvud i tyget som om han velat kväva henne och precis just när det såg ut som om hon inte fick luft ryckte han upp hennes huvud igen genom att riva upp det i håret och sedan ner med det igen. Samtidigt som han knullade, knullade henne för brinnkära livet, för allt vad han var värd.

Så, plötsligt, som om han hade känt ögon i sin egen nacke, vände han sig om.

Och upptäckte Sandra i dörröppningen.

Det var några sekunder, men kunde ha varit en hel evighet.

Men Pinky, hennes vita lår. En silversko låg kvar i korridoren. Sandra tog den till sitt rum som en klenod.

Voj Pinky.

På morgonen var Pinky tydligt ur humör. Hon satt vid köksbordet fullt påklädd med också jackan på och drack svart kaffe ur en mugg när Sandra kom in i köket för sitt morgonmål.

"Herregud, hur misslyckat det var igår egentligen!" utbrast hon och skulle kanske säga något mer men det hann hon inte med för en bil tutade på gården och en röst ropade från någonstans:

"Pinky! Taxin är här!" Och Pinky reste sig utan vidare och skyndade iväg.

Det som Sandra såg i Garderoben berättade hon inte om för Doris Flinkenberg. Inte för att hon hade hemligheter för Doris, men för att det liksom inte passade. Och hon ville inte göra Pinky ledsen – mera ledsen än hon redan var. För Sandra visste, och kanske Pinky själv också hade förstått det, att allt detta här markerade början på slutet av Pinkys storhetstid i huset i den dyigare delen av skogen.

Hjärtat är en hjärtlös jägare. Som den amerikanska flickan hade brukat säga, en av hennes meningar.

För var var Ålänningen vid den tidpunkt då Pinky låg med baken i vädret bland tygerna i Garderoben? Nog fanns han i huset förstås, men i sitt sovrum bakom en dörr som var låst från insidan. Med Inget Herrman, som hade dykt upp mitt i natten; plötsligt bara mitt i natten hade telefonen ringt och det hade varit Inget Herrman från en sjömanskrog inne i staden vid havet och hon hade bara sagt: "Nu tar jag en taxi och så kommer jag!"

Till Sandra hade Inget Herrman senare sagt att hon verkligen uppskattade Ålänningen.

"Han är så intressant att diskutera med. Har så många intressanta historier. Har varit med om så mycket. Intressant."

Hjärtat är en hjärtlös jägare, Pinky.

Det hade varit den första gången som Inget Herrman hade dykt upp i huset i den dyigare delen av skogen när det var jaktfest, men inte den sista. Hon skulle också fortsätta komma till huset, komma i taxi vid udda tidpunkter på dygnet, ofta ganska sent på nätterna.

Men ännu, på morgonen efter den natten som Sandra hade överraskat Pinky och Tobias Forsström gick Sandra till Garderoben för att reda upp där innan Doris kom. Hon upptäckte då att det nog var någon som hade varit därinne och försökt ställa i ordning igen. En del av tygerna var behjälpligt vikta och ordnade på hyllorna.

Men där låg också en sko. Pinkys andra sko. Den silverglittrande med den tusen meter höga klacken och platå. Sandra tog också den till sitt rum och gömde den – för alla, så att inte ens Doris Flinkenberg fick se.

Och så Doris, där hade hon kommit sedan, gående uppför trappan upp i huset där de bytte om till sina "Fyra moppar och en sopskyffel"-städoveraller och Doris sniffade i luften, "hmmmm, det luktar bordell i det här huset", och sedan tog de sina ämbar och trasor och stålullsborstar och högg in – och allt, allt, var faktiskt ganska bra igen.

Och då hösten blev till vinter avpolletterades Bombnedslaget Pinky Pink.

"Hur mår pappa?" frågade Inget Herrman på sjömanskrogen.

"Bra."

"Men nu till konstutställningen", sa Inget Herrman på sjömanskrogen. "Ni har säkert många frågor."

"Nä", sa Doris och Sandra med en mun men försökte ändå anstränga sig att låta engagerade.

"Han har ju nog, din pappa, ett melankoliskt stråk", sa Inget Herrman på sjömanskrogen. "Det blir säkert ensamt i huset ibland. Eller hur?"

"Kanske."

"Starka saker", sa Inget Herrman om filmen eller konsten som de nyss hade sett. "Är det fest varje lördag? Också i kväll?"

Det var senare, natten den lördagen eller följande. Sandra hade lämnat middagsbordet och gått och lagt sig och festen hade sin vana trogen fortsatt utan hennes medverkan. Några timmar senare hade hon vaknat av oväsen i korridoren utanför. Det var upprörda röster och samtidigt, bakom allt, ringklockan på ytterdörren som spelade.

Nach Erwald und die Sonne. Die Sonne. Die Sonne.

"Över min döda kropp alltså kommer hon in i det här huset!" Det var Pinky, hörde Sandra, som stod i korridoren och gastade. Och så var det den andra rösten, som man genast begrep att var Ålänningens, blidkande och lugnande.

"Men Pinky. Varva ner nu."

"Men Pinky. Det är klart att jag inte skulle göra något som gör dig ledsen."

Allt medan, i bakgrunden och ganska högljutt också, den där outhärdliga ramsan spelade, om och om igen.

Nach Erwald und die Sonne. Die Sonne. Schnapps…

Och man förstod ju att det var någon därutanför på trappan som Pinky inte ville släppa in.

Sedan hade det varit tystare en liten stund igen, någonting på gång vid ytterdörren, och så, plötsligt, hade det knackat på Sandras dörr.

"Sandra. Är du vaken? Hon vill tala med dig."

Sandra hade stigit upp och öppnat dörren och utanför, i korridoren, hade Bombnedslaget Pinky Pink stått och varit så upprörd som Sandra aldrig hade sett henne förut, och med Sandras ytterjacka i sin hand.

"Här", hade Pinky sagt och räckt Sandra hennes ytterjacka. Förlåt att jag väckte dig. Men det här är nödvärn. Hon är därute. På trappan. Hon vill…", och Pinkys röst brast. "Hon sätter inte sin fot i det här huset har jag sagt!"

Sandra hade tagit på sig ytterjackan och gått ut och det var givetvis Inget Herrman som hade stått där utanför dörren och inte blivit insläppt. Inget Herrman som igen hade tagit en taxi till huset i den dyigare delen av skogen men nu hade taxin farit sin väg, Pinky släppte inte in henne, vad skulle hon ta sig till? Detta allt låg i luften när Sandra kom ut till henne, men det var inte något som hon sa, i stället sken hon upp, Inget – för hon var, trots alla oväntade förhinder, på strålande humör – och sa att det egentligen var för hennes, Sandras, skull som hon hade tagit sig hela vägen i taxi från staden vid havet ut hit.

För att hon hade kommit på en sak hon ville säga Sandra, en viktig sak.

"Vi slår oss ner här." Och de hade slagit sig ner på trappan, Inget Herrman och Sandra, och där hade de suttit i mörkret och kylan men det hade varit så vackert i alla fall, för det var stjärnklart och tusen stjärnor på himlen glittrade över deras huvuden. Och Sandra hade plötsligt inte alls ångrat att hon hade gått ut till Inget, hon hade plötsligt inte alls tyckt att det var dumt av de vuxna att väcka henne och mer eller mindre släpa henne ur sängen mitt i natten.

Tvärtom. Det här var plötsligt ett ögonblick hon inte hade velat missa. Inte för sitt liv.

Inget Herrman där bredvid sig, Inget den råddiga och berusade, som man ändå inte heller kunde låta bli att tycka om – som man tyckte om, Pinky med, och det var ju det som också gjorde allt så svårt.

Inget Herrman som hade lagt armen om henne och börjat säga det hon hade kommit hela vägen från staden vid havet för att säga Sandra, men hon hade ju varit något för omtöcknad för att riktigt komma ihåg vad det var, orden i detalj… men hon fick ur sig så pass mycket, på tal om stjärnorna:

"Man måste se på stjärnorna, Sandra."

"Noggrant, Sandra."

"Och sedan, sedan, så måste man bara… följa dem…"

Och det spelade ju inte någon roll om det nu inte heller var den allra mest överraskande sanning som Inget Herrman kom med, det var fint i alla fall. Och plötsligt, det var nästan sagolikt, hade de blivit avbrutna av rörelse nedanför vid husknuten, och där hade plötsligt Ålänningen stått, livslevande, med en bricka med drinkar i sin hand.

Och i drinkarna instuckna brinnande sprakstickor, eller som det också heter, stjärnbloss.

Så brinnande, så fantastiskt glittrande –

Och med ett stort, brett leende hade Ålänningen kommit gående, balanserande brickan med sprakande drycker i sina händer, uppför trappan-upp-till-himlen, där de satt i mitten, upp till dem.

Hjärtat är en hjärtlös jägare, Pinky.
Kärleken sparar inte på förödmjukelser, Pinky.
Så är det med den.

Och Pinky alltså kvar inne i huset därifrån Ålänningen hade smugit sig ut källarvägen via "cateringingången" som den också hette.
Voj Pinky, Pinky.

Och senare, ännu senare samma natt, Pinky i korridoren på golvet utanför Ålänningens sovrum, bakom den stängda låsta dörren. Pinky, hulkande i sin korta upphasade kjol, de rosa underbyxorna i vädret. Som en hund. Pinky, småningom sovande i en lätt och olycklig sömn, i den trånga korridoren i huset i den dyigare delen av skogen, på en heltäckningsmatta som var så ful så ful, så beige.

Hjärtat är en hjärtlös jägare.
Kärleken sparar inte på förödmjukelser.
Det är vad man kan säga om den.

Och så, alltså, avpolletterades slutgiltigt Bombnedslaget Pinky Pink.

"Jag är inte mera en fri man", skulle Ålänningen yra följande dag då han skulle förklara för sin dotter att Inget Herrman framöver skulle förekomma i huset i den dyigare delen mera än förut. "Åtminstone inte till hundra procent", skulle han lägga till, vilket i alla fall skulle vara intressant såtillvida att det nämligen var något han aldrig skulle ha sagt ännu på Lorelei Lindbergs tid.

Utan att vi anar det förvandlas vi till gråa pantrar, Ålänningen. Var det så?

Eller något annat.

Någonting med Inget?

Det hade nämligen aldrig hört till Ålänningens stil att *inte* vara till hundra procent med någon.

När Doris kom till huset i den dyigare delen på morgonen så sa hon inte sitt sedvanliga "det luktar verkligen bordell i det här huset" på sitt specifika Doris-sätt som hon brukade. Hon förstod intuitivt, det var något med stämningen i huset, att något hade hänt. Något lyckligt, något sorgligt – eller hur det var.

Men något som gjorde att alla vanliga kommentarer var överflödiga.

Och när hon gick ut i köket fick hon se Bombnedslaget vid köksbordet framför en mugg kaffe som var kallt och kvar i muggen nästan allt.

"Bli aldrig en ho... stripteasedansös", sa Bombnedslaget till Doris Flinkenberg med darrande läppar och gjorde sitt allt för att se saklig ut, men hennes ansikte var rödgråtet och sminket låg i strimlor av mörkgrönt och mörkbrunt och svart överallt, och i följande sekund, när hon sagt det, skrynklades hennes ansikte till gråt igen.

"De bara föraktar dig... i längden."

"De säger allt möjligt, men de menar ingenting –"

Och ljudet av en bil som körde ner till huset utanför.

"Pinky, taxin är här", mumlade någon någonstans bakom.

Och där kom sedan Inget Herrman svassande så pigg och nyss kommen ur duschen, stack in sitt huvud i städskrubben där flickorna bytte om för dagens arbetspass.

"Sa jag inte att hon skulle vampa honom", viskade Doris Flinkenberg.

Sedan var jaktsäsongen slut.

Kort därpå reste också kvinnorna sin väg. Hyreskontraktet hade löpt ut, dags att lämna huset på Första Udden. Bussen "Eldrids sinnesresår" ville inte starta, så kvinnorna fick ta grupptaxi till busshållplatsen vid landsvägen i två omgångar.

Man hade ju kunnat fråga Bengt också, men den dagen kvinnorna for var han inne i sin lada och full och vägrade att komma ut.

Också Sandra började fara sin väg. Till Åland, för att hälsa på släkten då och då.

Det var på något sätt uppbrottens tid. "Allt som var så öppet blir en sluten värld igen", vindade i Doris radiokassettbandspelare.

Och småningom i början av det nya året flyttade det in en familj i huset på Första Udden. En alldeles vanlig en, de hette Backmansson och var mamma, pappa, pojke, och, visade det sig, husets rättmätiga ägare, eller hur det nu var, i alla fall ättlingar till dem.

Och Sandra och Doris fortsatte vara tillsammans, fortsatte leka. Mysteriet med den amerikanska flickan, det, men också andra lekar. Sandra och Doris fortsatte fördjupa sig i detaljerna kring händelserna vid Bule träsket, Eddies död och allt det andra. Men det som de kom till var alltid det samma gamla vanliga. Dessutom, det började bli lite tjatigt. De kom ju ingenstans.

Den amerikanska flickan, som en underström.

Men den lilla flickan, Sandra, hon satt på fönsterbrädet i sitt rum och nynnade. Hon nynnade på Eddie-sången, som hon kunde ganska bra nu redan.

I Eddie-kläder, det var en hemlighet. Hur hon ibland, i hemlighet för alla, för Doris Flinkenberg i synnerhet, tog på sig de där kläderna, den amerikanska flickans kläder och gick omkring med dem i huset i den dyigare delen när hon var ensam där.

Pojken. Bengt. Var han där? Var han?

Stod och tittade på honom genom det stora panoramafönstret i husets källarvåning.

Ibland var han säkert där. Ibland mindre säkert. Ibland – visste man inte alls.

Men också, ibland räckte det också bara med att föreställa sig hans närvaro.

Och hon växte, inte upp, men hon blev äldre, och gnolade sin sång, mamma, mamma, min sång!

Och såg ut på pojken, den eviga, i skogens början.

Eddie i mörkret: det var de där kvällarna hon var ensam i huset i den dyigare delen och hon inte visste vad hon lekte.

"Jag är en främmande fågel", viskade hon ut i mörkret. "Är du det med?"

Andades på rutan, ritade figurer i imman som uppstod efter andningen.

Det var i slutet av sommaren nästan ett halvt år senare.
"Doris! Vart går du?"
"Ut."
Denna rastlöshet när Sandra Wärn var borta.
Doris Flinkenberg drev genom skogen i riktning bort mot Bule träsket.

Barndomens död/Vad Doris såg i skogen. Doris stod på Loreklippan, ytterst på klippans brant, som så många gånger tidigare. Hon såg ner på den blanka vattenytan cirka tre meter nedanför. Hon försökte se bottnen. Det gick inte. Man såg ingenting. Och det var inte heller första gången. Hon och Sandra hade stått på samma ställe flera hundra gånger tidigare och alla gånger kommit underfund med samma sak. *Det var en omöjlighet.* Bencku hade aldrig sett något, på riktigt.

Det som fanns på kartan, det var bara en föreställning. En bild.
Inte lögn rakt av, men just vad det var, en bild. Ett uttryck för.

"Ett uttryck för en känsla och som sådant alldeles sant." Det hade Inget Herrman sagt till Doris Flinkenberg när Doris på eget bevåg – utan Sandra – hade gått till Glashuset och pratat med Inget och med Kenny, Ingets syster, om en sak i anslutning till mysteriet med den amerikanska flickan. Alldeles privat. Det var inte det att det skulle ha varit en hemlighet, men en tanke som hade kommit och gått, och när hon och Sandra hade hållit på med mysteriet en tid hade Doris blivit stärkt i sin övertygelse om att det som blivit sagt en gång, att det var sant. En glad nyhet. Och hon ville, alldeles privat, glädja Inget Herrman som hon tyckte om så mycket – och Kenny, som ju var Eddies syster också hon –

med den. Och det var ju inte mer än rimligt att man först berättade vad man nästan visste att var sant för dem som direkt berördes av det. De som var släktingar alltså. De närmaste.

Sandra hade inte varit med, hon var ju borta dessutom, på Åland. Hos sina släktingar. Och dessutom, det hade börjat vara något underligt i Eddie-leken också, något främmande, något som på något sätt fick Sandra att en aning driva bort från henne, Doris. Fast det kunde Doris Flinkenberg inte exakt ange precis vad det var, men något med de där kläderna, och gesterna. Ibland klädde Sandra ut sig för sig själv också, när Doris inte var där, när de inte lekte. Gick och nynnade den där sången för sig själv på ett eget sätt, den amerikanska flickans sång. Eddie-sången. *Titta mamma, vad de har gjort åt min sång. Det ser ut som om de skulle ha förstört den.*

I alla fall, hon hade gått till Glashuset en gång när Inget Herrman var där – det var efter att kvinnorna hade lämnat huset på Första Udden, men hon höll ju till ganska mycket i Trakten i alla fall, Inget, hos Ålänningen i huset i den dyigare delen av skogen, och ibland hälsade hon på Kenny i Glashuset – bara ibland. De verkade inte annars ha så mycket gemensamt, Kenny och Inget Herrman.

"Jag misstänker att hon inte dog. Den amerikanska flickan, alltså. Eddie."

Det var det hon hade sagt till Inget Herrman och Kenny de Wire, alltså, gått till Glashuset enkom för att säga det.

Men det hade inte alls utfallit som hon hade tänkt sig det.

"Va?" hade Kenny sagt, som om hon till en början inte hade förstått ett dyft av vad det var som Doris pratade om.

Inget Herrman däremot, hade sett fundersamt på henne, verkligen sett. Och sedan hade hon nästan brustit i skratt, eller inte direkt, men varit på något sätt, ja lätt road. Men när hon hade sett att Doris hade varit så glad och velat överraska dem, så hade hon blivit allvarlig igen, liksom sådär moderlig, som när man talar till en tvååring.

"Men snälla flicka", hade Inget Herrman alltså sagt, "vem är det som har matat i dig sådana griller?"

"Ingen speciell", hade Doris mumlat och modet sjönk i henne.

Hon hade ju kommit för att göra dem glada. Kenny och Inget. Hon tyckte ju så mycket om Inget Herrman. Tefatsögonen. Den läckraste av läckra.

Men: "matat i dig griller?" Vad skulle man svara på det då? Och sårad hade Doris dragit sig tillbaka.

Inte svarat på frågan alls.

"Äsch. Det var bara en tanke. På lek."

Hade hon sagt och sedan fort bytt samtalsämne. Och inget mer med det. Men hon hade nog haft svårt att svälja Kennys och Ingets, ja vad skulle man kalla det, nästan ointresse. Brist på entusiasm.

"Vem?" hade Inget alltså frågat. Och hon hade kunnat svara, nog.

Rita. Rita Råtta, en gång för evigheter sedan. När de var mindre.

Det var på grund av att hon, Doris, hade trott att hon hade sett något underligt vid Bule träsket en gång, något som hon egentligen inte riktigt visste vad det hade varit. Men det hade kunnat vara –

Och eftersom Rita och Solveig också hade varit där vid träsket då, så hade hon liksom försökt närma sig dem, allra först. På sitt eget sätt. Hon hade retat dem lite först, Solveig och Rita och Bengt, men på lek alltså. Låtsats skjuta dem i ryggen när de satt för sig själva på en brygga på Andra Udden, för sig själva, så hemlighetsfulla, och inte velat ha henne med.

De hade blivit så väldigt skrämda av det. På ett, ja, intressant sätt. Rita hade blivit mycket arg också och hotat att dränka hennes käraste ägodel, bröllopsgåvan som hon hade fått av kusinmamman då hon för första gången kom till kusinhuset, radiokassettbandspelaren av märket Poppy, om hon inte försvann omedelbart.

Hon hade varit så arg, Rita, och det var något intressant med Rita överhuvudtaget. Hon var, också när hon var arg, så uppenbar. Man såg liksom genast att det var något annat också som det var frågan om.

Men senare, en gång i skogen, hade Rita själv kommit till henne. Inte så långt efter. Hon hade varit annorlunda då. Vanlig. Lättare att ha att göra med. Så som hon egentligen alltid var, Rita, när Solveig inte var med. När de inte var, som Solveig alltid tjatade, "de två".

Och då hade Rita självmant tagit händelserna vid Bule träsket på tal. Hon hade berättat hur hon trodde, eller faktiskt visste, det sa hon, att det var. Hon hade sagt att hon skulle berätta det för Doris fast hon egentligen inte borde berätta något, det var en så stor hemlighet. Den bara inte fick berättas för någon.

De hade lovat henne det. Henne, den amerikanska flickan.

Eddie de Wire. De hade ju inte känt henne, men de hade bara råkat befinna sig på rätt plats vid rätt tidpunkt, "eller på fel plats vid fel tidpunkt, beroende på hur man ser det", hade Rita sagt, och de hade mot sin vilja blivit indragna i något annat, något stort. Som kunde vara farligt.

"Vi hjälpte henne", hade Rita sagt till Doris. "Det är vår hemlighet. Kan du lova nu när du vet det att hålla det för dig själv?"

Doris hade givetvis inte genast lovat någonting, sådär direkt. Hon var visserligen liten då, men mycket van vid att bli dragen vid näsan. Så innan hon lovade något, hade hon velat vara säker på vad hon lovade och varför. Hon hade alltså bett om att vänligen få veta mera.

Rita hade tvekat, men sedan hade hon i alla fall gått Doris Flinkenberg till mötes. Hon och Solveig hade råkat vara vid stranden den där morgonen. Flickan hade kommit dit, hon den amerikanska flickan, det hade hänt något, berättade hon. Det hade varit ett stort gräl, inte mellan den amerikanska flickan och Solveig och Rita men något som den amerikanska flickan hade varit med om strax innan... hon kunde i alla fall inte säga mer om det – och jo, visserligen, den amerikanska flickan föll i sjön, men hon kom nog upp igen.

"Som tur var", sa Rita lättat. "Och gissa vem som räddade henne? Det var Solveig." Solveig som ju kunde simma så bra och verkligen var förmögen att rädda liv i vattnet.

Den amerikanska flickan hade varit så rörd och tacksam. Hon hade i själva verket inte vetat riktigt hur hon skulle vara i sin stora tacksamhet.

Till sist, som tack, hade den amerikanska flickan berättat allt för dem om en ganska hemsk historia som hon var indragen i med några människor, inte Bengt och Björn och dem, men med några andra. Och att hon därför måste bort. Hon måste försvinna. Helt och hållet.

Och hon hade alltså bett flickorna att hålla tyst om allt. Om att de sett henne den där morgonen. Hon måste försvinna, vara som försvunnen.

Kunde hon lita på dem? hade den amerikanska flickan undrat.

Och Rita och Solveig hade gett sina hedersord på det.

Och sedan, när Rita hade berättat det här för Doris Flinkenberg, hade hon frågat Doris samma sak.

Kunde hon lita på Doris nu? Att hon skulle hålla hemligheten nu när hon visste allt? När Doris fortfarande hade tvekat lite, fast mest för syns skull, hon hade nog redan börjat tycka att det var ganska fint bara det att få bli anförtrodd någonting så stort och viktigt och livsavgörande, att hon kunde ha tänkt sig att gå med på lite vad som helst, hade Rita sagt igen:

"Förstår du, Doris. Det här är en historia med så många inblandade att om den kommer fram är det möjligt att ingenting någonsin blir som det varit hittills igen. Inte heller i kusinhuset…"

Och det hade förstås tagit skruv på Doris Flinkenberg. Det hemskaste som Doris Flinkenberg kunde tänka sig var ju att något skulle ruckas på på något sätt oåterkalleligen i kusinhuset, något som kunde resultera i att hon skulle bli utan riktigt hem, och tvingas tillbaka till träsken och träskmamman igen –

Så Doris hade slutligen lovat, verkligen bedyrat, dessutom. Nej, hon skulle inte, aldrig någonsin, säga någonting.

"Inte ett ord till kusinmamman heller. Lova det."

Det hade ju varit det allra svåraste.

"Kom ihåg, Doris. Det blir väldigt invecklat om många vet. Och du vet ju hur hemskt det här redan har varit för henne. Med Björn…"

"För det värsta i den här historien", sa Rita till sist. "Är. Att det nog var så verkar det som, att Björn gick iväg och dödade sig för Eddies skull. Han var så kär i henne. Och – han kände henne inte. Han visste inte vem hon var. Det tog hårt på honom att upptäcka att hon kanske hela tiden hade varit en annan än den han hade tänkt sig att hon skulle vara. Men kom ihåg också en sak, Doris. Björn hade ett häftigt humör. Och han var inte den första som sköt sig i sin släkt. Där hade nästan alla knäppt sig. Av alla möjliga orsaker."

"Kusinmamman skulle få det så svårt att vara."

Och det hade ju Doris Flinkenberg kunnat förstå hur bra som helst. Så hon hade lovat. Och lovat, till sist. Och det var ett löfte som hon hade hållit.

Doris Flinkenberg var inte en som talade bredvid mun när hon väl hade gett sitt hedersord åt någon.

Svårast hade det ju varit med kusinmamman. Men å andra sidan, det var ju så mycket annat roligt som hände och skedde i livet då.

Och med Sandra. Det hade varit en annan sak. Hon hade tänkt, kanske på något sätt, att de skulle kunna leka sig fram till sanningen.

Och då hade man ju inte brutit något löfte om man liksom lekvägen hade kommit fram till någonting.

Samtidigt – nog såg hon ju det nu, om hon tänkte närmare på allt – hur mycket luckor det fanns i Ritas historia. Hur många frågor att ställa på relevanta punkter, hur många HÅL.

Så att vända sig till Inget och Kenny hade varit som ett test. Nå.

Det hade inte utfallit väl överhuvudtaget.

Så. Jaha. Om någon talade osanning, om berättelsen hade hål och man visste det, vad gjorde man med den vetskapen?

213

Om att berättelsen liksom hade hål.

När ingen av de berörda ens ville veta av dem.

Och Sandra sedan. För det första var hon borta. På Åland, jävla Åland. För det andra så skulle hon springa omkring och fjanta sig i Eddie-kläderna och nynna på sången och vara så förbannat löjligt ödesdiger hela tiden – just när man hade tänkt att man skulle börja framskrida metodiskt, samla fakta och verkligen lära känna den amerikanska flickan.

Gå i hennes mockasiner. Som indianerna säger. Om så bara för en dag.

Åma sig för dåren. Bengt. Ja ja. Doris hade nog sett det. Hon hade nog märkt det, jo. Sandra, Sandra, hon var så uppenbar.

Så, jaha. Vad gjorde man med dessa vetskaper då? Uppenbarligen inte så mycket.

Doris Flinkenberg stod och trampade på Loreklippan vid Bule träsket (för samtidigt, denna förbannade förbannade rastlöshet när Sandra Wärn var borta).

Mysteriet med den amerikanska flickan. Ha. Ha. Ha.

Men, en sådan tyst dag, förresten. Tyst inte bara där vid träsket, där det alltid var tyst, men i skogen också. Ingen vind. Inget regn. Inga vågor på vattnet. Ingenting.

Det var onormalt. En högst onormal tystnad i den onormala väder-leken.

Det senare, den onormala väderleken, var åtminstone ett objektivt faktum, som det hade talats om också i radion. I lokalradions morgon-special samma förmiddag, bara några timmar tidigare närmare bestämt, i kusinköket, när Doris sin vana trogen hade känt oron få ett tag om henne.

Syster Natt, Syster Dag. Denna underliga rastlöshet när Sandra Wärn var borta.

Fast föga hade Doris Flinkenberg anat vad dagen skulle föra med sig.

"Marken kokar", hade väderexperten i radion förklarat. "Ett högst lokalt fenomen. Men ytterst intressant. Det händer sällan på dessa breddgrader. En kombination av luftens höga fuktighet och..."

Doris hade ju inte lyssnat så noga på det, hon hade skruvat fram till en annan station där en av hennes älsklingssånger spelades.

Det som göms i snö, kommer upp i tö.

Vilken bra sång, alltså. Men inte hade hon då heller förstått att tolka den också som ett varsel om vad dagen skulle föra med sig.

Nä. I stället hade Doris Flinkenberg sin vana trogen kopplat orden i sången till sina egna personliga upplevelser, till sin egen rika känslo- och tankevärld.

Och ibland på ett rent ut sagt väldigt outhärdligt sentimentalt vis. Det fanns den här blödiga sidan i Doris Flinkenberg. Och den ackompanjerades i Doris Flinkenbergs huvud framför allt av olika melodier som hon snappade upp lite överallt.

"Allt som var så öppet, blir en sluten värld igen." Till exempel bara denna lilla snutt ur en sång som Lill Lindfors sjöng gömde oceaner av betydelser för Doris Flinkenberg.

En relik från kvinnornas tid. Hon hade fått skivan av Saskia Stjernhielm när kvinnorna lämnade huset på Första Udden och Saskia Stjernhielm reste hem till "Det blå Vaerelse" igen. Som ett minne.

Och Doris mindes. Varje gång Doris hörde på den skivan så mindes hon.

Och längtade tillbaka till kvinnorna, till när kvinnorna var där.

När kvinnorna var där. Inte någon evighet sedan. Några månader, kanske lite mer. Lite mer än ett halvt år. Förra sommaren. Som mest. Men ändå. Det var sånt man knappt mindes nu längre. Hur det egentligen hade varit. Också Doris själv, som verkligen ville minnas, hade redan glömt så mycket.

Vid sidan av slutet förstås. Det kom man nog ihåg. Just typiskt. Den där glåmiga dagen då de hade stått på kusingården, kusinmamman och Rita och Solveig och hon själv, och tittat på medan kvinnorna stuvade in sitt pick och pack i bussen "Eldrids sinnesresår" som sedan förstås inte ville starta och man måste ringa Lindströms Berndt och Åke för att de skulle komma med grupptaxin och köra kvinnorna, i två lass, upp till busshållplatsen vid vägkanten, den sida som ledde in till staden vid havet.

Deras ljusröda buss, "Eldrids sinnesresår", skulle stå kvar på kusingården i många månader efteråt och slutligen skulle den bogseras bort, inte på kvinnornas försorg utan på den familjs som flyttade in i huset på Första Udden efter kvinnorna. Familjen Backmansson. Som skulle vara en vanlig familj, en som bestod av mamma, pappa, barn, som som sagt för tusende gången, till råga på allt var ättlingar till husets rättmätiga ägare i rakt nedstigande led.

En vanlig familj. Som det skulle vara. Och alldeles rysligt trevliga människor, ryysligt, som Liz Maalamaa skulle säga någonstans uppe i framtiden. Så inte för det.

Men där hade de stått omedvetna om denna fortsättning, kusinmamman och tvillingarna och Doris Flinkenberg, denna alltså sällsynt dova dag i världshistorien då kvinnorna packade ihop sina saker och lämnade Trakten för gott, stått – om man var Doris Flinkenberg i alla fall – och tänkt tankar som var vemodiga. Också kusinpappan i kammarfönstret någonstans bakom, det visste man utan att behöva kontrollera det; den enda som inte var där var Bengt som låg ifrån sig av tung berusning, sådär *kackafull* som han blev ibland när han inte ville veta av världen utanför, i sitt rum i ladan. Och när kvinnorna hade farit och det hade blivit tomt på gården och Lill Lindfors sjungit vemodigt och passande i Doris huvud... "allt som var så öppet, blir en sluten värld igen", så skulle denna spröda stämning inte få bli hängande kvar i luften någon längre tid, för plötsligt skulle det närmast eka över gården, en annan melodi:

"ÄR DET VERKLIGEN FREEED VI VILL HA... TILL VARJE TÄNKBART PRIS?"

Och det skulle vara Benckus musik det, från ladan.

Men ännu, de allra sista minuterna som kvinnorna var där: traktsmänniskorna på ena sidan kusinpappans gård och kvinnorna vid bussen "Eldrids sinnesresår" på andra sidan, servitutsvägen emellan. Dumt, hade Doris Flinkenberg tänkt, varifrån kom plötsligt denna gräns? På kvinnornas tid hade det ju inte funnits några uppdelningar av ett sådant slag.

Men också kusinmamman hade uppenbarligen gripits av den duvna stämning som rådde, för plötsligt hade hon vänt sig mot första bästa som råkade stå bredvid henne och det hade bara runnit ur henne:

"De drar igenom som en cirkus i en småstad. De riggar upp sina tält och bjuder in en till sina färgstarka och våghalsiga föreställningar; men innan man vet ordet av har de lämnat en och farit vidare. Så står man där ensam på torget i snålblåsten, med hårt, torkat spunnet socker i mungiporna, huttrande i regnet och den snåla blåsten."

Första bästa som råkade stå bredvid var Rita, Rita Råtta, olyckligtvis. Hon hade rynkat på näsan och sagt med rösten så full av urleda som bara Rita Råtta kunde:

"Vad var det där för slag?" Och lagt till några illustra svordomar på traktspråket, "fjöl å" liksom, "fjöl å". "Fjöl å", hade Solveig suckat med, en suck som inte var riktad till någon speciell person, men en suck av trötthet och leda överhuvudtaget.

Men Rita Råtta hade inte släppt kusinmamman utan upprepat:

"Va?" nästan hätskt då kusinmamman inte hade svarat. Kusinmamman hade skyndat sig att säga "nå, nå, nå, nå" men det hade nog synts på henne att hon var lite rädd för Rita.

Rita Råtta. Inte vill hon vara i någon småstad till vars centrala torg – var det kanske världens medelpunkt? – det kom och for cirkusar stup i kvarten ungefär. Rita Råtta, hon ville vara i världen (detta sa hon ju inte

217

högt, man skulle inte fråga heller, men hon var ganska uppenbar, Rita, och ganska mycket av henne kunde man avläsa på hennes "näsa-ställning", som man sa på traktspråk, rätt och slätt). Tänk då metropol, tänk London, Paris och så vidare. *Och varför inte* hade Doris Flinkenberg sagt till sig själv, där hon stod på den leriga gårdsplanen under senhöstens låga himmel utanför kusinhuset… varför inte? (Eller på Åland, där Sandra var, hos tjocka släkten; varför inte, frånsett släkten, det?)

Doris hade tänkt såhär och därpå hade hon försökt sig på att utbyta en blick av samförstånd med Rita, men Rita hade inte varit med på noterna. Rita hade räckt ut tungan helt enkelt. Också Solveig hade lagt märke till att något var i görningen och efter Ritas tunguträckning hade hon liksom sekunderat genom att säga "fjöl å" igen och stirra hätskt på Doris Flinkenberg.

Att ackompanjera Rita: det tycktes vara Solveigs huvudsakliga uppgift här i livet. Det var en annan sak som hon gick omkring och sa. "Det är vi två. Vi två." Och en gång när Doris Flinkenberg hade visat en artikel ur "Brott ur livet" för Solveig, i högsta välmening och som underhållning menat, om de två telepatiska enäggstvillingarna Judit och Juliette som bägge samtidigt utan att vara medvetna om varandra på varsin sida om jordklotet vid exakt samma tidpunkt mördade sina respektive älskade med femton hammarslag i huvudet (åtminstone den ena då) så hade Solveig inte skrattat. Hon hade förhållit sig allvarlig till det. Liksom högtidlig.

"Andra vet inte vad det är att vara tvilling", hade hon sagt. "Vad det är att vara två."

Det var något, ja, inte direkt skrämmande över det. Men nog sjukt.

Kvinnorna var borta, alltså. Husets egentliga ägare flyttade in. Backmanssons. En liten familj som hade ärvt huset. Mamma, pappa, barn.

Normalt.

Och hur hyggliga människor som helst. Ändå kom Doris Flinkenberg att sakna kvinnorna så att det formligen gröpte sig in i henne.

"Allt som var så öppet blir en sluten värld igen." Så jävladers normalt.

Men Doris Flinkenberg började ana att normaliteten var hennes fiende.

När alltså familjen Backmansson hade uppenbarat sig nästan som ur tomma intet och tagit huset på Första Udden i besittning hade det varit en stor överraskning i exakt några minuter. Cirka allra först när mamman och pappan och pojken, som hette Jan och var ett par år äldre än Doris Flinkenberg, hade ringt på ytterdörren i kusinhuset och sedan när kusinmamman vänligt hade öppnat dörren för dem och de hade kommit ända in i köket för att hälsa på alla medlemmar i kusinfamiljen som var samlade för middag där.

Nå, i alla fall. En normal familj i en fin normal sekelskiftesvilla på berget på Första Udden, så normalt att normaliteten tålde att upprepas många gånger om igen. Han var journalist, hon var fotograf, de hade en flicka också, men hon var inte där, hon studerade *danskonst* (modern dans och konstnärlig fusionsdans med österländska intryck, förtydligade mamman, Tina Backmansson i köket i kusinhuset, alldeles som om det gjorde något överhuvudtaget tydligare) i New York.

Pojken som som sagt var med hette Jan och hade sagt god dag; han skulle bli marinbiolog när han blev stor – fast det fick de först veta senare. Och följande hade hänt. Rita hade sett på honom över korvsoppstallriken. Och hon, ja – man kunde inte ens säga "vampar", "vampade", "hade vampat". Honom.

Det var så förbannat förutsägbart alltsammans. Så normalt.

Och Doris Flinkenberg, som sagt, började på allvar ana att normaliteten var hennes fiende.

Så nu stod hon där denna underliga sensommardag i den underliga väderleken på Loreklippan vid Bule träsket och tyckte synd om sig själv. Kände plötsligt en sådan otrolig övergivenhet.

Den var ökenvid.

"… allt som var så öppet blir en sluten värld igen."

Doris anade att det att bli äldre skulle vara också att inte veta vart man skulle gå. Den förbannade övergivenheten.

Om inte Sandra… Sandra alltså. På Åland igen.

Denna förbannade rastlöshet när Sandra Wärn var borta.

Så, följaktligen, där stod Doris Flinkenberg på Loreklippan vid Bule träsket och huttrade. Mitt i sensommaren. Den så tysta, varma, mulna, svampiga.

Blänk. Blänk. Blänk. Blänk.

Men vad var det? Blänkte inte något gällt och rött i ögonvrån, i vassen, till vänster nedanför? Någonting som hon hade varit medveten om en ganska lång tid redan, men inte mitt inne i sina självömkande tankar hade tagit in?

Något främmande i ögonvrån. Rött. Onekligen. En röd färg i vassen.

Stackars Doris.

Hon gick närmare. Riktigt nära, så nära hon kom. Och sedan – hörde hon sitt eget skrik.

Och sedan satte hon av. Rusade, blint och vrålande som en skenande älg i den mjuka, lugna, tysta skogen.

Sprang i riktning mot kusingården, på stigen, och bölade.

Rakt på Rita och Jan Backmansson. Kolliderade med dem och föll som ett rö till marken.

"Är hon död?" hördes Ritas röst någonstans från ovan.

Men: Knäpp i huvudet. Det blev mörkt och tyst. Doris hade tuppat av. Och när hon kom till medvetande igen myllrade det av folk omkring henne.

Det var så som Doris hittade liket.

Eddie de Wire. Resterna av henne.

Den amerikanska flickan. Hon hade flutit upp i sumpmarken i vassen i träsket efter så många år däri.

"Ett relativt otroligt fenomen", sa den expert på väderlek som återigen intervjuades i radion. "Men inte alls omöjligt. Tvärtom. Ett absolut följdriktigt naturfenomen. Till följd av den underliga väderlek vi haft, ställvis mycket underliga, lokalt sett, denna sommar. Torka och fuktig värme på en och samma gång. Det kallas på forskarjargong jordbävnings-känning. Det som finns under ytan bubblar upp igen... nere i jorden..."

Plast är ett evigt material. Det här var vad Doris såg i skogen. En hand (skelettet av). Den röda regnkappan. Plast är ett evigt material. Rött och jävligt. Grymt synligt. Så därför.

Rita Råtta. Det var en lördag i augusti månad, Rita och Jan Backmansson gick i skogen. De gick på sina egna stigar som de brukade, Rita några steg efter Jan Backmansson, Jan Backmansson pratade, Rita lyssnade. Och noggrant. Hon älskade när Jan Backmansson berättade, det var nästan som om hon själv hade varit med när det begav sig. Och det bästa av allt. Det var inga fantasier eller påhitt, det var på riktigt, det var sant.

Det var samma dag som Jan Backmansson hade kommit från Norge där han hade rest omkring med sina föräldrar. Det hade varit en kom-binerad arbets- och semesterresa. Jan Backmanssons föräldrar var jour-nalister, de skrev och fotograferade som ett team och deras reportage publicerades i välrenommerade naturtidskrifter, inte nu National Geo-graphic, men ungefär.

De hade farit i en liten utombordsmotorförsedd gummibåt över de mörka fjordvattnen som kantades av höga berg som sluttade rakt ner i djupen. Långt in över de kalla vattnen hade de åkt, mamma, pappa, barn alla tre i gula oljeställ och röda flytvästar. Just den dag som Jan Backmansson berättade om medan Rita och han gick i skogen i Trak-ten och liksom bekantade sig med varandra igen efter några veckor isär (annars mer eller mindre bodde Rita hos Jan Backmansson i hans rum i tornet i huset på Första Udden) hade varit en mulen eftermiddag i regn som bara ökade. Det hade också varit nästan vindstilla då de lämnade staden vid kusten för att ge sig ut på sitt uppdrag, men nu plötsligt blåste det upp ordentligt, en vind som blåste inåt, rakt in i den inte smala men verkligen inte heller breda fjorden som bara fortsatte inåt och det gick undan för det var i den riktningen de själva färdades.

Annars var det tyst, bara den lilla motorn med tio hästkrafter brummade, inga människor någonstans, inte på vattnet, inte längs med stränderna. I strandvattnen musselodlingar: stora, vita bollar som hade ankrats i fält i prydliga rader och skulle vara så orörda i många år. Enstaka hus här och där, i skrevorna i de branta bergen bergsgetter, i luften fåglar. Stora svarta fåglar mot en himmel som var grå och vit.

Jan Backmansson hade i början av färden legat på bottnen av gummibåten och bara sett uppåt mot den vita himlen med de mörka fåglarna. Det hade varit en fantastisk upplevelse. Men plötsligt hade motorn hostat till, en gång, två gånger, sedan stannat och inte gått att få igång igen hur de än hade försökt alla tre. Motorn hade varit bara död och inte hade de ens haft åror med sig, bara en båtshake som man kunde kajka med i nödfall, men i vinden och strömmarna var den ganska värdelös. Och de hade blivit så, i gummibåten, drivande på fjorden. Samma tystnad överallt, inte en människa någonstans, inte en båt och det strömmade som sagt kraftigt också, strömmen drev iväg med dem.

Sedan plötsligt hade regnet vräkt sig ner över dem och mörkret hade fortsatt att falla och mycket snabbt hade det varit som i en säck omkring dem. Hjälplösa hade de drivit vidare, också radiotelefonförbindelsen hade varit ur funktion. Och det var kallt; kylan från det flera hundra meter djupa iskalla vattnet trängde upp till dem.

Deras täckjackor och vadderade överdragsbyxor som de hade på sig under regnkläder och flytvästar hade inte kunnat ge tillräckligt skydd mot ovädret i längden; till slut hade de bara kurat på gummibåtsbottnen, alla tre, mamma, pappa, pojke, tätt intill varandra, i mörkret. Med jämna mellanrum hade pappan tänt ficklampan och lyst över stränderna för att ge ett livstecken ifall någon skulle råka se dem. Men det gällde att vara sparsam med ljuset för lampskenet gulnade vilket var ett tecken på att batterierna höll på att ta slut.

En fladdrande enslig kon som svepte över vattnet. Annars ingenting. Tomt.

De hade väntat på hjälp. Bara väntat; inte hade det ju funnits något annat att göra medan båten hade drivit allt längre in i den till synes ändlösa och tomma viken.

Minuter långa som timmar, en timme som en evighet, men plötsligt där de låg tätt tryckta intill varandra på bottnen av gummibåten, insvepta i allt av yttertyg som fanns till hands, hade de i alla fall tyckt sig urskilja ett nytt ljud; ett dovt muller som sakta ökade och blev allt starkare och väckte både hopp och ängslan i dem. Vad var det för konstigt, inte en fors väl, eller ett vattenfall? De fortsatte närma sig ljudet som blev högre och högre och lät som när ett jättehjärta dunkar, ett hjärta stort som hela världen, men också strömmen blev kraftigare och det var ganska hotfullt.

Men plötsligt blev allt ljust och bakom en krök inne i viken dök ett fartyg upp, en strålande, väldig passagerarfärja – en, skulle det visa sig, lyxkryssare med många utländska turister ombord. Och deras lilla båt hade fastnat på det stora fartygets radar.

Efteråt när de hade blivit räddade ombord och fått duscha och klä sig i torra, varma kläder hade kaptenen tagit med sig Jan Backmansson till styrhytten på översta däck och visat honom alla navigationsfinesser på det fina, nya fartyget. Allvarligt hade han förklarat att det verkligen inte var en självklarhet att man fick syn på en sådan liten gummibåt i vattnet i så pass dimmigt och regnigt väder.

"Så ni hade således tur", hade kaptenen sagt till Jan Backmansson och sedan hade de blivit inbjudna att äta middag som hedersgäster vid kaptenens bord. Jan Backmansson försökte förklara för Rita hur underligt det hade varit att komma in nästan direkt från kylan och mörkret och rädslan till fartygets vackra, stora matsal full med uppklädda kryssningspassagerare, så lågmälda och kultiverade.

Men då, precis just då, mitt i Jan Backmanssons berättelse som Rita hade gått in i så att hon tappat nästan alla begrepp om tid och rum där hon gick bakom honom, hördes i skogen framför dem väldiga brak och tjut och ljudet av kvistar som bröts och dunsar i naturen och innan någondera visste ordet av var Doris där framför dem, Doris som kom springande rakt emot, Doris som både såg och inte såg dem, så ifrån sig att hon inte märkte något fast hon ropade på hjälp och sprang nästan rakt på dem. Just som man trodde att hon skulle kollidera med Jan Backmansson stannade hon upp som om hon hade sett två spöken, spärrade upp ögonen och segnade ner som en livlös till marken där hon blev liggande som en död.

Jan Backmansson hade fallit ner på knä vid Doris och tagit Doris hand för att mäta hennes puls.

"Vad är det med henne? Är hon död?" hade Rita frågat, nog upprört men inte utan ett stänk av sin sedvanliga bisterhet i vilken det nog fanns en ton av att *alltid ska någon komma och förstöra det för en när man är mitt uppe i något viktigt själv.*

Eddie Underbar, på bår i skogen – resterna av henne. Inget Herrman kastade upp. Kenny var likblek. Systrarna stapplade sin väg, stödde sig på varandra. Bencku var inte där då. Han söp skallen av sig i ladan. Men han skulle nog vakna till liv senare, på natten, när det började brinna i skogen. Plötsligt stod en del av stora skogen i ljusan låga, och lågorna slickade sig upp till huset på Första Udden där familjen Backmansson i alla fall hann rädda sig i säkerhet i god tid innan dess.

Rita.
 Doris såg på henne.
 Rita mötte hennes blick.

Rita såg tillbaka. Men det var först senare, vid Bule träsket, när huset på Första Udden hade brunnit upp, familjen Backmansson hade flyttat in till staden vid havet igen och de inte hade tagit Rita Råtta med sig som de hade lovat. När det var höst igen, och allt var sent, för sent.

Senare. Inte än. Just den dagen, den dagen då Doris gjorde fyndet var hon bara omtumlad och ifrån sig, Doris. Det stod folk i klunga, både kända och okända, i stort sett halva Trakten (några havsungar till och med) vid kusinhuset. Doris hade lomat förbi dem alla, omhållen av kusinmamman, och uppför trappan till sitt rum. Där hade kusinmamman hjälpt Doris i säng, gett henne både sömntablett och huvudvärkspulver och dragit för gardinerna ordentligt, vilket hade mörklagt hela rummet på en gång. För det var riktiga mörkläggningsrullgardiner som hade använts under kriget; och Doris hade ännu stuckit öronproppar i sina öron och sedan hade Doris somnat och sovit i tusen år.

Ett och ett halvt dygn, närmare bestämt. En fullt tillräckligt lång tid för att allt skulle vara förändrat då hon vaknade. Lika mörkt förstås, men när hon kravlade sig ur sängen och drog upp rullgardinen flödade dagsljuset in. Doris slog upp fönstret för att lufta ut den unkna sömnigheten.

Så fort hon hade vaknat hade allt som hänt föregående dag – hon trodde fortfarande att det var föregående dag – kommit tillbaka. Träsket, röda plasten, handen och armbandet – också det av plast, vit erbarmlig plast. En våg av obehag hade farit igenom henne. Men det hade ändå inte då längre varit så outhärdligt hemskt; hon var utsövd och pigg och kunde till och med tänka på det liksom sakligt, något litet så i alla fall.

Plötsligt längtade hon efter Sandra Wärn, varför var hon inte där? Varför var hon alltid bortrest, alltid någon annanstans, när viktiga saker ägde rum? Doris längtade efter att få berätta allt, gå igenom det från början till slut. "Just som jag trodde att det aldrig hade hänt. Att det var som någon sa, för länge sedan. Att den amerikanska flickan inte drunknade. Hon bara försvann för att hon ville försvinna, eller måste. Hon var ju sån. Du vet som Inget Herrman sa. En som dök upp och för-

225

svann igen men som innan hon gjorde det hann ställa till med mycket olycka och förödelse. Just som –"

"Rita sa ju till mig att jag hade tagit fel. Det var inte det jag såg –"

Men nu, på morgonen alltså, friska tag i alla fall. Doris hade öppnat fönstret och drog in frisk luft i lungorna, vällustigt och djupt. Men. Det var något underligt, något bisarrt, men också något hemskt bekant, i luften. En lukt. Eller, stank. Hon hade aldrig känt en sådan lukt och stank förut. Eller jo, hon hade det. Men i sitt förra liv, i sin förra existens, i träskdorisexistensen. Och det var nästan det värsta, för det gjorde henne inte bara rädd, utan formligen stel av skräck igen.

Det luktade som när någon hade försökt bränna upp ett hus. Nämligen.

Man får komma ihåg att Doris var en unge som alltför väl, av egen dyrköpt erfarenhet, visste mycket om den stanken och upplevelsen i all dess enskildhet. Inte bara en gång, utan två, hade Doris Flinkenberg som liten hjälplös unge med nöd och näppe och båda gångerna bara på grund av sin egen påpasslighet lyckats ta sig undan lågorna (och vid bägge tillfällena hjälpt en annan också, plågoanden nummer ett, och dessutom träskmamman, att rädda sig).

Man får komma ihåg det för att förstå varför Doris blev alldeles kallsvettig och panikslagen igen. Den där lukten av vått och bränt, den var dessutom nästan outhärdligt stark, våt av släckning och stickande i näsan. Och Doris sprang igen, sprang nerför trapporna och ut på gårdstrappan där hon blev stående i morgongryningen – det var ju morgon förstås, men morgon *två dagar* efter att Eddie, den amerikanska flickan, hade blivit funnen död vid träsket, ett skelett i röd regnkappa av finaste kvalitet, kappan nästan intakt men kroppen nästan söndervittrad. Doris hade sovit i nästan två dygn. Det måste verkligen ha varit dynamitsömnpiller (det var det) som kusinmamman hade matat i henne för att hon skulle få sömn den hemska eftermiddagen då liket av Eddie de Wire hittades.

226

Doris på kusinhusets trappa, hejdade sig och såg sig omkring. Allt såg så normalt ut vid första anblicken. På gården stod kusinpappans blåa Saab, vid ladknuten den gamla mopeden som rostade bort, några cyklar; ett blått ämbar, en grå sprutkanna som saknade sprutaggregat, en trädgårdskratta vårdslöst slängd i blomrabatten vid husknuten bland evighetsblommor och luktärter i violett och rosa med spröda stjälkar som tveksamt krängde upp ur den bruna mullen och försökte klänga sig fast i spikarna som spikats in i husväggen här och där. Men de var sotiga, de gröna bladen svagt brunfläckiga. Och så stanken, den försvann verkligen inte, den låg överallt. Den var starkare än någonsin, och sedan höjde Doris blicken och såg upp mot kullen där huset som var huset på Första Udden fanns. Det var inte klokt.

Huset stod ju där, nog. Och ändå. Det liksom gapade svart av hålighet på ena sidan. Det var alldeles öppet där. Som om en bit av hela huset hade fallit av. Och tornet var snett och flera av fönsterrutorna var söndriga. *Lyckohuset* stod där och gapade så ödsligt och förstört i den tysta, tysta morgonen. Skogen på sidan om sen. Det fanns liksom ett hål i den. Den hade brunnit ner på ena sidan och den svedda marken och tomheten löpte som en bred fåra längre in i skogen än vad ögat kunde se från där hon stod.

"Som en korridor av eld i skogen." Det var så som Doris skulle beskriva det senare, när hon skulle återge det för Sandra, nyss hemkommen från Åland, som hon skulle möta i skogen ännu samma dag. Men ännu, morgon vid kusinhuset, och Doris stod på trappan och begrundade allt hon såg utan att förstå något samtidigt som hon försökte, och denna begrundan var ett led i detta försök, bemästra paniken som växte inom henne. Någonstans blev hon också, vilket var lugnande men samtidigt en skymf mot allt, medveten om hur vanligt allt omkring henne verkade.

Vad är det som har hänt?

Varför har ingen berättat om det här för mig?

Lyssnade man noga efter särskilda ljud i sommarmorgonen, vid sidan av tystnaden som kom sig av att inga fåglar sjöng (fast det gjorde de ju inte annars heller så här sent på sommaren; och långt borta, vid havet och Andra Udden som var som en annan värld just nu, en värld för sig, hördes måsars skrän och liknande) så kunde man höra de sedvanliga morgonljuden inifrån huset; radion som gav väderleksrapporten för sjöfarande eller spelade ett bekant musikstycke på låg volym, kusinmamman som slamrade med kärlen och kopparna i morgondisken, men som alltid såg till att lämna en ren gröttallrik och en ren kaffekopp kvar på bordet för den som råkade försova sig. Kusinmamman. *Mamma.* Doris, så liten igen, hörde på de hemtrevliga ljuden att koppen och tallriken faktiskt stod kvar och väntade på henne på bordet... och det var ju hemtrevligt och framför allt tryggt och allt det där – hon var ju så tacksam men samtidigt var det nu också det som gjorde henne rasande, och plötsligt, innan hon riktigt visste ordet av själv heller hade hon sprungit tillbaka in i huset, rivit upp dörren till köket och närmast ångat in och skrikit för full hals rakt upp i ansiktet på kusinmamman:

"VAD HAR HÄNT? VARFÖR HAR INGEN VÄCKT MIG?"

Rätt upp i ansiktet alltså på den människa som hon älskade och som älskade henne allra mest, med en dessutom praktisk kärlek som uttrycktes i handling och inte i dessa evinnerliga ordlekar och ord. Kusinmamman, vid diskbordet, hade sett skärrad ut, ett ögonblick rent ut sagt skakad. Men så hade hon blivit som vanligt igen.

"Men lugna sig Doris", hade kusinmamman sagt så lugnt och moderligt. "Lugna sig." Lagt armen om Doris axlar och sett på henne med all ömhet som fanns kvar i världen, och den, konstaterade Doris som så ofta då hon såg på kusinmamman, den ömheten, den fanns. "Du behövde vila. Du sov så gott. Efter allt det hemska – du ska tacka din skapare för att du har sömnens gåva. Annars har det varit fasor och förskräcklighet så det förslår. Som om det inte hade räckt med det andra... Storlarmet gick, Doris Flinkenberg. Det var till och med tal om att kusinhuset skulle evakueras."

Och då hade Doris ögon vidgats upp i matskedsstorlek igen, för sin barndoms skräckupplevelser glömmer man ju aldrig.

Och plötsligt, igen, hade Doris glömt all sin indignation, all ilska och bara pipit, handfallen som ett litet, litet barn:

"Men DÅ hade du väl väckt mig i alla fall?"

Och i kusinmamman rann all kärlek som överhuvudtaget fanns i henne över sina bräddar i precis det ögonblicket.

"Men herregud", sa kusinmamman, så till sig att hon knappt fick orden ur sig. "Det är ju självklart. Doris, lilla älskansvärda barn. Doris, lilla lilla barn."

Och kusinmamman hade slutit Doris i sin famn igen, så överväldigad av den lilla människan Doris Flinkenberg. Ibland hade kusinmamman den känslan med Doris: att Doris var som en värld, en egen planet.

En planet för sig, och inte ens hon, kusinmamman, hade tillträde till den.

"Sätt dig ner här så värmer vi gröten och så häller jag upp kaffe och så berättar jag allt. Och titta. Vi har fått en alldeles egen hjälte."

Och kusinmamman hade hämtat morgontidningen och visat Doris Flinkenberg. På första sidan fanns en stor bild av Bengt med risviska, med vilken han slog på den brinnande marken, i ena handen, käpp med korv i spetsen i den andra. "Två flugor i en smäll", stod det under bilden.

Men sedan skulle Doris inte säga så mycket mera. Konstigt kanske, och ändå inte. Branden skulle inte bli föremål för vidare spekulationer från hennes sida; det var som det var, en skogsbrand som hade börjat i den underliga väderleken, kanske helt enkelt till följd av att någon hade handskats ovarsamt med elden. Kastat en brinnande tändsticka ifrån sig i den torra mossan, eller en brinnande cigarrett, av misstag. Och det hade ju varit många människor i rörelse i skogen vid just den tidpunkten. Som sagt var, vilket också Doris fått erfara innan hon somnade in i sin långa sömn, så hade ryktet om hennes förfärliga upptäckt vid Bule träsket satt folk i rörelse.

Det var många som hade vallfärdat till Träsket för att med egna ögon se hur de sista frågetecknen i mysteriet kring den amerikanska flickan kunde strykas. Vad hände med henne? Drunknade hon verkligen? Det rätta svaret var ja, alltså. Hon drunknade. Vilken fruktansvärd kärlekstragedi. I det stadium av sönderfall som kroppen befann sig var det också klart att den hade legat i träsket i alla dessa år. "De sista frågetecknen skingrade", stod det mycket riktigt i en artikel i lokaltidningen följande dag. Under rubriken: "Skolflickas makabra upptäckt sätter punkt". Och ett ganska suddigt fotografi av vass och dylikt som väl då var gamla likdelar.

Kanske fanns det frågor, också vad gäller branden till exempel. Men det finns saker man inte förstår. Det blir inte alltid bättre av att man försöker begripa sig på dem. Kom alltså ihåg att Doris var ett illafaret barn och någonstans i henne brann den fortfarande, elden. Den riktiga elden, den från en tändsticka som stryks mot tändsticksplånet och kastas i något som man fuktat med bensin och sväsch, flammar det upp, huset, där man om man råkar vara det olycksaliga offret befinner sig.

Doris hade av föregiven anledning respekt för eld.

"Om man sticker sitt finger in i en brinnande ljuslåga så bränner det till. Aj. Men alltid klarar man sig inte så lätt undan. Med bara brännsår menar jag. Och nu vet jag inte om jag –"

Det var så Doris skulle säga det till Sandra, det att det kanske var dags för andra lekar nu. Inte förstås den enda orsaken, men i alla fall.

"Dessutom, nu är jag trött på det här. Det blir tjatigt i längden med de här ödesdigra blickarna och de här heta obekväma tröjorna", skulle Doris spexa till sig riktigt på den svedda marken ute i skogen där Sandra och Doris skulle mötas igen senare samma dag, på eftermiddagen.

"Livet väntar. Kom nu. Nu tar vi fram kartan. Den riktiga. För nu ska vi ut och resa."

Och också Sandra skulle gripas av Doris iver inför det nya. Och så blev det så att branden i skogen markerade slutet på Doris och Sandras lek Mysteriet med den amerikanska flickan.

Sandra själv var inte där när liket av den amerikanska flickan hittades. Hon kom hem samma morgon som Doris Flinkenberg vaknade efter ett och ett halvt dygns välgörande sömn efter hemskheterna vid Bule träsket.

Sandra var på Åland. Hon avskydde dessa släktingar; farbröderna och "fastern" som stod bakom henne då hon såg ut på havet som var så nära att det nästan slog i verandafönstret då vågorna gick höga. "Fastern", som innan man ens hann uppleva det själv, talade om hur fint det var, med havet, när det kom emot en. Hur "vilda naturens krafter kunde vara".

"Fastern" stod också där bakom henne och ställde en massa frågor som Sandra inte svarade på, delvis för att hon inte lyssnade ordentligt; hon hade fullt upp med att koncentrera sig på att uppleva något själv för en gångs skull. Utan mellanhänder, eller bruksanvisning.

Men när hon inte svarade sa "fastern" bara:

"Ja, att förlora sig i hav och vidder, det är ett åländskt drag. De stora drömmarna –" och avslutade inte meningen, inte för att hon skulle ha kommit av sig utan för att fortsättningen var så självklart given. Så lät det på henne i alla fall.

"Fastern", alltså, där bakom Sandra, vid fönstret, annars hände ingenting. Ingen telefon som ringde, ingen som överhuvudtaget meddelade sig med henne för att berätta om det som hände i Trakten; att liket av den amerikanska flickan hade hittats.

"Ensamheten&Rädslan..." "Fastern" hade petat i Sandras tröja när hon kom.

"Rör den inte", hade Sandra sagt.

"Vad är det för slag?"

Och när hon inte hade slutat tjata på henne, hade Sandra tvingat fram:

231

"En lek."

Och bakom henne igen, så nära.

"Vilka besynnerliga lekar ni leker."

Sandra sa ingenting. Nä, tänkte hon. Hon var ingen ålänning. Verkligen inte.

Hon var inte Ålänningen. Hon var från Trakten, träsken, från där Syster Natt var, Syster Dag.

"När jag blir stor ska jag bli träskdrottning", sa hon till "fastern" vid ett annat tillfälle. "En riktigt slemmig en."

"Fastern" för vilken allt detta var abrakadabra himlade sig, men sa ingenting.

Träskdrottning. Så ljuvligt. Där tyckte hon själv att hon hade kommit på något. En ny sak. Ett frö. Ett frö till en ny lek att leka med Doris Flinkenberg. Träskdrottningens Återkomst. När hon kom hem från Åland alltså.

Och det slog henne igen hur hon längtade hem till Doris Flinkenberg. Längtade så förfärligt till Doris, den amerikanska flickan, pojken i skogen, till Inget Herrman (ja, till och med till Inget Herrman), Ålänningen och huset i den dyigare delen.

Men trots alla avbrott, all yttre störning, så skulle Sandra efteråt kunna svära på en sak. Att vid den tidpunkten, precis exakt vid just exakt det klockslag, som Doris Flinkenberg stod på Loreklippan vid Bule träsket i Trakten och plötsligt och oförhappandes skymtade något rött i vassen på sidan om, precis just i den stunden då Doris gjorde sin fruktansvärda upptäckt, då hade hon själv stått vid fönstret på verandan på Åland och stirrat på havet som kom vällande emot henne, och nynnat på en viss bestämd sång, Eddie-sången.

Och det, denna samtidighet, var något som hon aldrig skulle kunna berätta om för någon annan än för Doris Flinkenberg.

"Jag hörde allt, fast först sen. När jag kom hem. Nyss. Jag var på Åland."

232

"Eddie då? Vad gör vi nu?"

Doris hade ryckt på axlarna. Ibland tar man helt enkelt fel.

"Det är inte allt man vet här i världen. Och dessutom var det ju bara en lek."

"Kom nu", sa Doris Flinkenberg. "Jag är hungrig. Doriskt hungrig. Jag har hål i magen."

Och skrattade. Och sedan gick de från skogen till huset i den dyigare delen av skogen och Sandra dukade fram det ena och det andra på bordet och de åt och åt.

Men så hade Doris blivit allvarlig igen.

"Nu är det på tiden att vi gör något riktigt. Att vi slutar leka. Jag vill träffa henne. Nu ska vi ut och resa."

"Ta fram kartan nu. Den riktiga."

Och sedan gick de till Sandras rum och bredde ut en jättekarta över världen emellan sig på sängen.

"Nu ska jag få springa i Alperna som i Sound of Music", sa Doris Flinkenberg.

"Nu ska jag äntligen få träffa henne. Lorelei Lindberg."

"G-U-D. Så jag har sett fram emot det."

Pojken i bassängen. Men pojken låg på bottnen av bassängen, med ögonen slutna. Musiken spelade. *Här kommer natten. Så kall, så dånande, så underbar.* Hon gick till honom. Det var så det hade varit.

Flickan hade vaknat av ljudet, och genast gått ur sängen. Tagit på sig sidenkimonon och stuckit fötterna i de högklackade morgontofflorna med muff. Inte Eddie-kläder, de behövdes inte längre, inte nu.

Dörren till källartrappan stod öppen. Hon gick ner för den.

Sandra Harmynt. Hon såg honom i simbassängen. Han låg orörlig, hans ögon var slutna, kanske sov han. Hon klättrade nerför stegen och gick till honom.

"Nu ska jag berätta för er om kärlek", hade Inget Herrman sagt till flickorna i början av en sommar för länge sedan, vid Eddies strandbod, på Andra Udden. "Det är inte det sympatiska eller det fina eller ens de goda egenskaperna hos någon som man blir förälskad i. Utan det hos någon som väcker något i en till liv."

"Och vad det är", Inget Herrman hade gjort en paus innan hon hade fortsatt, "kan man aldrig veta."

Och hon, Sandra, förstod nu, därnere i bassängen, vad Inget Herrman menade. Hon förstod det när hon hade klättrat nerför stegen, de fyra stycken stegen, kilometerlånga stegen, som en sömngångare.

Tills hon kom till honom. Han öppnade ögonen och jo, han tog emot henne.

Var det en dröm?

Och hela huset sov, sov efter ännu en tung jaktfest av det slag som fortfarande ordnades i huset, ibland, någon gång. Lite annorlunda fester sedan Inget Herrman kom in i bilden, ingen "catering" – eller i alla fall mindre – men med mer utrymme för, hur ska man säga det, det oväntade? Det dök ibland upp alldeles udda människor på natten. Inget Herrmans vänner, också somliga från sjömanskrogen. Magnus von B. och Bencku ibland. Sandra trodde inte sina ögon. Fast de var ju alltid fulla då.

Och det fanns den tanken redan, att allt det vackra höll på att förvandlas i ett enda stort sjöslag.

Ändå, pojken. Bengt.

Det hände. Och det, pojken i bassängen, hur skulle man delge det? Skulle man delge det? Kunde man delge det? För någon? Ens för Doris, den som betydde mest för en, som var en mer lik än någon annan i hela vida världen? Som var man själv/som man själv var.

När man själv inte visste vad det var. Eller just det – man visste. Men ändå, det var så orimligt. Var passade det in.

Så hon kunde inte. Kunde inte säga någonting.

"Bencku tycker om små tippor", sa Doris Flinkenberg till kusinmamman i kusinköket en förmiddag i oktober månad medan hon åt bulldeg ur skålen, "sådana där småfrusna." En titt ut på gården, en lördagsmorgon och Doris såg ut genom fönstret på kusingården där frosten hade lagt sig som ett sprött täcke som skulle tina upp i solskenet som hade utlovats i väderleksrapporten; solen skulle träda fram och göra dagen klar och hög och färgsprakande såsom bara en skarp höstdag i Trakten kunde vara. Tomma skålen i handen nu, Doris såg ut över gården.

Hon såg Bencku komma gående, från skogen. Han såg verkligen ut som det som han antagligen hade gjort, festat hela natten. Och –

"Vad säger du, Doris?"

"Ingenting."

"Vart går du?"

"Ut."

Och här kom hon sedan, gående över klipporna på Andra Udden. Höst, höst, sommargästerna borta, råttorna dansade på borden, var de ville över hela Andra Udden. Och senare på dagen som hade slagit ut, alldeles som det hade utlovats; dagen sprakade. Glashusets glas spelade i sol och vatten. Havet, huset, allting brann. Men inte på riktigt, utan av en av arkitekterna uttänkt sofistikerad effekt.

Men här kom hon nu, Doris Natt, i sin bleka hud. Sina mörka kläder. Sandra Natt, i sin bleka hud, klädd i något skärt. Prinsessan Stigmata av de Tusen Rummen; det slags läppar nu, som en sådan sessas: sönderkyssta.

Tung av föregående natts smekning. Doris såg dem nog, men sa ingenting.

Och Sandra Wärn sa ingenting.

Det var ju ändå de två, så självklart.

Och utan vidare ord slog de båda flickorna följe med varandra.

"ÄR DET VERKLIGEN FREED VI VILL HA, TILL VARJE TÄNK-
BART PRIS?"

Ekade det över kusingården. Så högt att det darrade ända in i Ritas
och Solveigs stuga.

"Skulle Benckus revolution komma i morgon så skulle jag ta revol-
vern och skjuta mig av rena skära tråkigheten", sa Rita till Solveig.

De hade en revolver i stugan. Den fanns på en hylla på väggen. Pap-
pas revolver. Inte kusinpappans, men den egnas.

"Pang", svarade Solveig, med ett skratt. "Pang pang pang pang." Och
lekte att hon höll en revolver mot sin tinning.

Rita skrattade.

Samtidigt, i ladan. Oron i kroppen igen. Bencku tvättade av sig och
bytte kläder, packade och stack sin väg.

"Bencku", fnös Doris då hon och Sandra tog sig genom husets alla vå-
ningar med städredskapen. "Han är tokig. Tokigare än vi två tillsam-
mans." Städningen var flickornas egen idé igen, fast med ny motive-
ring. Några rapporter gällde ingenting, det fanns ju inte så mycket in-
tressant att rapportera om. Arbetet utfördes som lönearbete hos "Fyra
moppar och en sopskyffel". Doris och Sandra sparade för resan följande
år, den stora resan, den som skulle gå till någonstans som var Sound-of-
music-bergen, Österrike. De skulle hälsa på Lorelei Lindberg och Heintz-
Gurt, den äventyrlige piloten. Av den orsaken var resan tills vidare en
hemlighet.

"Ålänningen skulle bli galen om han visste det", sa Sandra till Doris.
"Jag har fått stränga order av henne om att hålla tyst om allt."

"De får nog veta sen", sa Doris viktigt. "Allihopa. Tids nog. Vi ska
överraska dem."

"Bencku", fnös Doris igen. "Det är absolut inget hedervärt med så-
dan Bencku-tokighet."

"Fyra moppar och en sopskyffel"-overallerna var för obekväma. Doris och Sandra hade tagit på sig andra kläder. De gamla, avlagda "Ensamheten&Rädslan"-tröjorna. "Barndomens lekar", sa Doris Flinkenberg föraktfullt och stack en tröjärm i bonvaxet och gned simbassängskaklen med den.

När sommaren kastar en ifrån sig
(Sandras och Doris historia 2)

Pang sköt sig Doris på Loreklippan vid Bule träsket den elfte november 1975. Det var en lördag, tidig kväll, skottet ekade i skogen. Vindstilla och kallt, en sådan stel dag som de sista dagarna brukar vara innan snön faller för att bli kvar på marken. En dag för det livlösa, en dag för död.

En dag för död. Det var ett enda skott men när Rita och Solveig hörde det i stugan på andra sidan kusinpappans åker gick Rita omedelbart till skåpet där pistolen förvarades för att kontrollera – pistolen var arvegods, det enda av värde som Rita och Solveig någonsin hade ärvt av någon, en Coltpistol, inköpt på varuhuset i staden vid havet 1907. Det var som hon tänkte. Den var inte där.

Då blev det fart på Rita. Hon rev åt sig ytterrocken och rusade ut, Solveig efter, men Solveig hängde dåligt med i farten för hon hade stukat foten föregående kväll i Hästhagen (en dansplats) och hade svårt att röra sig.

Och ärligt talat. Först förstod Solveig inte alls varför Rita hade så bråttom. Jakttiden var inte över än och då var det ju inte precis ovanligt att man hörde skott i skogen. Fast å andra sidan, nog visste ju Solveig också att en pistol lät annorlunda än ett gevär. Och det här hade varit en lite annorlunda smäll: den hade låtit som när en väldig papperspåse full med luft spricker när en jätte tar den mellan sina händer. Som när något spricker "som är fullt med tomt", som Doris Flinkenberg ibland hade brukat säga om sitt huvud. Smäll. Så fanns det aldrig mer.

Men Rita hade vetat precis hur och vart hon skulle gå och att det var bråttom, eventuellt för sent. Det var för sent. När hon kom till Bule träsket låg Doris kropp på mage på Loreklippan, det söndersprängda

238

huvudet och hårklumpar hängde över det tysta mörka vattnet som skulle frysa till is bara några dagar senare.

Rita rusade fram och började slita i Doris. Det var åtminstone så som det såg ut på håll.

Solveig skrek och skrek. När Solveig var framme vid dem låg Rita på knä vid Doris döda kropp och ruskade och rev i den, jämrade sig och snyftade och gnydde. Ett kort, absurt ögonblick trodde Solveig att Rita hade överfallit den redan döda Doris Flinkenberg med sina egna hugg och slag. "Sluuta!" vrålade Solveig, men Rita, som redan var nersmetad av allt blodet hade vänt ansiktet mot henne, och i det ansiktet fanns en min som Solveig aldrig skulle glömma, hon hade rutit:

"Hjälp till! Stå inte där som ett fån och glo!"

Då förstod Solveig att Rita försökte lyfta upp den döda Doris där hon låg på klippan och bära henne på något sätt.

"Rita! Sluta! Hon är ju död!"

Men Rita hörde ingenting just då.

"Hjälp till här sa jag! Vi orkar nog om vi är två!!"

"Rita kom! Doris lever inte! Vi måste hämta hjälp! Hon är dööööö –"

Och Solveig hade försökt slita Rita från Doris, men Rita hade inte velat släppa taget och till sist hade de båda varit nersölade och lukten av stekt kaffe hade legat tungt överallt. Det är så som blod luktar, fast den lukten kände man inte av precis just då, men man skulle ha den i näsan länge efteråt.

Bär Doris över mörka vatten.

Men det gick ju inte. Man var hjälplös. Man kunde inte. Man kunde ingenting.

Plötsligt, det måste ha gått en tid men de var inte medvetna om den, var de inte ensamma vid träsket längre. Plötsligt hade vid träsket funnits kusinmamman, ambulansmän och poliser. Och Bencku, så berusad att han knappt hölls på sina ben. Bencku gick omkring på olycksplatsen och hostade och snörvlade och drattade omkull om och om igen bland alla poliserna och ambulansmännen och övriga nyfikna som det tack och lov inte fanns många av för det var ju sent på hösten redan, mörkt och vinterlikt.

"Bencku! Nu går du hem!" ropade kusinmamman till Bencku. Hon var hysterisk, som om det var det viktigaste av allt, det att Bencku skulle gå hem och inte vara där och skämma ut sig.

Rita satt kvar en bit längre ifrån Loreklippan och hulkade och grät. Solveig försökte lägga armen om henne, *det var ju de två trots allt*. Men Rita slet sig ur sin systers grepp.

Och allt detta, allt allt och mera vidare, medan Doris Flinkenberg bars bort på bår och ett ymnigt snöfall började. Stora, tunga flingor som skulle dränka allt i snö; även om det var en sådan snö som skulle smälta upp efter natten och bli till regn igen.

Och ändå. Ingenting kunde ändra på det faktum att Doris Flinkenberg hade skjutit sig på Loreklippan vid Bule träsket och att hon vid sin död för egen hand var bara sexton år gammal.

Den dag Doris dog var Sandra på Åland, vid havet. Det satans havet. Hon stod och såg på det genom ett fönster på en veranda i ett stort hus där hon annars sjavade omkring i tung frottémorgonrock, hemstickade raggsockor och en yllehalsduk virad i varv kring sin ömtåliga hals. Hon hade påssjuka, den sista barnsjukdomen. Men... *denna rastlöshet när Doris Flinkenberg inte var närvarande...* till och med med trettionio graders feber var det svårt för Sandra att hållas i sängen som hon borde, vilket "fastern" och hemdoktorn var väldigt överens om båda två. Och särskilt precis just vid den exakta tidpunkten när Doris dog. *Memento mori, vid det satans havet, och vågorna som sköljde över en.*

Men det skulle hon ju veta först senare när hon räknade tillbaka i tiden och tänkte över det som hade hänt. Att precis exakt just i det ögonblick som Doris sköt sig hade hon, Sandra, Syster Natt, Syster Dag, stått vid ett fönster på Åland och gnolat Eddies sång. För brinnkära livet. För allt vad hon var värd.

Titta mamma, vad de har gjort åt min sång. De har förstört den.

Alldeles som om detta förstulna ohörbara nynnande hade kunnat rädda något överhuvudtaget alls.

När Sandra sedan fick beskedet om att Doris var död var det redan följande dag och det stormade. Söndagen efter lördagen och Sandra vid fönstret lät det öppna havet välla över sig. Inte på riktigt förstås, *dåbertratt*, men i fantasin. En glasruta skilde henne från verkligheten. Som alltid-alltidalltidalltid. Havet var grått, skummigt och vågorna flera meter höga. De var som hus. Just precis i det ögonblick man hade havet framför sig som en vägg som man trodde skulle falla över en och dränka en eller suga ut en i de mörka hemska strömmarna, drog det sig tillbaka en pytteliten bit så att vågen slog ner i klippan nedanför fönsterutskjut-ningen i stället, det bara skummade och stänkte upp på rutan. Pikant. Detta för naturbilden och liknelsen: intressant. Hon hade, konstaterade hon igen, noll känslor i sig passande för en ålänning, för en sådan som bort finnas i henne, som alla dessa släktingar som hon inte förstod sig på tjatade om här i huset och på hela ön. "Fastern" som stod bakom henne och ville lägga armarna om henne, som stod där hela tiden lik-som i beredskap att sluta henne i sin famn. Och ville viska, vad? Blod är tjockare än vatten? *När det ju inte var så.* Sandra tog ett steg åt sidan.

Någonstans i ett annat rum i det stora huset ringde telefonen. "Fas-terns" röst hördes först avlägset, sedan, i följande stund, bakom henne igen. "Sandra. Det är till dig. Någon Inget Herrman. Vad är det för ett namn?" Vad i hela vida världen skulle man svara på det? Hon hade ju sagt det själv redan, "fastern", i sitt tonfall. Det var inget riktigt namn, helt enkelt.

Men ändå, till syvende och sist, när Sandra vände sig om och såg på "fastern" som såg genuint bekymrad ut förstod Sandra att hon var för

täppt i körtlarna, överhuvudtaget för sjuk, för att orka arbeta upp nå-
gon egentlig indignation över något överhuvudtaget. Och dessutom, i
följande stund förändrades allt och det som någon gång hade varit vik-
tigt förlorade med ett slag all betydelse. För det var mycket riktigt Inget
Herrman i telefonen. Hon berättade allt, tunn och otäckt främmande
på rösten redan innan hon framförde sitt ärende.

Sandra hade velat resa hem omedelbart, det hade hon, faktiskt, men
hemdoktorn på Åland hade å det bestämdaste förbjudit henne att göra
det. Hennes svullna körtlar och febriga kropp skulle varken tåla flygfärd
eller båtresa, sa han och inte hade hon protesterat. Eller insisterat. Hon
hade inte sagt någonting alls, inte egentligen. Utom ja och nej som hon
hade svarat på vanliga frågor, sådana frågor som skulle ha ett svar. Som
en robot. Gapa och ta din medicin. Vänd dig på mage så ska vi mäta
febern. Ska vi inte byta pyjamas? Till en skön och ren? Så man svettas.
Sitt upp nu, sträck ut armarna så får vi blusen på. Såja. Härligt svalt,
eller hur? Huvudet på kudden nu. Nu ska vi vila. Nu ska vi bli friska.
Nu ska vi sova ut.
    Lät sig vallas. Och hon var en robot. Eller egentligen, det var en
alldeles bestämd bild av sig hon hade framför sitt inre öga: flickan i
månstövlarna, på ett snöigt fält i alperna, mitt i en tavla som var så
vacker att den kunde ha varit ett motiv på ett flera tusen bitars pussel.
    Men det fanns ingen tillfredsställelse, varken abnorm eller vanlig, i
dessa fantasier nu, ingenting att dväljas i.
    Därför fanns det strängt taget inte heller några egentliga fantasier,
eller tankar ens; bara yrsel och meningar och ord som hängde i luften
eller dök upp i hennes minne som reklamskyltar på ett höghus där det
var mörkt i alla fönster, nattetid.
    Och hon var en docka, en läppkluven igen. Inte en tillknäppt fast-
landsflicka som man brukade säga om henne att hon var där på Åland
när hon kom för att hälsa på vaddå, "fastern", släkten. *Var du bara här ett
tag så blir det nog folk av dig igen.* Den undertonen. Hon hade struntat i

det då, fast då fanns Doris Flinkenberg. Men också nu, slog det henne med kraft där hon låg som ett paket och grät i sängen (fast gråten, den syntes ännu mindre på henne; den syntes inte alls), hon struntade i det nu med, kanske ännu mera, nu när Doris inte längre... var vid liv.

Hon var michelinflickan, hon i månstövlar, som var så dyrbar och skör att hon ramlade omkring, famlade omkring som en berusad Bengt på olycksplatsen. Saknade i sina absolut fotovänliga skodon, sina absolut omöjliga-att-gå-i-stövlar, all markkänning eller vad det hette. Detta var planeten utan Doris, nämligen. Och det kunde lika gärna ha varit månen det.

Röster i hennes omgivning.

"Det är synd om henne. Hennes goda vän –"

"Dessa uppskruvade ungdomar. Bara de skulle förstå att efter den här dagen kommer en morgondag."

En sval hand på pannan: "lilla, lilla silkeshund."

Men klockan tickade, tiden gick, svullnaden på kinderna och i halsen lade sig, dock för sakta. Och så blev det slutligen så att begravningen av Doris Flinkenberg och den påföljande minnesstunden i församlingshemmet uppe i kommuncentrum, under vilken schlagerversionen av "Omkring tiggarn från Luossa", en av Doris Flinkenbergs favoritsånger, vindade i Doris Flinkenbergs Poppy-radiokassettbandspelare en sista gång så att alla hörde, gick av stapeln utan att Sandra Wärn, hennes enda vän, hennes bästa vän, var närvarande.

Knäpp, knäppte Solveig på och av den, och det fanns inte ett öga som hölls torrt.

Det jag älskar, det är borta, och fördolt i dunkelt fjärran
och min rätta väg är hög och underbar
Och jag lockas mitt i larmet till att bedja inför Herran
Tag du jorden bort, jag äga vill, vad ingen ingen har

Men det där, det var i november månad när allt hopp var ute. Nu var det ännu juli ett halvt år innan, medan alla möjligheter fanns kvar. Och där kom Doris Flinkenberg nu. Gående genom skogen i riktning mot huset i den dyigare delen. Doris med sin lilla ljusblåa kappsäck, med sin rese-handväska, också den ljusblå med en bild av ett kaninhuvud med långa framtänder på, Doris med sitt pass och en del av sin reskassa i en hudfär-gad påse i ett snöre kring sin hals (resten av reskassan hade hon insydd på olika ställen i byxfållen och under högra strumpan), också den med en ljusblå kanin på. Det var, stod hon sedan och förklarade inlevelsefullt för Sandra, det första hon gjorde när hon kom innanför dörren, ett *set*, och det hade hon införskaffat för pengar som hon hade tjänat på att kratta gravgården i kommuncentrum som sommarjobb fram till nu.

Doris drog fram halspåsen också och satte igång med att demon-strera den och dess olika fack och allt som rymdes i dem, alla drag-kedjorna och så vidare; och det med en iver som absorberade henne till den grad att det hann gå en ganska lång stund innan hon upptäckte att Sandra fortfarande hade pyjamas på.

"Ska du inte ta på dig DINA reskläder?" Doris Flinkenberg stannade upp i sin sysselsättning, inte tvärt, bara närmast höll en paus.

"Doris", började Sandra allvarligt. Hon var tvungen att börja så med samma allvar ett par gånger innan Doris lystrade ordentligt vilket gjorde det hela ännu mera pinsamt utdraget. "Det blir ingen resa. Heintz-Gurt ringde. Lorelei Lindberg. Hon har farit till New York."

"Än sen", invände Doris otåligt som om det som Sandra sa bara var några ord som stod i vägen, ett närmast tekniskt hinder för drömmen som ännu levde i henne, och som hon levde i; svävade omkring i som hängande i en blå, underbar heliumfylld ballong, så ljuvligt, så lätt, det kittlade i magen – huj, så det gick undan. "Hon kommer väl sen", la Doris till. "Och om hon inte är där när vi kommer så kan ju någon annan i familjen vara emot på flygfältet!"

"Men förstår du inte? Hon är inte där. Hon kommer aldrig någonsin mera att komma tillbaka. Hon har lämnat honom. Tagit sitt pick och pack och stuckit. Tidigt igår morse. Inte lämnat ens en lapp efter sig till honom. Det blir – "

Här måste Sandra avbryta sig och ta sats igen för att avsluta sin sista mening.

"– ingen resa, Doris Flinkenberg."

Doris blev stående orörlig några sekunder som om blixten hade slagit ned i henne.

Den gasfyllda ballongen sprack. Så var det med det mysteriet: att flyga och sväva fritt. Det slutade i alla fall bara på ett och samma sätt. Pladask på marken.

"Och det säger du först nu!" ropade Doris sedan, först mera arg än besviken, men det var ändå som om kroppen redan förstod det som inte ville gå in i huvudet. Händerna föll till sidorna, resehandväskan som beskäftigt hade dinglat i Doris armveck under halspåsedemonstrationen for i golvet med ett damp.

"Jag fick själv höra det först sent igår kväll. Inte kunde ju Heintz-Gurt heller veta att hon hade tänkt lämna honom precis just nu. Han var alldeles förkrossad –"

Men Doris var för ögonblicket inte på humör för några Heintz-Gurt-historier.

"Jag börjar inte!" ropade Doris gällt som en unge eller ett skadskjutet djur. Det var vidrigt att höra henne så, alldeles hjärtskärande. Rodnaden steg upp i hennes ansikte, underläppen darrade. Doris sjönk ihop på den beige heltäckningsmattan i den trånga tamburen, benen spretade i varsin riktning, huvudet hängde ner emellan.

"Jag får aldrig", viskade Doris medan hon kämpade mot gråten och en sakta växande ilska inom sig. Rent ut sagt förbannelse! Jävladers överhuvudtaget allt! "Jag får aldrigaldrigaldrig!" Och sedan, det gick inte att hejda, kom gråten. Den vällde fram, i floder. Inget vanligt tonårsstril heller, för nu sprutade det som springbrunnar ur Doris Flinkenberg.

Sandra visste inte hur hon skulle vara. Så hade hon aldrig sett Doris Flinkenberg förut. Så ynklig, så hjälplös, så hjärtskärande. En riktig gnällunge, och det berörde henne illa, det gjorde det. Det generade henne också, och för en kort stund hade Sandra inga som helst svårigheter att hålla tillbaka det stora och glada leende som hade vuxit fram i henne i det tysta under de föregående timmarna och minuterna, hela förmiddagen ända fram till nu. Ända sedan Ålänningen och Inget Herrman tidigt samma morgon hade stuvat sina saker i Ålänningens jeep och *äntligen* kört sin väg. "Mot okända öden!" hade Inget Herrman menat och det hade Sandra i den stunden i sitt stilla sinne verkligen kunnat hålla med om. Och förhoppningsvis långvariga, hade hennes eget ouppfostrade tillägg i det tysta varit. *Prata inte mera med mig nu.* Hon var verkligen inte intresserad av vart de skulle ta vägen (de skulle ta vägen *över de sju haven,* som Inget Herrman benämnde den seglats som skulle företas och som skulle vara i veckor, ner till Gotland, Öland och så vidare. Och, kunde man hoppas, ännu mera vidare, hade Sandra tänkt i de sturska och förväntansfulla ögonblick som föregick Ålänningens och Inget Herrmans avfärd som aldrig verkade bli av. *Far nu redan).*

För nu skulle hon få vara ensam i huset i den dyigare delen. Ensam med Doris Flinkenberg, i en närmast oöverskådlig tid. Två hela veckor, 14 d-a-g-a-r. Det med Heintz-Gurt och Lorelei Lindberg, alperna, allt det där, det var så perifert i jämförelse med detta, det hade för länge sedan fallit tillbaka i bakhuvudet och gömts undan där.

Så vad höll Doris på sådär för nu?

När Sandra hade bevittnat Doris utbrott som inte såg ut att ha någon ände en god stund kunde hon till sist inte hålla tillbaka ett indignerat rop:

"Men herregud Doris!" Och medan hon ropade kom energin tillbaka, glädjen slog ut i henne som en blomma. "Inte är det så farligt! Sluta suras! Jag har haft fullt sjå med att få iväg Ålänningen och Inget Herrman i alla fall! Jag har fått göra mitt allt för att de och hela världen ska förstå att vi klarar oss hur bra som helst på tumanhand! Bara vi två! Här i huset! Vi är inte några ungar längre!"

Men Doris hade fortfarande inte riktigt lystrat utan suttit kvar på golvet med båda benen spretande, jämrande sig sakta som om hon hade ont i kroppen. Eller som, eventuellt, en sådan där schizofren Sybil med sjutton olika personligheter som existerade i samma kropp jämsides med varandra vilket ju gjorde livet minst sagt ohanterligt; Sandra och Doris hade läst en jättebra bok om det en gång. En sådan där schizofren Sybil på gränsen mellan två personligheter, två olika liv; i ett av sina mera okommunicerbara tillstånd i den dunkla gränszonen mellan galenskap och omedvetenhet.

"Jävladers!" förtydligade Sandra som började tröttna på att se på det. "Fattar du inte? Vi har huset för oss själva i två veckor! Vi har din reskassa och vi har min reskassa och vi har matkonto i butiken och vi har färgteve och stereoanläggning med högtalare i alla rum utom badrummet och vi har alla bekvämligheter! Barskåp! Simbassäng! Äktenskaplig säng! Och INGEN som letar efter oss för alla tror ju att vi är i Alperna!"

Då, äntligen, hade Doris Flinkenberg lyft på sitt huvud, fingrarna hade ännu fumlat tankspritt med halspåsen, dragit tankfullt i dess snören och för sista gången, kanske för allra sista gången i Doris hela liv hade i Doris huvud passerat revy alla de där scenerna där de två flickorna Sussilull och Sussilo som de hette i sången var på språng över berg och gröna dalar, mellaneuropeiska dalar, och i bakhasorna en sprättnyter nunna i civilkostym, med gitarren –

Bergen lever upp till tonerna av musik. En sådan bild. Som nu sakta, sakta stelnade. Frös till i den imaginära tv-rutan i hennes huvud. Blev mindre. Och ännu mindre. Blev mindre och mindre och mindre tills bara en liten fläck återstod. En pyttefläck som sedan, småningom, ynglade av sig och blev flera fläckar. Fläckar, fläckar, fläckar. Svarta, grå, melerade. Och alla dessa fläckar fick ett liv och började röra på sig, dansa ivrigt omkring varandra och föra oväsen – ett sådant där irriterande ljud som brukade börja höras då tv-utsändningen var slut, efter nationalsången. Det var ett ljud man inte gitte höra på, det var så enerverande. Och KNÄPP så hade man själv stängt av apparaten och allt var stilla, tyst och tomt igen.

Slut på den showen. Den drömmen –

"– i putten", mumlade Doris Flinkenberg. "Den drömmen i putten", fortsatte hon lite högre, men fortfarande kanske bara mest för sig själv. Men ändå, redan på sitt oefterhärmliga Dorissätt, på sitt alldeles eget Dorisspråk, ett språk som Sandra kände igen också som sitt eget, för det hade blivit också hennes under den långa, märkvärdiga tid de hade varit bara de två och ingen annan. Ett språk som de egentligen hade hållit på att växa ur redan under en lång tid i denna pubertet som nyss hade börjat och som aldrig skulle leda dem tillbaka till någon rolig barndom där det fanns egna världar, många liv, många lekar och personligheter. Utan tvärtom, upp i den riktiga världen för att bli vuxna som Ålänningen, kusinmamman, Lorelei Lindberg och Bombnedslaget. Och ja, de hade ju sina sidor allesammans, men i det stora hela måste man ändå säga att, yäk!

Det språk som redan hade blivit mest bara något som användes i en lek. Men nu, i det här sammanhanget, var det i alla fall ett gott tecken. För en sak var säker. Doris använde sig aldrig av det språket numera om hon inte i alla fall var lite på humör.

"Men", sa hon sedan, mycket riktigt, sken upp och plirade pillemariskt såsom bara Doris Flinkenberg och ingen annan kunde plira. "Det finns ju andra."

Och i följande stund hade hon rest sig upp igen illa kvickt, med en ny energi i kroppen, huvudet högt igen och leende mot Sandra det där leendet som en gång varit inövat, men numera blivit en integrerad del av hennes lilla person, alldeles äkta: *vår tvålfagra infernalitet,* medan man nästan såg hur det knakade i hennes huvud av allt som det plötsligt hade gått upp för henne att låg framför dem nu.

Alla möjligheter.

Och det var upptakten till två veckor på tumanhand i huset i den dyigare delen av skogen. Det var en sommar då det hände stora saker ute i världen. Inne i staden vid havet samlades presidenter och regenter från

248

hela världen för att underteckna ett historiskt fredsfördrag. Nu skulle alla länder stödja och hjälpa varandra i stället för att kriga med varandra och sprida hat och tvedräkt bland sina fiender. Till och med Anneka Munveg, som rapporterade i teve hade ett stänk av rörelse i sin annars så krassa och sakliga röst. Men det var något i själva stämningen och att det var sommar också och ganska hyggligt väder. De båda presidenterna från supermakterna tog varandra i hand för första gången på en evighet och sedan följde högtidliga sluttal och det historiska dokumentet blev undertecknat. Allra sist rullades kärrorna med den vita glassen och de röda jordgubbarna in. Det var en solig sensommardag, precis den dag som Liz Maalamaa krossade fönsterrutan i ytterdörren i källarvåningen och steg in och stod där bland glasskärvorna och – på sätt och vis hade hon överraskat flickorna i bassängen, i en dans. I en besynnerlig dans av hat/kärlek, enhet/tvedräkt, och av alldeles riktig nöd och påtaglig förtvivlan. *Drömmen var slut, för den riktiga kärleken hade upphört.* Men det förstod inte Liz Maalamaa. Hon stod där och läste utantill ur Bibeln för dem.

Sedan suckade hon och sa att *där i Florida var det så varmt att man måste ta innerturken bort.*

Hon uttalade Florida som om det var två i:n i det.

Men fram till det spelade det ingen roll vad som var på gång på andra ställen på jorden. För det var på en enda plats som allting utspelade sig, allting av vikt, i alla fall. Det vanliga var satt ur spel. Det viktigaste som hände, och det var livsavgörande, det hände i en fyrkant. På bottnen av en simbassäng utan vatten i, en bassäng i ett källarutrymme med panoramafönster som vette mot en närmast ogenomtränglig ormbunksdjungel på utsidan, mot träsket till. Och det var ju den tiden på året då all växtlighet i naturen var som grönast och som högst. Det var en djungel som skymde all utsikt men som också gav skydd mot världen utanför. Mot sommaren och alla människorna i den. Alla andra människor. Och det var effektivt. Till en början visste ingen vad flickorna gjorde, eller var de var. Till en början visste ingen att flickorna inte hade rest.

Det enda som inte kunde hållas stången och som sakta invaderade huset var alla insekterna; bulimyggorna, regnbågsflugorna i maxistorlek, ormbunkspunkarna. Både de gröna ormbunkspunkarna som inte knäppte och knäpp-punkarna. Dessa och andra sumpinsekter trängde in i huset och mot slutet av de fjorton dagarna kunde man se dem krypa ur de oanvända ventilationshålen i bassängen, ställvis också tränga igenom sprickorna i murbruket, de allt synligare sprickorna. Det var under dessa dagar en period då det regnade mycket; denna period inföll strax innan solskenet till sist, och varade i några dagar under vilka allting hann bli så poröst, så poröst.

Men samtidigt, det var ju också så att de båda flickorna i huset, Sandra Wärn och Doris Flinkenberg, faktiskt hade så mycket annat att tänka på än uppriggandet av myggnät, daskning med flugaskor av plast i alla rum och våningar, aerosolbekämpning.

Det var, dessa dagar, världen i en fyrkant alltså, världen i en fyrkant minimal.

Bassängen i källarvåningen i huset i den dyigare delen av skogen: zooma in också den nu, för sista gången. För när Ålänningen och Inget Herrman skulle komma hem från sin seglats som, utan att någondera av dem behövde säga något alls, man förstod att inte hade varit riktigt som någondera tänkt sig, skulle en av Ålänningens allra första åtgärder vara att lägga nya, bättre kakel i bassängen och låta vattenfylla den, detta för första gången under hela den tid man hade bott i huset i den dyigare delen av skogen. Med Inget Herrman, vilket hon själv inte alls hade något emot att framhålla mellan vinklunkarna, som "den pådrivande kraften". "Kan ordnas", sa Ålänningen. "Ditt ord är min lag", och ganska mångordigt, med all den spelade entusiasm han kunde uppbåda. Så spelad att han inte ens själv, Ålänningen var fortsättningsvis ingen grubblare, förstod att han stod på den stora glitterscenen och uppförde ett uselt nummer.

Slitaget började synas på Ålänningen. Det var så uppenbart en lång,

lång tid sedan han var en man i sin krafts dagar, till exempel i snön i Mellaneuropa, på ena sidan av ett vitt fält med ett visst hus på andra sidan. Det var en sak. Men det var också, vilket kanske var ännu kusligare, för det var inte så länge sedan alls på riktigt, närmast eoner sedan den där natten i slutet av jaktsäsongen då Inget Herrman kom till huset mitt i natten och Bombnedslaget avpolletterades. "Över min döda kropp kommer hon in i det här huset"; hur Pinky hade stått i tamburen medan Inget Herrman, nyss anländ med taxi, ringde på dörren utan att alltså bli insläppt. Och Sandra, som hade smugit sig ut i natten för att Inget Herrman hade velat prata med henne – och sedan hade de suttit mitt i trappan-ut-i-ingenting och pratat om vikten av att följa sin stjärna och förverkliga sina drömmar. Och medan de höll på och talade hade Ålänningen plötsligt dykt upp som ur tomma intet med en bricka i sina händer; på brickan fanns det drinkar och i drinkglasen sprakstickor eller *stjärnregn* som de också heter. Och stickorna hade sprakat i natten och på något sätt, fast det inte var vackert, fast ingenting var vackert, så hade det blivit det, Ålänningen med brickan, sprakstickorna i natten.

Utan att vi anar det förvandlas vi till gråa pantrar, Ålänningen. Det var ganska kusligt, om man tänkte på det. Om det var ens pappa alltså dessutom och man hade behövt en massa... skydd... för det skulle, med början från nu, komma upp så många svåra saker. Hur galen han än var, Ålänningen, så hade han ändå sin besynnerliga, envetna oefterhärmliga kraft.

Det som göms i snö, kommer upp i tö.

Men var det så, att det fanns sådant som hade hänt som man inte kunde skaka av sig? Som bara fortsatte komma tillbaka. Och detta att inte kunna hålla stånd, det hade han inte riktigt räknat med.

Men sommaren före alltsammans, världen i en fyrkant minimal, det kanske gick storm på Åländska havet då de seglade förbi vissa "hemklippor", han och Inget Herrman. Ännu såg han inte åt sidorna. Ännu såg han rakt fram. Rakt, rakt fram.

Nåväl. I huset i den dyigare delen fanns allt vad flickorna behövde. Till en början behövde de inte ens gå till butiken för att köpa mat. De åt upp vad som fanns i kylskåpet och i frysboxen hittade de en hel älgstek från förra året. En tung bortglömd isklump allra underst. Den förslog ett bra tag, tills de inte orkade äta älgstek längre, och sedan levde de ett tag på skumkarameller, chips och choklad.

De gick in i sin egen värld, med egna lekar, sitt eget prat och lät sig uppslukas av dem. Kanske som ett farväl till barndomen, det var så det började. Under det år som gått, särskilt sedan Mysteriet med den amerikanska flickan hade blivit löst och lämnat åt sitt öde, var det så många av de gamla lekarna och berättelserna som inte på en lång tid hade haft någon betydelse.

Men, barndomen återbesökt för några dagar, ändå: man kan inte stiga ner i samma flod två gånger som en grekisk filosof och Inget Herrman brukade säga. Det var inte samma sak. Det blev inte samma sak. Det började brännas. "Sticker man ett finger i eldslågan så bränner det", hade Doris sagt till Sandra en gång, som ett konstaterande. Nu skulle hon få känna av det själv. På riktigt.

Någon gång under den här tiden med Sandra i huset i den dyigare delen, i fyrkanten minimal, simbassängen utan vatten i ("Lilla Bombay?" började hon själv säga lite hätskt frågande när de hade rivit ner så många sidentyger som möjligt i källaren, och byggt "maharadjans palats", dessutom något av det sista de gjorde före *det sexuella uppvaknandet*, och Sandra hade ryckt till, "nej", hon hade spjärnat emot, därpå hade hon försökt skratta bort det, göra allt som vanligt, genom att säga, "nej, inte nu ändå det, men nästan"), hände det att Doris skulle minnas något hon hade lämnat hemma i kusinhuset som hon inte hade tagit med sig eftersom hon ju när hon lämnade kusinhuset hade varit på väg ut i världen, och som hon saknade en smula, och fick för sig att hon behövde. Vissa musikkassetter. Inte *Vår kärlek är en kontinental affär*, för äntligen hade till och med Doris Flinkenberg tröttnat på den dängan (och det var inte en dag för tidigt, tyckte alla, till och med kusinmamman, i hennes närhet, som var trötta på att höra henne ta den om och om igen på Poppy-bandspelaren), sitt häfte för idoldyrkan, sin lilla minnesbok… alla de där sakerna som hon brukat släpa med sig. Men *du kan inte återvända hem.* Det är priset man betalar. Allt kostar. Någonting måste man betala.

Men: betala för vad? Det var det som skulle osäkras, det var det som inte längre skulle vara klart, efter nästan fjorton dagar med Sandra på tumanhand i huset i den dyigare delen av skogen.

Världen i en fyrkant, minimal.

När Doris kom tillbaka till kusinhuset skulle hon å andra sidan nog vara tacksam över att ha kvar alla dessa saker som hon inte hade tagit med sig, däruppe på sitt rum. Men de skulle ha förlorat sin betydelse, all betydelse de någonsin hade haft i sina sammanhang. Historierna omkring dem skulle vara om inte värdelösa, så slagna i spillror. I skärvor. Som skärvorna från det inslagna fönstret på golvet i bassängavdelningen bredvid teven som stod på men i vars ruta det snöade och snöade.

En röd regnkappa på ett fotografi.

"Han kom i en vit Jaguar —"

"En sak Sandra. Det där telefonnumret. Det finns ju inte."

"Jag ska säga er något, saligen, kära barn. Att den nåd som Gud har mätt ut för bara er, den är så stor att ingen enda människa med sitt förstånd förstår att omfatta den."

De gamla sammanhangen fanns inte, de som tillsammans bildat en värld man rörde sig i med självklarhet. Nu gällde att bygga upp nya världar.

Men, med vem? Sandra. Av föregiven anledning skulle de inte längre kunna vara tillsammans, fast det fick inte synas.

Sandra och Doris. De hade dansat på "den ondskefulla marken", barfota (i bassängen). Drömmen har tagit slut för den sanna kärleken hade upphört, det sjöng Nat King Cole på skivspelaren och det var sant fast det bara var en sång.

Men alltså, i kusinhuset: Doris skulle vara tacksam över att ha sina saker i alla fall. De skulle behövas i högsta grad, som navigationspunkter. Konkreta hållpunkter av igenkännbart som skulle hjälpa henne att hitta tillbaka till det bästa numret på glitterscenen av dem alla. Doris Flinkenberg, allting är som vanligt, allting är normalt.

Robotövning. Gå omkring på planeten utan namn.

Se behärskad ut, glad. Ta fram det bästa humör du har.

Fälla upp mörkläggningsgardinen. Upptäcka Bencku och Magnus och Micke Friberg på gården.

Säga till kusinmamman:

"Jag går nu."

"Vart?"

"Ut."

Dricka öl med pojkarna. Det var alltid en lösning. Om också temporär.

Världen i en fyrkant minimal, 1. Det var såhär det började. Allra först: de var sig själva nog. De gjorde huset till sitt och tog upp sina gamla lekar. På skoj, så smått. Doris Flinkenberg var Lorelei Lindberg som mötte Heintz-Gurt på nattklubben Den Skenande Kängurun, och Sandra lekte den amerikanska flickan, i kvadrat. "Ingen kände min ros i världen som jag." "Jag är en främmande fågel." "Hjärtat är en hjärtlös jägare." Så deklamerade hon, tills all mening nästan gick ur orden. Och Sandra gol: "titta mamma, de har förstört...", för full hals och gjorde ähum-rörelser, överdrivna och obscena, med kroppen, och Doris kunde inte låta bli att försöka åla sig på samma sätt... fast bara en stund. Sedan slutade de. Tystnade. Kände sig illa till mods över helgerånet.

För det var för verkligt, i alla fall.

Eddie, hon hade inte tappat sin trollkraft över dem. Och Doris kunde fortfarande lekande lätt i minnet framkalla en viss sommardag då hon hittade kroppen – eller det som fanns kvar av den – invirad i den röda regnkappan av plast som var så hel så hel, alldeles intakt. Och det var fortfarande så mycket som var fruktansvärt och oklart med det minnet.

Så de lät lekarna vara för ett tag och var som två vanliga tonårsflickor bara: drack sig fulla på det som fanns i barskåpet, rökte Ålänningens cigarrcigarretter, drog djupa halsbloss som fick dem båda att kasta upp. Den kvällen slocknade de båda i bassängen bland de mjuka kuddarna från gillestugans soffa som hamnat i bassängen igen, som de alltid gjorde när Ålänningen inte var på plats, när bara Doris och Sandra var i huset. Och svepte in sig i tyger i Maharadjans palats. "Lilla Bombay", försökte Doris Flinkenberg igen, men Sandra ryggade, hon var inte med på noterna. "Nej, inte det." "Varför inte?" "Sluta tjata."

Och Doris slutade tjata. Beredvilligt. Det var också något annat i luften nämligen, hade hela tiden varit det. En skör stämning, som ett gummiband som spändes, spändes mellan dem. Det var det konstiga men också det som var mest ljuvligt, på något sätt.

Och plötsligt tyckte sig Doris förstå att det var därför de var där egentligen. Att det var därför som det inte hade blivit någon resa av. Hon tyckte att Sandra såg på henne ibland, i mjugg, försiktigt. Med en ny blick, eller gammal, hur man ville ha det. Men en blick som ville henne något. Som ville henne så mycket att den blygdes, såg ner eller bort eller väjde undan bara.

Och Doris. Hon njöt av det. Allt oftare i Doris huvud, men i Sandras också, flöt det upp, ett minne från en midsommarkväll för länge sedan, den kvällen de började lösa mysteriet med den amerikanska flickan. Någonting i mossan, någonting, som då blev på hälft. Och det var bra så. Men nu.

Det var det som låg emellan.

Och plötsligt, mitt i en lek, kysste Sandra Doris. Eller var det Doris som kysste Sandra först? Det spelade ingen roll. Det var vackert. Det var som det skulle vara. Och de båda hade mossan i sig, minnet av mossan… och när de började kyssas kunde – blixt och dunder – ingenting hejda dem.

"Ingen kan kyssas som vi", viskade Doris Flinkenberg. Fast då var det redan efter Första gången, med cigarrcigarretter och gin och tonics.

Det hände sig mitt i en ny lek, katt-och-råtta-leken, deras egen variant av den (den hade alltså ingenting att göra med Solveig och Rita och de andra, som tog sig in i husen på Andra Udden på höstarna när sommargästerna hade rest och gjorde vad de ville där). Det här var mycket oskyldigare, mest ett tidsfördriv. Ett hugskott, en idé som kanske kom till för att Sandra och Doris i alla fall, trots att de njöt av varandras sällskap och var sig själva nog, började tycka att det nog tidvis var lite långtråkigt att bara hållas inomhus.

"Primalskriket befriade mig", läste Doris Flinkenberg högt ur en tidning, en vanlig damtidning, som kanske härstammade från Pinkys tid i huset i den dyigare delen.

"Vad är det?" frågade Sandra slött och Doris förklarade att det var det skriket som man skrek när man kom ut ur mammas mage och att många mänskor kunde må bra av att skrika det skriket på nytt som vuxna. Det lät ganska svävande, så Sandra frågade, slött:

"När då då?"

"Nå till exempel", sa Doris som tyckte det var viktigt att kunna ge svar på tal i alla sammanhang, "om man är hemskt rädd för något så kan det hjälpa en att skrika ut sin rädsla med grundskriket. Liksom bemöta rädslan med ett skrik." Det där sista la hon till med en ton som Sandra hade lärt sig att betydde att hon egentligen inte hade en aning om vad hon talade om.

"Det där är ju… bara skit", konstaterade Sandra och Doris höll visserligen med hon också, men kort därpå slängde Doris Flinkenberg i alla fall tidningen ifrån sig och föreslog:

"Ska vi göra det då?"

"Jag har inte tänkt ställa mig på trappan och håjla om du trodde det. Dessutom är det viktigt…"

"… att ingen hör och ser oss så att vi får vara ifred", fyllde Doris i.

"Ja, ja, jag vet. Du har sagt det. Vi har. Men jag menar en annan sak. En lek. Hur låter det?"

Intressant. Det lät ju intressant.

Och det rådde redan en underlig spänd stämning mellan dem. Det var blickar och beröring; eller rädsla för beröring. Fel sorts beröring. De som tidigare hade tumlat om som två kaninungar var som helst höll sig nu på behörigt avstånd från varandra, till och med nere i bassängen.

Sandra med sina sysselsättningar i ena ändan, Doris i den andra.

"Vad syr du?"

"Jag syr", förklarade Sandra då alldeles lugnt, "glitterkläder för den amerikanska flickans begravning. Och träskdrottningens uppståndelse. Det är nästan samma sak."

Eller sa Sandra så, var det en dröm?

Hur som helst. Allt detta var ägnat att på något sätt ännu mera förstärka spänningen mellan dem.

"Katt-och-råtta-leken", förklarade Doris Flinkenberg. "Men på vårt eget sätt."

"Leken heter *Uppdrag bemästra rädslan*", förklarade hon vidare. "Hänger du med? Jag ger dig ett uppdrag och du ger mig ett uppdrag, jag bestämmer för dig och du bestämmer för mig. Det är nämligen såhär, att ibland, när två människor är nära, så ser den andra en själv tydligare än man själv.

Så nu gäller det för oss att lära oss att övervinna våra största rädslor. Och vi hjälper varandra i det. Du ger mig ett uppdrag och jag ger dig ett uppdrag."

"Nu säger jag till dig", började Doris Flinkenberg, "att du går raka vägen till Benckus lada och hämtar den amerikanska flickans väska med alla hennes saker i hit till mig. Eller till oss. Hit till huset. Som du förstår, som du själv har sagt, så är det viktigt att ingen ser dig.

Jag vet att du är rädd för att gå dit in. Nu går du dit och gör det. Förstår du?"

Sandra hade nickat. Jo. Hon förstod det. Och själva leken. Och plötsligt, det gick kalla kårar över kroppen, hon inte bara förstod utan var mycket intresserad till och med.

"Och nu säger jag till dig att du går till Solveigs och Ritas stuga och hämtar deras pistol. Den som du alltid snackar om, det där arvegodset. Det är inte det att du talar om pistolen, men alltid när du talar om Rita och Solveig i stugan så blir du alldeles konstig. Eller inte alltid. Men ganska ofta."

Och det konstiga var att det hade effekt på Doris.

"Hur vet du det?" frågade Doris hastigt, som om hon blivit avslöjad.

"Nå. Nu börjar leken. Hur lång tid har vi på oss? En halv dag?"

Och Sandra och Doris hade utfört sina uppdrag. Sandra hade pilat genom skogen till kusingården, hon hade tagit den långa vägen som gick förbi mossen där hon och Doris en gång för länge sedan hade kysst varandra för första gången. Det ilade i maggropen, och nä, hon hade inte varit rädd alls, inte nervös. Inte för att gå till Benckus lada i alla fall. Hon visste ju att han var borta. Han var borta hela sommaren. Det hade han sagt till henne när hon kom till honom för sista gången, sent på våren, i maj. Han skulle bo med Magnus von B. i en lägenhet i staden vid havet.

Sandra hade vant, och utan några tankar, tagit nyckeln från gömstället och öppnat golvluckan och tagit vad hon skulle ha, och sedan pilat tillbaka genom skogen, och varit noga med att ingen skulle se och höra.

Och Doris hade kommit tillbaka med pistolen.

"Det var hur lätt som helst. Ingen var där."

"Såg någon dig?"

"Nej."

"Såg någon dig?"

"Nej. I alla fall tror jag inte det."

"Är vi mindre rädda då?"

"Kanske."

"Kanske."

De hade varit nere i bassängen och båda hade börjat skratta på samma gång.

Och Doris, på alla fyra, hade krupit över till Sandra som satt på andra sidan av bassängen.

Världen i en fyrkant minimal, 2. Första gången. Doris, i simbassängen. "Var tyst, var tyst", för Sandra hade ännu haft skrattet i sig.

"Och nu är jag inte den amerikanska flickan. Nu är jag mig själv."

Och sedan kysste Doris Sandra. Och det VAR inte faktor X som kysste, eller någon annan. Det var Doris Flinkenberg som kysste Sandra Wärn och Sandra Wärn som kysste tillbaka. Och Doris mindes mossan, den gröna mjuka mossan, och Sandra mindes mossan och...

Ingen kan kyssas som vi. Nej verkligen. Men det var allvar. Och det ena ledde över i det andra. Och sedan reste de i varandra i maharadjans slott som de hade byggt åt sig av tygerna och kuddarna på bottnen av simbassängen. Och rörde sig, två kroppar tätt omslingrade, om och över varandra, på den mjuka, vackra marken.

Och i televisionen på bassängkanten visades blixt och dunder och det stormade.

Den mjuka vackra marken

Eftersnack. "… som om jag haft flator i släktled på släktled bakåt i tiden", suckade Doris Flinkenberg lyckligt.

Det var efteråt, när Sandra hämtade en bricka på vilken hon hade dukat fram cigarrcigarretter och gin och tonics. Och de satt nakna och rökte, drog halsbloss så att ögonen tårades och det gick runt i huvudet

på dem, deras nakna kroppar i silhuett i halvmörkret, glödande cigar-
retter, fuktimmiga kalla glas i vilka isen klirrade.

"Vet du vad?" Sandra sträckte fram sitt glas för att skåla med Doris
glas, klirr. "Jag har aldrig förfört någon förut."

Sandra, lekfull.

Doris själv: hon hade ingen lust att prata eller utreda något överhu-
vudtaget. Hon sa ingenting. Hon kurade ihop sig som en lycklig strunt
så nära Sandras kropp hon kom.

Och någon knäppte på teven. Den natten, natten efter att de hade varit
tillsammans första gången såg de på teve nere i bassängen utan vatten,
dit de hade släpat madrasser och täcken och så vidare. "Ett KÄRLEKS-
NÄSTE", sa Doris Flinkenberg kanske ett par gånger för mycket, för en
gångs skull, tyckte Sandra. "Prata inte så mycket."

Ord. För många ord. Den natten kom det en underlig film i teve.
Filmen handlade om en rymdfarkost eller motsvarande, vad en sådan
kan tänkas heta, som for omkring i en människokropp. Som om krop-
pen var rymden, eller ett främmande solsystem. Färdades genom blod-
ådrorna, dessa ja, skulle man kalla dem för astronauter?

Doris visste inte. Hon följde inte med i handlingen. Hon skulle inte
minnas ett dyft av handlingen efteråt. Men hon skulle minnas det röda,
det violetta och allt det varma, bildernas värme som underströks av att
färgtelevisionen i sig var inställd på för mycket rött och dåliga kontras-
ter så att allt smälte in i varandra i någon mån. Doris skulle också min-
nas det dunkande hjärtat... som astronauterna, eller vad de kallades,
var rädda för att sugas upp i... eller hur var det egentligen... hon skulle
inte veta... hon skulle inte ha EN ANING, för hon skulle ligga där
som en lycklig skit, en salig femtonhundra kalibers älskarinna.

Tätt tryckt mot sin älskades bröst.

Mot Sandras kropp som var varm, nästan het, och luktade skarpt av
svett.

OCH vad var det, det som tygerna luktade? "Maharadjans slott", hade Sandra sagt. "Nej, Lilla Bombay", hade Doris sagt, men hon skulle inte upprepa det nu för Sandra hade blivit upprörd då. Lilla Bombay, nu. Nu, tänkte Doris, som man gör när man är dum och kär och tror att man är oövervinnerlig, nu börjar jag förstå vad det är frågan om.

Astronauterna i Blodskogen.

I aortan, planetens pulserande innanmäte.

Lät sig domna bort. En hand på Sandras mage.

"När du sa till mig att vi inte skulle svara i telefonen för att du inte ville att någon eller kusinmamman skulle komma och ta mig från dig, då förstod jag", pep Doris Flinkenberg.

"Sch", viskade Sandra frånvarande, från mitt i filmen där hon var.

Och med detta sch förstod Doris att tiden för eftersnack var över. Men det gjorde ingenting. Snack. Allt detta snack. I själva verket var hon trött på det också. Hon var trött också, lyckligt trött och slut.

Det sexuella uppvaknandet.

Att från Blodskogen färdades astronauterna in mot ett hjärta som var mörkt och rött.

Världen i en fyrkant minimal 3. Regn. Det gick dagar. Älgsteken var uppäten. Flickorna åt skumkarameller och choklad och chips. Det började regna. Regnet gjorde allting fuktigt. Först var det en behaglig fukt, för det var onekligen en för torr och varm period som låg bakom dem. Men fukten började tränga upp i bassängen också, och det var inte lika skönt. Och med kylan och fukten kom hungern, den riktiga, den *doriska*.

"Jag är hungrig. Varm mat", pep Doris Flinkenberg vid Sandras bröst. "Köttet är svagt. Riktig mat."

"Herregud", sa Sandra uttråkat, "kan du faktiskt inte hålla dig?"

"Nä."

"Jag vet", sa Sandra. "Vi ringer till butiken och ber dem köra hem en massa mat. Under sträng tystnadsplikt. Vi har pengar. Vi mutar tanten i butiken."

"Bra idé'", sa Doris. "Jag ringer."

Doris ringde till handelsboden i kommuncentrum och blev utskrattad.

"Den som ej vill arbeta han ska ej heller äta", sa tanten i butiken. "Det är bara så att Doris Flinkenberg pallrar sig hit på apostlahästarna."

De var alltså igenkända.

"Och sluta göra sig till nu. Vad säger förresten mamma om den saken?"

"Sådärja", sa Sandra Wärn när Doris redovisade samtalet för sin älskarinna. "NU har vi då helvetet över oss. Tack så mycket."

"Det var inte min idé."

"Nå, då kan vi gå till butiken då. Inte spelar det ju någon roll nu längre."

Nach Erwald. Und die Sonne. De var i Garderoben, kort därpå, någon dag senare, när det började ringa på dörren. Och mycket riktigt, de såg ut genom fönstergluggen, det var kusinmamman där utanför högst uppe på den höga trappan-upp-i-ingenting.

"Öppna! Jag vet att ni är där inne!" Kusinmamman ringde på och ringde på. Klockan spelade och spelade och spelade. Ingenting hände. Kusinmamman övergick till att knacka, småningom bulta på den bastanta dörren.

"Doris! Sandra! Jag vet att ni är där!"

Inne i huset höll sig flickorna blickstilla. Inne i Garderoben knep de ihop sina munnar, gjorde grimaser åt varandra. De såg kusinmamman i fönstergluggen. De såg henne, men hon såg inte dem.

Det var i regnet. Kusinmamman gav sig. Hon började gå tillbaka nerför trapporna med långsamma steg. Hennes ryggtavla, en blå regnponcho med uppdragen huva, svarta gummistövlar med höga skaft. Det var rörande. Att se kusinmamman så gjorde dem båda mållösa på riktigt. Kusinmamman vände sig om ett par gånger för att försäkra sig om att dörren inte öppnades i alla fall...

"Voj nej", sa Doris Flinkenberg och hade tårar i ögonen.

Men i Garderoben, Sandra la sin hand på Doris bröst. Och så började de igen. In i vilda kyssar, smekningar.

De tumlade ut ur garderoben. Och sedan följde, första kyssen, andra kyssen, tredje...

Och Doris ledde mitt bland kyssarna och smekningarna Sandra ut ur Garderoben och in i Sovrummet. Ålänningens sovrum. Där hade de aldrig varit, alltså aldrig varit tillsammans på det viset, förut.

Blixt och dunder. Den varma mjuka marken. Mot blodskogen...

"Den där ringklockan", konstaterade Sandra i sängen efteråt. "Vi måste göra någonting åt den. Nu går jag och hämtar pistolen."

När Sandra gått sin väg så låg Doris kvar i sängen. Det tog en ganska lång stund innan Sandra var tillbaka. Medan Doris väntade blev hon rastlös. Hon såg sig omkring på ett nytt sätt, eller ett gammalt, det gamla. Med stor uppmärksamhet, för att skaffa sig information.

Händerna fingrade på det ena och det andra i närheten på nattduksbordet, i nattduksbordslådan. Och där, under en massa papper och segelbåtsbroschyrer, hittade hon ett fotografi. Hon tog upp det och studerade det noggrant.

Bilden föreställde Lorelei Lindberg och den lilla flickan, de stod i regnet utanför en butik. Det var en affär, en tygaffär, det såg man om man tittade noggrant, vilket Doris skulle göra i ett senare skede, men inte nu.

Sandra med sin uppspruckna fula läpp; det gick kalla kårar av ömt och kärleksfullt igenkännande genom Doris Flinkenberg. Och Lorelei Lindberg. Det var lätt att se, det kunde inte vara någon annan. Men samtidigt, hon såg på något sätt så annorlunda ut på bilden, inte mera främmande, men liksom, och det var kusligt, mer bekant.

Doris hjärta bankade, det var en otäck känsla som smög upp i henne och med det kom illamåendet, hon måste svälja, svälja för att mota undan kväljningarna. Medan hon såg. För plötsligt förstod hon vad det var hon såg, och vad som var bekant.

Lorelei Lindberg i röd regnkappa.

Plast är ett evigt material.

Den röda regnkappan var, det rådde ingen tvekan om den saken, eller var intill förvillelse lik, samma förbannade kappa som hon hade sett vid Bule träsket.

För en inte så lång tid sedan. Den som hade funnits på Eddie de Wire.

På henne alltså. Liket av den amerikanska flickan.

När Sandra kom tillbaka hade hon pistolen med sig.

Doris hade snabbt skjutit igen lådan och sa ingenting till Sandra om sin upptäckt.

"Nå, ska vi se vem som prickar bäst då."

"Hej. Vad är det med dig? Du ser ut som om du hade sett... ett spöke? Eller hur var det nu: en fantasm. Kom nu. Här blir inga barn gjorda. Nu ska vi ut och skjuta."

Och ute på gården tävlade de i vem som först sköt sönder ringklockan. Doris vann.

De målade sig. De förberedde sig för den tidpunkt när ankungen skulle bli svan, eller såhär: den tidpunkt då Träskungen skulle bli Träskdrottning, också en ordlek som inte betydde någonting då, än. Den tidpunkten verkade inte vara så långt borta. I alla fall inte om man tittade på den ena av dem.

Alltså på Doris. Och det var just Doris, inte Sandra, det var också en överraskning. Man hade tänkt sig att det skulle vara tvärtom.

För vad som alltså hände var att Doris växte upp. Sandra med, men Doris mer iögonenfallande. Så väldigt iögonenfallande att det inte kunde ignoreras. Så att man måste, för att bibehålla balansen mellan dem båda, göra någonting åt saken.

Om inte någonting annat så förstärka, förtydliga.

Barnhullet föll av Doris Flinkenberg. Doris smalnade. Hon blev inte mager, men kroppen fick kurvor som på en Coca-Colaflaska. Doris landsvägsfärgade hår som hade bleknat i solen som hela sommaren hade lyst över begravningsplatsen där hon hade krattat gångar och planterat växter visade inget tecken på att återgå till sin normala färg.

Trots att flickorna höll sig inomhus för det mesta, utom den allra sista tiden.

Efter det sexuella uppvaknandet tycktes det vara så att blondheten var det som skulle vara Doris-som-kvinnas färg. Långt och mjukt dessutom, föll det ljusa håret ner på hennes axlar och vidare då det växte ut och växte ut. Omöjligt att förbigå. Sandra, på bassängens botten, kammade och borstade och hade sig med det.

Telefonen ringde. Sandra svarade inte.

"Det kan ju vara Lorelei Lindberg", sa Doris. "Ska du inte svara?"

"Inte nu", sa Sandra stelt från mitt i leken. "Nu vill jag leka."

"Äsch", sa Doris Flinkenberg småningom otåligt på bassängbottnen. "Det här är slött. Kan vi inte GÖRA någonting i stället?"

"Nattens övningar hör natten till", viskade Sandra, full av hemlighet.

"Jag menar faktiskt GÖRA", sa Doris Flinkenberg. "Även om vi älskar varandra så är jag ju inte någon kanin som vill kopulera hela tiden. GÅ UT. Varför går vi inte ut?"

"Nå vi går då. Till butiken. Men vänta. Vi gör dig till Träskdrottningen först. Träskdrottningen går till butiken."

Träskdrottningen gick till butiken. Doris fick ta på sig glitterkläderna som Sandra egentligen hade sytt för ett annat tillfälle, det som också skulle äga rum snart, alltså, den amerikanska flickans begravning. Och Pinkys skor, de kvarglömda silverskorna med en halv meters klack som också glittrade.

Det var en lek. De gick till en annan butik den här gången. Inte till den butik som låg allra mest centralt, uppe i kommuncentrum, utan en handelsbod som Doris kände till, som låg norröver ovanför träsken där träskmänniskorna tidigare huserade (det område som nu alltså skulle bli rekreationsområde för kommunens invånare).

Träskdrottningens återkomst, sa Sandra Wärn till Doris Flinkenberg och de marscherade iväg.

"Vad är det för en filmstjärna då?" frågade tanten i butiken när de kom in – hon var ensam där.

"Det är Träskdrottningen", sa Sandra dovt. Och Doris log. Och butikstanten log. Hon förstod sig på lek, så långt var allting bra.

"Och vad ska ni flickor ha då?"

Och Sandra hade börjat räkna upp allt som hon hade på sin lista och Doris, Träskdrottningen i glitterkläderna som Sandra hade sytt åt henne, fyllde i där det behövdes.

Det var då som dörren öppnades och hon steg in i butiken, Liz Maalamaa.

Stönande och stånkande i sommarvärmen.

"Där i Florida var det så varmt att man måste ta innerturken bort."

"Vi har långväga främmande", sa butikstanten. "En riktig lottovinnerska."

Världen i en fyrkant minimal, 4. Inkräktaren/träskdrottningen i bassängen.
En annan gång, när Doris var färdig Träskdrottning, klättrade Sandra upp ur bassängen och drog upp stegen efter sig så att Doris inte hade en chans att komma upp på egen hand.

"Sluta upp nu", klagade Doris plötsligt i bassängen. "Släng ner stegen. Jag orkar inte leka mer. Jag vill komma upp nu."

Men Sandra låtsades inte höra. Hon hade försvunnit upp i övre våningen och när hon var tillbaka hade hon med sig pistolen.

Sandra stod på bassängkanten som en gång för länge sedan, höjde handen och siktade på Doris med pistolen. "Pang pang, du är död."

Det var ju inte första gången så Doris hade inte blivit väldigt rädd. Dessutom, ännu i det skedet skulle hon aldrig ha kommit på tanken att bli rädd för Sandra som var en del av henne själv.

Men det var de sista sekunderna av oskuld.

För samtidigt hände något underligt. Leken blev allvar, och för dem båda –

"Sluta har jag sagt."

Och Sandra, det fanns en underlig samtidighet i allt, hon mindes plötsligt någonting för länge sedan, eoner tillbaka i tiden, när Lorelei Lindberg ännu var där.

Lorelei Lindberg i bassängen. Letande efter en rubin av matskedsstorlek. Ålänningen någon annanstans, men inte länge. Kunde komma när som helst. Han hade tagit bort stegen för att hålla henne där, i säkert förvar. Det hade varit en lek, en sådan som man försonades efter, men nu var det inte längre det. "Sandra! Hämta stegen!" väste Lorelei Lindberg. "Stegen Sandra! Snälla! Skynda dig!" Och Sandra Långsam, somnambul...

Gick förbi. Hörde inte. Fast hon hörde.

Och Ålänningen var tillbaka. Då hade han geväret med sig.

Skott jag tror jag hör skott.

Men inte.

Sandra gick i sömnen, som sagt, på den tiden.

Det var underligt, alltså, det som sedan hände. Sandra hade aldrig, aldrig varit så nära att berätta allt allt för Doris Flinkenberg. Så nära...

Och ändå hade hon höjt sin hand, ändå siktade hon rakt på Doris i bassängen. Eller Träskdrottningen. Då. Eller vad hon skulle kallas.

"Hjälp. Skjut inte. Nåd. Ha förbarmande."

Vem var det? Inte Doris väl. Nä. Det var Lorelei Lindberg i bassängen. Och ingen tvekan om att hon var rädd för Ålänningen. För sitt liv. Livrädd.

Det är ett spel med höga insatser, hade Svarta Fåret sagt, i Lilla Bombay. Och vi har inte än sett slutet.

MMMMMMMMMMMus.

"VAD ÄR DET SOM NI FLICKOR HÅLLER PÅ MED?"

Plötsligt hade kusinmamman stått där, innanför ytterdörren.

För medan allting hände i bassängavdelningen hade kusinmamman dykt upp på andra sidan ytterdörren därnere, "catering-ingången", dörren med en glasspegel överst. Hon hade bultat på dörren och ropat.

"Öppna genast! Genast!"

Och när ingen hade öppnat hade hon tagit sin nyckel och öppnat dörren och nu stod hon där på insidan, ett ögonblick en smula mållös inför allt.

"Vad?" hade Sandra sagt med nollställd, förtörnad min, liksom alldeles oförstående.

"MAN RIKTAR INTE EN PISTOL MOT EN ANNAN LEVANDE MÄNNISKA!"

Kusinmamman skrek igen, närmast hysteriskt.

Men sedan fick hon syn på Doris i bassängen. Liksom på nytt.

Doris, allra högst levande och så snygg, så vacker... så prinsesslik bland alla saker. Ett ögonblick, två: kusinmammans blick vilade en aning för länge på Doris Flinkenberg, för under den tiden hann Sandra lägga undan pistolen.

"Vad då pistol?" hade Sandra sagt hur lugnt som helst.

"JAG SÅG NOG!" fortsatte kusinmamman, men nu mera hätskt som för att övertyga också sig själv.

"Va?" frågade Sandra igen, lugnt och nonchalant. Och vände sig till Doris och frågade som om kusinmamman inte var där, i tredje person singularis. "Vad menar hon?"

Doris mellan två eldar. Sandra. Kusinmamman. Hon insåg, å ena sidan, att det skulle bli svårt att älska Sandra. Men å andra sidan: VAD SJUT-TON FANNS KÄRLEKEN FÖR? Om inte för: samgåendet. *Man äls-kar något i någon som väcker en till liv,* hade Inget Herrman sagt. Du och jag mot världen.

Och det var inte alltid roliga saker det (och herregud hur många sånger Doris hade i sin kassettsamling på det temat).

Så valet var lätt att träffa, fast inte utan obehag.

Kusinmammans närvaro hade också gett hela alltsammans ett stänk av realism igen. Verklighet. *Att Sandra skulle...* du milde, Doris Flinken-berg, sa Doris till sig själv, nu skenar det nog iväg med dig.

Kusinmamman ställde sedan en högst normal fråga. "Vad gör ni här förresten? Skulle ni inte... fara?"

En helt och fullt normal fråga, som det verkligen också var på plats att någon ställde. Det hade ju Doris Flinkenberg verkligen undrat också, och faktiskt, inte hade hon nu fått något ordentligt och uttömmande svar på den frågan. Inte ett svar man kunde tro på i alla fall.

Lorelei Lindberg var i New York. Jasså. När det till och med sakna-des ett fungerande telefonnummer i Österrike, det gamla hemmet.

Det var en annan del av henne som hade smugit omkring i huset, när Sandra varit någon annanstans eller upptagen eller sovit, och kontrolle-rat och tagit reda på olika saker. Det var den delen som kunde kallas för tvillingdetektiven, som hade varit i funktion tidigare, vid lösningen av mysteriet med den amerikanska flickan, men utan tvilling nu.

Hon hade ringt Heintz-Gurts telefonnummer i Österrike. Hon hade inte kommit någon vart.

Numret fanns nämligen inte. Det var det lakoniska besked som hade sagts på linjen om och om igen.

Och, den röda plastregnkappan. På Lorelei Lindberg på fotografiet taget framför Lilla Bombay en regnig dag. Det var nästan det värsta av allt. Så hemskt att hon inte ville tänka på det och gjorde sitt allt för att tränga undan det i medvetandet.

Men... å andra sidan... Sandra, älskade.

Så egentligen, kusinmammans fråga hade suttit ganska illa i den situation den nu hade blivit ställd, en situation som med hänsyn till Sandras närvaro krävde ett ställningstagande och det alldeles konkret.

Och Doris hade sagt, hört sig säga, rättare sagt:

"Vi är här, ser du inte? Låt oss nu vara ifred en gång för alla. Stick", och när hon hade kommit igång hade hon arbetat upp sig ännu mera. "Stick har jag sagt. Det blir inga barn gjorda här."

Kusinmamman hade blivit stående en stund, tveksam. Men sedan, hon hade vänt sig om faktiskt, hon hade lomat sin väg.

Och den gången var det definitivt. Hon hade inte, under hela resten av tiden i huset i den dyigare delen av skogen, världen i en fyrkant minimal, kommit tillbaka.

... Men ännu på nätterna, de sov tillsammans, i den äktenskapliga sängen. De sov bland papper, en bok om shoppingcenter, *konsumtionens framtid är konsumtion,* bland alla tygerna. Satinsilke, strävt chiffongsiden, tunn habotai, ett par tummade nummer av "Brott ur livet", "Lär dig själv gammalgrekiska"... och så vidare.

Brödsmulor, smörgåskex och marmelad.

Och när det inte fanns något annat att tala om mer, så kom de tillbaka till den amerikanska flickan, igen.

"Kanske älskade hon honom och stod inte ut med tanken på att han var förälskad i en annan", viskade Sandra till Doris Flinkenberg i mörkret.

"Men herregud", invände Doris Flinkenberg, fast alldeles spänd, vågade knappt andas, för nu kände hon och alldeles tydligt, Sandras händer på sin kropp. På den nakna huden.

"Och dessutom", fortsatte Sandra och kröp närmare. Doris kände andedräkten i sitt öra och det kittlade och de där fingrarna spelade över magen och i naveln, spela mig som du spelar din gitarr... "Kanske Eddie inte behövde liksom göra något ont överhuvudtaget. Jag menar, åt henne. Det räckte med att hon fanns till. Som motiv. Bara genom att finnas till i jämförelse med... Man såg hur underlig, hur bedagad, onormal kusinmamman var med sin vilja, med det hon kände. Lusten. Hon kände sig avslöjad. Avklädd. Naken. Vad det sen gick ut på?"

Men herregud, vem talade Sandra om egentligen?

"Hon var ju en gammal tant", gick Sandra på. "Två pojkar hade hon. Halvvuxna..." Sandras handflata, mjuk och bestämd och så bekant över Doris bröst och ben och det rådde ingen tvekan om vart hon skulle. Hasade upp blusen. Doris hjälpte till, omärkligt. Plötsligt skämdes hon över sin vilja. Hur stark den var, hur bestämd.

Och dessutom *hade alltid varit det*. Och för att slippa tänka på det, för att slippa tänka överhuvudtaget, tryckte hon sig mot Sandra, och tog in doften, den konstiga som var lite unken och alldeles för kryddig, men ändå flyktig. Den som kallades för Lilla Bombay.

Vad var det? En tygaffär?

Doris kom där i sängen på att det var så mycket hon inte visste om Sandra, så mycket som hon inte hade frågat.

"... inte ens hennes egna barn..."

Vem talade de om egentligen?

Men samtidigt föll lusten över Doris Flinkenberg igen. Och kärleken.

Ingen kan älska som vi.

Nej, verkligen.

Efteråt:

"Har du tänkt på?" hade Sandra frågat liksom förhäxad av sig själv, sin oförvägenhet plus av den tanke som hon skulle uttala. "På allt du inte vet om henne? Känner du henne egentligen? Egentligen?"

De talade om kusinmamman igen, kom hela tiden tillbaka till det. Sedan sa Doris, hon måste ju medge det:

"Nja."

Så var det. Både ja och nej.

Och plötsligt gjorde det henne förtvivlad.

Alltsammans, allt. Både det som Sandra sa, och det var ju sant, vad visste hon om kusinmamman egentligen? Vad visste hon om något eller någon?

Vad visste hon om Sandra, sin bästa vän, sin högst älskade?

Och hon hade så velat fråga, men det stockade sig i halsen. Om den röda plastregnkappan på fotografiet, om telefonnumret som var ur bruk... om allt... men hon gitte inte. Hon var rädd.

Rädd för att få veta, men också rädd för.

Rädd för Sandra. Var det möjligt?

Men det var i sig en tanke så omöjlig, så upprörande, så oerhörd, att hon inte orkade vara en som tänkte den. Hon orkade inte mera! Hon ville skita i! Allt!

"Men kan vi inte strunta i den amerikanska nu redan? Kan vi inte lämna henne åt sitt öde?"

Tyst.

"Jo", sa Sandra sedan. "Det kan vi. Men vi måste begrava henne först."

Världen i en fyrkant minimal, 5. Begravningen av den amerikanska flickan. Sandra låg i simbassängen, på bottnen, på de gröna kaklen, hon låg på tyg, på dovt grönt siden duppioni och hon hade glitterkläderna på; dem hon hade sytt åt Doris som träskdrottningsutstyrsel, men de fick också duga nu. Scarfen, den var Eddies riktiga, och blusen, den som en gång tillhört Syster Natt: Ensamheten&Rädslan-tröjan.

Och Sandra låg och blundade för hon var död, och Doris strödde blomblad – det skulle föreställa rosor men det var vanliga åkerblommor bara, men temat var; Ingen kände min ros i världen utom jag – över Sandras kropp på bottnen.

Ingen kände min ros i världen utom jag, mumlade Doris. Hjärtat är en hjärtlös jägare, mumlade hon. Och sa: "Det var en främmande fågel, nu är den död."

Och Doris svepte in Sandra i tyg, i mera tyg, tyg så att hon täcktes. Vit och vinröd rasgulla crêpe, som föll så mjukt, som snö. "Som snö", upprepade också Doris Flinkenberg. "Begravs i snö."

Och Doris gick ut i gillestugan och satte på musiken så att den flödade på full volym i alla rum där det fanns högtalare i huset. Och musiken, den var vacker, den var Nat King Cole.

"The dream has ended. For true love died."

Drömmen tog slut. För den sanna kärleken dog.

Så gick orden i den och när man lyssnade, så var det plötsligt sant.

Sandra låg i bassängen och slöt ögonen och färdades bort och plötsligt ett ögonblick var hon kvinnan på bottnen av bassängen, hon som fanns på Benckus karta. Vem var hon egentligen?

Ett ögonblick, bara ett ögonblick, snuddade hon vid den vetskapen, och det var hemskt, så fruktansvärt. Vad hade Bencku sett egentligen?

För hon steg ju upp igen. Och Ålänningen föll ihop på bassäng-kanten och lät henne gå, och det kom en bil, och hon for sin väg. Inte ens mot okända öden, om det bara varit så lätt...

Men nu, slutfantiserat nu, för Doris dova röst någonstans:

"Jag förklarar dig nu för död OCH återuppstånden. Och därför ska vi dansa, en allra sista dans."

För drömmen är slut nu. Den sanna kärleken dog. Och plötsligt var det verklighet.

Och Sandra steg upp, och musiken spelade, och Doris var där och tog henne i sin famn, inte i kram, men som i dans. En långsam lång-sam, tryckande dans.

Till den vaggande sången och de båda, de nästan grät.

Någonstans ringde en telefon, Doris fick plötsligt fart i sig, hon rusade för att svara.

"Nu svarar vi!"

Och Doris rusade till telefonen och svarade och Sandra blev kvar där på bassängens botten och hon väntade.

Och den som varit i telefonen var Liz Maalamaa som sa att hon nu skulle komma med alla matvaror som de hade beställt från butiken.

"Inte har vi beställt några varor", sa Sandra.

"Skit i det", sa Doris. "Vi dansar nu. Vi tar om sången."

Och det gjorde de, de dansade.

Och plötsligt mitt i allt, hördes ett öronbedövande KRASCH och glaset strittade: det var Liz Maalamaa som hade kommit in, hon hade, när ingen öppnade, slagit sönder fönstret i dörren. Och där stod hon, Liz Maalamaa, vid nedre ingången, bland punkar, bulimyggor och insekter som kröp på henne, och glasskärvor och sa, högtidligt:

"Flickor, flickor, vad är det riktigt som ni har för er med varandra? Flickor, flickor, inte far ni väl illa med varandra."

Och sedan när hon hade fångat flickornas uppmärksamhet.

"Jesus älskar er. Kära nån då så Jesus älskar er. Och han ska ha sitt damoklessvärd med vilket han ska skära genom dimmorna."

Och Liz Maalamaa, hon hade en liten gnyende hund i famnen.

Rita Råtta. På Andra Udden fortgick sommarlovet. Havsungarna var havsungar som alltid, sig själva och sin uppgift nog; att vara havsungar, på sommarviste. Vitklädda, suveräna, umgicks som alltid helst i utvalt sällskap, det vill säga, bara med varandra. Kenny bodde för det mesta ensam i Glashuset det här året. Det ryktades om att friherrinnan var sjuk. Men några gånger den sommaren kom hon ut: hon blev utkörd i taxi och satt sedan i rullstol invirad i filtar och i mörka solglasögon på klippan bredvid Glashuset. Var det sämre väder höll hon till inne i sin vinterträdgård. Då kunde man om man ansträngde sig se henne som en mörk skugga på insidan. Och man såg. Ibland. Rita såg. Hon hade gått till huset på Första Udden, stod i det vingligt livsfarliga halvt nerbrunna tornet och tittade omkring sig.

Då, när friherrinnan kom till Glashuset, var inga havsungar på plats. Det skulle städas ordentligt innan friherrinnan kördes ut för sitt besök. "Fyra moppar och en sopskyffel" tillkallades. Solveig och Rita. Tidigare hade hon vägrat sätta sin fot i det där huset. Det hade varit en gräns. Det var det inte längre.

"Omänskorna måste tillkallas", hade Bencku sagt någon gång tidigare på våren, med det "klassperspektiv" som han låtsades vara genomsyrad av. Rita var så trött på det. Så trött på allt som hade det halvkvävda missmodet i sig. Hennes syskon, de verkade så bra på det. Var satt det? I generna?

Och låtsades var rätta ordet. I fråga om Bencku alltså. För summa summarum. Den här sommaren var Bencku INTE på nordisk kurs i marxistisk teori på fackföreningscentralens sommarkurscentrum, han var inte på fredsskolning i Moskva eller på arbetsläger i Tyska demokratiska republiken eller i Polen. Han gjorde överhuvudtaget inte en enda insats alls, inte en enda, för de fredsälskande folken i världen.

Men inte var han "sopskyffel" heller.

Nä. Bencku var "på drift". Och det var programmatiskt (han hade läst en bok). Bencku var "på drift" med Magnus von B. inne i staden vid havet. Där de bodde i en lägenhet som ägdes av Magnus von B.:s pappa och arbetade i hamnen när de behövde pengar. Annars levde de loppan; slog dank helt enkelt.

"På drift." Det var i och för sig hur kul som helst. Men lagom roligt för den som var kvar här och hade allt hans arbete att utföra.

Men egentligen var Rita mest, framför allt och allra mest, arg för att han inte var där. Och det var, i princip, något som Rita hade svårt att fördra vid den här tidpunkten.

Alla som inte var där utan på alla andra ställen. Till exempel Jan Backmansson och hans familj: de var på Fidjiöarna. Någon speciellt intressant reptilsort som fanns bara på de breddgraderna skulle studeras och det ihärdigt. Dessutom, skrev Jan Backmansson i sina brev, så är det så förunderligt klart i vattnet här. Dessa jävla brev. "Azurskimrande."

Och folk som inte höll sina löften. Hon mindes så tydligt Tina Backmanssons: "Och så är det ju alldeles klart att Rita flyttar till oss i staden vid havet. Vi har ju en stor och rymlig lägenhet och Susannas rum står tomt."

Det hade varit efter att huset på Första Udden blivit skadat i branden och familjen flyttade tillbaka in till staden.

"Vi kommer närmare överens om de praktiska detaljerna senare", hade Tina Backmansson sagt. "Det är ju lite stökigt precis just nu när vi är mitt i flyttningen."

"Sen, Rita", hade Jan Backmansson sagt i telefonen på våren. "Efter sommaren. Sen."

"Fast du skulle inte ha trivts här. De är stränga muslimer där vi bor. Kvinnorna måste gå med kläderna på i duschen (eller och simma). Mamma har mycket svårt med det. Hälsningar. Din J."

Andra Udden, glashuset, havsungarna. Rita fann sig motvilligt fascinerad av dem också. Särskilt Kenny.

Kenny var oftast med en flicka från ett annat hus på Andra Udden den här sommaren. Hon hette Anna Sjölund eller något liknande och hade fått en Nissan Cherry, vinröd förstås, i studentgåva av sina föräldrar och nu firade hon sitt "sista sommarlov" eller hur det hette, innan studierna på inredningsarkitektslinjen, som hon hade blivit antagen till fast det var hur svårt som helst att komma in, skulle inledas på hösten. Anna Sjölund hade något slags arbete, hon sålde skivor i en affär i staden vid havet, men det verkade i alla fall som om hon skulle frånvara från det av hjärtans lust, för vad hon mest var sysselsatt med i början av sommaren, verkade det som i alla fall, var att köra omkring i sin Nissan Cherry med dödlig hastighet på de små vägarna i Trakten med Kenny, det vill säga när de inte var upptagna av att vara havsungar som höll på med sina surfingbräder och segelbåtar och etcetera vid stränderna på Andra Udden.

Men det här hade hänt: en gång när Rita kom gående på den lilla vägen som ledde ner till kusingården från landsvägen blev hon nästan omkullkörd av den där eländiga Nissan Cherryn med Anna Sjölund och Kenny i. De bromsade in på vägen några meter framför henne så att dammet yrde, för att, som de sa (men de var fulla i skratt, fast ändå inte elakt skratt, Rita som inte hade rykte om sig att vara så snäll heller förstod sig på skillnaden) be om ursäkt.

De väntade i bilen tills hon hann upp dem.

"Det var inte meningen", sa Kenny.

"Vi ser döden i vitögat", sa Anna Sjölund.

"Det gör ni inte alls", sa Rita. Hon hörde sig säga det alltså. Det var inte planerat. Det bara kom ur henne. Och hon fann en besynnerlig tillfredsställelse i det. Och det gjorde intryck, hela hennes lakoniska inställning, hon såg det. Sedan visste hon ju förstås inte hur hon skulle fortsätta. *Det där är inget.* Det var andemeningen, men så sa man ju inte. Så hon sa ingenting. Och det blev lite underligt. Men det var i alla fall Anna Sjölund och Kenny som kom av sig mer än hon själv.

Men så förstås, nästan genast efteråt, hade effekten av triumf blivit rejält tilltufsad. Hon hade arbetat i tvåluckiga glasskiosken då ännu, alldeles i början av sommaren. Kenny och Anna hade kommit körande upp till tvåluckiga vid torget och parkerat bara en bit ifrån. Där hade hon sedan suttit, på sin plats på pallen bland strutarna och de olika glassorterna som ingen ville köpa för det var ganska kallt i luften ännu den där tiden, i sin ljusgröna glassblus och med sitt ljusgröna J.L-huckle på hjässan, inne i glasskiosken och stirrat fånigt på Kenny och Anna i den vinröda

277

bilen i kvällssolskenet. De snusade och spelade musik på hög volym.

"Fan så banalt", hade Kenny ropat med sin speciella brytning och stoppat en snusprilla under läppen och så, vroom, hade bilen kört sin väg.

Uppe i tvåluckiga, alltså. Det var så som sommaren hade börjat. Rita hade redan tidigt på våren fattat beslutet att hon inte tänkte tillbringa sin sommar knegande för Femhundra Moppar och EN sopskyffel – som alltså inte ens, efter många om och men, behagade vara tillstädes, utan "på drift" inne i staden vid havet. Hennes avsikt hade varit ett göra en utbrytning, kanske minimal, men ändå. *Jag tänker inte gå i ert ledband mer.* Något sådant.

Hon hade alltså ordnat anställning åt sig i tvåluckiga uppe vid torget i kommuncentrum. Tvåluckiga var glasskiosken som ägdes av Jeanette Lindström, Årets Företagarkvinna, som hade monopol på glasskiosk-verksamheten vid torget i kommuncentrum, en inte speciellt lukrativ affär i början av sommaren men nog senare, med sommargästerna, och framför allt med genomfartstrafiken på väg ännu längre västerut.

En lucka till vänster, en lucka till höger. Alltså en förhållandevis stor kiosk såg det ut som på utsidan; men inuti satt man på pallar då det inte fanns några kunder att betjäna, då torget låg öde och tomt framför en, och bara måsarna flög runt runt på det, bredvid varandra. Nästan i famnen på varandra, om det ville sig så, den ena och den andra anställda.

Det var ett eftertraktat jobb för det fanns inte många sommarplatser i kommunen för ungdomar i Ritas ålder och Rita hade fixat det åt sig själv på eget bevåg. Detta genom ihärdig övertalning av Jeanette Lindström som var mor till Daniel Danielsson (märk efternamnet: Daniels pappa hade varit "ännu outhärdligare", detta enligt Jeanette Lindströms egen uppgift, de hade en ganska hårdför jargong med varandra, mor och son), hennes galna klasskamrat. Och han var galen alltså, Daniel, det rådde ingen tvekan om den saken.

Samt till råga på allt, vilket Jeanette Lindström verkligen skulle be-

tona senare, i ljuset av vad som hände, på något sätt förtjust i henne. I
Rita alltså. Det var i sig något oerhört. I skolan var man inte förtjust i
Rita, man var rädd för Rita. Hon hade slagit ut tänder ur Synnöve
Lindbäcks mun några månader tidigare, och det hade inte varit någon
oskyldig flicklek utan alldeles på riktigt.

Då Rita hade meddelat Solveig att hon hade fixat ett jobb åt sig hade
det tagit en viss tid även för henne själv att övertyga sig om att det
faktiskt bara var avundsjuka som hade fått Solveig att konstatera att
Rita hade fått jobbet för att Jeanette Lindström blivit utsatt för utpress-
ning från sin son. I början, allra först, hade det sett bra ut. Det var
Susette Packlén som var den andra i kiosken den första veckan, och
hon var alldeles okej. Hon hade en massa historier om sina omöjliga
pojkvänner som man kunde lyssna på.

Och det hade också varit alldeles tillfredsställande att det stod så
uppenbart klart för Jeanette Lindström att Rita var den man vände sig
till av dem båda, den som bar huvudansvaret för kioskverksamheten
när chefen själv inte var där.

"Det kan ju bli en riktig fullfjädrad affärskvinna av dig", hade hon
sagt redan på våren då Rita hade sökt upp henne och bett om att få det
där jobbet för att hon var så himla motiverad och hade tusenetthundra
idéer om hur man kunde få fjäng på glassförsäljningen vid torget under
sommarmånaderna. "Jag ser fram emot att få förverkliga dem." Och så
vidare hade hon brett på.

Inte hade hon ju egentligen några som helst ambitioner. Det fanns fak-
tiskt viktigare saker att öda sin tid och sina krafter och sin tankeverk-
samhet på. Hon hade tänkt läsa, där i kiosken. Hon hade tänkt – i mån
av möjlighet, när Susette Packlén höll käft (sov och höll käft: hon hade
ett fenomenalt sätt att sova sittande, Susette) – vara ifred och tänka.

"Vi kvinnor ska stödja varandra i systerskap och företagarverksamhet",
hade Jeanette Lindström yrat. Fjutt. Hade Rita tänkt. Som pollen på
maskrosor hade allt det där snacket blåst iväg, ifrån huset på Första

279

Udden i alla fall. *Eldrids sinnesresår.* Du milde. Och fallit som "tårar på stenig mark" som det hette i en av de sånger som vindade i Doris Flinkenbergs radiokassettbandspelare.

Men med dessa ord hade Jeanette Lindström anställt Rita som glassförsäljare uppe i tvåluckiga vid torget i kommuncentrum.

Det hade gått så åt helvete som det bara hade kunnat gå. Och att det skulle göra det hade Rita förstått redan på morgonen måndagen den andra veckan efter några ganska lovande första dagar. Men måndagen den andra veckan hade Susette Packlén, som varit hennes "kioskkamrat" som Jeanette Lindström sa (hon var mån om att det inte skulle låta så mycket arbete om detta sommarjobb som hon i och för sig inte betalade så mycket riktig arbetslön för heller), inte dykt upp klockan tio då arbetsdagen började och kiosken skulle öppnas. Exakt två timmar senare, då kyrkklockan vid torget slog tolv dova slag hade Jeanette Lindström dykt upp jämte sin son Daniel Danielsson och lakoniskt meddelat att Susette Packlén blivit skickad för att plocka jordgubbar och övriga bär till de inre delarna av landet där Jeanette Lindström hade egna jordgubbsfält på arrenderad mark, och att Ritas "kioskkamrat" från och med nu skulle vara hennes son Daniel Danielsson. Som behövde få praktisk erfarenhet av det praktiska yrkeslivet, han med. Detta sade hon högtidligt till Rita i Daniel Danielssons närvaro, men när sonen var utom hörhåll viskade hon till Rita:

"Oss kvinnor emellan ska jag säga dig att det inte blir något av mitt semesterfirande med honom i huset. HAN behöver få komma ut och lära sig vad livet är. Se till att inte ge efter för hans nycker. Var hård!" Och sedan hade hon vänskapligt rufsat Rita i håret, det var som tur var före kramarnas och kindpussarnas tid. "Du har råg i ryggen, Rita. Jag gillar det. Du klarar dig nog."

Daniel Danielsson hade löpt amok redan den tredje dagen. Det var ingen överraskning. Man hade väntat på det. Det fanns heller inga orsaker, eller förklaringar. Utom Solveigs enerverande och ytterst skadeglada (eftersom Rita alltså kort därpå skulle vara tillbaka bland mopparna och den frånvarande sopskyffeln igen):

"Dåliga gener. Har jag ju sagt."

Historien om Daniel Danielsson i det ljuset var följande: Daniel Danielssons farfar var djurdoktorn som hatade katter, men en driftig jävel som hade fått för sig att Gud hade begåvat honom med ett högre uppdrag än att punktera kossors jästa magar. Och det var att befria sitt veterinärsdistrikt från kattens ok. Vildkattens, bondkattens, huskattens – till och med grannens angoraskinn lilla Frasses – ok. Han hade alltså börjat fånga in och kremera dem. Alla katter han kom åt. Han tog fast dem på olika mindre och mer sofistikerade och uppfinningsrika sätt, men allra helst på det traditionsenliga viset, med håven. Och därpå sövde han ner dem.

Och förde dem ännu sovande i säckar till Jörgen Bäckström, en av sina lakejer. I mindre samhällen, då som nu, rullar en stor del av vardagen på i kraft av ett dylikt lakejande. På finare språk heter det tjänster och gentjänster, men det är ett i realiteten missvisande namn eftersom det alltid i det systemet är en sida som är starkare, den som har makt att bestämma vilka tjänster som ska utbytas, mot vad, och hur. Det finns nästan alltid en part som är i underläge i förhållande till den andra, och den parten är för det mesta sådana som Jörgen Bäckström som inte är ordförande i stadsstyrelsen, församlingspastor, bankdirektör eller då stadsveterinär som Daniel Danielssons farfar.

Sådana människor som har orden och hela tolkningsmonopolet på sin sida.

Jörgen Bäckström bodde i ett hus som veterinär Danielsson hyrde ut åt honom till ett verkligt förmånligt pris, och i det huset råkade det finnas en rymlig och het brännugn. Och det var dit, och uttryckligen till Jörgen Bäckström, som inte hade något emot exempelvis katter, tvärtom, som veterinär Danielsson i sitt envetna nit förde de sovande katterna för levande kremering. Och det var Jörgen Bäckström som skulle kasta katterna i elden. Själv ville stadsveterinären inte vara riktigt så konkret inbegripen i själva djurhanteringen men han stannade gärna kvar och NJÖT medan lukten av stekt katt fyllde upp stugan.

Jörgen Bäckström hade inget val. Han var en ingen – det är också en psykologisk mekanism, man ser sig från början som en sådan, man ser sitt underläge och är fixerad vid det – i jämförelse med veterinär Danielsson.

När Jörgen Bäckström äntligen kom sig iväg till polisen var det för sent för hans del. Han hade hunnit bli förståndsrubbad för gott. Dessutom trodde man inte på honom.

Det var först när polismästaren blev uppringd av församlingspastorn som det hela fick sin upplösning.

Hela historien rullades alltså upp först när veterinär Danielsson försökte ge sig på grannkatten, pastorns bortskämda angoraskinn – en gåva från missionsstationen på Formosa. Stadsveterinär Danielsson blev tagen på bar gärning. En lördagseftermiddag då pastorn satt i sitt arbetsrum och skrev på söndagspredikan bara liksom råkade han kasta en blick utanför sitt fönster och möttes då av en till en början ganska lustig syn. Stadsveterinär Danielsson, pastorns granne och broder i Lionsföreningen eller vad motsvarande förening hette på den tiden, på alla fyra i trädgården med håven smygande efter sig, som en djungelslok (som var namnet på den vilda kattdjursart som man hade försökt tämja för domestikt bruk på nämnda missionsstation därifrån Frasse i pastorns trädgård härstammade) efter hans femtonkilos skatt, *lilla Frasse*. Men när det gick upp för pastorn vad som var på gång på hans egen innergård var det inte längre lustigt alls och pastorn grep telefonluren och ringde till polisen.

"Dåliga gener har jag ju sagt." Som om det var en förklaring. Som om det faktiskt VAR det. Det började fästa sig i Solveig med, traktstänkandet. Rita noterade det, förvånat och med avsky. Det rimmade så illa med allt som fanns utanför på andra platser, alla möjligheter. Men Solveig verkade ha bestämt sig för sina ramar. Solveig från Trakten. Rita från Trakten. Som om det inte fanns något annat, på riktigt. Som om det var allt.

Ättlingen Daniel Danielsson hade en käft ur vilken det kom något slags enslig rapp miljoner evigheter innan de multinationella musikbolagen eller de övriga musikbolagen fick upp öronen för den. Gängrappmusik, alltså, men detta var Daniel Danielsson utan gäng, alldeles allena, så tokigsåtokig att han höll allaalla på avstånd. Med Rita, Rita Råtta, i hans fantasier, högst älskade.

Rita Råtta inlåst med Daniel Danielsson i tvåluckiga, som, som sagt, från insidan sett i alla fall var ett ganska begränsat utrymme. Världen, här också, fast på ett annat sätt, i en fyrkant, minimal.

Vad skulle hon göra åt det då? Klaga hos chefen?

Jeanette Lindström, som hade licens på att idka kioskverksamhet monopolt vid torget i kommuncentrum under sommarmånaderna, var Daniel Danielssons mamma, som sagt, det tål att upprepas.

"Henne jag står i ett obskyrt släktskapsförhållande till", som Daniel Danielsson själv uttryckte sig.

Jag gillar inte onsdagar särskilt. Det finns en dramaturgisk regel som det är skäl att förhålla sig till med skepsis. Den regeln säger att om ett gevär hänger på en vägg i första akten så ska det avfyras senast i den sista. Ingenting får vara onödigt i en pjäs. Det handlar om att upprätthålla den dramatiska spänningen. Jo, det låter följdriktigt. Men det är just vad det är, följdriktigt. Och då finns det en risk att pjäsen – om man inte råkar vara Tjechov och har skrivit den – blir bara tröttsam och manerisk. Och inte ger utrymme för de lösa trådar som livet också är. När vi väver väljer vi färg och mönster: de uppstår inte av sig själva. Och somliga trådar ÄR och förblir lösa. Till exempel bara en sådan sak.

Alltsammans är som det är alltså, ganska klumpigt, egentligen.

Nåväl alltså. I livet däremot är allt som sagt en annan sak. Och gällande Daniel Danielsson så står det skrivet, inte i några dramaturgiska

283

böcker utan i "stjärnorna ur vilka jag avläser livets sanna bok" som det också hette i en av sångerna på Doris olidliga "Tusen Slitstarka Bugg För Kärlekskranka"-kassett, att om en dåre som Daniel Danielsson hämtar ett luftgevär till tvåluckiga (där hans mor som han alltså, bland annat, misstänker för homosexuella tendenser, vilket han om och om igen måste påpeka, samt rita sina tradiga bevis på i glassen i behållarna, har placerat honom för att ha honom ur vägen och få lite ro och sommar i sommarhemmet – "Hon ville vara ifred och hånglas med flatorna" – på semestern) på förmiddagen redan tredje dagen efter frukostrasten så kommer detsamma geväret inte bara att ha avfyrats utan också att ha orsakat en massaker innan kyrkklockan vid torget har hunnit slå sina tre dova slag (som tecken på att Daniel Danielssons arbetsdag var slut och Jeanette Lindström, "Flatornas Flata" enligt hennes son, skulle köra upp vid tvåluckiga för att ge sin son skjuts tillbaka till sommarvistet, det vill säga "skärina" på Andra Udden).

När Daniel Danielsson dök upp efter frukostrasten den dagen i tvåluckiga hade han med sig ett gevär. Han kom till fots. Det hade varit meningen att han skulle ta bussen just den dagen eftersom "Flatornas Flata" var upptagen och inte hade möjlighet att skjutsa honom till jobbet, men det hade ju inte gått för sig. Dels av politiska skäl: att anlita allmänna kommunikationsmedel var i enlighet med hur Daniel Danielsson såg på världen höjdpunkten av Proletär. Men framför allt för att Daniel Danielsson, säkert med rätta, hade misstänkt att det skulle ha varit svårt att få geväret forslat med sig ända upp till kommuncentrum. Några timmar senare hade han definitivt fått nog av middagstystnaden på torget, denna tystnad som i den bok han skulle skriva ett antal år senare, skulle få metafysiska drag. *Tystnaden i världen, i universum.* I den boken, som Rita inte skulle läsa själv, skulle hon vara det söta kioskbiträdet, kort och gott, som skrek Hjälp Hjälp och moderligt försökte tala honom till rätta. Inget av detta gjorde hon i verkligheten. Men fiktionen är underbar för i den skulle de gifta sig också och hon skulle bli mor till hans många barn för vilka han skulle berätta just den här historien om sin uppväxt i "småstadshelvetet".

En tystnad som bröts bara av måsarnas skrän; dessa måsar som flög runt runt inne i torgkvadraten som förhäxade, skrek och fällde lort ur sig, skrek och skrek.

Skrik som ackompanjerade och ytterligare förstärkte det säregna dunk som var igång i Daniel Danielssons huvud, nonstop, 24 timmar i dygnet. Och han greps plötsligt av en sådan alldeles oemotståndlig lust att ge uttryck för det.

Först genom att dunka geväret mot olika underlag inne i kiosken, sedan genom att rikta geväret liksom lite var det passade. Åt ena sidan, åt den andra, mot Rita Råtta, sin "kioskkamrat".

"Upp med händerna eller ska jag knäppa dig min sköna!"

Rita, hon lydde nästan. Hon blev nog alldeles förskräckt, det var inte frågan om den saken. Att Daniel Danielsson kunde "knäppa henne", av kärlek dessutom, det tvivlade hon inte på ett ögonblick. "Han ville ju bara göra intryck på dig", skulle Jeanette Lindström, Flatornas flata, säga senare, och med detta mena hela episoden från början till slut, inklusive massakern, och få det att låta lite som om det var Ritas fel alltsammans.

Men ändå. Det var något i Rita som trots rädslan, sa stopp. Nu räcker det. Och lyckades avstyra sin egen reflex att lyda. *Se döden i vitögat.* Kanske var det det här då. Och istället hade hon sagt så lugnt som möjligt medan hon hade stirrat stint på honom.

"Nå men så skjut då. Vad väntar du på?"

Daniel Danielsson hade kommit av sig för exakt en bråkdels sekund. Sedan hade han sagt, också han så lugnt som möjligt.

"Du menar det. Tack min sköna!"

Och Daniel Danielssons ansikte hade förvridits i en närmast sataniskt småleende grimas, kanske sa det knäpp i hans huvud just då, som bekräftelse på att nu hade han kommit på något ovanligt sjukt. Och galenskapen triumferade.

"Pojkar är alltid pojkar", skulle Jeanette Lindström säga efteråt. "De har så svårt att visa sina känslor."

"Du är onekligen en söt flicka, Rita."

Måsarna, alltså, som förde ett fruktansvärt oväsen. Skrääk. De var de enda som hade lyckats överrösta Daniel Danielsson och hans högljudda tankar och hans lust att göra ett ingrepp i världen, en handling som verkligen skulle synas och kännas på något sätt, vilket blev speciellt uppenbart i just de långa sekunder då Rita med gevärsmynningen tryckt mot sitt bröst – det var verkligen trångt inne i tvåluckiga, som sagt – satt alldeles blickstilla och inte lydde. Det var bara måsarna, de satans måsarna, som inte brydde sig om någonting.

NU visste Daniel Danielsson, just precis i den sekunden Rita sa det, "nå skjut då", vad han skulle göra åt det. Sakta, sakta vände han geväret från "kioskkamraten" mot fåglarna, höjde det och siktade och sköt. Och sköt och sköt och sköt och sköt. Daniel Danielsson var en utmärkt skytt, en riktig jägare när han var på det humöret.

Så han lyckades pricka ganska många måsar som föll till marken, damp damp, och skada många och framkalla ett helsikes kaos av måsinälvor, blod och fjädrar. Fåglar som tappade orienteringsförmågan och flög mot kioskrutan, damp damp, mot glaset och blod och fjädrar och inälvor i glassen, särskilt i vaniljglassen för locket till just den råkade stå öppet då massakern började.

Måsfjädrar, inälvor i glass. Blod i choklad. Pistage och nötter, fjädrar, och senor och små fågelben, hemska seniga. I strösslet.

Jag gillar inte onsdagar särskilt, var hur Daniel Danielsson officiellt förklarade sig efteråt. Händelsen väckte förstås uppseende och Daniel Danielsson fick böter att betala men blev framför allt intervjuad och så vidare. *Min notoriska berömmelse härstammar från...* skulle vara de första meningarna i boken "Måsmassakern" som skulle skrivas några år senare och översättas till tusen språk och bli en riktig klassiker som för-

286

träfflig, pulserande och anarkistisk skildring av en uppväxt i småstads-helvetet. Råttorna från boomtown-orkestern skulle kanske läsa dem och ta intryck för sedan skulle de ha en "punk-hit " eller hur det hette som skulle gå upp på listorna med låten "Jag gillar inte måndagar särskilt" som skulle handla om en flicka i en liten stad i England som en alldeles vanlig måndagsmorgon börjar skjuta vilt omkring sig på skolgården bara för att hon är så uttråkad, och ett himla blodbad blir det ju av det.

Men det var här som Rita steg av. Hon brydde sig inte om någon fortsättning, varken denna eller Daniel Danielssons helt egen.

Mitt i massakern steg hon upp, förhållandevis lugnt dessutom, öpp-nade kioskdörren och lämnade tvåluckiga den vägen.

Frihet. Så enkelt var det. Bara öppna bakdörren och gå ut.

En stunds frihet, med andra ord. För det hela innebar ju för Ritas del en återgång till mopparna och den sopskyffel som i alla fall var frånvarande alltid när det honom behagade.

"Tillbaka till sina rötter", som Solveig skulle ha sagt, och kanske sa hon det också. Men Rita lyssnade inte på henne längre. Hon hade slu-tat lyssna.

Hon började, ibland i vissa stunder, kändes det faktiskt, bli desperat.

Hon och Solveig städade ensamma Glashuset på Andra Udden det året.

"Vi är ett sådant bra team", sa Rita och Solveig till kusinmamman.

Minnet av Jan Backmansson. Det bleknade.

Och friherrinnan i Glashuset, sedan, när hon kom ut och man kunde se henne på håll från Första Udden. Vid regn och hård vind kunde man se henne inne i huset, på samma sätt i solglasögon i rullstol vänd mot ha-vet, i burspråket, på verandan, "min fantastiska vinterträdgård", eller "my lovely garden" som hon också sagt, men det var så länge sedan. Som en pilot i en luftfarkost som skulle lyfta. Som kaptenen på ett rymd-skepp. Fröken Andrews. Rutorna så klara klara. Rita visste. Det var hon och Solveig som hade tvättat, tvättat dessa fönster, gnuggat dem.

"Man borde skaffa sig en pistol."

Det kom någonstans ifrån.

Minnet av Jan Backmansson. Det bleknade.

En gång, lite tidigare, mitt under en arbetsdag i Glashuset hade Rita plötsligt blivit illamående och bara lämnat allt vind för våg och gått hem till stugan för att vila sig.

Hon tog Doris Flinkenberg på bar gärning: rotande i pistolskåpet där pistolen som hon och Solveig hade ärvt förvarades, som en klenod.

"Vad fan? Skulle du inte vara i Alperna?"

"Nä", sa Doris Flinkenberg som hade en förmåga att dyka upp på en massa ställen när man minst anade det. "Som du ser. Inte."

"Vad gör du här då?"

"Letar efter pistolen. Ser du väl. Jag behöver den."

"Nå. Du får den inte. Den är inte din. Du har ingen rätt att vara här."

Då sa Doris långsamt, nästan släpigt:

"Ähum. Var det inte du som sa om den amerikanska flickan. Att en viss person såg fel. Det var jag det. Att hon i alla fall levde."

Rita hade stelnat.

Sedan hade hon börjat så lugnt hon bara kunde:

"Nå. Kanske var det inte riktigt sant. Men, å andra sidan, Doris... det finns saker som du inte vet. Det finns saker som... det är i alla fall så... nå vi talar om det senare."

"Vi får väl göra det", sa Doris Flinkenberg på glitterscenen. "Vi gör väl det. Kan jag få pistolen då? Bara för en liten tid, till låns?"

"Ta den då", fräste Rita. "Men du kommer tillbaka med den sen."

"Och hej. Inte ett ord till någon."

"Jag sa stick."

"Schhh..."

"Stick."

Världen i en fyrkant minimal, 7. När sommaren kastar en ifrån sig. Och de kör med Liz Maalamaa med 160 kilometers hastighet på motorvägen i en sportbil som Liz Maalamaa har hyrt för dagen. Den är öppen, flickorna i baksätet, Liz Maalamaa vänder sig om ibland och ser på dem och skrattar, ett uppmuntrande skratt, nu ska vi ha roligt. Och hunden bredvid Liz Maalamaa, den grinar också, den har kurat ihop sig bredvid Liz Maalamaa i förarsätet, den tycks gilla att åka bil, det verkar som om den var van vid fart.

Liz Maalamaa, i sporthandskar, krafsar den bakom örat ibland, i farten.

Och flickorna, de säger ingenting, men de är så glatt förväntansfulla. Den där resan med Liz Maalamaa, den överträffar allt redan, innan något ens har hänt.

De är på väg till Örnnästet, en restaurang i utkanten av staden.

"Jag är så hungrig, flickor", har Liz Maalamaa sagt där hon har stått bland glasskärvorna i källarvåningen i huset i den dyigare delen, "och min hund är så törstig. Ja, han heter Jack. Och ni får gärna klappa honom."

Och flickorna, fortfarande så villrådiga, har klappat hunden. Men nu, när Liz Maalamaa har kommit igång, så är de genast med på noterna.

"Ni tycker om att dansa?" har Liz Maalamaa sagt för hon har ju sett dem och hört musiken, nere i bassängen. "Ska vi slå två flugor i en smäll då", och Liz Maalamaa klappar i händerna, "jag är hungrig, min hund är törstig, och ni – ni ser faktiskt ut som ni behöver komma ut ett slag, så bleka ni är. Komma ut och se er omkring i världen. Och ta er en svängom med presidenterna. Ni behöver, kort sagt", sa Liz Maalamaa, "få komma ut och dansa lite."

Och de kommer till Örnnästet, det ligger uppe i ett torn och vilken utsikt; en rund restaurang med ett runt dansgolv i mitten. Och de tar ett fönsterbord, hunden Jack på bordet, den dricker vatten ur en mugg på bricka. Och Liz Maalamaa äter biff och flickorna blir också sugna.

Fast sedan spelar musiken upp och i detsamma kommer presidenterna. Och regenterna. Fredskontraktet är undertecknat, nu blir det BIFF och DANS. Och så de dansar. Sandra i glitterkläder, och Doris som hon är, men hon är ju så vacker – som en dag, så hon blir uppbjuden i alla fall, mest hela tiden. Och de dansar med Amerikas president, de dansar med den tjocka Leonid Bresjnev från Sovjetunionen, de dansar med Kekkonen och ganska många från ätten Bernadotte... men plötsligt mitt i dansen, Doris segnar ner.

Liz Maalamaa ropar från någonstans: "Men jag ska säga er flickor, att nåden är så stor så stor. Lilla Doris, snubblade du, är det något fel på dig?" Men nej, det är inget fel på Doris. Hon har bara hört en annan sång –

"Än brinner var våg som i blod och guld
men snart kräver natten igen sin skuld."

Och den kommer från betydligt närmare och längre håll. Från en viss egen bandspelare, från en viss egen kassettsamling. Och hon längtar plötsligt dit.

"Hem", säger Doris. "Nu vill jag gå hem."

Och Doris säger: "Jag går nu och ingen följer mig."

Och Liz Maalamaa och hunden och Sandra och presidenterna, de bara stirrar.

"Jag går själv. Nu."

Och Doris lämnar Örnnästet och går.

Hem. Hela långa vägen hem.

Och det är så här det är, när sommaren har kastat en ifrån sig.

Det var såhär det var när sommaren fick nog av en och man gick hem från den.

Röd som en gris, närmast flåbränd, var Doris Flinkenberg när hon återvände till kusinhuset.

Hem.

Hemma.

Vad göra?

Stänga in sig?

Stänga in sig i kusinmammans kök med korsorden och alla tidning-
arna. Hemmets Veckotidning, Allers och de andra. Brott ur livet. Så
blev mitt liv. Ordböckerna. Lära sig stava till nya fina ord. Såsom till
exempel "apoteos", "anomali" och "apkonster"?

Skulle man faktiskt göra det? Var det möjligt?

"Du ska veta Doris att jag tog i för mycket", sa kusinmamman när
Doris kom hem. "Jag vill be dig om förlåtelse? Får jag det?"

"Du får be om vad du vill", sa Doris Flinkenberg.

Och kusinmamman hade, med en klump i halsen, nickat.

"Här, ta den här salvan och stryk över huden. Snälla unge vad du har
bränt dig."

"Tack."

"Här. Ta sömntabletterna också. Lägg nu dig ner och vila dig. Sov ut."

"Men vi måste gå till huset i den dyigare delen... vi måste städa."

"Sch, Doris. Vi hinner. Sov nu."

Och kusinmamman hade fällt ner mörkläggningsgardinen. Och
ritsch. När kusinmamman hade gått sin väg hade Doris fällt upp den
igen. Sova. Inte hjälpte det att sova.

Se ut genom fönstret. Och vem var där då, på gården, som på be-
ställning? Normalitet.

Bencku och Micke Friberg och Magnus von B.

Med sina ölkassar. Gå ut dit, till ladan, till pojkarna, drick öl med
dem. Det var i alla fall något att göra. Något som var normalt.

"...förfärdiga", sa Magnus von B. i ladan. Och räknade upp alla de
ingredienser som behövdes för dynamitframställning. De var verkligen
inte många och gick att, sa Magnus von B. sakkännande, få tag på i
stort sett var som helst. Och Bencku nickade. Och öppnade en ny flaska.
Och Magnus von B. pratade.

Så var det i Benckus lada. Som vanligt.

Men Doris såg inte på dem. Hon såg, ja hon såg kartan också, men bara hastigt, för så såg hon neråt. Till under kartan. Där Micke Friberg satt, på Benckus säng. Och knäppte på gitarren.

Dazed And Confused. Åt ena hållet, och det andra. Framlänges och baklänges, ungefär. Så skicklig var han på gitarren. Men också han såg upp.

Och då, plötsligt, upptäckte han Doris-lull i ladöppningen, i mot-ljus.

"Blir det några barn gjorda här då?" frågade hon med släpig, oefter-härmlig Doris-röst.

"Och jag var en såld man", sa Micke Friberg till sig själv i det ögon-blicket och tusen gånger senare under höstens lopp, innan Doris dog, till Doris Flinkenberg.

"Ingen kan älska som vi", viskade Micke Friberg i Doris Flinkenbergs öra redan kort därpå.

Och Doris lystrade. Han var så vacker. Och det var en lösning. För en tid.

"Var har du varit i hela mitt liv?" hade Micke Friberg viskat i hennes öra bara några timmar senare, under en av de första kramarna.

"Vad menar du?" viskade Doris tillbaka, ömt och innerligt.

Och så, efter det, var det de två tillsammans.

Dagen efter att Doris blev ihop med Micke Friberg hade hon och kusin-mamman städat upp i huset i den dyigare delen av skogen. Efter som-maren. Som nu gjort sig av med en så det spelade inte så stor roll vad det blev av allt, eller det mesta, sedan.

Sandra var på Åland. Var fan hon nu var. New York?

Kan inte bry mig mindre. Med klump i halsen tänkte Doris det.

Hon förvånade sig över klumpen. Vad var det nu då? Blodets röst? Åh, förbannelse.

Och i huset syntes både spår och inga spår. Men allt hon kunde sopa sopade hon igen.

Och det underliga: det där fönstret i dörren som gått sönder när Liz Maalamaa kom in, det var helt. Det hade aldrig gått sönder heller. Samma smutsiga fönster som hela tiden.

Hon skulle leta efter en massa saker, när Sandra inte var där. Bevis. Men hon gjorde det inte. Hon gjorde ingenting.

Hon struntade i allt och gick till Micke Friberg efteråt.

Fast pistolen hittade hon och den tog hon med sig hem.

"Jag tycker inte om när du är sådär", sa Micke. "Svärande och tonårsflickaktig. När det finns så mycket annat i dig. Stil."

"Dessutom har du en bra röst."

"Vi ska sjunga tillsammans", sa Micke Friberg. "Vi ska ha ett band. Mickes Folkband."

Pistolen. Liz Maalamaa. Kärleken som dog. Den röda plastregnkappan på Lorelei Lindberg och på den amerikanska flickan.

Och telefonnumren som inte fanns i verkligheten.

Sandra, vad var det?

Sandra. Var är Lorelei Lindberg, egentligen?

Och bilden på Benckus karta. Kvinnan i bassängen. Hon glömde den nu. Med flit.

För det *tillhörde sådant hårt i själen som inte kunde vävas historier av.*

"Tycker du det, Micke?"

"Vad sa du, Doris?"

"Att jag kan sjunga."

"Jovisst."

"Nå. Ska vi sjunga då?"

De var Råttorna. De gick från hus till hus, från villa till villa, över den tomma Andra Udden. Det var sent på hösten mitt i veckan för det

293

mesta, de där tiderna strax innan snön skulle falla, allt var deras. Råttorna, de tog sig in i husen: ibland gick det lätt, utan ansträngning (ett fönster som stod öppet, en dörr som inte var låst ordentligt), ibland var det svårare (man fick slå sönder ett fönster, eller så, men inte värre än så), aldrig ogörligt. Inne i husen, de gick från rum till rum, från våning till våning, genom alla våningar från golv till tak: öppnade skåp och lådor, granskade innehållen i dem. I köken, åt upp deras kex och smörgåskex, smulade dem över golven, stack sina fingrar i deras gamla marmeladburkar och smetade på smörgåsarna och på varandra och ibland på möblerna. Bombarderade varandra med gamla hårda majskorn, makaroner, risgryn.

Satt i sittgrupper i deras vardagsrum, salonger, på alla deras verandor. Sittgrupp, vilket ord. Solveig, till exempel, hon var ganska bra på att härma det. "Kom och sätt dig här i sittgruppen, Järpe." Och Järpe kom och öppnade sin evinnerliga öl och det skummade över tygerna som sofforna och fåtöljerna var beklädda med. I deras brasrum, rev eld på långa braständstickor, tryckte dem brinnande mot de vita tegelväggarna ovanför de öppna spisarna. Det blev ju märken, men inte värre än att de gick att tvätta bort. SÅ farligt var det inte.

De var Råttorna. Järpe, Torpe, Solveig och några till, och Rita, Rita Råtta framför allt. Det var hon som liksom var essensen i det hela. Och det var underligt eftersom det hela alltsammans allt det här egentligen var henne fullständigt totalt omåttligt plus minus noll, likgiltigt, betydde inte ett SKIT. Ett tidsfördriv, lika meningslöst som alla andra tidsfördriv.

Bläddrade i deras kvarlämnade tidningar, rev ut någon sida, gjorde flygplan av andra, fyllde i FEL BOKSTÄVER på olika ställen i deras korsord om sådana låg olösta kvar på borden. Reliker från svunna sommarnöjen, de skulle saboteras nu. Men SÅ farligt var det inte. Inget mer än så.

Såg ut genom deras fönster.

Beundrade deras utsikter. Så utsökta.

Det var en sällsynt regnig och blåsig höst. Spöregnväder, storm; och för det mesta då råttorna rörde sig på Andra Udden var det mörkt. Säckmörkt. Såg ingenting framför sig. Inte så mycket som ett finger ens.

Man kunde således liksom alltså lika gärna ha varit var som helst. *Jävligt fint liksom det här alltså.* Och pfft. Spottade på rutan och ritade figurer i glasrutan. Inga obscena ord eller figurer, det var ju barnsligt. Dumma ord. Meningslösa.

"Ja mä nä va hä", sa Järpe Råtta och ritade ett solansikte i det jävligt immiga.

"Fjöl å", sa Solveig Råtta och spottade på rutan och ritade ett solansikte i det jävligt immiga bredvid. "E vi ta na hä." Det senare betydde på traktspråket det som Solveig älskade att säga: "Nu är vi två. Det är vi två."

"Fjöl Å!" En gång när Rita Råtta var för full slog hon handen genom en fönsterruta. Men det var senare och hon var jättekackafull. Och det var i Glashuset. Det speciella med Glashuset och Råttorna var att det var tillgängligt för bara några få av Råttorna. Solveig och Rita, och så. Så det var inte direkt Råttorna som levde om i Glashuset, som till exempel demolerade det som en gång hade varit friherrinnans vinterträdgård.

Det var några stycken bara.

När Solveig kom igång var hon svår att hejda. Hon härmade sommargästerna från Andra Udden, deras prat.

Och visst, det var ju lätt att skratta åt dem: de sommargäster som ansträngde sig att ha ett som de själva beskrev det "ledigt och jämbördigt" förhållande till "lokalbefolkningen", var nästan de roligaste att ha lustigt åt när de inte var där och skulle blanda sig i allt. De som "förstod sig på de karga utskärsvillkoren" och så vidare, fast det i själva verket inte nästan fanns någon riktig skärgård utanför Andra Udden, bara några enstaka fiskare levde kvar i kommunen och de bodde mera inåt landet och fick ha sina fiskebåtar förtöjda vid den arrenderade bryggan vid kommunens nya allmänna strand för att havsstranden var privat.

Talade om *dessa villkor* högt och ljudligt, som om de precis visste vad det var frågan om. Rita skulle i och för sig få höra det med egna öron några år senare när hon själv kom till staden vid havet och bodde hos familjen Backmansson. Inte Backmanssons, de pratade inte så (och det stärkte ytterligare Ritas solidaritet med Backmanssons, de var från samma planet som hon).

När hon skulle höra det där snacket i staden vid havet så skulle hon tänka att vad visste de egentligen. Och, i och för sig, det kunde göra henne så illa till mods att hon faktiskt något ögonblick – men bara för ett ögonblick – funderade på att lämna allt och resa hem.

Men genast, å andra sidan. Hem. Vad var hem? Inte kusinhuset väl, inte väl Solveigs (hon skulle inte längre då hon bodde i staden vid havet hos Backmanssons tänka, "Ritas och Solveigs stuga", hon skulle tänka, bara "Solveigs") stuga?

Men samtidigt ändå, Solveig som höll på sådär, med Råttorna. Det var så futtigt.

För henne var Råttorna närmast en död period i hösten. Ett poänglöst, och därmed saknade det betydelse, tidsfördriv.

Rita med Torpe i strandboden. Hon låg där och hade behån vid halsen och Torpe Torpeson hade just kommit in i henne på sitt insisterande sätt som i alla fall var ganska upphetsande. Men ändå, hon kunde inte släppa sig, inte heller då. Hon låg på rygg med utslagna ben på samma brits där en gång den amerikanska flickan hade legat. Fast inte tänkte hon på det, hon stirrade på gitarren på väggen, den hängde kvar där och sprack upp i kylan, strängarna som hade gått av korvade sig som lockar, och medan Torpe höll på tänkte hon kanske "Alltsammans är så nekrofilt". Det lät hemskt och det var det men hon var också kall inombords vid tanken på det, också på det. Och då vällde ömhet upp i henne för Torpe Torpeson, han var ju här, han värmde en.

Det råkade vara en av de sällsynt stjärnklara kvällarna den hösten,

och när hon låg där med Torpe såg man plötsligt bara himlen och stjär-
norna – det var ändå så vackert, så underbart.

Men plötsligt, nästan samtidigt, blev det så konstigt mörkt. En mörk
skepnad täckte fönstret. Det var skuggan av en människa. Och det var
INTE Bengt för Bengt höll hus på andra ställen för omväxlings skull
igen.

"Vem fan var det?"

Torpe hoppade upp och slet upp dörren och ropade ut i mörkret.
Men Skuggan var borta.

"För hällveters…" började Torpe.

"Äsch. Bry dig inte om det. Kom nu hit."

Skuggan, det visste Rita, var Doris Flinkenberg.

Doris följde efter Rita. Ingen märkte det, inte Solveig ens.

"Det är du som ser syner. Har en skruv lös. Vad skulle Doris…" men
Solveig avbröt sig.

"Hon följer efter mig vad du än säger i alla fall", sa Rita liksom i en
lång och trött suck som om hon inte brydde sig om Solveigs åsikter hit
eller dit. Det gjorde Solveig osäker. När Rita inte orkade börja gräla
med henne ens.

"Det är vi två", en mening som var så oändligt viktig för Solveig. Och
nu anade Solveig att det fanns en del av Rita som inte var kvar i Trakten,
som kanske inte skulle stanna kvar oavsett om Backmanssons skulle ta
henne till sig eller inte. Rita skulle iväg.

Och Solveig skulle inte med. Det verkade liksom vara poängen med
det hela. Att Solveig inte skulle följa med.

Solveig själv arbetade på "Fyra moppar och en sopskyffel".

Och när Doris var död om någon månad skulle Solveig ensam ta
över allt. Kusinmamman skulle inte kunna arbeta på en lång tid, Rita
skulle ha flugit sin kos och "sopskyffeln" skulle, sin vana trogen, komma
och gå, småningom alltmera "gå". Och Solveig skulle vara vuxen den

uppgiften: bara ett par år senare skulle "Fyra moppar och en sopskyffel" ha ett eget kontor i kommuncentrum och fyra anställda. Solveig skulle sitta i ett eget kontor och bestämma över allt.

Och Rita, hon skulle fara sin väg. *Hon skulle faktiskt fara sin väg* och inte komma tillbaka på många år.

Rita gick i gymnasiet uppe i kommuncentrum; somliga dagar då hon for hem från skolan med skolbussen steg hon av några hållplatser tidigare för att få vara ifred en stund, tänka, vara ensam.

Då, om Doris Flinkenberg var i bussen, hände det att Doris märkte det och steg av hon också. På samma hållplats, och följde, på lagom avstånd, drönande efter Rita. Och om någon kunde gå med långsamma drönande steg så var det Doris Flinkenberg. Alltså när hon var ensam; i sällskap med andra, Doris, fastnade hon i dem. Härmade. Om någon var en härmare så var det Doris Flinkenberg.

Nya Doris. Ha ha. Mickes Folkband. Doris och hennes eländiga pojkvän... eller var det före detta pojkvän? Det gick ju rykten om att Doris Flinkenberg hade gett foten åt självaste Micke Friberg. Till förmån för... vem då kunde man undra? För vad? För att, kanske, att få ströva omkring ensam i lummiga skogen och förfölja andra människor. Jag gick mig ut en afton uti en lund så grön.

Fast. Doris molade ju omkring i skolan också, på egen hand. Den andra flickan, Sandra, syntes inte till. "Ha ha", kom Rita på i skogen, "flatorna har kanske ett kärleksgnabb på gång."

Och något där bakom henne i skogen. Ja, där kom hon. Doris. Samtidigt: ett litet frö till, inte panik, men nog oro, växte i Rita.

Vad ville Doris Flinkenberg henne egentligen?

Och Rita gick vidare. Hon gick och gick. Tills hon kom till Bule träsket. Det var ju inte dit hon hade varit på väg. Fast fel var det ju att säga att det var Doris bakom henne som drev henne ditåt. Någonting mellan halvt tvång och egen vilja var vad det var.

En dag i mitten av oktober; Bule träsket låg där så djupt och ensligt, så speciellt också en annars solig höstdag som den här, då det ännu kunde vara varmt och mycket färg på andra ställen. Men värmen, färgerna, de liksom inte nådde fram till Bule träsket.

Och det var som de aldrig riktigt heller hade gjort det.

Nu gick Rita upp på högsta klippan. Såg sig omkring. Kunde inte låta bli att gripas av den underliga bortom-tiden-känslan och *den stora ensamheten* som rådde där vid träsket.

Annars var inte Rita som Doris och Sandra eller sin bror Bengt som drev omkring i skogen liksom annars bara, drev och drev och liksom ändå alltid hamnade vid Bule träsket till sist.

För Rita fanns för det mesta ett syfte och ett mål.

Med Torpe och Järpe och Solveig; ett ställe där man kunde dricka sin öl ifred.

Eller, med Solveig för länge sedan, för att simma. När de var små och den allmänna simstranden ett slag låg just där vid Bule träsket. Förstås var ju öppningen i vassgluggen mittemot hur allmän som helst fortfarande, men nuförtiden fanns det riktiga "allmänna simstränder" på flera andra håll i kommunen. Det hade bara varit de där åren strax efter bostadsutställningen då den allmänna simstranden hastigt hade måst flyttas från Andra Udden någonstans då det området blev privat. Och det var som om ingen i brådskan hade kommit att tänka på något annat än just Bule träsket.

Men det som hände här, den amerikanska flickan, allt det där, hade gjort slut på allas lust att bada i träskvattnet, liksom *bada med ett lik*. Redan följande år hade en ny allmän simstrand med bryggor och hopptorn och allt möjligt öppnats vid en av de större sjöarna i väster. Också Rita och Solveig hade i början gått dit, fortsatt med den simträning som de hade ägnat sig åt tidigare, tillsammans, ett slag i alla fall. För de hade haft en plan, att de skulle bli simäss eller världsberömda simhopperskor som till exempel Ulrika Knape. Privata planer, högst privata. Något sådant. Med ganska mycket öppet i planerna i detalj. Något i den branschen i alla fall. Slå världen med häpnad liksom på något sätt, de båda tvillingarna.

Dumma drömmar. Då den nya simstranden vid sjön i väster hade invigts följande år hade Solveig gjort en ganska snygg volt från tiometersavsatsen, och det hade varit ganska oförglömligt. Rita hade själv varit förkyld och inte kunnat delta; hon hade suttit i publiken på den nybyggda läktaren på hjul som kunde dras fram vid behov och fångat in sin systers virvlande kropp i handflatan; i ett visst perspektiv hade hon, syster Solveig, sett så liten ut. Och varit ganska stolt. Men sedan hade simlägret som för tillfället ordnades i grannkommunen med deltagare från simföreningar i hela landet, haft sin uppvisning. Och verkligen, man hade ju sett skillnaden. Rita i alla fall, och Solveig. Så de hade småningom, redan den säsongen faktiskt, slutat med träningen och allt det där. Inte på grund av något med ord överenskommet beslut, det hade mest bara blivit så.

Och, jo, vid träsket, till sist hade hon också varit där ibland med Jan Backmansson. När de hade strövat omkring lite överallt och undersökt floran och faunan och alla naturfenomenen i skogen. Jan Backmansson som hade vetat så mycket om det ena och det andra; till exempel, angående hålet på träskets botten som framkallade så starka virvlande strömmar att de till och med kunde föra en vuxen människa till bråddjupet och en säker drunkningsdöd på nolltid, som hade hänt med den amerikanska flickan, hade Jan Backmansson också haft en vetenskaplig förklaring till hands.

"Förslagsvis. Nu säger vi såhär", sa Jan Backmansson. Förslagsvis. Det var så han alltid började: Häll vatten i en kaffekopp med hål i bottnen? Vad händer med vattnet? Det rinner ut? Men stoppa fingret i koppen medan det rinner? Känner du inte något? Drar det inte? Strömmar det inte? Hålet suger vattnet till sig.

"*Hålet suger en till sig och man är hjälplös.* Så kan man också säga det, men man gör det inte för att det inte är vetenskapligt hållbart. Men effekten är densamma. Vattnet sugs in i hålet, dit där det är fullt med tomt."

På något sätt hade Rita tyckt om att höra det. Alltså som en förklaring. Det var så rimligt. Och så lugnande.

Jan Backmansson. Honom besökte hon ännu någon gång i hans hem i lägenheten i staden vid havet. Varje gång hon var tillsammans med Jan Backmansson i hans vackra hem som var så stort och fullt med rum med cirka tusen meters takhöjd, så slog det henne att det inte fanns någon annanstans. Det fanns ingen annan plats i världen att vara på. Det var en annan värld.

Ändå: det var allt mera sällan som hon var där.

Och en annan sak som hade börjat gnaga i henne under senare tid, det också: hur vissa delar av tillvaron hängde samman och hur andra hängde löst och att det egentligen var ganska godtyckligt alltsammans. Hur vissa delar inte kunde förbindas med varandra överhuvudtaget.

Mer och mer hade det blivit så att det å ena sidan fanns Backmanssons i lägenheten i staden vid havet, hon med Jan Backmansson där. Och där fanns också Susannas rum, där Rita ibland satt och läste vid det antika skrivbordet. Ett rum som var så högt att man från dess fönster såg ut över taken i staden vid havet, inåt stan. *Det underbara rummet*, det var vad hon kallade det, i hemlighet. I hemlighet också för Jan Backmansson.

Å andra sidan fanns det Trakten. Råttorna och Solveig. Solveig, Järpe, Torpe och så vidare. Det fanns "Fyra moppar och en sopskyffel", och den sistnämnda, skyffeln, som för det mesta var frånvarande. Bencku med sina projekt som det aldrig blev något av. Han bara pratade. Han skulle studera till arkitekt; han skulle bli kartritare, på riktigt – han skulle göra världsrevolution också, fast det hade det varit mindre tal om nu på senare tid. Han hade också börjat prata om att han måste "samla sig" nu, för att det hade blivit mycket öl på sistone. Och om "kvinnorna"; till Ritas och Solveigs förvåning så hade han inte brist på dem.

Han flyttade från "kvinna" till "kvinna" och spelade på lotterier. Vann onödiga saker. Senast: en vattensäng. Den kom på ett flak till kusingården och man trodde att det var något slags skämt.

Och kusinmamman med kusinpappan inne i sin kammare; där hade han hållit till i stort sett hela Ritas medvetna liv, sedan barndomen. *Någonting har gått sönder i honom* sa kusinmamman, och ja, i brist på andra förklaringar, så fick man ju hålla till godo med det. Men å andra sidan, "fjöl å", som man svor i Trakten. Fjöl å.

Det var en annan värld.

"Du kanske måste besluta dig för med VEM du egentligen är?" hade Solveig sagt. "Och inte hålla igång det här dubbelspelet."

Men Solveig förstod inte.

Torpe i Trakten, Jan Backmansson i staden vid havet. Det var inte något "dubbelspel". Det var bara två sidor av livet som inte hade något att göra med varandra. Någon gång i tiden hade hon kunnat prata om det med Solveig. Inte längre. Inte nu.

Ibland var det också som om hon var rädd för Solveig. Hon visste inte varför. Det var något så hejdlöst över henne. Samma hejdlöshet som fanns i henne själv. Men kunde ingenting liksom ändras? Måste det vara så för all tid och för all evighet?

Jan Backmansson. Det igen var något som hon knappt ville vidkännas själv, den osäkerheten.

"Jag visste det", hade hon sagt ganska många gånger på senare tid till Jan Backmansson, alltså gällande överenskommelsen då för länge sedan, efter att huset på Första Udden hade brunnit och familjen Backmansson hade återvänt till sin lägenhet inne i staden vid havet. Att hon skulle få flytta med. "Det är självklart att du också kommer, Rita. Det gör gott för dig att komma ut i världen lite, och gå i gymnasiet någon annanstans." Så hade Jan Backmanssons mamma Tina Backmansson sagt lugnt och bestämt. De skulle bara "ordna det praktiska" först, men sedan – det hade inte blivit något sedan.

"Inte hade de ens tänkt det på allvar", hade hon börjat säga till Jan Backmansson nu på senare tid. "Det var bara en idé. En som man slänger fram när man vill ha gott samvete."

Det kusliga var att Jan Backmansson hade slutat be henne att ha tålamod. Han hade inte heller längre talat om allt som skulle ordnas, att det nog skulle bli av sen. Han hade blivit arg och sagt mycket irriterat:

"Äsch. Du är omöjlig. Prata med dem själva."

Och Rita hade tigit. Hon hade helt enkelt inte vågat säga något mer. Det hade också varit mycket förödmjukande.

Nu gick Rita upp på Loreklippan. Hon stod där och såg ner i vattnet som ingav henne obehag, som alltid. Hon såg inte till Doris Flinkenberg, men hon visste att hon fanns där någonstans i närheten. I tystnaden. Stillheten. Inga moln; solen som sken från en klarblå himmel. Men ändå så var det så mörkt, som alltid, kring Bule träsket.

Plötsligt fick hon en ingivelse. Sätta hårt mot hårt.

"Kom fram nu, Doris Flinkenberg", sa hon högt och tydligt.

Och underligt, underligt: Doris kom. Dök, sin vana trogen, upp från just det håll man minst anade, det vill säga från några buskar alldeles bakom. Om Rita blev lite skrämd av det så gjorde hon sitt bästa för att inte visa det.

Doris kom upp bredvid henne, där, på Loreklippan.

Doris, inne i sin gamla vanliga show med Rita, den som hon hade hållit på med ända sedan liket av den amerikanska flickan hittades. Inte så att det syntes förstås, inte med andra, men när det var de två, på tumanhand. Hon måste alltid komma fram till det där att Rita inte hade talat sant. Då för länge sedan. Att Rita hade dragit henne vid näsan.

"Och de skulle komma och hämta henne", mumlade Doris Flinkenberg sakta, på sitt undflyende och låga sätt, sin vana trogen. Det där hotfulla och lågt enerverande och insinuerande: och sedan njöt hon av att Rita

303

blev svarslös. Att hon hade ett finger på Rita liksom.

Det var som en lek, det också.

Men det var något annat med Doris nu. Någonting nytt – och inte bara det att det där sättet att vara, hotfull och fånig, rimmade så illa med hennes nya så käcka utseende, det stora svagt rödskimrande blonda håret som man kunde bli så galen i!

Och så vidare, med Doris utseende.

Fast det då inte hördes på vad hon sa. Men det var något annat också nu. En verklig oro, en verklig tveksamhet.

"Men inte kom dom", fortsatte Doris Flinkenberg. "Inte ser det ut som om de skulle komma. Och hon är – ensam kvar."

"Vem då?" inflikade Rita så lugnt som möjligt fast hon visste precis vem och vad det var som Doris avsåg.

"Hon fick sparken", fortsatte Doris. "Glömdes. Stackars Rita."

Och plötsligt tänkte Rita, det fick bära eller brista. Nu orkade hon inte längre. Inte en sekund.

"Aj, du menar Backmanssons? Och mig? Att dom inte sen heller höll sitt löfte? Att jag sen heller inte fick komma till dem, fast de lovade. Att det var skitstil, liksom. Nå", fortsatte Rita mera självsäker, på något sätt uppeldad också över att äntligen få säga ut allt, rent bord. "Det är sant. Skitstil. Är för jävligt. Är du nöjd nu då? När du får gå omkring och påminna mig om det hela tiden?"

Doris svarade inte. Hon stod och såg på Rita, med samma lömska ansiktsuttryck som hon haft hela tiden, men hon sa ingenting. Och det ryckte lite i den minen, det gjorde det.

"Och vad vill du då, egentligen?" frågade Rita. "Säg det då. En gång för alla så har vi det över sen."

Och då hände det underliga; att Doris liksom säckade ihop. Hon började inte gråta eller något, tappade inte heller koncepterna så att det syntes på henne. Man bara liksom såg att energin ebbade ut i henne, att hon liksom sjönk ihop, ansiktet slappade igen, det fanns överhuvudtaget inget *doriskt* över henne i de sekunderna; och det var på något sätt otäckt det också.

"Jag vet inte", sa Doris plötsligt, alldeles handfallet. "När jag inte vet."

Och det kom liksom ur henne så förtvivlat. Och då mitt i allt såg Rita all ledsenhet i Doris, den stora och hemska och outgrundliga – och det var bland annat det som skulle leda till att hon en och en halv vecka senare då Doris sköt sig omedelbart skulle förstå att Doris hade skjutit sig. Den förbannade pistolen! Hon borde åtminstone ha sett till att få tillbaka den!

"När jag inte vet!"

Och Doris hade satt sig ner på klippan och inte sagt någonting. Och Rita hade under bråkdelen av en sekund tänkt sätta sig ner bredvid, men det gjorde hon inte i alla fall.

Doris bara satt där och molade och Rita, sakta, trevande, började hon, det fick bära eller brista.

"Nu Doris är det lika bra att du får veta allt. Kusinmamman, det var hon som sa att man skulle skydda dig. Du hade varit med om så mycket ont. Och vi – ja. Det var ett sånt helvete då, Doris. Du förstår inte. Vi var så små.

Jag och Solveig, vi var ju alldeles chockade – en lång tid efter.

Men Doris. Jag har inte glömt. Jag kommer inte att glömma. Den amerikanska flickan, du vet inte, det där ansiktet – det liksom finns med en. Kusinmamman, hon –"

"Jag struntar i hur det var, förstår du inte?" hojtade Doris plötsligt till.

"Jag struntar i det. Jag vill inte höra! Det där betyder ingenting! Jag vet ingenting om någonting!"

Och Doris hade stigit upp och rusat sin väg genom skogen – och sedan, ja sedan. Hade Rita inte sett till henne något mera. Alls.

Det var så det hade varit. Hon *borde* ju ha sökt upp Doris, skulle hon tänka efteråt. Hon *borde*.

Men hon gjorde det inte. Det ena följde på det andra. Allt fortsatte.

Kort därpå blev det höst ordentligt. Man vet hur det är: att plötsligt bara släcker någon ljuset oberoende av om snön har kommit eller inte. Plötsligt bara är allting grått och hopplöst. Men väder hit och väder dit, egentligen struntade man ju i allsköns väder, men nu, just den här hösten, dagarna innan Doris sköt sig så rimmade allt på ett så underligt sätt.

Skitväder. Skitråttor. Skit. Skit. Skit. Skit.

Kort därpå, några dagar före Doris död, demolerade Råttorna Glashuset. Eller, det var en överdrift att säga så. Demolerade och demolerade. Det var egentligen bara ett ställe som Råttorna gick lös på och det var vinterträdgården; verandautskjutningen där friherrinnan en gång hade odlat sina vidunderliga blomster och varit onåbar. Nu fanns det bara en massa halvdöda krukväxter, för Kenny som ju egentligen var den som hade bott i huset mest, hade inte haft samma tankar och idéer som friherrinnan, det såg man. Bakom sina blomsterodlingar. *My lovely, lovely garden...*

Däremot hade hon försökt en massa. Och sedan kanske tappat sugen eller inte fullföljt det heller eller så hade det kommit nya saker att intressera sig för eller sommaren hade varit slut och det hade varit dags att packa ihop sig, sig och havsungarna, och fara iväg, bort, till staden vid havet och där, ett annat liv. Ett annat liv där.

Det såg man: försöket alltså.

Så Rita gick lös på allt det där, hon var full förstås. Och det förvånade henne själv med vilken energi; hon fick sönder ganska många fönsterrutor innan någon hann hejda henne. Och hon var ganska så förbannad, ganska så argsint också.

Solveig fick verkligen göra sitt yttersta för att lugna ner henne.

Och – här, en annan sak. Som ju också var en liksom felaktig upplysning. Det var inte Råttorna som gjorde allt det där. Det var Rita och, lite, Solveig, och Järpe och Torpe var närvarande, men de såg mest på. Med förvåning. Förstod ingenting.

Nä, det var inte Råttorna, det var ingen sådan lek (det var ingen lek, det var väl just det värsta på något sätt). Det var Rita bara, Solveig och Rita, men framför allt Rita. För att hon, för ett ögonblick, inte stod ut mer. Inte med någonting.

Och det var faktiskt, och det var inte en efterhandskonstruktion för hon tänkte det redan före Doris död, då allting hände, något med Doris allt det här med. Någonstans i bakhuvudet bilden av den förtvivlade Doris vid träsket, någonstans i bakhuvudet också den där bultande vetskapen om att man verkligen borde söka upp henne och en gång för alla berätta allt; och frustrationen över att man inte gjorde det. Och den var på allvar. Man hade, på något sätt, förstått att Doris var så förtvivlad att hon kunde göra vad som helst.

Men en så förunderlig tanke att man inte hade vågat tänka den till slut.

Men vad Rita hade sett när det slog slint för henne i glashuset på glasverandan som en gång i tiden var fröken Andrews så fina vinterträdgård, var en bild för sitt inre öga. En bild av en råtta som sprang i ett hjul, runt runt runt runt, och det var hon. Och en bild av en annan råtta, i ett annat hjul, som också cirklade. Och det var lilla Doris Flinkenberg. Och varför varför måste det vara så? Ingen öppning fanns det i det ögonblicket.

Det är så det brukar vara i vissa tillstånd när man är full.

Naturligtvis blev Rita normal sedan och lugnade sig innan hon hade hunnit demolera alltsammans.

Och naturligtvis, ha ha, dessutom, det var ju de själva som städade upp efteråt. "Fyra moppar och en sopskyffel." Å yrkets vägnar.

Fast ingen ju annars visste att det var precis just Rita – och Solveig, lite – som hade gått lös i Glashuset sådär. Löpt amok.

Ett par dagar senare sköt sig Doris Flinkenberg på Loreklippan vid Bule träsket. När Rita hörde skottet förstod hon genast vad som hade hänt.

Så var det, i ljuset av allt detta. I ljuset av allt detta var det så.

"Fyra moppar och en sopskyffel." Och några dagar efter Doris död kom Solveig hem efter en arbetsdag i staden vid havet, bland annat i friherrinnans ljusa lägenhet (där som aldrig Rita satt sin fot).

"Hon är död nu", sa Solveig lugnt. "Hon somnade in. Det var inte väldigt lugnt är jag rädd. Men", och Solveig hade ryckt på axlarna, "det är ju inte alltid som man kan välja hur man dör."

Det var friherrinnan hon talade om. Som hade gett upp andan efter att ha varit sjuk i så många, många år.

Doris död

Jag gick mig ut en afton ut i en lund så grön
Där mötte mig en flicka, så fager och så skön
Där mötte mig en flicka, så fager och så skön skön skön
Där mötte mig en flicka, så fager och så skön.

"Det är förbi nu", sa kusinmamman till Doris Flinkenberg vid hem-
komsten efter de fjorton dagarna i huset i den dyigare delen. "Nu är du
hemma igen. Inget av det där har hänt. Sov nu."

Eller kanske sa hon inte det precis med de orden, men det var ande-
meningen.

Allt var över, förlåtet. Doris hade kommit hem igen, nu skulle allt gå
vidare.

Inget av det som hade inträffat i huset i den dyigare delen var längre
på tapeten.

Och det SÅG man ju på henne.

"Vi måste städa där", sa Doris Flinkenberg till kusinmamman. "Sand-
ra... hon for till Åland. Eller vad vet jag vart hon for, kanske till New
York. Och byta fönster... vem som helst kommer in..."

"Sen", sa kusinmamman lugnt. "Sen. Gå upp till rummet nu och
sov. Jag kommer efter med pillerburken."

Men Doris ville inte ha pillerburken. Hon kunde inte sova. Hon
ville inte sova. Och Doris röd i ansiktet som en sommarkräfta.

"Herregud unge, det ser ut som tredje klassens brännskada."

Kusinmamman gav henne fet kräm att stryka på de röda ställena.
Doris strök.

Ritsch fällde hon upp mörkläggningsgardinen som kusinmamman hade dragit ner då hon gick.

Rörelse på gården. Hon spanade ut och upptäckte pojkarna med ölkassarna vid ladan. Hon bytte om och gick ut till ladan och där träffade hon Micke Friberg. Killarnas kille, eller hur det skulle sägas.

"Var har du varit hela mitt liv?" viskade Micke Friberg i hennes öra bara några timmar senare.

"Vad menar du?" hade Doris viskat tillbaka, ömt och innerligt.

Och det var ju berättelsen som borde ha varit huvudsaken som nu började. *Sommaren jag mötte Micke.* Och hon hann ju nog. Det var ju faktiskt sommar än. Några dagar än tills skolan skulle börja.

Och ändå hade hon redan upplevt allt.

Och hon var en äldre Doris nu, en annan Doris, men framför allt, ledsnare. En ensam och rädd Doris, på riktigt. Livrädd, dödsförskräckt. Syntes det på henne?

KNUT i magen.

"Kom, vi sticker", hade Micke viskat, och de hade lämnat ladan. De hade gått över Andra Udden till strandboden och suttit på verandan framför det öppna sommarhavet, som plötsligt var så lugnt.

Tidigare på dagen... var det faktiskt samma dag?

Liz Maalamaa och presidenterna.

Sandra den-döda-amerikanska-flickan-Wärn.

Någon har förstört min sång, mamma.

Hade det faktiskt varit samma dag? När ju världen kunde vara så vacker också, så lugn, som nu. Så rätt, hade Doris tänkt, på verandan till strandboden, med Micke.

"Jag tror nog att jag är ganska förälskad i dig också", hade hon följaktligen viskat till Micke.

Han skrattade och de hade kyssts igen. Eller vad var det det hette igen: pussats?

Man blev glad med honom, tänkte Doris. Och det var sant. Med Micke Friberg blev man glad.

Och i andras ögon. Micke Friberg. Vem ville inte vara ihop med en som kunde spela Dazed And Confused fram och tillbaka och baklänges om det klämde åt?

Det var alltså, när höstterminen kom igång, som det blev bekräftat det som hade börjat i huset i den dyigare delen, på sommaren. Den fula ankungen blev svan, träskungen träskdrottning. Babyhullet var borta. Inte var hon smal, men hon var yppig, hade blivit liksom *formaterad* och det blonda axellånga håret var svagt rödskimrande.

Ett äpple som fallit från trädet. Inget skäriäpelkart precis.

En kvinna. Fullmogen.

Ibland när hon såg sig i spegeln brast hon själv ut i skratt.

Var det hon?

Hon lovade mig sitt hjärta, hon lovade mig sin hand.
Hon lovade mig sitt hjärta, hon lovade mig sin hand.

Första gången med Sandra på skolgården efter lovet.

"Titta vem som har ärende till oss", hade Sandra sagt slött. De hade stått och hängt vid utgången. "Idioten." Ty detta namn, *idioten*, hade varit vad de hade kallat Micke Friberg privat, på tumanhand, förra terminen, före sommaren.

Det var Sandra som hade kommit Doris till mötes där Doris väntade på Micke Friberg utanför skolbyggnaden efter skoldagens slut. Det var alltså med Micke Friberg som hon hade stämt träff, inte med Sandra, men Sandra hade ju varit borta – på Åland eller var det nu var, New York? – så hon visste som vanligt inte vad som hade hänt.

Doris hade just öppnat munnen för att säga något till svar men längre hann hon inte för Micke Friberg hade snabbt slirat emot henne då han fick syn på henne och betäckt hennes halvöppna gap med sin egen mun och engagerat Doris Flinkenberg i en kram som inte för någon utomstående gav utrymme för några tvivel om vad det hela var frågan om.

"Det här är Sandra", sa Doris till Micke Friberg. Och till Sandra. "Det här är Micke Friberg. Vi är tillsammans nu."

"Skoj", sa Micke Friberg oengagerat. "Doris har berättat så mycket om dig. Jag ser verkligen fram emot att lära känna dig. Men hej då nu. Vi ska gå och sjunga och spela lite."

Sjunga och spela lite? Det var nyheter det, det såg man på Sandras min.

"Doris har en fin sångröst", meddelade Micke Friberg. "Jag har ett band som hon sjunger i. Det heter Mickes Folkband."

Och något senare, under morgonsamlingen.

"Hej. Jag är Doris och det här är Micke och vi har ett band tillsammans, Mickes Folkband. Och nu ska vi sjunga några gamla välkända folkvisor i nya arrangemang, det är våra egna arrangemang, det är Mickes arrangemang. Här, till först *Jag gick mig ut en afton uti en lund så grön.*"

Och Doris Flinkenberg tog ton och sjöng.

Men ibland, när Doris sjöng, så kom hon ännu att tänka på allt, på Sandra, allt med Sandra, allt, och tårarna började rinna ner för hennes kinder. Men det var alltmer sällan nu. Och ibland, ganska ofta, fast det var så, så syntes hennes tårar inte. Hon "grät inombords" som det hette i en av de där dumma schlagersångerna som en gång hade vindat på i hennes radiokassettbandspelare, men som hon inte lyssnade så mycket på nu längre för om det var något som Doris Flinkenberg också var ensam om i hela världen så var det sin odrägliga musiksmak, "Tusen slitstarka kärleksbugg för kärlekskranka", "Vår kärlek är en kontinental affär", Lill Lindfors, allt det där.

Inte ens Micke Friberg orkade med det.

Tårarna rann som sagt på Doris, "inombords". Också medan hon sjöng. Men det var som sagt alltmera sällan nu.

Mickes Folkband. Det var musiken det. Men det fanns också många andra sidor hos Micke Friberg. Till exempel, det som kallas "litteraturens värld". Micke Friberg läste böcker alltså. Riktiga romaner. Av Fjodor Dostojevskij och sådant där. På sommaren hade han plöjt igenom hela "Brott och straff".

"Man kan dela in sitt liv i före och efter Dostojevskij", sa Micke Friberg till Doris Flinkenberg. "Du måste läsa 'Brott och straff'. Jag vill dela den med dig."

"Vad handlar den om då?" frågade Doris Flinkenberg.

"Den handlar om skuld och försoning. Om möjligheten till försoning. Det finns alltid en väg och möjlighet till försoning. Det är vad Dostojevskij vill säga oss. Det gäller bara för människan att välja den."

"Va?" sa Doris Flinkenberg och var ett ögonblick som ett enda *doriskt* frågetecken.

"Jag menar", sa Micke Friberg trevande. "Antag att JAG skulle ha mördat någon så skulle du få vara en Sonja som skulle få frälsa mig och samtidigt på något sätt hela världen... Du skulle vara en fin Sonja, Doris."

"Vem är Sonja?" hade Doris frågat. "Vad då Sonja?" Och Micke hade börjat förklara för Doris Flinkenberg att Sonja i Dostojevskijs roman varit en ähum, glädjeflicka, eller prostituerad, "eller hora rent ut sagt", en kvinna "från gatan", spädde Micke Friberg vidare på, som var den enda som trodde på att det fanns ljus i Raskolnikovs mörka själ, och det var denna Sonjas tro, denna Sonjas kärlek som var en kärlek av handling, inte ord, som räddade Raskolnikov...

Och då hade Doris börjat skratta. Skrattat och skrattat så att tårarna sprutade ur hennes ögon.

Ähum...

Skrattat också för att allt stämde och ändå stämde ingenting in.

"Hej, nu känner jag inte igen dig...", hade Micke Friberg viskat orolig. Och han hade lagt armarna omkring henne och så hade Doris Flinkenberg och Micke Friberg kramats och pussats en del igen.

313

"Ingen kan älska som vi", hade Micke Friberg viskat försäkrande till Doris Flinkenberg efter hennes gråtanfall.

Och. O nej då. Micke, han var inte dum. Han var så sympatisk och så snäll. Dum. Det hade varit så mycket enklare om han hade varit det. Man blev glad av honom. Man blev faktiskt det.

"GE HIT DEN DÄR BOKEN DÅ", sa Doris Flinkenberg mitt i omfamningen.

Och så satte de igång med att läsa Dostojevskij tillsammans.

Idioten Micke Friberg började med "Idioten".

"Det handlar om godheten", sa Micke Friberg. "Att det finns en möjlighet att vara god."

"Doris", sa Micke Friberg. "Du är så... god."

Men vad var det som hände?
De banden som vi knöto, dem ingen lossa kan.

"Hej. Jag är Doris, det här är Micke, vi har ett band, det är Mickes Folkband. Och nu skall vi sjunga några gamla folkvisor i eget arrangemang, Mickes arrangemang."

Micke Friberg, det första samlaget, eftersnack.

Doris sa till Micke, plötsligt, efteråt: "Det är en massa meningar i huvudet. Från härifrån och därifrån."

"Vad för slags?"

"Snuttar. Ur sånger, tidningar, vad folk har sagt. Det ena och det andra. Får inte tag på. Som en melodi. Den brister hela tiden. En sång som någon vill utsätta för sabotage."

Och hon hade NÄSTAN börjat gnola på Eddie-sången, den amerikanska flickans sång. Hon hade nästan tänkt berätta – allt. Det var första och enda gången hon hade tänkt på och varit nära att göra det med Micke Friberg. Och om hon bara hade gjort det!

"Du med dina sabotage", hade Micke sagt kärleksfullt och slutit Doris Flinkenberg i sina armar. De hade alltså legat i hans föräldrars säng i hans föräldrars sovrum efter det första samlaget – det var veckoslut och Micke Fribergs föräldrar var på sommarstugan. *Första gången.*

"Inte kan jag förklara bättre", mumlade Doris Flinkenberg.

"Inte behöver du", hade Micke viskat. "Jag tycker om dig som du är. Idiot. Du tycks inte förstå vilken fantastisk och söt och sexig ung kvinna du är. Fast det är en del av din charm. Din omedvetenhet. Naturbarn." Och sedan viskade han: "Min kvinna." Och: "Jag är så glad att det var jag som upptäckte dig först."

"Kvinna." Doris Flinkenberg, just till naturbarn döpt, smakade på ordet i Mickes föräldrars sovrum.

"Och det här", förklarade hon högt, som om det var en nyhet, vilket det ju inte var; de hade planerat det på förhand, Micke och hon för de hade varit noga med att första gången skulle bli oförglömlig, "var första gången."

Och fortsatte:

"Nu är jag inte OSKULD mer."

"Var det bra?"

"Ja", hade Doris svarat än en gång på frågan, fast kanske en aning otåligt då redan. "Ja. Ja. Ja." Micke Friberg var så mån om att han skulle vara en bra älskare med en kvinna som han älskade och som älskade honom. Och det var ju roligt men kunde de för guds skull inte tala om någonting a.n.n.a.t. nu?

"Vill du höra något roligt?" Doris hade viskat till Micke. "Bencku skulle en gång beställa böcker från en postorderfirma som sålde den sortens konstiga böcker som han är intresserad av. Han hittade en bok som han verkligen ville ha. Den hette 'Arkitektur och brott'. Han blev ju jävligt besviken fast han försökte att inte visa det när han fick boken för det var ju inte brott som i kriminalfall utan brott som i mellanrum. Mellanrum i ornament. Förstår du?"

"Nä." I mörkret skakade Micke Friberg på huvudet och fingrade otåligt på korallbandet som han hade fått av Doris den dag för några dagar sedan då de hade firat att de hade varit en och en halv månad tillsammans.

"Bencku, han är tokig han… "

Men Doris hade inte hunnit längre förrän hennes öppna mun hade blivit betäckt av Mickes mun, Mickes tänder, Mickes tunga… och det ena ledde över till det andra, varpå – blixt och dunder – de gjorde *det* för andra gången.

Det var först senare, hemma i sin egen säng, som Doris Flinkenberg hade haft möjlighet att tänka klart igen.

Vad var det som hände? Höll hon på att bli tokig?

"Du är full av överraskningar", hade Micke Friberg sagt. "Det blir aldrig tråkigt med dig."

Micke. Mickes röst. Bara att tänka på den hjälpte. Föreställa sig Micke och ingenting annat. Göra honom så stor i sitt huvud i sitt hjärta i sin kropp att allt annat blev till bakgrund.

"Kan vi komma överens om en sak?" hade Micke frågat. "Att vi håller Bencku och Sandra etcetera utanför det här? Vårt förhållande är någonting separat."

"Du är svartsjuk", hade Doris kluckat.

"Visst", hade Micke svarat. "Är det konstigt? Jag vill ha hela dig. Jag älskar dig! Älskar du mig?"

"Ja", hade Doris svarat uppriktigt. Ett stort lugn hade vällt upp i henne. De hade omfamnat varandra igen och i den omfamningen hade Doris varit närvarande till hundra procent. Det var så hon förklarade det för sig själv också, efteråt. Men jag tyckte ju om det. Jag var ju närvarande "till hundra procent".

Så vad, kan man fråga sig, var det som hände då?

"Vad ser du i honom?" hade Sandra frågat svartsjukt på skolgården en av de få gånger som de talade med varandra under den tiden.

Dumt frågat, visste båda. Vem som helst skulle bli överlycklig över att få vara med Micke Friberg. Det tyckte hälften av skolans flickor i alla fall.

Ändå stod Doris Flinkenberg där på skolgården och harklade sig inför Sandra Wärn och visste inte vad hon skulle svara.

"Du sjunger så vackert", sa Sandra med något i rösten som fick Doris Flinkenberg att bara lämna, lämna skolgården och springa bort.

Ut i skogen på egen hand gick Doris Flinkenberg ibland.

Också innan det tog slut med Micke Friberg.

Måste vara ifred. Men en massa sånger och ord och ramsor och allt härifrån och därifrån började nu komma upp och fortplanta sig i hennes huvud.

De banden som vi knöto, dem ingen lossa kan
De banden som vi knöto, dem ingen lossa kan
Blott döden, blott döden, kan lossa dessa band band band
Blott döden, blott döden, kan lossa dessa band.

Doris, vid morgonsamlingen.

"Hej. Jag är Micke, det här är Doris, vi har ett band, det är Mickes Folkband. Vi sjunger gamla folkvisor... äsch." Doris kom av sig, alla skrattade, hon började igen. "Hej. Jag är Doris, det här är Micke, vi har ett band, det är... nä herregud, nu sjunger vi bara, det är en gammal folkvisa och den går såhär."

Mot mitten av oktober månad, ungefär när Doris Flinkenberg för första gången på allvar började förstå omöjligheten med det hela som hade med henne och Micke Friberg att göra, läste hon och Micke Friberg Dostojevskij tillsammans. Hon läste "Brott och straff", han läste "Idioten".

"Jag borde mörda någon så att du skulle få vara Sonja. Du skulle vara en fin Sonja. En som räddar världen med sin godhet. Du är så god."

Han kom inte ifrån det, Micke. Han kunde bara inte lämna det. Och plötsligt var det inte lustigt alls.

Doris mådde illa. Doris blev sjösjuk. Doris måste spy.

Hon sprang till toaletten, och spydde, spydde.

"Det är den där båtolyckan – det är för hemskt."

"*Ingen kan älska som vi*", sa Micke Friberg, men plötsligt lät han inte heller lika övertygad längre.

"Jag tycker i och för sig om att du krånglar till allt", filosoferade Micke Friberg när Doris Flinkenberg mådde bättre. "Det är ett tecken på att du inte är som andra. Du är så specifik och egen."

"Och jag", fortsatte Micke. "Älskar ju dig. Just för att du är du och ingen annan."

"Åh håll nu käften", hade Doris märkt att hon hade legat och tänkt. Varför måste han hålla på sådär. Och störa? Måste han hålla på och klistra ordet "kärlek" på allt innan han hade sett efter ordentligt vad han hade framför sig?

Och vad var det han hade framför sig, då, Doris?

Det var det som var frågetecknet det.

Blott döden, blott döden, kan lossa dessa band, band, band.

Men vad var det alltså som hände, egentligen?

"Ska vi inte läsa vidare?" sa Doris i stället till Micke. "Jag är redan på sidan 234. Och nu måste jag ju säga att det börjar bli verkligen intressant."

Micke skrattade till, sitt belästa skratt som tillhörde en som hade ett visst försprång och visste hur man skulle föra ett samtal om en stor roman och en stor författare, en riktig klassiker.

"Du är allt speciell du", sa han igen. "Det är därför som jag älsk–"

"Håll tyst nu", viskade Doris Flinkenberg innerligt. "Nu läser vi."

Micke och Doris. På Loreklippan, hon och Micke, stod där och småfrös ovanför Bule träsket, Doris huttrade och sa:

"Hon står där och spionerar på oss. I buskarna. Syster Natt. Kan inte släppa loss."

Micke släppte taget om Doris och såg sig omkring.

"Vad, vem?"

"Äsch", sa Doris. "Jag skojade bara. Det var ett skämt."

Vad var det som hände? Vad var det hon pratade om? Varför höll hon på och sa de där sakerna när det var det här hon borde ha sagt: "Ibland går det runt i huvudet. Ibland är jag rädd. Kusinmamman hade kanske rätt. Man ska inte böka i det gamla."

Lek inte med elden, Doris Flinkenberg, hade kusinmamman sagt en gång för länge sedan då hon förstod vad Doris och Sandra höll på med, Mysteriet med den amerikanska flickan, allt det där.

"Det är inte många som har förmågan att krossa mitt hjärta", hade kusinmamman också sagt. "Men du, Doris, är en…"

Och det var då, precis just där vid träsket, som Doris Flinkenberg slutligen förstod det hon redan länge hade anat. Och äntligen fick hon det ur sig också:

"Jag borde inte… Men det är så här. Jag kan inte älska dig. Det är något fel mellan öronen på mig."

"Det är förbannat ohjälpligt", hade hon sagt medan Micke Friberg bara stod där bredvid henne som förstummad. "Inte blir man lyckligare av det själv. Nämligen."

Micke Friberg hade i chocken inte hört på så noga, men det väsentliga hade han nog uppfattat i alla fall.

"Är det slut?" hade Micke Friberg sagt högt och tydligt, i ett ytterst nyktert tonfall.

319

Syster Natt. Och hon stod där. Mycket riktigt. I buskarna, spionerade. Eller, gjorde hon?

"Menar du att det är slut?" upprepade Micke Friberg när Doris inte svarade.

Doris hade nickat och pipit svagt: "Ja."

Sedan hade Micke förstått allt. Han hade lämnat Doris Flinkenberg på Loreklippan och gått sin väg.

"Sandra!" ropade Doris, svagt. Men hon var inte där. Bara tystnad. Ingenting.

Doris letade efter Sandra i skogen. Hon sökte sig till olika ställen där Sandra kunde tänkas befinna sig. Sandra var ingenstans. Men till huset i den dyigare delen av skogen gick hon inte. Där ville hon inte, av föregiven anledning, längre sätta sin fot. Men hon kom ganska nära.

Och det överraskade henne inte precis när hon från där hon var bland vassen i strandruggen vid träsket kunde se in i källarvåningen genom panoramafönstret och såg att bassängen var vattenfylld nu, en alldeles vanlig simbassäng. Och för ett ögonblick så for det igenom henne, att såhär har det alltid varit, inget av det hemska, ingenting har någonsin hänt.

Men det var bara en flash genom huvudet som sagt.

Tillbaka till verkligheten. För övrigt var det tomt och mörkt i källarvåningen. Bara några lampor i vattnet lyste; kallt och blått.

Och när hon följande gång såg Sandra var det på skolgården. Sandra kom ut på rast i ett sådant där flickgäng som bestod av Birgitta Blumenthal och andra fåniga och ganska meningslösa flickor – detta alltså enligt Sandras OCH Doris högst subjektiva åsikt, på den tiden de ännu var tillsammans, Syster Natt och Syster Dag.

Doris var på sidan om nu, ensam på skolgården. Micke Friberg, med det krossade hjärtat, fick vara inne på rasterna och spela gitarr i musiksalen. Han hade dispens och slapp utegångstvånget eftersom han ansågs så musikaliskt begåvad – och musikaliskt begåvad var han ju. Mickes Folkband var för tillfället upplöst. Det hade ett uppehåll, på grund av de rådande omständigheterna. Micke Friberg gjorde ingen hemlighet av att Doris hade sårat honom djupt, krossat hjärtat på honom. Han ville vara ifred nu. Men han var också mån om att påpeka att de hade skilts åt som väldigt goda vänner, i alla fall.

Att Micke inte gjorde någon hemlighet av att det var Doris som hade lämnat honom och inte tvärtom gjorde ju Doris mera spännande i allas ögon. Men alla som kom i hennes närhet skakade hon av sig.

Doris på sidan om, flickorna med Sandra Wärn, Sandra Wärn som en flicka bland andra, och alla sneglade de åt Doris håll förstulet och ganska intresserade. Sandra stod på intet sätt ut i den gruppen, hon var bara med.

Men så, en gång hände det sig att Sandra bröt sig ur sällskapet och kom fram till Doris Flinkenberg. En stund pratade de med varandra, en ganska kort stund, för sedan var det dags att skiljas åt, de skulle på olika lektioner, men också av andra orsaker.

Och alldeles konkreta. Sandra skulle iväg, sa hon, till Åland igen, för att hälsa på släktingarna igen.

Doris sa ingenting. Nu hade hon svårt att vara. Ingen annan än hon själv visste hur svårt. Å ena sidan förstod hon, så fort hon började prata med Sandra som hon inte hade pratat med ordentligt sedan... sommaren (och det var hon själv som hade gått sin väg, "hem", till Micke Friberg, allt det där), att hon inte skulle kunna fortsätta... med något... innan allt skulle bli klart. Innan alla frågor hon hade inom sig skulle få ett svar. Och det var i och för sig en schlagertext det där, men för en gångs skull så sann att det inte var orsak för någon, vare sig man gillade sådan musik eller inte, att dra på smilbanden.

Och att hon, om inte Sandra tog ett initiativ själv, måste börja ställa dessa frågor. Själv. Och hur skulle det gå till?

För det stod klart att Sandra inte skulle ta något initiativ.

Å andra sidan förstod hon, och det isade i henne när det gick upp för henne, som det gjorde precis just den dagen på skolgården när Sandra och hon förde sitt sista samtal med varandra medan Doris Flinkenberg ännu levde, att det var omöjligt helt enkelt omöjligt att inte fortsätta med Sandra.

SandraPandraHarmyntSysterNatt&Dag och alltsammans, högst älskade.

Så hemska saker. En sådan insikt. Vad var det som hände? Vem skulle man fråga? Vem skulle man vända sig till?

Båten. Samma höst som Doris dog, sjönk det en båt med fem ungdomar ombord ett hundratal kilometer västerut, mitt på havet. Samtliga ombordvarande drunknade. Olyckan och omständigheterna kring den förhäxade Doris Flinkenberg de sista veckorna hon var i livet.

Olyckan inträffade en lördagsnatt i början av oktober. Ungdomarna hade haft för avsikt att fira veckoslutet ombord på en rätt så stor motorbåt, en Nauticat. Vittnen som hade sett båten vid en tankstation i ett sund i innerskärgården kunde senare berätta att stämningen ombord hade varit uppsluppen men inte på något sätt överdrivet.

Vinden hade varit hård redan på dagen. Mot kvällen nådde den stormstyrka. Klockan 23.00 gick båten på grund och började ta in vatten. Klockan halv tre, fyra timmar senare, gick den till botten.

Det hade med andra ord varit ett ganska långsamt förlopp. Ungdomarna hade haft god tid på sig att fyra av nödraketer, alla som fanns ombord. När ingen hjälp hade kommit och båten sakta, sakta började vattenfyllas hade de flyttat upp på däck och tänt en brasa.

Då brasan hade slocknat av vatten som började slå över däcket hade de förstått att allt hopp var ute.

Varför kom ingen? Var var sjöbevakningen?

Båten sjönk, och ungdomarna hade dött, en efter en. Alla de ombordvarande drunknade eller frös ihjäl i det iskalla vattnet.

Det var denna händelse som Doris Flinkenberg till syvende och sist hade talat om med Sandra Wärn på skolgården, denna sista gång – vilket ingendera av dem visste – de var i samspråk med varandra.

"Jag kommer alltid att minnas vad jag gjorde i den stunden", sa Doris till Sandra där på skolgården, något av det första de av någon anledning talade om, ordentligt, på en lång tid.

"Jag låg med Micke det var första gången det är slut nu."

Hon såg hastigt och i mjugg på Sandra som registrerade och registrerade, men ändå, det var inte som om hon riktigt hörde på.

Och ändå gjorde hon ju det.

"Jag var hos Blumenthals", sa Sandra slött. "På pyjamasparty. Jag och alla flickorna."

Och sedan hade Sandra ingående börjat berätta om den festen och vad som hade försiggått på den. Det hade varit fest hos Birgitta Blumenthal. Bara för flickorna. Pyjamasparty; en idé som någon hade snappat upp från någon utländsk tidning, sådant man gjorde på andra håll, till exempel i Amerika. Men vad man skulle göra, egentligen, på ett sådant där party var mera oklart. Så de hade tagit på sig sina pyjamasar och "stojat" i pyjamas på olika sätt, bland annat hade ALLA tullat på flaskor i Blumenthals välförsedda barskåp – föräldrarna var nykterister men de behövde all denna sprit för representation, förklarade Sandra som om hon läste upp en bruksanvisning för det normala livet för sin väninna – en klunk eller två.

Och de hade valt Birgitta Blumenthal till universums vackraste kvinna i en lek som Birgitta Blumenthal själv hade initierat; en skönhetstävling där också utgången var på förhand given, "såsom det förstås går till i verkligheten också, man kommer överens om vem som ska vinna på förhand". Birgitta Blumenthal hade gråtit tårar av glädje där hon satt på sängkanten med röd handduk över sig och en papperstiara, och sedan hade de dansat i mörkret, alla, och berättat sina hemligheter för varandra.

"Du vet ju hur deras hemligheter är", konstaterade Sandra, slött. "Tobias Forsström nöp mig i baken, men jag berättade inte för någon.

Den stilen."

Sandra hade skrattat till och Doris hade skrattat till och Doris hade igen tänkt på hur mycket hon uppskattade Sandras berättelser, inte vad hon berättade direkt, men hennes sätt.

Och sedan hade de lekt sanning eller konsekvens. Sandra hade fått uppdraget att tungpussas med Birgitta Blumenthal. Ett bestående minne: hur det kändes att ha plugghästen Birgitta Blumenthals lärda tunga i sin mun.

"Fy fan", sa Sandra på skolgården, och det spottade om henne. "Fy fan. Som någon jävla flata."

Och det hade isat sig i Doris, för menade Sandra henne?

Och så hade de, sa Sandra lika slött och sorglöst, lekt mördare och detektiv.

Och det hade isat sig i Doris, igen.

Och skolklockan hade ringt in.

"Jag måste…", Doris hade omedelbart börjat röra sig mot ingången, nästan halvspringande dessutom.

"Hej, Doris! Vad är det som händer?" klämde Sandra ur sig, ropade efter Doris. Doris vände sig hastigt om, och såg, eller var det inbillning, i Sandras ögon plötsligt all smärta, som hos ett skadat djur.

Kära, kära. Allt går överstyr. Vi skulle ju vara tillsammans. Vad är det som händer, nu?

Hon borde ha ställt en massa frågor, då, på skolgården. Hon gjorde det inte. Sandra for till Åland. Doris blev kvar med allt det där hon nu hade att ta reda på själv. Och hon skulle göra det. Hon gjorde det.

I slutet av samma månad, oktober, vandaliserade Råttorna Glashuset.

Några veckor senare dog friherrinnan. Fast då var Doris redan död.

Och den första lördagen i november tog Doris pistolen som hon aldrig hade fört tillbaka till Ritas och Solveigs stuga efter sommaren och gick upp till Loreklippan vid Bule träsket och sköt sig där.

Det hände saker huller om buller i Doris den sista tiden.

Det var dessa frågor som borde besvaras och som hon i brist på någon att fråga försökte finna svaren på själv.

Varför var det inget vatten i bassängen?

Alla normala människor har vatten i sina simbassänger, eller hur?

Man kunde börja så. Och så, vidare. Som den tvillingdetektiv man också någon gång hade varit:

"Sandra, de där telefonnumren till Heintz-Gurt i Österrike, de går ju ingenstans."

"Jag menar. De finns ju inte. Jag vet för jag har prövat."

Så den ena frågan, den om simbassängen, leder automatiskt över i den andra frågan:

"Lorelei Lindberg. Var är hon egentligen?"

"Den där helikopterhistorien, hur var det med den egentligen? Var den sann?"

Och så hade man kommit att tänka på vissa andra historier som faktiskt blivit berättade. Den om ringen med en rubin av matskedsstorlek som föll ner i bassängen och som Lorelei Lindberg ropade till Sandra att leta efter.

Men hon gjorde det inte.

Så Lorelei Lindberg gick ner i bassängen själv. Och var var Ålänningen då, som var så arg på Lorelei Lindberg, Ålänningen med sitt gevär?

Men: så fanns det Benckus karta. Doris Flinkenberg hade börjat misstänka en sak med den där kartan överhuvudtaget. Att den inte var så oskyldig som den såg ut. Att den hängde där i Benckus lada som ett skydd, "det här vet jag", som ett budskap.

Inte bilder av hur det faktiskt var, hade Inget Herrman karakteriserat Benckus kartor. "Men bilder som uttryck för." Det betydde att det som fanns på kartorna inte nödvändigtvis var sant, inte nödvändigtvis hade hänt.

Nå. Nu hade Doris Flinkenberg fått skäl att tvivla på att det var på det sättet. Efter den amerikanska flickans död... det hade inte varit någon bild. Hon hade funnits där, på bottnen. Doris hade själv hittat henne.

Iförd den där plastkappan dessutom. Den hemska kappan.

Och nu fanns det något annat på Benckus karta. Strax innan Doris sköt sig var hon där och kontrollerade det. En kvinna i bassängen. Och hon var död. Så död.

Var det Lorelei Lindberg?

Var var hon?

Och så var det allt det som senare skulle finnas i ett avskedsbrev.

"... det var leken om Heintz-Gurt. Heintz-Gurt. Vilket namn. Den glada piloten. Den hittade jag också. I en av hennes klippböcker. Nästan ordagrant. Jag hittade, när jag började läsa andra berättelser ordentligt också. Det är en, jag har den här framför mig nu. *Far och dotter murade in moder i en vägg. Detta makabra brott förenade dem i många år.*

Jag vet inte vad som händer. Jag kan inte leva med det mera. Och så är det så mycket annat. Den röda plastkappan som den amerikanska flickan hittades i. Den finns på ett fotografi i Ålänningens nattduksbordslåda. Av flickan och mamman. Och hon, mamman, har kappan på."

Och så och mycket mera skrev Doris i sitt sista brev. Men det var inte ett brev till Sandra.

Till Sandra skrev hon inget brev.

Men hon gick till huset i den dyigare delen en sista gång.

Det var tomt, såg det ut som, hon tog sig in med reservnyckeln som hon alltid hade gjort, redan första gången, för länge sedan när hon kom till huset i den dyigare delen av skogen. Det gällde bara att veta var den fanns. Och Doris visste. Så enkelt var det.

Hon hade gått till huset i den dyigare delen av skogen. Hon hade tagit sig in där, i smyg. Hon hade sina kängor med. Hon skulle lämna dem vid bassängkanten.

Och plötsligt hade det hörts en röst bakom henne.

"Det är alltid som om det skulle röra sig någon främmande i det här huset."

Och hon gick med Inget Herrman över klipporna på Andra Udden, en sista gång.

"Vad gör man om man bär på en fruktansvärd hemlighet?" frågade hon. Inget Herrman, de stod vid havet, på sjöbodens veranda, skrattade.

"Slänger sig i sjön med den. Då sjunker man. En fruktansvärd hemlighet brukar vara tung att bära."

"På allvar", sa Doris otåligt.

"Förlåt", sa Inget Herrman, plötsligt allvarlig, för hon såg ju också Doris nöd. "Men jag kan inte ge några abstrakta råd. Jag måste få veta mer i sak. Annars säger jag bara som någon sa: *Stackars människor som måste lida så fruktansvärt.*"

Känna samhörighet med Inget Herrman. Men de hade gått ut på en av de längsta bryggorna på Andra Udden, i höstens vilda vind.

"Här tycks alla tro att det bara är havet och horisonten", hade Inget Herrman sagt. "Att det inte finns något land på andra sidan. Att det inte händer någonting på andra sidan. Men det finns: platser, ställen, andra länder. Och när det är klart väder så ser man ju det nästan härifrån."

"Gå på vattnet då", hade Doris sagt, strävt.

"Nu var fröken klipsk klipsk", hade Inget Herrman skrattat.

Men Doris hade inte skrattat.

Hon hade vänt sig om och börjat gå tillbaka.

"Äsch, förlåt mig Doris", hade Inget Herrman sagt. "Ibland – ja, det är så hopplöst." Och hennes tankar hade fastnat vid Ålänningen som hade lämnat huset i den dyigare delen av skogen i vredesmod under ett gräl de haft några timmar tidigare. "Jag ska säga dig, Doris Flinkenberg, bli aldrig vuxen. Var som du är NU, och alltid. När du blir vuxen… så

327

måste du bara ha relationer och *scener ut ett äktenskap* och sådant där."

"Hm", sa Doris Flinkenberg. Hon hade smultit upp av de där orden, hon tyckte så om Inget Herrman, ju, också när Inget Herrman pratade så. Inget Herrman som sa sådana saker som ingen annan vuxen sa.

Och inte var det ju Inget Herrmans fel alltsammans. Och hon hade tänkt att kanske, kanske skulle hon kunna säga det till Inget Herrman nu, hur det var, fråga henne vad hon visste.

Men hon gjorde det inte. Och de skiljdes åt. Allt var främmande. Hon hade beslutat sig redan då.

Bli aldrig vuxen, Doris Flinkenberg.

Kära kära, vad är det som händer? Vi skulle ju vara tillsammans!

"Vart går du, Doris Flinkenberg?"
  "Ut", svarade Doris Flinkenberg. "Jag går ut."

Och hösten hade framskridit till november månad då Doris Flinkenberg tog Ritas pistol och begav sig ut i mörkret en tidig lördagskväll. Gick till Bule träsket och sköt sig där.

"Fan ta dig Sandra Wärn", stod Doris Flinkenberg och röt i bassängen utan vatten, då Sandra en gång hade dragit upp stegen så att Doris inte kom upp. Det hade varit på sommaren, i en lek.

Och när hon kom tillbaka hade hon haft med sig pistolen.

Sandra, mitt i sommaren stod och pekade på henne med pistolen.
  "Är du skraj?"
  "Förstås inte."

Fara bort

En annan som lämnade allt och hela Trakten, det var Rita. Kvällen efter Doris begravning hade Rita farit sin väg under uppseendeväckande former – även om själva uppseendet kom först senare. Först hade Rita kvaddat Solveigs bil, den röda Mini Coopern som Järpe hade fixat upp åt Solveig. Hon hade rammat den mot ett träd på Bäckströms åker norr om kommuncentrum. Möjligtvis avsiktligt. Högst sannolikt så, men det skulle inte bli något tillfälle att tala om dessa eventuella avsikter, inte för Solveigs del i alla fall, inte på en lång tid. Därpå hade Rita, lerig och förbannad, vandrat upp till landsvägen där hon hade ställt sig för att lifta i riktning mot staden vid havet. Anders Bäckström och Sabrita-Lill Lindholm från grannkommunen (Sabrita-Lill alltså, Anders var son i huset på Bäckströms bondgård, de snart taget enda bönderna som av tradition och hävd brukade jord i Trakten) som råkat komma körande i Anders Bäckströms pappas ganska nya BMW hade stannat och kört Rita in till staden vid havet. Det var deras utsagor man fick ty sig till om man var Solveig och ville ha reda på vart ens syster hade tagit vägen. Och i det skedet, strax efter Doris död, då det var kaos i kusinhuset, kusinmamman ifrån sina sinnen av sorg och vanmakt, var det inte heller någon annan än Solveig som ens orkade oroa sig över vart Rita hade tagit vägen, "bry du dä inga om nä hä?", hade Solveig frågat Torpe Torpeson, hennes egen pojkvän Järpes bror, som Rita hade haft ihop det med, men Torpe hade verkligen skakat på huvudet och ryckt på axlarna; han var ju mest lättad efter allt. Rita hade en skruv lös och det var skönast när hon var så långt borta att längre borta inte fanns.

"Fjöl å", svor Torpe på traktspråket, "na nä inge rikti i pääro", och talat om Rita alltså men lett finurligt mot hennes syster Solveig som ju såg ganska likadan ut, var lite mulligare bara, lite mjukare i ansiktet också vilket ju egentligen bara var en fördel, och småningom skulle således naturen ha sin gång och det skulle "bli" Torpe och Solveig, och Järpe skulle få se sig om efter en ny "böna" och en sådan skulle han finna och många till. Fast den där Mini Coopern, den skulle Järpe sörja innerligt. Han skulle vara förbannad en tid, sparka stenar så att de stritta-de åt alla håll vid blotta tanken.

Hur synd det också skulle vara om Solveig. Så mycket liv att upp-rätthålla, helt själv. Allt som föll i bitar. Kusinmamman som sedan hon blev utskriven från mentalsjukhuset i alla fall aldrig mera skulle åter-vända till kusinhuset.

Solveig som skulle försöka ta tag i allt det där. Men hon hade ett barn i magen. Det var en lång tid bara hennes egen vetskap. En hemlig-het. Och hennes enda hopp.

Men kvällen då Rita lämnade. Hon hade nog varit berusad men inte alls redlös då hon steg in i Anders pappas bil, berättade alltså Sabrita-Lill för Solveig i telefon. Smutsig, som om hon hade vadat i träggen ett par hundra meter minst; alltså inget vanligt på-sidan-om-vägen-stänk på hennes kläder. Man såg nog att hon hade haft något för sig där på åk-rarna. Vad hade man inte kunnat fråga då, för hon hade inte precis varit på humör att besvara några frågor. Detta alltså enligt Sabrita-Lill Lind-holm, i telefonen. Och hon hade varit fast besluten. Hon skulle in till staden vid havet. Och det hade inte, för varken Sabrita-Lill eller Anders Bäckström, funnits någon orsak alls att tvivla på allvaret i det.

De hade inte sett någon annan råd än att göra henne till viljes och köra henne ända fram. Inte kunde de ju lämna henne heller sådär bara, vind för våg. Särskilt inte i det skick hon var, inte väldigt full, alltså, men nog ifrån sig. Och både Anders och Sabrita-Lill var kända som ansvarskännande ungdomar, inga huliganer som Rita och Råttorna och de där, snäppet bättre än träskpacket någon gång i tiderna, men inte på något sätt avsevärt –

Man kunde lita på dem, alltså. De hade kört Rita Råtta in till staden vid havet där de hade lämnat av henne på den gata vid havsstranden i den exklusiva stadsdelen där familjen Backmanssons bostad låg. Husen på den strandlängan var vackra och lugnt respektingivande, bastanta stenhus som utstrålade beständighet och en självklar fridsamhet som bara kan köpas för pengar. Sådana där självklara pengar, tysta pengar. Så självklara att det inte var något man la ut orden om. Man bodde vid havet alltså för att man inte "kunde" bo någon annanstans; man hade högt i tak i sina lägenheter för att man fick huvudvärk i andra lägenheter. Man var nu en gång för alla funtad på det sättet.

Det hade varit vid två–tre-tiden på natten och det hade annars varit tyst i den delen av staden. Men på en balkong längre bort på gatan hade det stått människor och det såg ut att pågå en fest i den lägenheten. Inte någon ungdomsfest, utan en mer värdig och vuxen – fast nog uppsluppen – sammankomst; balkongdörrarna uppslagna för den mörka natten och stjärnhimlen som tindrade; hela den vidunderliga höstnatten; det var de allra sista dagarna innan vintern skulle börja.

Och det var dit som Rita var på väg. Mot just den balkongen, den festen. Mot just det klara ljuset, vare sig hon var bjuden eller inte. Hon hade stigit ur bilen utan så mycket som ett tack till de kvarvarande, i gyttjiga kläder, i dalande berusning, med bara plastkassen som var röd och blå i handen.

Det var så som Rita Råtta slutligen anlände till familjen Backmansson i staden vid havet.

"Stick!" hade hon ropat till Anders Bäckström och Sabrita-Lill Lindholm inne i BMW:n för att de skulle köra sin väg genast när hon hade stigit ur. Inte hade de ju heller tänkt bli kvar där och spionera på henne, hade Sabrita-Lill Lindholm förklarat för Solveig. De hade bara tänkt vänta och se hur det utföll det hela: kanske skulle Rita inte bli insläppt, kanske skulle hon stå där alldeles ensam efteråt och behöva hjälp. Och när hennes uppmaning inte riktigt hade sett ut att ta skruv hade Rita till sist sparkat bilen ganska hårt i sidan.

Det var då som måttet hade varit rågat för paret inne i bilen. Då hade de lämnat Rita åt sitt öde och kört sin väg. Man sparkar inte en annan människas BMW.

Solveig, som hade lyssnat till Sabrita-Lill Lindholm hade inte alls haft svårt att föreställa sig Rita, hennes ilska, hennes humör, berusningen, de smutsiga kläderna, överhuvudtaget, gyttjigheten. Och det hade berört henne illa, förstås, som en fläck på ett otäckt synligt ställe, en *skamfläck* liksom, eller något. Men artig som hon var hade hon slutat samtalet med Sabrita-Lill Lindholm med att erbjuda tvätt av BMW:ns inredning på firmans räkning.

Men så fort hon hade sagt det högt hade hon hört sig själv, hur dumt det lät, hur löjligt.

Men samtidigt, något i henne hade inte kunnat sluta, ett slutet tyst och urlett leende: Rita. Råtta. Hennes syster. Alltid skulle man plocka upp efter henne, Rita. Alltid skulle man städa och sopa igen spåren efter henne, också för hennes del. Så hade hon tänkt då, Solveig, men det hade varit innan det hade gått upp för henne att Rita faktiskt hade farit nu. Och hon skulle inte heller återvända.

(... *men från varulven, en sista hälsning*). Strök mörkrött nagellack på naglarna. Såg sig i spegeln, en badrumsspegel utan ramar som hon hade placerat på långbordet i rummet lutad mot stugfönstret för det var stugans enda spegel. Såg sig i spegeln, boken "Varulven", tummärken på spegelytan, de syntes skarpt och klart, flottiga och avslöjande i det skarpa ljuset från skrivbordslampan som hon riktade mot bordet.

"Ta den där bilden nu."

"Apkonster", sa Solveig som tog bilden, för att Rita ville – det var den sista kvällen i stugan tillsammans, men det visste inte Solveig än. Solveig tog bilden för att hon var en snäll människa även om hon annars tyckte att man skulle fotografera riktiga saker; sådant som naturen i dess "färgprakt" och olika slags ljussättning beroende på årstiderna, som på postkort; eller födelsedagskalas, namnsdagskalas och julkalas, Ärpe Torpeson som julgubbe för skrapabullan Allison Torpeson, som trodde på julgubben fast hon redan hade fyllt tolv år och herregud så roligt det var, att ha "barnasinnet kvar". Riktiga saker var också Vanliga Människor. Ärpe Torpeson fanns på fler än en bild i Solveigs flitigt använda kamera, Ärpe vid cementgjuteriet i kommuncentrum, Ärpe vid sin hustru Viola som älskade att köra för hårt på vägarna i Trakten i sin gamla Skoda så att stenarna yrde upp på andra bilars stänkskärmar och ibland splittrade deras rutor; sa man något om det, om man till exempel ringde upp Viola Torpeson för att reda ut saken så svarade hon om det var hon som svarade i telefonen "kyss fittan" eller i den stilen och la på luren.

"Det är en sak med dig, Rita", hade Solveig sagt den sista dagen då Rita var kvar i stugan. "Du låtsas vara något som du inte är."

"Nå", hade Rita svarat lugnt men iskallt. "Säg du då. Du som vet. Vem är jag?"

Men Solveig hade mycket riktigt inte svarat. De hade druckit vin, det var den sista kvällen, kvällen efter Doris Flinkenbergs begravning och de skulle till Hästhagen – en dansplats – i brist på andra ställen att fara till, och hemma kunde man inte vara, framför allt inte efter begravningen, man måste bort.

Lång, slank, snygg. Svarta håret klippt i page. Varulven som skrattade mot spegeln. Såg ner på den som tog bilden liksom uppifrån. Knäpp. Och kanske var det, tänkte Solveig, på grund av stämningen, på grund av att det var så många andra bilder som måste exorceras bort ur huvudet; Ritas ansikte vid Doris döda kropp, Ritas ansikte, blicken, blodet, den minen.

Knäpp nu då, sa Rita.

Jag är förföraren, sa Rita. *Den glada.*

Och sedan hade de suttit en stund till och pratat och det var under det samtalet som varit kort och nästan naturligt i sin korthet som Rita hade förstått att det var omöjligt. Allt. Nu måste hon.

Och hon hade gått i duschen och duschat tills varmvattnet hade tagit slut och ännu några minuter efter det. När hon var färdig hade hon varit ännu kallare, närmast iskall, och ren.

Hon hade bytt kläder. Tagit på sig svarta byxor, röd tröja, borstat sitt mörka hår, dragit det ur pannan med ett svart hårband och målat sig vid matbordet framför spegeln. "Skynda på nu!" hade hon sagt till Solveig, "Gå nu och gör dig i ordning, gå och duscha, vi sticker sen, jag väntar." Och Solveig hade gått ut i badrummet och på wc och i duschen och under tiden hade Rita tagit hennes läderjacka, hennes bilnycklar, vinflaskan (den oöppnade) och kameran och stuckit. En klassisk scen: en bil startade på gården. Solveig, som hörde det redan på toaletten, förstod precis vad som hade hänt. Rita hade inte hållit ord, hon hade lurat henne. Och nu, nu var Rita borta, och bilen med – för alltid.

Några veckor senare kom fotografiet i ett brev.

"... en sista hälsning från varulven. Förföraren. Den Glada."

Rita hade kört ut på en liten infartsväg norr om kommuncentrum. Där hade hon halsat vin ur flaskan som hon hade haft med sig. När hon hade nog av det hade hon startat bilen och kört tillbaka på den långa längan där det var åker på båda sidorna. Hon hade tagit fart och gasat ordentligt och vikt av och farit ut över åkrarna. Hennes fasta avsikt hade varit att köra bilen i sank, men marken hade varit torr och hård, ett alltför bra underlag. I stället hade hon tagit sikte på trädet på andra sidan. Saktat farten, lagom, lagom, sedan tryckt ner gaspedalen igen. Vrom. Bilens korta lilla nos hade mosats mot ett träd.

När det var gjort hade hon tagit sina saker ur bilen, en plastpåse full, inget mer än så. Låst och slängt bilnyckeln ifrån sig. Det hade nästan varit det roligaste: att slänga bilnyckeln ifrån sig långt, långt på åkern.

Sedan hade hon gått tillbaka till busshållplatsen, några kilometer. Lite snö hade fallit men den hade förvandlats till vatten innan den nådde marken. Ingen buss hade kommit, men en bil. Och den hade hon genast känt igen, det var Anders Bäckström och Sabrita-Lill Lindholm i Anders Bäckströms pappas BMW.

När Rita anlände till Backmanssons var det mitt i natten. I lägenheten pågick en fest. Det stod folk på balkongen som vette mot havet och gatan där Rita kom vandrande på trottoaren. Balkongdörrarna var uppslagna på vid gavel, det hördes musik och skratt och festljud inifrån. Någon på balkongen fick syn på Rita nere på gatan. Man ropade och vinkade till henne. Kanske tänkte de att hon var en sådan där ensam nattvandrare i natten som borde piggas upp.

Ingen på balkongen var bekant för Rita, utom Tina Backmansson, Jan Backmanssons mamma. Hon var också en av dem som vinkade: uppenbarligen kände hon inte igen Rita i Solveigs läderjacka och de smutsiga jeansen, med plastpåse i hand och sminket rinnande i ansiktet.

Rita stannade upp nedanför balkongen som låg på tredje våningen i det bastanta stenhuset på en av de finaste gatorna i staden vid havet, och ropade hej. Det uppstod ett ögonblicks förvirring på balkongen men kort därpå hade Tina Backmansson hämtat sig från överraskningen.

"Jaha! Här har vi dig nu!" ropade hon ner mot gatan. "Välkommen! Ett ögonblick!" Hon försvann in i huset och medan hon var borta tömdes balkongen så att hon när hon var tillbaka och kastade ner nyckelknippan var ensam kvar. "Ta den här! Den går till porten och till andra ingången! Du vet!"

Och i trappuppgångens dunkel på tredje våningen, i dörren intill lägenhetens huvudingång hade Tina Backmansson redan väntat på henne så att Rita inte behövde använda sig av nycklarna. Det var den ingång som var "köksingången" i lägenheten och naturligtvis hade Rita förstått att hon skulle smusslas undan från själva festen. Men å andra sidan, det var också den dörr som ledde till det som i den Backmanssonska familjens väldiga lägenhet kallades för "barnens korridor". Där fanns Jan Backmanssons rum och Gästrummet, det rum som ursprungligen varit Susanna Backmanssons – Jan Backmanssons syster som studerade danskonst i New York. Och verkligen, festen, den betydde ingenting. Om hon var en skamfläck där eller inte, allt det där var oviktigt nu och

335

borta. Allt som hörde Trakten till, det sättet att tänka.

Och Rita, hon var den starkaste och svagaste i världen i den stunden när hon tänkte så.

Jan Backmansson själv var inte hemma. "Det sa han väl till dig? Att han skulle vara på läger?" frågade Tina Backmansson med en röst som antydde att hon förstod att Jan Backmansson kanske inte hade sagt någonting alls till Rita. Inte av elakhet eller vilja att dra Rita vid näsan – sådant var Jan Backmansson alldeles oförmögen till – utan, helt enkelt, för att på sistone det hade börjat ske som hade varit väntat, som de vuxna mer än barnen hade vetat att skulle ske. Stegvis hade Rita och Trakten och livet med Rita, flickvännen, blivit alltmer inaktuellt, på grund av avståndet, på grund av allt möjligt, man var ung, man hade egna intressen, olika intressen, det hände andra saker.

Och ingen, inte någon i familjen Backmansson i alla fall, hade tänkt röra ett finger för att ändra på det. Alla löften som hade getts, till exempel föregående år, på hösten, till exempel efter branden på Första Udden då familjen hade lämnat sitt hus för att inte återvända – "Det är klart att du ska komma, sedan." "Du följer med, det är helt klart." "Att gå gymnasiet i en bra skola i centrum är inget dåligt alternativ" – ja, de hade slutat gälla, de hade förvandlats till ord, prat och mycket vatten hade flutit under broarna sedan dess. De var ju unga människor, Jan och Rita. Ja, OCKSÅ Rita. Det hände ju, kunde man ana, saker och ting också i hennes liv som gjorde att det man planerat ett år redan följande år framstod i ett annat ljus, barnslighetens, den plötsliga iverns. Och Rita var ju en söt och intelligent flicka. Hon hade ju säkert så många andra möjligheter.

Tina Backmansson visade Rita in i Susannas rum och sa att hon kunde sova där den natten. Villrådig och plötsligt kraftlös hade Rita blivit stående mitt i det ganska tomma rummet som hon alltid hade tyckt att hade varit så vackert (och det var det ju), som hon alltid hade drömt om att få vara i... Ett sådant rum som en människa blir annorlunda i... nä, inte bättre eller sämre, bara annorlunda.

Och barnsligt, ja, men det slog henne i det ögonblicket, efter allt som hade hänt, fast hon var trött, förvirrad och omtumlad och egentligen renons på alla tankar och känslor, hur mycket hon hade längtat till det här rummet.

Det här skulle hon hålla i med händer och tänder om så behövdes. En stark tanke, stursk. Men som sagt, Rita var just nu den svagaste och den starkaste i hela världen. Och hon hade sett på Tina Backmansson, som erbjudit henne nattkvarter, med all förvirring som fanns i henne, men också med all vilja, styrka och beslutsamhet.

"Jag är här nu", hade hon pipit med en obeskrivlig lillyngelröst. "Jag har kommit för att stanna."

Och först då var det som om Tina Backmansson hade tagit in vad hon hade framför sig. Inte bara smutsen och det otäcka som hon hade försökt hålla undan, det som inkräktade, utan det andra, det hjärtslitande. Ett vrak. Rita Råtta – hon hade haft svårt att ens ta det där namnet i sin mun och det var besvärligt med Jan Backmansson eftersom hon ärligt ville vara en god och liberal förälder – var ett vrak som gick sönder under ögonen på henne.

"Herregud unge. Vad har du haft för dig egentligen?"

Och då hade en fördämning brustit i Rita. Hon hade börjat gråta, en gråt som bara hade sprutat ur henne och fortsatt och när den väl hade börjat hade den hållit i sig. Hon hade tappat balansen och åkt ner på sängkanten medan gråten bara forsade. Tina Backmansson, doftande av fest, hade satt sig ner bredvid henne och hon hade tagit Ritas hand. Varken Rita eller Tina hade mycket till övers för kramar. Det skulle inte ha fallit någondera av dem in att kasta sig i varandras armar. Det var bra.

Rita grät. Tina Backmansson satt bredvid och höll henne i handen. Det var ett ögonblick av innerlig närhet fast de inte förstod ett vitten av varandra.

Och Rita grät och grät, av utmattning och glädje över att vara i det där rummet, över sin förlägenhet också inför sig själv då hon förstod hur intensivt hon hade längtat efter att få komma till den Backmanssonska lägenheten. Men hon grät också över allt annat. Allt. Doris Flinkenberg, kusinmamman, Solveig –

Och över sig själv. Sin ensamhet. Stackars Rita.

Och inte genast, men medan hon grät, förstod hon också småningom att hennes gråt hade effekt på Tina Backmansson.

"Stackars barn", viskade Tina Backmansson, "stackars barn." Tina Backmansson, som doftade skillnaden mellan dem båda – dyr parfym, dyra festkläder, dyrt – allt det som är lätt att frånse från om man är den som doftar godare. Som för Tina Backmansson var så självklart att hon aldrig hade reflekterat över det; tryggheten i att kunna bo hur man ville, tryggheten i att ha.

Men så steg Tina Backmansson upp och hämtade filtar, och när Rita hade lugnat sig somnade hon med kläderna på på Susanna Backmanssons säng i det underbara rummet i den Backmanssonska lägenheten.

Hon sov i kanske tolv timmar: när hon vaknade var det alldeles tyst i lägenheten igen och mitt på dagen. Hon steg upp och gick ut i lägenheten, genom "barnens korridor" genom köket till vardagsrummet och biblioteket och arbetsrummen och över, helt enkelt, de stora ytorna. Inget spår av festen någonstans. Det var tomt, alldeles renstädat, och doftade det något så var det desinficerande rengöringsmedel.

Mitt i ett av de stora rummen väntade hon på Tina Backmansson. Och hon dök upp, mycket riktigt, i jeans och skjorta nu, vardagskläder. Lika fräsch och ren, inga spår av festen kvar i henne.

Och de talade till varandra på cirka tre meters avstånd i det vackra, vita vardagsrummet. Rita lyssnande, lystrande, på sin vakt, som alltid, Tina Backmansson lika sträv och fjär som alltid.

"Eftersom du är här nu så är det bäst att vi kommer överens om spelreglerna", sa Tina Backmansson.

Vad som helst, Tina, tänkte Rita. Nu är jag här. Allt annat är förhandlingsbart.

Och de förde det samtalet till slut; sedan gick Rita i duschen och tvättade sig riktigt ren. Hon gick till Jan Backmanssons rum och klädde sig i hans tröjor och byxor som hon hade brukat göra redan i huset på Första Udden, då de hade haft, och fortfarande hade, nästan samma storlek.

Sedan, i Jan Backmanssons rum, blev hon trött igen och kröp ner under täcket i Jan Backmanssons säng. Och somnade. Och när Jan Backmansson senare på söndagskvällen återvände från lägret eller utflykten eller var han hade varit låg hon där under täcket i sängen färdigt och väntade på honom som en present.

Jan Backmansson blev glad över att se henne och kröp genast ner till henne.

"Du stannar här nu", viskade han. "Det var bra att du kom. Jag har väntat…" Jan Backmansson borrade in ansiktet i Ritas nacke, Ritas hår.

Rita hade kommit till det underbara rummet. Hon skulle stanna här.

Och vad hon lämnade bakom sig i Trakten var: ett par fotografier (framför allt det av Rita Råtta, sista kvällen, *varulvstiden*), smaken av förmultnade löv och våt jord och beskt vin kvällen innan man kvaddar en Mini Cooper mot ett träd, lukten där i skogen, lukten vid Loreklippan. Lukten där i skogen, lukten av krut, lukten av stekt kaffe, blod, lukten av Doris Flinkenbergs blod. Och det gick inte att ändra på. Allt det där som inte gick att ändra på.

Och lukten av eld… men plötsligt en annan sinnebild, en motbild, havsungarna, här kom de gående, de vita, vita i den konstiga natten då alla var i rörelse, var det natten efter att den amerikanska flickan hade hittats?

Men nej, det var bara en. Kenny. Kenny med glödande cigarrett i handen, Kenny som såg alldeles vild ut och kom emot henne – sedan började det brinna i skogen. Kenny i vita, vita kläder.

Och hon lämnade bakom sig elden, branden. En korridor av eld i skogen. Hon stod i ena ändan i den underliga drömmen som var sann, och hennes syster Solveig i den andra. Solveig i en korridor av eld.

"Du gjorde det. Du satte eld på skogen."

"Du gjorde det. Du brände upp. Är du ga –"

Och den där sista kvällen, efter Doris Flinkenbergs begravning, innan Rita gick i duschen hade Rita sagt till henne:

"Det finns tydligen ingenting Solveig, som du inte är förmögen till."

Sedan hade hon lämnat allt, flytt. Satt sig i Solveigs bil och kört sin väg.

II

"Jag ska säga er något, saligen, kära barn. Att den nåd som Gud har mätt ut för bara er, den är så stor att ingen enda människa med sitt förstånd förstår att omfatta den."

(Liz Maalamaa)

Musiken

(Sandras historia 2)

Ur Träskdrottningens återkomst, kapitel 1. Var började musiken?
Träskdrottningen: Jag vet inte om musiken, om det jag menar med musik, är musik.

Ur Träskdrottningens återkomst, kapitel 1. Var började musiken?
Richard Hell hade en t-skjorta som han rev sönder och gjorde hål i. Han tog en tuschpenna och skrev med stora bokstäver på magen: "Döda mig". Malcolm aka "Masken" McLaren såg t-skjortan och tänkte: jättehäftigt. Den tar jag med mig till min trendsättande butik Sex i London. Sedan plockar jag ihop de här pojkarna som hänger runt butiken och klär upp dem lite likadant och det är ett band och vi döper det till "Sex pistoler".

Ur Träskdrottningens återkomst, kapitel 1. Var började musiken?
Den amerikanska västern skulle erövras med röda kroppsåtsmitande gummioveraller och platåskor och sovjetiska flaggan år 1974. Det var knapert med pengar och tiderna var hårda. Man – det var Malcolm aka "Masken" McLaren och "pojkarna"; Arthur "Dödare" Kane, Johnny Åskvädret Thunders, Sylvain Klädmonstret Sylvain, David Heta Läppar Johansen och Jerry Nolan – bodde i en trailerpark utanför Los Angeles i vad som förefoll vara veckor. Hos Jerry Nolans *mamma*. Av hennes klibbiga spagetti åt man kväll efter kväll. Efter kväll. Malcolm aka "Masken" uppmanade "pojkarna" att tänka i de stora perspektiven för att uthärda i det närvarande. Det var dödsdömt. Allra svårast var det nämligen att *"skåra".* Närmast rentav en omöjlighet. Och för en som

måste "skåra" men inte kan, är varje timme, varje minut, varje sekund, lång som ett helt liv, en evighet.

Det finns alltså dom som påstår att om det hade funnits tillgång till heroin i den amerikanska västern vid denna tidpunkt och denna plats i historien så skulle *punkmusiken* inte alls ha blivit född. För följande är historia. Det var just den här kvällen, vid middagsbordet hos mamma Nolan, som det legendariska glitterskräpbandet New York Dolls upplöstes.

Några utsnitt ur den middagsbordsdiskussion som därpå följde (och som urartade):

"Nu har vi fått nog av dig Malcolm, din gamle mask", sa Johnny Åskvädret och Jerry Nolan med en mun – det var dom som var bandets junkies och måste skåra för sitt liv. "Nu lägger vi av med det här pjåskandet med den sovjetiska flaggan här i den här obygden och reser tillbaka till New York."

"Fjöl å", sa Arthur Dödare Killer, han ville lugna ner stämningen. Han hade varken lust eller råd att lägga av och han ville INTE tillbaka till New York. *I alla fall inte precis just nu.* Han hade en mer eller mindre lyckad alkoholavvänjning bakom sig och hans flickvän Connie som hade knivhuggit Dödaren något innan avfärden fanns i New York; och kombinationen av dessa två var mindre lockande.

Och han ville INTE lägga ner bandet.

Han hade ingen plan B. Skräpglitterbandet New York Dolls var hans räddning.

"Fjöl å", svarade Johnny Åskvädret och Jerry Nolan med en mun och det var slutet på den diskussionen, slutet på de New York Dolls, hela den historien, hela *glitterscenen.* Inom två röda minuter ungefär befann de sig på landsvägen, på väg mot flygfältet och New York där Richard Hell så lägligt skulle vänta på dem (fast det var ju nåt de inte visste än: "Med vilket plan kommer ni, pojkar?").

Eventuellt hade Malcolm aka Masken gjort en felbedömning. Man börjar inte revolutionen i den amerikanska mellanvästern. Men kunde han medge det? Medge själv, inför den församlade världspressen, att du har fel.

"Fjöl å", sa Masken själv. "Nu far jag tillbaka till London, kurerar min veneral disease (könssjukdom), fast i omvänd ordning… först kurerar jag min veneral disease och sedan…" och följde ja da ja da ja da ja da ja da… som vissa engelsmän med viss accent förstod aka Masken aldrig när det var dags att helt enkelt hålla käft. "FÖRST alltså, kurerar jag min veneral disease så att min hustru den vågade kläddesignern Vivienne Westwood inte blir arg på mig, sedan lånar jag Richard Hells t-skjorta bildligt talat och grundar ett nytt band, vi kan kalla det Sex pistoler på grund av mångtydigheten i namnet. Det ska, till skillnad från er små löss", (riktat OCKSÅ till mamma Nolan och den klibbiga spagettin för nu var Malcolm arg, rent ut sagt förbannad), "vara ett verkligt framgångsprojekt även publik- och försäljningsmässigt. VI ska göra sånger med fina punkbudskap, till skillnad från allt vad man har kunnat göra med er, förlorare.

Med er har man bara kunnat förlora, förlorare."

"Fjöl å, vad ska jag göra nu", tänkte Arthur Dödare Kane. Bra fråga. Så mycket mer skulle han nämligen inte ha att göra i musikhistorien. Hans tid på glitterscenen var slut.

Ur Träskdrottningens återkomst, kapitel 1. Var började musiken? Malcolm aka Masken McLaren kom hem från London (frisk och kry igen) och sprang raskt fram till pojkarna som stod och hängde utanför hans och hustruns trendsättande klädbutik.

"Nu pojkar", sa Masken till "pojkarna", "startar vi ett band som blandar ihop politik och musik och döper det till något *subversivt*. Jag har en bra namnidé, hur skulle det vara med 'Sex pistoler'? Det finns också mycket att vara arg på. Många missförhållanden. Det är inte långsökt att förlikna den engelska monarkin vid en fascistisk regim. Skriv en sång om det."

"Öh", sa Snåttis som småningom skulle ersätta Glen Matlock på bas i bandet och som enligt legenden var sällsynt dum och bortom flötet när det gällde fina ord för han hade minsann inte gått i någon skola för överklasspojkar utan i en vanlig vad det nu heter i det krångliga engelska skolsystemet, "vad betyder långsökt?"

"Fjöl å, Snåttis", svarade aka Masken. "Du har den rätta inställningen."

Och kort därpå stängde Malcolm aka Masken McLaren in Ruttna Johnny (aka Johnny Rutten) och de övriga "pojkarna" i ett rum med förfriskningar.

"Nu låser jag in er här i rummet", sa Masken innan han vred om nyckeln i dörrlåset på utsidan. "Och släpper inte ut er förrän ni har skrivit en sång som är som Televisions 'Tom Generation'."

X timmar senare kom pojkarna ut med ett utkast till en sång, "Sött Tom", färdigt.

Och den gavs ut på skiva och pojkarna gjorde historia med den.

"Äh men fjöl å", sa Richard Hell då han hörde "Sött Tom" där han befann sig på andra sidan Atlanten med Åskvädret och Jerry Nolan förenade i ännu ett, såg det ut som, förlorarprojekt, hur än subversivt som helst. "McLaren. Vilken mask."

"Det var ju min sång", svor Richard Hell. "Det var ju mitt hela allt det här."

Ur Träskdrottningens återkomst, kapitel 1. Var började musiken? Och vem var Richard Hell? Han var sångare i den trendsättande punkorkestern Television som är legendarisk bland annat för att det inte finns en enda filmupptagning bevarad i vilken originaluppsättningen spelar. Men de som var på plats och hörde och såg förstod att det här var något nytt och oerhört.

Slutet på en scen, *den* glitterscenen. Hur långt från New York Dolls, hur rått, som Iggy Pop, hur coolt.

Här började musiken: ett öde fält. I originaluppsättningen spelade Richard Hell och Tom Verlaine. De var bästa vänner. De hade träffats på internatskola i Mellanvästern och hette då båda två något annat. De brukade rymma från skolan. De liftade omkring och läste poesi. *Fransk* poesi. Rimbaud, Baudelaire, Verlaine. I rödnackelandet: det var som att tigga stryk. Bli jagad längs landsvägarna.

En gång övernattade de i ödemarken, vid randen av ett väldigt öde fält. De gjorde upp en eld för att värma sig eller bara för att de plötsligt fick lust att se något vackert och annorlunda och oerhört på det där fältet. Så de satte eld på hela fältet.

Och sprang, sprang, undan poliser, myndigheter, rödnackar, andra.

"Sen är det informationen. Den kommer på nätterna. Den betyder ingen-ting."

Martin Amis

Planeten utan Doris

... när Sandra återvände till Trakten och huset i den dyigare delen var allt som förr och ändå inte. Det var som att komma till en ny planet. Planeten utan Doris Flinkenberg. Hon skulle leva hela resten av sitt liv på den. Hur skulle det gå till, egentligen?

Någons armar om en bakifrån, bläckfisklika.
"Jag är här, Sandra. Jag går ingenstans. Jag lovar."

Det var Inget Herrman och ett häftigt illamående vällde upp i Sandra och hon kastade upp över Inget Herrmans händer som ändå inte släppte taget.

"Kära lilla, jag är här."

Planeten utan Doris. Det såg ut såhär på den.

Sedan gick hon till sängs.
Sedan sov hon i tusen år.
ZZZZZZZZZZZZZZZZZZZZZZZZZZZZZ
Och sedan gick hon ut i Blodskogen.

Hon var flickan i gröna sportkläder, skridskoflickan. Skridskorna knutna i varandra i snörningsbanden, hängande kring halsen, en skridsko på vardera bröstet. I solskenet. Skridskorna också de gröna. Målade med gammal målfärg, hon hade gjort det själv. Hårt och torrt hade lädret blivit för färgen hade inte varit dyr läderfärg utan första bästa som hade funnits till hands. En gammal burk med grön färg i, uråldrig. Hon hade varit förvånad över att färgen fortfarande gick att lösa upp med terpentin.

Men. Att måla sina vita skridskor till att passa till den gröna utedräkten som hon sytt åt sig, hade varit det första Sandra hade gjort när hon hade stigit upp ur den äktenskapliga sängen där hon hade legat, inte i några månader eller år, men nog i ganska många veckor.

Inne i rummet hade det rått andra tidsbegrepp. Tiden hade varit annorlunda, helt enkelt. Både lång och kort och ingen-tid, stillastående, orörlig.

Men nu var det klar och vacker mars, första måndagen efter sportlovsveckan under vilken Birgitta Blumenthal gång på gång hade hört sig för hos Ålänningen om hennes mående. "Kan hon inte komma ut och skrinna på träsket ens? Pappa har plogat!" Ålänningen hade framfört Birgitta Blumenthals ärende till sin sjuka dotter i sängen som vägrade ta emot några personliga besök under lovet då det inte fanns några läxor att läsa och alltså ingen yttre orsak till tillsammansvaro.

Dottern hade meddelat att nej, inte orkade hon. Och vänt ansiktet mot väggen, och ett ögonblick i dörröppningen hade Ålänningen kanske haft på tungan att säga ifrån en gång för alla att det fick vara slut på faxerna. Men han sa ingenting. Allvaret i situationen hindrade honom. Det var ju trots allt en ganska kort tid sedan Doris hade dött för egen hand. Och trots att han inte begrep sig på hela historien hade han be-slutat sig för att låta sin dotter vara ifred.

"Ett djur som är sjukt lämnar också flocken för ett tag när det har skadat sig", sa Ålänningen i nedre våningen, vilket Sandra hörde ge-nom huset när hon låg i sängen med dörren öppen. "Det vet en jägare om inget annat."

"Ser du någon djurflock någonstans?" hade Inget Herrman frågat, nog vänligt, till och med ansträngande sig att vara vänlig (kanske anade hon någonstans i alla fall att hon var i huset på lånad tid; "Jag är inte mogen än för att leva med en kvinna under samma tak", hade Ålän-ningen sagt och fortsatt att säga till henne).

Inget Herrmans fråga gjorde bara Ålänningen förvirrad. Han svarade inte. Sandra förstod honom. Hon, och Doris också, *hon skulle ha för-stått.* Det var ju för att slippa föra sådana där mångbottnade scener-ur-ett-äktenskap-samtal som de en massa gånger i simbassängen hade lovat varandra att aldrig aldrig växa upp.

"Ska vi inte… fara och skjuta?"

"Nej", sa Inget Herrman.

Inget Herrman sköt inte. Hon var pacifist.

Inget Herrman ville verkligen inte skjuta. Hon ville, men det täcktes hon nästan inte säga högt, gå på restaurang. Det var det enda Inget Herrman ville göra en lång tid efter Doris död då det någon gång blev tal om att lämna huset i den dyigare delen för att göra någonting annat. Hon sa ju det inte, men det hördes på hennes röst. Det kände Sandra igen.

"Skjuta", fnös Inget Herrman. "Alltid ska det skjutas."

"Jääääävvligt roligt", hördes Ålänningen säga därnere i källarvåningen där han och Inget Herrman höll till med sina drinkar vid bassängkanten under helgerna. Det ekade genom hela huset: jääävvligt roligt! Sandra undrade om Inget Herrman uppfattade hans irritation.

"Kanske borde vi försöka få henne ur sängen småningom", föreslog Inget Herrman vänligt. "Ur *den äktenskapliga sängen* eller vad det är ni brukar kalla den mojängen?" Så var det. Hon kunde inte tala utan att det blev giftighet och dubbeltydighet av allt.

Men med ett skratt på. Också Ålänningen skrattade. Och sedan satte han på en grammofonskiva. Han spelade Djungelboken, en barnskiva som han tyckte mycket om. Det var ett av hans charmkonstnummer, det också, i sällskap. Att uppföra nummer från barnskivor han tyckte om.

Han satte på apsången i Djungelboken.

Louis Armstrong, den svarte jazzmusikern, sjöng på skivan, på engelska.

Ubi du. Jag vill vara som du. Jag vill gå som du. Tala som du.

Och Ålänningen sjöng och dansade med.

Du ser att det går; en apa som jag kan lära sig att bli som en som du.

"Imperialistiskt skit", konstaterade Inget Herrman och vred ner volymen.

"Du kan sen", sa Ålänningen efter en tyst paus, "konsten att döda glädjen i en annan människa."

Det var scener ur ett äktenskap, innan det ens hade inletts, Filmversionen.

Fast det var ju synd om dem båda. Hur trevliga som helst när de inte var tillsammans, hur trevliga som helst annars. Men tillsammans – varför blev det så? Det verkade som om de själva inte heller hade någon aning om det.

Det var synd om Inget Herrman. Det var ju så tydligt. Ålänningen skulle aldrig… vad hon nu tänkte sig, med henne.

Men det var synd om Ålänningen också. Inget Herrman skulle aldrig... vad han nu tänkte sig, med honom.

Och här satt de båda och försökte göra sitt bästa med varandra och ändå blev det bara pannkaka av allt.

Men nu alltså, det var måndagen efter sportlovet, mitt på dagen, skoleleverna tillbaka i skolan, Ålänningen på jobb, Inget Herrman i sin lägenhet i staden vid havet där hon var under veckorna (Ålänningen var alltså mycket bestämd med att de skulle bo isär) och skrev på sin avhandling pro gradu; materialinsamling halva dagen, skrivande den andra halvan. Hon hade bytt ämne igen, eller snarare, avgränsat det hela lite mer.

"Till ett mera hanterbart format", förklarade hon för Ålänningen. "Det här ämnet är liksom en mera realistisk målsättning."

"Jaha", sa Ålänningen och försökte låta som om det var intressant.

Men nu alltså, bort från det där. Sandra hade kommit ut i världen igen, utomhus. Och nu gick hon genom skogen till Bule träsket där det fanns en fin nyplogad skridskobana på isen. Medan hon gick var hon, ända från början nästan, medveten om att hon var iakttagen. Pojken stod i buskarna och såg på henne. Och inte var han någon pojke längre.

Han var Bengt och hade fyllt tjugo i december.

Nu skulle det ske. Mötet. Efter vatten som hade flutit under broar, stelnat till. Efter vinter, mörker, is. Och död. Nu, i vårens ljus.

Men samtidigt sa Doris-i-Sandra till Sandra: Dansa på min grav.

Hur gick det ihop?

Och Sandra snörde på sig skridskorna sittande i en driva hård snö och sedan gled hon ut på isen. En isprinsessa på den stora glitterscenen, inför en osynlig publik.

Doris Dag sa DANSA.

Visa vad du kan.

Och pladask. Landade på sin stjärt på isen. Det var dessutom mycket obekvämt. Sandras fötter var för stora för de eländiga skridskorna och

353

det sved i lederna, som eld. Sandra hatade att skrinna. Nu mindes hon det också. Plus sin passionerade avsky för att överhuvudtaget ha skridskor på sig.

Jag kan inte dansa för dig, Doris. Mina skor är för små. Mina fötter har vuxit. Och mina tår, de har blivit så långa och så knubbiga. Helt enkelt jättejätteväldiga.

Och benen som gelé också efter många år i sängen. Och darrande, som Bambis tunna ben. Darrningar som kanske såg rörande ut på avstånd men kändes som bara vanligt sendrag… där i solskenet förstod hon, kort sagt, alltså att hon inte kunde dansa, hon skulle bara dratta omkull igen. Så hon måste påskynda det här och hon vände sig mot där ögat var och ropade: "Men så kom då. Vad väntar du på?"

Det var alltså hon som var den som öppnade spelet, hon som gav sig till känna. Kort därpå, inte mera än en halv timme senare, befann de sig i Benckus lada.

Längtan. Hud. Kropp. Längtan. Hud. Kropp. Vad var det annat än ord som dåligt återgav den upplevelse som följde i stunden då de efter att ha fumlat av varandra kläderna äntligen kunde förenas såsom man och kvinna. Fumligt, ja –

Nu är jag garanterat sönderkysst, skulle Sandra tänka framför spegeln i Benckus lilla wc-utrymme. Fortfarande mitt på ljusa dagen och hon skulle fascineras av sitt bleka ansikte och de nästan blåa, svullna läpparna och hon skulle vara nästan lycklig.

Men först: hon drevs bort av hans händer överallt, det riste i alla kroppens håligheter och virvlade fjärilar i magen. Det här ville hon, det hade inte varit så förut. Inte med honom, inte med Doris. För det var nytt nu, hon hade beslutat sig för det: det skulle vara nytt och oerhört.

Han kom in i henne, han lyfte hennes underliv emot sig, hennes särade ben var skrattretande då de spretade i luften, men hon lindade dem om hans ben och det gick mycket snabbt och mycket långsamt.

Nu händer det, nu händer det, bultade det i Sandra.

Och han krökte ryggen som en fjäder, bröstkorgen sköts fram naken och utsatt som på San Sebastian med pilarna, han andades tungt och vågen av värme vällde också över henne.

Tillbaka till rummet.

Föreföll främmande. Ord. Det mesta var henne främmande efter Doris död. Framför allt de ord som beskrev olika slags känslor. Hur dessa ord var förbundna med de känslor och mentala tillstånd som de hänförde sig till. Fanns det en förbindelse överhuvudtaget? Det var inte klart.

"Jag underskriver allt, Doris. Jag är en anomali." Hon hade legat där i sängen i sitt rum och talat till Doris, det hade varit hennes livlina. Men en Doris som inte var den Doris som hade funnits i livet för inte så väldigt länge sedan, utan en annan, halvt av henne själv uppfunnen och konstruerad. En Doris-konstruktion, som inte fanns mer än Doris kött och blod fanns i livet, men som behövdes för att hon inte skulle klappa ihop helt och hållet. En Doris att tala till. Så det var vad hon gjorde i sängen när hon inte onanerade eller sov. Talade med en Doris som hon visste att inte fanns till, som hon visste att hon hade hittat på.

Onanin var mindre sexuell än ett sätt att skapa sig ett eget rum bortanför det där andra utanför. Bortanför världen och obehagliga fakta i den. Bland annat då det att Doris Flinkenberg var död.

Den var som sömnen. Den förde henne bort.

Men gav ett slags kroppsmedvetenhet.

"Jag är nog en dålig flata", hade hon sagt beklagande i sängen där hon låg ensam i rummet bakom fördragna gardiner utan att veta om det var dag eller natt. "Du får förlåta mig."

Men spelar det någon roll svarade henne Doris Flinkenberg mycket tydligt, och det kunde hon inte svara på, så fingrarna sökte sig ner över kroppen till mellan benen och så vidare.

"Sexualitet är kommunikation och kreativitet", hade det stått skrivet i röda bokstäver i en broschyr som blivit utdelad i skolan någon gång. Den drog hon sig till minnes just när hon fick sin trehundramiljonerfjärde självförvållade orgasm där i den äktenskapliga sängen i det dunkla lilla rummet i den dyigare delen av skogen, och kunde inte låta bli att dra på mun.

Kommunikation och kreativitet.

"Du milde", sa hon till Doris Flinkenberg inom sig och Doris skrattade. Drog på sin spottiga mun, visade sina glänsande tänder. "All möjlig skit ska man sen lära sig som inte ens är sant."

Det var under sammanbrottet, eller strax efter det. Men själva sammanbrottet, det var såhär det började. Fem veckor efter Doris död, den sista veckan före jul, en lördagskväll hos familjen Blumenthal där Sandra hade varit på besök. En alldeles normal lördagskväll, då föräldrarna var hemma. Mamma och pappa Blumenthal var just då i bastun i våningen under det mysiga vardagsrummet där Sandra och dottern Birgitta satt och såg på teve medan de diskret och i hemlighet för föräldrarna tullade det välfyllda barskåpet som föräldrarna Blumenthal använde bara vid representation. Han var barnläkare, hon sjuksköterska – men satt i kommunstyrelsen – de var helnyktra. Sammanbrottet började i just nämnda vardagsrum, medan föräldrarna Blumenthal klädde på sig i omklädningsrummet efter badet. Bånk hördes det, en jätteduns, när Sandra dråsade i golvet i halvt medvetslöst tillstånd. "Kriget kommer", hann fru Blumenthal som hade svåra barndomsminnen från bombningarna av staden vid havet där hon var hemma, tänka, och hon skrek till, ett barnsligt öppet skrik. Men sekunden därpå förstod hon ju att ta sig samman och springa upp i övre våningen till flickorna. Och när hon såg flickan på golvet, inte deras egen dotter, gud ske lov, kavlade hon upp ärmarna för att ge första hjälp – men det behövdes ju inte, sa hennes man, barnläkaren, som redan hade hunnit till patientens sida. Så livsfarligt var det inte. Sandra Wärn hade helt enkelt tuppat av, det var säkert av överansträngning och nog så begripligt efter allt som hade hänt. Vad hennes skuldmedvetna kamrat, deras egen dotter, småfull och urskuldande sig, hade att säga, brydde han sig inte om just då. Han var ju läkare och förstod genast att det här inte hade med alkohol att göra, hur än Birgitta Blumenthal i ett halvt hysteriskt och berusat tillstånd stod och klängde över honom med sin barnsliga bekännelse. "Vi bara smakade."

Det var så som sammanbrottet började alltså, och det kom inte oväntat, fast det kanske såg ut så. Sandra hade faktiskt gått och väntat på det, fast det lät bisarrt att säga det. Men lika bisarrt var det ju också att gå på som om inget hade hänt. Som hon hade gjort allra först. Hon hade hela tiden förstått att det inte heller var som det skulle, att det inte heller var normalt. Men normalt, vad var det nu? När Doris var borta bleknade orden också; världarna de gömde, alla nyanser och associationer, de egna meningarna. Normalt var normalt igen, i normal bemärkelse. Det underlättade förstås kommunikationen med omvärlden och möjligheten till att upprätta ett samförstånd, men tog också bort något, något väsentligt, en smak.

Och den stora frågan som skulle besvaras var helt enkelt den som hela tiden skjutits framåt före sammanbrottet: var det överhuvudtaget möjligt att existera utan denna smak? Sa man ja direkt så ljög man lika mycket som om man sa nej och vidtog åtgärder därefter – skaffade sig nya kamrater, till exempel, alldeles som om det hade varit frågan om att ha en kamrat. Det var i detta dilemma Sandra befann sig efter Doris död. Hon ville inte dö, men hon förstod inte hur hon skulle leva vidare.

Det var livs levande verklighet. Och började hon tänka på det, nej just det, det kunde inte tänkas, av alldeles logiska skäl. Det fanns bara en lösning, döden döö, men det ville hon alltså inte så det var att skjuta tankarna åt sidan så gott det gick och, vaddå, NU talade Doris i henne, "lunka på"?

Strax efter Doris död, då Sandra, nyss tillfrisknad från den sista barnsjukdomen som var påssjuka, hade återvänt från Åland och envisades med att genast gå till skolan hade hon haft en känsla av att hon var i allas blickfång. Först, för det som hade hänt. En massa elever hon knappt kände hade varit artiga, hållit upp dörrarna för henne till och med, samtidigt som de varit måna om att se till att bibehålla ett behörigt avstånd. Sedan, särskilt, när dagar gick och man fortfarande inte kunde se något speciellt på henne, inget spår av ovanlig sinnesrörelse till exempel, fanns det de som hon tyckte såg snett på henne, och det viskades saker och ting om henne och tasslades bakom hennes rygg.

Så fanns ju de, både lärare och elever, som kom fram och beklagade. Sorgen. "Sorgen", sa de vuxna. Det lät märkligt och stort och tungt och Sandra blev bara ännu mer beklämd av att höra det.

"Hon hade det inte lätt den flickan", sa Tobias Forsström, som var lärare i engelska och historia och hemma från Trakten, på det viset hemma som Doris biologiska anförvanter hade varit det. "Alla odds emot sig", konstaterade Tobias Forsström med ett tonfall som om han höll lektion fast det var på en rast och det var århundraden sedan Tobias Forsström hade varit hennes lärare i något ämne alls. "Det är många här som kommer från så torftiga förhållanden, närmast misärlika, att andra, utomstående, har svårt att föreställa sig det. Därför tycker man ju att det är riktigt onödigt när det går såhär för en flicka som hade fått alla möjligheter att ta sig ur. Bryta cirkeln så att säga." Och sedan hade han lett sammanbitet och klappat Sandra på axeln. Sammanbitenheten och den något tvungna klappen på axeln hade Sandra nog förstått att tolka till sin egen nackdel. Hon begrep visst. Det fanns dom i Trakten som såg ner på invånare som Ålänningen och hon.

Som byggde omöjliga hus för dyra pengar, och bosatte sig där, men annars saknade all anknytning till Trakten. Sommargästerna var det lättare att förhålla sig till: de gjorde ju inte anspråk på att höra till på samma sätt, och dessutom var de, i alla fall ur ett visst perspektiv betraktat, lite rörande i sina uppsåt att skilja åt det i deras ögon "äkta" (skäri-) och det "oäkta" (uppkomlingar som Ålänningen, som trodde han kunde köpa allt för pengar); så måna om att alltid själva finnas på den rätta sidan.

"Nu har vi fått en riktigt fin flicka hit till vår klass", hade Tobias Forsström sagt med ett snett leende redan då för länge sedan då Sandra började i skolan i kommuncentrum. "En fin flicka från franska skolan på en alldeles vanlig lektion i engelska, det må vi se hur det ska utfalla." Klassen hade däremot inte skrattat, vare sig åt henne eller åt Tobias Forsströms försök till lätt lustighet. Tobias Forsström var en illa omtyckt lärare. Den aggressivitet som osade om honom under det oljiga leendet och de dubbeltydiga så kallade skämten som han försökte underhålla en högst ointresserad omvärld med var frånstötande i sig, man drog sig undan av instinkt. Och dessutom, å andra sidan, vem ville bli påmind om att här hör man hemma och ingen annanstans, en gång för alla och vad som än händer, vad man än tar sig för i världen? När man ännu var ung, ett barn och såg framåt i de stora perspektiven? Världen var ju i alla fall på ytan fylld av en massa budskap härifrån och därifrån om att den stod öppen för var och en att bli och göra vad som helst.

Sandra hade inte brytt sig om Tobias Forsström, varken då eller senare.

"Men vilken fantastisk liten människa." Det var faktiskt han som sa det också.

Han. Tobias Forsström, av alla.

Och ja. Det kunde man ju hålla med om. Hennes sätt att prata, vara. FÖRSTÅR NI NU HUR OTÄNKBART DET ÄR ATT LEVA UTAN HENNE? hade Sandra fått lust att ropa upp i ansiktet på Tobias Forsström, men det hade hon ju inte gjort, bara gått sin väg, artigt och vänligt, just som en "fin flicka från franska skolan", dit hon förresten skulle återvända igen, och ganska snart, kunde tänkas göra.

Ont var ett milt uttryck för hur det var att ens snudda vid minnet av den första tiden i huset i den dyigare delen av skogen, den första tiden, då innan allt hade blivit komplicerat.

Doris som hade kommit till en som en gåva. Så oerhörd, så oväntad – hade förändrat allt.

Ingen som Doris. Ingen som pratade som hon.

Jag övergav henne inte. Sa Sandra Wärn högtidligt, som om hon var i en kyrka och skulle bekänna sina synder högt. Detta plötsligt och alldeles omotiverat i skolan igen, och den som råkade stå framför henne vände sig om. Det var ännu en magister: Ann Notlund, musikläraren, som tog ett steg närmare för att hon väl också ville kramas.

"Ibland önskar man att man kunde få de unga att förstå att det finns ett liv efter detta", sa Ann Notlund. "Jag menar", rättade hon sig när hon hörde hon det lät. "I livet. Att det finns någonting annat än ett stort och ödesdigert NU."

Sedan, mycket riktigt, öppnade hon sin famn och kom närmare så att Sandra hamnade precis mitt däri.

Sandra stod där stel som en pinne och tänkte, fortfarande ett ögonblick omedveten om allt omkring sig, högt.

"Det var inte jag. Inte inte jag."

"Men kära vän, vad är det du säger?" sa Ann Notlund innerligt men tankspritt som om hon ändå inte riktigt lyssnade.

Kanske, tänkte Sandra medan hon långsamt återvände till verkligheten, var Ann Notlund helt enkelt ingen ordens kvinna. Hade svårt att höra, säga och förstå.

Kanske, tänkte Sandra, var det enda vapen hon i så fall hade just denna kram.

Det enda vapen hon hade var sin kram.

"Vilken rolig mening, Sandra", sa Doris till Sandra lite senare och mitt i skoldagen. Högt och tydligt, men så att ingen annan än Sandra hörde det.

Kramar. Hur Sandra hatade kramar särskilt i skolan strax efter Doris död då hon tycktes vara den enda som var mån om att fortsätta som om inget hade hänt. Väl medveten om att det var en omöjlighet och att sammanbrottet med nödvändighet måste lura strax om hörnet om hon fortsatte (vilket hon gjorde, det fanns inga alternativ) leva i en sådan orimlighet.

"Men hur har du det själv, egentligen?"

"Hur klarar du dig?"

De talföra som höll på sådär.

Men herregud vad ska man svara på det. Syns det inte? Inte hävt precis. Och vad ska ni göra åt det? Hur ska ni få det att gå bort? Ska det kramas?

Då var det avgjort bättre med sådana som Tobias Forsström som bara liksom pressade fram ett deltagande för att han måste (med henne alltså), eller de som inte sa något alls, som bara såg lite olyckligt på henne men var märkbart lättade över att märka att hon inte alls såg olyckligt tillbaka. Lättade över att få vara som förr. Som alltid.

I Doris eget klassrum hade man placerat ett fotografi och blommor och ett stearinljus på Doris pulpet längst fram i mittersta raden. Stearinljuset var tänt hela tiden den första tiden och rosorna låg i varmt vatten i en glasburk; vattnet byttes regelbundet, burken fylldes på med nya rosor. Fotografiet föreställde Doris med det stora ljusa rödskimrande håret, den Doris som egentligen hade funnits bara en kort tid, de allra sista månaderna. Doris på ett fotografi som hennes pojkvän Micke Friberg hade tagit. Nya Doris. Hon från Mickes Folkband. "Hej. Jag är Doris, det här är Micke och vi är Mickes Folkband. Nu ska jag sjunga en glad folkvisa i ett eget arrangemang – 'Jag gick mig ut en afton'." Micke Friberg hade lämnat skolan strax efter Doris död. Han måste tänka. Han stod inte ut.

Ur Träskdrottningens återkomst, kapitel 1. Var började musiken?

Micke Friberg: Jag har inget tydligt minne av henne. Hon brukade stå på skolgården ibland, blek i ansiktet. De hade likadana blusar på. Hon och hennes väninna. Det stod "Ensamheten&Rädslan" på dem. Jag menar, hundra år INNAN skräpmusiken uppstod.

Men henne alltså, det är kanske dumt att säga det på det här sättet, men jag har inget minne av henne. Jag kommer inte ihåg henne, inte alls.

Hennes väninna däremot. Det var min första kärlek. Och man vet hur det kan vara. Hon tog livet av sig sen. Och hade det inte varit för musiken hade jag nog aldrig kommit över det.

Ur Träskdrottningens återkomst, kapitel 1. Var började musiken?

Ametiste: the rise and rise and rise of Ametiste, det var jag det, innan något överhuvudtaget hade börjat hända. Innan jag träffade henne som blev Träskdrottningen på Coney Island, i en sådan där skivinspelnings-kiosk, det finns fortfarande några kvar av dem där borta.

Debbie hade en Camaro, årsmodell -67, hon hade ärvt den efter sin mamma. Att ha bil i New York var både lyx och galenskap, men det var nog, och det har Debbie också sagt, det som höll oss vid våra sinnens fulla bruk, att göra små roliga utflykter till Coney Island och stränder där omkring.

Men parkeringen i New York var ett heltidsjobb. Tre morgnar i veckan måste man stiga upp före klockan halv sju för att hinna flytta bilen före klockan sju, för om parkeringsövervakningen hann före skulle man ha bilen snyggt kedjad tills den hade transporterats till begravningsplatsen för övergivna bilar långt utanför stan, var den nu sen fanns.

Det var mitt jobb det. Att parkera Debbies bil. Att stiga upp tidigt på morgonen och sedan sitta i bilen på ena sidan av gatan och vänta på att parkeringen på andra sidan gatan skulle träda i kraft. Jag brukade sova i bilen ibland. Och sedan när Sandra, Träskdrottningen, kom, så var vi två. Vi gjorde några sånger där.

Debbie var upptagen då. Hon hade slagit igenom och var upptagen av att vara stor överallt i hela världen. Nästan. Fast sen tog dom henne till Frankrike och satt henne att läspa fula ord på franska och det var "punk" tyckte dom som sålde skivorna.

Fast också för henne, tidigare: också Debbie har sagt att de flesta av hennes tidiga sånger skrev hon medan hon satt i bilen och väntade – med motorn på när det var vinter – på att kunna parkera bilen på andra sidan gatan.

Det var alltså där, bland annat, som musiken föddes. I Debbies Camaro, årsmodell -67, några kvarter från The Bowery där vi alla bodde då.

Där bodde också en massa andra legendariska typer. Till exempel William Burroughs. Honom minns jag som ett spöke. Ett vitt spöke.

Vi bodde på The Bowery och William Burroughs spökade: det är roligt att minnas det så. Det var en rolig tid.

Vi hängde kring Debbie: hon var stor, störst i världen, nästan. Hon hade blivit stor på en kort tid, ett par år, det fanns dom som var förvånade över att det var just hon.

Att det fanns en tid, några månader, kanske ett halvår, då hon var Störst i Världen.

Störst i världen. Det finns något inom musiken som heter "peak". Det är då som allting kulminerar.

Men det var inte mycket som jag såg av Debbie sen. Nästan ingenting. Hon befann sig hela tiden på turné.

Och när hon förekom på The Bowery så var hon omringad. Av alla som plötsligt ville komma i kontakt med henne.

Och vi stack ju sedan, jag och Träskdrottningen.

Henne plockade jag förresten upp just på Coney Island, i en skivinspelningskiosk. Och det var en förryckt flicka, må ni tro.

Men hon kunde skriva sånger.

Skräpmusiken började alltså där.

Allra först. I New York. När vi väntade på att parkera Debbies

Camaro, på morgnarna.

Och det snöade.

Tunga flingor föll.

Skriv såhär, sa jag till Träskdrottningen.

Att tunga flingor föll.

Skriv så här, sa jag. Och träskdrottningen, hon skrev.

Småningom hade man slutat tända ljusen som det första man gjorde varje morgon när man kom till skolan. Blommorna hade vissnat och det hade inte kommit nya blommor. Blommorna hade torkat och de var vackra så också, så de hade fått stå kvar. Sedan hade någon av misstag vält omkull glasburken och den hade fallit i golvet och gått i bitar. Inte i stora, vanliga skärvor, utan i ett kornigt fuktigt splitter som det var ett helsike att sopa upp.

I den vevan for rosorna i papperskorgen.

"Vi borde kanske ha tänkt på dig", sa Ann Notlund, musikläraren som också var klassföreståndare i Doris klass, "Skulle du ha velat ha dem?"

Innan Sandra hade hunnit svara varken det ena eller det andra (men dessa blommor, vad skulle hon med dem?) hade Ann Notlund fortsatt. "Så är det en annan sak. Hennes pulpet. Hennes saker. Jag har ju förstått att hennes mam... hennes fostermamma är dålig och inte kan besväras för tillfället."

"Jag kan", hade Sandra sagt lugnt och sakligt. "Förstås."

Och hon hade tömt innehållet i Doris pulpet i en plastkasse. Allt som Doris hade haft i den tog hon med sig hem, slängde ingenting. Gick inte heller igenom det. Den fulla plastkassen blev sedan där i hennes rum i huset i den dyigare delen, under sängen. Hon hade ju tänkt ta den till kusinhuset, men före sammanbrottet då det var aktuellt befann sig kusinmamman på sjukhuset, och efter sammanbrottet, ja, efter sammanbrottet, då var ingenting längre aktuellt. Och, ärligt talat:

inte fanns det ju heller någon annan som gjorde anspråk på dessa saker. Skolböcker, häften, papper. Papper, papper, papper. Och så en scarf som luktade ung-fräsch-kvinna-parfym, Nya Doris, Mickes-Folkband-Doris.

Sandra hade alltså tömt pulpetens innehåll i en plastkasse som hon hade burit med sig hem och tagit till sitt rum i huset i den dyigare delen.

Pulpeten hade lyfts ut ur klassrummet. Förtrollningen var bruten, livet fortsatte.

Ut med Doris och in...

... in med jultomten!

Sa Doris-i-Sandra och Sandra kunde inte hålla tillbaka ett stort leende. För det var ju juletider, onekligen.

Ann Notlund och några andra elever från Doris klass som råkade se henne le tittade konstigt på henne. Vad fanns det att skratta åt?

Nej då. Ingen förstod. Det var oförståeligt.

"Ingen kände min ros i världen utom jag."

Sa Doris-i-Sandra OCH Sandra på en gång, i munnen på varandra (fast det inte hördes något alls).

OCH Eddie, den Döda Flickan. Eddies raspiga röst, på den där skivan.

En röst till från de döda.

Och vem som helst kunde av det här förstå att nu var sammanbrottet nära.

Förbindelserna tanke–känsla–ord var uppluckrade i Sandra. Vad som fanns i stället var, till exempel, det här: musik. Underliga melodier som spelade i henne, melodier som ibland hade en motsvarighet i verkligheten, ibland inte. Melodier som var igenkännbara, som fanns. Ibland sådana som var okända, sådana som uppenbarligen inte existerade.

Sandra umgicks med Birgitta Blumenthal, på ett vanligt sätt. De läste läxorna tillsammans. Birgitta Blumenthal var bra i skolan. Sandra behövde ganska mycket hjälp i ganska många ämnen, särskilt matematik för hon hade varit borta så mycket tidigare på höstterminen.

Birgitta Blumenthal hjälpte henne. Hon var bra på att förklara saker och ting så att man förstod. Sandra uppskattade det. Hon uppskattade också att hos Birgitta Blumenthal fanns ett ganska stort mått sinisterhet, det vill säga, hon avvek inte från ämnet mer än nödvändigt. Skulle det läsas läxor lästes det läxor. Räknades det hemtal räknades det hemtal.

Inga apkonster. Inga "lekar". Som med Doris Flinkenberg.

Först sedan var det tid för avkoppling. Det som kallades *fritid* när man gick i skolan. Nu förstod Sandra, för första gången kanske, innebörden av det ordet. När man hade fritid gjorde man normala, avkopplande saker. Man såg på teve, läste, spelade spel, lade pussel, talade om "allt mellan himmel och jord". Vanliga saker, framför allt, som om det var det märkligaste av allt: pojkar som man på olika sätt var intresserad av. Birgitta Blumenthal var också alldeles hypersuperextranormal i det avseendet. Hennes hemligheter på den fronten var alldeles normala hemligheter men ändå betedde hon sig som om det var allt annat än så. Hon erkände under högtidliga former att hon var kär i sin ridlärare som hette Hasse och att hon inte kunde tåla att Tobias Forsström såg på henne på ett "inte sunt sätt". "Men du vet ju, gubbar", skrattade Birgitta Blumenthal. Och ja, ja. Sandra skrattade med, hon visste om gubbar även om hon inte hade en aning om enskildheterna i detta men det var inte det viktiga; det viktiga var att hon erkände ett normalt beteende då hon såg ett och därpå agerade på tillbörligt vis.

Det var saker som aldrig jäste, som de hade gjort med Doris Flinkenberg, i deras värld. Saker som aldrig svällde över sina ramar, som aldrig någonsin blev större än, större än livet, hela allt. Som aldrig sprängde. Sprängdes. Detonerade.

Även om man alltså då, efteråt, betalade priset för det.

Drömmen har upphört. Den riktiga kärleken dog. Om det skulle sägas så.

De pratade om vad man skulle bli när man blev stor. Det var vad de talade om den där kvällen då sammanbrottet inträffade. Birgitta Blumenthal älskade djur och drömde om att bli doktor för djur. "Inte doktor som pappa fast alla säger så", försäkrade Birgitta Blumenthal. "Det här är en alldeles egen tanke."

"Jag vet inte", sa Sandra när det blev hennes tur och gin och tonicen som de hittat i barskåpet hade börjat göra inverkan. "Kläddesigner kanske."

Det rullade ur henne, över tungan, och sedan var det sagt.

Ett högst normalt önskemål, ett högst normalt svar på en högst normal fråga. Det var så det var.

"Så spännande", sa Birgitta Blumenthal deltagande och tog en djup klunk ur sitt glas och grimaserade. "Hu då. Det här var starkt." Det senare väste hon, så att föräldrarna som badade lördagsbastu i våningen under säkert inte skulle höra dem.

"Tycker du?" sa Sandra världsvant fast hon började känna sig konstig genast efter att det var sagt. "I början kanske. Men man vänjer sig."

"Och inte är det ju alls gott."

"Inte är det heller meningen att det ska vara gott." Detta sa Sandra med eftertryck för nu var det bra att hålla på och tjata om det här ena tills det här andra – kläddesigner – lugnade sig. Det här var normalt, nu skulle det vara normalt. Inte som med Doris Flinkenberg till sist, och plötsligt kom hon ihåg den hemska tiden också, då allt hade flugit iväg bortom rim och reson, in i sina egna sammanhang. *Än brinner var våg som i blod och guld,* som det någon gång hade vindat på i Doris bandspelare. *Men snart kräver natten igen sin skuld.*

Och sommaren kastade en ifrån sig.

I sanning, det hade varit, med Doris, den bästa tiden. OCH den sämsta.

"Skål", fnittrade Birgitta Blumenthal. "Det gungar, gungar."

Men också för Sandra gungade golvet ordentligt trots att hon bara smuttade på sin drink. Gungade, gungade. Sammanbrottet var i antågande i alla fall, tyvärr tyvärr, det kunde inte hejdas, och det berodde inte på alkoholen utan på att ett enda ord hade blivit sagt, ordet kläddesigner. Det sjöng i huvudet ganska otäckt. Det var Doris-i-henne, Eddie och alla möjliga andra röster.

En kakafoni av outhärdligt, av allt. Försök nu sen vara lugn som om inget hade hänt och fira en högst normal och avkopplande lördagskväll.

Och detta var den sista tanken som var någorlunda normal i Sandra.

"Oj, nu börjar jag bli full", väste Birgitta Blumenthal. Och sedan höjde hon på rösten, grimaserade införstått åt Sandra som försökte låta bli att se tillbaka. Allt var farligt nu, hon stirrade på en sälunge som med sidfenorna fladdrande desperat försökte ta sig undan smygjägarna som var efter den på den blåa isen i tv-rutan, ett hopplöst företag. "Levande Naturen" hette programmet och det kom varje lördag samma tid på kvällen.

"Så spännande. Att vilja bli kläddesigner menar jag. Berätta mer." Och väste sedan på. "Det känns faktiskt ganska lustigt! Hinner jag månne nyktra till tills mamma och pappa kommer upp och det är dags för räksmörgåsen?"

Hos familjen Blumenthal åt man räksmörgås varje lördagskväll efter bastun, det var en trevlig ritual.

Pang sköts sälungen.

Och den lilla silkeshunden viftade på svansen.

Med Birgitta Blumenthal till exempel… skulle man säkert kunna lösa ett mysterium och det skulle vara den lek det var avsett att vara, varken mera eller mindre. Inget annat.

Men Doris, också det ljuvligaste: skulle man kunna leva utan det? Det som svämmade över alla bräddar?

Och PANG, alldeles oförhappandes kom det. Och det var där det var. Frågans självklara svar att det var omöjligt plus en massa andra saker om skuld och hemlighet och det allra mest förskräckliga, som de hade kommit till, båda två tillsammans, mer än snuddat vid, berört.

Och följden av det: Doris död.

I ljuset av allt fanns det ingen möjlighet. Det gick inte att leva utan Doris. Det fanns inget liv bortom. Ingen annan möjlighet.

Bär mig, Doris, över mörka vatten.

Aj vem då? Dig då? Skrockade Doris i henne, full av spott och spe. Och därmed var det hänt. Fanns inte längre några skydd. PANG slog sammanbrottet ner i henne.

Som en sten i brunnen och brunnen det var hon, Sandra, mörk och utan botten. Hon helt enkelt tuppade av, föll i golvet med en duns. I nedre våningen skrek Birgitta Blumenthals mamma till, ett kort och plötsligt barnsligt skri, hon mindes, eller kroppen och huvudet mindes, bomberna som föll i staden vid havet och bombskydden… "Kriget kommer", tänkte hon men i följande sekund hade hon förstått att det ju var absurt, det, men hennes man hade redan lystrat till ett annat rop, ett sådant som bara deras dotter Birgitta kunde få ur sig när hon var riktigt upprörd eller rädd. Och nu ropade hon på HJÄLP i övre våningen. Och båda föräldrarna hade sprungit upp, knappt hunnit få på sig sina likadana ljusblåa frottémorgonrockar, och strax därpå hade de hittat den avsvimmade flickan på golvet i deras vardagsrum.

"Jag vet inte vad som hände", hade Birgitta Blumenthal sagt. "Hon bara tuppade av. Kanske är det… alkoholförgiftning." Och hon hade börjat bekänna vad som försiggått uppe i vardagsrummet utan att någon av de vuxna riktigt lyssnade på henne. Föräldrarna förstod ju genast att inte var det i flaskan som skon klämde. Det här var något annat, något kanske allvarligare än så.

"Hon är het", sa pappa Blumenthal som var barnläkare till yrket och knäböjde vid Sandra Wärn på golvet. "Feber. Kanske är det hjärnhinneinflammation."

Så dessutom: Sandra hade alltså varit förutseende nog att klappa ihop i goda händer.

Så kunde man också se på saken.

Till skillnad från Doris. Doris som inte hade haft några skyddsnät. Doris som fått se döden i vitögat på riktigt, alldeles försvarslös och på egen hand.

Så kunde man också se på saken.

KLÄDDESIGNER.

Sandra visste inte vad som hade hänt. När hon följande gång kom till medvetande var hon i sin egen säng, och Ålänningen och ett par okända tomtenissar av kvinnligt kön, ganska målade och hårtuperade och på något sätt överdrivet tomtiga, stod bredvid sängen. Först trodde hon att dessa främmande kvinnoansikten vid Ålänningens sida var en del av en pågående hallucination och att hon, eftersom hon nog kände igen Ålänningen och förstod att hon låg i sin egen säng, således befann sig i ett tillstånd mittemellan vakenhet, galenskap och sjukdom. Men i följande sekund hade hon förstått att allt var på riktigt. Det fanns en realism i det hela och den stod Ålänningen i tomteluva för. Sandra hade råkat klappa ihop precis vid den tidpunkt då den lössläppta lillajulsfest som Ålänningen så hade sett fram emot hade kommit igång och dessa två främmande kvinnonisseansikten tillhörde två stycken, ja, det kunde man säga först efter att barnläkare Blumenthal hade lämnat huset i den dyigare delen av skogen... ähum.

Två främmande kvinnoansikten och ett blekt pappaålänningsansikte däremellan. Sandra log ett svagt leende åt hela situationen som var så lustig och för att försäkra Ålänningen om att hon nog var vid liv. Sedan drev hon in i förvirringen igen. Febern steg till trettionio grader.

Kläddesigner. Blotta tanken på det, och hon blev ännu tokigare.

Hon tog den ena hornissens hand och kramade den för allt vad hon var värd.

För det var lördagskväll och partyt hade som sagt nästan börjat då det hade ringt på dörren – en gäll summersignal (den dörrklockan var nyinstallerad EFTER Doris död) – och barnläkare Blumenthal nästan hade skrämt livet ur en simmig och färdigt skuldmedveten Ålänning, om inte annat så bara för att barnläkare Blumenthal i egenskap av sitt yrke kunde inge vilken barnförälder som helst på frivolt partyhumör, när det äntligen var barnfritt i huset, dåligt samvete.

"Jag har er avsvimmade dotter i baksätet. Det skulle behövas hjälp." Barnläkare Blumenthals första replik hade inte precis gjort situationen bättre. Och han var också, Blumenthal, känd för sin ganska speciella, ibland smått sadistiska humor. Och sin förkärlek för dramatik. Till exempel hade han någon gång för länge sedan på den tiden Lorelei Lindberg ännu var där och allt ännu var annorlunda (det vill säga, man kunde drista sig till att vara lite drastisk – sedermera så tog medlidandet med Ålänningen, som drog lasset själv, så att säga, överhanden) i förbifarten påpekat för Lorelei Lindberg i matbutiken i kommuncentrum, att ett harmynt barn som hade blivit opererat trots operationen inte alltid kunde räkna med ett normalt liv utan klyvnad efteråt. Fysiologiskt visserligen, hade han sagt, men kanske inte mentalt.

Barnläkare Blumenthal hade stått på trappan till huset i den dyigare delen av skogen och under bråkdelen av en sekund hade han avnjutit effekten av sina ord, och sedan, då den försiktigt börjat inträda, iklätt sig den sakliga läkarens roll igen:

"Antagligen en feberinfektion. Inget värre. Eventuellt en följd av mental utmattning. Flickan har gått igenom mycket under den senaste tiden. Och hon har visat stor tapperhet. Kanske för stor. Nu måste hon få vila ut och bli frisk i alldeles egen takt."

Med dessa ord hade Sandra blivit avlämnad i sitt eget hem, i sin egen säng, den väldiga äktenskapliga, och mitt i festen dessutom.

Det plötsliga avbrottet gjorde att festen kom av sig. Den upphörde ju inte på uppmaning, men ebbade ut. I alla fall just där, i huset i den dyigare delen av skogen, för att kanske fortsätta någon annanstans. Strax före midnatt lämnade ett långt taxifölje huset i den dyigare delen. Det var alla gäster det, med undantag av de två kvinnorna som stannade kvar.

Hon som satt på sängkanten och höll Sandra i handen, med tårarna i ögonen. Som torkade Sandras heta panna med kalla näsdukar som den andra kvinnan hämtade till rummet. Hon kokade också te, lagade smörgåsar, radade upp pepparkakor på en assiett och alltsammans kom hon in med på en bricka.

Sandra åt och drack ingenting, hon bara kramade en hand. En hand. Hon längtade så fruktansvärt. Saknade. Och i det omtöcknadens tillstånd hon befann sig i formades längtan till ett namn som bara rann ur henne gång på gång på gång.

"Bombnedslaget. Pinky. Pink."

Kvinnorna, som tyvärr inte kände Bombnedslaget, förstod förstås inte ens vad hon talade om men de gjorde sitt bästa för att lugna henne.

Ålänningen hade stängt in sig i gillestugan. Han var ur humör. Festen fick fortsätta och kulminera utan honom. Inte bara festen. Allt annat med.

Följande dag däremot, tidigt på söndagsmorgonen, steg han upp och började städa. Han skickade väl hem kvinnorna, för när Sandra vaknade mitt på dagen var huset rent och tomt. Han ringde också till Inget Herrman och bad henne komma dit. Undantagsvis stannade Inget Herrman i huset de följande dagarna också, fast det var mitt i veckan.

Sandra gick genom huset och sökte – ja, vad? Festen? Det var vemodigt på sätt och vis. Så gick hon i säng igen. Låg kvar. Försjönk i dvala. Steg inte upp på evigheter. Sov, sov, sov. I tusen år.

Febern kom tillbaka, den steg och sjönk. Sedan plötsligt, några dagar senare, var den borta. Det gick dagar. Sandra var fysiskt återställd men hon låg kvar i alla fall.

Ingen sa något.

"Vila", hade barnläkare Blumenthal sagt. "Bli frisk. I egen takt."

Sandra själv hade fattat ett beslut. Hon skulle stiga upp först när det var en idé med att stiga upp. Hon hade inte tänkt ta livet av sig. Hon hade tänkt ligga där i sängen bara och i värsta fall utslockna, bara liksom av sig själv. Men så länge hon inte hittade något skäl för att stiga upp skulle hon inte stiga upp.

Alla röster i henne var borta.

Men det som såg ut som extrem passivitet och händelselöshet var det ändå inte. I alla fall inte så direkt. Tankarna flöt in och ut i huvudet. En transistor spelade på nätterna då det var minst störningar i luften och radiovågorna kunde fortplanta sig fritt ända från Luxemburg eller var nu den där radiostationen fanns som spelade sådan musik som var som ett skval som for in och ut genom huvudet.

"Jag är inte kär. Det är bara ett tokigt skede jag genomlever nu."

Längtan, Pinky, det hade varit ett ord. En formel, ett minne, en association. Nu kom det andra. "Bara för att jag söker upp dig, missförstå mig inte, tro inte att det är fixat nu. Jag är inte kär, det är bara för att det —"

Det var Pojken. Längtan som sprack ut i den riktningen, igen. För han var där. Pojken som inte var någon pojke längre. Han var Bengt.

Hon var inte förvånad över att upptäcka honom utanför huset. Inte egentligen. För det mesta stod han på eller i närheten av bryggan som man såg bra mellan trädstammarna nu när löven hade fallit och det låg

373

snö på marken. Han såg upp mot hennes rum. Hon förstod att han ville henne något.

Och hon –

Hon satt i ändan av den stora, ödsliga äktenskapliga sängen i mörkret i sitt rum och stirrade ut i mörkret. Såg rakt på honom som hon urskiljde som en skugga där.

Ibland stod han orörlig och hon hade för sig att de såg på varandra utan att se, men för det mesta rörde han oroligt på sig, som en som väntar och väntar och snart har väntat för länge brukar göra.

"Vem är det?" En dag strax före sportlovet när Birgitta Blumenthal hade tvingat sig in i Sandras sjukrum hade hon råkat få syn på honom, en skugga som rörde sig vid isens rand i skymningen.

"En typ." Sandra hade ryckt på axlarna.

"Han stirrar hitåt. Han ser inte... helt frisk ut."

"Mmm. Än sen?"

"Är du inte rädd?"

Sandra hade satt sig upp i sängen och sagt:

"Människa. Varför skulle jag vara rädd?"

Det hade också varit avstånd, nästan hot, i hennes svar. Hon ville inte att Birgitta Blumenthal skulle vara där. Ville inte ha hennes patetiska vardagsskildringar, hennes patetiska läxor, hennes patetiska drömmar (Hasse Hästskötare!), hennes patetiska framtidsdrömmar och framtidsutsikter. Kom ihåg en mening från så länge sen: *ett tändstickshus med tändsticksmänniskor som lever tändsticksliv.*

Svarta Fåret, i Lilla Bombay: Jag ville visa dig hur din dröm såg ut.
Var det så här som din dröm såg ut?

Birgitta Blumenthal var kanske menlös, men inte dum, hon heller. Hon förstod nog – allt på sitt eget klipska vis. Hon sade, strax innan hon gick sin väg, och det var mycket kort därefter – Sandra hade knäppt på teven som visade skidtävlingar som gick av stapeln någonstans i alperna och Franz Klammer åkte störtlopp rätt ner för stup på stup i hundra kilometer i timmen i ett fantastiskt solskensindränkt klart snöigt vitt mellaneuropeiskt landskap; men det gav henne inte och skulle inte heller i framtiden ge henne några associationer; det skulle aldrig betyda något annat bildligt talat, det skulle, som att åka skridskor, bara vara vintersport – att hon lite faktiskt hade börjat tro på att de hade rätt, de som sa om Sandra att hon inte var normal. Att det var något med henne. Något riktigt skevt.

"På något sätt har jag börjat tvivla på dig", sa Birgitta Blumenthal innan hon gick, men nog så lugnt och vänligt.

"Va", sa Sandra och kunde inte slita sig från tv-rutan. "Jag är väl inte Gud heller."

"Jag menade inte så", svarade Birgitta Blumenthal lugnt och tålmodigt. "Jag menade… att jag inte riktigt… tror på dig."

Det kom lite försiktigt, lite svävande. Men när det väl hade blivit sagt, la hon till, fort liksom för att försäkra sig själv om att det var rätt att säga det, (etiskt rätt alltså – fick hon göra det här, fick hon säga det här till en… väninna… som hade gått igenom så mycket, hade haft ett sammanbrott efter sin bästa väninnas död… och allt?):

"Så är det. Helt enkelt."

"Kanske har de andra rätt."

Hon hade – Sandra alltså, något senare, när det var mörkt och Birgitta Blumenthal hade avlägsnat sig och lämnat sin tveksamma bekymmersamhet hängande i luften – ställt sig på knä i sängen i fullt rumsljus. Gett ett tecken. Två. Vinkat.

Sedan, när hon var säker på att han hade sett det, hade hon börjat måla sina skridskor.

"De som säger att…"

"Jag vet alltså inte, Sandra, om du talar sant." Det var det sista Birgitta Blumenthal hade sagt innan hon hade lämnat rummet och huset i den dyigare delen den gången som skulle bli den sista gången hon blev mottagen i huset.

Sandra beslöt sig då för att, ja, hon skulle ut och åka skridskor. Sydde en grön sportdräkt åt sig, lämplig för att idka sådan friluftsverksamhet i. Tog fram målfärgen, den hon en gång målat vissa trikåtröjor med, den sega gröna. Det fanns ännu kvar i burken av den, och sedan tog hon alltså sina skridskor i behandling med den.

Och sedan: ut i den ljusa, ljusa dagen.

Hon hade gått till honom av riktig längtan.

Spelöppning. Och inte som Eddie, eller någon annan, men som sig själv.

Prinsessan Stigmata… isprinsessan, hon i gröna kläder.

Hon hade gått till honom av riktig längtan, riktig lust. Hon hade velat ha. Honom. Kroppen hade råmat. Och hon hade varit otålig med att vänta sig fram till den lämpliga tidpunkten. Måndagen efter sportlovet då hon visste att ingen annan skulle vara där.

"Man blir förälskad i någon som väcker något i en till liv."

Ja då, Inget.

Och nu var hon äntligen beredd att möta det.

I Benckus lada (där hon låg i en väldig vattensäng och tänkte). Senare, i framtiden, skulle de tala om den dagen hon följde honom till ladan utan att säga ett ord, utan att någondera sa ett ord, han skulle tala om för henne att han hade väntat på henne en så lång tid, men att det hade tagit en tid för henne att upptäcka honom. Men det hade han tagit i betraktande. Det hade han varit beredd på, skulle han säga.

Han skulle också säga, fantiserade Sandra vidare där hon låg och gungade i vattensängen medan han hade lämnat henne ensam för att gå på toaletten eller något för en stund, att han inte hade glömt henne sådan hon hade varit två år tidigare, den där höstnatten i huset i den dyigare delen av skogen. Då hon kommit till honom i bassängen. Han skulle fråga henne om hon mindes den. Mindes hon?

Hon nickade. Hon log.

Det var såhär nämligen nu, så klart och tydligt. En ny, helt annan historia började nu, här i ladan, efter föreningen som varit översvallande. Den första gångernas första gång, som suddade ut minnet och upplevelsen av alla första gånger som någonsin hade varit innan. Skulle hon berätta för honom.

Vad hon skulle berätta var – det hade hon redan beslutat, och hon skulle göra det så fort som möjligt – om Lilla Bombay, allt, från början till slut. En gång för alla. Rent bord. Om det nu var möjligt. Men det var värt ett försök.

Kärlek helar. Kärlek räddar liv.

Hon tyckte sig nu också förstå, det var så fantastiskt enkelt det också, att jämsides med allt det andra som hände och hade hänt, jämsides till och med med Doris död, så hade han funnits där hela tiden. Som i en popsång var det, egentligen. Hon slöt ögonen i Benckus säng ett ögonblick, och för en stund hördes inga andra röster i hennes huvud, utom en sådan där vanlig och enkel melodi: Så skimrande var aldrig havet, eller liknande.

Och vad skulle hända sedan? Sandra, avklädd och klibbig i sängen hade legat och stirrat på de gröna kläderna på golvet i ladan och sett på dem som på en främlings kläder. Nu skulle det hända nya saker. Nyheter.

De skulle gifta sig och få ett barn tillsammans. Flera barn. Kanske inte genast. De hade ju skolgång och studier och sånt att slutföra allra först.

Men som en bild. Hon och han. Som genom förlusterna sökte sig till varandra – och fann.

377

"Två skeppsbrutna", som kusinmamman en gång hade sagt i ett annat sammanhang att de var de båda, hon och Doris Flinkenberg.

Med Bencku? Har du blivit tokig? Avbröt Doris-i-henne i hennes huvud nu. Det var en röst som inte var riktigt välkommen här. Hon hade dessutom helt och hållet glömt den, för ett tag. Men nu var den tillbaka.

Och Bencku kom från toaletten. Trippade över golvet i strumplästen. Hade inte fått strumporna av sig, det hade varit bråttom. Och strumporna var också gröna som Sandras kläder i en hög på golvet, och han hade skruvat upp musiken.

Och han hade kommit tillbaka till sängen och medan han gick hade han sett rakt på henne, in i hennes ögon, och hon hade blivit generad och blundat och alltså inväntat honom, att han skulle komma till henne igen, med slutna ögon.

Den väntade omfamningen hade uteblivit. I det följande, då hon öppnade ögonen igen, satt han på sängkanten och musiken skrällde.

Han satt på sängkanten med ryggen till. Han hade gömt ansiktet i händerna. Det lät som ett gnyende det som kom ur honom. Axlarna skakade. Och hon skulle just sträcka ut sin hand för att tafatt smeka och trösta när det gick upp för henne att han inte grät, han skrattade.

Och så började Bengt tala, lågt och snabbt, som om han var arg. Det var inget riktigt skratt nämligen, det var ett sådant där bittert skratt som på något sätt, det behövdes inte sägas ut, var riktat mot henne. Inte många ord, men de kom ur honom som en fors, och först begrep hon ingenting.

"Anna Magnani", började Bencku, "hade jävligt stora bröst. Hon var kurvig sådär som arbetarkvinnor är på film, du vet, Anna Magnani, den riktiga. Att brösten sväller som jordklumpar i kläderna. Hon var sån. Och hon var på väg ganska ofta. Inte bort, men lite över allt, hon fick sina utbrott då hon skulle hit och dit, det flög saker omkring henne, hon hade alltså ett temperament. Och kusinpappans och dansörens tungor hängde till knäna på dom när de såg på henne. Och hon gillade att bli tittad på, inte för det. Hon showade gärna för dem. Och andra. Hon var som en gående kliché men det förstod man inte själv, och hon själv, hon förstod inte så mycket, hon var nu inte sådär väldigt fiffig heller, och det där showandet, inte var det något fel på det. Det var som det var. Det var okej. Så var det ändå en typ, han hade en vit Jaguar, en gammal alltså, trettiotalsmodell, och den var mycket stilig och så och av någon anledning var det ett tag som han bara måste köra med den där bilen på vägarna här. Han hade väl fått upp ögonen för henne. Flörtade väl med henne. Och hon flörtade tillbaka. Inget speciellt med det heller. Det var inte det. Men han hade ett sätt med henne som man inte glömmer. Det var så, ja beskrivande för allt. Det var en gång, hon skulle iväg igen. Härifrån. Från Trakten. Hon hade något på gång med dansören, något kråkel igen. Dansören, det var farsan det. Och hon är redan på vägen och springer bort. Och då råkar den här typen komma i sin bil. Han stannar vid henne som om han hade tänkt ta upp henne. Men inte bredvid, kanske tio meter framför. Hon tror att hon ska få lift och inte för att hon nu har tänkt något sådant, men plötsligt tycker hon att det är en alldeles bra idé. Så hon vänder sig om och visar fingret åt dansören och springer ifatt bilen. Men just som hon ska stiga in så accelererar typen och sätter av. Hon snubblar till, förstår inte vad som har hänt. Och han stannar kanske tio meter framför henne, han tycker det är jävligt roligt det här. Och hon springer igen, det är som om det inte riktigt tänder för henne att det är en lek. Han backar till och med, vinkar till henne att komma, och hon sätter av allt vad hon orkar igen; det mörka håret virvlande, sand och damm och solsken som på film eller i en backspegel och han betraktar det med stort intresse. Hon är framme vid bilen. Hon har tagit i bildörren. Och då sätter han av för fullt. Hon faller och slår sig ganska ordentligt. Då kanske hon förstår någonting, för hon gör det inte flera gånger. Men det räcker. Hon har slagit sig ordentligt, och alla har sett på dessutom. Det var morsan det." Och Bengt höll en liten paus och la sedan till. "Det där förstår du inte. Sådana som du.

Och det är inte själva händelsen. Det är en jävla bild det också. För hur det är. Och det kommer alltid att vara en skillnad mellan – nä inte behöver man säga det."

Nej. Hon ville inte vara med om det här, nu frös hon verkligen. Frös. Men hon förstod ju också att det här inte var rätt tillfälle att ta åt sig, täcke, filt, ta åt sig, ens be om något. Hon sa ingenting. Vad skulle man säga? Hon var mållös.

Och det var kanske bra att hon inte sa någonting, för sedan kom han dit han skulle, till det oerhörda. Hon trodde inte sina öron. Allt rämnade igen. Men trots det, det här måste hon höra, det fanns ingen annan möjlighet.

"Och", fortsatte Bencku, när en stund lång som en evighet hade gått, hon låg där och förstod och förstod ingenting, vattensängen stilla kluckande under henne, som en ironi. "Jag VET om er. ALLT om er. Jag vet vad ni hade för er."

"Men Doris…" började Sandra för först trodde hon att han tänkte på henne och Doris, alla deras lekar, också den som handlade om den amerikanska flickan.

"Jag talar inte om Doris nu", fräste Bengt. "Jag talar om din… farsa. Ålänningen. Och –" Han verkade plötsligt inte riktigt veta hur han skulle fortsätta, han sa bara "du har ju sett där på kartan. Det finns ju där alltsammans. Jag vet vad som finns där under det eländiga huset, under bassängen.

Jag har bara inte förstått hur långt ni kunde gå."

"Jag och Ålänningen då?" frågade Sandra i en så nykter och så oskyldig ton som möjligt.

Bencku svarade inte.

Men Sandra förstod.

Och nu var hon liten igen. Sandra värnlös Wärn. Hon ville stiga upp och klä på sig, hon ville gå sin väg, men samtidigt, hon var som förstenad. För att motverka försteningen steg hon upp och började samla ihop sina kläder. Men sedan hejdade hon sig, det var för oerhört.

"Men Bengt", hörde hon sig sedan pipa. "Herregud. Var har du fått det där ifrån?"

Och plötsligt förstod hon så många saker. För det första att det på kartan, på Benckus karta, kvinnan som låg på rygg i bassängen och var död, att det inte var något uttryck för något såsom Inget Herrman en gång hade sagt om Benckus kartor.

Det var för otroligt. Men så också en annan insikt, och den sköt upp i huvudet som en blixt och den fick allt att stanna av för en stund. För varför först nu? Varför sa han det först nu?

"Inte sa du väl det här åt Doris?" hörde hon sig själv fråga, klart och högt och tydligt.

"Man behövde ju inte säga någonting till henne heller", sa Bencku. "Hon visste redan allt."

Pojken i skogen, han som såg, flickan i huset, kvinnan i bassängen, Ålänningen med geväret. En gång för länge länge sedan. Och han höjde det mot kvinnan i bassängen –

Det var det som Bencku hade ritat av, som Bencku hade sett.

"Nej", kved Sandra. "Fattar du ingenting. Du såg ju fel. Det var ju inte sant."

De följande dagarna och kvällarna undvek hon att titta ut genom fönstret mot den plats där han brukade vara. När hon sedan, det var kanske en vecka senare, gjorde det, var han borta.

"Bencku är på gång igen. Det är det enda som är som vanligt."

Det var Solveig som pratade. Solveig som kom och städade i huset i den dyigare delen av skogen, utan uniform, men annars som alltid. Hon hämtade nyheter från den yttre världen. Det var så hon sa.

"Här kommer jag med nyheter från den yttre världen." Alldeles som om inget hade hänt. Men typiskt Solveig. Man skulle inte tro att det var hon som hade sett den döda Doris, Doris med skallen sprängd i tusen bitar bara några veckor tidigare.

Livet går vidare.

Det var också vad hon sa. Hon berättade om kusinmamman att "hon blir nog aldrig riktigt riktig igen. Hon var väldigt fäst vid Doris."

Och om Rita: Rita befann sig i staden vid havet. Så mycket visste Solveig. Inte mycket mer.

"Så nu är man en tvilling utan tvilling. En halv. Fast det går ju inte i längden."

"Men livet måste gå vidare." Det upprepade Solveig många gånger, klappade sin mage.

"Jag är nämligen gravid. Det är min hemlighet. Den får DU inte avslöja för någon. Inte för Järpe Torpeson... Det är nämligen inte han som är pappan. Utan Torpe Torpeson, hans bror. Men vi ska ju gifta oss snart, så det är ingen hemlighet."

Solveig for omkring i huset i den dyigare delen, där hon aldrig varit förut med sina moppar och sin sopskyffel –

Från Garderoben hördes:

"Nog lämnade hon ju massor med fina kläder efter sig. TÄNK att hon inte ville ha något av det här. Till Österrike. Eller vart var det nu hon tog vägen?"

"Till New York", sa Sandra lamt, fast det egentligen var alldeles poänglöst att hålla på och dra den där historien längre än såhär. Lika bra hade hon ju nu kunnat säga som det var, men hon gjorde det inte i alla fall. Hon teg.

"Och det är inte kläder, det är tyger. *Material.*"

Benckus lada. Hon gick i alla fall tillbaka sedan, som för att kontrollera, inte det som Solveig hade sagt, om han hade stuckit eller inte. Men det som funnits. En gårdag. Det varma ljuset. Musiken. Kartan. Det var som en dröm. Fanns det?

"Det är nog bäst att du håller dig ifrån mig. Jag är inte... jag kan inte..." Det var vad han hade sagt sedan, till sist.

"Förlåt mig." Det hade han också sagt. "Förlåt."

Och hon hade förstått också en annan sak; Eddie-leken, allt det där. Han hade aldrig förstått ett skvatt av den. Det var inte den amerikanska flickan han hade lockats av, det var av – henne.

"Förlåt. Hur allt ändå är ett sånt jävla skit."

Och hon hade lämnat honom då och tänkt att hon aldrig mera skulle. Men nu –

Hade det funnits? Hon tände ljuset i taket. En naken lampa lyste skarpt och obönhörligt över tomheten.

Städat, rent. Alla saker undanplockade. Skivorna som hade legat spridda över golvet, med omslag och utan. Böckerna som rivits ur bokhyllan, klädesplaggen, de tomma buteljerna och fimparna i askkoppar, buteljer, över golvet. Lukten, söt och unken.

Borta.

Hela lukten av gårdag borta.

Kartan. Den hade han tagit ner från väggen.

Och medan hon var där hördes ljud bakom henne, en röst.

Det var kusinmamman som uppenbarade sig ur mörkret.

"Mörderska! Tar du också honom ifrån mig så mördar jag dig!"

Det borde ju inte ha varit så. Någonstans i ett skrymsle i sitt huvud hade hon i alla fall sett framför sig något alldeles normalt. Hur det borde ha varit mellan henne och kusinmamman. Hur de skulle ha suttit i kusinköket och pratat om Doris, kommit ihåg Doris. Hur minnet av Doris skulle ha slagit upp en brygga av samförstånd mellan dem. Inte någon intensiv närhet, men i alla fall.

"Nej", kved Sandra,"nej."

Men då var Solveig där igen och drog undan kusinmamman.

"Det är ju bara Sandra…"

Och ledde henne tillbaka ut på gården.

Kusingården. Sumpigt, dött. Kusinpappan i sin evinnerliga kammare, ett gult ljus lyste därinne. Dött. Ingenting.

Det jag älskar det är borta och fördolt i dunkelt fjärran och min rätta väg är hög och underbar.

Va? På Doris bandspelare, en sådan vindande trall.

Skorna i garderoben.

Sandra hade blivit stående på kusingården, villrådig några ögonblick. Sedan hade hon gått hem och spänt ryggsäcken på ryggen och börjat gå mot landsvägen. Hon hade tömt Ålänningens plånbok i smyg innan hon hade lämnat huset i den dyigare delen. Hade över tusen mark i fickan, ett hyfsat kapital att börja med. Och vart?

Hon var lifterskan, hon var den namnlösa, hon var den som skogen viskade sina hemligheter till, hemligheter av ord, hemligheter av blod, susande hemligheter från Trakten... hon var Patricia i blodskogen, det sällsynt livfulla butiksbiträdet som äntligen hade fått ordning på sitt stökiga liv då hon gick ut och promenerade och det kom en vilt främmande man och ströp henne.

NEJ, det var hon inte! Sandra vände om och gick hem igen.

Denna rastlöshet när Doris Flinkenberg var borta.

Och när hon sedan inte kom på något annat for hon med bussen in till stan och anmälde sig som elev vid franska skolan igen.

Så det var inte på grund av Birgitta Blumenthal som gick omkring och spred underliga rykten om Sandra som hon bytte skola. Sa att Sandra inte var riktigt *normal,* att det var något underligt med henne och hela huset i den dyigare delen av skogen. Vem visste vilka hemligheter som det huset dolde, egentligen.

Nä. Det var helt enkelt också såhär i förhållande till Trakten, skolan och kommunen, allt: att när Doris Flinkenberg inte var där längre fanns det inga skäl till att inte gå i franska skolan längre.

Älskaren

I franska skolan kom nästan ingen – utom någon enstaka, därom mera nedan – ihåg henne. Skolan hade effektivt utplånat den lilla harmynta flickan ur sitt kollektiva minne. De flesta av dem av hennes nya klasskamrater som hade gått på samma klass som hon för länge sedan fick tänka efter för att göra sig något slags minnesbild av Sandra från de lägre klasserna.

Också hälsosystern var en annan nu. Hon var en som talade sex språk flytande, hustru till en pensionerad ambassadör och som fisken i vattnet där i franska skolan. Mer som fisken i vattnet än det så kallade elevmaterialet som fortfarande uppvisade en brokighet i alla hänseenden. De suveräna diplomatbarn som man väntade sig att skulle befolka skolan var, förr som nu, så få att de kunde räknas på båda händernas fingrar.

Det var betryggande. Inte heller Sandra var förändrad på det viset. Hon hörde fortfarande inte till någon grupp. Fortfarande var hon varken bra eller dålig i skolan.

Det fanns i och för sig en ny arrogans i henne. Ny, såtillvida att den ibland syntes. Avgjort inte hela tiden. Men det hände att den blänkte till, ofta oväntat. Hon kunde säga konstiga saker mitt i timmen. Sådant där som fick folk att höja på ögonbrynen. Var hon riktigt klok? Inga fiffigheter, dråpligheter eller intressanta saker; men malplacerade och dumma kommentarer. Som till exempel, plötsligt i den där diskussionen om Kitty G., därom mera senare. Man förstod inte riktigt vad hon sa och varför.

Hon hade också många frånvarotimmar som hon inte kunde motivera. Hon förfalskade Ålänningens namnteckning i frånvarohäftet där hennes bortavaro hade antecknats för att företes för och skriftligen förklaras av målsman och förses med dennes underskrift. Men inte det heller alla gånger. Bara ibland.

Inte på långt när så ofta att det på något sätt skulle ha påverkat den bild man hade av henne i skolan. Sandra, vem? Sandra, qui?

Hon fortfor att vara en konturlös en, en som smalt in. En, som det stod i psykologiboken, medlöpare. En av dem som åsåg mordet på Kitty G. från fönstren i sina hem: såg och såg utan att göra något. Ringde inte ens till polisen medan det fanns tid. Tänkte bara: någon *borde* ringa. Någon har säkert redan ringt. Det här är ju för fruktansvärt.

Kitty G. var namnet på den unga kvinna som knivhöggs till döds på parkeringsplatsen utanför sitt hem i ett höghus i en amerikansk förstad. Mordet hade haft många vittnen. Dessa vittnen utgjordes av flera av de andra invånarna i lägenheterna i Kitty G.:s hus som hade fönster som vette mot parkeringsplatsen. De hade stått och tittat på medan mordet skedde under deras ögon. Stått där bara bakom sina gardiner och bara stirrat, alldeles förfärade. Men ingen hade rört en fena för att hjälpa henne. Ens för att lyfta en telefonlur en enda gång.

Och det som gjorde dådet exceptionellt grymt var att det var mycket, mycket utdraget. Mannen med kniven jagade Kitty G. kring parkeringen i minuter. Hon lyckades till och med göra sig fri några gånger och hann springa undan en bit innan mannen hann ifatt henne på nytt för att fortsätta slå kniven i henne.

Medan alla de andra tittade på. Medlöparna. Bakom sina gardiner. *Men fanns det då inget man kunde göra åt det, efteråt?*

Kitty G. Sandra tog ut henne till sin klippbok. Det första materialet på länge. Hon hade slutat samla nytt material redan under Doris Flinkenbergs tid.

Dels för att hon hade varit upptagen av andra saker, men också för att hon hade kommit på andra tankar. Och nya tankar.

Mysteriet med den amerikanska flickan. Det som var hennes uppgift då, att vara Eddie de Wire. Gå i hennes skor. Klä sig som hon, vara hon, prata som.

"Jag är en främmande fågel. Är du det med?"

"Ingen kände min ros i världen utom jag."

"Jag har en känsla av", hade Doris Flinkenberg sagt, då för evigheter sedan i Benckus lada, och hon skulle aldrig aldrig glömma det, det var ord som redan blivit legendariska, "att det är hon som är mysteriet. Att det är i henne som alla de obesvarade frågorna får svar. Vi måste lära känna henne. Vi måste... ta reda på allt vi bara kan om henne. Vi måste gå i hennes mockasiner. Vi måste vara hon."

Hon la snabbt av med sitt halvdana materialinsamlande igen. Klippböckerna var inte längre någonting annat än något förlegat, ritualmässigt, som hon hade tappat kontakten med. Döda historier.

Ett intressant dokument. Men över vad?

"Leve passionen", viskade plötsligt hennes lärare i franska skolan i hennes öra.

Vad skulle du själv ha gjort om du hade varit en av Kitty G.:s grannar i höghuset som från tryggheten i sina hem såg på när Kitty G. blev mördad? Det var en fråga som ställdes högt i klassen under psykologilektionen. De flesta av Sandra Wärns hjälpsamma klasskamrater var säkra på att de skulle ha ringt polisen genast, en annan att han skulle ha hämtat pistolen ur nattduksbordslådan (alla amerikaner hade ju pistol i sina nattduksbordslådor, *les américaines,* pytt minsann!) och öppnat fönstret och skjutit i luften för att skrämmas, en tredje skulle ha knäppt mördaren och så vidare. Många av de tillknäppta och osäkra diplomatungarna fick plötsligt liv i sig. De var inga dumma medelklassamerikaner, passiviserade av allsköns hamburgerkultur och dussinunderhållning.

Som inte ens när det var frågan om liv och död kunde skilja på fakta och fiktion.

Men oron stillades inte.

"Jag misstänker att jag inte skulle ha gjort någonting alls."

Det var Sandra det.

"Skulden måste bäras", sa läraren och hade naturligtvis ingen aning om att han sa ungefär samma sak som en viss Micke Friberg hade sagt till Doris Flinkenberg några veckor innan Doris hade föredragit att skjuta skallen av sig, men detta på tal om Raskolnikov och Sonja i "Brott och straff" som han hade läst (och, jo, han hade gärna sett att Doris hade varit mera Sonja-lik). "Man kan inte fly från den. Visst, det går. Ett tag. Men man kommer inte undan. Men det finns en nåd."

Att Micke Friberg hade sagt så till Doris visste inte Sandra heller. Men de där orden berörde henne i alla fall på ett sätt som gjorde att hon bara måste stanna kvar i klassrummet när alla andra elever hade gått hem, med honom, som hon hade bett stanna kvar, och han var en hygglig lärare så han gjorde det.

"Jag misstänker att jag inte skulle ha gjort någonting."

Och gjorde en paus. Så att liksom det som borde ha kommit efter blev hängande i luften emellan dem som en väldig abnorm tomhet.

Han hade sett på henne med ett stort medlidande. "Jag kan inte leva med den tanken. Jag kan inte leva med den skulden. Det är ju en skuld i sig, eller hur?" Det var något sådant, ord i den stilen, som de båda hade väntat sig att hon skulle lägga till.

Men hon gjorde det alltså inte. I stället sa hon:

"Inte av kallblodighet. Utan för att jag är så långsam av mig. Så sällsynt stel i lederna."

Han blev stirrande. Å ena sidan, hon chockerade honom, repellerade, med sin kyla och sin högdragenhet. Å andra sidan. Inviten kunde inte misstolkas. Och han kände igen henne, från år tillbaka. La passion, c'est un emmerdement. Passionen är ett enda jäkelskap.

Men det var hon som förekom honom.

Hon gick och köpte sig en riktigt varm vinterkappa, en muff att

sticka händerna i och en portfölj av dyrt märke att förvara sina skol-
böcker i, och sedan, till sist, gick hon via bokhandeln och köpte en
fransk klassiker åt honom på originalspråket, en sådan där liten hård-
pärmad volym som var både fin och dyr.

Han brukade för klassen klaga på att han var så fattig, att han förtjä-
nade så lite på sin lärarlön att han inte hade råd att köpa ens de franska
klassiker på originalspråk som han så älskade. Till exempel André Gide
och François Mauriac. Stora författare, som skrev om riktiga saker, så-
som skulden, försoningen och nåden.

Hon köpte åt honom en roman av François Mauriac, "Ormboet".

Där fick han så han teg.

Och sedan tog han henne någonstans och sedan promenerade de på
stan och sedan plötsligt var de på ett tredje ställe och där låg de med
varandra.

Jag är INTE kär. Det är bara ett tokigt skede jag genomlever nu.

Det blev så. Fast ingendera ville, inte egentligen. Lusten, den var en
annan sak.

Men de var som doktor Pavlovs hundar, båda två.

Men vad var klockan som utlöste dräglet i hundens hundska käkar?

Memento mori.

"Man blir förälskad i något i någon som väcker något i en till liv."

Prr. Kom ihåg att också du ska dö.

Det var samma lärare som hon hade skrivit en viss uppsats för för tusen
år sedan, strax innan hennes livs äventyr vid namn Doris Flinkenberg
tog sin början och hon var karsk och stursk nog att lämna hela franska
skolan. Lupe Velez huvud i toalettstolen eller Passionens död hade det
soliga namnet på den uppsatsen lytt och han hade använt rödpennan
flitigt i marginalen och på raderna för Sandra var ganska usel på att
skriva ren franska.

Han hade ju inte vetat om han skulle skratta eller gråta, men å andra sidan, om det var något som han var van vid från särskilt franska skolan så var det stigmatiserade unga bortskämda flickor med ett överdimensionerat själsliv och en massa underliga fantasier i sina små och tomma huvuden.

Han var den första som Sandra hade känt igen från förr då hon hade återvänt till franska skolan. Men inte genast, för först hade han känt igen henne.

"Leve passionen", hade han halvviskat till henne som en första hälsning mitt i aulan, mitt under skoldagen. Och frågat artigt, med en viss vuxen och vänligt road glimt i ögat:

"Vad föranleder detta nöje?" På franska förstås, framför allt för att det var det enda språk som en sådan närgången och dubbelbottnad artighet kunde uttryckas på utan att det blev plumpt, så att humorn och oskulden var bibehållen.

Han visste förstås ingenting om Doris Flinkenberg och senare i några av Sandras mest avancerade fantasier berättade hon för honom om Doris efter något av de två till tre samlag de genomförde med varandra vid udda tidpunkter på dygnet. Fantasier som sagt: i själva situationen kom hon alltid av sig, hon kom aldrig ens igång, det blev aldrig möjligt att berätta något alls för honom. Det var blyghet och ett underligt rollspel hela vägen, och ingendera njöt av det spelet, vilket var en del av leken, som naturligtvis slutade vara en lek innan den ens hade kommit igång ordentligt.

Hon mindes Lupe Velez som drunknade i toalettskålen och kunde inte i ljuset av allt det som hade hänt, livet vid träsket, Doris Flinkenberg, låta bli att skratta. Det hade varit så annorlunda. Hon hade varit en så annan då. Skrattet bara rann ur henne och det förvånade hennes lärare som hade väntat sig en annan reaktion. Han hade på något sätt haft för sig att det var hans lätta ironi som skulle vara det milt och snällt chockerande. Han hade tänkt att hon skulle bli förlägen. Inte detta hästflabb, han stod där och var generad. Och det kändes, fast de var på tuman-hand, som om hela skolans lärare och elever och övriga personal stod och såg på dem.

Han hörde till dem av lärarna i franska skolan som hade respekt med sig också för att de visade sitt lätta förakt för de väluppfostrade och välbärgade eleverna – framför allt den kvinnliga delen av elevunderlaget. Nämn något som väcker mer latent aggression i en vanlig hygglig grabb eller en högst normal stackars manlig ensamförsörjare som försöker hanka sig fram med blott timlön från sina läraruppdrag, än en bort-skämd flickelev med konventionalitetens alla yttre kännetecken: veckad kjol, spetsblus, portfölj, ett lagom låtande efternamn och så vidare. En som lever på *pappas* pengar, som det heter.

Han hade varit van vid att bli bemött såsom det förväntades av en sådan konventionell och överraskningslös ung dam. Att hon skulle rodna av indignation när han kom med sina välavvägda sanningar och snitt utrivna ur det riktiga livet som han visste något om, men inte hon.

Det tråkiga med den sortens ynglingar som liksom tar för givet att de är de enda som är i stånd att se konventioner och därmed bryta mot dem, de enda med överraskningar i beredskap, eller bara nya, andra tankar, är att de när det kommer till kritan, när någon gör dem ordent-ligt mållösa, i stället för att nyfiket avancera, nosa på, ta emot inviten, drar sig undan, backar, liksom indignerade.

Men det korta förhållande eller vad det skulle kallas som inleddes kort efter samtalet om Kitty G. och skulden, var som en tvångsmeka-nism. Han visste inte vad han skulle ta sig till med henne. Hon läm-nade honom inte ifred, vare sig bokstavligen eller framför allt inte bild-ligt talat, med sina underliga reaktioner – det där skrattet som ekade i aulan – och de underliga saker som hon sa. Ibland hade han också en känsla av att hon förföljde honom.

Ändå, hon "tog" honom ingenstans mentalt alltså, knappt ens fy-siskt.

Hennes var egentligen initiativet till allt: det korta förhållande som bara bestod av två korta samlag på soffan i en ensamförsörjarlägenhet medan barnen var hos mamman.

Ingendera njöt särskilt av det.

Hon tyckte inte om den barnindränkta lägenheten, realismen i den, som inte gav utrymme för hennes fantasier. Han tyckte uppenbarligen inte att hon var mottaglig på rätt kvinnligt sätt eftersom hon visade ett närmast totalt ointresse för hans barn och hans roll som ensamförsörjande familjefar och alla vardagens vedermödor; ett ämne som han annars hade märkt gick hem hos kvinnor, såväl gamla som unga flickor, och ytterligare ökade på hans charm och attraktion.

Bla bla bla bla. Hon satte på musik, bullrig musik. Han hade en bra skivsamling med till exempel Rolling Stones, "Satisfaction" och sådant, och det, du milde, fick överrösta honom.

När de var färdiga på soffan och musiken hade spelat en stund steg hon upp och klädde på sig och frågade om han ville följa med henne ut i butikerna som smakråd då hon skulle köpa vinterkläder.

"Jag är ganska klädgalen", sa hon igen med samma arrogans – och den gjorde honom galen! – som när hon hade pratat om sin långsamhet, sina leders stelhet i samband med mordet på Kitty G. Hon stod på glitterscenen och spelade teater.

"Min mamma hade en tygaffär som hette Lilla Bombay. Lilla Bombay i en vanlig förort! Det blev förstås en katastrof. Affären gick i konkurs. Hon hämtade sig aldrig. Hon tog det mycket hårt. Jag menar alltså min riktiga mamma. Inte hon som min pappa har tänkt gifta om sig med NU."

Han förstod att hon spelade en roll och herregud herregud så han ångrade att han hade förfört henne. Den här flickan var ju djupt olycklig, hon var desperat, hon behövde hjälp.

"Du saknar henne?" hade han frågat, mer som en lärare, en farbroderlig beskyddare än en halvnaken älskare som fått omkull lolitan på soffan i sitt eget ensamförsörjarhem (bland alla leksakerna).

"Hon inympade i mig en kärlek till kläder och tyger av hög kvalitet."

Inympade: det var ett ord värdigt en korsordslösare och i den sekund hon hade uttalat det förstod hon exakt från vilket håll det hade flugit in i hennes huvud. Från Dorisriktningen, och den var farlig nu.

Hon steg på en tutboll på golvet och den utlöste ett skri som inte på något sätt krossade stämningen men väckte vidare dumheter i huvudet. Hon måste bort.

"Kom nu. Vill du ha den där boken eller inte? Men först måste du följa med som smakråd."

Det var ju det: han ställde de rätta frågorna. Och det var felet. Att han var något slags människa. Inte ens något slags. Men hon kunde inte med det. Och inte han heller; han var för medveten om situationen som i grund och botten var felaktig. Å bara de hade kommit in på barnen och bollen och saknaden och hur det inte är det lättaste att ersätta en biologisk förälder, det hade varit ett normalt samtal. Och därifrån hade de kunnat gå över till hennes föräldrars skilsmässa (för det var väl vad de hade gjort, skilt sig? Hade hon inte sagt det? Han kunde inte säga, han kom skam till sägandes inte så noga ihåg vad hon hade berättat för honom) och vidare och vidare. Men det blev inte så, nu skulle de vidare till bokhandeln och köpa en bok som present till honom som hette "Therese".

Han följde med henne till butiken som en hund. Inte för den där boken, men för att det hela måste avrundas på något värdigt sätt. Som tur var hoppade de över klädbutiken. Hon tycktes glömma allt sådant då de kom ut i friska luften och han kom igång med sin berättelse.

De gick direkt till bokhandeln. Han hatade henne. Hans huvud var fullt av halvformulerat obehag inför hennes överklassfasoner, hennes arrogans, hennes depraverade ungdom i kontrast till... honom. Allt det där som hade varit ämnet för tusen miljoner klassiker men som fortfarande hade kvar sin dragningskraft.

Ein Mann som vill.

Ein stackars Mann i den stora världen.

På glitterscenen: hon var en samvetslös lolita som drog den rene unge mannen i smeten trots att det på utsidan såg ut som precis exakt tvärtom.

Och det skulle vara "hemligheten" med den historien. Gäsp. Jättespännande.

Men för att ha något att prata om medan de promenerade till bokhandeln berättade han för henne handlingen i den roman som hon skulle köpa åt honom. Den hette "Therese" alltså och var en fransk klassiker av det bästa slaget. Den handlade om en kvinna som försökte förgifta sin otäcka man – och han var otäck, det stod utom allt tvivel också i romanen. Han tog henne på bar gärning och utmätte ett straff åt henne. Han lämnade henne ensam på gården där de hade bott tillsammans, i skogen, hon hatade livet i skogen; hungrande, ensam, ingen fick prata med henne eller röra vid henne. När hon hade sonat, strax innan hon gick under, dog, kom han tillbaka till gården, räckte henne sin hand och tog henne tillbaka till den stora staden dit hon alltid hade velat, gav henne hennes frihet som hon alltid hade önskat sig, och ett rejält underhåll. De skildes åt på ett kafé i den stora staden, i en besynnerlig stämning som präglades av om inte direkt vänskap så av en ny ömsesidig respekt för varandra.

"Skulden kan man inte fly", sa älskaren. "Den måste sonas."

"Sona är inte att prata", fortsatte han. "Sona är att göra. Handling."

"Men hur då, Doris?" frågade Sandra i sig.

En klibbig våt snö föll. Den var kall i vinden, nästan isig. Och i henne en sådan smärta, man kunde nästan röra vid den.

De hade gått förbi klädbutiken och stod utanför bokhandeln.

Hon hade vänt sig mot honom, på den stora glitterscenen, men nu var det privat, och spänt ögonen i honom och sagt:

"Får jag fråga dig en sak? Varför berättar du allt det där på förhand? Berättar du handlingen på förhand så finns ju ingen spänning kvar.

Varför ska jag då läsa den? Varför ska jag?"

Men han svarade inte. Han ignorerade henne. Och så var de inne i bokhandeln. Just där, när hon och allt var som värst, hade hon förstått att hon inte skulle kunna föra leken eller spelet eller vad det skulle kallas, till slut.

Hon var på väg att komma av sig. Och några minuter senare, vid den eländiga klassikerhyllan i den synnerligen välsorterade bokhandeln som fanns just i staden vid havet på den tiden, kom hon av sig helt och hållet.

Det var alltså fel att säga att hon tröttnade på sin roll. I själva verket skulle det ha varit mest smickrande att säga så, för alla parter. Men sanningen var den, och det var det hon hade påmints om ordentligt på gatan då han gick på och gick på om handlingen i den där boken, att hon inte kunde ro i land den. Hon kunde inte spela rollen till slut. Själva rollen rentav älskade hon. Du milde hur lätt det hade varit att gå på gatan och livet fram med sin överåriga älskare, spela ut hela *lolita-registret,* eller hur det hette.

Men hon var ju inte det här. Hon var ju bara en liten flicka. Ett litet barn i världen.

Hon orkade inte. Benen blev gelé på glitterscenen.

Stackars stackars Sandra.

Och i bokhandeln, vid de franska klassikerna, hade hon plötsligt stått och stammat som ett barn.

"Gå din väg! Jag vill inte se dig mer!"

Och det hade inte varit det minsta erotiskt. Eller någon lek. Otäckt bara, pinsamhet.

"Sluta förfölja mig! Sluta trakassera mig!"

Det var inte mera något förfäret barn, utan ett riktigt. Ett barn med alla sina fel och brister, med sin egoism, sin altruism, sin älskansvärd-het, sin svaghet och sin styrka. Sin tilltro och sin sårbarhet.

Ett barn som en normal vuxen aldrig skulle drömma om att förhålla sig erotiskt till.

Och han var ingen onormal vuxen. Det var ju faktiskt inte barnet i henne som hade börjat väcka något i honom till liv.

Han stod där i trängseln och förstod allt. Trängde sig igenom folk-mängden mot kassan, iväg från henne. Betalade för boken själv och gick sin väg. Fort, fort, bort därifrån. Hon blev stående på stället vid de franska klassikerna. Och hon grät.

En ung flickas gråt. Tyst rullade stora tårar nerför hennes kinder.

Han slutade som lärare i franska skolan. Han skrev ett brev till henne i vilket han bad henne om förlåtelse.

Förlåt. Förlåt. Förlåt. Förlåt.

Hon skrev en uppsats som hon hade tänkt ge till honom till avsked. Den blev aldrig färdigt skriven. Den handlade om en lek som hette Den amerikanska flickan.

"La fille americaine", var det på franska.

Men samtidigt ville hon glömma alltsammans fortare än kvickt. Hon utplånade det i sitt minne, allt –

Men annars syntes det inte på henne. Annars fortsatte hon som förut. Stannade kvar i franska skolan där hon skrev studentexamen följande år.

Det var exakt det brevet, förlåt-förlåt-förlåt-förlåtbrevet från sin andre älskare, som hon stod och rev sönder i små, små bitar vid bassängkanten då Ålänningen och hans nya unga hustru Kenny återvände till huset i den dyigare delen efter veckor på haven och en hastig vigsel i Panama-kanalen.

Inget Herrmans cigarrettfimpar simmade ännu omkring på ytan i bassängen.

Rev pappret i bitar, efter att ha gjort pappersflygplan av dem.

Och Kenny, pappas nya fru, några dagar senare: drog till sig med bassängkrattan cigarrettfimpar, pappersbitar…

I en oformlig klump av all möjlig skit.

"Vad är det här? Kärleksbrev?"

Och log sitt ljusa leende, inte oskuldsfullt direkt, men öppet, ljust.

Och då kunde man ju inte svara som det var.

"Jag unnar henne all lycka i världen, hon har inte haft det lätt." Sa Kennys syster, Inget Herrman.

Ålänningen hade under åren innan suttit i gillestugan och långletts. Och medan han hade långletts hade han tänkt. Och tänkt. Medan han hade tänkt hade något börjat växa fram i huvudet på honom. Det var en båt. Med tiden hade han börjat se den allt tydligare för sig i sitt huvud. Det var en segelbåt. Småningom hade också andra detaljer framträtt: längd, bredd, höjd över vattenlinjen, dylikt. En nautikisse, verkligen.

Och på akterspegeln stod dess namn. Båten hette, intet överraskande, "Friheten".

Senast då hade Ålänningen förstått att det bara var en dagdröm. *Friheten*. Vem ville nu ha en båt som hette Friheten? Så pass mycket humor hade Ålänningen kvar i förhållande till sig själv att han förstod att skratta när allt blev alltför uppenbart.

Och Ålänningen hade skrattat. "Ho ho ho." Så att isen hade klirrat i det nästan urdruckna grogglaset som han hade sträckt mot Inget Herrman eller, när Inget inte var där, mot sin lilla dotter som under dessa år slutgiltigt växte upp. Hon hade tagit emot glaset och fyllt på.

Räckt honom glaset igen och passat på att skruva ner volymen på stereoanläggningen; det hände sig ibland under ensliga stunder att Ålänningen vred upp volymen så högt att det skorrade i högtalarna. Han hade tagit emot glaset och skruvat upp musiken igen; han behövde den för att ackompanjera sina drömmar med. Dessa drömmar var ju, trots att de tills vidare bara var drömmar, ganska angenäma att befinna sig i, och musiken tjänade också syftet att vara en hård mur mot alla intrång utifrån. Från allt, gudinog, utifrån. Från Inget Herrman, från allt med flickan, från allt!

Sandra hade ibland suttit därnere i gillestugan med honom, i samma extrema sysslolöshet. Smuttande på ett glas, och inte hade hon egentligen haft något emot musiken men det här råkade vara temat från "Spartacus": en melodi som i Ålänningens värld var lika med signaturlåten från Onedinlinjen, den enda serie han följde med i teve. Den handlade, överraskning överraskning, om en skeppsredarsläkt och en ogift kapten som for omkring på de sju haven.

Och nej, Sandra hade verkligen inte orkat följa med i alla dess förvecklingar, och musiken, den var b.o.t.t.e.n., verkligen.

Men Ålänningen hade slutit ögonen igen. Jodå. Den var kvar. Segelbåten. "Intressant", hade han tänkt, "fascinerande." Och skruvat upp musiken som en mur runt omkring den.

Under tiden hade flickan gått sin väg, uppför trappan, upp till husets första våning. Upp till sitt rum, för att döda tid, göra sina egna saker. En bil hade kört upp på gården. Inget Herrman hade sprungit upp för trappan och kommit in från regnet utanför.

"Jag tror jag ska börja segla igen", hade Ålänningen försiktigt sagt till Inget Herrman medan hon hällde sitt första glas åt sig.

"Var vi inte just på sjön?" hade Inget Herrman frågat och haft svårt att dölja sin irritation, men ändå gjort sitt bästa för det här var ömtålig mark, det visste hon.

På sjön. Ålänningen hade inte bevärdigat Inget Herrman med ett svar, bara muttrat något nästan ohörbart. "Du är en härlig kvinna, Inget, men... " hade han någon gång sagt till henne. Just så var det. Hon var en härlig kvinna, hur härlig som helst (hade Ålänningen tänkt i ett plötsligt skov av generositet) men någon lämplig partner var hon inte. Inte för honom i alla fall.

Och så en dag hade han bara varit borta. Ute på de sju haven igen. Och när han återvände hem hade han sin nya unga flickhustru med sig. Hon som var Inget Herrmans syster: Kenny, född de Wire.

De hade träffats någon gång på sensommaren. På Egeiska havet. Kenny hade haft anställning som besättning på en av de två segelbåtar som Ålänningens lilla företag hyrde ut till människor som ville fara på privatseglats bland öarna. Ålänningen var själv kapten på en av båtarna. Till en början inte på den som Kenny var besättning på, utan på den andra.

Det var i en hamn. Ålänningen räddade Kenny från att drunkna. Hon föll i sjön vid bryggan från den båt hon arbetade på som var förtöjd bredvid den båt Ålänningen var kapten på, och greps av panik i vattnet. Hon kunde nog simma, men inte så bra och Ålänningen uppfattade situationens allvar, hoppade efter henne och fick upp henne i sin båt. Detta enligt legenden, sådan den berättades när det nygifta paret kom hem till huset i den dyigare delen av skogen. Legenden var viktig, skulle vara viktig, för att det skulle kunna bli något verkligt mellan Ålänningen och Kenny.

Utan större åthävor hade de sedan gift sig några veckor efter den händelsen. Ålänningen meddelade sig ordentligt hem om allt detta först efter att vigseln var över, strax innan paret återvände till huset i den dyigare delen av skogen.

"Det här är, öh, Kenny." Ålänningen presenterade "de unga kvinnorna", eller hur det hette, för varandra och la till, ganska obetalbart: "Ni kanske känner varandra."

"Vi har setts", sa Kenny ljust och obesvärat. Hon var solbränd och hade långt ljust hår och vita kläder. Man hade, konstaterade Sandra, verkligen lust att befinna sig i hennes sällskap.

Det var den där utstrålningen som Kenny alltid hade haft. Också på den tiden, evigheter sedan, somrarna medan Doris ännu levde och Sandra och hon hade hängt omkring hennes syster Inget Herrman i Kvinnornas hus medan Kenny hade hållit hov för havsungarna i Glashuset på Andra Udden.

Inför Inget Herrman, som skulle fortsätta vara "god vän" särskilt med Sandra, mer eller mindre svor Ålänningen att han inte hade vetat om syskonskapet. "Inte förrän det var för sent. Hon är ju… Det gick så snabbt. Pladask. Så var jag en fången man. Försök ha förståelse, Inget Herrman. Du är en härlig kvinna, Inget Herrman, men…"

Det var nästan det värsta, tänkte Sandra, som tjuvlyssnade på telefonlinjen. Du är en härlig kvinna, Inget Herrman, men…

"Jag förstår dig", sa Inget Herrman i ett definitivt nyktert tonfall. "Kenny är speciell. Kenny är en *mans kvinna*. Ta väl hand om henne. Hon har inte haft det lätt."

Och la till, efter en vällavvägd och ytterst nykter paus.

"Om jag var man skulle jag säkert också bli huvudstupa i henne. Det enda som förvånar mig", hade hon slutat med ett mindre nyktert flatskratt, i vilket all sårad stolthet slutgiltigt framträdde, "är vad i hela vida världen hon ser i dig?"

Och, avslutningsvis väste hon:

"Och nu lägger Sandra på luren omedelbart!"

Första gången Kenny kom till huset i den dyigare delen av skogen och gick husesyn sa hon "fint", "speciellt" om precis nästan allt hon såg omkring sig och fast man förstod att hon rimligtvis inte kunde mena det så lät det som om hon menade det. Hon dröjde inte ödesdigert på orden som Lorelei Lindberg hade gjort då hon hade gått omkring och konstaterat "intressant" och "fascinerande", drev inte rastlöst från rum till rum med vinglaset och en brinnande cigarrett ständigt sökande efter en plats där hon kunde slå sig till ro med sina böcker och sina papper, det där materialet för hennes avhandling pro gradu som verkligen skulle må bra av att samlas upp till en meningsfull helhet, som Inget Herrman.

Kenny var inget av det där. Hon var rak och obekymrad. Vilket i och för sig kanske kunde bero på att huset i den dyigare delen inte betydde någonting för henne, det hade inget med hennes drömmar och förväntningar att göra som det hade haft för Lorelei Lindberg, (*"jag skulle visa dig hur din dröm ser ut"*), det var inte heller en plats som hon på

400

något sätt måste försöka erövra åt sig av Ålänningen som det hade varit för Inget Herrman, som Ålänningen alltid hade förklarat för att han inte kunde tänka sig att bo tillsammans hela veckan med i huset i den dyigare delen av skogen. Ålänningen och Kenny var ju gifta redan: att Kenny skulle bo här, att det också var hennes revir nu, det var en självklarhet.

"Snyggt, trevligt", sa Kenny och det lät alltså på henne som om hon tyckte det. Kanske skulle hon fortsätta tycka det, på samma svala sätt. Kanske var det så huset skulle behandlas, för det var en mycket lugn och på sätt och vis harmonisk tid, den tid som Kenny bodde där med Ålänningen och Sandra Wärn.

Efter ett tag skulle de i alla fall flytta till en lägenhet i staden vid havet. Inte ge upp huset i den dyigare delen av skogen, men nog lämna det, bara för vintern – vilket skulle visa sig vara för gott, men av olika orsaker för alla tre. Men också det skulle ske omärkligt, utan några åthävor. Det skulle bara, helt enkelt, ske. Och skulle inte ha något med huset i den dyigare delen i sig att göra.

Kenny var dessutom inte en som brukade uttrycka missnöje, hon var inte sådan, helt enkelt. Hon var verkligen en behaglig människa att vara med, det kunde Sandra konstatera om och om igen. Precis som hennes syster, den av Ålänningen försmådda Inget Herrman, hade sagt.

"Om det inte var Kenny. Då kanske jag skulle... jag inte vet jag. Klösa ut hans ögon?" Som om tanken var så befängd, så löjlig, så hade hon skrattat. "Nä. Aldrig i livet. Kenny är värd alltsammans. Hon har inte haft det lätt."

Det var ju behjärtansvärt och storsint.

Men. Vad skulle man göra med en sådan ljus och okomplicerad människa i sin närhet?

"Här ska jag bo", sa Kenny första gången hon kom in i den trånga korridoren. "Jag hoppas att jag kommer att trivas här."

"Jag är ju inte inredartypen", skulle hon också säga, lite urskuldande, men inte mycket, det var inte heller hennes stil. Hon skapade inte problem där det inte fanns sådana, på det viset liknade hon och Ålänningen varandra – tiden gick och det fick vara som det var i huset i den dyigare delen av skogen, med undantag av källarvåningen. "Men växter tycker jag om. Och den där bassängen är förskräcklig."

Ålänningen såg på Sandra, plötsligt öppet, för att få stöd. Han var inte pigg på några omvälvningar.

Sandra såg bort. Plötsligt vägrade hon att ha något samförstånd med honom. Något som helst. Hon var så trött på allt, så trött. Det var HAN som hade ordnat in dem i det här, det var han som hade tagit Kenny till huset i den dyigare delen av skogen.

"De begravde henne i bassängen."

Jävladers överåriga erotoman stod hon där på andra sidan bassängkanten över vattnet där papper, cigarrettfimpar och dylikt äckel flöt omkring och tänkte om Ålänningen med Doris ord i sig. Plötsligt så osynligt upprörd (inte arg, särskilt inte på Kenny, det var ju faktiskt inte Kennys fel) att hon glömde sugmärkena på sin egen hals, glömde överhuvudtaget att dölja sig.

"Vilken slampöl", skrattade Kenny glatt och vände sig till Sandra. "Odlar du näckrosor?"

Ålänningen lämnade dem på tumanhand. Hon visste inte vad hon skulle säga. Hon bara fortsatte att vara förlägen och rodna och till sist måste hon ganska abrupt avlägsna sig för att det verkligen inte fanns någonting att säga. Ålänningen dröjde. Med flit förstås. Han var expert på att dra sig undan prekära situationer och detta rationaliserade han med något i stil med att de unga, nästan jämnåriga kvinnorna, måste ställa saker och ting till rätta mellan sig en gång för alla. Från början. Men eventuellt hade kanske Kenny själv till och med föreslagit det för Ålänningen innan de anlände till huset i lagom tid för att se Inget Herrman stå i regnet bland sina koffertar, väntande på en taxi som hon naturligtvis hade beställt för länge sedan men som naturligtvis dröjde så länge att förödmjukelsen blev total för henne och de måste stå där i regnet alla tre och prata med varandra.

Hon var en sådan "mans kvinna".

Kenny svepte förbi Sandra i trappan och sa lågt till henne så att Ålänningen inte skulle höra:

"Och vad har du haft för dig? Kissing disease. Här. Ta den här."

Och hon hade tagit av sig halsduken och räckt den till Sandra som inte hade tagit emot den men nog förstått vinken mer än väl.

Bandet av mörka sugmärken på halsen. Det hade hon glömt. Ännu på förmiddagen innan Ålänningen och Kenny kom hade bara åsynen av märkena framkallat ett vällustigt sug i magen på henne.

Nymfoman.

Och det blev inte precis bättre av det heller. Av att hon tyckte att Kenny var okej. Så jävladers okej.

"Tack", hade hon svarat. "För påminnelsen."

"Lek inte med elden, Sandra", hade Inget Herrman sagt om desamma märkena på Sandras hals, föregående kväll, sista kvällen med Inget Herrman i huset i den dyigare delen. "Jag menar OCKSÅ för att förtydliga det, att jag skulle vilja uppmana dig att inte börja bete dig som en psykopatologisk fallstudie. Du leker med saker du inte tror på, som inte är du. Men plötsligt är de du."

"Fattar ingenting", hade Sandra svarat, nonchalant.

Inget Herrman hade otåligt kastat en av sina oräkneliga halvrökta cigarretter i bassängen och tagit en djup klunk ur sitt champagneglas och sedan försökt fixera Sandra med en blick som gick igenom märg och ben. Detta hade hon faktiskt, trots att hon redan hade druckit ganska mycket, delvis lyckats med.

"Glöm inte att om man håller på med något tillräckligt länge så blir man det. Dina sugmärken och blåmärken – små fetischer som framkallar sugningar i dig. Någonting som påminner om lust. Vill känna att du lever. Liv. Förvisso finns det en hel del människor som skulle bli kittlade av att få titta närmare på ditt så kallade dubbelliv. Det är något som man gärna skulle skriva om. Läsa om. Helst göra en film om. Med många utdragna nakenscener ur det där andra livet.

Flickan i spetsblus och veckad kjol och portfölj men som är alldeles naken under. Du milde", suckade Inget Herrman och tände en ny cigarrett. "Du ÄR en gående och stående sexuell dussinfantasi. Du behöver inte göra dig till alls för det."

"Men frågan är", hade Inget Herrman sagt till sist. "Om det där överhuvudtaget har något att göra med det som bränner. Frågan är om inte alltsammans … hela uppställningen inte är en kamouflageaktivitet för att dölja något annat."

Och sedan simmade de i bassängen, hon och Inget Herrman, tillsammans för sista gången i huset i den dyigare delen av skogen.

I vattnet som sakta, sakta också sipprade ut i springor, ner i marken undertill. Eller var det en dröm? Simmade bland cigarrettfimpar. Ganska äckligt, eller hur?

"Han sköt henne. Av misstag. Hon dog. I bassängen. De begravde henne där. Under kaklen."

Sandra. Hon hade tyckt om avtrycken på sin kropp. Dessa märken på halsen hade faktiskt framkallat ett sug i magen. Fram till nu. Kennys blick på dem fick henne, mer än någonsin Inget Herrmans ord, att förstå att de var löjliga, barnsliga och skrattretande.

Kissing Disease. Kennys breda leende.

"Ett sätt att vara med sig själv."

Förlåt. Förlåt. Förlåt. Förlåt.

I bassängen nu.

Och Kenny: "Odlar du näckrosor?"

"Om du tror att jag tänker städa upp efter dig så har du fel", hade Inget Herrman sagt på morgonen innan hon for sin väg. "Jag tänker inte städa upp efter dig."

"Då får vi väl värma bastun och tvätta av oss det gamla livet då", hade hon föreslagit kvällen innan då det var klart att Ålänningen och Kenny skulle komma hem som nygifta, tillsammans. Det hade varit sista gången med Inget Herrman i huset i den dyigare delen av skogen.

"Och få mig avfirad", hade Inget Herrman lagt till själv, och sedan hade de öppnat en massa skumvinsflaskor och skålat, skålat.

Bastun hade blivit varm och de hade badat. Tvättat sig, doppat sig i bassängen, druckit mera. Inget Herrman hade suttit på bassängkanten och hållit utläggningar om livet och hur det skulle levas. Sådana utläggningar som hon hade en alldeles särskild förkärlek för att ägna sig åt när hon var berusad.

Om vikten av målmedvetenhet och planering. Inte bara i studielivet, utan annars. I livet. "I livet, som helhet betraktat", som hon hela tiden sa.

"Livet som en helhet betraktat", hade Inget Herrman konstaterat, "är ganska kort. Det är klokt att leva medvetet, som Thoreau säger, och med konkreta mål för ögonen. Hur var det den där dikten av Nils Ferlin nu lydde? 'Tänk efter nu, förrn vi föser dej bort, du barfotabarn i livet'." Inget Herrman hade tänt en cigarrett och fortsatt. "Andemeningen i den dikten är som jag ser det att man får ett visst antal möjligheter och chanser sig givna, men inte ett oändligt. Tar man inte vara på sina möjligheter så är det ingen som kommer och ger en nya. Och dessutom. Sist och slutligen är vi alla ensamma. Det är ingen som ger oss något. Det får vi vara beredda på. Att bli vuxen är att acceptera det. En djävladers förbannad väldig ensamhet."

Och, efter en paus, med en helt annan röst, en plågad en, som ett litet djurs:

"Jag vet inte om jag blivit vuxen. Jag vet ingenting."

Och Inget Herrman hade brustit i gråt. Hon hade jämrat sig, med öppen mun, utan att täcka ansiktet med händerna, i en minut kanske och det hade varit obehagligt att se, men samtidigt, en våg av ömhet hade vällt upp i Sandra och hon hade förbannat Ålänningen och hans konstrande, att byta ut det här mot en... ja, mot en syster dessutom. "Kenny är en mans kvinna", hade Inget sagt, "det är inte hennes fel, och hon är all lycka väl värd, hon har inte haft det lätt. En som han kunde gå omkring och presentera, viril och mitt i livet själv, som 'min unga, snygga hustru'."

Och för ett ögonblick, just precis då – eller hade det bara varit berusningen som hade fått Sandra att tänka så? Hon visste inte, men en sak var säker, hon skulle aldrig senare vara så nära den fullständiga kapitulationen, det att berätta allt, som i just den här stunden, som var så plågad, men ändå plötsligt så öppen, full av möjlighet – hade det fantastiska farit igenom henne. Tänk om... tänk om hon skulle berätta allt för Inget Herrman? Från början till slut? Utan att utelämna någonting. Allting, rakt, direkt och utan omvägar.

Som en bikt.

"Försoning är handling", hade Älskaren sagt. Han som hade bitit hennes hals blå under det andra – och sista – samlaget för några dagar sedan.

"Det kan inte kringgås. Men emellanåt finns det – nåd."

Det hade varit en hisnande känsla, av lättnad, frihet, övertygelse. Men ett ögonblick som lika fort var borta. Inget Herrman hade slutat gråta. Hållit upp sådär bara. Skrattat till, tänt en ny cigarrett, fyllt på sitt glas och varit som om inget. Inget Inget.

Och sedan, mycket fort, hade hon drivit iväg i vidare funderingar, in i sina ändlösa monologer. Vidare i ord i ord i ord.

Hon hette Lassie (Träsk-Lassie). En konstig scen. Där, på bassängkanten, i våt baddräkt. Hon, invirad i en frottéhandduk, med hunden Lassie på.

En alldeles annan hund än silkeshunden, den som tidigare fanns.

Senare, i det allra sista livet för Sandras del inom de här ramarna skulle denna hundskhet rendera henne ett av hennes sista förödmjukande smeknamn.

Fel sorts hund.

Men ännu; Inget Herrman på rygg i våt baddräkt med cigarretten, den eviga cigarretten, som en död, så full, så borta. Dessutom var det ganska kallt i bassängavdelningen och att man lätt kunde få till exempel blåskatarr om man inte tog sin våta baddräkt av sig efter badet, det verkade Inget Herrman inte ens tänka på.

Ögonblicket var förbi.

Inget Herrman hade somnat.

Men följande morgon hade hon varit på fötter igen.

Och det var ju Sandra, inte Inget Herrman, som hade förkylt sig igen och som blev tvungen att uppsöka hälsocentralen och ordinerades en sulfakur mot akut blåskatarr.

"Sist och slutligen", hade Inget Herrman sagt, "är vi ganska hjälplösa."

Och de simmade aldrig i simbassängen mer.

Simbassängen slammade igen, tills Kenny lät tömma den och inredde sin subtropiska vinterträdgård i den.

Sandra sov i den äktenskapliga sängen. Hon sov ensam, under himlen, den vita, tyllbeklädda (ett myggnät, nyinförskaffat), mellan skära lakan. Kenny ville inte ha sängen. Kenny hade skrattat ut den redan när hon såg den.

Under Kennys ögon.

"Sandra!" ropade Kenny. "Dags att vakna! Sover du ännu?"

Inte direkt förebrående, men ändå. Sandra tryckte näsan djupare, djupare in i den mjuka dynan. Hon var blickstilla, tyst, låtsades sova fast hon var vaken.

"En drömmare i vaket tillstånd", hade "fastern" sagt på Åland. "Det

407

är vad du är. Som de andra ålänningarna."

"Upp och hoppa nu", sa Kenny. "Jag behöver hjälp."

Och det var med detta som Kenny behövde hjälp: Hon tömde simbassängen, putsade upp den egenhändigt. Med Sandras hjälp polerade hon kaklen och beundrade resultatet. Köpte sedan många dyra växter; en del tropiska, sällsynta arter. Inte för inte hade hon bott tillsammans med friherrinnan i Glashuset (som efter friherrinnans död var uthyrt genom friherrinnans släkts försorg, Kenny sa att hon inte hade något mer med det att göra). Hon planterade blommorna i stora, vackra krukor.

Det var växter som behövde mycket ljus. Hon bar ner krukorna i bassängen, riggade upp strålkastarlängor längs med bassängkanten, ett pärlband av starka lampor som fick bassängfyrkanten att stråla.

När växterna slog ut, vilket de gjorde i tur och ordning – aldrig var det någon blomma som inte blommade därnere, blommade fräckt och stort och starkt i olika färger, obscent och vitt, väldigt gult och storpistilligt – bar hon ner ett litet trädgårdsmöblemang: ett litet bord och tre gammaldags stolar med ornamenterade ryggar och smäckra ben.

"Här är den nu", sa hon. "Vår subtropiska undervattensträdgård."

Den såg ju inte klok ut, men onekligen var det ganska vackert.

"Inte är det ju alls under vattnet", invände Sandra.

Men Kenny hörde inte på. Hon hade ögonen på sina äkta make.

"Fenomenalt", sa han. "Finemang." Med en ny röst, en som kom från någonstans mittemellan passionen och tillgjordheten och nostalgin (försöket att fånga in ett gammalt tonfall och återge det med trovärdighet). Det var en röst som hade kommit till efter Kenny. En röst enkom för Kenny. Den förhöll sig till den röst som Ålänningen en gång hade använt med Lorelei Lindberg såsom riktigt fint polyestertyg till rent siden. Bara experterna, de riktigt skickliga, kan skilja det äkta och det oäkta från varandra.

Till Sandra sa han:

"Det blir nog bra." Men också för henne hade han en ny röst. En konstig pappa-röst.

Som gjorde honom främlingslik.

"Ska vi gå ut och skjuta?" Den tiden var förbi. Pappan la handen på dotterns axel där de stod på bassängkanten medan Kenny fyllde på med växter så att det såg ut som något slags specialdesignad grav.

Sandra tänkte: Jag vill fara bort.

"Den eländiga trädgården", skulle Kenny säga till Rita senare i den stora ljusa lägenheten i staden vid havet som Sandra och Kenny bodde i strax innan Sandra gick ur bilden, for sin väg.

"Det var något slags sublimering tror jag", fortsatte Kenny, och Sandra var på andra sidan väggen och lyssnade, i smyg. "Jag ville så ha barn."

Blommorna skulle småningom vissna i bassängen. Ljuset skulle inte räcka till, trots allt. Inget ljus i världen kunde lysa upp bassängavdelningen, och ändå var den den ljusaste platsen i hela huset i den dyigare delen.

"Jag är som en kossa", skulle hon säga till Rita Råtta i staden vid havet. "Gall."

Kenny så ljus, så älskansvärd.

Rita över taken. Hon hade kommit gående över hustaken, knackat på fönstret i lägenheten. Själv bodde hon i Backmanssons lägenhet i samma kvarter, så det fanns en takförbindelse mellan de båda husen, det hade hon listat ut. Och hon hade sett på Kenny som om det var världens naturligaste sak att hon dök upp sådär bara, takvägen, och sedan hade hon förklarat, att det att gå över taken, det var något hon bara hade måst pröva på.

Mycket riktigt. Kenny hade blivit bedårad av det. Som alla snygga älskansvärda kvinnor hade Kenny ett stråk i sig där hon såg sig själv som på film i flera odödliga scener. Hur Rita kom till henne och de blev bästa vänner: det här var en av dem.

Hur Rita plötsligt en dag hade hörts som en röst genom det öppna fönstret i lägenheten, Sandra och Kenny. Rita från Trakten. De hade sett ut och där hade hon varit, svajande på taket till huset bredvid, och hon hade ropat: "Kom!" Kenny hade givetvis hörsammat ropet genast. Lika självklart hade Sandra gjort en grimas och stannat inomhus.

Och sedan hade Kenny och Rita fortsatt att bedåras av varandra uppe på taket. Två stycken under en skorsten, och staden nedanför. Vilken scen, vilken historia. En berättelse som fick vingar, och den flög. Och Rita och Kenny strålade, som de gjorde annars också. I sällskap och med varandra, glittrande.

Rita hade lyckats. Hon gjorde ingen hemlighet av att just så skulle det ses på saken. Att lyckas. Hon bodde hos Backmanssons i det underbara rummet, Jan Backmanssons systers (hon som studerade danskonst i New York) före detta rum och Jan Backmansson var hennes pojkvän.

Man kopplade inte ihop henne med Trakten, tillägget i smeknamnet, "Råtta", hade fallit bort. Det fanns liksom inget i hennes uppenbarelse som anspelade på det. Hon var lång och snygg och på alla sätt, ja, man måste medge det, en sådan där ung kvinna som man sällan såg ens på gatorna i staden vid havet.

Sandra däremot, hon glömde inte.

Till exempel Solveig, Solveig som hade stått där i mörkret med den galna kusinmamman vid Benckus lada då för inte så väldigt länge sedan, dragit långa bloss på cigarretten och varit upprörd.

"Det sista hon gjorde var att stjäla min jacka och kvadda min bil. Körde den till skrot på Torpesons åker. Där lämnade hon den och liftade till stan. Tvingade sig på Backmanssons. Mitt i natten."

Rita däremot, inte gjorde hon någon hemlighet av sitt förra liv i Trakten, allt det där. Det var bara liksom inte längre aktuellt. Och när hon såg Sandra första gången så såg hon nog på henne med något som kunde liknas vid triumf, hur än förstulen. Nu är jag här. Men också den var blandad med ett slags lugn likgiltighet inför allt som hade varit. För det spelade ju ingen roll, tycktes allt med henne och i henne säga. Det är så annat nu.

Och Sandra mindes Solveig som hade flämtat med en sådan beskäftighet och pyrande indignation att den omgav henne som en hinna som man nästan kunde skära sig igenom.

"Hon är halv", hade Solveig sagt. "Vi är tvillingar. Och då är man hel först när man är två."

Men Sandra, när hon sedan kom till staden vid havet, blev hon försvarslös. Utan hud. Men det var ingen som intresserade sig för hennes hudlöshet. Hon bodde med pappa och hans nya fru i ett hus i de äldre stadsdelarna inne i staden vid havet. Pappas nya fru var, som sagt, Kenny.

Det var hon som hade valt ut lägenheten. En utsökt en med många rum. Rum rum rum och högt i tak, fönster som vette överallt. Mot havet, upp i himlen, mot bakgårdar. Men lilla Sandra. Hon hittade sig inte där.

Hon klampade trottoaren fram, i tunga vandrarkängor, segt och utan mål.

Hon avskydde staden vid havet. Den var inte stor och inte liten, i den fanns exakt en bulevard och ett par esplanader och en hel massa mänskor som gick omkring i ruffiga kläder och sneglade på varandra.

Sandra gick hem. Hon ville inte gå hem. Men det fanns ingen annanstans att gå.

Hon kom in i lägenheten, gick till sitt rum och stängde dörren. LÅSTE den bakom sig. Ändå hördes rösterna från rummet intill.

"Maskot" fnissade de. "Fel sorts hund."

Och de viskade om henne.

Var det en eller flera? Eller var det bara hon?

Rita Råtta, här igen. Kommen över taken. Och det värsta med den historien var att den var sann.

Det var Kenny och det var Rita, nu Kennys bästa väninna, i en stor ljus lägenhet i staden vid havet. Och det var Sandra, fel sorts hund. Ålänningen, hennes pappa, hade begett sig ut på haven. Igen. Bara något år efter att det nya äktenskapet hade ingåtts. "Kanske stod han inte ut med att stå öga mot öga med sin egen dödlighet." Det var Inget Herrmans analys, Inget som Sandra träffade ganska ofta i hennes lilla enrummare i utkanten av staden. Det var långa eftermiddagar då de drack vin, rött jordfärgat sådant som lyste varmt och löftesrikt när solljuset reflekterades i glasen. Det var vackert, det enda som var vackert i staden vid havet under den här tiden. "Det brukar vara en av de negativa effekterna av ett intimt umgänge mellan äldre man och yngre kvinna", fortsatte Inget Herrman. "Sådana negativa effekter talar man sällan om, särskilt inte när det är frågan om äldre man och yngre kvinna."

Och Inget Herrman drog efter andan och skrattade sitt kännspaka rosslande skratt som Sandra och Doris en gång hade förälskat sig i så mycket att de hade ägnat dagar åt att försöka imitera det, fast utan framgång. Fast det var ju så med människor som man tyckte om, man mindes inte hur de såg ut, och detsamma gällde för röster, hade Sandra och Doris kunnat konstatera då för länge sedan. "Och en kvinna som Kenny, det är ännu värre. Det är bara fyra år mellan oss men hon har en förmåga att få också mig att känna mig missmodig och lätt dement. Sådär som en äldre människa kan bli på misshumör av sin egen långsamhet och plötsliga svårigheter att klara av ens de allra enklaste vardagsfunktionerna. Vi ska alla dö. Men det är verkligen inte roligt att bli medvetandegjord om det. Kom ihåg att jag säger det här i välmening. Den unga kvinna vi talar om är min syster."

"Eller ras heter det ju", fortsatte någon på andra sidan väggen i den stora ljusa lägenheten. Och höjde rösten, så att Sandra skulle höra. Ja, Rita var det, Rita Råtta. Hon hade en enastående förmåga att hålla på sådär.

"Och, kan man fråga sig, vilken ras?"

Kenny skrattade, men glatt. Rita var råare. Kenny var inte rå. Hon kunde inte vara rå, hon var så ljus, så suverän, så älskansvärd.

Lilla Sandra. Stackars Sandra. Stackars stackars Sandra. Så torr i mun, dessutom. Fuktade sina egna läppar med sin egen våta tunga. Lät tungspetsen fastna i överläppens inbillade fåra. Och den var djup.

Processen medelst vilken Sandra förvandlades till en stum och harmynt hade börjat igen.

Det måste genast sägas att det här och det följande, en beskrivning av Sandras sista tid i staden vid havet innan hon reste sin väg, var framsprunget ur en extrem subjektivitet.

Sandras *eget* perspektiv.

Emedan det inte fanns några andra. Världen förminskades.

Det är alltså möjligt att Kenny och Rita talade om alldeles andra saker. Att Sandra bara inbillade sig allt det där på dörrens andra sida. I själva verket var det högst troligt. De hade säkert intressantare saker att ägna sig åt i sina samtal än åt Sandra som bara i sina egna storvulna fantasier var alltings intressanta medelpunkt (negativt eller positivt, den harmyntas navelstirrande, så var det igång igen). Till exempel, när Kenny sa något vänligt till Sandra, frågade Sandra om hon ville följa med någonstans (och det frågade hon faktiskt ibland, i lägenheten i staden vid havet, i alla fall i början) hade Sandra förmågan att i det som blev sagt urskilja undertoner och dissonanser.

Säger en sak men menar något annat.

"Det är viktigt för henne att vara allas vän", sa Inget Herrman. "Kanske är hon det. Jag vet inte. Om du skulle veta hur lite jag vet om mina systrar. Ska jag berätta om Eddie?"

"Du HAR berättat om Eddie", sa Sandra som hade lämnat allt det där bakom sig.

"Jo. Men inte allt. Inte någonting alls om hur lite jag förstod mig på henne. Jag tror att hon var förmögen till vad som helst. Till och med att döda."

413

Och det säger du nu, tänkte Sandra. Men hon sa ingenting. Hon drack upp sitt vin och sträckte sig efter flaskan på skrivbordet emellan dem för att fylla på. Hon drack. Inget Herrman drack.

De teg båda en stund, och bytte samtalsämne. Solen gick ner bortom hustaken, det blev mörkt och när vinet var slut var det kväll, tidig kväll, obehagligt tidig. Inget Herrman skulle någonstans, träffa någon, och hon började göra sig i ordning. Sandra däremot, vad skulle hon ta sig till en sådan kväll då det var för tidigt att gå och lägga sig och omöjligt på grund av vinet i kroppen att göra något annat? Blotta tanken på att gå hem – ja, den var otänkbar.

Det var i ett sådant humör, i ett sådant tillstånd som hon för första gången begav sig ut på jakt.

"Eddie", sa Inget Herrman. "Vi vet inte vad som hände. Men vi har starka skäl att anta att det gick till precis just så som man trodde. Jag tvivlar själv inte ett ögonblick på att Eddie var i stånd till att driva sans och vett ur dem som fäste sig vid henne. Den där pojken, Björn, till exempel. Eller Bengt. Stackars lilla Bengt.

Och det sa jag till Doris också", fortsatte Inget Herrman. "Den sista gången vi träffades. Det var i huset i den dyigare delen, förresten. Hon var där när jag kom. Och städade sa hon. Men hon var nog hemskt upprörd, alldeles ifrån sig, lilla stackare. Bara jag hade förstått... Men du vet ju hur hon var... inte kunde man tro, tänka sig.

Jag sa till Doris, för hon verkade så förtvivlad över alltsammans att hon skulle sluta grubbla över den amerikanska flickan, allt det där. Att det var över och glömt nu. Livet måste fortsätta. Så sa jag faktiskt också."

"Doris", och Ingets Herrmans röst hade stockats, "hon... ja. Och den där städningen. Jag undrade nog över den också. Dess effektivitet, menar jag. För visserligen var det snyggt och fint överallt i huset men när jag kom ner till källarvåningen efter vår lilla promenad tillsammans så då såg jag att någon hade släpat in ett par stora gyttjiga vandrar- kängor i bassängavdelningen. De stod där sådär ödesbådande vid bassängens kant. Och jag förstod ju att det var ett skämt. Det var hennes kängor. Du vet ju vilka jag menar. Ingen hade sådana som hon. Så, sedan, tog jag och putsade upp det där."

Och Sandra, på gatan, på väg till det underjordiska danshaket "Alibi", funderade på henne, den amerikanska flickan. Hur hon liksom var omgiven av henne nu, på riktigt. Hennes systrar. Och hon borde ha lärt känna henne bättre, fått veta så mycket mer om henne.

Men när det ju inte var så. Man kunde ju i och för sig säga något om en människa med utgångspunkt i hennes familj. Men själva människan förblev fortfarande något annat, det vad den var – eller hade varit. *Den amerikanska flickan.*

Gå i hennes mockasiner. Det är det enda sättet.

"Ibland undrar jag, Sandra", hade Inget Herrman sagt till sist, "vad det var som ni höll på med egentligen? Ni två, Doris och du, när ni var tillsammans?"

Skorna vid bassängkanten.

Jasså, det var så.

Ditt sista budskap, Doris. Tack för det.

Men alltså: en inte obetydlig del av den korta tid som hon bodde i lägenheten i staden vid havet ägnade hon sig åt att dechiffrera och avkoda alla de budskap som omgivningen gav henne. Framför allt Kennys och Ritas budskap, eftersom de nästan alltid var i närheten.

Fast Rita behövde inte avkodas. Hon var sällsynt, chockerande direkt. Ibland, fast det inte var behagligt, var det en lättnad. Man visste vem hon var (en skit). Man visste var man hade henne. Man visste vad man kunde vänta sig av henne (ingenting, ingenting, ingenting).

Men annars. Sa Kenny ja, var Sandra övertygad om att hon menade nej. Allt Kenny sa hade småningom bibetydelser. Också, kanske särskilt, när hon var som vänligast.

"Hon är hopplös", suckade Kenny i Ritas sällskap på andra sidan väggen. "Det finns inget liv i henne. Hon är som en död."

"Hon är besatt", konstaterade Rita, "av sig själv. Av det där lilla läppkluvna patetiska ansiktet som syns där i spegeln när hon tittar i den, vilket hon är ivrigt sysselsatt med vid alla dygnets tidpunkter."

"Vaddå läppkluven?"

"En liten harmynt flicka. Har du inte hört?"

"Nä, berätta."

Ur Träskdrottningens återkomst, kapitel 1. Var började musiken?

A: … träskdrottningen och jag; sedan for vi ut i världen för att tjäna pengar. Vi strippade i Tokyo, i Yokohama och i Alaska. Det var där, i Alaska, vi började bli lite desperata i alla fall. En beckmörk nyårsafton i en husvagn, bortom ingenting. Skulle det aldrig bli något av våra planer, vår musik? Så vi satte oss ner och fokuserade. Och sedan avgav vi våra nyårslöften. Jag skrev i min anteckningsbok för augusti månad för detsamma nya året: Wembley Arena. Det blev ju inte riktigt. Men nästanåt.

En betydande del av den övriga tiden de där månaderna i staden vid havet, innan Sandra försvann, ägnade hon sig åt att driva omkring på stan och bjuda ut sig. Hon bevistade många små, små rum där unga studerande av det manliga könet från hela landet bodde. Dessa pojkar träffade hon på ett diskotek i källarvåningen till ett av de största studentinternaten i centrum av staden vid havet. Det bara inte kan ges ett fingerat namn, det riktiga är för beskrivande; stället hette "Alibi".

Sex. Hon fick herpes och skabb och en inblick i en ny variation av ensamhet. Hon stod inte ut. Varken med pojkarna eller med ensamheten. Hon stod inte ut med de där studentkyffena som luktade enslighet och otvättade kläder, eller bara förvuxen pojke, osäkerhet och dålig sex. De flesta av pojkarna hade druckit för mycket och/eller var hemma från landsortshålor där sexualitet var någonting skamfullt och vulgärt på ett sätt som Sandra inte förstod sig på även om hon var den sista att hävda att sex var något vackert och naturligt – det var det inte alls, inte alls. Hon använde sex för att framkalla något i sig – och var det ens sex, i så fall?

Hon stod inte ut, men det var liksom det som var idén med det. Kanske mötte hon något av sig själv i de där rummen. Något som var värre än skam och promiskuitet.

Och även om det var bra – i alla fall var det NORMALT – så var det inte på något sätt betryggande. Hon insåg plötsligt bara den saken, att utan Doris-i-sig kunde hon inte leva. Det var som att skära av sig något vitalt (kunde hon säga så? "Det finns inget liv i henne", ju, "hon är som död").

Det gick inte. Hon måste leva med Doris. Det fanns ingen annan möjlighet.

När hon inte orkade med studenterna längre bytte hon plats. JAKT-MARKER som någon idiot skulle säga (Pinky?). Hon började klä sig mer iögonenfallande, måla sig på ett sätt som för den invigde inte gav utrymme för tolkningar av vad hon var ute efter. Hon ville vara "den invigda". Hon var ute efter "den invigde".

Det var på sätt och vis en lek.

Hon besökte hotellbarer och vissa kaféer vid strategiskt valda tidpunkter. Det var många hotell, men särskilt ett vars namn inte heller kan fingeras, det är så signifikativt, det hette President. Som till exempel vid lunchtid och det som i jetsetlivet hade kallats cocktailtimmen (hon hade ingen aning om det hade kallats så, men hon märkte att det roade vissa män – och det här var män, äkta vara, inga förvuxna glopar och det var hon tacksam över – när hon satt och talade sådana där dumheter om mamma och pappa och hon själv på mellaneuropeiska skidsportorter i det intressanta jetsetlivet och hur svårt det var att anpassa sig i en vardag på ett annat ställe efter det. Efter ett sådant liv).

Ibland följde hon med till hotellrum, ibland bara till toaletten, ibland till bilar som var parkerade i parkeringshus under stadens höga byggnader. Ibland sa hon nej just då det började brännas. Ibland låtsades hon till och med bli moraliskt indignerad.

"Men vad sitter du här för då?"

"Jag väntar på pappa", pep hon.

Ibland sade hon något långt och obegripligt på franska.

Pengarna som hon förtjänade la hon i ett kuvert som hon förvarade mellan fodringen i sin kappsäck (den enda riktiga, som hon fortfarande släpade med sig). Ungefär det mest uppenbara gömställe som finns, och mycket riktigt, när pengarna en dag strax innan hon lämnade den stora lägenheten i staden vid havet var försvunna var hon inte ett dugg förvånad.

Först sparade hon pengarna alltså.

Inte till något speciellt. Sparade dem annars bara.

Hon hade ju allt man kunde ha.

Och hon hade också inlett studier vid universitetet. Hon hade skrivit in sig vid en ämnesinriktning vid den fakultet där det hade varit lätt att komma in. Hon hade deltagit i inträdesförhöret men inte behövt göra så mycket mer än svara på frågor kunnigt och utförligt. Kunnigt, på det viset, det var ju ingen konst. Det var bara att läsa – eller hitta på.

Inget Herrman skulle kanske ha vridit sina händer i förtvivlan om hon hade vetat om hur illa det gick med Sandras studier. Det hände sig att Sandra mindes: Inget Herrman på bassängkanten i huset i den dyigare delen, de där dagarna Ålänningen var borta och ingen riktigt visste vad han hade för sig. Men snart skulle de få veta. Han skulle komma hem. Nygift.

Med Inget Herrmans syster, Kenny.

"Jag kan inte vara din mamma", hade Inget Herrman sagt. "Men se mig lite som en gudmor. Din goda fe."

Inget som hade föreläst för henne om vikten av planmässighet och målmedvetenhet, vikten av att ha tankarna koncentrerade på den uppgift som är för handen och inget annat, vikten av att ha mål, såväl delmål som stora, övergripande, prydligt nerskrivna på ett papper eller i ett häfte.

"Tiden väntar inte på dig", hade Inget Herrman fortsatt, senare, i sitt arbetsrum i staden, i början av hösten. Hon hade tänt en cigarrett och höjt sitt glas med det gnistrande jordröda vinet i: "Skål, Sandra. Så är det. Det finns de små och avgörande ögonblicken. Innan du vet ordet av har du upplevt dem. Innan du vet ordet av är de förbi. Innan du vet ordet av har de tagits ifrån dig. Om du inte håller i dem. Så är det Sandra. Innan du vet ordet av... Du ska inte slösa bort din tid."

Och Inget Herrman hade slocknat på sin säng, en madrass i ett hörn av rummet i den lilla lägenheten som låg i utkanten av staden. Fast då var hösten redan ganska långt liden.

Kvinnor i undantagstillstånd. Det hade börjat så annorlunda. Tidigt på hösten, hon hade sökt upp Inget Herrman i hennes arbetsrum och Inget Herrman hade erbjudit henne jobb, hon hade varit full av bestämdhet, planer och energi. ("För övrigt tränar jag maraton. Det är ett tungt och intensivt program.")

"Jag ska skriva min avhandling pro gradu", hade Inget Herrman meddelat henne redan i slutet av sommaren då det hade blivit klart att Sandra och Kenny skulle flytta, och Ålänningen också, i och för sig, men Inget Herrman hade inte precis rynkat på näsan när det lika fort hade klarnat att Ålänningen skulle ut på de sju haven igen.

Inget Herrman tyckte att det var bra att Sandra skulle flytta till staden vid havet där hon själv hade sin kombinerade bostad och arbetslya för då skulle Sandra vara nära till hands.

"Jag erbjuder dig ett jobb alltså. Innan jag tar itu med doktorsavhandlingen måste jag skriva min licentiatavhandling men framför allt ha slutfört min avhandling pro gradu. Jag har ett stort material. Jag behöver hjälp med att sortera det.

Jag ger dig ett erbjudande som du inte precis baxnar av ekonomiskt.

Men vad jag i gengäld kan erbjuda", fortsatte Inget Herrman storsint, "är gott sällskap."

Inget Herrmans material. Det var papper det. På den punkten hade man inte skäl att bli besviken.

Allt från prydligt skrivna arkivkort, stora och små, små lappar med olika mer eller mindre läsliga handstilar som Sandra lärde sig att känna igen och till och med tyda, anteckningar på servetter, på reklamblad eller på kuvertbaksidor. "Man kan få ett uppslag precis var som helst och när som helst", förklarade Inget Herrman.

Det var avtalat att Sandra skulle arbeta hos Inget Herrman tre dagar i veckan på förmiddagarna, då Inget Herrman hade "dagens första arbetspass" på biblioteket.

Detta första arbetspass varade från klockan 9.30 då biblioteket öppnade till klockan 12.30, varefter Inget Herrman hade en kort lunchpaus innan det var dags för dagens andra arbetspass.

Inte sällan kom Inget Herrman hem redan vid det andra arbetspassets början eller till och med i slutet eller rentav i mitten av första arbetspasset. I alla fall, medan Sandra ännu var där, och inte sällan hade hon med sig en eller flera flaskor tungt, rött vin som de bälgade i sig medan de pratade. Och pratade.

Det var nästan alltid Inget Herrman som pratade.

Men det var på ett annat sätt än det där andra pratet, tisslet tasslet i lägenheten, den stora ljusa, rösterna utifrån och inifrån huvudet som hotade att sprätta upp läppen på en så att det syntes, det var ingen lek – om världen var en klyvnad så var världen en klyvnad men man kunde inte befinna sig i denna klyvnad om man inte ville utplånas och dö.

Och Sandra ville inte utplånas, hon ville inte dö.

Doris-i-henne, som borde ha varit en vän och en bundsförvant, bara skrattade och frågade underliga saker.

Inget Herrmans prat; ett prat man kunde vara i. Eftermiddagarna i Inget Herrmans forskarlya. Ett ljust minne. Inget Herrman som höjde rödvinsglaset så att eftermiddagens alla klara solstrålar som sipprade in genom fönstret samlades i glaset och reflekterades i glitter, glitter.

Skål. Dräglighet.

Och vad de talade om. Allt möjligt. Ingenting. Om Kenny och Ålänningen och deras krackelerande äktenskap. Inte mycket, men lite.

Om Inget Herrmans Liv, som lät så spännande och händelserikt då i början – med maratonträningen och doktorsavhandlingen och filmkritiken och essäboken och allt det andra.

De talade om "gamla tider". Om Kvinnorna och huset på Första Udden.

"Vad gör de nu?" frågade Sandra och tänkte på Kvinnorna i huset på Första Udden, Eldrids sinnesresår.

"Planerar första menstruationsritualer. För sina döttrar.

Nä skämt åsido. Hankar sig fram. Försöker slutföra sina studier.

Och nä", sa Inget Herrman, för det var ju inte riktigt sant. "Det finns ju också de som *gör* något." Laura B-H, som nyss hade slutfört och haft succé med sin stora kärleksroman som utspelade sig under fyra århundraden och över sexton kontinenter. Eller Anneka Munveg, som man fortsättningsvis kunde se på teve. Det vill säga om man orkade knäppa på den.

Gitte knäppa på den.

Men Inget Herrman, hon hade ju ingen teve. "Det finns alldeles för många goda böcker att läsa." Som hon också brukade säga. Men allt mer dröjande.

"Jag vet inte", sa Inget Herrman och såg bara tröttare ut och boken föll ur hennes hand och det var som om Inget Herrman under ett kort ögonblick faktiskt såg sin egen narcissistiska futtighet i kontrast till de stora världarna, idéerna och perspektiven. Allt det viktiga. Allt som hade varit det.

Eldrids sinnesresår.

Resorna, de världs- och sinnesomvälvande, inte nödvändigtvis geografiskt, men i rum och tid.

För det var ju det det handlade om, sist och slutligen: inte om huruvida man ville eller inte ville marschera i tåg, utan huruvida man ville tro på en förändring.

"Jag vet inte", sa Inget Herrman.

Under den här tiden var Inget Herrman fortfarande en "högst tilldragande kvinna" som Ålänningen också hade brukat karakterisera henne som, vid sidan av "härlig" och det där.

Ibland låtsades hon sluta dricka. Tog på sig sina ytterkläder samtidigt som Sandra och sa att hon behövde ta sig en promenad i friska luften innan hon inledde kvällens arbetspass. Varenda idiot kunde ju se på henne att hon var på väg till krogen. Och ibland brydde hon sig inte alls om att dölja det.

"Och i vissa tillstånd dricker jag. DRICKER jag."

De talade också, i allra vagaste termer, om Sandras framtid. Inget Herrman fortsatte att ge Sandra goda råd. I sina sedvanligt allmänna ordalag. *Och inte var det fel på de där råden, Inget, det var fel på mig.*

Målmedvetenhet, planmässighet.

Men det var innan Sandra, bland Ingets saker när Inget inte var där, gjorde upptäckten av ett visst brev. Doris sista brev.

Som Inget inte hade öppnat ens. Det låg där bara, bortglömt, bland ännu en påse insamlat material för Inget Herrmans avhandling pro gradu.

"Kära Inget,

När du läser det här har jag skjutit en kula genom mitt huvud…"

Hon hade alltså inte sprättat upp det, Inget. Det var Sandra som gjorde det, till sist. Ensam i Inget Herrmans arbetslya. Och sedan flydde hon.

Men när hon ett par veckor senare ångrade sig och försökte få tag på Inget Herrman igen, hitta henne, för att berätta allt, var det för sent.

Inget Herrman var inte i sin arbetslya. Inget Herrman stod till en början inte att finna någonstans.

När alltså Sandra sedan, en av de allra sista dagarna innan hon tog sitt pick och pack och gick ombord på färjan till Tyskland, skulle söka upp Inget Herrman i hennes lägenhet var det en människa som hon aldrig hade sett förut som öppnade. En sådan där pojke, yngling, som hon i alla fall kände igen, på något sätt. Han var som en av de där pojkarna som hon brukade, som det hette, "plocka upp" på ett danshak hon besökte ibland, det låg under jorden och hette, alldeles på riktigt, "Alibi".

Inget Herrman bodde inte där, sa han. Han kunde inte heller säga var hon var. Ingen aning.

Han hade hyrt lägenheten via en annons på universitetets anslagstavla. Han kom från en annan stad och var mest glad över att ha kommit över en lägenhet så enkelt. Det hade varit kö till lägenheten, men han hade varit först.

Hon, Sandra, hade blivit stående i trappuppgången. Sedan, plötsligt, oförhappandes också på något sätt för henne själv (hon visste faktiskt inte varför hon sa det), hade det runnit ur henne:

"Får jag komma in i alla fall?"

Med ett tonfall som inte lämnade utrymme för några tvivel.

Han hade sett frågande ut ett ögonblick, sedan liksom med tillåtet äckel – hon kom plötsligt ihåg Pinky, för länge sedan, en morgon i köket i huset i den dyigare delen, "bli aldrig en sådan där hora, de bara föraktar dig i längden" – mumlat, mycket fort:

"Vi köper ingenting." Och dragit fast dörren med en smäll som hade fått den trånga, mörka trappuppgången att virvla.

I flera minuter efteråt.

Sandra hade satt sig ner där, nämligen, förvirrad, utan några som helst hållpunkter för något över huvud taget.

Sedan hade hon hämtat sig igen och fortsatt.

Snobb. Hon hade släntrat nerför trapporna och ut på gatan.

Hon skulle stöta på samma pojke ett par gånger till. En gång till på det underjordiska danshaket "Alibi", som hon gick till exakt en gång till innan hon försvann, bara några dagar innan: inte väl, kunde man tänka, för att ta farväl?

Hon skulle stå vid baren och plötsligt känna armar om sig, bläckfisk-lika överallt, ölstinkande andedräkt i örat. Hon skulle vända sig om blixtsnabbt och först inte känna igen honom. Han skulle sluddra om någon flickvän som varit på besök den gången i lägenheten. Men Nu, skulle han säga och ta tag i henne igen, och hon skulle få slita sig loss och försöka fly till wc:t men han skulle vänta på henne också där utan-för. Ett slag skulle hon tro att det var omöjligt att bli av med honom. Han skulle inte heller vara "snäll". Han skulle vara upphetsad och själv-sváldig som om han visste VAD han hade att göra med.

En ähum. Som Bombnedslaget Pinky Pink.

Också senare, på universitetet, skulle hon stöta på honom. Så många gånger de där sista dagarna hon fanns kvar i staden vid havet, att hon skulle börja undra om han var verklig eller något slags galen sinnessjuk hallucination i stil med dem som den franska filmskådespelerskan Ca-therine Deneuve upplevde i filmen "Repulsion" som skildrade en ung och sällsynt vacker kvinnas stegvisa nedstigande i galenskapen.

(Men om han inte var en hallucination, vad var han då för slag? Ett omen? Doris-i-Sandra hade roligt, eller hade hon? Ibland kunde San-dra inte längre skilja Doris-i-hennes skratt från Doris-i-hennes gråt. Det lät så lika.)

Filmen "Repulsion" hade hon sett i Ritas och Kennys sällskap några veckor tidigare, på Filmarkivet. Rita och Kenny älskade sådana där fil-mer där långa, bildsköna unga kvinnor som liknade dem själva blev tokiga eller intensivt visade sina känslor på olika subtila sätt – för det mesta ingick i sjukdomsbeskrivningen eller i känsloregistrets intensitet att de måste börja slita av sig kläderna i de centrala scenerna.

Sandra erinrade sig igen Inget Herrman: "Kenny har inte haft någon barndom. Hon har så mycket att ta igen."

Fast framför allt gillade de ju att gå på Filmarkivet, dit alla som var något i de kretsar som räknades skulle gå på den tiden. Och Sandra,

Sandra hängde på. Ibland var det faktiskt så. Hon ville inte. Men hon hade inget annat att göra, ensamheten blev för stor. Hon hängde på.

Men ynglingen. Den osäkra, blyga, skinntorra, obehagliga studenten. Ibland fick hon för sig att han förföljde henne, det var ju möjligt, men hon skulle aldrig få klarhet i den saken medan hon var kvar. Om de möttes, till exempel på universitetet, skulle hon se förbi honom, inte låtsas om honom. Det underliga var att det skulle han också göra. Han skulle verkligen inte ge någon som helst ledtråd till att det var han, samma person, som hade sprungit efter henne i berusat tillstånd på stadens gator samma natt som hon försökt skaka honom av sig på det underjordiska danshaket "Alibi".

Men han skulle finnas där. Överallt.

Kanske var hon tokig. Inte på Catherine Deneuve-sätt.

Utan på ett alldeles eget, osynligt, osubtilt vis.

Det Harmynta sättet, fyllde Doris-i-henne i.

Ja, ja, Sandra kapitulerade. Och sen, när man hade kapitulerat, var det liksom bara att köra på.

Då blev det som hon sa. Den Harmynta är här igen. Men alldeles utan kraft och energi. Tokig bara. Innesluten i sin egen tokighet.

Till exempel den gången, den allra sista gången hon träffade Inget Herrman innan hon gav sig av (då hon redan gett upp allt hopp om att träffa Inget Herrman igen: Kenny påstod att hon drev omkring på gatorna i dåligt skick, hon hade vänner som hade sett Inget Herrman, och Kenny sa bekymrat att hon så önskade att man kunde göra något för henne. Men inte blev det något av det heller. Göra eller inte göra. Inte kunde man göra något för en människa som man inte ens visste var hon fanns) då kunde det lika bra ha varit en del av Sandras inre landskap som höll på att driva iväg utan hållpunkter, utan reson, det insåg Sandra själv. Men att det var verkligt gjorde det hela bara ännu mer förvirrande och tokigt.

ÄR det såhär, har allting tiltat? På riktigt, i verkligheten, skulle hon ha velat fråga någon men det fanns ingen att prata med nu när också Inget Herrman satt där i trappuppgången i universitetets andra huvud-byggnad och bräkte. Och det var Inget Herrman som hon hade vänt sig till, då tidigare. Inget Herrman som hade sagt det där åt henne: "Se mig lite som en mor. Jag kan hjälpa till. Försöka... ge skydd."

Och hon hade sett på Sandra som hon brukade när hon menade vad hon sa. Sandra hade inte tvivlat. Inte då. Inte senare.

Det var bara det att – se också det i vitögat – det var ingen mamma hon behövde nu. Det var helt enkelt ett brev hon måste visa. Ett brev till dig. Doris sista brev.

"Jag tog det av dig. Jag skulle ge det till dig. Men. Här är det nu."

Men det blev inte så, inget sådant laddat möte. De här veckorna som hon försökte leta upp Inget Herrman, utan resultat, men bara tycktes hamna i armarna på den förvuxne ynglingen hela tiden, hade hon för-sonats med tanken på att berätta allt. Om leken, lekarna.

Men vad skulle Doris ha sagt om hon hade vetat om brevet, att det var oöppnat? Hon måste visa det för Inget Herrman, prata om det också. Hon måste. Var inte alltsammans också väl ironiskt?

Och höjden av ironi. För plötsligt alltså, en dag, hade Inget Herrman varit där.

I trappan. Det var alltså en trappa, en annan trappa, en vanlig men en av de allra längsta i universitetets nya huvudbyggnad. Det var en trappa som löpte runt, runt genom huset ända upp till högsta våningen strax under taket där institutionen för teckning låg och dit Kenny ibland gick för att teckna croquis.

På tredje våningen hade Sandra Muntlig framställning den här ter-minen och inte visste hon om hon var på väg till just den lektionen då hon plötsligt denna eftermiddag befann sig i trappan. Inte visste hon: just så konstlat skulle det sägas. De senaste dagarna hade hon drivit omkring på det sättet. Från gatorna där hon gick omkring, gick och gick i sina tunga vandrarkängor, till hotellens lunchkaféer, till universi-

426

tetet, men allt mindre i någon planmässig eller vettig ordning. Det kunde faktiskt hända sig att hon befann sig i fel sorts kläder – kläder värdiga en stripteasedansös på lektionerna i muntlig färdighet, i kängor på hotellbarer, och vad man inte fick då var "napp" (eller hur det skulle sägas), man blev knappt insläppt ens.

Just den här eftermiddagen då hon nästan snubblade över Inget Herrman och en som hon visste kallades Fågelmannen, var hon klädd i Hotellkläder, en stripteasedansös på vingligt höga klackar på väg till Muntlig färdighet i tredje våningen. Men hon kom inte vidare alltså. För i trappan satt Inget Herrman och Fågelmannen, drack vin och var i vägen. Och det var ingen galenskapshallucination, det kunde hon svära på, det var på riktigt.

"Schh Sandra", sa Inget Herrman som genast kände igen Sandra trots kläderna, trots allt.

"Vi sitter här och väntar på vår Professor. Vi ska tala ett allvarets ord med honom", väste Inget Herrman men nog alldeles tillräckligt högt så att det mer eller mindre ekade överallt. "Vi har nämligen en bestämd känsla av att han drar oss vid näsan vid granskningen av vår avhandling pro gradu."

Och medan hon sa det, den subjektiva känslan i Sandra, av att allt hopp var ute.

Kanske såg Inget Herrman Sandras öppet olyckliga, desperata min för sedan ändrade hon tonfall och liksom låtsades tala vanligt, som om hon hade full kontroll över en bisarr situation som man i själva verket inte kunde ha någon kontroll över alls.

"Jag har min bohemiska period", väste Inget Herrman. "Säg inget till Ålänningen. Har du pengar? Jag är pank. Kan du låna?"

Och det hade ekat överallt och Sandra hade fumlat i fickorna efter sedlar, slantar, men Inget Herrman hade ryckt till sig hela hennes väska.

"Låt mig!"

Och Sandra hade försökt slita väskan åt sig.

Men Inget hade börjat sjunga, eller nynna på en bisarr liten låt medan hon grävde i Sandras väska efter sedlar, slantar.

Och medan Inget Herrman sjöng och plockade slantar ur Sandras väska, hårdhänt, så att pennor och saker, till exempel papper, till exempel brevet, flög omkring, kom ynglingen. I trappan. De var i vägen, ett ögonblick, alla tre (Sandra, Inget, Fågelmannen). Han såg på henne, Sandra, och kände igen bara henne och lyckades sedan tränga sig förbi. Sa ingenting, men då, i det skedet, behövdes ju inga ord.

Och sedan var vaktmästarna där och skulle köra ut dem alla. Inget Herrman var inte på humör att ta emot några order från någon och tänkte inte ge sig utan en fight. Då såg Sandra sin chans och sprang sin väg, ut. Kolliderade med folk i svängdörrarna och rusade nästan rakt i famnen på två stycken långa, vackra, suveräna. Rita, på väg på en av sina föreläsningar och, ja, förstås, Kenny.

"Åhå. Vart har du så bråttom?" frågade Kenny vänligt när Sandra hade landat ungefär i famnen på henne, men det var för mycket, det var tillräckligt.

Nu räckte det med allt!

Sandra slet sig loss och sprang sin väg, skenade genom staden, som man gör när man skenar. Är på väg framåt i hög hastighet, men utan att veta vart.

Och Doris-i-Sandra skrattade.

Hon hade verkligen roligt nu.

Du håller på att bli riktigt knäpp.

De banden som vi knöto, dem ingen lossa kan.

Då hade det redan hänt. Inget Herrman hade slängt brevet själv, bland många många andra papper. Strittat omkring sig det i den höga trappan i nya universitetsbyggnaden utan att någon hade kunnat förhindra det.

Doris, Doris, du skulle bara veta –

"När du läser det här har jag…"

Till havet, ja, hade hon sprungit. Det så glittrande. Och hon mindes en annan gång, för många år sedan, på en annan planet i ett annat liv.

En midsommardag med Doris Flinkenberg och Inget Herrman. Hur de gick över Andra Udden, ner till strandboden och hur havet plötsligt öppnade sig framför dem, så nytt och glittrande. Och Inget som berättade för dem om den amerikanska flickan.

Ljusblått glitter, vattnet som speglade sig i Glashusets vidunderliga fasad.

"Gå på vattnet för mig, idiot", viskade Doris-i-henne på sitt överspända sätt.

"Du är bara", sa Sandra till Doris-i-sig, "inte riktigt klok."

Och nu seglade den upp, slutgiltigt. Bilden av de två, Sandra Natt och Doris Dag (och vice versa) som visste allt och kunde. Flickorna i leken med Ensamheten&Rädslan i grön målfärg över magarna på tröjorna som Sandra hade sytt åt dem.

Hur de i alla fall hade trott att det låg något oövervinnerligt i det.

Alltings futtighet, i stället. Stå öga mot öga med den. Sipprar mellan fingrarna.

Pang. Doris sköt sig.

Doris skrev ett brev till Inget Herrman.

Ett brev som Inget Herrman aldrig läste. Aldrig sprättade upp, det blev där bland hennes material för avhandlingen pro gradu.

Alltings leda futtighet.

Det var synd om Doris.

Det var synd om Sandra också.

Mamman vid havet. Kom, kom till mig. Den lockande, lockande Lorelei, som hon i dikten. På Åland. "Fastern." Stod vid ett fönster.

"Kom till mig."

Den hemligaste berättelsen

Såsom Rita berättade den för Kenny i ett rum i en lägenhet i staden vid havet, mitt på natten, medan Sandra tjuvlyssnade i tamburen utanför, i pyjamas, i skohyllan, bland uteskorna.

"... Till somliga barn som är ensamma eller bara i behov av spänning, uppmärksamhet, ett stänk av en sällsamhet, om än självgjord eller inbillad, kommer en Pippi Långstrump i kolt och med röda flätor, en Mary Poppins med paraply och fästman med pillerhatt och randiga kostymer. Till oss, Solveig och mig, kom, kanske lite för sent i livet, vi hade ju redan fyllt tio år, en fröken Andrews.

Vår gudmor. Det var vad hon sa om sig själv i alla fall, att hon ville vara för oss. Vi döpte henne. Vi älskade det namnet. Hon tyckte också om det. Hon sa 'frööcken Andrews'.

Solveig och jag, vi brukade hålla till i trädgården utanför det tomma huset på Första Udden, i den förfallna trädgården, den i engelsk stil. Det betyder att allt i den är på pricken uträknat och planerat på förhand, fast det inte syns, för intrycket ska vara ett av vildvuxenhet. Bland annat det lärde hon oss, fröken Andrews.

Hon pratade mycket om sitt intresse för trädgårdar, 'inte nödvändigtvis det praktiska arbetet, det kan vara väl enformigt ibland och det finns ju trädgårdsmästare för det', men för idéerna bakom helheterna, själva tankarna. Hon berättade om sin egen vinterträdgård som hon hade lagt ner så mycket arbete på. Vi var, ja, fascinerade. Fröken Andrews väckte i oss en massa saker. Längtan, vilja och begär. Allt det redan innan vi visste vem hon på riktigt var, varifrån hon kom.

Sådant pratade vi inte om de där morgnarna vid Bule träsket då fröken Andrews lärde oss engelska och vi i gengäld lärde henne simma; det var en bytesaffär. Vi ställde heller aldrig några frågor. På något sätt lärde vi oss tidigt att det var viktigt att vi inte skulle ställa frågor. Att det gällde att vänta tills hon själv skulle berätta. Ibland väntade vi förgäves: då måste vi bara nöja oss med det.

Men det här var före allt. Det var före Eddie, den amerikanska flickan som hon kallades i Trakten, allt det där. Det var före Doris Flinkenberg också, i begynnelsens begynnelse. På kvällarna, i mörkret, vi befann oss på en bestämd plats i trädgården på Första Udden där det fanns en glaskula. Från den platsen hade man utsikt över hela Trakten. Man såg kusinhuset, där det lyste i köket hos kusinmamman som alltid. Hon var i köket, med tidningar, korsord och sitt bak, det var tryggt att veta. Senare på kvällen, alltid vid samma tidpunkt, ropade hon in oss. Alla sina 'pojkar' vilket inbegrep flickorna, det var bara så som man pratade i Trakten, för kvällste i kusinhuset. Bengt, Björn, Solveig, Rita. När kusinmamman kom ut på trappan och ropade ut i skymningen: 'Pojkar, hemdags nu', började alla från sina håll röra sig mot det matta ljuset i köksfönstret i kusinhuset. Det lyste varmt som en lykta i en dal.

Sedan, när Björn var död, förändrades ju det också. Bengt kom inte längre in. Kusinmamman förde te i termosflaska och smörgås i korg åt honom till ladan. Solveig och jag, vi höll oss i stugan för oss själva. Till en början i alla fall, för att vi var vettskrämda. Och ja, när Doris kom, blev allt så annorlunda. Det var inget fel på Doris Flinkenberg, bara lite tungt att orka med henne efter allt som hade hänt.

Men därifrån, från trädgården på Första Udden, såg man ju också annat. Till exempel den stora skogen, som började bakom Första Udden, den som den engelska trädgården omärkligt gick över i. En bit in i skogen, träsken. Första, Andra, Tredje, Fjärde. Och det enda av träsken som hade ett riktigt namn, Bule träsket, där den allmänna simstranden fanns ett kort tag innan den flyttades till en sjö väster om kommuncentrum.

Längre i norr (utom synhåll men man visste att de fanns) de bortre träsken därifrån den frusna och sönderslagna Doris Flinkenberg kom; hon som hittades i huset på Första Udden invirad i en filt."

"... Men i trädgården, det fanns ju också andra hållet. Andra Udden med bostadsutställningen, det var första året efter den. Husen var sålda men livet på Udden ännu nytt; Bencku var tokig i Andra Udden och husen där, han kunde allt om dem och det var viktigt för honom att det skulle vara så, att han var delaktig, att han var med. Men Solveig och jag, vi brydde oss inte om Andra Udden, havet nog, men som ett vatten att simma i – det där första året grämde vi oss mest över att allmänna simstranden i klippviken på Andra Udden hade blivit flyttad till Bule träsket för att området nu var privat. Fast grämelsen gick snabbt över. Bule träsket hade också sina sidor. Det blev ju också intressant sedan, när fröken Andrews kom.

Men det var alltså en kväll, ett tag efter att vi hade träffat fröken Andrews i den engelska trädgården, och vi tittade oss omkring. Då ropade Solveig mitt i allt:

'Titta då! Där är hon! Fröken Andrews!'

Det var alltså vid Glashuset på Andra Udden, strax utanför. Det var friherrinnans hus. Och fröken Andrews – hon var friherrinnan själv. Det var hon som bodde i Glashuset; det var ju en märklig upptäckt. Först blev vi mycket upphetsade över den.

Men det var såhär det började, lite tidigare, det var såhär vi mötte fröken Andrews vid Bule träskets strand. Det var en tidig sommarmorgon och vi hade stigit upp redan klockan fem för att simma. Vi skulle bli simmäss, det var vår plan. Inte en direkt hemlig plan, men nog inofficiell på så vis att ingen av oss ville tala högt om den. Då lät det dessutom så platt.

För att bli simmäss krävdes träning, träning, ännu mera träning, och ett disciplinerat liv. Det gällde också att strunta i alla yttre faktorer, som hurdant vädret var och om det var kallt i vattnet – i början av sommaren var det alltid minst sagt iskallt i Bule träsket. Där är djupt och det ström-

432

mar hårt. Men man vande sig vid kylan och vid strömmarna. Vi hoppade med huvudet före från Loreklippan, lärde oss höga hopp för damer alldeles på egen hand, jag och Solveig, fast Solveig var den bättre av oss båda. 'Det är bara vi två', sa Solveig och hon sa det hela tiden redan då.

Vi var i full gång med vår morgonträning när det hände. Hon kom ur buskarna, buller och brak, som ett djur. Vi trodde först att det var en älg eller något, men innan vi hann bli ordentligt skrämda var hon där framför oss, presenterade sig inte men frågade, närmast bistert och strängt, vilka vi var och vad vi gjorde där.

Vi var ganska överrumplade. Såhär såg hon ut, fröken Andrews: Hon var kanske 50–60 år, vi tänkte gammal båda två, Solveig och jag, och ljus. Ljus i håret, ljus i huden, spenslig, tanig och liksom seg som vissa välbibehållna damer är, du vet. Hon talade snabbt och nervöst och drog inte efter andan mellan meningarna. Och ofta rann det svett i hennes ansikte, kinderna och pannan blossade. Som av upphetsning i lek – en vuxen lek.

Vi skulle lära oss om fröken Andrews att hon också hade andra sätt att tala. Inte alldeles annorlunda, men många olika röstlägen för olika situationer. När hon var en annan på andra platser, dem vi inte hade tillträde till. Fast det förstod vi först sedan. Platser där hon inte var det hon sa att hon ville vara för oss. Vår gudmor.

Men då allra först hade Solveig som har en högt utvecklad känsla för rättvisa blivit riktigt irriterad.

'Mig veterligen råder det fortfarande allemansrätt i det här landet.'

'Jasså, den allmänna simstranden är HÄR', grymtade fröken Andrews glatt till svar. 'Då har jag kommit rätt i alla fall.'

Och det var så det började.

Vår gudmor. Fröken Andrews. Hon sa att hon älskade vatten och vattenlekar men att hon inte kunde simma. Skulle vi ha något emot att lära henne det? I gengäld skulle hon lära oss vad hon kunde och det var mycket det, till exempel det engelska språket. Med Oxford Pronounciation, dessutom.

'You must understand girls', sa fröken Andrews där hon stod i sin badkappa och sina fotvänliga träsandaler, 'that I am the only one here who speaks proper English.'

Och, o du milde, hur det lät i tystnaden vid träsket. Det lät exotiskt. Det lät knäppt.

Och hur vi flickor stirrade på henne och inte visste om vi skulle skratta eller vara imponerade. Å ena sidan var det ju som om älgarna hade gnäggat i skogen av munterhet, å andra sidan var situationen samtidigt så öm, så innerlig. Fröken Andrews var dessutom en människa som uppenbart ville oss något, just precis oss.

'Av va ma hä?' utbrast Solveig på den utpräglade traktsdialekt hon sällan annars talade.

'Nu är det jag som i min tur har svårt med hörförståelsen.' Fröken Andrews la huvudet på sned och plirade humorfullt med ögonen.

'Hon säger', sa jag, full i skratt, för vi använde oss av Traktens språk på skoj, 'att nu förstår hon inte alls.'

'Det betyder alltså', sa fröken Andrews, 'att jag är den enda här som talar riktig engelska. Fast snart behöver jag ju inte vara det.' Och blinkade med ögat. 'Om ni vill, förstås.'

'Framtidens språk', ropade fröken Andrews och slängde av sig kläderna. Sekunden därpå stod hon framför oss på strandberget i tantbehå och jättestora underbyxor.

'Kom', ropade hon till oss och slog sig på sitt lår. 'Plums i böljan.'

Och sedan – vi trodde alltså inte våra ögon – slängde hon behån, hoppade ur jätteunderbyxorna *säger ni inte undersbyxor här i Trakten* och sprang sprättnäck ut i vattnet med ett skri som ekade vilt i naturen som omgav träsket där kanske också andra ögon fanns.

I vattnet med fröken Andrews. Och Solveig efter. Och jag. Och sedan plumsade vi omkring i strandvattnet och försökte metodiskt strukturera upp det undervisningsuppdrag vi hade för handen.

'I morgon', sa fröken Andrews när hon gick sin väg med den röda handduken i turban på huvudet, 'är det lektion igen.'

Vi förstod ju genast att hon var delvis knäpp. Men det gjorde ingenting. Vi var ju dessutom ganska lättroade, Solveig och jag. Inte var det ju varje dag som vilt främmande tanter dök upp och ville en något speciellt. Vi tyckte om henne. Milt sagt. Det skulle bli värre med den saken. Tyvärr.

'Cat is running after mouse. Mouse is running round the house.'

Och vi studerade. Och fniss fniss fniss och fniss. Följande morgon var hon tillbaka igen. Och följande. Ett bra tag höll vi på så och allt var bra.

'Och så, flickor, konversation.'

'Och så, flickor, plums i böljan.'

Fröken Andrews. Vi lärde henne grodsim, crawl och fjäril, i alla fall grunderna till dem och mestadels på torra land. Det blev så stökigt i vattnet; när det gällde att vara i vattnet visade det sig att fröken Andrews hade svårt att omsätta det som hon kallade för 'teorin' i någon som helst praktik.

Hon försökte nog inte heller så mycket.

'Strömmen tar mig', spexade hon. Och upp och visa brösten.

Men ändå, såhär kunde man minnas fröken Andrews när hon var som bäst:

'Det här är nog ett hopplöst företag, ungar', ropade fröken Andrews ur vattnet till oss när hon glömsk av inlärningsprocessen fäktade med armarna och benen och den nakna stjärten fånigt tittade upp som i grissim ovanför vattenytan mellan simtagen. Fröken Andrews envisades med att simma näck på grund av eurytmiska principer.

Som sagt. Det var knäppt, hon var knäpp. Men vi var lojala med henne, stenlojala.

Vi fick vårt eget liv. Det var ett liv som emotsade så mycket av det liv som fanns i kusinhuset eller i Trakten överhuvudtaget. Det var betydelsefullt. För betydelsefullt för att yppas för någon utomstående.

Så hon behövde inte precis be oss att inte berätta om hennes existens för någon, det var ett slag vår viktigaste hemlighet.

'Grip dagen', sa hon också. 'Ni kan göra vad ni vill.'

Hon lärde oss att man kunde spränga ramarna och göra vad man ville. Vad som helst.

Och hon berättade, på engelska, för oss om Ponderosa, den där gården i Amerika där du och de andra som var hennes systerdöttrar bodde; hennes riktiga guddöttrar, sa hon. Hon berättade om sina systerdöttrar, om dig och Inget och Eddie, som en saga, med det där perfekta oxford-uttalet, och vi lyssnade, men egentligen inte så andäktigt som hon kanske tänkte sig. Jag menar Amerika, Ponderosa, det sa oss ingenting. Men kanske var vi också lite avundsjuka på er redan då.

Det var ju alldeles tydligt att ni, de riktiga guddöttrarna och syster-döttrarna, ni slog oss med hästlängder, det rådde vi inte på."

"Inte bodde vi på någon gård, Rita", fyllde Kenny i då. "Du milde, Rita, så den där människan kunde hitta på. Hon hade bara en massa idéer om oss, från början menar jag. Hennes idéer, alltså. Hon var så full av dem att hon inte ville se. Nå, berätta nu, jag vill höra det till slut. Fast jag tror att jag vet –"

"Men sedan då", fortsatte Rita, "började det gå fel. Det började med att vi såg henne i Glashuset och förstod vem hon var. Att hon var fri-herrinnan. Från Glashuset. Det förbannade huset. Ett av Andra Uddens allra finaste."

'Hon har lurat oss', sa Solveig när vi såg henne där vi var i trädgården. 'Har hon det, Rita?'

'Nä', sa jag. 'Hon ville bara inte berätta. Inte än. Det är en lek.'

Och det dumma var att trots att vi visste det så väcktes i båda liksom förhoppningar. Det var alltså då som vi började vänta oss saker och ting av fröken Andrews. Vänta oss till exempel att hon skulle bjuda in oss till Glashuset. Eller avslöja sig. Ge sig till känna. Inte visade vi ju det, men det låg i luften. Fast fröken Andrews märkte ingenting. Vi kanske till och med började föreställa oss att det var hela huvudsyftet med leken. Att hon skulle ta oss till sig, visa oss – ja, fan. Vem vet. Grodprinsen som blir prins, allt det där.

'Welcome girls, to my lovely garden.'

'Välkomna flickor, till min fantastiska trädgård.'

Hennes fantastiska trädgård. Att hon skulle ta emot oss där.

Så gjorde jag ett misstag. Det var en gång inte så långt senare. Jag dristade mig att säga till fröken Andrews att jag och Solveig visste en sak. Att vi visste att fröken Andrews inte var fröken Andrews egentligen. Att det var en lek. Jag sa det så, liksom bara halvt på allvar, sådär som om jag ville låta förstå inför fröken Andrews att jag och Solveig var ganska klipska barn.

Att fröken Andrews alltså kunde vara stolt över att ha valt så klipska ungar till sina vänner. 'Mina gudungar', som fröken Andrews brukade säga.

Så pratade jag på och min avsikt var ju nog att bjuda fröken Andrews att följa med ett steg längre i det ömsesidiga förtroendet. Så blev inte. Visst. Fröken Andrews förstod nog kanske, kanske mer än beräknat till och med. Men vad hände? Jo, hon tappade koncepterna helt och hållet.

Vad trodde de om sig flickorna? Det var ju inget hon sa högt men det var definitivt andemeningen i det hela. Hon blev så arg, så arg som vi aldrig hade sett henne förut, aldrig ens kunnat föreställa oss henne som.

Blodet rann ur hennes upphetsade ansikte, läpparna vitnade och darrade av förtrytelse. Fröken Andrews svepte in sig i sin badrock och sa med spänd röst att hon då minsann inte alls förstått att det var två vanliga snokar som hon haft att göra med hela tiden.

De där orden, hur de föll ut i luften. Man skulle aldrig glömma dem.

Och om hon hade vetat det, fortsatte fröken Andrews lika spänt, medan händerna hetsigt knöt upp den röda handduken i turban på huvudet, och stack fötterna i de fotvänliga sandalerna – det var ett himla tjat om hur 'fotvänliga' de var, fast hon var den enda i hela världen som hade riktiga träskor på i skogen, så hade det nu inte alls varit säkert att utbytesaffären oss emellan hade ägt rum.

'Ni förstår ju', sa hon till sist, 'att det har byggt på ett förtroende som är förverkat nu.'

Och sedan marscherade hon raka vägen iväg, bort i skogen. Vi stod och stirrade på hennes ryggtavla, hur den försvann bland buskarna och träden.

Och vi ångrade oss SÅ.

'Men vad trodde flickorna om sig, egentligen?'

Och svisch, som ett sug in i vattnet i träskets mitt, sögs vi ner, liksom hur ska man säga det, men 'bildligt' talat, ner, ner i ingenting.

Här skulle vi vara, vid de gyttjiga stränderna –

'Welcome girls, to my lovely garden.'

Välkomna flickor, till min underbara trädgård.

Well. Det skulle aldrig ske.

Och nog förstod vi ju senast då hur verkligt knäpp fröken Andrews var – men det betydde ingenting. Vi var övertygade om att det var sista gången vi såg röken av fröken Andrews och det var fruktansvärt. Dörren till trädgården hade dragits fast framför våra egna näsor till och med, en gång för alla, och det var dessutom inte någon annans än vårt eget fel.

'Titta nu vad du gjorde!' sa Solveig till mig, men svagt, där vi stod ensamma vid Träsket i våra badrockar för det var ju för djävligt kallt den här morgonen egentligen. Och ensamt. Djävligt ensamt. Förstås förstod ju Solveig att hon själv var minst lika skyldig. Jag hade bara varit mera försigkommen. Med ord. Som alltid. Och vi, vi var ju två.

Jag sa ingenting.

Myggorna bets. Fy fan, egentligen. Fy, fy fan.

Men det var alltså ingen vits att stå nedanför Glashuset och se upp mot Vinterträdgården och inbilla sig att någonting fantastiskt skulle hända.

Vi pratade inte om det, men kanske blev det en vattendelare mellan oss, mig och Solveig, på något sätt, jag vet inte.

Kanske ångrade fröken Andrews sig. Jag vet inte. För hon kom tillbaka. Redan två dagar senare. Då var hon extra snäll, hade med sig presenter till oss. Nya baddräkter. En blå, en grön.

Och allt var frid och fröjd igen. Men ändå. Inte alls. Solveig tog på sig den nya dräkten och hoppade extra uppspelt omkring på stranden och sedan tog hon med sig fröken Andrews långt ut i vattnet och försökte få henne att crawla i land. Det var nära att misslyckas. Vi fick ta i båda två, jag och Solveig, för att rädda fröken Andrews igen.

'Livräddarmedaljen skulle ni ha flickor. Det är mycket strömt därute.'

'Vi har märkt det. Det gäller bara att kunna handskas med det. Man måste ha viss simerfarenhet. Har man det så klarar man av det. Så svårt är det inte', sa Solveig.

Till mig sa hon först senare att senast då i vattnet med fröken Andrews hade hon märkt att fröken Andrews nog var hur simkunnig som helst, hon hade bara sjåpat sig och lekt. Allt med bytesaffären, det var en lek.

Fröken Andrews dök upp en dag och man såg på henne att hon hade varit med om något annorlunda. Hon meddelade högtidligt att hon skulle resa, vart var liksom underförstått... för när hon kom tillbaka kanske hon skulle ha en egen liten systerdotter med sig. Nästa år. Det var i slutet av sommaren, alltså, redan då.

'Er hoppas jag nog på att få träffa igen, flickor', sa fröken Andrews. 'Jag har nämligen hunnit bli mycket fäst vid ert sällskap. Samma plats, samma tidpunkt. Jag menar på morgonen, här vid träsket, nästa år igen. Ska vi komma överens om det?'

Vi svarade ju ja, förstås. Hon var ju så fånig att man ändå inte kunde låta bli att tycka om henne. I alla fall lite. Men någonting hade förändrats efter hennes utbrott. Alltså inte bara med våra drömmar, utan något mellan oss, Solveig och mig å ena sidan, och fröken Andrews å den andra. Vi litade inte riktigt på henne längre.

Inte på det självklara sättet, i alla fall.

Och dessutom, hon hade ju effektivt fått oss att sluta hoppas på något nytt, något annat, något oerhört.

Och så hade vi också börjat tänka på det där att, tänk om fröken Andrews hade vetat om att någon spionerade i buskarna, och att kanske var det därför hon höll på och spexade så, demonstrerade sina 'eurytmiska principer'. Att kanske hade hon inte något emot att stå sådär i hans blickfång och i så fall var ju alltsammans RIKTIGT sjukt.

Fröken Andrews hoppande på ett ben på klippan. Bara en annan köttig tantadara i stället för den drottning av Vinterträdgården vi hade målat upp för oss. Fröken Andrews, som lärde oss att världen var stor och öppen och att man kunde gå ut i den.

'Grip dagen, flickor.'

'Ja flickor', sa fröken Andrews till sist. 'Det låter som om ni inte skulle slippa mig följande år heller. Men för all del.'

Fröken Andrews bugade och bockade på stranden.

'För all del. Inte mig emot. NI är något av det roligaste jag har varit med om. I mitt liv.'

Och så var det följande år, det var det året Eddie kom och Eddie dog. Drunknade, sögs upp i träsket. Och nu ska jag genast säga det till dig, Kenny. Att vi såg det. Att det var vi.

Men vänta lite, jag ska berätta färdigt. Hur det var. Nå alltså. Sommar och fröken Andrews igen. Hon kom tidigt det året, redan i juni, och hon hade den där flickan med sig. 'Systerdottern', alltså, som hon hade talat så mycket om men man såg ju genast att allt var liksom på tok. Om vi hade blivit snuvade på våra drömmar så var det inget emot vad fröken Andrews hade blivit. Det här var verkligen inte någon 'käck' flicka från, ett till av fröken Andrews favorituttryck, 'the great outdoors'.

Eddie de Wire. Den amerikanska flickan. Det här var en sådan där riktig tonårsflicka, av det värsta slaget. Hon kom ju inte ner till stranden heller, satt bara ytterst motvilligt – det såg man också på håll – där på Loreklippan mittemot den lilla vassruggsviken där vi simmade. Och

såg på oss. Slött, alltså. Slog myggorna ifrån sig och tände en tänd-
sticka. När hon gjorde det ropade fröken Andrews till henne, hon var
osedvanligt svettig i ansiktet och kunde inte alls koncentrera sig på sim-
mandet, sneglade hela tiden uppåt, med ilska och irritation, men det
var också, förstod vi senare, det att hon var rädd – nå i alla fall när
Eddie på klippan fick fyr på den där tändstickan ropade fröken Andrews
till henne att inte behövde hon nu börja röka cigaretter det första hon
gjorde på morgonen.

Då ropade flickan tillbaka att det var en tändsticka hon tände, inte
en cigarett, för de jävla myggornas skull, eld var ett sätt att få bort dem,
de fanns ju överallt. Oss såg hon överhuvudtaget inte på, flickan.

Och när hon talade de allra första gångerna, så talade hon nog svenska,
men hon bröt på ett lite lustigt sätt. Den brytningen skulle falla av
henne ganska fort, förvånansvärt fort, sedan senare, med Björn. Och
Bengt. De var ju tillsammans alla tre. Det var just ett snyggt ménage à
trois eller hur det heter, det hade hon kunnat säga, fröken Andrews,
förr, men det var som om hon inte var upplagd för att hålla några så-
dana utläggningar längre.

Fröken Andrews bara fnös åt Eddie och tog på sig simkostymen och
vi simmade nu lite, men inte blev det ju riktigt till något av det heller
för det var ju ganska omöjligt att koncentrera sig. Hon satt där på klip-
pan och tände tändstickor som hon slängde i vattnet, tände och släckte.
Och plötsligt frös vi. Vi brukade nästan aldrig frysa men nu gjorde vi
det och plötsligt hade all energi och lust gått ur oss alla tre, och sedan
satt vi bara på stranden ett slag, och kände oss iakttagna. Det var dags
för lite engelska. Men med flickan där, det var för idiotiskt.

Och fröken jävla Andrews citerade för oss sina favoritcitat. Pico della
Mirandola.

'Det här, flickor', sa hon, 'är Pico della Mirandola: 'Mitt i världen
har jag ställt dig för att du därifrån så mycket lättare skall kunna skåda
omkring dig på allt som finns i världen. Varken himmelsk eller jordisk,

varken odödlig eller dödlig har vi gjort dig, på det att du liksom som din egen skulptör och formare fritt och ärofullt må kunna ge dig den gestalt du själv vill ha.'

'Vad säger han, flickor?

Han säger', fortsatte fröken Andrews tankspritt, 'att det går att hitta på sitt eget liv.

Men märkväl, flickor, han säger ärofullt. Man måste leva sitt liv med stil. Och det är det som så många missförstår. Man tror att stil är hur det ser ut, eller något som uteslutande har med det estetiska att göra. Man kan särskilja…'

Och punkt punkt punkt. För sedan blev det fart på fröken Andrews. Flickan på berget mittemot. Plötsligt var hon försvunnen.

'Jag måste gå. Man kan inte lämna henne ensam…'

Och ensamma satt vi kvar, Solveig och jag, vid träsket. Det skulle ju ha kunnat vara ganska komiskt, men var det ju inte alls, inte i ljuset av det som hände sen.

Fröken Andrews kom alltså inte till träsket så ofta den sommaren och när hon dök upp var ingenting som förr. Det var sällan något simmande, mest prat. Ibland klädde hon inte ens av sig. Jag menar, badkappan. Att simma näck hade hon upphört med helt och hållet. Allt det där, 'de eurytmiska principerna', det hörde till en annan tid.

Och det ena och det andra blev sagt, men inget minnesvärt. Hon hade inte ro att koncentrera sig på engelskan. Ibland blev hon bara sittande där på en sten medan orden liksom forsade ur henne.

Det var nog synd om henne. Jag har ju senare fattat att det också var vad det var: en människa i stor nöd. Eddie höll på att ta musten ur henne.

'Den där flickan är en sådan besvikelse för mig', sa hon en gång, men till kusinmamman, inte till oss. Det var under de allra sista tiderna då hon plötsligt dök upp i kusinhuset för att hon ville 'varna' kusinmamman för Eddie, 'den amerikanska flickan' – det smeknamnet använde hon dessutom beredvilligt, vilket hon inte hade gjort tidigare. Då var ju redan Björn och Eddie i full gång. Och Bengt och Eddie.

Och kanske skulle vi också då ha tyckt, Solveig och jag, när hon kom till kusinhuset, att det ändå var ganska rörande med henne, men inte heller den gången gav hon sig till känna för oss. Som den hon var, med oss. Fröken Andrews alltså.

En gång, på morgonen vid stranden, tände fröken Andrews en cigarett. En cigarett klockan var det nu sju på morgonen, det hade tidigare varit otänkbart. Fast hon fimpade den genast igen.

'Och nu, ut i vattnet med oss alla', höll hon på, fröken Andrews, men medan hon sa det satt hon i skuggan och gjorde åkarbrasa. 'Ut i vattnet, alla, kom kom kom.'

Men bara satt där själv.

'Grip dagen', sa hon, 'det är vad det är frågan om.' Och sedan kom hon av sig igen.

'Det är en av mina viktigaste principer.' Hon blev stirrande villrådigt framför sig när Solveig vänligt frågade vad det betydde – vi hade ju slutat med engelskan för länge sedan, egentligen var det helt köckigt vad vi satt där och språkade om på morgnarna, simässen och deras galna gudmor fröken Andrews.

Simässen och deras galna gudmor. Så kunde man också se på saken.

Nå, såhär mycket var klart. Den amerikanska flickan hade kommit in i fröken Andrews liv och allt hade förändrats.

Med oss talade hon aldrig om henne, nämnde henne inte ens. Och vi frågade ju inte. Vi hade lärt oss att inte ställa många frågor och dessutom, det där 'systerdotter', det var fortfarande för oss en ganska känslig sak.

Så vi visste inte vad Eddie gjorde och höll på med.

Inte direkt.

'Man kan inte lita på henne', sa hon alltså till kusinmamman. Och i och för sig så hade man ju då kunnat tänka, att vem var det som sa att fröken Andrews version var den sanna. Inte var det säkert så lätt att komma till en fröken Andrews med alla hennes drömmar om vem man var och sedan liksom förväntas vara och bete sig i enlighet med det.

Men vi såg ju hur olycklig hon var. På riktigt, i nöd. Och rädd.

Senare förstod jag att hon till exempel stal. Pengar och saker. Stora och små saker. Det var liksom ingen reson på något i henne.

Och att hon i staden vid havet hade börjat hämta en massa främmande människor till friherrinnans bostad. Inte bara på fester, utan också annars. Människor som kom och gick. Ibland gick det inte att få ut dem.

Framför allt gick det inte att få ut henne, Eddie.

Och friherrinnan kanske ändå på något sätt hade något hopp om att Eddie skulle bli annorlunda. Hon var ju så ung också, nitton år. Att hon skulle ta sitt förnuft till fånga, växa upp.

Men det var nog ganska otryggt. Friherrinnan var ensam. Hon hade ingen man, inga egna barn – hon hade i stort sett en enda vän, och det var en underhyresgäst. Alltså en sådan där manlig studerande som en gång hade bott som underhyresgäst hos henne. Svarta Fåret. Det var just en typ.

Men ändå, han hjälpte henne nog. Hon brukade ringa till honom och be honom komma och tömma lägenheten på folk, sådana obehagliga saker. Hon försökte också få honom att tala förstånd med Eddie, men det gick ju inte alls det, och så vidare.

Det var honom hon ringde till i desperation den där sista kvällen, från Glashuset. Då Eddie ännu var vid liv. Hon hade låst in Eddie i ett rum. Utan kläder. För att hon inte skulle kunna fly. Nu skulle hon bort. Och friherrinnan ringde till Svarta Fåret i upplöst tillstånd och han, ja, han kom.

Hon bad honom alltså komma och ta henne bort. Hon ville aldrig se Eddie mera.

Av föregiven anledning. Den råkar jag nu veta något lite om eftersom min bror Bengt var inblandad i högsta grad. Det var tillsammans med honom hon skulle iväg, Eddie. Tillsammans hade Bencku och Eddie kokat ihop världens intrig; de skulle rymma tillsammans och så vidare.

Det kunde ju egentligen ha varit lite komiskt det också. På något sätt. Om inte... Som sagt så hade Eddie ihop det med Bengt. Lilla Bengt alltså, och han var upp över öronen kär i henne. Men det var liksom mindre officiellt än det att hon också var med Björn. Björn och hon var ju Traktens turturduvor nummer ett ett slag, där de hängde i ladöppningen och hånglade och rökte och skulle förlova sig och allt.

Vi var inte hemskt engagerade i det där, Solveig och jag, men det som i alla fall var lite intressant var ju hur annorlunda Eddie var med dem båda. Med Björn var hon på ett sätt, med Bencku på ett annat. Fast vad Bencku och Eddie gjorde på tumanhand såg ju han. Björn alltså.

Eddie, mjuk som en katt och spinnande. Det var, när hon stod där i ladöppningen, som om hon stod på en scen och spelade sin roll som Eddie den ljuvliga, så bra.

Det var liksom en annan sida av henne, än den som fröken Andrews såg, men kanske var det samma sak.

Nå, de skulle iväg alltså, den där natten. Bengt och Eddie. Satt och svor odödliga saker till varandra i strandboden, medan de var intimt omslingrade, och då kommer Björn. Han fattar ingenting. Bengt. Bengt, är fem år yngre, till att börja med.

Nå, han begrep sen, för han gick och hängde sig.

Drog huvudet fullt och var ödesdiger. Gick till det där förbannade uthuset, och var där, nästan hela natten. Och Bengt och Eddie. Nä. Om det visste de ingenting.

Det var nog också det som Bengt blev galen av.

Och så var det den förbannade morgonen. Det var så, jag vet inte, dumt, skit, fruktansvärt. Vi hade ju redan börjat tappa sugen ordentligt med fröken Andrews, Solveig och jag. Vi var utleda på henne – också på hennes uppdykanden och hennes nervositet. När vi ju heller inte liksom fick vara med, vi hade ingen del. Vi var bara 'gudungarna' vid stranden, som hon kom till ibland, inte vet jag varför, men kanske för att det ändå var något där som skulle vara normalt.

Men kanske var det bra att vi hade tappat sugen sedan innan allt hände. Jag menar, vi förstod ju redan då att vi inte hade något att vänta oss av henne.

Jag menar inte när Eddie drunknade framför våra ögon och vi inte gjorde någonting, jag menar efteråt. Det var inte precis någon stor överraskning för oss att hon inte på något sätt vidkändes oss då heller.

Att vi skulle i fortsättningen få hanka oss fram bäst vi kunde.

Bencku kom hon nog, i något slags malplacerad skuldkänsla, och åmade sig för. Bjöd honom upp i huset för att 'göra sin konst där'. Hon hade ju sett hans kartor i sjöboden, när hon redde upp där efter Eddies död. Hon bjöd honom till Glashuset alltså, det som för oss hade varit och var det mest förbjudna. Kanske hade hon skuldkänslor, det är ju möjligt, trodde liksom det räckte med att 'ersätta' oss med honom. Vi var ju syskon, förstås.

Nå, den förbannade morgonen i alla fall. Det var hemskt tidigt, vi var vid träsket, Solveig och jag. Inte minns jag varför vi hade kommit dit så tidigt, tidigare än vanligt. Kanske var det oron. Vi visste ju ingenting av vad som var på gång. Men kanske kände vi av det i alla fall. Jag tänker på Björn, vad han gjorde den natten. Och på Eddie, och på Bengt. Vad de höll på med. Och hade hållit på med.

Och det ena som hade lett till det andra innan fröken Andrews kom. Till oss, vid träsket, i sina träskor och sin badkappa och i simkostymen. Nå, om det var något man såg på henne på tusen kilometers håll så var det att nu var fröken Andrews runnen över alla sina bräddar. Och därför skulle det nu vara normalt. Så normalt.

Nå, först, redan innan fröken Andrews kom. Vi skulle ju simma, men inte hade det blivit av att börja med det heller, jag menar jag och Solveig, vi två.

Vi satt på strandstenarna och försökte vakna, motivationen hade visst också börjat gå ur oss. Simäss, vaddå?

Vad trodde vi om oss?

Nå, där kom fröken Andrews då.

Som bakgrund för vad som hände sedan kan jag ju nu berätta det som vi inte visste då ännu, jag och Solveig, om det som varit på gång i och omkring Glashuset och sjöboden på natten. Föregående kväll hade Björn, som ju skulle vara förste älskaren i den här historien, överraskat Eddie och Bengt i sjöboden, i en intim situation som inte gav utrymme för tolkningar, eller hur det heter.

Han hade ju då inte vetat hur han skulle vara. Och stuckit sin väg, någonstans. Men ingen hade stuckit efter honom. Varken Bengt eller Eddie. I stället, när de väl var överraskade, så började de göra upp egna planer. Jag har ju ingen aning om vad Eddie tänkte, antagligen var det nu för henne ganska mycket lek, väl, det med Bengt, eller inte vet jag. Men jag vet att det för Bengt var blodigt allvar.

Han skulle fara, han skulle fara med henne nu, till världens ände om det så skulle vara det som gällde.

Och de kom överens om att sticka genast; Eddie hade ju nog av friherrinnan hon med, vilket hon så många gånger hade förklarat också för Bencku. Men, ja, de behövde grejer. Pengar. Och så gjorde de upp en plan. Eddie skulle gå upp till Glashuset, dit hon inte längre hade nyckel ens – det var därför hon måste hålla till i sjöboden, för att friherrinnan inte längre ville veta av henne inne i sitt hus – Eddie skulle gå upp dit och fixa pengar på något sätt. Och sedan skulle hon och Bengt träffas på ett bestämt ställe i skogen och hon skulle ha sina saker i sin ryggsäck och han skulle ha sina saker i sin ryggsäck och sedan då, i väg.

Bengt gick iväg för att packa och ordna upp inför den stora färden – och Eddie, hon gick till Glashuset. Det var sista gången han överhuvudtaget pratade med henne. Innan hon gick upp till Glashuset och fröken Andrews.

Vad som hände där i Glashuset, det vet man inte riktigt. Men på något sätt så måste friherrinnan ha tagit Eddie på bar gärning när hon rotade bland friherrinnans saker, eller kanske så var Eddie mera fräck än så. Helt enkelt sa vad hon skulle ha, och skulle liksom tvinga det av friherrinnan, med våld. Pengar. Men det misslyckades hon med.

Och det var ju det viktiga, förstås. Friherrinnan stängde in henne på ett rum i bara underkläderna, för att hon inte skulle rymma. Och sedan visste hon inte vad hon skulle göra. Hon kom inte på något annat än att ringa Svarta Fåret. 'Kom.' Och han kom.

Hennes vän i den vita Jaguaren, hennes före detta underhyresgäst. Ta henne härifrån. Eddie släpades ut i bilen, fortfarande, antar jag, utan kläder på.

Eddie skulle bort. Vart som helst, bara därifrån.

Och Bencku, han väntade och väntade på henne på det där stället i skogen där de hade kommit överens om att ses, men hon kom ju aldrig. Sedan blev han nervös och började gå omkring och det var då han stod vid vägkanten och bilen for förbi och där var Eddie. Det såg han.

Och det var sista gången han såg henne.

Hur hon satt där i baksätet, stel och oigenkännlig, som om hon var utsatt för ett hot.

Han såg henne, och det slog slint för honom. Och han förstod en massa alarmerande saker såsom man gör ibland när man är riktigt i nöd. Han förstod att nu gällde det att leta upp Björn, var var Björn?

Och han gick till kusinhuset och såg att Björn fortfarande inte hade kommit in, och sedan drev han som ledd av onda aningar mot uthuset.

Men vi, vi var vid träsket. Solveig och jag, som två fån. Först kom fröken Andrews. Jag vet än i denna dag inte vad fan hon gjorde vid träsket just precis den här morgonen, men man kan anta att hon kanske inte ville vara närvarande när Eddie skulle bort, eller så att när allt var så fruktansvärt skulle det i alla fall vara något som var som förr, någorlunda normalt.

Hon kom och försökte vara som alltid. Fast vi såg ju genast att något var ordentligt på tok, men nu skulle det lekas i alla fall, simmas och stojas och gud vet vad, och Solveig och jag, vi gick nu inte precis in i den där showen med hull och hår, men inte gjorde vi något annat heller. Vi var som om inget hade hänt. Ansträngde oss dessutom för att vara så.

Nu skulle det simmas, det ansåg fröken Andrews verkligen. Hon slängde av sig badkappan. 'Kom nu Solveig, kom nu Rita. Plums i böljan.' Och ut i vattnet med henne. Och ut i vattnet med oss.

Och så där höll vi på en stund, fast ingenting var normalt. Och sedan, plötsligt, så såg vi henne igen. Eddie. Den amerikanska flickan. Hon stod på Loreklippan och vad som var speciellt med henne var att hon hade en röd plastregnkappa på, en tantregnkappa, och att hon bara hade underkläderna på under kappan (det syntes för hon stod och fäktade med armarna). Ett absurt ögonblick kanske vi tänkte att nu skulle hon hoppa i, i underkläderna. Men inte.

Hon stod där och var förbannad. Alldeles fruktansvärt, erbarmligt fly förbannad och ropade åt fröken Andrews. Men faktiskt också liksom triumferande. Vad som hade hänt? Det vet man inte. Men det verkade som om Eddie, lilla Eddie, förslagna Eddie, hade lyckats rymma ur bilen i alla fall. Och hon hade på sig något hon hade hittat i bilen.

På något sätt hade hon lyckats lura Svarta Fåret att stanna bilen och sedan hade hon rymt, sprungit ut i skogen. Och kommit till träsket, och hittat fröken Andrews där.

Svarta Fåret syntes inte till och varför skulle han ha gjort det, egentligen? Han hade fullföljt sitt uppdrag så gott han kunde, det var allt.

'Vänta!'

När fröken Andrews fick syn på Eddie på Loreklippan, då knäppte det till i henne så att man såg det. 'Vänta!' Det var så hon ropade till Eddie, men med en alldeles annan röst, en djup en, en med auktoritet. Och det underliga var att Eddie väntade.

Kanske förstod hon också på något sätt att hon hade gått för långt. Med allt. För henne var väl det här mest något slags, om inte lek, så avancerat tidsfördriv i alla fall.

Fröken Andrews gick upp ur vattnet. Det gjorde vi också, svepte in oss i våra badkappor och stod sedan där som förstenade i vad som föreföll vara miljoner hundra år, en evighet. Fröken Andrews tog på sig sin badkappa, och träskorna, hon sa 'vänta!' till oss också, och sedan började hon gå runt träsket upp till Eddie på Loreklippan.

Och sedan hände följande. Vi stod där båda, Solveig och jag, som sagt, och såg på. Såg på det hela som ett skådespel, Loreklippan rakt framför oss. Men det fanns ingen trygghet i den teatern, ingen alls. Vi var skrämda redan då. Från vettet, ungefär.

Naglade på våra platser var vi, vare sig vi ville det eller inte. Vi bara var.

Fröken Andrews hade kommit upp på klippan. Det började som ett bråk. Ett sådant där vanligt ett, med två stycken som står och skriker åt varandra. Det höll på ett tag, på engelska på svenska på traktspråk på alla språk.

Sedan blev det handgemäng. Det var fröken Andrews som började. Och vad man genast såg – det var därför vi var så rädda också, kanske, Solveig och jag, för att vi redan hade förstått något utan att liksom vara riktigt medvetna om det – vad man alltså genast såg på fröken Andrews var att nu hade hon ett syfte. Få Eddie i vattnet.

De slogs. Och friherrinnan, hon var stark, ju. Och utan att man visste ordet av, eller, det var det värsta, det var just det man visste och hade vetat att skulle ske, så var Eddie i vattnet.

'Märkväl', hade fröken Andrews sagt och citerat Pico della Mirandola. 'Han säger *ärofullt*. Man måste leva sitt liv med stil.'

Och blubb blubb blubb blubb genast i följande scen som inte var någon scen utan riktig hemskt förskräcklig verklighet så sjönk Eddie, 'en besvikelse', i träsket framför våra ögon.

Och vi stod där och åren gick. Tid gick.

Rita, simässet. Solveig, livrädderskan. Och gjorde, i stort sett, ingenting.

'Vänta!' ropade fröken Andrews från Loreklippan. 'Hon kommer strax upp igen. Jag ser henne!'

Hon hade nämligen genast sjunkit, Eddie. Som en sten.

Men det är strömt i mitten av Bule träsket. Det är det.

Och vi väntade. Stod där och väntade. Men Eddie, inte kom hon ju upp igen.

Det var något vi på något sätt hela tiden hade vetat.

Och plötsligt, vi visste inte riktigt hur det hade gått till heller, var vi ensamma vid träsket.

Ensamma från fröken Andrews i alla fall.

Fröken Andrews hade lämnat oss. Utan att säga farväl, som det så vackert heter.

Och nu var det för gott.

Men vi skulle se henne senare, i huset på Andra Udden, Glashuset. Vi skulle se henne i Vinterträdgården, i dess estetiska och ljusa avskildhet. Mitt i dess vidunderliga arkitektur skulle hon, trots det minimala avståndet geografiskt, vara långt ifrån oss. Oåtkomlig.

Hon skulle inte se oss. Aldrig mer. En gång, det var på vägen till kusinhuset då hon skulle komma för att hämta Bencku skulle hon gå förbi oss på kusingården och väsa:

'Stackars barn. Stackars onda barn. Må Gud ha förbarmande med er. Det här får bli en sak mellan mig och er och Guds ansikte.'

'Det lovar jag', sa friherrinnan-fröken Andrews. 'Livet efteråt är i sig ett alldeles tillräckligt straff att bära.'

Det var det sista hon någonsin sa till oss, fröken Andrews.

Men kanske talade hon om sig själv.

Hon var så sprucken på något sätt. Det fanns ingen energi i henne mer.

Vi var ensamma vid träsket. Allt hade hänt. Det var så overkligt. Fröken Andrews hade gått sin väg.

Och det kunde lika gärna inte ha hänt. Det kunde lika gärna ha varit så att Eddie, den amerikanska flickan, plötsligt bara hade blivit utplånad från jordens yta. Eller som i den där schlagern som Doris spelade och spelade.

'Vår kärlek är en kontinental affär, han kom i en vit Jaguar'

Att Svarta Fåret faktiskt hade fått henne att hållas där i bilen och tagit henne med sig bort.

Men inte.

Ändå, Kenny. Pico della Mirandola, allt det där. På något sätt saknade jag henne. Saknar. Inte henne, friherrinnan. Men den där människan. Fröken Andrews. Och det är underligt, det är som om det i alla fall varit just det där som på något sätt har betytt något. Inte vet jag riktigt vad jag menar med det. Men att man *kan* göra något, liksom.

Solveig. Hon skulle liksom bara förhindra mig. I allt. När man ville något. Något annat. Och hon var i stånd till ganska mycket. Tända eld på skogen. Det var hon som gjorde det. Den där hemska dagen när den amerikanska flickan flöt upp igen, i träsket.

Då tuttade hon eld på skogen vid huset på Första Udden där Backmanssons bodde. För att jag inte skulle fara med Backmanssons. Aldrig någonsin i livet därifrån. Från henne, alltså. Det skulle vara jag och hon i all tiders evighet, tillsammans tillsammans, med vår egen duvna hemlighet."

"Jaha", sa Rita till Kenny allra sist. "Vad säger du nu då? När du vet?"

"Jag har nog vetat", sa Kenny, "ganska mycket. Men inte allt. Och jag har ju velat veta. Och jag har ju också anat – men –"

"Så det var därför du kom", sa Rita. "Jag menar. Började ringa till mig och så. För att du hade hört något och ville veta hur det egentligen låg till."

"Ja, kanske", sa Kenny tyst. "Men det är över nu, allt det där, Rita. Och det är inte därför jag är här nu.

Men jag är nog så hemskt ledsen över Eddie. Hon var så ung, så dum. Det går aldrig över. Men det är ingens fel. Eller allas. Eller hur det är."

Och Sandra, i tamburen, bland alla uteskorna, hon hörde på.

"Var det därför du kom?" hade Rita frågat.

"Ja", hade Kenny svarat. "Kanske. Men det är inte därför jag är här."

Och tänkte att det hade kunnat vara så för henne, med. Med Doris. Men nu var det inte så. Hon skulle aldrig kunna ändra på det mer.

Men nu, se det i vitögat: det var följande som inte kunde hållas undan längre. Det hade börjat på hösten, i Inget Herrmans arbetslya. Under den tid som Sandra hade varit ensam med allt det material som skulle sorteras för Inget Herrmans avhandling pro gradu, ett material som verkligen inte minskade med sortering.

Det var ett tidvis intressant jobb, men ganska monotont, i synnerhet om man inte hade Inget Herrmans huvudämne, vad det nu sedan råkade vara: "Det här är tvärvetenskaplighet i ordets mest utpräglade bemärkelse", hade Inget Herrman själv sagt och Sandra hade nickat, fast ganska kort. På något sätt var Sandra inte så väldigt intresserad. Hon saknade eventuellt den hängivenhet som Inget Herrman brukade säga att var förutsättningen för ett framgångsrikt planerat och utfört forskningsarbete. Sandra hade alltså märkt att hennes tankar och uppmärksamhet hade börjat flacka.

I stället för att "ha tankarna målmedvetet koncentrerade på uppgiften som ligger för handen", som Inget Herrman sa att var a och o för ett framgångsrikt planlagt och utfört forskningsarbete, märkte Sandra att hennes tankar började driva omkring, liksom av egen kraft, åt egna håll i den där lilla lägenheten som bestod av en kokvrå och ett rum vars väggar kantades av bokhyllor som var belamrade med mappar och anteckningsböcker och böcker och papper papper papper papper. I början var hon inte intresserad av dessa bokhyllor. Papper hade hon nog av i sitt sorteringsarbete. Varje morgon flödade skrivbordet över av papper, papper som var "dagens arbetspensum" för henne, Sandra, som Inget Herrman så målmedvetet uttryckte det.

Sedan, småningom, hade Sandra börjat stiga upp från stolen framför skrivbordet och gå omkring i rummet. Och eftersom det inte fanns så många saker att med sin flackande uppmärksamhet fästa sig vid i rummet hade hennes blickar ändå rört sig i riktning mot bokhyllan och mapparna och texterna, i svart och röd tusch, på mapparnas ryggar.

Fört fingrarna över dem, dragit, ställvis, streck i dammet.

"Dagbok, protokoll." Och olika årtal efter.

Det fanns, verkade det som, snart sagt inte ett enda datum i Inget Herrmans liv för vilket det inte fanns ett protokoll.

Hon hade sett på olika årtal och dragit ut böcker här och där. San Francisco. Sven Herrman (det var Inget Herrmans man det, för länge sedan, "i ett annat liv", som hon brukade säga, Inget Herrman).

I efterhand hade det kanske förundrat henne att hon var så lite intresserad av något annat som hade hänt i Inget Herrmans liv, vem hon var, varifrån hon kom, och så vidare. Med tanke på hur förtrollad hon hade varit av hennes syster, Eddie de Wire.

Kanske var hon fortfarande förtrollad. Hon kunde fortfarande framkalla den där rösten i sig. Den amerikanska flickans röst.

"Jag är en främmande fågel, Bengt. Är du det med?"

"Ingen kände min ros i världen utom jag."

Sandra hade dragit ut några mappar från Den tiden, som också varit Kvinnornas tid i huset på Första Udden. Börjat läsa. Protokoll från "Vi och våra män" – studiecirkel i relationer hösten det år Doris dog, protokollförare: Inget Herrman, protokolljusterare: Anneka Munveg, sådant.

"Mötet handlade om våra relationer till män. Vi kom överens om att vi snarare är föremål för för stor uppskattning än för liten. Det finns för många män i våra liv. Inte för få."

Hon hade inte orkat läsa vidare. Men hon hade fortsatt rota i lägenheten. Och det var i städskåpet i tamburen hon hittade ett par plastpåsar som innehöll papper huller om buller. Mera "material". Och hon hade hällt ut innehållet över tamburgolvet och liksom av en händelse hade hennes ögon fallit på ett stort brunt kuvert på vilket det stod

"Kvinnor i undantagstillstånd. Avhandling pro gradu. Material"... och sedan det år då Doris dog. I kuvertet låg mera papper, och, ett annat kuvert. Ett tjockt brev, och det var oöppnat.

Det stod "Till Inget Herrman" på kuvertet. Och ett datum, som var Doris dödsdag. Det var Doris handstil. Hon förstod det inte alldeles genast. Sedan kom obehaget.

Och jorden slutade snurra, för ett slag.

Samtidigt som det inte var någon överraskning, inte egentligen.

"Har man inte sagt vad man haft att säga i livet är det ingen idé att få mundiarré precis just före sin död."

Det var så Doris själv hade sagt till Sandra en och flera gånger då de hade diskuterat om man skulle lämna ett meddelande efter sig om man dog för egen hand, eller inte.

Det hade Doris så många gånger verkligen bedyrat.

Jaha, Doris. Du sa det.

Ändå, det var en lättnad också, på något sätt. Att se och förstå att Doris inte varit så benfast och konsekvent, så rak och så, som man liksom mer och mer hade börjat se på henne efter hennes död. Man, alltså Sandra. Gjort sig den där bilden av Doris, som verkligen visste, och också visste vad det var hon hade gjort.

Det här var nämligen inget annat än Doris Flinkenbergs avskeds-brev, skrivet till Inget Herrman. Ett ohyggligt tjockt oöppnat kuvert och en formlig tegelstensroman däri.

Det andra som var klart och kanske ännu mera oerhört, närmast förskräckligt, var alltså det att kuvertet fortfarande var oöppnat, brevet inuti det oläst. Doris hade lagt det på ett ställe där hon hade varit säker på att Inget Herrman skulle hitta det. Och var annars då än bland ma-terialet för Inget Herrmans avhandling pro gradu?

Hur Doris nu hade fått det dit (fast det var inte det allra svåraste att förstå, som sagt så hade Doris, det hade man ju sett, huvudet fullt av sina egna knep).

Sandra och brevet. Hon hade burit det till skrivbordet och lagt det på bordet. Skyfflat undan Inget Herrmans övriga "material" så att brevet skulle få plats på skrivbordet, ligga där ensamt på bordets tomma yta.

Fortfarande oöppnat.

Sedan hade hon satt sig vid skrivbordet och dragit ut översta skrivbordslådan så långt som möjligt. Längst bak, allra längst bak, nästan i gömman, fanns en liten platt och oöppnad kvartsliters vodkaflaska. Den hade hon upptäckt för länge sedan.

Nu hade hon tagit fram flaskan och skruvat av korken och tagit sig en hutt. Sedan hade hon satt sig för att vänta. Hon hade väntat och väntat.

När hon inte hade orkat vänta på Inget längre hade hon struntat i alltsammans och sprättat upp kuvertet, vecklat ut brevet och börjat läsa.

Och där hade stått vad hon på något sätt hela tiden hade vetat att där skulle stå.

Och en del annat. Inte mycket, men en del.

Vad gjorde Sandra sedan?

Hon satt där som förstenad och försökte ta in det hon hade läst och förhålla sig till det och vad hon sedan skulle ta sig till. Skulle hon stanna, skulle hon vänta, skulle hon gå sin väg? Hon drack upp brännvinet och väntade tills det började skymma.

Inget Herrman kom inte. Hon la tillbaka den urdruckna flaskan längst bak i skrivbordslådan, tog brevet och stack det i väskan och lämnade Inget Herrmans lägenhet.

Ögonblicket av öppning var förbi.

Följande dag hade hon varit i Inget Herrmans arbetslya som om ingenting hade hänt.

Då hade Inget Herrman dykt upp mitt under andra arbetspasset och genast plockat upp en liten oöppnad vodkaflaska ur sin kasse och ställt den på skrivbordet emellan dem.

"Som ett litet tips. Om du tullar på andras flaskor ska du helst tala om det för dem. Det kan rädda livet på en annan."

Sedan hade hon börjat skratta och skruvat av korken och tagit en klunk ur flaskan.

Sandra hade sagt att hon hade huvudvärk och måste gå hem.

Och sedan, hela hösten efter hade hon haft på tungan –

Men hon hade inte återvänt de följande dagarna och när hon hade sökt upp Inget Herrman igen hade Inget Herrman varit försvunnen.

Scener ur ett äktenskap

(Sandra tjuvlyssnande bland uteskorna, något senare)

"Jag har försökt så mycket", sa Kenny till Ålänningen och Sandra lyssnade. Deras röster var låga men hördes bra ut till tamburen där Sandra mitt i natten en annan gång kort efteråt satt i pyjamas på golvet bredvid telefonbordet, under kapporna, bland uteskorna.

"Men det är som sand som har runnit mellan mina fingrar", fortsatte Kenny i sovrummet.

Kenny grät, ett barns gråt. Inget Herrmans ord: "Hon har inte haft någon barndom. Hon har mycket att ta igen."

Ålänningen tröstade Kenny. Tafatt och med stor välvilja. Faderligt. Men det var inte han, det hörde man. I alla fall Sandra hörde det så tydligt. Hörde Kenny?

"Det ordnar sig, Kenny. Ta det lugnt."

Med en röst som nog ville. Ville vara en som stod bakom sina ord, varenda bokstav, en Ålänning. Men som ändå inte... rösten brast. Och plötsligt, mitt i Kennys uppgivenhet och gråt, hade Ålänningen börjat nysa.

"Jag älskar..." hade Ålänningen börjat alldeles som om han också spelade med i en dålig tv-serie. Och attji nös han, liksom för att, vaddå, vinna tid?

"Jag har försökt", hulkade Kenny i sovrummet. Och det kunde ingen förneka. Efter bästa förmåga hade Kenny till och med försökt ta hand om Sandra. Och att det var ett företag förstod ju föremålet för denna omtanke själv om hon var på humör att tänka i de banorna. Hon hade inte varit dålig på det heller, Kenny, inte ens efter att de hade flyttat till staden vid havet och Rita hade dykt upp – besöken på Filmarkivet, festerna, "Sandra, kom nu med", "Sitt inte hemma och glo framför

458

dig", "Vad vill du att vi ska göra idag, Sandra?", "Ska vi idag göra något riktigt roligt bara vi två?" Och hon som bara hade ryckt på axlarna. "Nä. Jag har föreläsning. Jag borde läsa på en tent." Och ombesörjandet av livets alla praktiska detaljer; att sköta dem var nästan automatik för henne. Detta konststycke, att hålla allt på fötter utan att det märktes. "En sådan där mans kvinna", som Inget Herrman hade sagt.

"Jag vet inte", snyftade Kenny nu, snyftade och snyftade, därinne i sovrummet, i Ålänningens famn.

Huset i den dyigare delen av skogen, till exempel. Det var på Kennys försorg som det hade gjorts någorlunda hemtrevligt trots att Kenny, som hon sa, inte intresserade sig för heminredning och sådant. Det hade också varit Kennys idé att lämna huset för vintermånaderna. Det skulle vara bekvämare med tanke på Sandras studier, vilket ju var sant. Fast redan i huset i den dyigare delen hade uttrycket *Sandras studier* framkallat leenden i Sandra själv. Sandras studier, var det inte något av det lustigaste man hade hört?

Men både på Ålänningen och på Kenny hade det imponerat att Sandra självmant hade anmält sig till inträdesförhören för en studieinriktning – estetik och filosofi – vid historisk-filologiska fakulteten vid universitetet inne i staden vid havet. Hon var ju inte precis initiativrik, Sandra, och med Kenny som var så aktiv och rörlig och så rak och rättfram så stod allt det underliga och långsamma som Sandra var ut.

Kenny hade hittat och köpt lägenheten inne i staden vid havet som naturligtvis var fantastiskt ljus, fantastiskt vacker och med ett sagolikt läge nära havet. Naturligtvis behövde man mycket pengar för att bo så. Och pengar var ju för Ålänningen, vilket han fortfarande på olika sätt också gärna förklarade, ett smärre problem. Men nu liksom dämpat på ett sätt som generade Sandra mer än hans storvulenhet förr. Helt enkelt för att det inte var han alls.

Men man behövde också näsa och tur och öga; lägenheten var i ett uselt skick allra först, och Kenny la ner en massa energi på att planera renoveringen. Näsa, tur och öga: DET hade Kenny.

"Det är ditt projekt", hade Ålänningen sagt till Kenny.

Vad han hade menat med det, det visste Sandra om någon, var också det att han själv skulle fortsätta segla båtar i utlandet och därför vara bortrest nästan hela vinterhalvåret. Och, ja, igen, det var ju en sådan kontrast till den Ålänning som en dag i världshistoriens början hade stått framför alpvillan i de mellaneuropeiska alperna och uttalat de där magiska, ödesdigra men ändå så verkningsfulla orden: "Kan ordnas!"

"Du gör som du tycker", hade Ålänningen sagt till Kenny. De bodde då ännu i huset i den dyigare delen och Kennys två hundar hade dött. Hon hade skaffat sig två golden retrievers, och två månader senare var de döda. Det hade visat sig att de led av en ärftlig sjukdom. Först fick den ena hunden en attack som varade i ett halvt dygn, fradgande och krampande hade den legat på bottnen av simbassängen bland de tropiska växterna som vissnade bort en efter en trots lamporna och att de vattnades omsorgsfullt – det var i alla fall för mörkt, och fel sorts fuktighet eller vad det nu var. Veterinären rådde Kenny att avliva den. Kenny beslöt sig för att avliva den andra också, trots att den inte blivit ordentligt sjuk.

"Jag tänker nu inte sitta och vänta på att han ska bli sjuk ordentligt han med", hade hon sagt.

Och kort därpå hade hon tagit kontakt med bostadsförmedlaren och gett sig av för att se på lägenheter i staden vid havet.

Det var egentligen den enda gången, med hundarna, som Kenny hade varit modfälld.

På hösten hade Kenny och Sandra flyttat till staden vid havet, Ålänningen hade farit ut på havet. Han flydde ju inte, eller något. Han älskade ju Kenny. Inte tu tal om saken. Kunde inte annat. Det sa han, till och med till Sandra, någon gång när han hade druckit för mycket och ringde från där han befann sig i världen.

"Man kan ju inte annat än älska henne", sa han.

Han sa älska på ett ovant sätt. Och dessutom, vad skulle han säga det till henne, Sandra, för? Och, hade Sandra också tänkt: det var som sagt ju inte alls hans sätt att prata heller. Ålänningens var inte det där humorlösa, allvarsamma sättet som hade börjat sprida sig framför allt i teve och förmera sig så att orden tappade sin innebörd.

Älskade och älskade. Hur som helst. Det var kraftlöst. Betydde ingenting.

Maktlöshetens omfamning. En gång hade Sandra överraskat Kenny och Ålänningen i ett intimt ögonblick i huset i den dyigare delen av skogen. Hon hade varit generad, också för att hon hade svårt att vänja sig vid att Ålänningen tog på Kenny som inte var många år äldre än hon själv, på det där viset. Men det var en bisak. Det gick att leva med. Det var inte så farligt. Men det här: de hade stått vid fönstret och kramats. Vid det lilla, lilla fönstret och man såg en dimmig dag utanför, man såg bryggan och vattnet och vassen: det var den tiden på året då huset i den dyigare delen var som mest till sin fördel. Strax innan snön föll, då all växtlighet hade vissnat. Kenny hade inte gråtit då, men hon var blek i ansiktet. Ålänningen hade begravt sitt ansikte i Kennys axel och han lutade sig mot henne med hela sin tyngd såg det ut som. De klamrade sig fast vid varandra.

Det hade varit vad Sandra omedelbart identifierade som en *maktlöshetens omfamning.*

Det var något som Sandra var välbekant med från sin tid med Doris Flinkenberg. De hade sett på "Scener ur ett äktenskap". Tusen tråkiga avsnitt efter varandra.

Scener ur ett äktenskap bestod av ett tusental maktlöshetens omfamningar och gräl och svett däremellan. Det riktiga livet. Välkommen dit.

Sandra hade trott att det var något som bara fanns på teve eller på film, så stiliserat och välartikulerat i alla fall. När Ålänningen och Lorelei Lindberg hade varit arga på varandra, till exempel, hade de varit så arga att de knappt hade kunnat formulera en enda mening klart och tydligt

461

– i stället hade de *gjort* en massa: kastat saker omkring sig, pysslat med geväret, sådant. Och Doris Flinkenberg, hennes erfarenheter... nej, det var för hemskt, det var obeskrivligt.

Men här, just här hade hon haft den där omfamningen framför sig och det hade gjort henne både berörd och generad och hon hade önskat att hon verkligen inte hade kommit in i köket i den stunden.

Ålänningen och Kenny i armarna på varandra på det där underliga, hjärtslitande sättet. Båda spjärnade mot varandra, samtidigt som de klamrade sig fast i varandra.

Och då plötsligt, i den spöklika tystnaden som omgav maktlöshetens omfamning, hördes sång. En entonig dimsång ur det gråa subbiga landskapet utanför, den här novembereftermiddagen som var så lik den eftermiddag som hade blivit Doris Flinkenbergs sista eftermiddag i livet.

Sandra såg ut genom fönstret bakom paret som stod och kramades.

Hon stod på bryggan i dimman och sjöng, klädd i gråa tunga vadmalskläder. Och rösten, den blev bara högre.

Det var Lorelei Lindberg som sjöng.

Och hon sjöng Eddie-sången.

Titta vad de har gjort åt min sång.

Och det var förstås ett slags hallucination, något som bara Sandra uppfattade ordentligt. Men Ålänningen: det var då som Ålänningen hade sett upp från där han stod med armarna om Kenny och hakan på hennes axel. Ja. Ett ögonblick. Han hörde nog också. Han hörde nog.

Och nu, Ålänningen som höll om Kenny som grät i sovrummet i lägenheten i staden vid havet. Hans hjälplöshet. Han rådde inte för den. Hon såg den nu. Så tydligt. Det var verkligen synd om dem båda.

Men allas hjälplöshet. Hon kunde inte göra något åt den.

Ålänningen, som hade kommit hem för att jaga ett slag, han missade ogärna en jaktsäsong, blev igen ställd öga mot öga med allt det han inte klarade av, allt det han inte... orkade med. Så var det. Hur han än älsk...

"Vart du vill, Kenny", viskade Ålänningen till Kenny i sovrummet i lägenheten i staden vid havet. "Du får resa vart du vill. Jag betalar." Men inte hjälpte det ju alls. Hon snyftade bara ännu högre.

Det var morgonen efteråt som hon såg klart. Som om sista pusselbiten låg där den låg och bilden framträdde. Fenomenet hade ett speciellt namn, vilket Kenny kunde upplysa henne om, i bildkonstens teori. Den där lilla biten av en bild som kunde förvränga en hel tavla. Få hela bilden att se annorlunda ut.

Några dagar efter den dagen lämnade Sandra lägenheten i staden vid havet – och sig själv.

Men först, det var också ett beslut, skulle hon till huset i den dyigare delen för att hämta skorna.

Samma morgon hade Kenny kommit in i hennes rum och väckt henne med att fråga om hon ville följa med till Paris. Inte ett spår av hennes förtvivlan från natten syntes på henne då längre.

"Vi kan fara tillsammans. Alla tre."

Alla tre.

"Du, Rita, jag."

Och var det inte det hon hade längtat efter också? Att få vara med? Jo. På sätt och vis.

Sandra kände efter hur det kändes. Det kändes ingenstans.

"Nä. Jag ska och jaga. Och sedan är det ju... studierna. Jag har slutförhör i 'Människans tillväxt, utveckling och utbildningsmöjligheter'. Jag måste läsa."

"Slappna av", hade Kenny sagt när hon hade lyssnat på Sandras andfådda förklaring. "Du behöver inte ljuga. Jag vet nog vart du styr din håg. Till huset i den dyigare delen. Nu vill ni ut och skjuta. Du och Ålänningen. Ni är så lika båda två."

Sedan hade hon lagt till, inte med någon underton överhuvudtaget, men liksom öppet konstaterande, på Kenny-vis:

"Och jag förstår inte riktigt själv varför det har förmågan att såra mig."

"Du gör som du tycker", hade Kenny sagt till sist.

"Men synd. Vi kunde ha haft det ganska jävligt kul tillsammans."

Och det lät som en mening ur en roman av Hemingway. Det *var* en mening ur en roman av Hemingway. Sista meningen i "Och solen har sin gång". Och denna sista mening var också Kennys sista ord direkt till henne.

Men det var inte Kenny, utan hon, som for iväg.

Ett par vandrarkängor.
Hon skulle inte jaga.
Hon skulle hämta dem.

Och ändå, ute igen, i solen: hopplöshet, jo. Men ändå, Doris, om nu allt var så hopplöst varför var det då så förbannat vackert allt? Så varmt och skönt i luften?

Så glittrande?

Så förbannat vackert väder?

Ur Doris sista brev till Inget Herrman:

"... och de begravde henne under huset. På den tiden fanns det ingen simbassäng. Den var inte färdig, den blev liksom aldrig det. Inte under hela tiden som de var där. När de flyttade in i huset, mamma, pappa, barn, var nedre våningen halvfärdig, det viktigaste hade varit att huset skulle bli färdigt till hennes, Lorelei Lindbergs, födelsedag. Han ville göra allt för henne. Han älskade henne –

Bassängen i källaren var ett hål i marken. Det var meningen att det skulle kakelbeläggas så fort som möjligt. Men det blev inte av, ingenting hände, det tog tid. De hade så fullt upp med allt annat. Också att vänja sig vid att bo i huset i den dyigare delen av skogen.

Och livet, det liksom föll sönder. Vittrade precis som huset. Du vet, det som Bencku alltid har sagt. Det är sant. Det där huset är poröst.

Hon hade en tygbutik. Lilla Bombay. Den gick i konkurs. Hon blev ledsen. Det kanske var något annat också. Andra män. Väninnor. Han – ja. Han kände inte igen henne mer. Han blev osäker. Svartsjuk. De grälade ofta. De hade alltid grälat, men deras gräl hade varit annorlunda tidigare. De hade alltid innehållit ett moment av försoning. I själva verket hade grälet handlat om det: att komma till försoningen. Men nu fanns den inte. En gång skuffade han henne nerför trapporna, du vet, hela den långa trappan. Hon blev sydd på sjukhuset för det, så det var ingen hemlighet. Det visste ALLA i byn.

Han var hemskt ångerfull. Och kom hem med en jättedyr ring, som han gav till henne. En sådan med en rubin av ungefär matskedsstorlek. Hon blev glad först, men började fumla, och plötsligt hade hon tappat den där ringen i hålet i marken. Där, som bassängen är. Då rann allt av honom igen, allt vett och förstånd i alla fall. Han knuffade ner henne i hålet, och tog bort stegen. Och sedan gick han och hämtade geväret. Och flickan, hon såg. Det var Sandra det. Hon hade den här ovanan att gå i sömnen på nätterna. Men inte gick hon ju i sömnen. Hon ville se, kanske var hon orolig också, på riktigt. Det var så konstigt alltsammans. Allt som hade varit glada lekar, lite för vilda kanske, hade liksom nu övergått i något annat. Något som var på allvar. På riktigt.

Och Lorelei i bassängen, medan Ålänningen hämtade geväret, vädjade till henne. 'Sandra, kom och hjälp mig. Hjälp mig upp härifrån. Hämta stegen!' Och Sandra tvekade, men hon gjorde ändå ingenting. Inte förrän det var för sent, i alla fall. Hon låtsades bara att hon gick i sömnen igen. Hon är bra på att låtsas, Sandra, vara inne i sina egna fantasilekar. Jag känner henne som ingen annan. Jag vet.

Och innan någon visste ordet av var Ålänningen tillbaka, med geväret. Han skulle kanske bara skrämmas lite. Men, plötsligt, innan man egentligen visste något om vad som hände, hade geväret fyrats av. Och hon låg död på bottnen.

Och sedan, ja, så var de ensamma, far och dotter. Med det där hemska i bassängen. Och det fanns ju saker man hade kunnat göra. Riktiga saker, gå till polisen eller sådär. Men de gjorde det inte.

I stället begravde han henne i bassänghålet, tog upp de gamla kaklen och lät lägga på nya.

Och Sandra, hon såg på. Hon gjorde ingenting. Hon såg på.

Och de båda, far och dotter, fick denna hemska hemlighet att bära.

Jag har gått omkring och tänkt på det där. Jag kommer inte ifrån det. Jag kommer alltid och hela tiden tillbaka till det där. Hon i bassängen, Lorelei Lindberg. Och att *jag var hon.* I den där leken vi lekte en gång. Vi lekte ganska många lekar.

Så vi har lekt. Men nu, nu vet jag inte om jag vill leka mera.

Jag gick till Bencku sedan, för att se något som fanns på en karta som han har. Alldeles synligt ovanför sin säng. Och där fanns hon. Där såg jag henne. Där har hon funnits hela tiden.

Kvinnan på bottnen av bassängen. Han såg det, det sa han i alla fall. En man som riktade geväret mot någon i bassängen.

Och skottet small av.

Jag hör det där skottet hela tiden.

Och nu har jag börjat tvivla på allting. Nu vet jag inte vem hon är, eller han. Jag såg ju den röda plastkappan också. Den som Eddie hade på sig när hon dog. Hon som aldrig gick i sådana kläder.

Det var ett lån. Nu vet jag också varifrån den kappan kom. Den var Lorelei Lindbergs. Hon hade den på ett fotografi jag såg.

Och nu undrar jag över allt. Och det är klart. Det finns så många frågor att ställa, och så många svar.

Men jag är så trött nu. Jag vill inte fråga. För jag är rädd för vad jag ska få för svar.

Jag vill inte leka längre, jag vill inte leva. Sandra. Hon är det enda. Så nu, nu vet jag snart ingenting längre."

Sandra Natt / Doris Dag, Doris Natt / Sandra Dag

Det finns människor som kan berätta hur mycket som helst om sig, färgsprakande som livet självt och med en ordrikedom som kan få vem som helst att baxna. En sådan människa var ibland, i vissa stunder, Doris Flinkenberg.

Men det finns också andra berättare, en speciell sorts mytomaner som kan servera versioner av framför allt sin egen livshistoria, historier alldeles olika varandra, alla lika osanna. Och ändå inte ljuga. En sådan människa var, i vissa stunder, Sandra Wärn.

Ljuga vitt och brett utan att ljuga.

Lorelei Lindbergs ryggtavla, hennes leenden, sångrösten, och Lilla Bombay, tygerna. Jetsetlivet, musiken, Waiting For the Man, Bananskivan, Mr Tambourine Man.

Ingen av berättelserna var riktigt sann, men i alla berättelserna fanns ett stråk av sanningen. En detalj, en ton, ett återkommande tema. Och ur dessa sköt trådar av sanningen ut. Som ett fyrverkeri, med färger, regnbågslikt.

Och Sandra lärde sig något om berättelser och berättande.

Att fyrverkeriets, mytomanins frånsida var tomheten.

Ett, eller många, hål i vardagen, ett hål i verkligheten.

Och det var hon.

"Så Doris. Vänta nu! Det där var ju också en lek. Allt var en lek. Förstår du inte?"

Det var så man borde ha sagt det. Till Doris. Medan hon ännu levde. Medan tid var, och det fanns tillfällen. Man borde ha förstått och det dumma, egentligen, var ju att man förstod. Men att man bara fortsatt, i alla fall. Helt enkelt för att – ja, man hade ju aldrig kunnat föreställa sig att hon skulle...

Nej, slut på orden nu, på förklaringarna.

Det var så här det var.

Det var flickan vid fönstret i huset på Åland, och det var i de ögonblicken Doris dog i Trakten. Precis just i de ögonblicken.

Flickan på Åland, hon såg ut på havet som vällde emot henne på andra sidan fönstret. Flickan, som i den stund Doris sköt sig, nynnade på Eddie-sången. Verkligen. Det gjorde hon.

Titta mamma, vad de har gjort åt min sång.

Plötsligt, mitt i nynnandet, blev hon så rädd. Den lilla harmynta, Sandra-Pandra. Hon bara inte kunde stå där så ensam och se ut på havet mera, hon bara måste vända sig om. Hon bara måste vända sig mot "fastern", som alltid var där, bakom. Med sitt lågmälda prat; om Åland, havet, allt det andra. *Också* allt det andra.

Det var framför allt det som man inte hade orkat lyssna på, på några år. Det var framför allt det som hade fått en att vända sig mot fönstret och havet om och om igen – där det var ganska dragigt dessutom; så att man blev förkyld och fick alla barnsjukdomar i världen.

"Sandra!"

Hon hade visat tålamod, osedvanligt för henne i alla fall, "fastern".

Men det började rinna av henne nu. En gång under de här dagarna tog hon plötsligt otåligt tag i Sandra, ruskade henne i axeln ganska omilt, men nog så välbekant.

"Vad är det med dig? Du är som en död? Du skulle nu åtminstone gråta lite om du nu en gång är så ledsen. Tänk! Att det skulle gå så att jag en gång skulle längta efter att du skulle börja gråta. Jag som brukade avsky dina gråtattacker. Kommer du ihåg?"

Och ja. Sandra kom ihåg. Det var något sött och surt i det. Bitterljuvt, plötsligt. Men ännu ett slag, ett kort tag, höll Sandra stånd. Hon ruskade sig loss. Men det var inte alldeles lätt. "Fastern" höll hårt i henne, och hon var plötsligt inte alls beredd att släppa taget.

Och nu hade "fastern" ändrat tonfall. Det var som om alla fördämningar hade brustit i henne.

"Jag vet inte vad jag ska göra med dig, Sandra. Jag har nu haft dig här och jag... ja, du vet, Sandra, hur hemskt det är att leva utan dig. Du vet hur mycket jag skulle vilja att du skulle vilja komma till mig och vara här hos mig. Inte bara nu, men..."

Men det var som om modet hade runnit av henne så fort hon började. Och resignationen inträdde. Det var som om hon plötsligt just då hade gett upp, "fastern". Och stilla, sakta sakta, vänt sig om. Vänt sig från Sandra, Sandras ryggtavla. Och gått tillbaka och satt sig vid bordet i salongen vid det evinnerliga pusslet som hon alltid höll på med. Det med åtminstone en halv miljon bitar, som aldrig blev färdigt – det som hette "Alpvilla i snö".

Sandra hade stått kvar vänd mot havet. Stått och stirrat och stirrat så att tårar hade samlats i ögonen. Och samtidigt hade sången flutit upp i henne igen, Eddie-sången, starkare och mer alarmerande än någonsin. *Titta mamma, de har förstört min sång.*

Sången dånade i huvudet. Så att det nästan sprängdes. Var det just precis då, i den sekunden, som Doris höjde pistolen mot sin tinning och tryckte av?

Men i luften, på Åland, i huset, rummet med verandan vänd mot havet, rummet med fönstret och flickan vänd mot det, hängde också "fasterns" ord kvar, "fasterns" resignation. Och. En ömhet stor som hela världen vällde in i Sandra.

Och då hände följande: Sandra vid fönstret vände sig om. Från fönstret, från havet, in mot rummet. In mot "fastern" som dragit sig tillbaka till sitt bord där hon satt och pusslade och pusslade. Och plötsligt var det så hemtrevligt att se – särskilt också efter det gråa och stormande och stora havet utanför. Så skönt att se. Mamma. Så fantastiskt ljuvligt underbart. Tårarna i ögonen och i halsen, en gråt som höll på att hindra en från att säga någonting alls. Men nu kom.

"Mamma", sa Sandra. "Mamma", började hon. Och det var ju det som man borde ha berättat för länge sedan, i alla fall för Doris Flinkenberg. Inte "fastern", inte Lorelei Lindberg – som hon hade kallats i en lek. Ett namn som Doris hade hittat på en gång, som hade passat så precis. Som hade varit så viktigt då, som verkligen hade behövts. Inte bara i en lek, men som skydd mot allt sådant hårt i själen som det inte kunde vävas några historier av. Inte då ännu, kanske aldrig någonsin.

"Mamma." Som hade bott i huset i den dyigare delen en gång men lämnat det och farit med Svarta Fåret till Åland. "Räddat sig över dit", som hon själv hade sagt på den tiden man verkligen inte ville ha något att göra med henne. Varken Ålänningen eller man själv. Hon kunde lika gärna ha varit i Österrike, eller i New York.

Sandra hade vänt sig från fönstret och sett på mamman som satt så ensam vid bordet med sitt pussel: framför alla de tusen miljoner bitarna som allihopa var snö eller moln, och som inte såg ut att passa någonstans. Och mamman såg upp, lite förvånad, försiktigt. Nästan blygt.

"Jag ska berätta en sak", fortsatte Sandra. "Om mig och Doris Flinkenberg. Vi hade en lek en gång. Vi kallade dig för Lorelei Lindberg. Sedan hittade vi på en man, Heintz-Gurt som var pilot och kom från Österrike där han bodde och hämtade dig med en helikopter. Den landade på taket till huset i den dyigare delen..."

Och så hade Sandra berättat för Lorelei Lindberg, "fastern" – mamman, berättelsen om mamman själv, sådan Doris och Sandra hade lekt och berättat den för varandra, om och om igen. Och mamman, hon hade verkligen lyssnat för en gångs skull. Inte avbrutit med några egna kommentarer som hon hade brukat göra tidigare. "Jag intresserade mig också för filmstjärnor…", och alla de där egna anekdoterna som sedan följde och alltid på något sätt var så mycket större och mer fantastiska än det man själv hade att komma med.

Hon hade lyssnat.

När Sandra hade berättat färdigt hade Lorelei Lindberg varit så rörd att hon nästan grät.

"Så det var så hemskt för er också", sa hon till sist. "Bara jag hade vetat."

Men sedan hade hon öppnat sin famn och Sandra, lilla Sandra, hade rusat rakt in i den.

"Jag trodde aldrig att vi skulle bli vänner igen", sa hon. "Jag är så glad nu, Sandra. Och så ledsen. Men nu. Nu ska allt bli bra igen. Jag lovar."

"Vi har gått igenom så mycket, Sandra. Det här ska vi också klara av. Lilla älsklingsbarn, jag lovar."

Och mamman hade vaggat sin lilla dotter i sin famn.

Och den lilla lena silkeshunden, den viftade på svansen.

"Allt ska bli bra igen."

Men det skulle det ju inte. För det var just precis då, just precis i de ögonblicken, som – PANG! Doris Flinkenberg gick upp på Loreklippan med pistolen, tryckte av.

Och på nytt slöt sig världen som ett kort ögonblick hade öppnat sig.

Den sista jakten

Han kom till huset i den dyigare delen av skogen. Sandra visste inte riktigt när, men det måste ha varit någon gång under natten när hon låg och sov. Han var inte där under måltiden, den långa middagen som följde på den långa jakten. Sandra hade inte deltagit i jakten utan stannat i huset där hon hade tillbringat en hel förmiddag på egen hand.

På eftermiddagen kom "cateringflickorna". På riktigt alltså, vilket var en nyhet nu sedan Ålänningen var gift med sin "unga hustru".

Och det var fascinerande. Också det sätt Ålänningen hade att tala om Kenny i Kennys frånvaro. "Min unga hustru", sa han och lät så stolt.

Annars var jaktlaget som förr. Karlar som i Sandras barndom hade varit farbröder stack nu ut på ett annat sätt, började ha egenskaper och konturer som de inte tidigare haft för henne. Det var baron von B., som var far till Magnus som Bencku fortfarande var som ler och långhalm med; de bodde i något slags "ungkarlslya" tillsammans i staden vid havet, fick man veta.

Så var där Lindströms från Trakten, Wahlmans från Andra Udden och så vidare. Och Tobias Forsström förstås, som alltid. Som nu hade utvecklat en verkligt sinister inställning till själva skjutvapnen och till jakten överhuvudtaget. Det var den som var huvudsaken, inte festen efteråt. På den punkten var Ålänningen och Tobias Forsström mycket överens. De pratade sakkunnigt om en massa spännande saker som hade inträffat under jakten; den som ägt rum tidigare på dagen, och andra jakter. Det fick Sandra på humör, på något sätt; att se de två karlarnas samförstånd och plötsligt hade också minnet av Pinky i Garderoben bleknat.

"Hur går det med universitetsstudierna?" Tobias Forsström var också den enda som vände sig till Sandra speciellt och frågade henne om något.

Och hon ljög så artigt:

"Bra." Tobias Forsström blev på något sätt, det såg man på honom, glad över att höra det.

Det berörde Sandra. Hon kom sig för att tänka att man kanske inte precis behövde älska Tobias Forsström, men han hade sina sidor. Också han. När han kom till sin rätt kunde också han vara till sin fördel.

Hon skrattade nästan av att tänka så. Också Doris-i-henne skrattade.

Inget sjukt skratt heller, men ett alldeles vanligt.

Ålänningen höjde sitt glas mot Sandra och sa skål. Sandra höjde sitt glas. De skålade.

Det var en sådan förträfflig stämning som rådde i huset då plötsligt en bil körde upp.

"Vår kärlek är en kontinental affär, han kom i en vit Jaguar."

Inte vilken bil som helst. Det var en Jaguar, en vit en. En veteranjaguar från trettiotalet: en sådan som man nuförtiden fick köra med bara några dagar under året.

Han brukade komma över till fastlandet och köra med den ibland. Svarta Fåret, alltså. Från Åland. Där han bodde. Och hade bott i alla dessa år. Med henne, Lorelei Lindberg, som numera var hans fru.

De två bröderna, de två bröderna.

Ålänningen kanske stelnade till ett mikroskopiskt ögonblick vid middagsbordet. Men inte längre än så.

Och han hämtade sig genast. Kastade en blick ut genom fönstret.

"Jag tror att vi har främmande", sa han bara. "Det är visst min bror."

Och sedan ringde det på dörren. Ålänningen försvann för ett tag, var kanske borta något längre än normalt, medan Sandra och de andra middagsgästerna satt kvar vid bordet.

Där kom de sedan, in i salongen, båda bröderna. Inte nu med armarna om varandra, men nästan. Och båda var på strålande humör.

Där ser du Doris Flinkenberg. Allt går över.

Ålänningen hämtade en stol till och beredde Svarta Fåret plats vid bordet.

Och så satt de där, Ålänningen och Svarta Fåret, som såta vänner, åt och drack och samtalade som inget.

De talade till och med om Åland.

Kanske skulle till och med Ålänningen fara till Åland någon gång igen. Nu när det gamla inte såg ut att betyda något längre.

"Man kunde kanske ta och styra stäven dit någon gång", sa Ålänningen så saltstänkt.

Han sa inte "med Kenny, min nya fru". För det hörde inte heller dit.

Och Sandra, lilla Sandra, hon gömde allt i sitt hjärta, och begrundade.

Lilla Bombay. En liten misslyckad affär, med fina sidentyger. Som ingen ville köpa.

Medan dagarna gick var de där, i butiken, den lilla flickan och mamman, och lyssnade på musik och bara pratade.

Ibland ringde telefonen.

Ibland väntade de på Ålänningen.

"Vilken tid tror du att han kommer idag?"

Och de gissade rätt. Och de gissade fel. Men han kom alltid, Ålänningen, när dagen var till ända, och hämtade dem hem.

Det var så det var, en lång tid. Mitt i, heter det så, passionens virvlar.

Mitt i det vackra, mjuka; som sidentyg, riktigt fin habotai, eller siden-georgette. Sidengeorgette, som man när man blev äldre förstod att ju inte var ett så väldigt dyrbart tyg – men flickan, den lilla silkeshunden, tyckte namnet var så vackert.

Sidengeorgette.

Kärleken. Passionen. Vad den ska kallas. Sidengeorgette. Den vackra, mjuka marken.

Så en dag, kom Svarta Fåret. Det var fel att säga att det var en överraskning. Han dök upp igen, men hade ju hela tiden funnits där någonstans i bakgrunden.

"MMMMMMMMMMMMM", sa han när han steg in i butiken. "Här luktar MUS."

Och först var det ett obehagligt intrång. Det var det. Och kanske ännu en lång tid efteråt. Men det var också annat som förändrades.

Lorelei Lindberg som tog tag i lampan ovanför tvättstället och stötar som likt blixtar for igenom henne. FSST. Hon vände sig om, alldeles oskadd.

"Brr. Jag måste ha fått en stöt", sa hon. Men inte glatt, utan ganska oroligt. Det var ju otäckt. Som ett omen. "Jag hade kunnat dö."

För det hade också börjat hända saker i huset i den dyigare delen. Små skiftningar. Gräl som inte alltid slutade i försoning som de brukade. Gräl som grälades utan någon tanke på försoning. Och Ålänningen, han var ju ingen grubblare, han tog i.

Kanske för mycket tog han i.

Det var såhär: Hon kunde inte med huset. Hon kunde inte vara där, Lorelei Lindberg.

Man visste inte riktigt varför. Kanske inte hon själv heller, för det borde ju ha varit så bra. Det borde ju ha varit det.

Och hon älskade Ålänningen, hon gjorde det.

Men det var som om det kommit in en dissonans någonstans, ett gift. Kanske var det Svarta Fåret.

"Jag skulle visa dig hur dina drömmar ser ut. Inte hävt precis."

"Ett tändstickshus för tändsticksmänniskor. Vid stranden."

Det sista, "vid stranden", suckade han fram med all ironisk pondus som bara en från havet och Åland kan uppbåda vid blotta tanken på en dylik träskmiljö.

Han var ju ålänning han också. Bodde i ett fint ljust hus vid havet. På Åland. Där släkten fanns.

Han var den Äldsta Brodern.

Och inte alls någon sympatisk människa.

Han hade inte slutfört ett enda projekt i sitt liv, allra minst sina med buller och bång inledda arkitektstudier.

Men den här leken skulle han ro i land, det hade han beslutat.

"Vi var två bröder", sa Svarta Fåret till Lorelei Lindberg i Lilla Bombay. "Vi hade två katter. Den enas katt och den andras katt. Men det fanns bara en mus."

Och det var faktiskt, på något sätt, så sjukt han tänkte.

Och vad musen var, i det skedet av livet –

Det behöver inte sägas. Det var så uppenbart.

Lorelei Lindberg struntade ju i allt det där, till en början. Men småningom, när det började bli så konstigt ensamt i huset i den dyigare delen av skogen, med alla de där drömmarna som nu var förverkligade som man skulle leva upp till, då förändrades allt. Sakta. Sakta.

Den där hemska trappan. "En trappa upp i himlen", hade Ålänningen sagt. Men såg han då inte själv, det som var så tydligt, att det var en trappa ut i ingenting?

"Jag ska visa dig hur dina drömmar ser ut."

Han hade inte bara ritat huset, Svarta Fåret. Han hade också sett ut tomtmarken; tipsat sin bror Ålänningen om den.

Ålänningen, han var ju ingen grubblare.

Han hade glömt den där leken för länge sedan, den med brodern. Nu, med Lorelei Lindberg och den lilla dottern, var det så självklart att man lekte andra lekar.

Svarta Fåret hade "kontakter" i denna del av Trakten. Han hade bott som inhysing hos friherrinnan, en släkting till baron von B. som en gång ägt nästan hela Trakten, medan han studerade till arkitekt inne i staden vid havet.

Det var friherrinnan som tipsade Svarta Fåret om att det kanske fanns en tomt att köpa. Och Svarta Fåret, han visste ju själv vad Trakten var. Han hade kört omkring på de små vägarna där i sina gamla bilar.

Friherrinnan var hans vän. Men inte var de på något sätt förtrogna. Hon var en ganska ensam människa, och hon hjälpte honom och han hjälpte *henne, också när han inte bodde hos henne längre. Också med Eddie de Wire, systerdottern. När friherrinnan var som mest förtvivlad. Med den där flickan som sög liv och själ ur henne.*

Som stal, bedrog, som inte var att lita på. Som var allt annat än man hade väntat sig av henne.

Den amerikanska flickan.

"Kom och ta henne bort bort bort bort", hade friherrinnan skrikit i telefon till Svarta Fåret den där sista natten. "Jag har henne i ett rum här! Jag har låst in henne! Och tagit av henne kläderna för att få henne att hållas här så länge! Nu ska hon härifrån!"

Svarta Fåret hade kommit. Han hade råkat ha en regnkappa som blivit kvarglömd i bilen någon annan gång. Lorelei Lindbergs röda regnkappa.

Det var en gång, en regnig dag, under den allra sista tiden i Lilla Bombay. Flickan och mamman väntade på Ålänningen som var försenad. Svarta Fåret dök upp i stället. Han insisterade på att få skjutsa dem till huset i den dyigare delen. När de kom till huset hade regnet slutat och solen sken igen.

"Jag skulle visa dig hur dina drömmar ser ut", upprepade Svarta Fåret i bilen högst uppe på kullen strax innan de rullade ner i dälden där det osannolika huset var.

Deras hem. Lorelei Lindberg var så upprörd att hon glömde kvar kappan i bilen.

Lorelei Lindberg och Svarta Fåret. Han fick henne sedan. Han "vann" leken.

Och nej. Det fanns ingen egentlig plausibilitet i det. Hon var "inte kär".

Man faller ju inte för sådana dumheter som Svarta Fåret höll på med. De där lekarna.

Det gör man inte. Egentligen.

Men antag att någonting händer, någonting oförutsett, någonting som får en att inte vara så säker på sig längre. På någonting. Till exempel på passionen, kärleken.

Vad var det? Lorelei Lindberg stod på trappavsatsen och Ålänningen hade kommit upp bakom henne. Plötsligt, det blev ett handgemäng, så hade han knuffat henne. Nerför trappan, ner i dyn.

"Som en ängel föll hon, ner från himmelen." Som det hade vindat en gång i Doris Flinkenbergs kassettbandspelare.

Men det var inte vackert längre. Ingenting var vackert. Den varma, mjuka marken hade blivit ondskefull.

Hon måste sys på sjukhus med ett stygn som hette Fjäril. När hon kom hem igen var Ålänningen ångerfull. Han hade köpt den där eländiga ringen till henne, den med den stora röda stenen i, "en rubin av matskedsstorlek". Men det blev fel igen.

Hon stod vid bassängkanten och fumlade med den. Och innan man visste ordet av hade hon tappat den. Ner i hålet i marken som borde ha blivit simbassäng för länge sedan. Och Ålänningen blev arg igen och skuffade ner henne i bassängen för att leta efter den.

Han tog bort stegen och gick sin väg.

Mamman i bassängen, flickan också där, i ett hörn under spiraltrappan. Mamman såg henne och tiggde om stegen. "Fort." Mycket riktigt, Doris, du hade rätt, den lilla flickan gjorde ingenting. Hon var som förstenad. En somnambul igen. Sömngångerska.

Och dessutom. Det gick så snabbt. Ålänningen var tillbaka. Med geväret.

"Det är så tomt. Jag skjuter flugor med luftgevär."

Och sköt.

Men idioter. Inte fanns det ju någon laddning i det där geväret. Idiot den som börjar skjuta omkring sig i ett hus.

Det var ett tomt skott och inte rakt emot henne i bassängen, men bredvid.

Fast det räckte ju.

Efter det där skottet, det var rätt, Bencku, då var ingenting som förut.

TORRSIM. Och om du undrar vad det var du såg lite senare, när du kom tillbaka.

Flickan som sprang av och an i bassängen.

Det var nog Sandra. Det var jag.

Av och an av och an. Då var hemska tider, ska du veta. Torrsim i bas-sängen utan vatten i. Då fanns ingenting.

Ingen försoning.

Det var ingen silkeshund då längre, utan något slags bisarrt djur av en alldeles annan art; något slags fuktig råtta med ruggig päls som skenade och skenade från den ena kortändan till den andra.

Och när det var som svårast. Då kom han, Svarta Fåret. Då var han så hygglig.

Hon bara grät då, det var i Lilla Bombay det också. Efteråt.

"Sluuta!! Jag vill bort!!" skrek hon till honom och han behövde inte lyssna så länge för att förstå.

"Bort!" snyftade hon. Han tog henne på orden.

De kom till Åland, till det fina huset, till havet.

Det gick en ganska lång tid innan jag överhuvudtaget gick med på att träffa henne.

För det var ett svek. Det tänkte jag då. Nu förstås, så tänker jag så annorlunda.

Den sista gången, det var i Lilla Bombay.

"Kommer du med, Sandra?"

De stod i dörren nu, de båda, och han var ganska otålig.

Men Lorelei Lindberg ville inte, hon velade. Höll på att bli olycklig igen.

"Sandra?"

Hon svarade inte. Hon försvann. Blev till ingenting. Plupp. En fläck på golvet.

Silkeshunden, den osynliga.

"Följer du med, Sandra?"

"Sandra."

Men han hade ju inte så mycket tålamod som hon, som aldrig hade tålamod annars. Bara just då – allt tålamod i hela världen.

Men det var så dags.

Så dags så dags så dags så dags, tänkte den lilla silkeshunden som låg och tryckte under bordet.

Och det var i Lilla Bombay, det också.

Bland alla tygerna.

Sidengeorgette organza habotai taft och rasgulla hängde ner i virvlar kaskader, som ett regn över bordskanterna. Sköljde, sköljde –

Och det, allt detta, tillhörde och skulle under en lång tid tillhöra sådant hårt i själen som det inte gick att väva historier av.

För dem båda.

Ålänningen och Sandra Wärn.

Ett slag var det så, att allt som varit Lorelei Lindberg, och som är, att det var utplånat.

Flickan, Sandra, lämnade middagsbordet efter desserten. Hon var sömnig. Det var ingenting annat än det. Hon var trött, hon gick och la sig.

Också jakten hade slutat intressera. Festens förvandlingar. Villebrådet. Allt det där.

Några timmar senare vaknade hon till ett oväsen ute i korridoren. Hon tyckte att hon urskiljde en bekant röst också, redan då, men hon somnade om i alla fall.

"Det är bara pojkarna som vill ha öl", ropade någon.

Och det behövdes ju inte mycket fantasi för att förstå vilka de båda pojkarna var som hade dykt upp i huset i den dyigare delen av skogen, mitt under jaktfesten, mitt på natten, oinbjudna. Magnus von B. och Bencku, de två oregerliga som aldrig skulle växa upp.

De båda, båda på sitt eget sätt, förlorade sönerna.

Men fäderna tog dem till sig nu; och bjöd. Och bjöd.

På morgonnatten vaknade flickan igen, i mörkret. Den elektriska väckarklockan på nattduksbordet bredvid den väldiga äktenskapliga sängen där hon hade vältrat sig i en svettig, djup, drömlös sömn, visade 06.30 i klara, skarpa orangefärgade siffror.

Sandra var plötsligt klarvaken. Hon satt sig upp i sängen. Det första hon blev varse var tystnaden. Den öronbedövande huset-i-den-dyigare-delen-tystnaden, som liksom la sig överallt. Festen var över nu; en tidig, tidig söndagsmorgon.

Allt var över.

Sandra steg ur sängen, trädde fötterna i filmstjärnemorgontofflorna och drog på sig sidenkimonon – fast det där hade slutat betyda något nu, inga dofter kvar i tyget. Inga reminiscenser i alla fall, ingenting.

Hon låste upp dörren och gick ut i korridoren. Dörren till källartrappan stod öppen. Det hördes ljud där nerifrån; ett ljud som hon genast kände igen – och det var en reminiscens.

Snarkningar. Någon låg och sov därnere.

Kanske hon för ett ögonblick tänkte sig det fantastiska. Att Doris... att ingenting hade hänt, att allt bara hade varit en dröm.

Men det var bara ett kort ögonblick.

Sedan samlade hon sig och gick nerför trapporna.

Ljudet av snarkningar bara växte.

Hela huset dallrade av det.

Men hon blev inte velande i trappan, utan tog sig hastigt ner, men ändå nog så tyst som möjligt.

Och det här var vad hon såg.

De låg i bassängen. Båda sov, båda snarkade, liksom i kapp med varandra. Det var ju faktiskt komiskt också, fast just då skrattade hon inte. Den ena som låg på bassängbottnen var Bengt, pojken. Mycket riktigt hade han varit en av "pojkarna" som anlänt berusade och oinbjudna till jägarnas fest mitt i natten.

Den andra; det var Svarta Fåret. Han låg på rygg och det var från honom de verkliga timmerstockarna härstammade.

Han låg där med skjortan öppen. Någon kanske hade rivit upp den på honom medan han sov. Så försvarslös, Svarta Fåret. De lösa skjortärmarna utan armar i spridda åt sidorna över de gröna kaklen som änglavingar, slaka. Och strax nedanför, liksom under ena vingen låg han alltså, pojken, Bengt.

I lika djup sömn, nästan lika högt snarkande.

Sandra stod ett slag och såg på det hela; också hela ödsligheten efter festen, de omkullvälta flaskorna, hela äckligheten.

Kanske stod hon också där och föreställde sig, eller väntade sig en fortsättning. Att någon skulle vakna. Bengt.

"Nu ska jag berätta för er om kärlek", hade Inget Herrman sagt en gång. "Man blir inte förälskad i någon människas goda eller dåliga sidor, eller ens i om en människa är sympatisk. Man blir förälskad i någon som väcker något i en till liv."

Men hon vände om. Hon gick upp igen. Lämnade det där, alltsammans. Duschade och klädde på sig. Hämtade kängorna i Garderoben, de som hade funnits där hela tiden; det var kängorna som Doris hade lämnat henne innan hon dog (men som Inget Herrman hade städat undan, av misstag, innan Sandra hade fått syn på dem).

De hade funnits där hela tiden bredvid Pinkys glitterskor, bredvid framför allt de där skridskorna som hon med stor möda en gång för länge sedan hade målat gröna och försökt skrinna i på Bule träsket.

Och sedan var det inte så mycket mer med något överhuvudtaget. Sandra tog dessa stora kängor på sig och gick ut i världen.

Närmare bestämt tog hon färjan över till kontinenten redan samma dag. Närmare bestämt på så sätt kom hon ut i världen.

"Dagen musiken dog. Och jag började leva."

(Träskdrottningens återkomst, några år senare)

Här dör musiken. Det är så enkelt. På Coney Island, Amerika, någon gång i början av åttiotalet.

Sandra tycker om att vara där, lämna staden för ett tag. Här finns det stränder, parker, restauranger, ett tivoli med gamla karuseller.

Hon har några dollar i sin hand, dem har hon tiggt åt sig.

Hon är hungrig, hon har tänkt köpa mat.

Det är då hon får syn på skivinspelningskiosken, den står i utkanten av tivolit, som en relik från en annan tid.

Sing your own song and give it to your loved one.

Hon går in i kiosken, mest på skoj, lägger en slant i myntöppningen.

Den röda knappen tänds: inspelning.

Hon börjar sjunga. En gammal sång. Eddie-sången, som den en gång hette.

Titta mamma, vad de har gjort åt min sång.

De har förstört den.

Men det är ju så dumt. Plötsligt har hon glömt orden. Orden i DEN sången, det är nästan oerhört!

Hon slutar sjunga, kommer av sig helt och hållet. Ser sig plötsligt utifrån.

Vad i hela vida världen står hon där i kiosken och håjlar för, i enslighet och mol allena?

Det är ju absurt.

Hon ser sig omkring.

Det är några som går förbi.

En ung kvinna släntrar sist i sällskapet, plötsligt vänder hon sig om och får syn på Sandra i kiosken.

Hon höjer handen till en hälsning. Sandra vinkar tillbaka. Kvinnan tvekar några sekunder men sedan lämnar hon sällskapet och springer fram till Sandra.

"... och det var A. Och de strippade i Tokyo, i Yokohama, i Los Angeles (dagspassen på flygplatshotellen; de var inte tillräckligt 'rätta typen' för de mera lukrativa kvälls- och nattpassen)... och i Alaska. Och det var där de befann sig en illuster nyårsafton strax innan allt började hända och musiken började på allvar. Vid världens ände, Alaska, mörker, snö. Och de avgav sina nyårslöften, skrev ner dem i vaxdukspärmade anteckningshäften. Såhär skrev A: 'Träskdrottningen och jag, i augusti månad spelar vi på Wembley Arena'."

Det blev ju inte riktigt så.

Men nästanåt.

Vinterträdgården, 2008

Vinterträdgården, 2008, på hösten, Solveig i ett fönster. "Ty ditt är riket,
makten, härligheten." En skiva har hakat upp sig i Solveig Torpeson. Hon
står, som hon så ofta brukar, i köket i huset där hon bor med sin familj, det
som en gång var kusinhuset. Hon stirrar ut i dunklet, hon tänker.

När det är riktigt mörkt syns det starka ljuset från Vinterträdgården
ovanför träden så att det ser ut som om det kom från ett rymdskepp som har
landat i en krater.

"Ty ditt är riket, makten, härligheten." Ibland säger Solveig Torpeson
det högt.

Det är Rita som har allt. Det är hon som äger och driver Vinterträdgården.

"Mamma. Står du här i mörkret igen? Var är min telefon?" Det är hen-
nes dotter Johanna som kommer in i köket och tänder taklampan och allt
är som vanligt igen. Eller borde vara det.

Telefonen, på bordet mellan dem, den börjar ringa. Ett ögonblick förste-
nas de båda, av förvåning och av överraskning.

Solveig sträcker sig efter telefonen. Johanna försöker hindra henne:

"Ge hit den! Den är min!"

Men det är för sent. Solveig har tagit upp telefonen –

Klick. Den som ringer har tryckt av.

Johanna är rasande. Hon river åt sig telefonen, springer ut.

Solveig ropar efter henne.

"Vart går du, Johanna?"

"Ut. Jag går ut."

Vinterträdgården, 2008

Vinterträdgården, 2008. Rita byggde Vinterträdgården, som invigdes 2000, på nyårsnatten.

Först avskaffade hon språket: "äventyrspark", "badanläggning", "rekreationspark", "nöjesfält", allt det där. Som det också kunnat heta. För allt det där, det finns också i Vinterträdgården. Men det är inte vad Vinterträdgården är.

Det finns det andra, de andra rummen, de andra lekarna, som också leks därinne.

Och allt det andra.

Rita, hon avskaffade språket och började ge allt sina egna namn.

Och förde in i Vinterträdgården egna bilder med deras egna betydelser.

Och det var ju intressant också, lite som på hennes bror Benckus kartor någon gång.

"I mitten av Vinterträdgården finns Kapu Kai, de förbjudna haven."

"Titta mamma, de har förstört min sång."

Det finns många bekanta berättelser i Vinterträdgården, som bilderna på väggarna berättar.

Fotografierna.

Teckningarna.

Kartorna.

Några av Benckus kartor till och med.

Trakten då och Trakten nu.

Vinterträdgården är, förstås, en plats som man älskar att beskriva. Just för att man inte kan.

Inte fånga in den.

Man vet inget om dess hemlighet.

Johanna hittade det röda rummet av en händelse. Det var samma natt
Vinterträdgården invigdes, nyårsnatten 2000.
  Det hände sig vid Bule träsket, i rummet.
  Det röda rummet. Hon förirrade sig dit av misstag.
  Men när hon skulle söka upp det igen hittade hon inte tillbaka.
  Hon har aldrig hittat tillbaka. Men hon vet att det finns. Hon vet.

Det röda rummet. Bule träsket-rummet. Och alla bilderna på väggarna.
  Den amerikanska flickan, hon som dog.
  Den där morgonen.
  Flickan som ligger i vattnet, men ingen hjälper henne upp.
  Och ändå, på stranden mittemot är det som om det var en hel familj
som var och simmade.

Och Johanna vet, hon har redan länge vetat, att hon måste hitta till det
igen. Det är något som hon måste se.

Projekt underjorden. Orfeus skulle hämta sin Eurydike i underjorden. Hon
var död. Gudarna hade tagit henne till sig, men Orfeus älskade henne så
mycket att gudarna hade förbarmande med honom. Gå ner till henne, hon
ska följa dig, men se dig inte om i underjorden.
  Projekt underjorden. Det är ett projekt de har, i skolan, den här termi-
nen.
  Och nu plötsligt får hon en idé. Hon kanske kan använda sig av det.
  För hon kan inte gå ensam. Hon behöver en vän, en bundsförvant.
  Det hände sig vid Bule träsket. Allt finns där. Hon måste dit igen.

Men hon kan inte göra det ensam. Hon vågar inte.

Så det är en kväll, en sådan mörk och vanlig höstkväll i Trakten, när Johanna
går till huset i den dyigare delen av skogen.
  Träskdrottningen bor där, hon har kommit hem igen. Hon, och hennes

pojke, han som heter Glitter.

Hon känner honom inte, men det bryr hon sig inte om nu. Hon går uppför de många trapporna och ringer på, det är han som öppnar. Hon säger:

"Hej. Jag är Johanna från skolan, du kanske känner mig. Nu vill jag att du ska göra ett projekt med mig."

Det är så enkelt.

Han säger ja. "Jag kommer." Sedan går Johanna och Glitter ut i Vinterträdgården.

(fortsättning följer)

Efterord

"Den amerikanska flickan" är första delen av en tvådelad berättelse, "Slutet på glitterscenen".

Texten är fiktiv alltigenom, och de ramsor ur bekanta musikstycken, ord ur schlagers&popsånger, som skymtar här och där i romanen, har jag ställvis tagit mig friheten att översätta på mitt eget, för bokens handling, lämpligt sätt.

Jag vill rikta ett tack till föreningen Pro Artibus i Ekenäs för vistelsestipendiet i Villa Snäcksund 1999–2002 och till Lärkkullastiftelsen i Karis som upplåtit arbetsrum åt mig på sitt gästhem i flera repriser under arbetet med romanen.

Tack också till Merete och Silja för inspiration, idéer och goda råd, tack till Hilding. Framför allt tack till Tua för hjälp och stöd av en omfattning som överskrider allt jag kunnat drömma om. Det är henne boken tillägnas.

Innehåll